Mehr Morde

*Kriminalgeschichten
aus England
und Amerika
von Margery Allingham
bis Henry Slesar
Auswahl und Vorwort von
Mary Hottinger
Vignetten von Paul Flora*

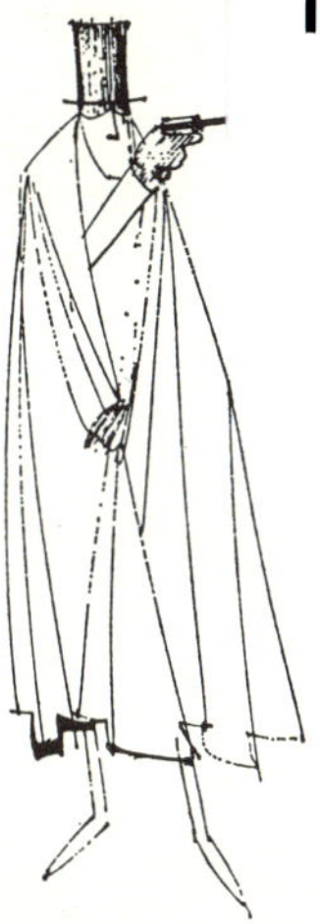

Diogenes

Folgende Erzählungen wurden in bereits vorliegenden Übersetzungen übernommen:
Freeman ›Der Fall Oscar Brodski‹
sowie Davis ›Im Nebel‹ von Elizabeth Gilbert,
Greene ›Das Kellerzimmer‹
von Dr. Puchwein,
Huxley ›Das Lächeln der Gioconda‹
von Herbert E. Herlitschka,
Maugham ›Vor der Party‹
von Kurt Wagenseil,
Williams ›Da ich selbst ein Mörder bin‹
von Maria von Schweinitz,
Dunsany ›Zwei Flaschen Würze‹
von Elisabeth Schnack
Alle anderen Erzählungen übersetzte
Peter Naujack
Umschlagillustration: Alexander Gierymski,
›Wittelsbacherplatz in München bei Nacht‹,
1890 (Ausschnitt)

60/00/8/14
ISBN 3 257 20031 5

INHALT

MARY HOTTINGER

Elegie für den Großen Detektiv

Es muß jetzt ungefähr dreißig Jahre her sein, daß die Oxford University Press eine Auswahl kurzer Detektivgeschichten mit einer Einleitung von Professor E.M. Wrong in der *World Classics Edition* herausgab. Das Buch erregte eine gelinde Sensation in literarisch anspruchsvollen Kreisen. Die Leute hatten eine Generation lang Detektivgeschichten gelesen, ohne sich jedoch zu getrauen, dies offen als eine schickliche Beschäftigung anzuerkennen. Jetzt aber fanden sie eine Rechtfertigung. Die *World Classics* wurden wegen ihrer Toleranz und modernen Einstellung gepriesen, und die Tatsache, daß Oxford von der Existenz der Detektivgeschichte Notiz genommen hatte, ließ den Anschein entstehen, daß dieses Genre ›angekommen‹ sei. Das Buch ist seit langem vergriffen, denn andere, weniger akademische und lebendigere Anthologien haben seinen Platz eingenommen.

Vor kurzem erschien in *The Times Literary Supplement* ein Leitartikel über die Detektivgeschichte. Unglücklicherweise trug er den Titel ›Die verdächtige Form‹. Aus diesen oder jenen Gründen ist die Detektivgeschichte – oder besser die Kriminalgeschichte, wie wir sie jetzt nennen müssen – doch nicht ›angekommen‹. Man kann sie vielleicht mit einer äußerst faszinierenden Frau vergleichen, die etwas mehr ›Vergangenheit‹ hat, als die Leute zu schlucken bereit sind.

Das ist merkwürdig, denn mehr und größeres Talent als je zuvor wird heute auf sie verwendet, besonders in der Form des Romans.

Man möchte auf die heutige Kriminalgeschichte die gleiche Charakterisierung anwenden, die einmal auf den Roman überhaupt gemünzt wurde: daß sie dem todgeweihten Patienten gleiche, der unter den Händen des Priesters und des Arztes, die sich über sein Bett beugen, hervorkriecht und an anderem Ort ein neues Leben beginnt. Von Präsidenten und Prälaten immer noch etwas verschämt gelesen, von Akademikern und anderen Intellektuellen immer noch als Freizeitbeschäftigung geschrieben, besteht sie doch auf ihrer Lebensberechtigung. Wenn das aber so ist, dann nur, weil sie ein Bedürfnis stillt.

Denn was man sonst auch über die Detektivgeschichte sagen mag, sie ist unterhaltsam, und sie kann eine ganze Hierarchie verschiedener Alters- und Bildungsgrade unterhalten. Eine große Menge Schund ist unter diesem Namen geschrieben worden, besonders in der Thriller-Kategorie, doch viele gute Schriftsteller arbeiten weiter daran und schreiben für kenntnisreiche und kultivierte Leser.

Einer der Gründe für ihre andauernde Vitalität wurde im ersten Band* dieser Reihe angeführt. Die Angelsachsen haben einfach kein Talent für wirklich gute, unterhaltende Liebesgeschichten; es reicht gerade für das Niveau der Magazine, die man beim Friseur liest. Wenn auch die Verschwörung des Schweigens über das Thema ›Sex‹ zusammengebrochen ist (die Frage, wie die Victorianer sich fortgepflanzt haben, ist nie gültig beantwortet worden), so bleibt die Behandlung dieses Themas doch schwerfällig. *Lady Chatterley* ist in jeder Beziehung das Gegenteil von

* *Mord,* Angelsächsische Kriminalgeschichten von E. A. Poe bis Agatha Christie, im Diogenes Verlag.

Les Liaisons Dangereuses, und bei allem Getue über eine billige Ausgabe des erstgenannten Buches schien den meisten Leuten entgangen zu sein, daß Lawrences Aggressivität in den die Kritik herausfordernden Stellen des Romans nur einen Überrest einfacher kleinbürgerlicher Prüderie darstellt.

Doch selbst die Angelsachsen lassen sich gern unterhalten, und es ist eine Tatsache, daß die Mehrzahl der sogenannten ›anständigen‹ und darum ›guten‹ heutigen Romane nicht amüsant ist. Wir brauchen nicht Somerset Maugham beizupflichten, daß der alleinige Zweck der Prosadichtung in Unterhaltung besteht; aber Prosadichtung ohne Unterhaltung weckt in dem Leser das ungute Gefühl, Quellenstudium für eine Dissertation zu betreiben. Wer weiß, wie viele Leser, die ihr täglich Maß an ›gutem‹ Lesestoff im Bett konsumieren, heimlich nach einer guten Detektivgeschichte greifen und sich erleichtert darüber hermachen?

So viel zur allgemeinen Lage. Man wird feststellen, daß der vorliegende Band sich nicht mit den großen Detektiven brüsten will, wie zum Beispiel Dupin, Sherlock Holmes, Father Brown, Poirot, Lord Peter Wimsey, Inspektor French, Anthony Gethryn und anderen. Zum größten Teil sind sie hier nicht mehr im Dienst. Nur drei treten noch auf, und das Motto für die ersten drei Geschichten dieser Sammlung könnte lauten: *morituri te salutant*, aber die Todgeweihten sind nicht die Opfer der Verbrechen, die Großen Detektive sind es. Denn der Große Detektiv ist im Sterben begriffen, und, wie es scheint, ohne Aussicht auf Wiederbelebung. Drei von ihnen sind hier also vertreten: Dr. Thorndyke, Mr. Albert Campion und Reggie Fortune.

Es wäre jedoch ein Irrtum, wollte man sie nur als

Epigonen betrachten. Dr. Thorndyke ist ein großer Repräsentant seines Typs, und *Der Fall Oscar Brodski* bleibt ein klassisches Stück. Nicht erhalten geblieben ist dagegen der typische Aufbau der klassischen Detektivgeschichte, wie er hier gezeigt wird: das reine Verbrechen – die Spuren – die Aufdeckung durch Schlußfolgerungen – die Lösung. Aber Thorndyke läßt sich mit einer Facette vergleichen, die von dem Großen Detektiv absplitterte und ein eigenes Leben weiterlebte. Für die große Armee der Detektivgeschichtenleser ist es nur ehrenvoll, daß sie bei aller Bewunderung Thorndykes jenen menschlichen Zug vermißten, der Sherlock Holmes zu einer nationalen Legende erhob.

Mr. Albert Campion hat von Sherlock Holmes die geheimnisumwitterte, gewiß aber edle Geburt geerbt; denn wir wissen, daß Albert Campion in Wirklichkeit anders heißt – gewöhnlich errötet er bei der Erwähnung adliger Titel. Außerdem wurde er einmal für den Gouverneursposten einer Insel, eines Stückes irgendeines Erdteils oder einer sonstigen britischen Besitzung vorgeschlagen, was man wohl als rechtmäßige Beschäftigung für jüngere Aristokratensöhne ansah. Wie Lord Peter Wimsey hat auch er einen Diener; aber während Wimseys Bunter den makellosen Butler verkörpert, ist Mr. Campions Diener Lugg ein ehemaliger Preisboxer, der dementsprechend aussieht und redet. Das Resultat ist eine frisch-fröhliche Intimität zwischen dem Adel und dem einfachen Volk, wie es sie bestimmt nie gegeben hat, die aber eine unwiderstehliche Anziehungskraft auf die breite bürgerliche Leserschicht ausübte. Mr. Campion ist, nebenbei bemerkt, jetzt mit Lady Amanda verheiratet, der Schwester jenes Earl of Pontisbright, dessen Vermögen Mr. Campion während eines seiner längeren Abenteuer zurückeroberte. Die beiden haben einen

Sohn, aber da Mr. Campion sich bei dessen Geburt nicht so unerhört dumm anstellte wie Lord Peter Wimsey bei der gleichen Gelegenheit*, blieb sein Spürsinn der Welt erhalten, und mit ergrauendem Haar klärt er weiter immer verwickeltere Verbrechen auf.

Reggie Fortune hat als Erbschaft von Sherlock Holmes dessen menschliches Mitgefühl übernommen, das Dr. Thorndyke fehlte, und er hat es bis zur Sentimentalität weiterentwickelt. Besonders mit Kindern hat er eine ›glückliche Hand‹. Er ist ebenfalls hoffnungslos vornehm. Er illustriert jene Beiläufigkeit, jene lässige Art, Verbrechen mit über die Schulter geworfenen Bemerkungen zu lösen, wie sie dem Großen Detektiv gewissermaßen als Rolle nach dem Abgang von Sherlock Holmes zufiel. (Nebenbei bemerkt: ist Holmes jemals gestorben? Und wenn ja, wie?)

Ob die Tatsache, daß Reggie intim mit dem Chef des C. I. D. befreundet ist, einen Schritt zum Verschwinden des Großen Detektivs darstellt, könnte erwägenswert sein. Einige der neuen Detektive – Appleby von Michael Innes, Gideon von J. J. Merric – sind im Schoße von Scotland Yard versammelt und operieren von dort aus. Sollte dies vielleicht auf der gleichen Linie der oft nachgewiesenen Tatsache liegen, daß man die in jungen Jahren leichtlebig gewesenen Frauen in ihrem Alter häufig in Klostertracht sehen kann?

Was geschah mit dem Großen Detektiv und was geschah mit der Detektivgeschichte, als er aus ihr verschwand? Wie sich zeigte, nahm die Entwicklung zur Kriminalgeschichte in Amerika und England einen ziemlich unterschiedlichen Verlauf, vor allem wegen der Verschiedenheit des gesellschaftlichen Standes und

* Dorothy Sayers: *The Haunted Policeman.*

der Methoden der Polizei in beiden Ländern und wegen des weit größeren Ansehens, das der Privatdetektiv in Amerika genießt. Man darf nicht vergessen, daß Dashiell Hammett, der Schöpfer der großartigen, für Amerika typischen ›harten‹ Kriminalgeschichte, früher einmal der Pinkerton-Agentur angehörte. So war es Erle Stanley Gardner möglich, seinen großen Privatdetektiv als Strafverteidiger arbeiten zu lassen und damit seinen Geschichten jenen Hintergrund zu geben, der jede Geschichte und jeden Film ›ankommen‹ läßt – die groß ausgespielte Szene im Gerichtshof. So etwas wäre in England wohl kaum möglich gewesen. Wenn sich nun die folgenden Bemerkungen hauptsächlich mit der englischen Spielart dieser Gattung befassen, dann deshalb, weil die Detektivgeschichte im ganzen gesehen eine englische Gattung ist, auf jeden Fall aber dort entstanden ist.

Zunächst muß gesagt werden, daß die *Detektiv*geschichte den Weg wenn auch nicht allen Fleisches, so doch bestimmt aller vom Menschen geschaffenen Form gegangen ist. Eine Form entsteht – in der Malerei, in der Musik, im Schauspiel – entweder durch die Schöpfung eines genialen Menschen oder auf irgendeine andere geheimnisvolle Weise. Sie inspiriert, befriedigt und beherrscht die Produktion ihrer Zeit. Selten aber inspiriert sie die Zeit, die unmittelbar darauf folgt. Fast immer, wenn eine Form nicht mehr befriedigt, bezichtigen die Leute sie der ›fehlenden Lebensnähe‹ und predigen eine ›Rückkehr zur Natur‹.

Die Detektivgeschichte ist eines der deutlichsten Beispiele für diesen Prozeß. Die Form erreichte ihre Perfektion durch das große, morbide und verwickelte Genie von Edgar Allan Poe. Ein geheimnisvolles Verbrechen, ein unbekannter Verbrecher, die hilflose Polizei, die Aufspürung des Verbrechers mittels logischer Schlußfolgerung an Hand der vorhandenen Spuren durch einen Außenseiter, der einen Gefährten nach dem Muster des *confident* in der französischen Tragödie hat – das alles ist bei Poe vorhanden. Aber er wandte sich von diesem Genre wieder ab, und es lag praktisch brach, bis Conan Doyle den Faden wieder aufnahm und seinen Großen Detektiv zum Teil der nationalen Mythologie werden ließ. Das Trio Detektiv, Gefährte und Polizei, das Conan Doyle mit Holmes, Watson und Lestrade nachgeschaffen hatte, erscheint wieder in Dr. Thorndyke, Jervis und einem etwas anonymen Inspektor, in Lord Peter Wimsey, Bunter und Charles Parker, in Mr. Campion, Lugg und Superintendent Oates. Selbst in Polly Brown, Mr. Richard Frobisher und Inspektor Jones in Baroness Orczys Geschichte kann man es noch aufspüren.

Aber dem Großen Detektiv fehlte die ›Lebensnähe‹. In gewissem Sinne hat der Erste Weltkrieg ihn getötet, denn er war der letzte große Romantiker. Furchtlosigkeit, Verachtung des Geldes und Ritterlichkeit gegenüber Frauen, alles Kennzeichen des Großen Detektivs, überlebten kaum den Krieg. Die Tatsache, daß der Große Detektiv niemals ›lebensnah‹ war, ist den Leuten gar nicht bewußt geworden; denn in seiner großen Zeit paßte, wie Charles II. einmal von jemand anders sagte, ›sein Unsinn zu ihrem Unsinn‹. Die Kriminalgeschichte folgte dem üblichen Zug des ›Zurück zur Natur‹.

Zwei Hauptfunktionen waren dem Großen Detektiv übertragen worden – er mußte ein Held sein, und er mußte etwas aufspüren. Das aber ließ der Entwicklung seiner Persönlichkeit wenig Raum. Wenn wir uns die Nachfahren von Holmes ansehen, finden wir sie mit äußerlichen Manieriertheiten herausgeputzt, die ihnen Individualität verleihen sollen, oft aber nur irritierend wirken, wie zum Beispiel Mr. Campions idiotischer Blick, Reggie Fortunes nachgemachte Redeweise der oberen Gesellschaftsschichten, Lord Peter Wimseys Kenntnis erlesener Weinjahrgänge und alter Bücher. Selbst in Amerika, wo Rex Stouts Nero Wolfe weiterhin seinen Beruf ausübt und blendend dabei fährt, schätzt dieser Detektiv seine Orchideen mehr als seine Klienten und trinkt Bier.

Das Thema der Gewalttätigkeit hat dieses Muster ersetzt und beschäftigt heutzutage in großem Maße sowohl die Leser als auch die Verfasser von Kriminalgeschichten. »Das Problem der Gewalttätigkeit«, meinte kürzlich ein Schriftsteller*, »ist das Herz und vielleicht der Schlüssel zu unserer Zeit.« Bei allem schuldigen Respekt gegenüber einem so scharfsichtigen Kritiker könnte man diesen Ausspruch abwandeln und sagen, das Herz und vielleicht der Schlüssel zu unserer Zeit sei die *Erkenntnis* der Gewalttätigkeit als eines integrierenden Bestandteils der menschlichen Natur. Große Schriftsteller haben sich nie davor gedrückt, aber ihre Leser verfolgten eine Vogel-Strauß-Politik, indem sie sagten: »Uns kann so etwas nicht passieren.« Eine interessante Illustration des Zusammenbrechens dieser Haltung findet sich in einem Schauspiel von W. Somerset Maugham, das auf einem Mordfall in einem äußerst angesehenen, gutbürgerlichen Londoner Vorort basiert. Der Titel des Stückes lautet: ›*Leute wie wir*‹.

Die drei langen Geschichten in der Mitte der vorliegenden Sammlung zeigen, daß Gewalttätigkeit tatsächlich auch Leuten wie uns widerfährt. Der Detektiv ist verschwunden, und was übrigbleibt, ist der zu Extremen getriebene Mensch. Das Muster ist nicht ganz neu. Joseph Conrad benutzte es in seinem Roman ›*Der Geheimagent*‹, obwohl er ihm auch da als Hintergrund internationale Intrigen, Spione und Bomben zur Unterstützung beigab. In unseren drei Geschichten resul-

* Norman Shrapnel in *The Times Literary Supplement* vom 23.6.1961

tiert die Gewalttätigkeit bis hin zum Mord einfach aus jenem ›Spiel der Persönlichkeiten *in privatim*‹, das G. K. Chesterton als Definition des Romans überhaupt anführte.

Noch überraschender kommt dies in den folgenden kürzeren Geschichten zur Geltung. Eine der bemerkenswertesten in bezug auf die Perfektion dieser Technik ist *Schwester Bessie*. Erpressung ist die übelste Form der Gewalttätigkeit, denn sie wirkt seelisch zerstörend; aber die hinterhältige, watschelnde Gestalt, die in früheren Zeiten als absolute Personifikation dieses Übels galt, erscheint hier als ein Mensch, den die Victorianer ohne Zögern als die ›perfekte Lady‹ anerkannt hätten.

Wie weit die Einschaltung von Gewalttätigkeit in das normale Leben geht, kann man in Henry Slesars Geschichte *Das tödliche Telephon* sehen, für die jeder Leser, ob leidenschaftlicher Detektivgeschichten-Liebhaber oder nicht, dankbar sein sollte. Die meisten Leute haben irgendwann schon den Drang verspürt, die Frau zu ermorden, die den einmal beschlagnahmten Telephonhörer nicht wieder aufhängt, während sie sich als Opfer dieser Gesprächssucht in Qualen winden. Zugegeben, die Rache, die über die Frau in dieser Geschichte kommt, ist grauenhaft, und wir wären vielleicht damit zufrieden gewesen, wenn eine unbeobachtete Hand den Telephondraht durchschnitten hätte.

Einen neuen Blickwinkel öffnet Cornell Woolridge in seiner Geschichte *Blonde Schönheit ermordet*. Der Mord selbst hat hier etwas Alltägliches und wirkt nie besonders interessant. Statt dessen sehen wir die tief aufrüttelnde Wirkung der sensationellen Schlagzeile mit der Mordankündigung auf das Leben einer Anzahl Leute. Dieses Verfolgen der Auswirkungen einer gewalttätigen Handlung bis ins Innere einer

Handvoll Menschen, die nicht einmal Zeugen dieses Aktes waren, erschließt alle möglichen Perspektiven; denn was ist letzten Endes die Auswirkung jener Gewalttätigkeit – die das Herz und den Schlüssel zu unserer Zeit darstellt – auf den normalen, gesetzesfürchtigen Staatsbürger? Die Geschichte zeigt sehr schön, wie weit die Detektivgeschichte auf ihrem Weg zur Kriminalgeschichte gereist ist.

Kein Genre kann sich so schnell und so ungestüm entwickeln und eine so breite Leserschicht erreichen, ohne zur Quelle für die Parodie zu werden. Das liegt in der Natur der Dinge. Aber selbst hier hat die Zeit ihr Werk getan, wie wir aus einem Vergleich von R. H. Davis' Geschichte *Im Nebel* mit den beiden Stükken *Da ich selbst ein Mörder bin* und *Zwei Flaschen Würze* sehen können. Die Geschichte von Davis ist eine kleine *tour de force*, denn er nimmt in sie das Element mit auf, das für gewöhnlich dem Leser zu entdecken überlassen wurde, damit er sich zu seiner Entdeckung gratulieren konnte: daß nämlich die gute alte Detektivgeschichte ein reines Phantasiegebilde und dazu bestimmt ist, die Zeit zu vertreiben. Sie ist in die Form der Romanze gekleidet, die zu Anfang des Jahrhunderts so beliebt war: mit fremden Schönheiten aus einem mysteriösen Land in Osteuropa und einer Andeutung von königlichen Personen im Hintergrund; sie erreichte ihre größte Erdferne in Anthony Hopes *Prisoner of Zenda*, einer Art englischem Gegenstück zu *Alt Heidelberg*. Der Witz dabei ist nur, daß die daran aufgewendete Zeit für nichts und wieder nichts verschwendet wurde. Diese Bemerkung ist nicht etwa bitter oder kritisch gemeint, und der sinnreiche Titel *Im Nebel* mag gleichzeitig für den zeitweiligen Geisteszustand aller Leser von Detektivgeschichten stehen. Doch bei den beiden anderen Geschichten beginnt man sich Gedanken darüber zu machen, ob nicht die Kriminalgeschichte eine eigene Art der Horrordichtung zu entwickeln beginnt. Man kann mit gutem Gewissen behaupten, daß keine interessante Ehe je ihren langen Lauf zu Ende gegangen ist, ohne daß einer der Partner ernsthaft die Ermordung des anderen geplant hat. Wenigstens haben wir heute den Mut, das einzugestehen. Aber ob die Phantasie jemals so weit gegangen ist, sich der Leiche – stets ein Problem beim Gattenmord – durch Auffressen zu entledigen, ist zweifelhaft. Doch wenn diese zwei Geschichten als zu unglaubwürdige Auswüchse betrachtet werden sollten, braucht man sich nur an Dickens zu halten*: zum Beispiel an jene Stelle, wo ein unliebsamer Zeitgenosse das Opfer einer Selbstentzündung wird und nichts weiter als einen Ölfleck auf dem Fußboden hinterläßt.

Abschließend muß gesagt werden, daß die gegenwärtige Entwicklung mehr zugunsten des Romans als der Kurzgeschichte ausschlägt. Die Kurzgeschichte muß sich auf ein einziges Thema konzentrieren und kann nicht mehrere ineinander verweben, wie wir es vom Roman erwarten. Es braucht schon den Romancier vom Format eines Graham Greene, um in der Kurzgeschichte eine Perspektive auf die Paralysierung eines ganzen Lebens durch die Zurschaustellung eines Mordes zu erschließen. Denn eine Gewalttat ist nicht vorbei und vergessen, sobald sie einmal geschehen ist. Ihre Auswirkungen sind so unvorhersehbar und andauernd wie die der Atombombe. Diese Tatsache ist sehr schön in Julian Symons *The Progress of a Crime* herausgearbeitet, einem der besten heutigen Kriminalromane, wo die zersetzenden Folgen des von einer Bande junger Halbstarker begangenen Mordes sich

* in seinem Roman *Bleak House*.

bis zum bitteren Ende auf manches Menschenleben auswirken. Aber nicht die Literatur über das Verbrechen ist im Abnehmen – das Gegenteil könnte bewiesen werden. Nur die Kurzgeschichte – früher die perfekte Mittlerin für die Ableitung und Aufdeckung des Verbrechens durch das alte Trio – hat einige Schwierigkeiten, mit der Zeit Schritt zu halten. Falls aber jemand befürchtet, daß das gesamte Genre tatsächlich auf dem Totenbett liegt, braucht er sich nur an die unsterbliche Literatur der Kinder zu halten, an Grimm und teilweise sogar Andersen. Er wird dann verstehen, daß der Mensch von Natur aus blutdürstig ist und daß es weitaus besser ist, wenn er diese Instinkte an bedrucktem Papier als an anderen Menschen befriedigt. Die alten Wiegenlieder stellen eine Anthologie kalten Grauens dar:

Rock-a-bye baby, in the tree-top,
When the wind blows, the cradle will rock,
When the bough breaks, the cradle will fall,
And down will come cradle and baby and all.

Und daß die Kinder sich weiter mit derartigen Dingen befassen, mag man aus dem folgenden Abzählreim ersehen:

Charlie Chaplin, meek and mild,
Stole a sixpence from a child,
When the child began to cry,
Charlie Chaplin said good-bye.

RICHARD AUSTIN FREEMAN

Der Fall Oscar Brodski

I

Der Mechanismus eines Verbrechens

Erstaunlich viel Unsinn ist über das Gewissen geredet worden. Schuldgefühle einerseits (oder ›Gewissensbisse‹, wie gewisse Gelehrte ultra-teutonischer Neigungen es zu nennen vorziehen würden) und ein ›ruhiges Gewissen‹ andererseits, diese beiden gelten als die entscheidenden Faktoren für ein glückliches Gemüt oder das Gegenteil.

Natürlich steckt ein Körnchen Wahrheit in dem Begriff ›ruhiges Gewissen‹, aber es ist ein sehr dehnbarer Begriff. Ein besonders unempfindliches Gewissen kann nämlich unter den widrigsten Bedingungen ganz ruhig sein – Bedingungen, unter denen ein zarter besaitetes Gewissen mit schweren ›Gewissensbissen‹ zu kämpfen hätte. Und es scheint außerdem eine Tatsache zu sein, daß einige Auserwählte überhaupt kein Gewissen haben, ein glückliches Manko, das sie über die Gemütsschwankungen des Durchschnitts der Menschenherde hinaushebt.

So ein Fall war, zum Beispiel, Silas Hickler. Keiner, der in sein fröhliches rundes Gesicht sah, das vor Güte strahlte und über das beständig ein Lächeln zuckte, hätte in ihm einen Verbrecher vermutet. Am allerwenigsten seine ehrbare, strengkirchliche Haushälterin, die Zeuge seiner durch nichts zu erschütternden

Freundlichkeit war, die ihn ständig vergnügt im Haus herum singen hörte und seinen gesegneten Appetit bei den Mahlzeiten registrierte.

Dennoch ist es eine Tatsache, daß Silas sein bescheidenes, so doch auskömmliches Einkommen mit der edlen Kunst des Einbrechens verdiente. Ein unsicherer und zugleich riskanter Beruf, jedoch nicht allzu gefährlich, wenn man ihm mit Umsicht und Mäßigkeit nachging. Und Silas war ein äußerst umsichtiger Mann. Er arbeitete stets allein. Er hielt nur mit sich selber Rat. Kein Komplize konnte, wenn man ihn unter Druck setzte, gegen ihn zeugen. Kein Bekannter würde ihn je in einem Wutanfall bei Scotland Yard verpfeifen. Auch habgierig und haltlos war er nicht, wie es die meisten Verbrecher sind. Seine ›Coups‹ fanden selten und nur in großen Abständen statt; sie wurden sorgfältig geplant und in aller Stille ausgeführt und die Erträgnisse wohlüberlegt in ›weekly property‹, wie er seine Mietshäuser ihres wöchentlichen Ertrags wegen nannte, angelegt.

In seiner Jugend war Silas in der Diamantenindustrie beschäftigt gewesen, und auch jetzt noch tätigte er ab und zu kleine Geschäfte. In der Branche verdächtigte man ihn, Beziehungen zum Schleichhandel mit Diamanten zu haben, und der eine oder andere taktlose Händler war sogar so weit gegangen, das ominöse Wort ›Hehler‹ zu flüstern. Aber Silas lächelte sein gütiges Lächeln und ging seiner Wege. Er wußte, was er wußte, und seine Kunden in Amsterdam waren nicht neugierig.

Das war Silas Hickler. Als er so in der Dämmerung eines Oktoberabends in seinem Garten herumspazierte, schien er ein typischer Vertreter des bescheidenen Wohlstandes der Mittelklasse. Er hatte den Reiseanzug an, den er immer auf seinen kurzen Geschäftsreisen trug; seine Reisetasche war gepackt und stand auf dem

Sofa im Wohnzimmer bereit. Ein Päckchen mit Diamanten (ehrlich, wenn auch ohne überflüssige Fragen erworben) ruhte in der Brusttasche seines Jacketts. Ein anderes, wertvolleres war in einer Höhlung im Absatz seines rechten Stiefels verborgen. In anderthalb Stunden würde es Zeit für ihn sein, sich auf den Weg zu machen, um den Schiffszug an der Umsteigestation zu erreichen. In der Zwischenzeit konnte er nichts weiter tun, als im verdämmernden Garten herumzugehen und zu überlegen, wie er die Erträgnisse aus dem bevorstehenden Geschäft anlegen sollte. Seine Haushälterin war nach Welham hinübergegangen, um für die Woche einzukaufen, und würde kaum vor 11 Uhr zurück sein. Er war allein zu Hause und langweilte sich ein bißchen.

Gerade war er im Begriff, ins Haus zurückzugehen, als sein Ohr auf der halbfertigen Straße, die am Ende des Gartens vorüberführte, Schritte vernahm. Er blieb stehen und horchte. Es gab keine anderen Häuser in der Nähe, und die Straße führte nirgends hin, sondern verlor sich im Brachland hinter dem Hause. Sollte es ein Besucher sein? Das war ziemlich unwahrscheinlich, denn Besucher waren in Silas Hicklers Haus eine große Seltenheit. In der Zwischenzeit kamen die Schritte beständig näher und hallten mit zunehmender Lautstärke auf dem harten, steinigen Weg. Silas ging langsam hinunter an die Gartenpforte, lehnte sich hinüber und sah mit einer gewissen Neugier hinaus. Im selben Augenblick zeigte ihm ein plötzlicher Lichtschein das Gesicht eines Mannes, der sich anscheinend seine Pfeife anzündete. Dann löste sich eine undeutliche Gestalt aus der zunehmenden Dunkelheit, kam auf ihn zu und blieb vor dem Garten stehen. Der Fremde nahm seine Zigarette aus dem Munde und fragte, während er eine Rauchwolke ausstieß –

»Können Sie mir vielleicht sagen, ob dieser Weg zur Umsteigestation Bradsham führt?«

»Nein«, antwortete Hickler, »aber weiter drüben gibt es einen Fußweg, der zum Bahnhof führt.«

»Fußweg!« grollte der Fremde, »von Fußwegen habe ich jetzt genug. Ich bin nämlich von London nach Catley gefahren und wollte von dort aus zum Bahnhof laufen. Zunächst blieb ich auf der Chaussee, aber unterwegs machte mich irgendein Idiot auf eine Abkürzung aufmerksam, mit dem Resultat, daß ich seit einer halben Stunde hier im Dunkeln herumtappe. Ich sehe nicht sehr gut, müssen Sie wissen«, fügte er noch hinzu.

»Welchen Zug wollen Sie denn erreichen?« fragte Hickler.

»Den um sieben Uhr achtundfünfzig«, war die Antwort.

»Das ist derselbe Zug, den ich auch nehme», sagte Silas, »aber vor einer Stunde gehe ich nicht weg. Der Bahnhof ist nur eine dreiviertel Meile entfernt von hier. Wenn Sie hereinkommen wollen, um sich ein bißchen auszuruhen, können wir zusammen gehen; dann sind Sie wenigstens sicher, daß Sie den Weg nicht verfehlen.«

»Sehr liebenswürdig von Ihnen«, sagte der Fremde und warf durch seine Brille einen Blick auf das dunkle Haus, »aber – ich glaube –«

»Ist doch immer noch besser, hier zu warten als auf dem Bahnhof«, sagte Silas in seiner zuvorkommenden Art und hielt die Gartenpforte offen; und nach einem kurzen Zögern trat der Fremde ein. Er warf die Zigarette weg und folgte Silas zur Haustür.

Das Wohnzimmer war dunkel, bis auf das schwache Glühen des verglimmenden Feuers, aber Silas, der vor seinem Gast hereingekommen war, nahm ein Streichholz und zündete die Lampe an, die von der

Decke herunterhing. Als das Licht aufflammte und den kleinen Raum erhellte, musterten sich die beiden Männer mit gegenseitiger Neugier.

›Brodski! Donnerwetter!‹ war Hicklers schweigender Kommentar, als er seinen Gast ansah. ›Erkennt mich anscheinend nicht – natürlich, wie sollte er auch, nach so vielen Jahren und mit seinen schlechten Augen.‹ Und laut sagte er: »Nehmen Sie doch Platz, Sir. Wollen wir nicht eine Kleinigkeit zu uns nehmen, damit die Zeit schneller vergeht?«

Brodski murmelte eine undeutliche Zustimmung, und während sein Gastgeber sich umdrehte und einen Wandschrank öffnete, legte er seinen Hut (einen steifen, grauen Filzhut) auf einen Stuhl in einer Ecke, er stellte seine Reisetasche auf eine Ecke des Tisches, lehnte seinen Schirm dagegen und setzte sich in einen kleinen Sessel.

»Vielleicht auch einen Keks?« fragte Hickler, als er die Whiskyflasche auf den Tisch stellte, dazu zwei seiner besten Whiskygläser mit Sternschliff und eine Siphonflasche.

»Danke, sehr gern«, sagte Brodski. »Die Eisenbahnfahrt, wissen Sie, und diese verdammte Herumlauferei – «

»Ja ja«, stimmte Silas zu. »Nie gut, mit leerem Magen auf die Reise zu gehen. Hoffe, Sie haben nichts gegen Vollkornplätzchen; andere sind leider nicht da, wie ich sehe.«

Brodski beeilte sich, ihm zu versichern, daß er gerade für Vollkornplätzchen eine besondere Vorliebe habe, und machte sich zum Beweis mit augenscheinlichem Gusto über die Plätzchen her, nachdem er sich zuvor einen starken Whisky Soda eingeschenkt hatte.

Brodski war ein langsamer Esser und schien im Augenblick ziemlich ausgehungert. Da sein gleichmäßiges, geräuschvolles Kauen einer Unterhaltung alles andere als zuträglich war, blieb es meistens Silas überlassen, zu reden; und gerade diesmal fiel diesem freundlichen Gesetzesübertreter seine Aufgabe sehr schwer. Das Natürlichste wäre gewesen, sich nach dem Reiseziel seines Gastes und eventuell auch nach dem Zweck seiner Reise zu erkundigen. Aber das war es ja gerade, was Hickler zu vermeiden suchte. Denn er kannte beides, und sein Instinkt riet ihm, diese Kenntnis für sich zu behalten.

Brodski war einer der angesehensten Diamantenhändler und machte nur Geschäfte im großen. Er kaufte hauptsächlich ungeschliffene Steine und war darin ein ganz hervorragender Kenner. Seine Liebhaberei waren Steine von ausgefallener Größe und ungewöhnlichem Wert, und es war allgemein bekannt, daß er die Gewohnheit hatte, selber mit den Steinen nach Amsterdam zu fahren, wenn er genügend beisammen hatte, und das Schleifen der rohen Steine zu überwachen. Hickler zweifelte nicht, daß Brodski sich auf einer seiner sporadischen Exkursionen befand und daß irgendwo in den Taschen seiner ziemlich schäbigen Kleidung ein Päckchen im Werte von wahrscheinlich mehreren tausend Pfund verborgen war.

Brodski saß beim Tisch, kaute monoton und sprach wenig. Hickler saß ihm gegenüber, redete nervös und zuweilen sehr aufgeregt und beobachtete seinen Gast mit wachsender Spannung. Edelsteine, und besonders Diamanten, waren Hicklers Spezialität. ›Hard stuff‹ – Silbergeschirr – mied er ganz. Gold, außer in Form von Goldstücken, rührte er nur selten an. Aber Steine, von denen er eine ganze Kollektion in seinem Stiefelabsatz transportieren und mit absoluter Sicherheit losschlagen konnte, bildeten das Hauptkontingent seines Geschäfts. Und hier saß ihm ein Mann gegenüber, der ein Päckchen in der Tasche hatte, das den Gegenwert von einem Dutzend seiner ertragreichsten ›Coups‹

darstellte; Steine im Wert von vielleicht – hier riß er sich gewaltsam zusammen und redete wild drauf los, ohne jeden Zusammenhang. Denn sogar während er sprach, schienen sich unwillkürlich andere, in seinem Unterbewußtsein entstandene Worte in die Zwischenräume seiner Sätze einzuschleichen und einen parallelen Gedankengang in Bewegung zu setzen.

»Wird doch schon recht kühl am Abend, was?« sagte Hickler.

»Ja, das stimmt«, gab Brodski zu und nahm dann sein langsames Kauen wieder auf, wobei er hörbar durch die Nase atmete.

›Fünftausend mindestens‹, fuhr der unterbewußte Gedankengang fort; ›wahrscheinlich aber sechs- oder siebentausend – vielleicht sogar zehn.‹ Silas rutschte nervös in seinem Sessel hin und her und bemühte sich, seine Gedanken auf irgendein interessantes Thema zu konzentrieren. Immer unangenehmer wurde ihm sein neuer und ganz ungewohnter Geisteszustand bewußt.

»Interessieren Sie sich für Gartenarbeit?« fragte er. Außer für Diamanten und ›weekly property‹ hatte er eine unwiderstehliche Schwäche für Fuchsien.

Brodski kicherte verächtlich. »Das hätte mir noch gefehlt. In Hatton Garden...« Er hielt plötzlich inne und fügte dann hinzu: »Ich bin nun mal ein alter Londoner, ein typischer Großstadtmensch, wissen Sie.«

Das plötzliche Zögern war von Silas nicht unbemerkt geblieben, noch hatte er die geringste Schwierigkeit, es zu deuten. Ein Mann, der so unbeschreibliche Reichtümer bei sich hatte, mußte mit seinen Äußerungen sehr vorsichtig sein.

»Ja«, antwortete er zerstreut, »das ist auch kein Hobby für einen Londoner.« Und dann machte er, halb unbewußt, einen schnellen Überschlag: Angenommen fünftausend Pfund. Was würde das in ›weekly property‹ ausmachen? Sein letzter Häuserkomplex hatte ihn zweihundertfünfzig Pfund pro Haus gekostet, und er hatte sie für zehn Schilling Sixpence pro Woche vermietet. Fünftausend Pfund würden also zwanzig Häuser à zehn Schilling Sixpence pro Woche repräsentieren - das hieße zehn Pfund pro Woche – ein Pfund und acht Schillinge pro Tag – das wären fünfhundertzwanzig Pfund im Jahr – auf Lebenszeit. Ein schönes Einkommen! Das, in Verbindung mit dem, was er bereits besaß, bedeutete Reichtum. Mit einem solchen Einkommen könnte er seine Werkzeuge getrost in den Fluß werfen und den Rest seines Lebens in Ruhe und Sicherheit genießen.

Verstohlen warf er einen Blick auf seinen Gast am anderen Ende des Tisches und sah dann schnell wieder weg, als er einen Impuls in sich aufsteigen fühlte, dessen Natur nicht mißzuverstehen war. Das mußte ein Ende haben. Verbrechen gegen die Person hatte er immer für glatten Wahnsinn gehalten. Zugegeben, da war der kleine Zwischenfall mit dem Polizisten in Weybridge. Aber das war nicht vorherzusehen und nicht zu vermeiden gewesen. Außerdem war der Polizist selber schuld gewesen. Und dann noch die Sache mit der alten Haushälterin in Epsom. Kein Wunder, nachdem diese alte Idiotin schrie wie am Spieß – trotzdem war es nur ein Versehen gewesen, wenn auch natürlich sehr bedauerlich, und keiner hätte über diesen Unfall betrübter sein können als er selber. Aber vorsätzlicher Raubmord! Reiner Wahnsinn!

Wäre er natürlich zufällig ein derartiger Mensch gewesen, war hier die Chance seines Lebens. Die enorme Beute, das leere Haus, die einsame Nachbarschaft, fern von der Hauptstraße und anderen Siedlungen; die Zeit, die Dunkelheit – aber da war natürlich die Leiche, an die man denken mußte; das war immer die große Schwierigkeit. Was geschah mit der Leiche – In diesem Augenblick vernahm er das Kreischen des ankommenden Schnellzuges, der gerade in die Kurve einbog, wo die Bahnstrecke am Brachfeld hinter dem Hause vorbeiführte. Dieses Geräusch setzte einen neuen Gedankengang in Bewegung, und während er ihm nachhing, heftete sich sein Blick an den ahnungslosen und wortkargen Brodski, der gedankenverloren dasaß und langsam seinen Whisky trank. Schließlich riß er seinen Blick mit Gewalt los. Er stand plötzlich auf, drehte sich zum Kamin um und sah auf die Uhr, während er die Hände vor dem ausgehenden Feuer ausbreitete. Ein Durcheinander seltsamer Gefühle beschwor ihn, das Haus zu verlassen. Er fröstelte leicht, obgleich ihm eher heiß als kalt war, und wandte den Blick zur Tür.

»Ich weiß nicht, es zieht hier verteufelt«, sagte er, und wieder überfiel ihn das leichte Frösteln; »vielleicht hab' ich die Tür nicht richtig zugemacht?« Er ging mit großen Schritten durch das Zimmer, riß die Tür weit auf und sah in den dunklen Garten hinaus. Er hatte plötzlich nur den einen Wunsch: draußen zu sein in der frischen Luft, sich auf den Weg zu machen und diesen Wahnsinn loszuwerden, der da an die Tore seines Gehirns pochte.

»Ich frage mich, ob wir nicht jetzt schon aufbrechen sollten«, sagte er mit einem sehnsüchtigen Blick zum trüben, sternlosen Himmel hinauf.

Brodski erhob sich langsam und sah sich um. »Geht Ihre Uhr richtig?« fragte er.

Silas gab zögernd zu, daß sie richtig gehe.

»Wie lange braucht man denn zum Bahnhof?« erkundigte sich Brodski.

»Ach, ungefähr fünfundzwanzig Minuten bis eine halbe Stunde«, erwiderte Silas; unbewußt übertrieb er.

»Aber dann haben wir ja noch über eine Stunde Zeit«, sagte Brodski, »und hier ist es doch angenehmer, als auf dem Bahnhof herumzustehen. Ich sehe eigentlich keinen Grund, warum wir schon aufbrechen sollen, wenn wir noch gar nicht müssen.«

»Nein, natürlich nicht«, pflichtete Silas bei. Eine Flut widersprechender Empfindungen schoß ihm durch den Kopf, halb bedauernd, halb triumphierend. Er blieb noch ein Weilchen auf der Türschwelle stehen und blickte träumerisch in die Nacht hinaus. Dann schloß er leise die Tür, und scheinbar ohne es zu wollen, drehte er geräuschlos den Schlüssel im Schloß um.

Er setzte sich wieder in seinen Stuhl und versuchte, den schweigsamen Brodski in eine Unterhaltung zu verwickeln, aber die Worte kamen nur zögernd und abgerissen. Er fühlte, wie sein Gesicht anfing zu glühen, daß sein Schädel zum Zerspringen voll war, und in seinen Ohren war ein fernes helles Singen. Er merkte, daß er seinen Gast mit einem ganz neuen und erschreckenden Interesse beobachtete, und mit äußerster Willensanstrengung wendete er den Blick weg; aber nur, um ihn schon im nächsten Augenblick wieder, ohne es zu wollen, mit noch schrecklicherer Intensität auf dem ahnungslosen Brodski ruhen zu lassen. Und ununterbrochen zogen, wie eine entsetzliche Prozession, die Vorstellungen durch sein Gehirn, was wohl jener andere Mensch, der blutrünstige und gewalttätige, unter diesen Umständen tun würde. Stück um Stück fügte dieses scheußliche Phantasiegebilde die einzelnen Phasen des imaginären Verbrechens aneinander und ordnete sie in der entsprechenden Reihenfolge, bis sie einen Ablauf von durchdachten, miteinander verbundenen und zusammenhängenden Handlungen ergaben.

Er stand verlegen auf, den Blick immer noch auf seinen Gast gerichtet. Es war ihm einfach unmöglich, diesem Manne, mit seinem verborgenen Schatz kostbarer Steine, noch länger gegenüberzusitzen. Dieser Trieb, den er mit Furcht und Staunen zugleich erkannte, wurde von Minute zu Minute zügelloser. Wenn er dablieb, würde es ihn unweigerlich überkommen und dann – – Er schrak mit Entsetzen vor diesem grauenhaften Gedanken zurück, aber es kribbelte ihm in den Fingern, die Diamanten in der Hand zu halten. Denn Silas war nun mal ein Verbrecher, von Natur und aus Gewohnheit. Er war ein Raubtier. Seinen Lebensunterhalt hatte er nie ehrlich verdient, er hatte ihn immer nur durch List oder, wenn nötig, mit Gewalt genommen. Seine Instinkte waren räuberisch, und aus der Nähe unbewachter Kostbarkeiten ergab sich für ihn als logische Konsequenz nur deren Sicherstellung oder, wenn das nicht geschah, dann Raub. Seine Abneigung, sich diese Diamanten entgehen zu lassen, wurde bald unüberwindlich.

Aber *eine* Anstrengung, zu entkommen, wollte er noch machen. Er würde sich von Brodski bis zu dem Moment fernhalten, wo sie aufbrechen mußten.

»Entschuldigen Sie mich einen Augenblick«, sagte er, »ich will mir nur festere Stiefel anziehen. Wir haben so lange trockenes Wetter gehabt, da könnte es plötzlich umschlagen, und nasse Füße sind sehr unangenehm, besonders auf der Reise.«

»Ja – gefährlich außerdem«, stimmte Brodski zu.

Silas ging über den Gang in die angrenzende Küche, wo er beim Licht der kleinen Lampe, die dort brannte, seine schweren Wetterstiefel geputzt und in Bereitschaft hatte stehen sehen, und ließ sich auf einem Stuhl nieder, um die Schuhe zu wechseln. Selbstverständlich hatte er gar nicht die Absicht, seine Wetterstiefel zu tragen, waren doch die Diamanten in denen verborgen, die er anhatte. Aber er wollte sie zunächst mal anziehen und sich's dann nachher wieder anders überlegen. So verging doch wenigstens die Zeit. Er atmete erleichtert auf. Jedenfalls war es schon eine Erlösung, nicht mehr in diesem Zimmer zu sitzen.

Vielleicht ging die Versuchung vorüber, wenn er draußen blieb. Brodski würde sich auf den Weg machen – wenn er doch nur allein ginge – und die Gefahr wäre vorüber – zumindest – war dann keine Gelegenheit mehr – die Diamanten –

Er blickte auf, während er langsam den einen Stiefel aufschnürte. Von der Stelle aus, wo er saß, konnte er Brodski beim Tisch sitzen sehen, mit dem Rücken zur Küchentür. Er hatte aufgehört zu essen und drehte sich in aller Ruhe eine Zigarette. Silas atmete schwer. Er streifte den Stiefel ab, saß eine Weile regungslos da und starrte wie gebannt auf den Rücken des anderen. Dann schnürte er den anderen Stiefel auf, wobei er unausgesetzt wie hypnotisiert zu seinem ahnungslosen Gast hinüberstarrte. Er zog den Stiefel aus und stellte ihn geräuschlos auf den Boden.

Brodski hatte inzwischen seelenruhig seine Zigarette fertig gedreht, leckte das Papier, steckte seinen Tabaksbeutel weg und suchte, nachdem er noch die Tabakskrümchen von seinen Knien abgestreift hatte, in seinen Taschen nach Streichhölzern. Einem unkontrollierbaren Zwang gehorchend, stand Silas plötzlich auf und schlich auf leisen Sohlen hinüber ins Wohnzimmer. Seine nur in Strümpfen steckenden Füße bewegten sich völlig geräuschlos. Leise wie eine Katze stahl er sich vorwärts; er atmete lautlos durch seine halbgeöffneten Lippen, bis er auf der Schwelle des Zimmers stand. Sein Gesicht färbte sich plötzlich dunkelrot, seine weitaufgerissenen, starren Augen glitzerten im Lampenlicht, und sein überhitztes Blut dröhnte ihm in den Ohren.

Brodski entzündete ein Streichholz – Silas bemerkte, daß es ein Holzzündholz war –, steckte sich die Zigarette an, blies das Zündholz aus und warf es in den Kamin. Dann steckte er die Schachtel wieder ein und begann zu rauchen.

Vorsichtig und ohne ein Geräusch zu machen, schlich Silas Schritt für Schritt mit katzenhafter Geschmeidigkeit weiter ins Zimmer hinein, bis er dicht hinter Brodskis Sessel stand – so dicht, daß er den Kopf wegdrehen mußte, damit sein Atem nicht das Haar dieses Mannes streifte. So verharrte er ungefähr eine halbe Minute, ohne sich zu rühren, wie eine in Stein gehauene Allegorie des Mordes, und stierte mit furchterregenden, funkelnden Augen auf den ahnungslosen Diamantenhändler hinunter, während sein schneller Atem geräuschlos durch die geöffneten Lippen kam und seine Finger sich langsam krümmten wie die Fangarme eines riesigen Polypen. Dann aber schlich er sich so lautlos, wie er gekommen war, wieder zur Tür, drehte sich schnell um und ging in die Küche zurück.

Er atmete erleichtert auf. Es hätte nicht viel gefehlt, und – Brodskis Leben hatte nur an einem Faden gehangen. Alles war so glatt gegangen. Wirklich – er hätte in diesem Augenblick nur zufällig eine Waffe bei sich haben müssen, während er hinter dem Stuhl des Mannes stand – einen Hammer, zum Beispiel, oder auch nur einen Stein –

Er sah sich suchend in der Küche um, und sein Blick blieb an einer Eisenstange hängen, welche die Arbeiter zurückgelassen hatten, als sie mit dem neuen Gewächshaus fertig waren. Es war ein übriggebliebenes Stück Eisen, das von einem viereckigen schmiedeeisernen Fenstergitter abgeschnitten worden war, ungefähr fünfundzwanzig Zentimeter lang und zwei Zentimeter dick. Hätte er das zum Beispiel vor einer Minute in der Hand gehabt –

Er griff nach dem Eisen, balancierte es abschätzend in der Hand und schwang es dann über seinem Kopf herum. Das war eine tolle Waffe – eine geräuschlose noch dazu. Und wie das in den Plan paßte, der ihm durch den Kopf geschossen war. Pah! Es wäre gescheiter von ihm, das Ding wieder wegzulegen.

Das tat er aber nicht. Statt dessen ging er an die Tür und beobachtete Brodski, der genau wie vorher, mit dem Rücken zur Tür, nachdenklich rauchend dasaß.

Plötzlich kam Leben in Silas. Das Blut stieg ihm zu Kopf, seine Halsadern traten heraus, und eine finstere Entschlossenheit prägte sich in seinem Gesicht aus. Er zog seine Uhr heraus, warf einen kurzen Blick darauf und steckte sie wieder ein. Dann ging er mit schnellen, aber lautlosen Schritten über den Gang ins Wohnzimmer.

Einen Schritt vom Sessel seines Opfers entfernt blieb er stehen und faßte sein Ziel sorgfältig ins Auge. Die Eisenstange schoß in die Höhe, mußte aber ein Geräusch verursacht haben, denn Brodski fuhr herum, gerade als sie schon durch die Luft auf ihn heruntersauste. Diese Bewegung jedoch veränderte das Ziel des Mörders, die Stange streifte den Kopf seines Opfers nur und verursachte nur eine geringfügige Wunde. Brodski sprang mit einem zittrig gellenden Schrei auf und umklammerte den Arm seines Angreifers mit der Hartnäckigkeit der Todesangst.

Jetzt entwickelte sich ein schrecklicher Ringkampf, in dem die beiden Männer, in eine tödliche Umarmung verstrickt, hin- und herschwankten und wild um sich traten. Dabei rissen sie den Sessel um, ein leeres Glas wurde vom Tisch gefegt und mit Brodskis Brille von ihren stampfenden Füßen zertreten. Dreimal hallte dieser schauerliche, mitleiderregende gellende Schrei in die Nacht hinaus und erfüllte Silas trotz seiner mordgierigen Raserei mit Schrecken, daß ihn vielleicht doch ein unerwartet Vorübergehender hören könnte. Seine ganze Kraft zu einem letzten Versuch zusammenraffend, schob er sein Opfer rückwärts bis an den Tisch, packte einen Zipfel des Tischtuches, warf ihn seinem Opfer über das Gesicht, und als es den Mund öffnete, um einen neuen Schrei auszustoßen, preßte er ihm den Zipfel wie einen Knebel in den Mund. Und so verharrten sie volle zwei Minuten, wie das Gruppenbild einer tragischen Allegorie. Dann, als auch die letzten schwachen Zuckungen aufgehört hatten, löste Silas seine Umklammerung und ließ den leblosen Körper zu Boden gleiten.

Es war vorüber. Was immer daraus werden sollte, die Sache war erledigt. Schwer atmend richtete Silas sich auf und sah, während er sich den Schweiß vom Gesicht wischte, auf die Uhr. Die Zeiger standen auf einer Minute vor Sieben. Das Ganze hatte etwas über drei Minuten gedauert. Er hatte also ungefähr noch eine Stunde Zeit, um sein Vorhaben zu Ende zu führen. Der Güterzug, den er in seinen Plan mit einbezogen hatte, mußte in etwa zwanzig Minuten hier vorbeikommen, und bis zum Bahngelände waren es nur etwas über dreihundert Meter. Trotzdem durfte er keine Zeit verlieren. Er war jetzt ziemlich gefaßt. Das einzige, was ihn störte, war der Gedanke, daß man Brodskis Schreie gehört haben könnte. Hatte sie niemand gehört, war alles ganz einfach. Er beugte sich nieder und zog das Tischtuch vorsichtig zwischen den Zähnen des Toten heraus. Dann durchsuchte er sorgfältig dessen Taschen. Es dauerte gar nicht lange, da hatte er gefunden, was er suchte; und als er das Päckchen herauszog und die kleinen harten Brocken fühlte, die sich darin aneinander rieben, gingen seine schwachen Skrupel wegen des Geschehenen in Eigenlob über.

Jetzt machte er sich mit geschäftsmäßigem Eifer und einem forschenden Blick auf die Uhr an sein Werk. Ein paar große Blutstropfen waren auf das Tischtuch gefallen, und auf dem Teppich, neben dem Kopf des Toten, war eine kleine Blutspur. Silas holte etwas

Wasser, eine Nagelbürste und ein trockenes Tuch aus der Küche, und nachdem er die Flecken aus dem Tischtuch entfernt hatte – und auch die Tischplatte darunter nicht vergaß –, den Fleck vom Teppich weggeputzt und die feuchten Stellen trockengerieben hatte, schob er einen Bogen Papier unter den Kopf der Leiche, um einer weiteren Verunreinigung vorzubeugen. Dann strich er das Tischtuch glatt, stellte den Sessel wieder auf, legte die zertretene Brille auf den Tisch, hob die Zigarette auf, die während des Kampfes platt getreten worden war, und schleuderte sie unter den Rost im Kamin. Dann waren da noch die Glasscherben, die er auf eine Müllschippe fegte. Teils waren es die Stücke des zerbrochenen Whiskyglases, teils die Scherben der zerbrochenen Brillengläser. Er schüttete alles auf einen Bogen Papier und sah es sorgfältig durch, wobei er die größeren Scherben der Brillengläser heraussuchte und zusammen mit einem Häufchen kleinerer Splitter auf einen Extrabogen beiseite tat. Das übrige schüttete er zurück auf die Müllschippe, zog sich schnell die Stiefel an und trug die Müllschippe zum Schutthaufen hinter dem Haus.

Jetzt war es Zeit aufzubrechen. Hastig schnitt er ein langes Stück Schnur von einem großen Knäuel ab – denn Silas war ein pedantischer Mensch und haßte gebrauchte Schnurreste, mit denen sich viele Leute zu behelfen pflegen –, band die Reisetasche und den Schirm des Toten damit zusammen und hängte sich beides über die Schulter. Dann steckte er das Papier mit den zerbrochenen Brillengläsern und das Brillengestell in seine Jackettasche, hob den Toten auf und warf ihn sich über die andere Schulter. Brodski war ein kleiner, leichter Mann gewesen und wog nicht mehr als sechzig Kilo, keine so ungeheure Last für einen so großen, athletischen Mann wie Silas.

Es war eine besonders dunkle Nacht, und als Silas

über die Gartenpforte hinweg auf das Brachfeld hinaus sah, das sich von seinem Hause bis zum Bahngelände hin erstreckte, konnte er kaum zwanzig Meter weit sehen. Nachdem er vorsichtig gelauscht und keinen Laut gehört hatte, trat er hinaus und zog die Pforte geräuschlos hinter sich zu. Dann schritt er in ziemlichem Tempo, aber doch vorsichtig, über den holprigen Boden dahin. Sein Vorwärtskommen war nicht so lautlos, wie er sich's gewünscht hätte, denn obgleich die dünne Erdschicht, die den steinigen Boden deckte, dick genug war, um das Geräusch seiner Schritte zu dämpfen, machten die hin- und herschlenkernde Tasche und der Regenschirm ein irritierendes Geräusch. Tatsächlich behinderten sie seine Bewegungen viel mehr als die viel schwerere Last.

Der Bahndamm war ungefähr dreihundert Meter entfernt. Gewöhnlich legte er diese Strecke in drei bis vier Minuten zurück. Heute aber brauchte er genau sechs Minuten, um den Lattenzaun zu erreichen, der das Bahngelände vom Brachfeld trennte, denn er mußte mit seiner Last vorsichtig gehen; und hin und wieder blieb er stehen, um aufmerksam zu lauschen. Vor dem Zaun angekommen, blieb er einen Augenblick stehen, horchte wie gespannt und spähte nach allen Seiten in die Dunkelheit. Kein Lebewesen war in dieser Einsamkeit zu sehen oder zu hören. Aber in der Ferne ermahnte ihn der Pfiff einer Lokomotive, sich zu beeilen.

Nachdem er die Leiche mühelos über den Zaun gehoben hatte, trug er sie noch ein paar Meter weiter, bis zu einem Punkt, wo die Geleise eine scharfe Biegung machten. Dort legte er sie, das Gesicht nach unten, mit dem Hals über die vordere Schiene. Er zog sein Taschenmesser heraus und schnitt den Knoten durch, der Schirm und Schnur zusammenhielt, und machte auch die Tasche los. Und nachdem er Tasche und

Schirm neben den Ermordeten auf die Strecke geschleudert hatte, steckte er den Bindfaden sorgfältig in die Tasche, außer einer kleinen Schlaufe, die zu Boden gefallen war, als er den Knoten durchschnitt.

Das kurze Schnaufen und das ratternde Gerumpel eines sich nähernden Güterzuges waren jetzt ganz deutlich zu hören. Schnell zog Silas noch das verbogene Brillengestell und das Papier mit den zerbrochenen Gläsern aus der Tasche. Ersteres warf er neben den Kopf des Toten hin, schüttete dann den Inhalt des Papieres in seine Hand und streute die Scherben um das Brillengestell herum.

Es war keineswegs zu früh. Schon hörte man das schnelle, stoßartige Puffen der Lokomotive ganz in der Nähe. Am liebsten wäre er stehengeblieben, um zuzuschauen, um Zeuge der endgültigen Katastrophe zu sein, die den Mord in einen Unfall oder Selbstmord verwandeln sollte. Aber das war wohl nicht ratsam. Es war gescheiter, nicht in der Nähe zu bleiben, sonst könnte es noch passieren, daß er nicht mehr wegkäme, ohne gesehen zu werden. Blitzschnell kletterte er über den Zaun zurück und lief querfeldein, während der Zug sich fauchend und ratternd der Kurve näherte.

Silas hatte seine Gartenpforte schon fast erreicht, als ein Geräusch vom Bahngelände her ihn urplötzlich zum Stehen brachte. Es war ein langanhaltendes Pfeifen, begleitet vom Knirschen der Bremsen und dem lauten Gerumpel der zusammenstoßenden Waggons. Das Schnauben der Lokomotive hatte aufgehört und wurde abgelöst von dem durchdringenden Zischen entweichenden Dampfes.

Der Zug war zum Stehen gekommen!

Einen Moment lang stand Silas wie vom Donner gerührt, mit angehaltenem Atem und offenem Munde da. Dann ging er mit großen Schritten eilig auf die

Gartenpforte zu, schlüpfte hinein und schob lautlos den Riegel vor. Er war ohne Zweifel beunruhigt. Was war da auf der Strecke passiert? Es war ziemlich sicher, daß man die Leiche gefunden hatte; also, was würde jetzt geschehen? Und würde man am Ende nicht auch hier ins Haus kommen? Er betrat die Küche, und nachdem er nochmals stehen geblieben war, um zu lauschen – denn es konnte ja jeden Moment einer kommen und an die Tür klopfen –, ging er durch ins Wohnzimmer und sah umher. Soweit schien alles in Ordnung zu sein. Halt, da lag ja noch die Eisenstange, die er während des Kampfes hatte fallen lassen. Er nahm sie auf und hielt sie ans Licht. Es klebte kein Blut daran, nur ein oder zwei Haare. Irgendwie benommen, wischte er sie mit dem Tischtuch ab, rannte dann damit durch die Küche hinten in den Garten und warf sie über die Mauer in ein dichtes Gestrüpp von Brennesseln. Nicht daß die Eisenstange etwas Verdächtiges an sich gehabt hätte; aber seit er sie als Waffe benutzt hatte, war sie ihm unheimlich geworden.

Sein Gefühl sagte ihm, daß er gut daran täte, jetzt augenblicklich zum Bahnhof aufzubrechen. Es war noch zu früh, denn es war kaum fünfundzwanzig Minuten nach sieben, aber er wollte unter keinen Umständen im Hause sein, falls jemand kommen sollte. Sein weicher Hut lag neben der Tasche auf dem Sofa, an die er seinen Regenschirm geschnallt hatte. Er setzte den Hut auf, ergriff die Reisetasche und ging zur Tür. Dann kam er noch einmal zurück, um das Licht herunterzuschrauben. Und in diesem Augenblick, gerade als er mit erhobenem Arm dastand, um das Gas kleinzudrehen, schweifte sein Blick zufällig in die düstere Ecke des Zimmers und fiel auf Brodskis grauen Filzhut, der dort auf dem Stuhl lag, wo ihn der Tote hingelegt hatte, als er ins Haus gekommen war.

Wie angewurzelt blieb Silas regungslos stehen –

der kalte Angstschweiß stand ihm in dicken Tropfen auf der Stirn. Nur eine Sekunde später, und er hätte das Licht kleingedreht und wäre gegangen; und dann – – Er stürzte hinüber zum Stuhl, packte den Hut und sah hinein. Richtig, da stand der Name ›Oscar Brodski‹, fein säuberlich ins Futter geschrieben. Wäre er weggegangen, ohne ihn noch rechtzeitig zu entdekken, wäre er verloren gewesen; ja, was denn, wenn jetzt eine Untersuchungskommission hier ins Haus käme, würde das allein schon genügen, um ihn an den Galgen zu bringen.

Seine Glieder schlotterten vor Entsetzen bei dem bloßen Gedanken, aber trotz seiner Panik verlor er seine Selbstkontrolle nicht. Er raste in die Küche, packte eine Handvoll Reisig, das zum Feuermachen da war und trug es ins Wohnzimmer, wo er es auf die ausgebrannten, aber noch heißen Kohlen warf. Dann nahm er das Papier, das er unter Brodskis Kopf geschoben hatte – auf dem er erst jetzt eine winzige Blutspur bemerkte – knüllte es zusammen, stopfte es unter das Reisig, nahm ein Wachszündholz und setzte das Papier in Brand. Als das Holz anfing zu brennen, hackte er mit seinem Taschenmesser auf den Filzhut ein und warf die ausgezackten Streifen in die Flammen.

Unterdessen hämmerte sein Herz wie besessen, und seine Hände zitterten vor Grauen, erwischt zu werden. Die Filzstücke machten keine Anstalten zu brennen, sie hatten vielmehr die Tendenz, sich zu verkohlten Klumpen zusammenzuballen, die qualmten und schwelten, statt zu normaler Asche zu verbrennen. Hinzu kam noch, daß sie zu seinem Entsetzen einen scharfen, harzigen Gestank verbreiteten, der sich mit dem Geruch verbrannter Haare mischte, so daß er das Küchenfenster aufreißen mußte, (denn er wagte nicht, die Haustür aufzuschließen) um den Qualm abziehen zu lassen. Und unausgesetzt, während er die kleingeschnittenen Filzstückchen dem Feuer übergab, spitzte er die Ohren, um rechtzeitig, über das Prasseln des Holzfeuers hinweg, das Geräusch sich nähernder Schritte zu hören, das Klopfen an die Tür, das sein Schicksal besiegeln würde.

Außerdem verging die Zeit rasend schnell – einundzwanzig Minuten vor acht! In ein paar Minuten mußte er gehen, sonst versäumte er den Zug. Er warf die übriggebliebene Hutkrempe in das lodernde Holzfeuer, rannte die Treppe hinauf, um oben ein Fenster zu öffnen, weil er das Küchenfenster zumachen mußte, bevor er wegging. Als er wieder herunterkam, hatte sich die Krempe bereits zu einer schwarzen, festen Masse zusammengerollt, die brodelte und zischte, während sich der dicke, beißende Qualm daraus langsam in den Schornstein wälzte.

Neunzehn Minuten vor acht! Es war höchste Zeit. Er nahm den Feuerhaken und zerschlug die verkohlten Klumpen sorgfältig in winzige Stücke, die er unter die Holz- und Kohlenglut mischte. Der Rost hatte sein gewöhnliches Aussehen wieder angenommen. Silas hatte die Gewohnheit, Briefe und anderes überflüssiges Zeug im Wohnzimmerkamin zu verbrennen. Demzufolge würde seine Haushälterin auch nichts Auffälliges bemerken. Und bis sie zurückkam, war die Glut bestimmt schon zu Asche verbrannt. Er hatte sorgfältig darauf geachtet, daß auch keine Metallverzierung an dem Hut gesteckt hatte, die nicht mitverbrannt wäre.

Ein zweites Mal nahm er seine Tasche auf, sah sich ein letztes Mal prüfend um, drehte den Gashahn an der Lampe kleiner, schloß die Tür auf und ließ sie einen Augenblick offenstehen. Dann ging er hinaus, schloß ab und steckte den Schlüssel in die Tasche – seine Haushälterin hatte ebenfalls einen – und machte sich in scharfem Tempo auf den Weg zum Bahnhof.

Zu guter Letzt kam er noch zu früh dort an, löste sein Billett und schlenderte hinaus auf den Bahnsteig. Der Zug war noch nicht signalisiert worden, und doch schien eine ungewöhnliche Aufregung zu herrschen. Alle Passagiere standen zusammengedrängt am einen Ende des Bahnsteigs, und alle sahen mit einer gewissen bebenden, Übelkeit erregenden Neugier in dieselbe Richtung auf die Geleise, und gerade als er auf die Gruppe zuging, tauchten aus der Dunkelheit zwei Männer auf und stiegen die Schräge zum Bahnsteig hinauf. Sie trugen eine Bahre, über die eine Plane gebreitet war. Die Passagiere traten beiseite, um die Träger vorbeizulassen, und blickten gespannt auf die Umrisse dessen, was sich undeutlich unter der groben Hülle abzeichnete. Und als die Tragbahre im Laternenspeicher untergebracht war, wandten sie ihre Aufmerksamkeit einem Gepäckträger zu, der mit einer Reisetasche und einem Schirm in der Hand folgte.

Plötzlich ging ihm einer der Passagiere ganz aufgeregt entgegen und rief:

»Ist das sein Schirm?«

»Ja, Sir«, antwortete der Gepäckträger, blieb stehen und streckte ihn dem Fragenden zur Besichtigung entgegen.

»Mein Gott«, stieß der Passagier hervor. Dann wandte er sich plötzlich an einen großen Mann und sagte erregt: »Das ist Brodskis Schirm. Ich könnte einen Eid darauf leisten. Sie erinnern sich doch an Brodski?« Der große Mann nickte, und der Passagier wandte sich wieder an den Gepäckträger und sagte: »Ich kenne diesen Schirm. Er gehört einem Herrn, namens Brodski. Wenn Sie in seinem Hut nachsehen, werden Sie dort seinen Namen finden. Er schrieb seinen Namen in alle seine Hüte.«

»Seinen Hut haben wir noch nicht gefunden«,

sagte der Gepäckträger, »aber da kommt ja der Stationsvorsteher die Schienen entlang.« Er wartete, bis sein Vorgesetzter herangekommen war, und verkündete dann: »Dieser Herr hier, Sir, hat den Schirm identifiziert.«

»Oh«, sagte der Stationsvorsteher, »Sie erkennen diesen Schirm also wieder, wenn ich recht verstehe, Sir? Dann hätten Sie vielleicht auch die Freundlichkeit, in den Laternenspeicher zu kommen und die Leiche zu identifizieren.«

Der Passagier wich mit einem Ausdruck der Bestürzung zurück.

»Ist sie – ist er – sehr schlimm zugerichtet?« fragte er zitternd.

»Ich fürchte, ja«, war die Antwort. »Sie dürfen nicht vergessen, die Lokomotive und sechs Waggons sind über ihn hinweggegangen, bevor man den Zug zum Stehen bringen konnte. Es hat ihm glatt den Kopf abgeschnitten, sag' ich Ihnen.«

»Schrecklich! Schrecklich!« keuchte der Passagier. »Unter diesen Umständen, wenn Sie nichts dagegen haben – möchte ich – möchte ich lieber nicht. Sie halten es doch auch nicht für nötig, nicht wahr, Doktor?«

»Ja, sehr sogar«, erwiderte der große Mann. »Eine schnelle Identifikation kann von größter Wichtigkeit sein.«

»Dann bleibt mir wohl nichts anderes übrig«, sagte der Passagier.

Nur sehr zögernd ließ er sich vom Stationsvorsteher zum Laternenspeicher führen, als das Schlagen der Glocke die Ankunft des Zuges ankündigte. Silas Hickler ging ihm nach und nahm mit der erwartungsvollen Menge vor der geschlossenen Tür Aufstellung. Kurz darauf stürzte der Passagier bleich und verstört heraus und rannte auf seinen großen Freund zu. »Tatsächlich!« stieß er atemlos hervor, »es ist Brodski! Armer alter Brodski! Schrecklich! Er wollte sich hier mit mir treffen, und wir wollten zusammen nach Amsterdam fahren.«

»Hatte er irgendwelche – Ware bei sich?« fragte der Große; und Silas spitzte die Ohren, um die Antwort zu erhaschen.

»Ein paar Steine hat er bestimmt bei sich gehabt, aber was für welche, das weiß ich natürlich nicht. Doch das wird selbstverständlich sein Buchhalter wissen. Eine Frage, Doktor: Könnten Sie nicht den Fall für mich verfolgen? Nur um sicher zu gehen, daß es tatsächlich ein Unfall war und nicht – Sie verstehen schon, was ich meine. Wir waren nämlich alte Freunde, müssen Sie wissen, aus derselben Stadt: Wir sind beide in Warschau geboren. Darum möchte ich gerne daß Sie den Fall im Auge behalten.«

»Das will ich gern tun«, sagte der andere. »Ich will mir selbst die Gewißheit verschaffen, daß – daß es nichts anderes war, als es scheint, und ich werde Ihnen dann einen Rapport schicken. Ist Ihnen das recht so?«

»Vielen Dank, Doktor, es wäre äußerst gütig von Ihnen. Ach, da kommt der Zug! Ich hoffe nur, es macht Ihnen nicht allzuviel aus, hierzubleiben und der Sache nachzugehen.«

»Durchaus nicht«, entgegnete der Doktor. »Vor morgen nachmittag brauchen wir nicht in Warmington zu sein, und ich nehme an, wir können uns inzwischen schon die nötigen Informationen verschaffen und doch noch unsere morgige Verabredung einhalten.«

Silas sah lange und forschend zu dem großen, imposanten Mann hinüber, der, wenn man so wollte, seinen Platz vor dem Schachbrett einnahm und mit ihm um sein Leben spielte. Er schien ein ungeheurer Gegenspieler zu sein, mit seinem kühnen, nachdenklichen Gesicht; so entschlossen und ruhig sah er aus. Während Silas in sein Abteil stieg, sah er sich nochmals nach seinem Gegner um; er dachte noch mit Schrekken an Brodskis Hut und hoffte nur, daß er sonst nichts weiter übersehen hatte.

II

Der Mechanismus zur Aufdeckung eines Verbrechens

(Geschildert von Dr. Christopher Jervis)

Die besonderen Umstände, die den Tod von Mr. Oscar Brodski, dem bekannten Diamantenhändler aus Hatton Garden, begleiteten, zeigten sehr deutlich die Wichtigkeit eines oder zweier Punkte in der gerichtsmedizinischen Praxis, die, wie Thorndyke immer wieder ausdrücklich zu betonen pflegte, nicht genügend Beachtung fänden. Welches diese Punkte waren, das bei passender Gelegenheit aufzuzeigen, überlasse ich meinem Freund und Lehrer selber. Inzwischen aber werde ich, da dieser Fall in höchstem Maße lehrreich ist, hier die Begebenheiten in der Reihenfolge ihres Ablaufes schildern.

Die Dämmerung eines Oktoberabends brach herein, als Thorndyke und ich, die einzigen Fahrgäste in einem Raucherabteil, bemerkten, daß wir uns der kleinen Station Ludham näherten; und während der Zug anhielt, sahen wir durch das Fenster eine Gruppe von Leuten aus der Umgebung stehen, die auf den Zug warteten. Plötzlich rief Thorndyke einigermaßen überrascht: »Nanu, wie kommt denn Boscowitch hierher!« Und fast im selben Moment rannte auch schon ein aufgeregter kleiner Herr auf die Tür unseres Abteils zu und stürzte buchstäblich zu uns herein.

»Ich hoffe, ich störe diesen gelehrten Geheimbund

nicht«, sagte er und schüttelte uns begeistert die Hand; er knallte seinen Hut mit impulsiver Heftigkeit in das Gepäcknetz; »aber ich sah Ihre Gesichter am Fenster, und da habe ich natürlich diese seltene Gelegenheit einer so erfreulichen Gesellschaft sofort beim Schopfe ergriffen.«

»Das klingt ja sehr schmeichelhaft«, sagte Thorndyke; »so schmeichelhaft, daß es einem glatt die Rede verschlägt. Aber was, in aller Welt, machen Sie denn hier in – wie heißt der Ort? – Ludham?«

»Mein Bruder hat ein kleines Gut, ungefähr einen Kilometer von hier, und ich war ein paar Tage bei ihm zu Besuch«, erklärte Mr. Boscowitch. »In Bradsham Junction steige ich um und nehme dort den Schiffszug. Ich will nach Amsterdam. Und wohin fahren Sie beide? Ich sehe, Sie haben wieder Ihren mysteriösen kleinen grünen Kasten im Gepäcknetz, so daß ich annehmen muß, Sie sind wieder mal hinter einem abenteuerlichen Fall her, wie? Wahrscheinlich um irgendein grauenhaftes und kompliziertes Verbrechen aufzudecken?«

»Nein«, antwortete Thorndyke, »wir fahren nach Warmington, mit einem ganz prosaischen Auftrag. Ich bin aufgefordert worden, morgen dort im Namen der Griffin Lebensversicherung den Verlauf eines Gerichtsverfahrens zu verfolgen. Aber wir fahren schon heute dorthin, weil es ja doch eine ziemlich umständliche Reise ist.«

»Aber wozu dann der Zauberkasten?« fragte Boscowitch mit einem Blick ins Gepäcknetz.

»Ohne den gehe ich nie auf eine Reise«, sagte Thorndyke. »Man kann nie wissen, was einem unterwegs begegnet, und die Mühe, ihn zu tragen, ist unbedeutend im Vergleich zu der Annehmlichkeit, in einem unvorhergesehenen, dringenden Fall sein Werkzeug bei der Hand zu haben.«

Boscowitch ließ den Blick nicht von dem mit grünem Segeltuch bespannten Kasten. Plötzlich bemerkte er: »Ich habe mich schon oft gefragt, was Sie wohl da drin haben könnten, als Sie seinerzeit in Verbindung mit dem Bankraubmord unten in Chelmsford waren. Das war übrigens ein höchst erstaunlicher Fall, und die Polizei war ganz platt über Ihre Untersuchungsmethoden!« Während er noch immer neugierig zu dem Kasten hinaufsah, nahm ihn Thorndyke gutmütig herunter und schloß ihn auf. Im Grunde war er nämlich sehr stolz auf sein ›transportables Laboratorium‹, und es stellte bestimmt den Triumph der Vollkommenheit dar; denn so klein es auch war – nur ungefähr fünfundzwanzig Zentimeter im Quadrat und ungefähr zehn Zentimeter hoch –, enthielt es doch eine ziemlich vollständige Ausrüstung für eine Voruntersuchung.

»Großartig!« rief Boscowitch aus, als der Kasten geöffnet vor ihm stand, mit seinen Reihen kleiner Glaskolben, winziger Reagenzgläser, einem winzigen Spiritusbrenner, einem Zwergmikroskop und allen möglichen anderen Instrumenten im gleichen Liliputmaßstab. »Das ist wie eine Puppenstube – alles sieht aus, als betrachte man es durch ein umgekehrtes Fernglas. Aber sind denn diese winzigen Dinger wirklich zu gebrauchen? Dieses Mikroskop zum Beispiel –«

»Vollkommen ausreichend für kleine und mittlere Vergrößerungen«, sagte Thorndyke. »Es sieht zwar aus wie ein Spielzeug, ist aber keins und hat sogar die besten Linsen, die es gibt. Natürlich wäre ein normales Mikroskop unvergleichlich besser – aber das kann ich ja nicht immer mitnehmen und müßte mich dann mit einer Lupe behelfen. Dasselbe gilt für die anderen kleinen Instrumente: sie sind immer noch tausendmal besser als gar keine.«

Boscowitch beugte sich angelegentlich über den

Kasten und seinen Inhalt, berührte vorsichtig die Instrumente und stellte unzählige Fragen wegen ihrer Verwendungsmöglichkeiten; und zwar war seine Neugierde noch nicht halb befriedigt, als der Zug nach einer halben Stunde wieder hielt.

»Mein Gott!« rief er aus, sprang auf und griff nach seiner Reisetasche, »wir sind ja schon in Bradsham. Sie steigen doch auch hier um, nicht?«

»Ja«, erwiderte Thorndyke. »Wir nehmen hier die Kleinbahn nach Warmington.«

Als wir auf dem Bahnsteig standen, fiel uns auf, daß irgendetwas Ungewöhnliches vor sich ging oder geschehen war. Alle Passagiere und fast alle Gepäckträger und unteren Bahnbeamten standen zusammengedrängt an einem Ende des Bahnsteigs, und alle starrten gespannt in die Dunkelheit auf das Bahngelände.

»Ist irgendwas passiert?« wandte sich Mr. Boscowitch an den Bahnhofinspektor.

»Ja, Sir«, antwortete der Beamte, »ein Mann ist ungefähr einen Kilometer von hier von einem Güterzug überfahren worden. Der Stationsvorsteher ist mit einer Tragbahre hingegangen, um ihn zu holen. Wenn ich mich nicht irre, ist das seine Laterne, die Sie da näher kommen sehen.«

Während wir dastanden und zusahen, wie der tanzende Lichtschein ab und zu aufleuchtete und seltsame Reflexe von den blitzenden Schienen ablöste, kam ein Mann aus dem Schaltergebäude und gesellte sich zu der Ansammlung Neugieriger. Er erregte meine Aufmerksamkeit, wie ich mich nachher erinnerte, aus zwei Gründen: Erstens war sein rundes, gutmütiges Gesicht ungewöhnlich bleich und hatte einen angespannten, wilden Ausdruck, und zweitens weil er keine Fragen stellte, obgleich er mit fieberhafter Spannung in die Dunkelheit starrte.

Die hin- und herschwingende Laterne näherte sich mehr und mehr, und dann tauchten plötzlich zwei Männer auf, mit einer Tragbahre, die mit einer Plane zugedeckt war, unter welcher sich die Umrisse eines menschlichen Körpers undeutlich abzeichneten. Sie stiegen die Schräge zum Bahnsteig hinauf und gingen mit ihrer Last auf den Laternenspeicher zu, als die neugierigen Blicke der Passagiere durch einen Gepäckträger abgelenkt wurden, der mit einer Reisetasche und einem Regenschirm folgte, und den Stationsvorsteher, der mit seiner Laterne den Abschluß bildete.

Als der Gepäckträger vorüberging, trat ihm Mr. Boscowitch plötzlich ganz aufgeregt entgegen.

»Ist das sein Schirm?« fragte er.

»Ja, Sir«, antwortete der Gepäckträger, blieb stehen und streckte ihn dem Fragenden zur Besichtigung entgegen.

»Mein Gott!« stieß Boscowitch hervor. Dann wandte er sich plötzlich an Thorndyke und rief: »Das ist Brodskis Schirm. Ich könnte jeden Eid leisten. Sie erinnern sich doch an Brodski?«

Thorndyke nickte, und Boscowitch wandte sich wieder an den Gepäckträger und sagte: »Ich kenne diesen Schirm. Er gehört einem Herrn namens Brodski. Wenn Sie in seinem Hut nachsehen, werden Sie dort seinen Namen finden. Er schrieb seinen Namen in alle seine Hüte.«

»Seinen Hut haben wir noch nicht gefunden«, sagte der Gepäckträger; »aber hier ist ja der Stationsvorsteher.« Er drehte sich zu seinem Vorgesetzten um und verkündete: »Dieser Herr hier, Sir, hat den Schirm identifiziert.«

»Oh«, sagte der Stationsvorsteher, »Sie erkennen diesen Schirm also wieder, wenn ich recht verstehe, Sir? Dann hätten Sie vielleicht auch die Freundlichkeit, mit mir in den Laternenspeicher zu kommen und die Leiche zu identifizieren. «

Mr. Boscowitch wich mit einem Ausdruck der Bestürzung zurück. » Ist sie – ist er – sehr schlimm zugerichtet? « fragte er nervös.

» Ich fürchte, ja «, war die Antwort. » Sie müssen bedenken, Sir, die Lokomotive und sechs Waggons sind über ihn hinweggegangen, bevor man den Zug zum Stehen bringen konnte – Hat ihm tatsächlich glatt den Kopf abgeschnitten. «

» Schrecklich! Schrecklich! « keuchte Boscowitch. » Ich glaube – wenn Sie nichts dagegen haben – möchte ich – möchte ich lieber nicht. Sie halten es doch auch nicht für nötig, nicht wahr, Doktor? «

» Ja, sehr sogar «, erwiderte Thorndyke. » Eine schnelle Identifizierung kann unter Umständen von größter Wichtigkeit sein. «

» Dann bleibt mir wohl nichts anderes übrig «, sagte Boscowitch und folgte dem Stationsvorsteher nur sehr zögernd zum Laternenspeicher, als das durchdringende Schlagen der Glocke die Ankunft des Schiffszuges ankündigte. Die Besichtigung mußte äußerst kurz gewesen sein, denn kurz darauf stürzte er bleich und verstört wieder heraus und direkt auf Thorndyke zu.

» Tatsächlich! « stieß er atemlos hervor, » es ist Brodski! Armer alter Brodski! Schrecklich! Schrecklich! Er wollte sich hier mit mir treffen, und wir wollten zusammen nach Amsterdam fahren. «

» Hatte er irgendwelche – Ware bei sich? « fragte Thorndyke, und während er das sagte, machte sich der Fremde, den ich schon vorher bemerkt hatte, immer dichter an Thorndyke heran, als wartete er gespannt auf die Antwort.

» Ein paar Steine hat er bestimmt bei sich gehabt «, antwortete Boscowitch, » aber was für welche, weiß ich natürlich nicht. Doch das wird sein Buchhalter selbstverständlich wissen. Eine Frage, Doktor: Könnten Sie den Fall nicht für mich verfolgen? Nur um sicher zu gehen, daß es sich wirklich um einen Unfall handelt und nicht – Sie verstehen schon, was ich meine. Wir waren nämlich alte Freunde, müssen Sie wissen, aus derselben Stadt: Wir sind beide in Warschau geboren. Darum liegt mir so viel daran, daß Sie den Fall im Auge behalten.«

»Das will ich gern tun«, sagte Thorndyke. »Schon um mir selbst die Gewißheit zu verschaffen, daß es nichts anderes war, als es scheint, und ich werde Ihnen dann einen Rapport schicken. Ist Ihnen das so recht?«

»Vielen Dank«, erwiderte Boscowitch, »das wäre äußerst gütig von Ihnen, Doktor. Ach, da ist ja der Zug. Ich hoffe nur, es macht Ihnen nicht allzuviel aus, hierzubleiben und der Sache nachzugehen.«

»Durchaus nicht«, sagte Thorndyke. »Vor morgen nachmittag brauchen wir nicht in Warmington zu sein, und ich nehme an, wir können uns inzwischen schon die nötigen Informationen verschaffen und unsere morgige Verabredung doch noch einhalten.«

Während Thorndyke sprach, betrachtete ihn der Fremde, der nicht von unserer Seite gewichen war, mit einem sehr neugierigen und forschenden Blick, ganz offensichtlich, um zu hören, was gesprochen wurde. Und erst, als der Zug zum Stehen gekommen war, lief er hin, um sich ein Abteil zu suchen.

Kaum war der Zug abgefahren, sah sich Thorndyke nach dem Stationsvorsteher um und teilte ihm mit, welchen Auftrag ihm Boscowitch übertragen hatte. »Selbstverständlich«, fügte er abschließend hinzu, »dürfen wir in der Sache nichts unternehmen, solange die Polizei nicht da war. Ich nehme doch an, sie ist informiert worden?«

»Jawohl«, antwortete der Stationsvorsteher, »ich

habe dem Polizeichef sofort Meldung gemacht und erwarte ihn oder einen Untersuchungsbeamten jeden Moment. Ich glaube, das beste wird sein, ich gehe schnell mal zum Eingang und sehe nach, ob er schon kommt.« Offensichtlich wollte er mit dem Polizeibeamten ein Wort unter vier Augen reden, bevor er sich zu einer Aussage herbeiließ.

Als der Beamte weg war, liefen Thorndyke und ich auf dem jetzt menschenleeren Bahnsteig hin und her, und mein Freund ließ sich, wie es seine Gewohnheit war, wenn er eine neue Untersuchung übernahm, in Gedanken die verschiedenen Gesichtspunkte des Problems durch den Kopf gehen.

»In einem Fall wie diesem«, bemerkte er, »müssen wir uns für einen von drei in Frage kommenden Gesichtspunkten entscheiden: Unfall, Selbstmord oder Raubmord; und unsere Entscheidung wird von den Schlußfolgerungen aus drei verschiedenen Gruppen von Fakten abhängen: Erstens, der offizielle Tatbestand – zweitens, die besonderen Einzelheiten, die sich aus der Obduktion ergeben – und drittens, die Fakten, die durch eine genaue Untersuchung des Fundortes der Leiche zutage treten. Nun sind aber die einzigen allgemein bekannten Fakten, die uns bisher zur Verfügung stehen, nur die, daß der Tote ein Diamantenhändler war, der sich auf einer Geschäftsreise spezieller Art befand und wahrscheinlich einen Besitz von zwar kleinem Umfange aber sehr großem Wert bei sich hatte. Diese Fakten sprechen irgendwie gegen einen Selbstmord, sie lassen viel eher auf einen Raubmord schließen. Fakten, die auf die Hypothese eines Selbstmordes anwendbar sind, wären: das Vorhandensein irgendeines Niveauüberganges, einer Straße oder eines Feldweges, die auf das Bahngelände führen, eine Einzäunung mit oder ohne Schranke und was es an derartigen Wahrscheinlichkeitsfakten mehr gibt; oder andererseits die zufällige Anwesenheit des Verstorbenen auf der Stelle, wo die Leiche gefunden wurde. Da wir über alle diese Fakten nichts wissen, ist es wünschenswert, daß wir unsere Kenntnisse erweitern.«

»Warum nicht dem Gepäckträger ein paar diskrete Fragen stellen, der den Schirm und die Tasche gebracht hat?« schlug ich vor. »Er ist gerade in eifrigem Gespräch mit dem Schalterbeamten da drüben und wäre bestimmt froh über jeden neuen Zuhörer.«

»Ein ausgezeichneter Vorschlag, Jervis«, antwortete Thorndyke. »Wir wollen mal sehen, was er uns zu erzählen hat.« Wir gingen auf den Gepäckträger zu und fanden ihn, wie ich erwartet hatte, vor Ungeduld platzend, die tragische Geschichte loszuwerden.

»Wie die Sache passiert ist, will ich Ihnen sagen, Sir«, erwiderte er auf Thorndykes Frage. »Gerade an der bewußten Stelle machen die Schienen eine scharfe Biegung, und im selben Moment, als der Güterzug in die Kurve gehen wollte, sah der Lokführer plötzlich etwas auf den Schienen liegen. Als gleich darauf die Lokomotive einbog, fiel das Scheinwerferlicht auf den Gegenstand, und da sah er erst, daß es ein Mann war. Er ließ sofort den Dampf ab, gab das Pfeifensignal und bremste wie verrückt, aber Sie wissen ja selbst, Sir, ein Güterzug ist nicht so schnell zum Stehen zu bringen. Und bevor man ihn anhalten konnte, waren schon die Lokomotive und sechs Waggons über den armen Teufel weggegangen.«

»Konnte der Zugführer erkennen, wie der Mann auf den Schienen lag?« fragte Thorndyke.

»Ja, er konnte ihn ganz deutlich sehen, weil die Scheinwerfer voll auf ihn gerichtet waren. Er lag mit dem Gesicht nach unten, mit dem Hals auf der linken Schiene, zur abschüssigen Seite hin. Sein Kopf lag zwischen den Schienen und sein Körper außerhalb. Es sah so aus, als hätte er sich mit Absicht so hingelegt.«

»Gibt es hier in der Nähe irgendeinen Bahnübergang?« fragte Thorndyke.

»Nein, Sir, keinen Übergang, keine Straße, keinen Weg, kein Garnichts«, sagte der Gepäckträger, bedenkenlos die gesamte Grammatik seiner Emphase opfernd. »Er muß mitten durch die Felder gekommen sein und ist dann über den Zaun gestiegen, um auf die Strecke zu gelangen. Vorsätzlicher Selbstmord – sieht mir ganz danach aus.«

»Woher wissen Sie denn das alles?« erkundigte sich Thorndyke.

»Sehr einfach, Sir, das kann ich Ihnen sagen. Als nämlich der Lokführer mit seinem Kollegen die Leiche von den Schienen weggetragen hatte, ist er sofort in das nächste Signalhäuschen gegangen und hat per Telegramm Meldung erstattet. Der Stationsvorsteher hat mir alles erzählt, als wir zur Unglücksstelle gingen.«

Thorndyke dankte dem Mann für seine Auskunft, und auf dem Wege zum Laternenspeicher diskutierten wir die Verwendbarkeit dieser neuen Fakten.

»In einer Hinsicht hat unser Freund fraglos recht«, sagte er, »ein Unfall war es nicht. Wenn der Mann kurzsichtig, taub oder nicht ganz bei sich gewesen wäre, hätte er vielleicht über den Zaun klettern und vom Zuge überfahren werden können. Aber seine Stellung, quer über den Schienen, läßt sich nur mit einer von zwei Hypothesen erklären: Entweder war es, wie der Gepäckträger sagt, vorsätzlicher Selbstmord, oder aber der Mann war bereits tot oder bewußtlos. Dabei müssen wir es lassen, bis wir die Leiche gesehen haben, vorausgesetzt, daß die Polizei uns gestattet, sie zu sehen. Aber da kommt ja der Stationsvorsteher schon mit einem Polizeibeamten. Wir wollen mal sehen, was sie sagen.«

Die beiden Beamten waren offensichtlich überein

gekommen, jede Hilfe von außen abzulehnen. Der Bezirksarzt würde die notwendige Untersuchung vornehmen, und Auskünfte konnten durch die üblichen Kanäle eingeholt werden. Thorndykes Visitenkarte jedoch änderte die Lage irgendwie. Der Polizeiinspektor, hmm-te und aha-te, unschlüssig, mit der Karte in der Hand, entschloß sich aber schließlich doch, uns zu gestatten, die Leiche zu besichtigen, und so betraten wir gemeinsam den Laternenspeicher. Der Stationsvorsteher ging voran und drehte die Gasflamme heller.

Die Tragbahre stand auf der Erde an der Wand. Ihre schreckliche Last war noch unter der Plane verborgen. Die Handtasche und der Schirm lagen, zusammen mit dem zertretenen Brillengestell, aus dem die Gläser fehlten, auf einer großen Kiste.

»Hat man diese Brille bei der Leiche gefunden?« erkundigte sich Thorndyke.

»Jawohl«, erwiderte der Stationsvorsteher. »Sie lagen dicht neben dem Kopf, und die zerbrochenen Gläser lagen in Splittern auf dem Schotter verstreut.«

Thorndyke machte sich eine Notiz in sein Merkbuch, und dann, als der Stationsvorsteher die Plane wegzog, richtete er seinen Blick auf den Leichnam, der schlaff auf der Bahre lag und mit seinem verdrehten Kopf und den verrenkten Gliedern einen grotesk grauenhaften Anblick bot. Eine volle Minute verharrte er schweigend über dieses unheimliche Etwas gebeugt, das der Polizeiinspektor jetzt mit einer großen Laterne anstrahlte. Dann richtete er sich auf und sagte ruhig zu mir: »Ich glaube, zwei von den drei Hypothesen können wir aussschalten.«

Der Inspektor warf ihm einen kurzen Blick zu und war im Begriff, eine Frage zu stellen, als seine Aufmerksamkeit auf den grünen Kasten gelenkt wurde, den Thorndyke auf ein Bord gestellt hatte und jetzt öffnete, um ein paar Sezierpinzetten herauszunehmen.

»Wir haben keine Befugnis, eine Obduktion vorzunehmen, das wissen Sie«, sagte der Inspektor.

»Nein, natürlich nicht«, sagte Thorndyke. »Ich möchte nur mal in den Mund sehen.« Mit einer Pinzette klappte er die Oberlippe zurück, und nachdem er sich ihre innere Oberfläche genau angesehen hatte, untersuchte er eingehend die Zähne.

»Darf ich Sie um Ihre Lupe bitten, Jervis?« fragte er; und als ich ihm meine Doppellupe geöffnet reichte, brachte der Inspektor die Laterne dicht an das tote Gesicht heran und beugte sich eifrig bemüht herunter. In seiner gewohnten systematischen Art führte Thorndyke die Lupe an der ganzen Reihe unregelmäßiger, scharfer Zähne entlang. Dann führte er sie zurück bis in die Mitte und untersuchte mit noch größerer Genauigkeit die oberen Schneidezähne. Nach einer Weile zog er mit seiner Pinzette behutsam etwas Winziges zwischen den beiden oberen Schneidezähnen heraus und hielt es unter die Lupe. In Voraussicht seines nächsten Schrittes nahm ich ein etikettiertes Glasplättchen aus dem Kasten und reichte es ihm, zusammen mit einer Seziernadel. Und während er das winzige Objekt auf das Glasplättchen, den Objektträger, übertrug und es mit der Nadel breitdrückte, stellte ich das kleine Mikroskop auf dem Regal auf.

»Einen Tropfen Farrant, bitte, und ein Deckglas, Jervis«, sagte Thorndyke. Ich reichte ihm die Flasche, und nachdem er einen Tropfen der Präparierflüssigkeit behutsam auf das Objekt geträufelt und das Deckglas aufgelegt hatte, schob er das Präparat auf den Objekttisch des Mikroskops und untersuchte es aufmerksam.

Als mein Blick zufällig auf den Inspektor fiel, bemerkte ich auf seinem Gesicht ein leichtes Grinsen, das er höflich zu unterdrücken suchte, als er meinem Blick begegnete.

»Ich dachte nämlich gerade, Sir«, sagte er entschuldigend, »daß es wohl ein bißchen abwegig ist, untersuchen zu wollen, was er zum Abendbrot gegessen hat. Er ist doch nicht an einer Magenvergiftung gestorben.«

Thorndyke sah lächelnd auf. »Wir kommen nicht weiter, Inspektor, wenn wir annehmen, daß bei Untersuchungen dieser Art irgend etwas abwegig sei. Keine Einzelheit kann wichtig genug genommen werden, wissen Sie.«

»Ich sehe keinerlei Wichtigkeit in der Ernährungsweise eines Menschen, dem der Kopf abgefahren worden ist«, entgegnete der Inspektor herausfordernd.

»Wirklich nicht?« sagte Thorndyke. »Sollte man sich nicht für die letzte Mahlzeit eines Mannes interessieren, der eines gewaltsamen Todes gestorben ist? Diese Krümel hier, zum Beispiel, auf dem Jackett des Toten. Sind die nicht aufschlußreich?«

»Ich weiß nicht, was daran aufschlußreich sein sollte«, war die starrköpfige Antwort.

Thorndyke pickte die einzelnen Krümel mit seiner Pinzette auf, legte sie auf ein Glasplättchen und untersuchte sie genau – erst durch die Lupe und dann durch das Mikroskop.

»Ich erfahre dadurch«, bemerkte er, »daß der Verstorbene kurz vor seinem Tode eine Art Vollkorngebäck zu sich genommen hat, das eine Beimischung von Hafermehl enthielt.«

»Das sagt mir gar nichts«, sagte der Inspektor. »Die Frage, die wir hier zu behandeln haben, ist nicht, welche Art von Erfrischungen der Verstorbene zu sich genommen hat, sondern was die Ursache seines Todes ist: Hat er Selbstmord begangen? Ist er durch einen

Unfall ums Leben gekommen? Oder steckt ein Verbrechen dahinter?«

»Verzeihung«, sagte Thorndyke, »aber hier handelt es sich nur noch um die Frage, wer den Verstorbenen umgebracht hat und was das Motiv war. Die übrigen sind bereits beantwortet, was mich betrifft.«

Der Inspektor starrte ihn völlig entgeistert und nicht ohne eine Beimischung von Skepsis an.

»Sie haben nicht lange gebraucht, Sir, um zu einem abschließenden Urteil zu kommen«, sagte er.

»Nein, es ist ein ziemlich eindeutiger Fall von Mord«, sagte Thorndyke. »Und was das Motiv betrifft: Nun, der Verstorbene war Diamantenhändler, und es ist anzunehmen, daß er eine gewisse Anzahl Steine bei sich trug. Ich würde Ihnen vorschlagen, seine Kleider zu untersuchen.«

Der Inspektor machte seinem Ärger laut Luft. »Ach so«, rief er aus, »es war also doch nichts weiter als eine Vermutung Ihrerseits. Der Tote war ein Diamantenhändler und hatte große Werte bei sich; demzufolge kann er nur ermordet worden sein.« Er richtete sich hoch auf und sah Thorndyke streng und vorwurfsvoll an. Dann fügte er hinzu: »Aber Sie müssen sich darüber klar sein, Sir, daß wir es hier mit einer gerichtlichen Untersuchung zu tun haben und nicht mit einem Preisausschreiben in irgendeinem Schmöker. Und was das Durchsuchen der Leiche angeht – deswegen bin ich nämlich überhaupt gekommen.« Damit drehte er uns ostentativ den Rücken und machte sich systematisch daran, die Taschen des Toten auszuleeren und die einzelnen Gegenstände der Reihe nach auf die Kiste neben die Reisetasche und den Schirm zu legen.

Während er damit beschäftigt war, sah sich Thorndyke den Toten genauer an. Ganz besondere Aufmerksamkeit schenkte er den Stiefelsohlen, die er zu des Inspektors Ergötzen sehr eingehend mit der Lupe untersuchte.

»Ich hätte gedacht, Sir, seine Füße seien groß genug, um sie mit bloßem Auge zu erkennen«, war sein Kommentar; »aber«, fügte er noch, mit einem Augenzwinkern zum Stationsvorsteher hinzu: »Sie sind vielleicht etwas kurzsichtig.«

Thorndyke lachte gutmütig in sich hinein, und während der Polizeibeamte seine Durchsuchung fortsetzte, sah er sich die Gegenstände an, die bereits auf der Kiste lagen. Das Portemonnaie und das Notizbuch zu öffnen, überließ er selbstverständlich dem Inspektor; aber Lesebrille, Taschenmesser, Visitenkartentäschchen und andere kleine Taschengegenstände wurden einer genauen Prüfung unterzogen. Der Inspektor beobachtete ihn dabei verstohlen mit heimlichem Vergnügen, sah ihn die Lupe gegen das Licht halten, um ihre Schärfe abzuschätzen, in den Tabaksbeutel hineinschauen, die Zigarettenpapierhülle öffnen und das Wasserzeichen des Papiers untersuchen, ja sogar den Inhalt der silbernen Streichholzschachtel.

»Was haben Sie eigentlich in dem Tabaksbeutel zu finden gehofft?« fragte er und legte einen Schlüsselbund aus der Tasche des Toten hin.

»Tabak«, erwiderte Thorndyke lakonisch; »allerdings keinen feingeschnittenen Latakia. Ich kann mich nicht erinnern, jemanden zu kennen, der Zigaretten aus reinem Latakia geraucht hätte.«

»Sie interessieren sich anscheinend für alles, Sir«, sagte der Inspektor mit einem Augenzwinkern zu dem unbeteiligt dastehenden Stationsvorsteher hin.

»Allerdings«, gab Thorndyke zu. »Darum fällt mir auch auf, daß keine Diamanten in dieser Sammlung hier sind.«

»Nein, und wir sind auch nicht sicher, daß er welche bei sich hatte. Aber hier ist eine goldene Uhr mit

Kette, eine Krawattennadel mit Brillanten und ein Portemonnaie mit « – er öffnete es und zählte sich den Inhalt in die Hand – » zwölf Pfund in Gold. Das sieht also nicht sehr nach Raub aus, wie Sie zugeben werden. Was halten Sie jetzt von Ihrer Mordtheorie? «

» Ich bleibe bei meiner Meinung «, sagte Thorndyke, » und ich würde gerne die Stelle sehen, wo die Leiche gefunden wurde. Ist die Lokomotive untersucht worden? « fügte er, sich an den Stationsvorsteher wendend, hinzu.

» Ich habe schon nach Bradfield telegraphiert, daß sie dort gleich bei der Ankunft untersucht wird «, antwortete der Beamte. » Wahrscheinlich ist der Rapport inzwischen schon eingetroffen. Ich sehe lieber mal nach, bevor wir uns auf den Weg machen. «

Wir verließen den Laternenspeicher und fanden vor der Tür den Bahnhofinspektor vor, der mit einem Telegramm in der Hand wartete. Er übergab es dem Stationsvorsteher, der es uns laut vorlas.

» Die Lokomotive ist sorgfältig von mir untersucht worden. Bemerkte kleine Blutspur am linken Vorderrad und kleinere am nächstfolgenden. Andere Spuren keine. « Er sah Thorndyke fragend an, der nickte und sagte: » Es wird interessant sein zu sehen, ob die Geleise dieselbe Geschichte erzählen. «

Der Stationsvorsteher sah verständnislos drein und war anscheinend im Begriff, um eine Erklärung zu bitten. Aber der Inspektor, der die Habseligkeiten des Toten sorgfältig eingesteckt hatte, war schon ungeduldig, aufzubrechen. Demzufolge machten wir uns auf den Weg und gingen die Schienen entlang, nachdem Thorndyke alles wieder eingepackt hatte und auf seinen Wunsch hin auch mit einer Laterne ausgerüstet worden war. Thorndyke trug die Laterne und ich den unentbehrlichen grünen Kasten.

» Ich tappe bei diesem Fall ein bißchen im dunkeln «,

sagte ich, nachdem wir die beiden Beamten so weit hatten vorgehen lassen, bis sie außer Hörweite waren. »Sie sind diesmal besonders schnell mit Ihrem Urteil bei der Hand gewesen. Was hat Sie eigentlich bestimmt, so ohne weiteres auf Mord statt auf Selbstmord zu tippen?«

»Es war zwar nur ein kleiner, aber sehr aufschlußreicher Anhaltspunkt«, sagte Thorndyke. »Sie haben sicher die kleine Kopfwunde oberhalb der linken Schläfe bemerkt? Es ist nur eine oberflächliche Streifwunde, die leicht von der Lokomotive hätte herrühren können. Aber – die Wunde hat geblutet, und zwar ungewöhnlich lange. Das Blut war in zwei Rinnsalen heruntergelaufen, und bei beiden war es verdickt und teilweise angetrocknet. Aber der Mann ist geköpft worden, und wenn diese Wunde von der Lokomotive herrührte, müßte sie nach dem Köpfen zugefügt worden sein, da sie sich auf der Seite befindet, die am weitesten von der sich nähernden Lokomotive entfernt war. Außerdem blutet ein vom Rumpf getrennter Kopf nicht mehr. Also ist die Wunde vor dem Köpfen zugefügt worden.

Aber nicht nur, daß die Wunde geblutet hat – das Blut ist in zwei Rinnsalen im rechten Winkel zueinander heruntergeronnen. Das erste Rinnsal war, wie sich aus dem Gerinnungszustand feststellen ließ, seitlich heruntergesickert und auf den Kragen getropft. Das zweite sickerte von der Wunde zum Hinterkopf. Nun wissen Sie aber so gut wie ich, Jervis, daß es im Gravitationsgesetz keine Ausnahmen gibt. Wenn das Blut am Gesicht entlang zum Kinn herunterlief, muß der Kopf zu dieser Zeit aufrecht gewesen sein. Wenn aber das Blut von der Stirn zum Hinterkopf sickern konnte, muß er sich in horizontaler Lage, mit dem Gesicht nach oben, befunden haben. Aber als der Lokführer den Mann sah, lag er mit dem Gesicht nach unten da.

Die einzig mögliche Schlußfolgerung ist, daß der Mann sich jedenfalls zur Zeit, als ihm die Wunde beigebracht wurde, noch in aufrechter Stellung befand – gleich, ob sitzend oder stehend – und daß er in der Folge, und während er noch am Leben war, immerhin so lange auf dem Rücken lag, daß das Blut noch zum Hinterkopf hinunterlaufen konnte.«

»Aber natürlich. Ich war ja ein Trottel, daß ich nicht selber darauf gekommen bin«, sagte ich zerknirscht.

»Scharfe Beobachtung und augenblickliches Reagieren lernt man nur durch die Praxis«, erwiderte Thorndyke. »Aber jetzt sagen Sie mir mal, was ist Ihnen an diesem Gesicht aufgefallen?«

»Ich hatte den Eindruck auffallender Anzeichen von Erstickung.«

»Zweifellos«, sagte Thorndyke. »Es war das Gesicht eines Erdrosselten. Sie müssen ja auch bemerkt haben, daß die Zunge sichtlich geschwollen war und daß auf der Innenseite der Oberlippe tiefe Einschnitte zu sehen waren, die von den Zähnen herrührten, und eine oder zwei kleine Wunden, offensichtlich durch starken Druck auf den Mund verursacht. Und jetzt beobachten Sie, wie genau diese Feststellungen und Schlußfolgerungen mit denen anläßlich der Kopfwunde übereinstimmen. Hätten wir gewußt, daß der Verstorbene einen Schlag auf den Kopf bekommen und mit seinem Angreifer gerungen hat und schließlich überwältigt und erwürgt worden ist, hätten wir nach den gleichen Anhaltspunkten suchen müssen, wie wir sie soeben gefunden haben.«

»Noch etwas wollte ich Sie fragen: Was haben Sie eigentlich zwischen den Zähnen eingeklemmt gefunden? Es war keine Zeit mehr, durchs Mikroskop zu schauen.«

»Ah!« sagte Thorndyke, »damit haben wir nicht

nur eine Bestätigung für die Richtigkeit unserer Schlußfolgerungen in Händen, sondern wir erweitern sie sogar noch. Das Objekt war der winzige Rest irgendeines Gewebes. Unter dem Mikroskop stellte ich fest, daß es aus verschiedenartigen, verschiedenfarbigen Fasern bestand. Es waren größtenteils karminrote Wollfasern, aber es waren auch blaue Baumwollfasern dabei und ein paar gelbe, die wie Jute aussahen. Anscheinend war es von einem bunten Stoff – vielleicht von einem Damenkleid, obgleich der Zusatz von Jute viel mehr auf einen Vorhang oder Wandbehang minderer Qualität schließen läßt.«

»Und seine Wichtigkeit?«

»Ist folgende: Wenn es nämlich nicht von einem Kleidungsstück herrührt, muß es von einem Teil einer Wohnungseinrichtung stammen, und eine Wohnungseinrichtung läßt auf eine Wohnung schließen.«

»Nicht unbedingt«, widersprach ich.

»Das stimmt. Immerhin ist es eine wertvolle Bestätigung.«

»Für was?«

»Für die Beobachtung, die man angesichts der Stiefelsohlen des Toten macht. Ich habe sie sehr eingehend untersucht, konnte aber keine Spur von Sand, Kies oder Erde an ihnen entdecken; trotzdem feststeht, daß er über Felder und unebenes Gelände gehen mußte, um zu der Stelle zu kommen, wo er gefunden wurde. Hingegen bemerkte ich Spuren von Tabakasche, einen schwarzen Fleck, der vom Austreten einer brennenden Zigarre oder Zigarette sein könnte, etliche Krümel und, an einer herausstehenden Schuhzwecke, einige farbige Fusseln, anscheinend von einem Teppich. Das bestätigt den Verdacht, daß der Mann in einem Hause ermordet wurde, das mit Teppichen ausgelegt ist, und von dort aus auf das Bahngelände transportiert worden ist.«

Ich schwieg eine Weile. Obwohl ich Thorndyke so gut kannte, war ich doch völlig überrascht; eine Erfahrung, die ich jedesmal aufs neue machte, wenn ich ihm bei einer seiner Untersuchungen assistierte. Seine wunderbare Fähigkeit, anscheinend unwesentliche Einzelheiten in Bezug zu bringen, sie in der richtigen Reihenfolge zu ordnen und sie eine zusammenhängende Geschichte erzählen zu lassen, war ein Phänomen, über das ich nie hinwegkam. Jedes Offenbarwerden derselben setzte mich immer wieder in Erstaunen.

»Wenn Ihre Schlüsse stimmen«, sagte ich, »ist das Problem praktisch schon gelöst. Innerhalb des Hauses müssen eine Fülle von Spuren vorhanden sein. Die Frage ist nur: Welches Haus ist es?«

»Sehr richtig«, antwortete Thorndyke, »das ist die Frage, und noch dazu eine sehr schwierige. Ein Blick in dieses Haus würde zweifellos das ganze Problem lösen. Aber wie kann man das erreichen? Wir können doch schließlich nicht auf gut Glück in jedes Haus eindringen, um zu sehen, ob dort Spuren eines Mordes zu finden sind. Im Augenblick bricht unsere Spur hier unvermittelt ab. Ihr anderes Ende liegt in einem unbekannten Hause, und solange wir diese beiden Enden nicht miteinander verbinden können, bleibt unser Problem ungelöst. Denn vergessen Sie nicht, die Frage ist und bleibt: Wer hat Oscar Brodski ermordet?«

»Also was schlagen Sie jetzt vor?« fragte ich.

»Der nächste Schritt der Untersuchung wäre, ein bestimmtes Haus mit dem Verbrechen in Zusammenhang zu bringen. Zu diesem Zwecke kann ich nur alle verfügbaren Fakten sammeln und jedes einzelne auf seine Verwendungsmöglichkeiten hin untersuchen. Kann ich keinerlei Verbindung zwischen ihnen herstellen, war unsere ganze Untersuchung falsch, und wir müßten von vorne anfangen – zum Beispiel mit Amsterdam, wenn es sich erweist, daß Brodski tatsächlich Diamanten bei sich hatte, was meiner Meinung nach zweifellos der Fall war.«

Hier wurde unsere Unterhaltung unterbrochen, denn wir waren beim Fundort der Leiche angekommen. Der Stationsvorsteher hatte halt gemacht, und er und der Inspektor waren damit beschäftigt, beim Licht ihrer Laternen die linke Schiene zu untersuchen.

»Da ist erstaunlich wenig Blut drauf«, sagte der erstere. »Ich habe schon ziemlich viele Unfälle dieser Art gesehen, und es war immer eine Menge Blut auf der Strecke wie auch an der Lokomotive. Sehr merkwürdig.«

Thorndyke warf nur einen flüchtigen Blick auf die Schiene – diese Frage interessierte ihn schon nicht mehr. Aber der Schein seiner Laterne wanderte weiter über das Gelände an der Seite der Schienen –: lockerer Kiesboden, mit Spuren von Kreide – und von dort über die Sohlen des Inspektors, der bei der Schiene kniete.

»Bemerken Sie etwas, Jervis?« sagte er leise, und ich nickte. Die Stiefelsohlen des Inspektors waren mit daran hängengebliebenen kleinen Steinchen bedeckt und zeigten auffällige Spuren von Kreide, auf die er getreten war.

»Den Hut haben Sie wohl noch nicht gefunden?« fragte Thorndyke und bückte sich, um ein Stückchen Schnur aufzuheben, das seitwärts neben den Schienen lag.

»Nein«, erwiderte der Inspektor, »aber weit kann er ja nicht sein. Sie scheinen wieder eine neue Spur entdeckt zu haben, Sir«, fügte er unter Grinsen und mit einem Blick auf das Stückchen Schnur hinzu.

»Wer weiß«, sagte Thorndyke. »Ein Stückchen weiße Schnur mit einer grünen Strähne drin. Das kann uns später vielleicht noch von Nutzen sein. Auf jeden Fall heben wir's mal auf.« Er zog eine kleine, dünne Blechschachtel aus der Tasche, die unter anderem auch einige Samentütchen enthielt. In eine derselben schob er das Stückchen Schnur und kritzelte mit Bleistift eine Bemerkung auf die Außenseite. Der Inspektor beobachtete seine Handlungen mit einem nachsichtigen Lächeln und machte sich dann wieder an die Untersuchung der Schienen, an der sich auch Thorndyke jetzt beteiligte.

»Mir scheint, der arme Teufel war kurzsichtig«, bemerkte der Polizeibeamte und wies auf die Überreste der zerbrochenen Brille. »Das könnte vielleicht auch der Grund dafür sein, daß er aus Versehen auf das Bahngelände geraten ist.«

»Schon möglich«, sagte Thorndyke. Er hatte bereits die über eine Schwelle und den Schotter verstreuten Scherben bemerkt und zog jetzt seine ›Sammelbüchse‹ wieder hervor, der er ein neues Samentütchen entnahm. »Würden Sie mir eine Pinzette reichen, Jervis«, sagte er, »und vielleicht nehmen Sie sich auch eine und helfen mir, diese Bruchstücke hier einzusammeln, wenn es Ihnen nichts ausmachen sollte.«

Während ich seiner Bitte nachkam, sah der Inspektor neugierig auf.

»Es besteht doch wohl kein Zweifel, daß diese Brille dem Verstorbenen gehörte?« fragte er. »Er hat bestimmt eine Brille getragen, denn ich habe die Abdrücke ganz deutlich auf seiner Nase gesehen.«

»Immerhin kann es nicht schaden, diese Tatsache zu belegen«, antwortete Thorndyke und fügte leise für mich hinzu: »Lesen Sie jedes Splitterchen auf, das Sie finden können, Jervis. Es kann von größter Wichtigkeit sein.«

»Ich sehe zwar nicht ganz ein, wieso«, sagte ich und

stöberte beim Licht der Laterne auf der Suche nach den winzigen Glassplittern im Schotter herum.

»Wirklich nicht?« entgegnete Thorndyke. »Na, also dann sehen Sie sich doch diese Scherben mal an. Einige von ihnen haben noch eine annehmbare Größe, aber viele von ihnen, zum Beispiel die auf der Schwelle, sind nur Splitter, und sehen Sie mal, wie viele. Offensichtlich entspricht die Beschaffenheit dieser Scherben nicht ihrem Fundort. Es handelt sich bei der Brille um dicke Hohlgläser, die in tausend kleine Stücke zerbrochen sind. Aber wie sind sie zerbrochen? Offenbar nicht durch Herunterfallen; denn wenn derartige Gläser herunterfallen, gibt es nur einige größere Scherben. Auch sind sie nicht dadurch zerbrochen, daß die Räder über sie hinweggegangen sind, denn dann wären sie zu Pulver zermahlen worden, und dieses Pulver wäre auf der Schiene zu sehen gewesen, was nicht der Fall ist. Das Brillengestell zeigte dieselbe Inkongruenz. Es ist schlimmer zugerichtet und verbogen, als es durch bloßes Herunterfallen passieren kann, und doch wieder nicht in dem Maße, als hätten es die Räder erwischt.«

»Wie könnte es denn Ihrer Meinung nach passiert sein?« fragte ich.

»Ihr Aussehen deutet darauf hin, daß die Brille zertreten worden ist. Falls aber die Leiche hierher getragen wurde, besteht die Wahrscheinlichkeit, daß auch die Brille mit hergebracht worden ist, daß sie aber zu der Zeit schon zerbrochen war. Denn es ist viel wahrscheinlicher, daß sie während des Kampfes zertreten worden ist, als daß der Mörder sie erst hier zertreten hat. Darum ist es wichtig, auch das kleinste Splitterchen aufzulesen.«

»Ja, aber warum denn bloß?« erkundigte ich mich und kam mir dabei recht dämlich vor, muß ich zugeben.

»Aus folgendem Grunde: Falls uns, nachdem wir jedes Splitterchen aufgelesen haben, mehr von den Gläsern fehlt, als den Umständen nach zu erwarten war, wäre dieser Tatbestand ausreichend, um unsere Hypothese zu bestätigen, und wir müßten den fehlenden Rest woanders suchen. Finden wir hingegen hier so viel von den Gläsern wieder, wie wir erwartet haben, müssen wir zu dem Schluß kommen, daß sie an dieser Stelle zerbrochen sind.«

Während wir unsere Suche fortsetzten, bewegten sich die beiden Beamten im Kreise herum, auf der Suche nach dem fehlenden Hut. Und als wir dann endlich das letzte Stückchen Glas aufgepickt hatten und selbst nach einer gründlichen Prüfung mit Hilfe der Lupe nichts mehr fanden, sahen wir ihre Laternen wie Irrlichter in einiger Entfernung an den Geleisen herumgeistern.

»Bevor unsere Freunde zurückkommen, können wir noch schnell sehen, was wir hier haben«, sagte Thorndyke mit einem Blick zu den aufblitzenden Lichtern hinüber. »Legen Sie den Kasten dort am Zaun ins Gras – er soll uns als Tisch dienen.«

Das tat ich, und Thorndyke zog einen Brief aus der Tasche, den er entfaltete, flach auf dem Kasten ausbreitete und mit zwei großen Steinen beschwerte, obgleich die Nacht windstill war. Dann schüttete er den Inhalt des Samentütchens auf das Papier, breitete die Glasstückchen sorgfältig aus und sah eine Weile schweigend darauf nieder. Und während er schaute, nahm sein Gesicht einen merkwürdigen Ausdruck an: Mit plötzlichem Eifer begann er die größeren Stücke auszusortieren und auf zwei Visitenkarten zu verteilen, die er aus seiner Kartentasche genommen hatte. Schnell und mit bewundernswerter Fertigkeit fügte er die Stücke aneinander, und während die zusammengefügten Teilchen auf den Visitenkarten langsam die Form der Brillengläser annahmen, sah ich mit wachsender Erregung zu, denn irgendetwas im Benehmen meines Kollegen sagte mir, daß wir vor einer neuen Entdeckung standen.

Zuletzt lag jedes der beiden Ovale auf je einer Visitenkarte, komplett, bis auf ein oder zwei kleine Stücke, und das übriggebliebene Häufchen bestand zum Teil aus so winzigen Splittern, daß ein weiteres Zusammensetzen unmöglich war. Dann lehnte sich Thorndyke zurück und lachte leise.

»Das ist gewiß ein unvorhergesehenes Resultat«, sagte er.

»Wieso denn?« fragte ich.

»Sehen Sie das nicht, mein Lieber? *Es ist zuviel Glas übrig.* Wir haben die zerbrochenen Gläser fast komplett wieder zusammengesetzt, und doch sind von den übriggebliebenen Stückchen beträchtlich mehr da, als zum Ausfüllen der Lücken nötig wären.«

Ich betrachtete das Häufchen kleiner Scherben und sah sofort, daß er recht hatte. Es ergab sich ein Überschuß an kleinen Stückchen.

»Das ist wirklich merkwürdig«, sagte ich. »Wie erklären Sie sich das?«

»Das werden uns die Splitterchen wahrscheinlich verraten«, erwiderte er, »wenn wir sie intelligent genug danach fragen.«

Er hob den Briefbogen mit den beiden Karten behutsam hoch und legte ihn auf den Boden. Dann öffnete er den Kasten, nahm das kleine Mikroskop heraus und montierte ein Objektiv und Okular von kürzester Brennweite – was eine kombinierte Vergrößerung von nur zehn Beugungsspektren ergab. Nun übertrug er die kleinen Glasstücke auf ein Glasplättchen, stellte die Laterne als Beleuchtungsapparat auf und begann mit seiner Untersuchung.

»Ha!« rief er kurz darauf aus, »jetzt kommen wir

der Lösung schon näher. Wir haben nämlich zuviel Glas und doch zu wenig. Mit anderen Worten: Es sind nur ein oder zwei Stückchen von der Brille dabei, die längst nicht genügen, um die Gläser zu komplettieren. Der Rest besteht aus einem weichen, unebenen Preßglas, das leicht von dem geschliffenen, harten optischen Glas zu unterscheiden ist. Die nicht dazugehörigen Bruchstücke sind alle gebogen, als hätten sie zu einem Zylinder gehört, und sind meiner Meinung nach Scherben eines Wein- oder eines Whiskyglases.« Er schob das Glasplättchen ein paar mal hin und her und fuhr dann fort: »Wir haben Glück, Jervis. Hier ist ein Stückchen mit zwei dünnen, eingeritzten auseinanderstrebenden Linien, anscheinend die Spitzen eines achteckigen Sterns – und hier ist einer mit drei Spitzen – die Enden von drei Strahlen. Das gibt uns die Möglichkeit, das Gefäß genau zu rekonstruieren. Es war ein klares, dünnes Glas – wahrscheinlich ein Whiskyglas – mit verstreuten Sternen dekoriert, ein Muster, das Sie bestimmt kennen. Manchmal ist zusätzlich noch eine Bordüre eingeschliffen, aber meistens sind die Sterne die einzige Dekoration. Sehen Sie sich das Stückchen hier mal an.«

Ich hatte gerade mein Auge am Objektiv, als der Stationsvorsteher mit dem Inspektor ankam. Unser Anblick, auf der Erde sitzend, mit dem Mikroskop zwischen uns, war zuviel für einen ernsten Polizeibeamten, und er brach in ein langes, schallendes Gelächter aus.

»Sie müssen schon verzeihen«, sagte er entschuldigend, »aber wissen Sie, für einen alten Hasen wie mich sieht es wirklich ein bißchen – na ja – Sie verstehen schon – Ich gebe ja zu, ein Mikroskop ist eine sehr interessante und amüsante Sache, aber in einem Fall wie diesem hilft es Ihnen auch nicht viel weiter, das müssen Sie doch zugeben.«

»Mag sein«, erwiderte Thorndyke. »Aber abgesehen davon – wo haben Sie denn den Hut schließlich gefunden?«

»Wir haben ihn eben nicht gefunden«, antwortete der Inspektor etwas beschämt.

»Dann müssen wir Ihnen wohl suchen helfen«, sagte Thorndyke. »Wenn Sie einen Augenblick warten, kommen wir mit.« Er träufelte einen Tropfen Xylol-Balsam auf jede der Visitenkarten, um die wieder zusammengesetzten Brillengläser auf ihrer Unterlage zu fixieren, legte sie dann mit dem Mikroskop in den Kasten und verkündete, daß er bereit sei.

»Gibt's hier in der Nähe nicht irgendeinen Ort oder ein Dorf?« fragte er den Stationsvorsteher.

»Corfield ist der nächste. Das ist ungefähr dreiviertel Kilometer von hier.«

»Und wo ist die nächste Straße?«

»Es gibt da eine halbfertige Straße, die an einem Haus, ungefähr dreihundert Meter von hier, vorbeiführt. Es gehört zu einem Baugrundstück, das nie bebaut worden ist. Von dort führt ein Feldweg zum Bahnhof.«

»Sind sonst noch irgendwelche Häuser hier in der Nähe?«

»Nein. Das ist das einzige Haus hier im Umkreis von dreiviertel Kilometern, und eine andere Straße gibt's auch nicht in der Nähe.«

»Dann besteht die Wahrscheinlichkeit, daß Brodski sich der Bahn aus dieser Richtung genähert hat, da er auf dieser Seite der Strecke gefunden wurde.«

Da der Inspektor derselben Ansicht war, setzten wir uns alle langsam auf das Haus zu in Bewegung, angeführt vom Stationsvorsteher. Und während wir gingen, untersuchten wir den Erdboden. Das Brachfeld, durch das wir kamen, war übersät mit Sauerampfer- und Brennesselstauden, durch die sich der Inspektor mit Fußtritten hindurcharbeitete und mit Füßen und Laterne nach dem fehlenden Hut suchte. Nach einer Strecke von zirka dreihundert Metern gelangten wir an eine niedrige Mauer, die einen Garten umschloß. Über die Mauer hinweg bemerkten wir ein kleines Haus, und hier machten wir halt, während der Inspektor mit gewaltigen Fußtritten in einem Brennnesselgestrüpp neben der Mauer herumwatete. Plötzlich hörte man ein metallisch klingendes Geräusch, verbunden mit schrecklichem Geschimpfe, und herausgehüpft kam der Inspektor, der seinen einen Fuß umklammert hielt und gottlos vor sich hin fluchte.

»Welcher Idiot schmeißt denn bloß ein Ding wie das hier in die Brennesseln, möcht' ich wissen!« tobte er und rieb sich den schmerzenden Fuß. Thorndyke hob den Gegenstand auf und besah ihn sich bei der Laterne: Es war eine kurze, viereckige Eisenstange von ungefähr zwei Zentimeter Dicke und zirka fünfundzwanzig Zentimeter lang. »Lange hat die aber noch nicht dagelegen«, meinte er und betrachtete sie eingehend von allen Seiten; »es ist ja kaum eine Spur von Rost zu entdecken.«

»Für meine Bedürfnisse jedenfalls lange genug«, knurrte der Inspektor. »Am liebsten möcht' ich sie dem Blödian um die Ohren schlagen, der sie da reingeschmissen hat.«

Das Getobe des Inspektors machte auf Thorndyke nicht den geringsten Eindruck. Ohne sich im mindesten stören zu lassen, untersuchte er das Stück Eisen. Nach einer Weile stellte er seine Laterne auf die Mauer und zog eine Lupe aus der Tasche, mit der er seine Untersuchung fortsetzte; ein Vorgang, der den Inspektor so erboste, daß dieser schwergeprüfte Beamte wutschnaubend davonhumpelte, gefolgt vom Stationsvorsteher. Und kurz darauf hörten wir ihn an die Haustür klopfen.

»Jervis, bitte ein Glasplättchen mit einem Tropfen Farrant«, sagte Thorndyke. »Hier kleben nämlich ein paar Fusseln am Eisen.«

Ich präparierte das Plättchen und richtete, nachdem ich es ihm gleichzeitig mit einem Deckglas, einer Pinzette und einer Nadel gereicht hatte, das Mikroskop auf der Mauer her.

»Der Inspektor tut mir leid«, sagte Thorndyke, während er durch das kleine Instrument schaute, »aber das war ein Fußtritt, der sich für uns gelohnt hat. Sehen Sie sich bloß mal die Probe hier an.«

Das tat ich, indem ich das Plättchen so lange hin- und herbewegte, bis ich das Objekt von allen Seiten gesehen hatte. Dann äußerte ich meine Meinung. »Karminrote Wollfasern, blaue Baumwollfasern und einige gelbe Pflanzenfasern, die wie Jute aussehen.«

»Ja«, sagte Thorndyke, »dieselbe Kombination von Fasern, wie wir sie zwischen den Zähnen des Toten gefunden haben, und wahrscheinlich gleichen Ursprungs. Dieses Eisen scheint mit dem gleichen Vorhang oder Wandbehang abgewischt worden zu sein, mit dem der arme Brodski geknebelt worden ist. Wir werden es vorläufig hier auf die Mauer legen und später darauf zurückkommen, denn zunächst müssen wir unter allen Umständen erst mal in dieses Haus hinein. Das ist nämlich ein viel zu deutlicher Hinweis, um ihn unbeachtet zu lassen.«

Eilig packten wir alles wieder zusammen und wollten auf die Haustür zulaufen, als wir auf die beiden Beamten stießen, die ziemlich ratlos auf die halbfertige Straße hinunter sahen.

»Man sieht einen Lichtschein«, sagte der Inspektor, »aber es ist niemand zu Hause. Ich habe ein dutzendmal geklopft, und keiner hat aufgemacht. Ich sehe wirklich nicht ein, was wir hier zu suchen haben. Der Hut liegt wahrscheinlich nicht weit von der

Stelle, wo die Leiche gelegen hat, und morgen früh werden wir ihn schon finden.«

Thorndyke gab keine Antwort, sondern trat in den Garten und ging eiligen Schrittes den Pfad entlang auf die Tür zu. Und nachdem er geklopft hatte, beugte er sich hinunter und legte das Ohr horchend ans Schlüsselloch.

»Ich sage Ihnen doch, es ist niemand zu Hause, Sir«, sagte der Inspektor gereizt. Und als Thorndyke unentwegt weiterhorchte, ging er ärgerlich murmelnd davon. Sobald er weg war, leuchtete Thorndyke mit seiner Laterne über die Tür, die Schwelle, den Pfad und die schmalen Blumenbeete, und kurz darauf sah ich ihn von einem der letzteren etwas aufheben.

»Hier haben wir einen höchst aufschlußreichen Gegenstand, Jervis«, sagte er, während er durch die Gartenpforte zu mir hinauskam, und zeigte mir eine kaum angerauchte Zigarette.

»Inwiefern aufschlußreich?« fragte ich. »Was sieht man schon daran?«

»Vieles«, erwiderte er. »Sie ist angezündet und ungeraucht weggeworfen worden. Das deutet auf einen plötzlich wechselnden Entschluß hin. Sie wurde bei der Haustür weggeworfen, und zwar mit ziemlicher Bestimmheit von irgendjemand, der ins Haus gegangen ist. Diese Person muß ein Fremder gewesen sein, sonst hätte er sie mit hineingenommen. Aber er hatte nicht damit gerechnet, das Haus zu betreten, denn sonst hätte er sie gar nicht erst angezündet. Das wären die allgemeinen Überlegungen, und jetzt zu den Einzelheiten. Das Zigarettenpapier ist eine Marke, die unter dem Namen ›Zick-Zack‹ bekannt ist; das verborgene Wasserzeichen ist ziemlich deutlich sichtbar. Nun war aber auf der Hülle von Brodskis Zigarettenpapier dasselbe Zeichen; ›Zick-Zack‹ genannt, wegen der Art, in der sich das Papier herausziehen läßt. Aber jetzt wollen wir uns mal den Tabak ansehen.« Mit einer Stecknadel, die er im Mantel zu stecken hatte, zupfte er aus dem nicht angebrannten Ende eine Strähne schmutzig-dunkelbraunen Tabak, den er mir zur Begutachtung hinhielt.

»Feingeschnittener Latakia«, erklärte ich ohne Zögern.

»Sehr richtig«, sagte Thorndyke. »Hier haben wir also eine Zigarette mit einem ungewöhnlichen Tabak, genau wie der in Brodskis Tabaksbeutel, und einem ungewöhnlichen Papier mit demselben Zeichen, das auf der Hülle von Brodskis Zigarettenpapier zu sehen war. Mit der gebührenden Achtung vor der vierten Regel des Syllogismus muß ich annehmen, daß diese Zigarette von Oscar Brodski gedreht wurde. Aber trotzdem werden wir uns noch nach ergänzenden Einzelheiten umsehen.«

»Und die wären?« fragte ich.

»Sie werden sicher bemerkt haben, daß Brodski runde, hölzerne Zünder in seiner Streichholzschachtel hatte – die übrigens auch ungewöhnlich sind. Da er sich die Zigarette kurz vor der Gartenpforte angezündet haben muß, sollten wir auch das Zündholz, mit dem er sie angesteckt hat, finden können. Am besten wird es sein, den Weg nach der Richtung hin abzusuchen, aus der er sich, aller Wahrscheinlichkeit nach, dem Haus genähert haben dürfte.«

Wir bewegten uns sehr langsam und suchend die Straße entlang, die Laterne dicht über dem Boden, und wir waren noch keine zehn Schritte gegangen, als ich auf der holprigen Straße plötzlich ein Streichholz liegen sah und es erwartungsvoll aufhob. Es war ein runder hölzerner Zünder.

Thorndyke betrachtete ihn interessiert, machte kehrt und ging dieselbe Strecke wieder zurück, nachdem er sowohl das Zündholz als auch die Zigarette in seiner ›Sammelbüchse‹ versorgt hatte. »Jetzt besteht kaum noch der geringste Zweifel, Jervis, daß Brodski in diesem Hause ermordet worden ist. Es ist uns gelungen, dieses Haus mit dem Verbrechen in Verbindung zu bringen, und darum müssen wir uns jetzt den Eingang erzwingen, um auch die übrigen Spuren in die Hand zu bekommen.« Wir machten schnell kehrt und liefen zum rückwärtigen Teil des Grundstücks, wo wir den mißgelaunten Inspektor in einer Unterhaltung mit dem Stationsvorsteher antrafen.

»Ich denke, Sir, wir sollten jetzt lieber zurückgehen«, sagte der erstere. »Es war mir sowieso unverständlich, wozu wir überhaupt hergekommen sind, aber schließlich ... Halt! Das geht zu weit, Sir. Das dürfen Sie doch nicht tun!« Denn Thorndyke hatte ohne jede Warnung nach einem kurzen Absprung eins seiner langen Beine über die Mauer geschwungen.

»Ich kann Ihnen nicht erlauben, Privatbesitz zu betreten, Sir«, fuhr der Inspektor fort. Aber Thorndyke sprang seelenruhig auf der Innenseite herunter, drehte sich um und sah dem Beamten über die Mauer hinweg gerade in die Augen.

»So, jetzt hören Sie mal zu, Inspektor«, sagte er. »Ich habe allen Grund anzunehmen, daß der Tote namens Brodski in diesem Hause gewesen ist, mehr noch, ich bin sogar bereit, einen Eid darauf zu leisten. Aber jede Minute ist kostbar. Wir müssen die Spur verfolgen, solange sie heiß ist. Ich habe gar nicht die Absicht, so mir nichts dir nichts in das Haus einzubrechen. Ich will weiter nichts als den Müllkasten durchsuchen.«

»Den Müllkasten!« stieß der Inspektor hervor. »Ich muß schon sagen, Sir, Sie sind wirklich ein ganz erstaunlicher Fall! Was erwarten Sie denn im Müllkasten zu finden?«

»Ich suche ein zerbrochenes Whisky- oder auch

Weinglas. Es handelt sich um ein dünnes geschliffenes Glasgefäß, mit einem Muster von kleinen achteckigen Sternchen. Entweder ist es im Müllkasten oder im Hause.«

Der Inspektor zögerte, aber Thorndykes sicheres Auftreten hatte anscheinend Eindruck auf ihn gemacht.

»Was im Müllkasten ist, werden wir gleich sehen«, sagte er, »obgleich es über meinen Verstand geht, was ein zerbrochenes Whiskyglas mit unserem Fall zu tun hat. Aber wie dem auch sei – dann man los.« Er sprang mit einem Satz über die Mauer und landete drüben im Garten. Der Stationsvorsteher und ich folgten.

Thorndyke blieb einen Moment an der Gartenpforte stehen und untersuchte den Boden, während die beiden Beamten den Pfad hinaufliefen. Da er jedoch nichts Interessantes entdecken konnte, ging er auf das Haus zu und sah beim Gehen ununterbrochen, mit gespannter Aufmerksamkeit suchend, umher. Aber wir waren noch nicht auf halbem Wege, als wir die aufgeregte Stimme des Inspektors rufen hörten.

»Hierher, Sir, Sie haben recht gehabt«, schrie er; und als wir losrannten, stießen wir plötzlich auf die beiden Beamten, die, ein Bild grenzenlosen Erstaunens, über einen kleinen Schutthaufen gebückt dastanden, der von ihren Laternen beleuchtet war; und vor uns lagen die Scherben eines dünnen Glases: eines Whiskyglases mit Sternschliff.

»Ich kann mir weder erklären, wie Sie darauf gekommen sind, daß es hier sein müßte«, sagte der Beamte mit wachsendem Respekt in der Stimme, »noch was Sie jetzt damit tun wollen, nachdem Sie es gefunden haben.«

»Es ist nur ein weiteres Glied in der Beweiskette«, sagte Thorndyke, nahm eine Pinzette aus dem Kasten und beugte sich über den Schutthaufen. »Vielleicht finden wir noch was anderes.« Er nahm verschiedene kleine Glasscherben auf, betrachtete sie genau und ließ sie dann wieder fallen. Plötzlich fiel sein Blick auf ein winziges Stückchen Glas am Rande des Haufens. Er hob es mit der Pinzette auf und hielt es sich beim hellen Licht der Laterne dicht vors Auge. Dann nahm er seine Lupe heraus und prüfte es eingehend von allen Seiten. »Ja«, sagte er nach einer ganzen Weile, »danach habe ich gesucht. Geben Sie mir doch mal die beiden Karten her, Jervis.«

Ich nahm die beiden Visitenkarten mit den darauf festgeklebten zusammengesetzten Brillengläsern heraus, legte sie auf den Kastendeckel und richtete das Licht der Laterne darauf. Thorndyke betrachtete sie lange und eingehend und dann auch das Glasstückchen in der Pinzette. Dann drehte er sich zum Inspektor um und sagte: »Sie haben mich doch dieses Stückchen Glas aufheben sehen?«

»Ja, Sir«, antwortete der Beamte.

»Und Sie haben auch gesehen, wo wir die Brille gefunden haben und wem sie gehörte?«

»Ja, Sir. Das ist die Brille des Toten, und Sie haben sie in der Nähe der Leiche gefunden.«

»Ausgezeichnet«, sagte Thorndyke, »und jetzt passen Sie auf.« Und während sich die beiden Beamten mit offenen Mündern die Hälse verrenkten, legte er den Splitter in eine Lücke an einem der beiden Gläser und gab ihm dann noch einen kleinen Stoß, bis er die Lücke vollständig ausfüllte und, in Übereinstimmung mit den übrigen Bruchstücken, diesen Teil des Glases vollständig machte.

»Mein Gott!« rief der Inspektor aus. »Wie, in aller Welt, konnten Sie das bloß wissen?«

»Das muß ich Ihnen später mal erklären«, sagte Thorndyke. »Vor allen Dingen müssen wir uns jetzt erst mal das Haus von innen ansehen. Ich erwarte nämlich dort eine Zigarette zu finden – es könnte auch eine Zigarre sein – die zertreten worden ist, einige Vollkornplätzchen, möglicherweise auch ein hölzernes Zündholz und eventuell sogar den fehlenden Hut.«

Bei der Erwähnung des Hutes lief der Inspektor eilig zur Hintertür, fand sie aber verriegelt und versuchte es darauf mit dem Fenster. Auch das war fest geschlossen. Also gingen wir auf Thorndykes Rat um das Haus herum zum Vordereingang.

»Auch die Tür ist verschlossen«, sagte der Inspektor. »Ich fürchte, wir müssen sie aufbrechen. Gern tu' ich's nicht, offengestanden.«

»Versuchen Sie doch erst noch dieses Fenster hier«, schlug Thorndyke vor.

Der Beamte machte einen verzweifelten Versuch, den Sicherheitsriegel mit seinem Taschenmesser zu lösen, aber vergebens.

»Wir kommen so nicht weiter«, meinte er und kam zur Tür zurück.

»Es bleibt uns gar nichts anderes übrig –« Er blieb, mit weit aufgerissenen Augen, mitten im Satz stekken, denn die Tür stand offen, und Thorndyke steckte gerade etwas in die Tasche.

»Ihr Freund verliert nicht viel Zeit – nicht mal, wenn er einbricht«, sagte er zu mir, während wir Thorndyke ins Haus folgten. Aber seine Betrachtungen gingen bald in einer neuen Überraschung unter. Thorndyke war vor uns her in ein kleines Wohnzimmer gegangen, das von einer kleingestellten Hängelampe nur spärlich erhellt wurde.

Als wir eintraten, machte Thorndyke gerade das Licht wieder hell und sah sich neugierig im Zimmer um. Auf dem Tisch stand eine Whiskyflasche mit einem Siphon, einem Whiskyglas und einer Keksdose.

Auf letztere weisend, sagte Thorndyke zum Inspektor: »Sehen Sie mal nach, was da drin ist?«

Der Inspektor hob den Deckel hoch und sah hinein, der Stationsvorsteher sah ihm über die Schulter, und dann standen die beiden da und starrten Thorndyke an.

»Ja, du meine Güte, Sir! Woher wußten Sie denn, daß es in diesem Hause Vollkornplätzchen gibt?« rief der Stationsvorsteher aus.

»Sie wären schwer enttäuscht, wenn ich Ihnen das verraten würde«, erwiderte Thorndyke. »Aber schau'n Sie mal dort hin.« Er deutete auf den Kamin, wo eine plattgedrückte, halbgerauchte Zigarette und ein rundes hölzernes Zündholz lagen. Der Inspektor starrte diese beiden Gegenstände an, als wären sie vom Himmel gefallen, während der Stationsvorsteher seinerseits Thorndyke mit einem Ausdruck anstarrte, den man nur mit ›wundergläubiger Ehrfurcht‹ bezeichnen konnte.

»Sie haben doch die Habseligkeiten des Toten bei sich, soviel ich weiß?« sagte mein Kollege.

»Ja«, erwiderte der Inspektor; »ich habe die Sachen sicherheitshalber in meine Tasche gesteckt.«

»In dem Fall«, sagte Thorndyke und hob die plattgedrückte Zigarette auf, »wollen wir mal einen Blick in seinen Tabaksbeutel werfen.«

Während der Beamte den Beutel hervorzog und öffnete, schnitt Thorndyke mit seinem scharfen Taschenmesser geschickt die Zigarette auf. »Nun«, sagte er, »was für Tabak ist in diesem Beutel?«

Der Inspektor zupfte eine Probe heraus, betrachtete sie und roch angewidert daran. »Das ist eine von diesen stinkenden Tabaksorten, die man zum Mischen nimmt –« sagte er, »Latakia, wenn ich nicht irre.«

»Und was ist das?« fragte Thorndyke und wies auf die aufgeschnittene Zigarette.

»Zweifellos derselbe Dreck«, antwortete der Inspektor.

»Und jetzt würde ich gerne mal sein Zigarettenpapier sehen«, sagte Thorndyke.

Die Hülle mit dem Zigarettenpapier wurde aus der Tasche des Beamten herausbefördert, und ein Probeblatt abgerissen. Thorndyke legte das halbverbrannte Papier daneben, der Inspektor prüfte beide und hielt sie gegen das Licht.

»Das Zick-Zack-Wasserzeichen ist beim besten Willen nicht zu übersehen«, bemerkte er. »Diese Zigarette hat der Verstorbene selbst gedreht, darüber besteht auch nicht der geringste Zweifel.«

»Jetzt noch eine Sache«, sagte Thorndyke und legte den abgebrannten hölzernen Zünder auf den Tisch. »Sie haben doch auch seine Streichholzschachtel?«

Der Inspektor zog die kleine Silberdose heraus, öffnete sie und verglich die Zündhölzer darin mit dem abgebrannten auf dem Tisch. Dann schloß er den Deckel mit einem Knall.

»Ihre Beweise stimmen bis ins letzte«, sagte er. »Wenn wir jetzt noch den Hut finden könnten, hätten wir einen ganz eindeutigen Fall.«

»Ich bin nicht sicher, ob wir den Hut nicht schon gefunden haben«, entgegnete Thorndyke. »Wie Sie sehen, ist außer der Kohle noch etwas anderes auf dem Rost verbrannt worden.«

Der Inspektor rannte aufgeregt zum Kamin und machte sich sofort daran, mit zitternden Händen die Rückstände des ausgebrannten Feuers herauszusuchen. »Die Asche ist noch warm«, bemerkte er, »und die Schlacken rühren nicht nur von Kohlen her. Da, über der Kohle ist Holz verbrannt worden, aber diese kleinen schwarzen Klumpen hier sind weder Holz noch Kohle. Sie könnten durchaus die Überreste eines verbrannten Hutes sein. Aber mein Gott! Wie soll man das wissen? Man kann wohl zerbrochene Brillengläser wieder zusammensetzen, aber aus ein paar Schlacken läßt sich kein Hut zusammenflicken.« Er streckte eine Hand voll kleiner schwarzer, schwammiger Schlacken aus und sah Thorndyke kläglich an, der sie ihm abnahm und auf einen Bogen Papier legte.

»Allerdings, den Hut können wir nicht wieder zusammenflicken«, gab mein Freund zu, »aber vielleicht sind wir imstande, wenigstens die Herkunft dieser Rückstände festzustellen. Am Ende rühren die Schlacken auch gar nicht von einem Hut her.« Er zündete ein Wachsstreichholz an, nahm ein Stück Schlacke und hielt die Flamme darunter. Die schlakkige Masse schwelte sofort mit einem brodelnden, zischenden Geräusch und entwickelte einen dicken Rauch; und im selben Augenblick verbreitete sich ein penetranter beißender Geruch, vermischt mit dem Geruch verbrannter tierischer Stoffe.

»Riecht nach verbranntem Lack«, sagte der Stationsvorsteher.

»Ja, Schellack«, sagte Thorndyke; »der erste Versuch war also positiv. Der nächste wird etwas länger dauern.«

Er öffnete den grünen Kasten und entnahm ihm einen kleinen Glaskolben, der für den Marsh'schen Arsenik-Test mit einem Sicherheitstrichter und einem Abzugsröhrchen versehen war, einen zusammenklappbaren Dreifuß, einen Spiritusbrenner und einen Asbestuntersatz, der als Sandbad dienen sollte. In den Kolben warf er einige Schlackenstücke, die er sorgfältig auswählte, füllte ihn mit Alkohol und setzte ihn auf den Asbestuntersatz, den er auf den Dreifuß stellte. Dann zündete er den Spiritusbrenner darunter an und setzte sich, um zu warten, bis der Alkohol kochte.

»Da ist noch eine kleine Sache, die wir auch gleich

erledigen können«, sagte er kurz darauf, als die Blasen im Kolben hochzusteigen begannen. »Reichen Sie mir doch ein Glasplättchen mit einem Tropfen Farrant, Jervis.«

Ich präparierte das Glasplättchen, während Thorndyke inzwischen mit der Pinzette ein paar Fäden aus dem Tischtuch zupfte. »Mir scheint, dieses Gewebe haben wir schon mal gesehen«, bemerkte er, als er das winzige Fadenbündel in die Einbettungsflüssigkeit drückte und den Objektträger auf den Mikroskoptisch schob. »Ja«, fuhr er fort, während er sich über das Objektiv beugte, »hier haben wir ja unsere alten Bekannten wieder: die roten Wollfasern, die blaue Baumwolle und die gelbe Jute. Wir müssen es sofort etikettieren, sonst verwechseln wir's eventuell noch mit den anderen Proben.«

»Haben Sie ungefähr eine Vorstellung, auf welche Weise der Verstorbene seinen Tod gefunden hat?«

»Ja«, entgegnete Thorndyke. »Ich nehme an, der Mörder hat ihn in dieses Zimmer gelockt und ihm eine Erfrischung angeboten. Der Mörder saß in dem Sessel, in dem Sie jetzt sitzen. Brodski saß dort in diesem kleinen Lehnstuhl. Dann, stelle ich mir vor, attackierte ihn der Mörder mit jener Eisenstange, die wir in den Brennesseln gefunden haben, war aber nicht imstande, ihn mit einem Schlage zu töten, rang mit ihm und erstickte ihn schließlich mit diesem Tischtuch. Übrigens, nur noch eine ganze Kleinigkeit: Sie erinnern sich doch an dieses Stückchen Schnur?« Er nahm das Stückchen Schnur, das auf dem Bahndamm gelegen hatte, aus seiner ›Sammelbüchse‹. Der Inspektor nickte. »Wenn Sie sich umdrehen, werden Sie sehen, woher es kommt.«

Der Beamte fuhr herum, und sein Blick fiel auf einen Schnurbehälter, der auf dem Kaminsims stand. Er nahm ihn herunter, und Thorndyke zog das Ende der Schnur, das heraushing, ein Stückchen weiter heraus – eine weiße Schnur mit einer grünen Strähne – und verglich es mit dem Stück in seiner Hand. »Die grüne Strähne dürfte ein ziemlich sicheres Erkennungszeichen sein«, sagte er. »Die Schnur wurde natürlich dazu benutzt, den Schirm und die Reisetasche festzuhalten. Schon mit der Leiche beladen, hätte er sie nicht in der Hand tragen können. Aber ich nehme an, unsere zweite Probe ist jetzt bereit.« Er hob den Glaskolben vom Dreifuß, schüttelte ihn heftig und betrachtete den Inhalt durch die Lupe. Der Alkohol hatte eine dunkelbraune Färbung angenommen und war sichtlich dickflüssiger und sirupartig in der Konsistenz.

»Ich glaube, für einen ersten Versuch genügt uns das«, sagte er und nahm eine Pipette und ein Glasplättchen aus dem Kasten. Er tauchte die Pipette in den Kolben und saugte einige Tropfen Alkohol am Boden auf. Dann hielt er sie über das Glasplättchen und ließ die Flüssigkeit heruntertropfen.

Nachdem er ein Deckglas über die Probe gelegt hatte, schob er das Ganze auf den Mikroskoptisch und untersuchte es aufmerksam, während wir ihn mit erwartungsvollem Schweigen beobachteten.

Nach einer Weile blickte er auf, wandte sich an den Inspektor und fragte ihn: »Wissen Sie, woraus Filzhüte bestehen?«

»Das kann ich Ihnen beim besten Willen nicht sagen, Sir«, antwortete der Beamte.

»Dann will ich's Ihnen verraten. Die bessere Qualität Filz wird aus Kaninchen- und Hasenwolle hergestellt – die weichen Bauchhaare, wissen Sie – mit Schellack als Bindemittel. In diesem Fall besteht kaum ein Zweifel, daß diese Schlacken hier Schellack enthalten, und durch das Mikroskop sieht man einige kurze Kaninchenhaare. Demzufolge zögere ich auch nicht zu behaupten, daß diese Schlacken von einem steifen Filzhut stammen; und da die Haare anscheinend nicht gefärbt sind, würde ich sagen, es war ein grauer Hut.«

In diesem Augenblick wurde unsere geheime Sitzung durch eilige Schritte auf dem Gartenpfad unterbrochen, und als wir uns alle, wie auf Kommando, umdrehten, platzte eine ältere Frau ins Zimmer.

Einen Augenblick blieb sie wie angewurzelt stehen. Dann sah sie uns alle der Reihe nach an und fragte gebieterisch: »Wer sind Sie eigentlich? Und was wollen Sie hier?«

Der Inspektor erhob sich. »Ich bin Polizeibeamter, Madam«, sagte er. »Weitere Auskünfte kann ich Ihnen im Moment nicht geben, aber entschuldigen Sie eine Frage: Wer sind Sie?«

»Ich bin Mr. Hicklers Haushälterin«, antwortete sie.

»Und Mr. Hickler? Erwarten Sie ihn bald zurück?«

»Nein, im Gegenteil«, war die abweisende Antwort. »Mr. Hickler ist im Augenblick verreist. Er ist heute abend mit dem Schiffszug weggefahren.«

»Wohl nach Amsterdam?« fragte Thorndyke.

»Ich glaube, ja, obgleich ich nicht einsehe, was Sie das angeht«, entgegnete die Haushälterin.

»Ich dachte nur, er könnte vielleicht zufällig Diamantenhändler oder Makler sein«, sagte Thorndyke. »Weil nämlich viele von denen diesen Zug nehmen.«

»Das ist er auch«, sagte die Frau, »zumindest hat er etwas mit Diamanten zu tun.«

»Aha. Aber ich glaube, wir müssen jetzt gehen, Jervis«, sagte Thorndyke. »Hier sind wir fertig, und wir müssen uns ja noch ein Hotel oder einen Gasthof suchen. Kann ich Sie noch einen Augenblick sprechen, Inspektor?«

Der Beamte, der jetzt ganz bescheiden und ehrfurchtsvoll war, folgte uns in den Garten, um Thorndykes Abschiedsinstruktionen entgegenzunehmen.

»Besetzen Sie das Haus sofort, und werden Sie die Haushälterin los. Nichts darf weggetragen werden. Heben Sie die Schlacken auf und sehen Sie zu, daß der Schutthaufen so bleibt, wie er ist, und vor allen Dingen, lassen Sie niemand das Zimmer fegen. Der Stationsvorsteher oder ich werden auf dem Polizeirevier Bescheid sagen, damit man einen Beamten herschickt, der Sie ablöst.«

Mit einem freundlichen ›Gute Nacht‹ machten wir uns, geführt vom Stationsvorsteher, auf den Weg. Und damit war unsere Beziehung zu diesem Fall zu Ende. Hickler (dessen Vorname, wie sich herausstellte, Silas war) wurde auch tatsächlich verhaftet, als er vom Schiff herunter an Land ging und man ein Päckchen Diamanten bei ihm fand, das dann später als das Eigentum von Oscar Brodski identifiziert wurde. Aber zur Gerichtsverhandlung ist es nie gekommen, denn auf der Rückreise gelang es ihm, sich seinen Wächtern gerade in dem Augenblick zu entziehen, als das Schiff sich der englischen Küste näherte. Und erst drei Tage später, als am einsamen Strand von Oxfordneß eine Leiche mit Handschellen angeschwemmt wurde, erfuhren die Behörden vom Schicksal Silas Hicklers.

»Ein angemessener und dramatischer Abschluß für einen so einzigartigen und doch so typischen Fall«, sagte Thorndyke, während er die Zeitung weglegte. »Ich hoffe, er hat Ihre Kenntnisse erweitert und Ihnen dazu verholfen, die eine oder andere brauchbare Schlußfolgerung zu ziehen.«

»Ich höre Sie lieber die gerichtsmedizinische Hymne anstimmen«, wandte ich mich gegen ihn, wie ein getretener Wurm, und lächelte sarkastisch (wozu ein Wurm allerdings kaum imstande sein dürfte).

»Das kann ich mir denken«, parierte er mit gespielter Würde, »und ich bedaure nur Ihren Mangel an geistiger Beweglichkeit. Wie dem auch sei, die zu beachtenden Punkte sind auch in diesem Fall: Erstens die Gefahr der Verzögerung, die entscheidende Wichtigkeit, blitzartig zu reagieren, bevor das zarte und flüchtige Ding, das wir Spur nennen, Zeit hat, sich in Nichts aufzulösen. Eine Verzögerung von nur ein paar Stunden hätte uns kaum einen einzigen Anhaltspunkt übrig gelassen. Zweitens die Notwendigkeit, auch die unscheinbarste Spur bis an ihr absolutes Ende zu verfolgen, wie es die Brillengläser bewiesen haben. Drittens die dringende Notwendigkeit der Hilfe eines geschulten Wissenschafters für die Polizei. Und zu guter Letzt«, schloß er mit einem Lächeln, »haben wir daraus gelernt, nie ohne den grünen Kasten auf die Reise zu gehen.«

MARGERY ALLINGHAM

Der alte Mann im Fenster

Der neuernannte Kriminalkommissar Stanislaus Oates war nicht gerade außer sich vor Begeisterung; er gab sich jedoch so gutgelaunt, wie es sich für einen Mann geziemt, der einen bedeutenden Schritt in einer ehrenvollen Laufbahn vorangekommen ist. Mr. Campion, der ihm an einem kleinen Tisch in einer Ecke des Speiserestaurants gegenübersaß, beobachtete interessiert diese Änderung im Wesen seines gewöhnlich schweigsamen Freundes.

»Diese Beförderung gestattet mir, nach meiner Pensionierung unter die Memoirenschreiber zu gehen, wissen Sie«, bemerkte der Ex-Inspektor plötzlich mit für ihn ungewöhnlicher Spitzfindigkeit. »Ich könnte ein erstklassiges Buch verfassen, wenn jemand es für mich niederschriebe. Wir Leute vom Fach lernen alle möglichen Sachen kennen und können eine Menge interessanten Stoff sammeln, dem ihr Amateure nie begegnet. Dinge sind darunter, die ihr nie der Beachtung wert finden würdet. Erst heute bin ich auf etwas sehr Merkwürdiges gestoßen. Großunternehmen haben es in sich, Campion, man findet da erstaunliche Beweggründe für Verbrechen. Ich möchte Ihnen gern etwas über Gesellschaftsrecht erzählen.«

Mr. Campion grinste. »Erzählen Sie's nur gleich der ganzen Welt«, schlug er leutselig vor, denn die Stimme des Kommissars war immer lauter geworden.

»Ich dachte, Sie hätten gesagt, dieser Ort wäre abends so gut wie unbesucht«, fuhr er fort, während er seine langen dünnen Beine unter dem Tisch ausstreckte und seine Hornbrille zurechtrückte. »Mir scheint er jedenfalls recht belebt zu sein, mit Jugend und – hm – Leidenschaft.«

Des Ex-Inspektors angeborene Vorsicht gewann wieder die Oberhand, und während er umherblickte, nahm sein Gesicht wieder seinen natürlichen griesgrämigen Ausdruck an.

»Muß ganz plötzlich in Mode gekommen sein«, sagte er mürrisch. »Das ist der Ärger mit diesen Lokalen. Die Kunde geht um, daß es bei Soundso gut, ruhig und billig ist, und was passiert? Bevor man weiß, was eigentlich los ist, stürzt sich eine Horde glotzäugiger Herzchen darauf, die Preise klettern in die Höhe und das Essen wird schlechter. Dort drüben sitzt ein Bursche mit einer, die er bestimmt nicht seiner Familie vorstellen wird.«

Mr. Campion warf unauffällig einen Blick über seine schmale Schulter und sah flüchtig ein pausbäckiges Gesicht unter einem gewölbten, frühzeitig kahl gewordenen Schädel und daneben die dunklen Locken und rotgemalten Lippen eines jungen Mädchens mit einem grauen Hut. Hastig sah er wieder weg.

»Er heißt March«, verkündete Oates, dessen Unternehmungsgeist zurückkehrte. »Gehört zu der großen Firma für Theaterrequisiten. Spaßig, daß wir ihn gerade sehen. Das erinnert mich daran, was ich Ihnen erzählen wollte. Diese Leute befinden sich nämlich wieder einmal in einer geschäftlichen Flaute, wissen Sie.«

Seine Stimme drohte schon wieder die Worte durch den ganzen, mit Kupferstichen geschmückten kleinen Raum zu tragen, und Mr. Campion protestierte.

»Animiert Alkohol Sie immer zum Schreien?« fragte er freundlich. »Röhren Sie doch nicht so. Ich kenne den Burschen ganz gut vom Sehen her. Wir sind Mitglieder desselben Klubs.«

»Wirklich? Ich habe schon gehört, daß es mit den Klubs zur Zeit bergab geht«, sagte Oates etwas leiser, aber uneingeschüchtert. »Daß sie jetzt aber jeden x-beliebigen aufnehmen müssen, wußte ich nicht.«

Mr. Campion blickte verletzt. »Soweit ich weiß, ist er ein geschätztes und geachtetes Mitglied«, entgegnete er, »und wird sehr wahrscheinlich mit seiner Gattin ausgegangen sein.«

»Das glauben Sie doch selbst nicht«, sagte Oates fröhlich. »Die Kleine tritt in ›Frivolitäten‹ auf oder tat es jedenfalls, bis die Schau letzte Woche zu Ende ging. Und was noch besser ist, mein Lieber, Mr. Arthur March soll in nicht ganz einem Monat jemand anders heiraten. Ein guter Kriminalpolizist studiert alles, selbst die Klatschspalten, und das bestätigt nur, was ich über euch Amateure sagte, die ihr nicht gründlich genug seid. Ihr sammelt nicht genügend Randinformationen. Nehmen Sie zum Beispiel dieses Gesellschaftsrecht...«

Er unterbrach sich, und seine kummervollen Augen leuchteten interessiert auf. Von ihrem Platz aus hatten sie eine unbehinderte Sicht auf den Eingang, und Campion, der seinem Blick folgte, sah zwei junge Leute hereinkommen. Kriminalkommissar Stanislaus Oates grinste breit.

»Das ist gut«, sagte er. »Das ist das Mädchen, mit dem March verlobt ist – Denise Warren. Und sie geht auch mit einem Freund bummeln. Ich möchte wetten, die beiden sind hergekommen, weil sie gehört haben, daß es hier ruhig ist. Noch haben sie March nicht gesehen.«

Mr. Campion sagte nichts dazu. Er musterte das

Mädchen. Sie war ein ungewöhnlicher Typ, größer als der Durchschnitt und sehr blond, hatte weit auseinanderstehende blaugraue Augen und eine hinreißende Figur.

Ihr Begleiter war ein nur wenige Jahre älterer, gutgebauter und kräftiger junger Mann. Er sah nicht häßlich aus und hatte eine überlegene Art, wie man sie selten bei seinen Altersgenossen findet. Sie entdeckten einen freien Tisch und ließen sich in voller Sicht von Campion und seinem Gast nieder. Oates war regelrecht entzückt.

»Im nächsten Augenblick werden sie sich sehen«, sagte er schadenfroh wie ein Schuljunge. »Wer ist der Bursche in ihrer Begleitung? Kennen Sie ihn?«

Mr. Campion runzelte die Stirn. »Ja, ich kenne ihn«, antwortete er. »Es ist Rupert Fielding, ein Chirurg. Er ist jung, aber absolut ein Wunderknabe, wie man sagt. Hoffentlich gibt er nicht den Narren ab. Sein Beruf ist der einzige, der immer noch unbedingte Beachtung der herkömmlichen Formen erheischt.«

Oates grinste: »Auch ein Mitglied Ihres Klubs?«

Campion erwiderte sein Lächeln. »Zufälligerweise ja. Er verbringt dort seine gesamte Freizeit. Den älteren Mitgliedern verleiht das ein Gefühl der Sicherheit, glaube ich.«

Oates blickte wieder nach dem Mädchen. »Also bleibt sie ja in der Familie, nicht wahr? Wie heißt dieser famose Klub? Doch nicht etwa *Puffin's*?«

»Nein. Aber er ist genauso angesehen, wenn auch nicht so bekannt: *The Junior Greys*, Pall Mall.«

Oates setzte sich gespannt aufrecht. »Das wird ja immer interessanter«, sagte er. »Ist das nicht dies Haus, wo so ein alter Knabe den ganzen Tag lang im Fenster sitzt?«

»Old Rosemary?«

»Den meine ich. Eines der Wahrzeichen von London. Hat sich in fünfzig Jahren nicht geändert. Ich habe da gerade heute eine spaßige Sache über ihn gehört, die ich Ihnen erzählen wollte. Ist er so alt, wie man sagt?«

»Er wird irgendwann in diesem Jahr neunzig.«

»Tatsächlich?« Der Kommissar schien sich sehr dafür zu interessieren. »Ich habe ihn natürlich schon dutzendemale zu Gesicht bekommen. Man kann ihn nicht gut übersehen, wie er da in dem großen Fenster sitzt. Von der Straße sieht er bei weitem nicht so alt aus. Dürre Menschen, wie Sie auch, halten sich eben gut. Wie sieht er aus der Nähe aus?«

Mr. Campion überlegte. Er war bereit, sich über jedes Thema ernsthaft mit seinem Gast zu unterhalten, wenn er damit nur dessen peinliche Aufmerksamkeit von seinen beiden Klubkameraden und deren intimeren Angelegenheiten ablenken konnte.

»Normalerweise kann man nicht sehr dicht an ihn herankommen«, sagte er schließlich. »Dieses Erkerfenster ist sein Allerheiligstes. Hinter seinem Sessel steht eine spanische Wand, um den Zug abzuhalten, und zwischen ihm und dem übrigen Raum befindet sich ein Tisch. Ich bin selten früh genug dort, um ihn morgens kommen zu sehen, aber dann und wann treffe ich ihn, wenn er abends um halb sieben hinauswankt.«

»Er ist also gebrechlich?« fragte der Kommissar eindringlich. »Gebrechlich, aber jünger aussehend? Entschuldigen Sie, daß ich so neugierig bin«, fügte er hinzu, »aber ich mag keine Weltwunder. Wie jung sieht er nun wirklich aus, nahe und bei gutem Licht besehen?«

Mr. Campion zögerte. »Er ist sehr gut konserviert«, begann er schließlich. »Hat alles mögliche mit sich anstellen lassen.«

»Aha – diesen kosmetischen Gesichtskram, Verjüngungskuren, Perücken, Zähne, die man nachts in ein Glas Wasser stellt – ich weiß Bescheid.« Der Kommissar sprach mit Verachtung. »Das erklärt die Sache. Ich hasse solche Geschichten. Es ist schon schlimm genug bei alten Weibern, aber bei alten Männern finde ich es ekelhaft.«

Er machte eine Pause. Und weil er offensichtlich dachte, er hätte sich wohl etwas unfreundlich ausgedrückt, fügte er großmütig hinzu: »Wenn man allerdings bedenkt, daß er ein berühmter Schauspieler war, ist es nicht ganz so schlimm. Er war doch einer der ersten Schauspieler, die geadelt wurden, nicht wahr?«

»Ich glaube wohl. Sir Charles Rosemary, einer der großen Tragöden der achtziger Jahre. Man sagt, er war hervorragend.«

»Und jetzt verbringt er seine Tage damit, im Fenster zu sitzen und zu versuchen, wie sechzig auszusehen«, murmelte der Kommissar. »Ist es wahr, daß er jeden Tag dort sitzt, von morgens bis abends?«

»Ein ungebrochener Rekord seit zwanzig Jahren, glaube ich«, sagte Mr. Campion, der dieses Fragespiels müde wurde. »Es ist schon beinahe eine Legende. Er kommt um elf Uhr in den Klub und sitzt dort bis halb sieben.«

»Mein Gott!« rief Oates beeindruckt und fügte unvermittelt hinzu: »Hallo, er hat sie gesehen!«

Die runden, bisher ausdruckslosen Augen des Kriminalkommissars leuchteten auf vor Vergnügen. Mr. Campion ließ jede Hoffnung fahren, ihn weiter ablenken zu können.

»Sehen Sie sich nur diesen March an«, sagte er. »Wie er wild wird! Ist das nicht typisch für diese Sorte Leute? Kommt dem Burschen offenbar gar nicht zum Bewußtsein, daß er im selben Boot sitzt. Können Sie ihn sehen?«

»Ja, im Spiegel hinter Ihnen«, gab Campion mißvergnügt zu. »Reichlich unangenehm für die Dame in seiner Begleitung, nicht wahr?«

»Daran ist sie gewöhnt, möchte ich sagen«, versetzte der Ex-Inspektor fröhlich. »Aber betrachten Sie ihn.«

Arthur March war wütend und machte sich anscheinend nichts daraus, es zu zeigen. Er saß aufrecht in seinem Sessel und starrte seine Verlobte und deren Begleiter mit vor Empörung weißem Gesicht an. Das Mädchen mit dem grauen Hut ihm gegenüber tat ihr Bestes, leicht amüsiert dreinzublicken, aber in ihren Augen stand der Ärger.

Als Campion zu Miss Warren hinübersah, wurde deren Aufmerksamkeit gerade durch neugierige Blicke von anderen Tischen auf den wütenden Mann an der gegenüberliegenden Seite des Raumes gelenkt. Einen Moment lang trafen sich ihre Augen, und sie wurde langsam rot. Dann flüsterte sie dem kräftigen jungen Mann an ihrer Seite etwas zu.

Oates schien sehr interessiert.

»March geht hinüber«, sagte er plötzlich. »Nein, er hat es sich anders überlegt. Er schickt einen Zettel.«

Der Kellner, der die hastig auf eine halbe Notizbuchseite gekritzelte Botschaft hinübertrug, sah sehr verlegen aus und überreichte Miss Warren den Zettel mit einem Wort der Entschuldigung. Sie warf einen Blick darauf, errötete noch tiefer als vorher und gab ihn Fielding.

Das eckige, unbewegliche Gesicht des jungen Chirurgen wurde eine Schattierung dunkler; er neigte sich zu dem Mädchen hin und sagte ein paar Worte. Sie zögerte, blickte zu ihm auf und nickte.

Einen Augenblick später war der Kellner mit einem anderen Auftrag auf dem Rückweg, ein leichtes Lächeln auf den Lippen. Der Kommissar runzelte die Stirn.

»Was ist geschehen?« wollte er wissen. »Ich konnte es nicht sehen, Sie auch nicht? Warten Sie eine Minute.«

Bevor Campion ihn aufhalten konnte, war er schon aufgestanden und schlenderte durch den Raum, offenbar um eine Pfeife aus der Tasche seines Mantels zu holen, der an einem Garderobenständer in der Nähe der Tür hing. Der etwas bogenförmige Weg, den er dazu wählte, führte ihn genau in dem Augenblick hinter Marchs Sessel, als dieser die Antwortbotschaft vom Kellner überreicht erhielt.

Lächelnd kam Oates zurück.

»Wie ich es mir gedacht hatte«, sagte er triumphierend, als er sich setzte. »Sie hat ihren Verlobungsring in sein eigenes Briefchen gewickelt und ihm zurückgeschickt. Sehr würdevoll und sehr vernichtend, was immer er ihr auch geschrieben haben mag!... Was tut er jetzt, sehen Sie nur... wird er einen Streit anfangen?«

»Ich hoffe nicht«, sagte Mr. Campion inbrünstig.

»Nein, er hat sich wohl eines Besseren besonnen. Er geht.« Der Kommissar schien etwas enttäuscht zu sein. »Aber er ist aschgrau im Gesicht. Sehen Sie nur seine Hände! Er zittert vor Wut. Ich sage Ihnen, Campion, ich mag seinen Blick nicht – er ist wie von Sinnen.«

»Dann starren Sie den armen Kerl doch nicht so an«, protestierte sein Gastgeber. »Ich denke, Sie wollten mir etwas unvergleichlich Interessantes über Gesellschaftsrecht erzählen.«

»So, wollte ich? Nach dieser kleinen Vorstellung ist mir die Lust dazu vergangen«, sagte er. »So, jetzt sind sie weg, und die anderen beiden setzen sich wieder hin. Das ist das Ende einer kleinen Romanze. Mir hat es jedenfalls Spaß gemacht.«

»Offensichtlich«, kommentierte Mr. Campion bitter. »Das hat mich wahrscheinlich zwei sehr gute Bekannte gekostet; aber was macht das schon, wenn Sie nur glücklich sind! Die ganze Geschichte hätte ja auch mit ein paar hübschen Tränen in ein oder zwei Tagen fortgewaschen und sittsam vergessen sein können. Doch wenn es Ihnen Spaß gemacht hat...«

Der Ex-Inspektor betrachtete ihn eulenhaft.

»Sie irren sich«, sagte er. »Ich bin kein Mensch, der etwas von – äh – Wahrsagerei... also, wie heißt doch dieses Wort?«

»Prophezeiungen?« schlug Campion lachend vor.

»Richtig... von Prophezeiungen hält«, wiederholte Oates mit Erfolg. »Aber ich sage Ihnen, Campion, der Zwischenfall, den wir da gerade beobachtet haben, wird weitreichende Folgen haben.«

»Sie haben einen in der Krone«, antwortete Campion nur.

Das stimmte wohl, aber wie Oates später ausführte, war es eine denkwürdige Sache, daß er zur gleichen Zeit auch unzweideutig recht gehabt hatte. – –

Die Verlobung zwischen Miss Denise Warren und Mr. Rupert Fielding, Mitglied der Königlichen Akademie der Naturwissenschaften, wurde Ende August bekanntgegeben, nachdem man taktvoll sechs Wochen nach der Andeutung hatte verstreichen lassen, daß ihre Heirat mit Mr. Arthur March, dem Sohn des verstorbenen Sir Joshua March, nicht stattfinden würde.

Und als Mr. Campion eines Morgens im Oktober über die Pall Mall zum Junior Greys Klub schlenderte, gehörte die ganze Angelegenheit schon der Geschichte an.

Es war kurz vor zwölf, und die Sonne schien in die großen Erkerfenster des Klubs, Fenster, die so groß und breit waren, daß die gesetzten Herren dahinter mehr wie Schaustücke in Glasvitrinen aussahen denn wie Zuschauer des Straßenverkehrs unter ihnen.

Als er sich dem Gebäude näherte, hatte Mr. Campion im Unterbewußtsein das Empfinden, als ob dort etwas fehlte. Doch erst als er einige Sekunden auf dem Trottoir gestanden und die breite Fassade des linken Gebäudeflügels gemustert hatte, bemerkte er den Unterschied zu sonst. Er war erschrocken, als er es sah. Der große Sessel im Mittelfenster des Aufenthaltsraums war nicht von der vertrauten, adlergleichen Gestalt des alten Rosemary ausgefüllt, sondern von einem kurzen, dicklichen alten Herrn namens Briggs, der erst seit zehn oder fünfzehn Jahren dem Klub angehörte: ein ungehobelter, geschmackloser Mensch, der wenig beliebt war.

Mit einer unheilvollen Vorahnung trat Mr. Campion durch den mit einer Adamsfigur geschmückten Vorbau in die Halle. Einen Augenblick später, als er den Hausmeister Walters in Tränen aufgelöst fand, sah er seinen Verdacht bestätigt. Walters, ein aufrechter Mann von fünfundsechzig Jahren, besaß eine sprichwörtliche Würde; daher war das Schauspiel, das er bot, gleichermaßen erschütternd wie in Verlegenheit bringend. Als Mr. Campion erschien, schnaubte er sich hastig die Nase, murmelte ein Wort der Entschuldigung und fügte trocken hinzu: »Er ist von uns gegangen, Sir.«

»Doch nicht der alte – ich meine, Sir Charles Rosemary?« Mr. Campion war erschüttert.

»Ja, Sir.« Walters gestattete sich ein lautes Schneuzen. »Es passierte heute morgen, Sir. In seinem Sessel, wo er immer zu sitzen pflegte, und genau so, wie er es sich gewünscht haben würde. Mr. March und ein oder zwei andere Herren sprachen ein paar Worte mit ihm, als er hereinkam. Danach nickte er ein. Ich sah ihn fest schlafen, dachte mir aber nichts dabei, da er doch so alt ist; als jedoch Mr. Fielding vor etwa einer Stunde kam, sah er sofort, daß etwas nicht stimmte, und rief mich. Wir beförderten den alten Herrn in ein Taxi, und Mr. Fielding brachte ihn nach Hause. Er starb im Taxi. Mr. Fielding ist gerade zurückgekommen und hat es uns erzählt. In zwei Tagen wäre er neunzig geworden. Es war ein entsetzlicher Schock für mich. Wie das Ende einer Ära, Sir. Ich erinnere mich daran, wie die alte Queen starb, aber hiermit läßt sich das nicht vergleichen. Er war schon Klubmitglied, als ich vor vierzig Jahren hier in den Dienst trat, wissen Sie.«

Mr. Campion stellte überrascht fest, daß auch ihm die Nachricht in die Glieder gefahren war. Es war schon etwas Wahres an dem, was Walters sagte. Old Rosemary war ein fester Bestandteil des Klubs gewesen.

Als er in den Aufenthaltsraum kam, sah er Fielding am östlichen Kamin stehen, umgeben von einer ansehnlichen Gruppe Männer. Mr. Campion trat zu ihnen.

Fieldings berufsmäßige Gelassenheit kam ihm jetzt gut zustatten. Ernst und ruhig teilte er Informationen aus, ohne sich anscheinend der übertriebenen Bedeutung bewußt zu sein, die das Schicksal ihm zugemessen hatte, geschweige denn Kapital daraus zu ziehen. Er nickte Campion zu und fuhr mit seinem Bericht fort.

»Sein Atem ging so rasselnd«, sagte er gerade, »daß ich hinging und ihn mir genauer ansah. Er war bereits bewußtlos und kam auch bis zu seinem Ende, das ihn, wie Sie ja schon gehört haben, im Taxi ereilte, nicht wieder zu sich.«

»Er hatte eine Wohnung in der Dover Street, nicht wahr?« fragte jemand.

Fielding nickte. »Ja. Walters besorgte mir die Adresse. Er war tot, bevor wir dort ankamen; und da ich wußte, daß ich doch nichts mehr für ihn tun konnte, rief ich seinen Diener und trug mit ihm Sir Charles in sein Bett. Der Diener, anscheinend ein sehr anstelliger Bursche, sagte mir, daß Philipson sein Hausarzt wäre. Ich rief diesen also in der Harley Street an und kam zurück.«

»Sir Edgar war gewiß fassungslos, möchte ich wetten«, sagte ein Mann, den Campion nicht kannte. »Sie waren miteinander befreundet. Aber schließlich war er ja auch sehr alt. Ich glaube nicht, daß er überrascht war. Sehr alte Leute sterben oft so plötzlich und friedlich.«

Die Menge teilte sich in kleinere Gruppen, die jedoch bald wieder anwuchsen, als andere Mitglieder zum Lunch kamen. Daß Mr. Briggs unerhörterweise den berühmten Sessel mit Beschlag belegt hatte, wurde ausgiebig diskutiert, und der Sekretär erhielt mehrere Beschwerden. Eine unterdrückte Erregung, wie bei einem großen Unglück, breitete sich über dem Rauchsalon aus, und die Zeitungen, die bereits von einem von Walters' Untergebenen informiert worden waren, erhielten eine Menge Anrufe.

Der unangenehme Zwischenfall ereignete sich kurz vor dem Lunch.

Mr. Campion war Zeuge und war empört darüber, ebenso wie neun Zehntel der übrigen anwesenden Klubmitglieder. Arthur March kam herein und machte eine Szene.

Es begann in der Vorhalle, als er die Neuigkeit von Scroop, dem Portier, erfuhr. Sein von einem hohen, dünnen Tonfall getragener Protest war schon lange im Aufenthaltsraum zu hören, bevor er selbst erschien. Bleich und aufgeregt sank er in einen Sessel und fuhr grundlos den Weinkellner an. Nachdem er ein wenig zu schaustellerisch seine Stirn betupft hatte, sprang er wieder auf die Füße und kam quer durch den Raum auf Fielding zu, der neben Mr. Campion stand.

»Das ist ja grauenhaft!« rief er ohne jede Einleitung aus. »Ich war erst heute früh mit dem alten Mann zusammen, müssen Sie wissen. Er hatte wohl eine seiner düsteren Launen, schien aber sonst völlig in Ordnung zu sein. Sie haben ihn gefunden, nicht wahr? Ist er – ist er friedlich eingeschlafen?«

»Vollkommen«, sagte Fielding kurz. Er war offensichtlich unangenehm berührt, und Campion bezweifelte, daß die beiden Männer seit der kleinen Szene im Speiserestaurant schon miteinander gesprochen hatten.

»Gott sei Dank!« rief March mit widerlicher Inbrunst. »Oh, Gott sei Dank!«

Er rührte sich nicht von der Stelle, und der Chirurg war unschlüssig, ob er noch etwas dazu sagen sollte.

»Ein Verwandter von Ihnen?« fragte er unvermittelt.

March wurde rot. »So gut wie verwandt«, antwortete er. »Mein Großvater und er waren wie Brüder.«

Die Erklärung kam ihm offenbar selbst etwas lahm vor, denn er flüchtete sich in eine völlig unmotivierte Schmähung.

»Sie können diese Art von Zugehörigkeitsgefühl natürlich nicht verstehen«, murmelte er und machte kehrt.

Fielding blickte ihm mit hochgezogenen Augenbrauen nach.

»Der Bursche befindet sich in einer sonderbaren Geistesverfassung...« begann er, als Mr. Campion seinen Arm berührte.

»Lunch«, sagte Mr. Campion.

Es war nach dem Essen, gegen Ende der Stunde angenehmer Schläfrigkeit, die den Göttern der Verdauung geweiht ist, als der Junior Greys Klub seine Überraschung erlebte. Es war die erste wirkliche Sensation seit der Erhebung der Suffragetten, über die hier niemals gesprochen wurde. Campion hatte mit müden Augen die Anstrengungen des Bischofs im Sessel neben sich beobachtet, das Pamphlet auf seinen Knien zu studieren, als er sah, wie der Geistliche sich aufrichtete und die gesunde Farbe rasch aus seinen plumpen Wangen wich.

Im gleichen Moment fiel auf der anderen Seite des Raumes Generalmajor Stukely Wivenhoe die Zigarre aus dem Mund und rollte auf den Teppich.

Ein gemeinsames Atemholen, wie der Seufzer eines gewaltigen Tieres, klang durch den Saal, und in einer entfernten Ecke stieß jemand eine Kaffeetasse um.

Mr. Campion stützte sich auf einen Ellbogen und blickte sich um. In dieser unbequemen Haltung verblieb er einige Sekunden.

Old Rosemary, frisch und munter wie immer, schritt langsam durch den Raum. Im Knopfloch trug er eine rote Nelke, sein wallendes weißes Haar glänzte, und sein sonderbar faltenloses Gesicht trug das übliche leichte Lächeln zur Schau.

Und hinter ihm, stattlich und voller Tatkraft, marschierte Sir Edgar Philipson, der Arzt aus der Harley Street.

Es war ein Augenblick, in dem alle wie versteinert dasaßen – ein Augenblick, der den ganzen berühmten Aplomb der Mitglieder des Junior Greys Klub erforderte.

Auf halbem Wege durch den Saal stießen die Neuankömmlinge auf einen Pagen, der mit den Nachmittagsausgaben hereingestürzt kam. Angesichts des greisen Rosemary verlor der Junge völlig den Kopf. Er hielt dem alten Mann einen *Evening Wire* entgegen.

»Hier – hier steht, Sie seien tot, Sir«, platzte er unbesonnen heraus.

Rosemary nahm die Zeitung und blickte darauf, während die bestürzten Klubmitglieder schweigend verharrten.

»Gewaltig übertrieben«, sagte er dann in dem unverwechselbaren, abgehackten Tonfall, den sie alle so gut kannten. »Bring sie weg.«

Er ging weiter zu seinem Sessel. Niemand sah Briggs daraus verschwinden. Einige sind davon überzeugt, daß er auf allen Vieren hinter der spanischen Wand hervorgekrochen sei; andere mit mehr Erfindungsgabe behaupten, er sei aus dem Fenster gesprungen und später, unverständliches Zeug schnatternd, im Keller gefunden worden. Jedenfalls war sein Abzug lautlos und unbemerkt.

Old Rosemary setzte sich, winkte einem versteinerten Diener und bestellte einen Whisky mit Soda.

Inzwischen war Sir Edgar Philipson in der Mitte des Raumes stehengeblieben und blickte sich suchend um. Fielding, bleich und mit ungläubigem Gesicht, stand auf und ging zu ihm. Der Ältere war nicht gerade freundlich.

»Das ist der Kummer mit euch jungen Leuten, Fielding«, polterte er laut genug, daß alle ihn hören konnten. »Übereilt in euren Diagnosen. Vergewissern Sie sich, bevor Sie etwas unternehmen, mein Sohn. Vergewissern Sie sich.«

Er ging fort: ein rüstiger alter Mann, der sehr mit sich zufrieden war.

Fielding blickte hilflos um sich, aber niemand sah ihn an. Mr. Campion, der als einziger Mitgefühl empfand, musterte Old Rosemary, dessen frische Gesichtsfarbe und gesund glänzende Augen ihm auffielen.

Fielding verließ schweigend den Raum.

Mr. Campion aß an diesem Abend allein zu Hause und schrieb danach an einem kurzen Bericht über seinen Anteil an der Aufklärung des Falles mit den gelben Schuhen, als der junge Chirurg ihn besuchte. Verlegen stand er mitten im Arbeitszimmer von Campions Wohnung in der Bottle Street und entschuldigte sich unbeholfen.

»Es ist mir furchtbar peinlich, Campion«, sagte er, »daß ich die Bekanntschaft mit Ihnen ausnutze – aber ich bin in einer so teuflischen Lage! Dieser Rosemary war heute morgen nämlich tot wie ein Stein.«

Mr. Campion stellte eine Karaffe auf den Tisch.

»Sie sollten sich setzen«, sagte er dabei. »Das besänftigt die Nerven und schont die Füße. Ich nehme an, diese Geschichte wird schlecht für – äh – fürs Geschäft sein.«

Fielding blickte erleichtert, und ein schwaches Lächeln huschte über sein ernstes, eckiges Gesicht.

»Fürchterlich«, stimmte er zu und nahm das Glas entgegen, das Campion ihm hinhielt. »Man kann so eine verdammt gute Story daraus machen, wissen Sie: Rupert Fielding ist ein so brillanter Chirurg, daß er nicht einmal weiß, wann er geschlagen und wann der Patient tot ist – es ist schon in aller Munde. Ich werde ruiniert sein. Unzulänglichkeit ist schon in jedem anderen Beruf schlimm genug, aber in meinem ist sie unverzeihlich. Und«, fügte er hilflos hinzu, »er war bestimmt tot – oder jedenfalls war ich davon überzeugt. Sein Herz hatte zu schlagen aufgehört, und als ich ihn nach Hause gebracht hatte, versuchte ich noch den Spiegeltest. Natürlich ereignen sich heutzutage auch Wunder, aber nicht bei dem alten Philipson. Zumindest würde ich das gestern nicht vermutet haben. Ist das nicht zum Lachen?«

»Seltsam, gewiß«, stimmte Campion bedächtig zu.

»Aber da Sie gerade von diesen modernen Wundern sprechen – worauf beruhen sie eigentlich?«

»Oh – Elektroschock-Therapie und so ähnliche Sachen«, erwiderte Fielding ausweichend. »Sehen Sie«, fügte er dann freimütig hinzu, »ich bin kein Arzt für innere Krankheiten. Ich bin ein Chirurg. Natürlich habe ich auch genügend Allgemeinmedizin studiert, aber ich bin kein praktischer Arzt. Eine genaue Kenntnis sämtlicher Stimulantia und Narkotika fällt auch nicht in mein Gebiet.«

Mr. Campion sah auf, und seine hellen Augen hinter der Brille blickten fragend.

»Sie sind im Zweifel, ob der alte Knabe nicht vielleicht etwas eingenommen haben könnte, das den Tod nur ausgezeichnet vortäuschte?« kam er ihm zu Hilfe.

Der Jüngere sah ihm fest in die Augen. »Es klingt weithergeholt, ich weiß«, sagte er, »aber es ist die einzige Erklärung, die ich mir denken kann, wenn ich auch keine Ahnung habe, was für ein Zeug das gewesen sein mag. Sehen Sie, das Schlimme an der Geschichte ist, daß ich überhaupt nichts tat. Ich hatte eben nur festgestellt, daß er tot war; und da ich die Sache für hoffnungslos hielt, rief ich einfach in Übereinstimmung mit der medizinischen Etikette Sir Edgar Philipson an.«

»Ich verstehe schon«, sagte Mr. Campion ernst. »Und was soll ich nun für Sie tun?«

Fielding zögerte. »Wenn Sie herausfinden könnten, was wirklich geschehen ist, würden Sie wenigstens meinen Verstand retten«, sagte er schlicht. Auch nicht eine Andeutung von Rührseligkeit schwang in seinen Worten mit. »Nichts kann meine Karriere retten – wenigstens für ein paar Jahre, fürchte ich. Aber ich muß wissen, Campion, ob meine Kenntnisse so mangelhaft sind oder ob mein Verstand mich verläßt.

Ich muß wissen, wie es geschehen konnte, daß ich einen so unglaublichen Fehler beging.«

Mr. Campion betrachtete den ernsten jungen Mann und stellte fest, daß nichts an ihm auch nur die Spur der nervlichen Belastung verriet, die er ertragen mußte. Seine Sympathie und gleichzeitig auch seine Neugier waren erregt. Ehe er jedoch antworten konnte, fuhr Fielding fort:

»Außerdem ergeben sich noch andere Komplikationen«, sagte er verlegen. »Wie Sie wissen, bin ich mit der Enkelin von Old Rosemary verlobt, und wenn ich Ihnen sage, daß sie seine Haupterbin ist, werden Sie verstehen, wie höllisch unangenehm die Lage für mich ist.«

Mr. Campion pfiff leise. »Das kann man wohl behaupten«, stimmte er zu.

»Eben«, sagte Fielding grimmig. »Und das ist noch nicht alles. Es tut mir natürlich leid, daß sie ihre Verlobung mit Arthur March meinetwegen gelöst hat; aber heute besaß er die Unverschämtheit, sie wegen dieser unangenehmen Geschichte anzurufen, kaum daß sie passiert war. Ich bin heute abend noch mit ihm zusammengekommen, und offen gesagt, ich weiß nicht, was der Bursche will. Ich gebe zu, daß mein Fehler erschreckend ist. Old Rosemary ist völlig berechtigt, mich zu verklagen. Aber March hat die Sache als eine persönliche Beleidigung aufgefaßt. Er hat mich abgekanzelt wie einen Schuljungen. Aber schließlich ist er doch nur der Enkel eines Freundes der Familie – nicht die geringste Blutsverwandtschaft. Ich konnte ihm allerdings nicht viel entgegenhalten; ich bin so hoffnungslos im Unrecht.«

Mr. Campion überlegte. »Ich habe mir den alten Mann angesehen«, sagte er, »als er heute nachmittag in den Klub kam. Er sah bemerkenswert gut aus.«

Fielding lächelte verzerrt. »Wenn Sie dichter herangegangen wären«, entgegnete er, »hätten Sie gestaunt. Ich war ihm nahe genug, als ich ihn in das Taxi brachte. Wahrscheinlich ist er sehr eitel; denn die Zeit, die er dazu braucht, sich von seinem Diener für den Tag zurechtmachen zu lassen, muß beträchtlich sein. Ich nehme an, daß die kleinen Kunstgriffe und Verschönerungen im Laufe vieler Jahre sich summiert haben: was zum Beispiel als ein Toupet begann, ist heute schon eine ausgewachsene Perücke, kann ich Ihnen verraten. Allerdings glaube ich nicht, daß man ihm die Auswirkungen von irgendwelchen schlimmen Drogen ansehen kann – wenn er überhaupt so etwas genommen haben sollte. Aber ich rede zuviel. Wollen Sie sich der Angelegenheit annehmen?«

Mr. Campion mochte sich nicht festlegen. »Ich will mich ein wenig umsehen«, sagte er. »Ich kann nichts versprechen. Das Ganze sieht mir wie eine Verschwörung aus.«

Nichtsdestoweniger fand ihn der nächste Morgen früher als gewöhnlich im Junior Greys Klub. Er suchte Walters, den er im zu dieser Zeit noch leeren Rauchsalon antraf. Der Hausmeister war in sehr zugänglicher Stimmung.

»Eine schreckliche Sache, Sir«, stimmte er zu. »Eigentlich ein ziemlicher Skandal. Zu einem Arzt sollte man doch schließlich Vertrauen haben können, wenn ich das sagen darf. Aber jedenfalls sind mir auch ein Dutzend Skandale lieber, als Sir Charles zu verlieren. – Ja, er ist schon gekommen, zur üblichen Zeit und in sehr guter Laune.«

Mr. Campion lächelte. »Wenn er schlechte Laune hat, macht er Ihnen wohl viel zu schaffen, nicht wahr?«

»Er ist eben alt, Sir«, sagte Walters nachsichtig. »Es gibt Tage, an denen er jedermann scharf anfährt oder verdrießlich über seiner Zeitung sitzt und mit niemandem spricht; aber ich mache mir nichts daraus, weil ich weiß, daß er am nächsten Tag schon wieder ganz anders ist, ganz der charmante alte Herr, der für jeden ein freundliches Nicken und ein Lächeln hat. Ich weiß schon immer vorher, was er für einen Tag haben wird. Sobald er kommt, bestellt er Whisky. Wenn er gut gelaunt ist, nimmt er Whisky und Wasser, an seinen schlechten Tagen Whisky und Soda, so daß ich stets rechtzeitig gewarnt bin, wissen Sie.«

Mr. Campion dankte ihm und wanderte weiter. Er war plötzlich sehr ernst geworden, und seine Augen hinter der dicken Hornbrille blickten alarmiert.

Er ging hinunter zum Telephon und rief Oates an. Knapp zwanzig Minuten später saßen er und der Kommissar in einem Taxi und eilten zur Fleet Street. Stanislaus Oates war trübsinnig wie gewöhnlich. Die etwas unbeholfene Fröhlichkeit, die er damals im Speiserestaurant gezeigt hatte, war verschwunden, als hätte sie nie existiert. An diesem Morgen war er etwas gereizt.

»Hoffentlich ist es kein blinder Alarm, Campion«, protestierte er, als der Wagen das Themseufer hinunterfuhr. »Sie wissen doch, daß ich ein vielbeschäftigter Mann bin und keine Zeit für Vergnügungsfahrten wie diese habe.«

Campion wandte sich zu ihm hin, und der Ältere war von dem tiefen Ernst seines Gesichtes beeindruckt.

»Ich habe das bestimmte Gefühl, daß Sie diese Geschichte nicht als Privatangelegenheit behandeln können, selbst wenn Sie es wollten«, entgegnete er dem Kommissar. »Wir sind da. Warten Sie bitte auf mich.«

Das Taxi hatte vor einem düsteren Gebäude auf einem engen Platz gehalten, und der Kommissar sah seinen Begleiter in den Büroräumen der bekannten

Theaterzeitschrift ›Der Vorhang‹ verschwinden, die wegen ihrer treffenden Programmhinweise und ihres intimen Bühnenklatsches berühmt war.

Campion blieb eine kleine Weile fort, schien aber sehr mit sich zufrieden zu sein, als er wieder erschien. Er gab dem Chauffeur eine Adresse in Streatham und kletterte wieder auf den Rücksitz neben seinen Freund.

»Ich hab's«, sagte er kurz. »Wir werden noch zur rechten Zeit kommen, um die Dinge aufzuhalten, wenn auch das Hauptunglück schon geschehen ist. Warum? Das verstehe ich eben auch nicht. Es kann doch nicht einfach geschehen sein, um Fielding in Mißkredit zu bringen; das wäre zu gewagt gewesen.«

»Sie sollten mich lieber aufklären und nicht wie eine alte Wahrsagerin daherbrabbeln«, sagte Oates mürrisch. »Was haben Sie denn da eben aus dem stumpfsinnigen Loch herausgeholt?«

Campion blickte ihn an, als erinnerte er sich gerade erst an seine Existenz.

»Die Adresse natürlich«, erwiderte er nur.

Das Taxi hielt schließlich in einer breiten Vorstadtstraße, wo immer zwei Häuser nebeneinander genauso wie die nächsten beiden aussahen: rote Ziegel, weißer Stuck und solide Schokoladenfarbe.

Mr. Campion ging voraus über einen kurzen, mit Fliesen ausgelegten Weg zur Haustür, und Oates, der einen Blick auf die zugezogenen Fenster geworfen hatte, folgte ihm eilig. Seine Gereiztheit schwand.

Eine kleine Frau in dunklem Arbeitskittel, deren graues Haar am Hinterkopf zu einem dicken Knoten zusammengebunden war, öffnete ihnen die Tür. Ihr Gesicht war verquollen und ihre Augen gerötet.

»Mr. Nowell?« wiederholte sie Campions Frage; dann griff sie hastig nach ihrem Taschentuch und begann zu weinen.

Mr. Campion ging sehr behutsam vor.

»Es tut mir leid«, sagte er. »Ich hätte nicht so unvermittelt nach ihm fragen dürfen. Er ist tot, nicht wahr?«

Sie blickte forschend zu ihm auf. »Oh, Sie sind von der Polizei?« entgegnete sie unerwartet. »Der Doktor sagte mir schon, daß wahrscheinlich eine gerichtliche Untersuchung stattfinden würde, weil der Tod so plötzlich eingetreten ist. Es war so schrecklich für mich. Er wohnt nämlich schon sehr lange bei mir.«

Sie machte Platz, und die beiden zwängten sich in die kleine Diele. Dem Kommissar kam zum Bewußtsein, daß sie unter einem Vorwand das Haus betraten; aber im Augenblick schienen Erklärungen nicht angebracht zu sein.

»Wann haben Sie ihn gefunden?« erkundigte sich Campion vorsichtig.

»Erst heute morgen, als ich ihm seinen Tee hinaufbrachte.« Die alte Frau wollte eifrig ihr Wissen loswerden. »Er muß letzte Nacht gestorben sein, sagt der Doktor. Er hat es mir sehr schonend beigebracht. ›Aber um zehn Uhr hat er noch gelebt‹, habe ich ihm geantwortet, ›denn da habe ich mit ihm gesprochen.‹ – Ich gehe nämlich immer um viertel vor zehn zu Bett, und Mr. Nowell mochte es nicht leiden, daß ich auf ihn wartete, wenn er später nach Hause kam. Er hatte seinen eigenen Hausschlüssel, und es war immer jemand mit ihm, der ihm hinaufhalf.«

Sie machte eine Pause, um Atem zu schöpfen, und Mr. Campion nickte ihr ermutigend zu.

»Ja«, fuhr sie fort, »und letzte Nacht, ich hatte gerade meine Nachttischlampe ausgemacht, da hörte ich ein Auto halten, und die Haustür ging auf. ›Sind Sie es, Mr. Nowell?‹ rief ich. ›Ja, Mrs. Bell‹, antwortete er, ›gute Nacht‹. Und eine kleine Weile später hörte ich den Wagen wegfahren.«

»Kam der Chauffeur mit ihm herein?« unterbrach Oates sie.

Mrs. Bell wandte sich ihm zu. »Ich weiß nicht, ob es der Chauffeur war, aber jemand kam mit ihm herein. Er war beinahe achtzig, wissen Sie, und dem Herrn, der ihn nach Hause brachte, hat es gewiß nichts ausgemacht, ihm in sein Zimmer hinaufzuhelfen.«

»Dürfen wir ihn bitte sehen?« fragte Mr. Campion leise.

Mrs. Bell begann wieder zu weinen; aber als sie dann mit entblößten Köpfen in dem geräumigen, zur Straßenseite liegenden Schlafzimmer standen und auf die große, leblose Gestalt herabsahen, fing sie ruhig und voller Stolz zu reden an.

»Er war ganz anders, als Sie ihn jetzt sehen«, sagte sie. »Er war ein schöner Mann, mit seinem weißen Haar, seinem Spazierstock und mit der Blume im Knopfloch. Er war sehr stolz auf seine Erscheinung. Stunden um Stunden und eine Menge Geld hat er darauf verwendet, ja, das hat er. Und mit seinen Wangen hat er auch immer etwas angestellt, damit sie voller aussahen – ich weiß aber nicht, wie er es machte.«

Campion beugte sich zu ihr und murmelte etwas. Sie schüttelte zweifelnd den Kopf.

»Ein Photo, Sir?« wiederholte sie. »Nein, ich glaube kaum, daß ich so etwas habe. Darin war er immer furchtbar empfindlich und wollte sich nie photographieren lassen. Ich fand das sehr komisch, wo er doch so viel von sich hielt – ohne daß ich damit etwas Unfreundliches sagen will. Doch warten Sie einen Augenblick! Mir fällt gerade ein, daß ich irgendwo einen kleinen Schnappschuß von ihm haben muß – ich habe ihn einmal im Garten geknipst, ohne daß er es merkte. Ich hole es eben.«

Sobald sie allein waren, beugte Campion sich über das Bett und schob vorsichtig ein Augenlid des Toten hoch.

»Ja, ich glaube, es stimmt«, sagte er leise. »Fielding kann man jedoch keinen Vorwurf machen, daß er es nicht gemerkt hat. Da er das Alter des Mannes zu wissen glaubte, mußte es wie ein völlig normaler Tod für ihn scheinen. Aber wenn wir Ihre Leute sofort einen Test auf Morphiumsulfat machen lassen, werden sie sicher Erfolg haben, glaube ich, wenn sie sich beeilen.«

Die Antwort des Kommissars wurde durch die Rückkehr von Mrs. Bell verhindert, die ein verblichenes Amateurphoto anbrachte. Sie gingen in einen kleinen, hellen Raum im rückwärtigen Teil des Hauses.

»Da ist es«, sagte sie stolz. »Glücklicherweise habe ich es gefunden. Ich habe ihn im letzten Sommer aufgenommen. Damals fuhr er noch nicht so oft in die Stadt.«

»Was hat er denn in London gemacht?« fragte Mr. Campion. Die Photographie hielt er dabei so, daß der Kommissar sie zu seinem Ärger nicht sehen konnte.

Mrs. Bell blickte unbehaglich. »Ich weiß es nicht genau«, erwiderte sie. »Er erzählte mir, daß er seine Zeit im Büro seines Neffen verbrächte, um den Betrieb zu beaufsichtigen; aber ich glaube, daß er einer von jenen Leuten war, die elegant in einer dieser besseren Bibliotheken herumsitzen, um dem Haus einen achtbaren Anstrich zu geben. ›Das Haus frisieren‹, pflegten wir so etwas zu nennen, als ich noch beim Theater war.«

Oates lächelte. »Das ist eine spaßige Idee«, warf er ein. »Ich habe noch nie gehört, daß man so etwas auch mit Bibliotheken macht.«

»Nun, dann vielleicht in einem sehr teuren und

eleganten Schneidersalon«, bestand sie auf ihrer Vermutung. »Ich erinnere mich, daß ich ihn einmal in einer Straße im Westend in einem Erkerfenster sitzen sah. Er tat nichts, sondern saß nur da und sah sehr nobel aus. Ich habe ihn natürlich danach gefragt, aber da wurde er sehr ärgerlich, und ich mußte ihm versprechen, nie wieder davon zu reden.«

Die Türklingel unterbrach sie, und mit einem Wort der Entschuldigung lief sie hinaus.

Oates wendete sich an Campion. »Ich tappe im dunkeln«, sagte er. »Sie müssen mich aufklären.«

Der gab ihm den Schnappschuß, und gebannt starrte er auf die kleine Photographie einer großen, schlanken und würdevollen Gestalt, die über den kiesbestreuten Weg in dem winzigen Garten schritt.

»Old Rosemary!« rief der Kommissar aus und blickte verwirrt seinen Freund an. »Guter Gott, Campion, wer ist nun dieser Bursche im Nebenzimmer?«

»John Nowell, Sir Charles Rosemarys Double am Thespis-Theater vor dreißig Jahren – und anscheinend bis zum gestrigen Tage im Klub.«

Mr. Campion sprach ganz ruhig.

»Ich gebe zu, daß diese Idee unglaubwürdig scheint«, fuhr er fort. »Zuerst dachte ich das auch. Aber als ich mich näher damit beschäftigt hatte, wurde es ganz offensichtlich. Nowell bekam diesen Posten vor ungefähr sechzig Jahren, weil er Rosemary zum Verwechseln ähnlich sah; damals war er zwanzig. Rosemary ist fast zehn Jahre älter, aber sie waren derselbe Typ und glichen sich auch im Aussehen sehr. Seit der Zeit hat Nowell sein ganzes Leben lang den größeren Schauspieler imitiert. Er kopierte seinen Gang und seine Gewohnheiten, und als die beiden Männer älter wurden, fiel ihm die Nachahmung noch leichter. Rosemary nahm seine Zuflucht zu künstlichen Hilfsmitteln, um jünger auszusehen, und Nowell tat das gleiche, um wie Rosemary auszusehen.«

»Ja, ja, das begreife ich schon«, sagte der Kommissar gereizt. »Aber warum, um Himmels willen, tat er das?«

Mr. Campion zuckte mit den Schultern.

»Eitelkeit kann man schlecht erklären«, erwiderte er. »Aber Rosemary ist ein reicher Mann, und ich glaube, er fand es der Mühe wert, einen Mann zu beschäftigen, der vielleicht schon lange eine Pension von ihm bezog. Er mußte für ihn im Klub sitzen und die Legende seiner unverwüstlichen Gesundheit aufrechterhalten. Wenn Rosemary einmal nicht hingehen konnte, nahm Nowell seinen Platz ein. Wenn man es recht bedenkt, ist Rosemarys Rekord, seit zwanzig Jahren Tag für Tag im Greys zu sitzen, viel schwerer zu schlucken als diese Erklärung.«

Oates starrte immer noch auf die Photographie.

»Die Ähnlichkeit ist verblüffend«, sagte er plötzlich. »Nachdem ich den Burschen im Nebenzimmer und dieses Bild gesehen habe, muß ich das zugeben. Aber was passierte, wenn er reden mußte?«

»Er brauchte es nicht«, antwortete Campion. »Wenigstens fast überhaupt nicht. In den letzten paar Jahren hat Rosemary einige Launen entwickelt. An seinen guten Tagen war er ganz der freundliche alte Herr. An seinen schlechten Tagen jedoch war er nahezu sprachlos vor Verdrießlichkeit. Diese Launen waren es übrigens, die mich auf die Spur von Nowell gebracht haben. Walters erzählte mir heute morgen, daß Rosemary an seinen guten Tagen Whisky mit Wasser trank, an seinen schlechten Tagen aber Whisky mit Soda. Ich habe Leute kennengelernt, die Whisky und Suppe aus einer Tasse trinken, aber noch nie einen, der nicht eine ausgeprägte Vorliebe für Wasser oder Soda hatte, wenn er in der Lage war zu wählen. Deshalb gewann ich den Eindruck, daß hier zwei Männer im Spiele sein mußten, und natürlich dachte ich zuerst an ein Double, weil die Imitation so perfekt war. Ich stattete also dem Büro des ›Vorhang‹ einen Besuch ab und hatte Glück, daß ich Bellew antraf, der schon sehr lange die Klatschspalte macht. Ich fragte ihn, ob Rosemary mal ein ständiges Double gehabt hätte, und er spuckte Namen und Adresse auf der Stelle aus.«

»Hübsch«, gab der Kommissar zögernd zu, »sehr hübsch. Aber was tun wir hier eigentlich, und wo ist das Verbrechen?«

»Es handelt sich um Mord, müssen Sie wissen«, sagte Campion bescheiden. »Gestern morgen tat jemand dem armen Kerl hier nebenan etwas in seinen Whisky mit Soda, im Glauben, daß es Rosemary wäre. Nowell verfiel im Klub in ein Koma, und Jung-Fielding, der Chirurg, sah, daß er schon ziemlich hinüber war, und brachte ihn nach Hause – das heißt, zu Rosemary. Er starb im Taxi. Morphiumsulfat bringt fast dieselben Symptome hervor wie der plötzliche Herzinfarkt bei alten Leuten. Fielding hielt es für einen klaren Fall, ließ den Toten in Rosemarys Wohnung in der Dover Street bei dessen Diener, rief Sir Edgar Philipson an und ging fort wie ein wohlerzogener kleiner Doktor. Als Philipson eintraf, bekam er natürlich Rosemary selbst zu sehen, der bestens in Form war. Ich nehme an, daß Nowells Körper den ganzen Tag in der Wohnung in der Dover Street liegen blieb. Erst am Abend, als Mrs. Bell aller Wahrscheinlichkeit nach schon im Bett liegen mußte, brachte der Kammerdiener ihn hierher, vielleicht mit Unterstützung des Chauffeurs von Rosemary. Sie trugen ihn in sein Zimmer hinauf, das sie schon von früher her kannten, und fuhren wieder nach Hause.«

»Aber die Stimme!« protestierte der Kommissar.

»Er hat mit der Wirtin gesprochen, wie sie uns selbst erzählt hat.«

Campion sah ihn an. »Ich glaube«, sagte er langsam, »Old Rosemary muß auch mitgekommen sein – für alle Fälle. Nachdem er ihn so lange kopiert hatte, klang auch Nowells Stimme fast wie die von Rosemary, wissen Sie.«

»Und das mit neunzig?« rief der Kommissar aus. »Einen Nerv hat der Mann!«

»Ich weiß nicht recht«, sagte Mr. Campion. »Man muß wohl schon Nerven haben, um neunzig Jahre alt zu werden.«

Oates blickte nach der Tür. »Sie bleibt recht lange weg«, sagte er. »Ob das vielleicht schon der Leichenbeschauer...«

Er trat aus dem Zimmer auf den schmalen Treppenabsatz. Campion ging hinterher, und in diesem Augenblick öffnete Mrs. Bell gerade die Tür des vorderen Schlafzimmers und führte einen Mann mit bleichem Gesicht heraus.

»Mehr kann ich Ihnen nicht erzählen, Sir«, sagte sie steif. »Vielleicht fragen Sie die Herren von der Polizei hier.«

Weiter kam sie nicht. Mit einem unartikulierten Schrei fuhr der Fremde herum, und das Licht vom Treppenfenster fiel auf sein Gesicht. Es war Arthur March. Er stand da und starrte mit zusammengekniffenen Augen Campion an, während die Adern an seinen Schläfen zu dicken Knoten anschwollen.

»Du – du verdammter Schnüffler!« rief er plötzlich und sprang auf ihn zu.

Campion konnte den Angriff gerade noch rechtzeitig parieren. Als die Hände von March sich um seine Kehle schlossen, riß er sein Knie hoch und traf seinen Widersacher in den Unterleib. March wurde gegen das schwache Geländer geschleudert, das unter dem plötzlichen Druck nachgab und ihn der Länge nach auf die Treppe stürzen ließ, Campion hinterher.

Ein kräftiges Pochen an der Haustür kündete die Ankunft des Leichenbeschauers an und trug noch zu der allgemeinen Verwirrung bei, während sich der Kommissar mit einer Energie, die man ihm bei seiner schwerfälligen Erscheinung nicht zugetraut hätte, auf die beiden sich balgenden Gestalten auf der Treppe stürzte.

Etwa drei Stunden später saß Mr. Campion im Büro des Kommissars in Scotland Yard und machte ihm milde Vorhaltungen.

»Es ist ja schön und gut, daß Sie ihn wegen tätlichen Angriffs verhaftet haben«, sagte er, »aber Sie können ihn nicht festhalten. Sie können weder den Mordversuch an Rosemary noch den Mord an Nowell beweisen.«

Stanislaus Oates saß hinter seinem Schreibtisch und hatte die Hände über seiner Weste verschränkt. Er sah außerordentlich vergnügt aus.

»Meinen Sie nicht?« fragte er.

»Nun«, sagte Mr. Campion kritisch, »es tut mir weh, Ihre Begeisterung dämpfen zu müssen, aber was haben Sie gegen ihn vorzubringen? Walters kann wohl beschwören, daß March ihn gestern früh in der Halle ansprach und überredete, ihn dem alten Mann seine Erfrischung bringen zu lassen. March habe gesagt, er brauche eine Entschuldigung, um ein Wörtchen mit dem alten Knaben reden zu können, da dieser gerade schlecht gelaunt sei. Das ist eine Möglichkeit, ich weiß, aber vor Gericht zählt sie nicht viel. Dann können Sie noch darlegen, daß March seinen Irrtum bemerkte und auf Grund ungefähr der gleichen Überlegungen, wie auch ich sie anstellte, bei Nowell anlangte. Und weiter können Sie beweisen, daß er mich angriff. Aber das ist Ihr ganzer Fall. Er wird ungeschoren davonkommen. Warum sollte March schließlich Rosemary töten wollen? Weil die Enkelin des alten Knaben ihn nicht heiraten wollte?«

»Das ist gar nicht so absurd, wie Sie denken, mein Junge«, versetzte Oates onkelhaft. »Es ist in der Tat so: wenn Denise Warren diesen Arthur March geheiratet hätte, wäre nie ein Anschlag auf Rosemary unternommen worden.«

Mr. Campion starrte ihn an, und der Kommissar fuhr zufrieden fort:

»Erinnern Sie sich noch an unser Essen in Benjamins Restaurant, als wir meine Beförderung feierten?«

»Sehr genau. Sie waren mächtig voll und machten uns beinahe lächerlich.«

»Aber nicht im geringsten!« Oates war empört. »Ich war aufmerksam und mitteilsam. Ich beobachtete, wie Miss Warren ihre Verlobung mit dem Enkel von Sir Rosemarys altem Freund, Sir Joshua March, löste. Ich versuchte, Sie über gewisse Dinge zu informieren, und Sie wollten nicht zuhören. Erinnern Sie sich daran, wie ich Ihnen sagte, daß ihr Amateure nicht genügend Einzelheiten sammelt? Erinnern Sie sich daran, wie ich Ihnen etwas über Gesellschaftsrecht erzählen wollte?«

»Mir schwant so etwas«, gab Mr. Campion zu.

Der Kommissar war besänftigt.

»Wußten Sie, daß es eine unter kleinen Gesellschaften weitverbreitete Praktik ist, sich Geld durch die Beleihung hoher Lebensversicherungen zu beschaffen, die ausdrücklich zu diesem Zweck auf ein Mitglied der Firma abgeschlossen werden?«

»Ja, ich habe davon gehört. Aber ist es nicht gewöhnlich einer der Gesellschafter, der sein Leben versichert?«

»Nicht immer. Und das ist hier der springende Punkt.« Oates strahlte. »Wenn keiner der Gesellschafter ›ein gutes Risiko‹ darstellt, wie die Versicherungen das nennen, versichert man oft ein jüngeres Mitglied der Firma oder sogar eine gänzlich außenstehende Person, die zufällig ein gutes Risiko ist. Und nun geben Sie acht, Campion...« Oates lehnte sich über den Tisch. »Als Allan March und Sohn – der erste Sir Joshua war der Sohn in jenen Tagen – vor etwa sechzig Jahren in einer Flaute trieben, wollten sie eine Sechzigtausend-Pfund-Versicherung abschließen, um darauf Geld leihen zu können. Allan March war ein alter Mann, und Joshua hatte einen Herzfehler. Sie brauchten jemand, der ein sehr gutes Risiko darstellte, denn die Summe war so groß, daß sie die Prämie möglichst niedrig halten mußten, verstehen Sie. Rosemary und Joshua waren Freunde, und Rosemary war schon in jenen Tagen so etwas wie ein Wunder. Seine Gesundheit war beneidenswert, sein Lebenswandel äußerst gemäßigt, und dazu besaß er einen hohen Publikumswert.«

Er machte eine Pause, und Campion nickte ihm zu.

»Erzählen Sie weiter, ich komme schon mit.«

»Also, March und Sohn traten an die ›Mutual Ordered Life Endowment‹ heran, eine Versicherungsgesellschaft auf Gegenseitigkeit, die damals noch eine sehr junge Firma war; eine der ersten, die durch auffallende Anzeigen für sich Reklame machten. Sie waren einverstanden, das Risiko zu einer äußerst mäßigen Prämie zu übernehmen – einmal wegen des Werbewertes und natürlich auch wegen der blendenden Gesundheit des Burschen. Rosemary stimmte seinerseits dem Geschäft zu; das heißt, er ließ sich aus Freundschaft, und weil die Marchs in einer unangenehmen Lage waren, versichern. Aber um auch etwas zu sagen, stellte er eine Bedingung: ›Wenn ich neunzig Jahre alt werde‹, sagte er, ›fällt die Versicherungssumme an mich.‹ Das war damals als Scherz gemeint, denn zu jener Zeit lebte kaum jemand auch nur annähernd bis zu diesem Alter. Jedenfalls waren alle nur an der unmittelbaren Beleihung interessiert, und so stimmten March und Sohn zu, und die Police wurde rechtmäßig unterschrieben und gesiegelt.«

»Und March und Sohn haben die Versicherung aufrechterhalten?«

»O ja.« Der Kommissar beobachtete beim Sprechen Campions Gesicht. »Ich nehme nicht an, daß es ihnen angenehmer gewesen wäre, die auf diese Police geliehene Summe zurückzuzahlen. Und da die Prämie so niedrig war, glaube ich kaum, daß sie anderswo eine Anleihe zu einem billigeren Zinssatz bekommen hätten. Aber jetzt können Sie die Lage überblicken. Ich hätte Ihnen das alles schon im Sommer erzählt, wenn Sie nur zugehört hätten. Ist doch ein klarer Fall, nicht wahr?«

Mr. Campion blinzelte. »Wenn Old Rosemary vor seinem neunzigsten Geburtstag stürbe, ginge der Rest von sechzigtausend Pfund also an March und Sohn«, sagte er schließlich. »Wenn er aber bis übermorgen lebt, geht die Police in seinen Besitz über, und Denise Warren erbt einmal das Geld.«

»Morgen ist sein neunzigster Geburtstag, nicht wahr?« fragte Oates. »March hat die Sache fein eingefädelt. Wahrscheinlich hoffte er bis zuletzt, das Mädchen würde zu ihm zurückkehren und er käme durch sie zu dem Geld. Nun, mein Junge, was haben Sie dazu zu sagen?«

»Nichts«, erwiderte Campion mit leutseligem Lächeln. »Nichts, außer daß dies nichts mit Gesellschaftsrecht zu tun hat, meinen Sie nicht auch? Mir klingt es mehr nach Versicherungsrecht.«

Oates zuckte mit den Schultern. »Sie mögen recht

haben«, sagte er großzügig. »Ich bin kein Wörterbuch und habe auch nicht die Abendschule besucht. Indessen«, fügte er vergnügt hinzu, »wir haben es ganz gern, wir Leute vom Bau, wenn man merkt, daß wir auch etwas schaffen, wissen Sie. Ihr Amateure habt dann und wann auch euren Nutzen, aber wenn es auf die solide Grundlage ankommt, haben wir euch noch immer ausgestochen.«

Mr. Campion grinste ihn an.

»Ich fürchte tatsächlich, Sie glauben das selbst noch, Sie alter Sünder«, sagte er.

HENRY CHRISTOPHER BAILEY

Das kleine Haus

Mrs. Pemberton nennt es stets Vorsehung. Sie ist nicht der einzige Mensch, der das tut, aber Mr. Fortune blickt sie dabei immer mit einem gewissen Neid an. Denn Mrs. Pemberton hatte ihn in einen seiner wenigen Fälle verwickelt, bei denen er Angst empfunden hatte.

Mrs. Pemberton aber ist überzeugt, daß die Vorsehung sie zu Mr. Fortune gesandt hat, und um ein Haar hätte sie ihn auch noch verfehlt. Als ihre Karte ihm gebracht wurde, wollte er gerade widerstrebend sein Kaminfeuer verlassen, um wegen eines Mannes, der in Kensington Gardens gestorben war, Scotland Yard aufzusuchen.

»Ich soll Ihnen sagen, daß Mrs. Warnham sie geschickt hat, Sir«, fügte das Zimmermädchen erklärend hinzu.

Mr. Fortune ging hinunter und sah sich einer kleinen alten Dame gegenüber, die wie Queen Victoria gekleidet war. Sie hatte ein rundes, rosiges Gesicht und dichtes weißes Haar. Ihr Auftreten war jedoch nicht königlich, sondern sehr weiblich.

»Mr. Fortune! Wie gütig von Ihnen, daß Sie mir helfen wollen! Mrs. Warnham sagte, Sie würden es bestimmt tun.« Sie faßte seine Hände und drückte sie. »Sie waren so freundlich zu ihr.«

»Mrs. Warnham ist zu liebenswürdig –«

»Sie retteten ihrem geliebten Sohn das Leben.«

»Ich hoffe, daß Sie nichts Ähnliches zu mir führt«, sagte Mr. Fortune beunruhigt.

Mrs. Pemberton trocknete sich die Augen, und der weiße Flieder auf ihrem schwarzen Häubchen zitterte. »O nein. Meinem Liebling Vivian geht es gut. Aber ihr Kätzchen ist ihr abhanden gekommen, Mr. Fortune!«

Mr. Fortune bezwang seine Ungeduld. »Das tut mir sehr leid. Aber Katzen fallen eigentlich nicht in mein Ressort.«

Die liebenswürdige alte Dame blickte bekümmert. »Ich weiß. Das gleiche habe ich auch zu Mrs. Warnham gesagt. Ich sagte zu ihr, Sie würden damit nicht belästigt werden wollen, Sie würden mich nur auslachen wie die Polizei.«

»Aber ich lache ja gar nicht«, protestierte Reggie.

»Bitte, tun Sie es nicht.« Ihre angenehme Stimme klang ängstlich. »Sie sagte, ich sollte nur zu Ihnen gehen und Ihnen erzählen, daß ich mir wirklich ernste Sorgen machte, und Sie würden mich anhören.«

»Da hatte sie ganz recht.«

»Ich bin furchtbar in Sorge.« Sie rang ihre kleinen Hände. »Sehen Sie, es ging so seltsam zu, und die Leute nebenan sind so eigenartig, und ich weiß, die Polizei nimmt die Sache nicht ernst. Der Beamte war sehr höflich und aufmerksam, aber er lächelte – Sie wissen, was ich meine, Mr. Fortune: er lächelte mich einfach an.«

»Ich weiß«, sagte Reggie. »Und wie sie lächeln können! Ich habe das auch schon zu spüren bekommen.«

»Nicht wahr«, seufzte Mrs. Pemberton. »Mrs. Warnham sagte, Sie würden es verstehen.«

»Ja, ja. Sie ist sehr gütig«, erwiderte Reggie. »Wenn

Sie jetzt vielleicht von Anfang an erzählen würden.«

Aber damit hatte Mrs. Pemberton Schwierigkeiten. In ihrem unbefangenen Gemüt ging sie von der Voraussetzung aus, daß jedermann alles über sie wissen müßte. Nachdem Reggie ihr die Tatsachen geduldig entlockt und in die richtige Ordnung gebracht hatte, ergab sich folgendes: Sie war eine Witwe und ihr einziger Sohn kommandierender General in Indien. Sie wohnte in Elector's Gate, einer jener Straßen mit großen victorianischen Häusern am Rande des Parks. Ihre Enkelin Vivian, sechs Jahre alt, lebte seit kurzem bei ihr und hatte ein graues Perserkätzchen mitgebracht. Mit viel Sorgfalt und Mühe hatte man es endlich erreicht, einen Platz hinter dem Hause in einen blühenden Garten zu verwandeln. Dort spielten Vivian und ihr Kätzchen, als das Tier über die Mauer entsprang. Vivian konnte gerade hoch genug klettern, um darüber zu schauen. Sie blickte auf den mit Fliesen ausgelegten Hof des Nachbarhauses, sah ein kleines Mädchen aus dem Haus laufen, das Kätzchen ergreifen und wieder hineinlaufen. Vivian rief ihr nach und erhielt keine Antwort. Weinend rannte sie zu ihrer Großmutter. Mrs. Pemberton setzte ihr Häubchen auf und stattete dem Haus nebenan einen Besuch ab. Man sagte ihr, niemand wäre auf dem Hof gewesen, kein Kätzchen wäre ihnen zugelaufen, sie hätten kein Kätzchen und ihre Enkelin müsse sich geirrt haben. Die Leute seien überhaupt wenig freundlich in dieser Angelegenheit gewesen.

»Wer sind denn diese Leute?« fragte Reggie.

Es stellte sich heraus, daß eine gewisse Miss Cabot und ihr Vater dort wohnten. Mrs. Pemberton kannte sie nicht näher, man grüßte sich lediglich. Sie lebten jedoch schon eine ganze Weile dort, ein Dutzend oder mehr Jahre, sehr ruhige Leute, wie man sie gern als Nachbarn hat. Niemals hatte es den geringsten Ärger gegeben bis zu diesem eigenartigen Vorfall. Aber natürlich konnte Mrs. Pemberton ihnen nicht gestatten, Vivians Kätzchen zu behalten. Sie ging zur Polizeiwache und beschwerte sich. Und die Polizei wollte die Angelegenheit überhaupt nicht ernst nehmen.

Während ihre unschuldigen blauen Augen auf ihm ruhten, beschloß Mr. Fortune jedoch, dies zu tun. Seine Neider erwähnen gelegentlich, daß er großen Erfolg bei älteren Damen habe.

Mrs. Pemberton murmelte beim Weggehen, er wäre sehr gütig gewesen. Mr. Fortune fragte sich nur, wie lange sie das wohl von ihm denken würde. Es schien ihm kein Fall zu sein, bei dem man die Polizei überreden konnte, viel Schlaf zu opfern. Aber einige Punkte beschäftigten seinen Geist, während er nach Scotland Yard fuhr.

Er kam zu spät zu seiner Verabredung. »Ihr Herren in England, die ihr bequem zu Hause sitzet!« wies ihn der Chef der Kriminalpolizei zurecht. »Diese Angewohnheit, Mittag zu essen, wird bei Ihnen immer ausgeprägter, Fortune!« Anklagend wies er mit dem Finger auf Reggies Taillenweite.

»Es war nicht das Mittagessen«, sagte Reggie entrüstet. »Ich hatte einen sehr schwierigen und äußerst interessanten Fall.«

Lomas richtete sich auf. »Schwierig? So, so. Lassen Sie hören. Avery hat allerlei Hypothesen darüber aufgestellt. Was war die Todesursache?«

Reggie starrte ihn an. Reggie sah Inspektor Avery an und murmelte: »Wie geht es Ihnen?« Dann blickte er wieder Lomas an. »Todesursache? Ach so, Sie meinen den Mann, den man in Kensington Gardens gefunden hat?«

»Genau darüber spreche ich die ganze Zeit«, sagte Lomas mit bitterem Unterton. »Zufälligerweise sind wir deswegen hier zusammengekommen.«

»Nichts Besonderes. Tod durch Erfrieren.«

»Erfroren, Sir?« Inspektor Avery war enttäuscht. »So einfach während eines Spazierganges in einer Frühlingsnacht?«

»Wenn Sie die Märzwinde bedenken...« Reggie zuckte die Schultern. »Er war nicht sehr widerstandsfähig. Schlecht ernährt. Herzfehler. Überhaupt nicht viel Gutes an ihm. Rauschgiftsüchtig – und andere Laster. Wer war es?«

»Ziemlich große Nummer im ausländischen Gaststättengewerbe. Eine Menge Geld. Warum ausgerechnet er hingehen, sich in den Park legen und sterben mußte, ist mir schleierhaft.«

Reggie zuckte wieder mit den Schultern. »Er kam einfach bis dahin und nicht weiter. Keine Lebenskraft in ihm. Der kleinste Hauch konnte ihn umblasen.«

»Sie sagten etwas von Rauschgift, Sir?«

»Oh, als er starb, stand er nicht unter Rauschgifteinfluß. Wahrscheinlich war ihm der Koks ausgegangen, und das Leben hatte keine weiteren Reize mehr für ihn. Der Nachtfrost gab ihm dann den Rest.«

Lomas lehnte sich zurück. »Damit ist dieser Fall aufgeklärt. Sie können zum Tee nach Hause gehen, Avery.«

Aber Inspektor Avery war noch nicht zufriedengestellt. »Mr. Fortune machte sich noch über eine andere Sache Gedanken, Sir?«

»Ja, ja. Äußerst interessanter Fall. Gehört Elector's Gate zu Ihrem Revier?«

»Ja, Sir.«

»Was wissen Sie über Mrs. Pembertons Perserkätzchen?«

Lomas setzte sich die Brille auf. »Mein lieber Freund!« protestierte er.

Inspektor Avery fühlte sich ebenfalls in seiner

Würde angegriffen. »Man kommt nicht wegen eines Kätzchens zu mir, Sir.«

»Man kommt aber zu mir«, sagte Reggie trübselig. »Dann waren es also nicht Sie, der gelächelt hat?«

»Sir?«

»Mrs. Pemberton sagt, sie ging auf die Wache, und man lächelte nur. Sehr reizend, aber man lächelte. Es hat sie verletzt.«

»Ich erinnere mich, daß man darüber gesprochen hat«, gab Inspektor Avery zu. »Die Dame war so pathetisch. Aber meine Leute taten das Übliche, Sir. Ein Sergeant ging zu dem Haus, wo das Kätzchen verschwunden sein sollte. Die Dame dort sagte, sie hätten es nicht erwischt. Ihre kleine Nichte hätte versucht, es zu fangen, aber es konnte entkommen. Mehr konnten wir nicht tun.«

Reggie zündete sich eine Zigarre an. »Ihre kleine Nichte versuchte es zu fangen«, wiederholte er langsam. »Nun, das ist sehr interessant.« Durch den Rauch blickte er dem verblüfften Inspektor ins Gesicht.

»Es könnte interessant sein, wenn ich auch etwas darüber wüßte«, knurrte Lomas. »Warum diese plötzliche Begeisterung für Katzen, Reginald?«

Reggie erzählte die Geschichte, die Mrs. Pemberton ihm vorgetragen hatte.

»Sehr, sehr traurig«, seufzte Lomas. »Aber aus Kätzchen werden Katzen. Was soll ich Ihrer Meinung nach tun? Eine Karte mit dem Ausdruck tiefsten Bedauerns und Mitgefühls schicken?«

Reggie schüttelte den Kopf. »Es hat schon aufmerksamere Zuhörer gegeben«, sagte er traurig. »Ist Ihnen denn nichts aufgefallen? Sie nehmen die Sache nicht ernst, Lomas. Als Mrs. Pemberton sich nach dem Kätzchen erkundigte, sagte Miss Cabot, niemand wäre auf dem Hof gewesen. Als die Polizei nachfragte, sagte sie, ihre kleine Nichte hätte versucht, es zu fangen.«

Lomas setzte zum zweiten Male seine Brille auf. »Aha! Der Fall sieht in der Tat verdächtig aus!« sagte er. »Miss Cabot wußte das mit ihrer kleinen Nichte zuerst nicht und stellte es später fest. Eine geheimnisvolle, dunkle Frau, Fortune.« Er lächelte.

»Ja. Ein witziger Verein, unsere Polizei«, sagte Reggie kopfnickend. »Das ist es ja eben, was Mrs. Pemberton verdrießt. Wie wäre es, wenn Sie jetzt einmal nachdächten? Eine liebenswürdige alte Dame kommt ganz verzweifelt und behauptet, Miss Cabots kleines Mädchen habe ihr Kätzchen gefangen, und Miss Cabot sagt, es gäbe gar kein kleines Mädchen und komplimentiert sie hinaus. Warum so kurz angebunden? Weil sowohl ein kleines Mädchen als auch ein Kätzchen da waren.« Er wandte sich zu Inspektor Avery. »Hat Ihr Sergeant das kleine Mädchen gesehen?«

»Nein, Sir. Keine Gelegenheit dazu. Er sah nur Miss Cabot, die steif und fest behauptete, das Kätzchen wäre entkommen.«

»Das ist es eben. Sie wollte offensichtlich nichts von dem Kätzchen wissen, und das kleine Mädchen ließ sie unsichtbar bleiben.«

»Mein lieber Reginald!« protestierte Lomas. »Es gibt doch ein Dutzend einleuchtende Erklärungen dafür. Die Frau mag keine Katzen. Das kleine Mädchen ist ein ungezogenes Kind. Die Frau möchte nicht gestört werden.«

»Eben. Sie möchte nicht gestört werden. Das ist es ja, was mir auffiel.«

»Ich fürchte, Ihre werte Mrs. Pemberton macht etwas viel Aufhebens von der Sache, Reginald.«

»Darüber brauchen Sie sich doch nicht zu beklagen, Lomas«, sagte Reggie scharf. »Na schön. Tut mir leid, daß es Sie nicht interessiert.« Er nickte Avery zu und ging hinaus.

Avery blickte Lomas leicht besorgt an.

»Kümmern Sie sich nicht darum«, lachte Lomas. »Er ist ein prächtiger Bursche. Aber manchmal sieht er Dinge, die es gar nicht gibt.«

»Ich wünschte, er hätte sich mehr für den Toten im Park interessiert«, sagte Avery bedauernd.

»Zu gewöhnlich, mein Lieber, zu gewöhnlich für Mr. Fortune.«

»Diese Geschichte mit dem Kätzchen hat mich stutzig gemacht«, meinte Avery nachdenklich. »Ich glaube, wir hätten doch nach dem kleinen Mädchen fragen sollen.«

»Du meine Güte!« rief Lomas aus. »Jetzt gehen Sie aber nach Hause und legen sich schön ruhig schlafen. Ich habe es nun mal nicht gern, wenn meine Inspektoren Gespenster sehen.« –

Aber Inspektor Avery ging nicht nach Hause. Er hatte ein Gewissen. Er ging zurück zur Polizeiwache seines Reviers. Und auch Mr. Fortune, den man in Scotland Yard keineswegs für das Abbild eines übereifrigen, pedantischen Beamten hält, hatte ein sehr waches Gewissen. Er ging nach Elector's Gate.

Kommissar Bell und andere seiner ergebenen Bewunderer behaupten, daß Mr. Fortune die seltene Gabe besäße, Geschehnisse und Handlungen von Leuten vorauszusehen – eine Art sechsten Sinn. Darüber konnte Fortune nur spotten. Seinen eigenen Worten nach ist er ein so gewöhnlicher Sterblicher, daß alles Außergewöhnliche ihn beunruhigt. Vom ersten Augenblick an hatte er das Verschwinden des Kätzchens als sonderbar empfunden. Das einzige Lob, das er sich selbst für diesen Fall zugesteht – den alle für einen seiner besten halten –, ist, daß er einen wachen und durch nichts abzulenkenden Verstand dazu mitgebracht habe. Der Rest sei lediglich ein Befolgen der Grundregel wissenschaftlichen Arbeitens gewesen, daß man nichts unversucht lassen dürfe.

Er hatte jedoch keine Ahnung, womit er in Elector's Gate beginnen sollte. Er ließ seinen Wagen am Park stehen und schlenderte die majestätische Victorianische Straße entlang. Die Reihe der mit Stuckornamenten überladenen Häuserfronten war auf der einen Seite von einer Lücke unterbrochen, die weiter hinten von einer Mauer abgeschlossen wurde. In dieser Sackgasse standen zwei kleine rote Ziegelhäuser einander gegenüber, einfach und sauber, die sich hinter der feierlichen Würde der übrigen herrschaftlichen Häuser von Elector's Gate versteckten. Das große Eckhaus gehörte Mrs. Pemberton. Und daneben wohnte Miss Cabot – in jenem kleinen, etwas zurückgebauten Häuschen. Reggie rieb sich das Kinn. Miss Cabot lebte also nicht so, wie es eine Adresse in Elector's Gate vermuten ließ. Ein recht unauffälliger Platz, ein Häuschen mit ein oder zwei Bediensteten. Hübsch und ruhig gelegen dazu. Kein Verkehr. Keine Nachbarn auf einer Seite. Zurückgezogene Leute, die Cabots.

Reggie läutete bei Mrs. Pemberton. Er war kaum in ihren altmodisch bequemen Salon geführt worden, als sie auch schon mit dem Ausruf hereingestürzt kam: »Lieber Mr. Fortune! Wie reizend von Ihnen! Haben Sie schon etwas herausgefunden?«

»Nein. Ich kam, um zu sehen, was ich hier finden könnte.«

»Oh, ich bin ja so froh darüber! Inzwischen ist nämlich etwas ganz Sonderbares passiert. Lassen Sie es mich Ihnen zeigen.« Sie führte ihn in ein kleines Wohnzimmer und nahm aus einer Schublade des Schreibtisches ein Stück grobes blaues Papier. »Sehen Sie! Als ich von Ihnen zurückkam, lag dies hier im Garten.«

Reggie legte es auf den Tisch. Es hatte eine eigenartige Form und unregelmäßige, geschwärzte Kanten.

»Verstehen Sie! Es soll eine Katze darstellen!«

»Ja. Es sieht ganz danach aus«, sagte Reggie ernst. »Jemand zeichnete ein Kätzchen auf Packpapier – mit einem Stück Kohle – und riß dann das Papier entlang der Linie entzwei – um so ein Papierkätzchen zu machen. Jemand, der nicht sehr alt sein kann.« Es lief ihm ein wenig kalt den Rücken hinunter. »Hat Ihre kleine Enkelin es gesehen?«

»Nein, Vivian war nicht zu Hause, als wir es fanden. Sie ist zu einer Kindergesellschaft gegangen. Ich bin recht froh darüber, wissen Sie. Es sieht so aus, als ob man sie damit hänseln wolle.«

Reggie faltete das Papier zusammen und steckte es in seine Brieftasche. Sein rundes Gesicht war blaß und ärgerlich.

»Oh, wollen Sie vielleicht mit ihr sprechen?« fragte Mrs. Pemberton verwirrt.

»Ich möchte nicht, daß überhaupt jemand mit ihr darüber spricht.«

»Das freut mich sehr. Vivian ist erst sechs, wissen Sie, und –«

»Und niemand außer Vivian hat jemals das kleine Mädchen von nebenan gesehen?«

»Aber nein. Ich habe so etwas nie vermutet. Wirklich nicht. Wir wußten nicht, daß es nebenan ein kleines Mädchen gibt. Doch ich bin ganz sicher, Mr. Fortune, daß es so ist, wenn Vivian es gesagt hat.«

»Hat Vivian beschreiben können, wie das Mädchen aussah?«

»Das arme Kind, es war so verzweifelt«, entschuldigte Mrs. Pemberton sie. »Sie sagte, es wäre ein garstiges, schmutziges kleines Mädchen gewesen. Kinder reden nun einmal so, wenn sie aufgebracht sind, wissen Sie. Es hat überhaupt nichts zu bedeuten.«

Reggie antwortete nicht. Er ging zum Fenster. Mrs. Pembertons Garten war ein fröhliches Plätzchen mit einem munteren Fliesenmuster und Steingewächsen. Das kleine Haus nebenan hatte nur einen nackten, gepflasterten Hof.

»Möchten Sie vielleicht hinuntergehen?« rief Mrs. Pemberton aus. »Ich könnte Ihnen ganz genau den Flecken zeigen, wo das Papier hinfiel.«

»Nein, ich werde nicht hinuntergehen.« Reggie drehte sich um. »Auf Wiedersehen, Mrs. Pemberton. Sprechen Sie mit keinem darüber. Lassen Sie niemanden wissen, wer ich bin. Und Vivian soll nicht weiter über die Sache nachdenken.«

»Mr. Fortune! Meinen Sie, daß etwas Furchtbares dahintersteckt?«

»Das Schlimmste für Vivian ist der Verlust ihres Kätzchens. Sonst gibt es nichts, worüber Sie sich Sorgen zu machen hätten.«

»Aber Sie sind besorgt wegen irgend etwas.«

»Ja, dazu bin ich nun einmal da«, sagte Mr. Fortune. »Auf Wiedersehen.« –

Es war zu der Stunde, die Lomas gewöhnlich in seinem Klub zu verbringen pflegte. Er saß vor dem Kamin im Rauchsalon und kündigte den Durchfall des letzten neuen Theaterstückes an, als Reggie im Türrahmen erschien, seinen Blick auffing und wieder verschwand. Lomas folgte ihm ohne besondere Eile. Er fand ihn in der Halle, ungeduldig mit dem Fuß auf den Boden klopfend. »Nun, mein Lieber, wo drückt Sie der Schuh? Hat das Kätzchen wieder etwas Dummes angestellt?«

»Kommen Sie mit«, sagte Reggie.

Lomas ging mit seiner gewöhnlichen, einstudierten Munterkeit hinterher, wurde von Reggie in einen Wagen verfrachtet und fortgefahren.

»Warum diese heimliche Hast, Reginald?« protestierte er. »Wohin entführen Sie meine jugendliche Unschuld? Elender, wohin bringen Sie mich?«

Mr. Fortune war nicht heiter gestimmt. »Wir fahren zu Averys verdammter Polizeiwache«, sagte er. Er breitete das blaue Papier auf seinen Knien aus. »Das ist der Grund.«

»Du meine Güte!« stöhnte Lomas. »Ein Kätzchen! Ein kindlicher Versuch, ein Kätzchen zu machen. Oh, mein lieber Reginald!«

»Jawohl. Ein kindlicher Versuch, ein Kätzchen zu machen«, wiederholte Reggie. »Genau das. Das ist es ja, was mich so erschreckt hat. Es wurde heute nachmittag in Mrs. Pembertons Garten hinübergeworfen.«

»So, so. Nicht gerade nett. Und extra entworfen, fürchte ich, die Gefühle der Beraubten zu verletzen.«

Reggie holte tief Atem. »Macht es Ihnen etwas aus, Ihre Scherze zu unterlassen?« fragte er mit unterdrücktem Ärger. »Ich habe Angst.«

»Mein lieber Junge! Aber, mein lieber Junge! Warum um Himmels willen?«

»Um das Kind, das dies hier gemacht hat.« Reggie steckte das Papier wieder weg. »Mein Gott, fühlen Sie das denn nicht? Etwas Teuflisches geht in diesem Hause vor!«

Lomas war erschüttert. Starke Ausdrücke kommen nur sehr selten über Reggie Fortunes Lippen. »Ich kann nicht behaupten, daß ich überhaupt etwas fühle«, sagte er langsam. »Was wollen Sie tun?«

»Avery wegen der Leute befragen. Wir sind da.«

Inspektor Avery war noch auf der Wache. Er war nicht überrascht, sie zu sehen. »Ich sagte Ihnen doch, Sie sollten nach Hause gehen, junger Mann«, sagte Lomas.

»Jawohl, Sir, ich weiß. Aber ich war ein wenig besorgt wegen dieser Geschichte mit dem Kätzchen.«

»So, Sie also auch? Mr. Fortune hat es mächtig erwischt.«

Erfreut wandte sich Avery Reggie zu. »Wegen des kleinen Mädchens, Sir?« fragte er eifrig.

»Ja, ja. Was wissen Sie über das kleine Mädchen?«

»Niemand weiß etwas von ihr. Das ist es eben. Mir kommt das nicht ganz geheuer vor.«

»Nein. Es ist auch nicht normal«, sagte Reggie. »Schicken Sie zwei Leute, die das Haus beobachten sollen.«

»Ich habe schon einen dazu abgestellt, Sir.«

»Den Teufel haben Sie!« rief Lomas aus.

»Gut, aber wir brauchen zwei, bitte«, sprach Reggie unbeirrt weiter. »Einen, um die Verfolgung aufzunehmen, falls man das Kind wegbringen sollte. Einen, der unter allen Umständen auf seinem Posten bleibt. Der Polizist, der die Runde macht, muß mit Ihnen in Verbindung bleiben.«

»Geht in Ordnung, Sir. Einen Augenblick, bitte.« Mit sichtbarer Genugtuung darüber, Anordnungen geben zu dürfen, ging Avery hinaus.

»Es macht Ihnen doch hoffentlich nichts aus, wenn ich mich einmische?« fragte der Chef der Kriminalpolizei mit einiger Bitterkeit. »Aber gehen Sie nicht reichlich schnell voran, Fortune?«

»Nein. Wir sind viel zu langsam.«

»Sie wissen, daß ich Ihnen nicht gestatten darf, die Polizei in eine unangenehme Situation zu bringen?«

»Ich weiß. Ihnen ist es lieber, wenn ein Verbrechen geschehen ist, bevor Sie anfangen. Mr. Lomas' Theorie der Polizeiarbeit! Nun, ich habe Sie veranlaßt, ein verdächtiges Haus beobachten zu lassen. Jemals gehört, daß so etwas schon einmal gemacht wurde?«

Lomas blieb ruhig. »Wenn es Ihnen Spaß macht, können Sie es ja beobachten lassen. Aber ich sehe keinen vernünftigen Grund für einen Verdacht.«

»Ach du liebe Tante!« murmelte Reggie.

Avery stürmte herein. »Ich habe alles veranlaßt, Sir. Ist sonst noch etwas?«

»Jawohl, ich bin nicht überzeugt, daß das geringste an der ganzen Sache dran ist«, sagte Lomas scharf. »Was haben Sie gegen diese Leute, Avery?«

»Mr. Lomas ist auf der richtigen Spur«, nickte Reggie. »Wer sind diese Leute, Avery?«

»Das möchte ich eben gern herauskriegen«, sagte Inspektor Avery selbstgefällig. »Sehr zurückhaltende Leute, Sir. Direkt abgeschieden.«

»Gehen Sie zum Henker mit Ihrem ›abgeschieden‹!« schrie Lomas. »Sie können nichts gegen sie vorbringen, außer diesem Unsinn über ein Kätzchen und ein Mädchen.«

»Eine sehr sonderbare Sache, Sir, meinen Sie nicht? Das Mädchen wird gesehen, wie es ein Kätzchen fortträgt, der Besitzerin des Kätzchens sagt man, niemand hätte es gesehen, uns erzählt man, das kleine Mädchen hätte es gesehen. Aber da steckt noch mehr dahinter. Niemand in der Nachbarschaft wußte, daß sich ein kleines Mädchen in jenem Haus befindet, niemand hat es jemals gesehen, niemand hat etwas von ihm gehört.«

»Warum sollten sie auch?«

»Haben Sie schon einmal neben einem Haus gewohnt, in dem sich ein Kind befindet, Lomas?« fragte Reggie müde. »Man muß es bemerken. Aber Mrs. Pemberton wohnt neben einem solchen Haus, und sie wußte nicht einmal, daß dort ein Kind existiert.«

»Niemand wußte es. Keiner wollte es glauben«, sagte Avery.

»Woher, zum Teufel, wissen Sie das?«

Avery lächelte. »Meine Leute lernen die Bediensteten während ihrer Rundgänge kennen, Sir. Ich habe einige Erkundigungen einziehen lassen. In jenem Haus leben Miss Cabot, eine gutaussehende, nicht mehr junge Dame, ihr Vater und ein altes, sehr eigenbrötlerisches, verheiratetes Dienerehepaar. Sie wohnen da seit etwa zwölf Jahren, sehr ruhig, niemals Gäste, und was ein Kind anbetrifft – nun, die Hausangestellten von Elector's Gate lachen darüber. ›Wenn es da ein Kind gibt, halten sie es im Schrank versteckt‹, sagte einer von ihnen. Aber Miss Cabot hat es schließlich zugegeben.«

»Jedenfalls war ein Kind im Haus«, sagte Reggie ernst und holte das blaue Papierkätzchen hervor.

Inspektor Avery holte bei seinem Anblick tief Luft. »Sieht unheimlich aus, Sir.« Er dachte nach. »Ich weiß nicht, was ich davon halten soll, Sir.«

»In jenem Haus war ein Mädchen, das ein Kätzchen machen wollte. Es hatte nur Packpapier, ein Stückchen Kohle, um damit zu zeichnen, aber keine Schere, um die Zeichnung auszuschneiden. Es machte dies hier, so gut es konnte. Es wollte dem Kind nebenan etwas über sein Kätzchen erzählen und warf dies über die Mauer.«

»Das gefällt mir nicht, Sir.«

»Und worauf läuft das hinaus?« rief Lomas. »Ein einsames Kind, das dumme Streiche macht.«

Reggie drehte sich zu ihm hin. »In jenem kleinen Haus führt ein Kind ein anomales Leben. Und das einzige Papier, das es sich besorgen kann, ist Packpapier. Und zufällig stammt dieses Papier von einem Paket mit wissenschaftlichen Geräten.«

»Sind Sie da ganz sicher, Sir?« rief Avery eifrig.

»Das ist die Sorte, die immer für Glas verwendet wird.« Reggie rieb das Papier zwischen den Fingern. »Sehen Sie den Rest des Etiketts: ›ette & Co.‹ Es kommt von Burette. Erstklassige Firma. Was machen die Cabots in jenem kleinen Haus, daß sie Glas von

Burette brauchen und ein Kind jämmerlich und schmutzig eingeschlossen halten?«

»Schmutzig?« Lomas nahm das Wort auf.

»Die Enkelin von Mrs. Pemberton sah es. Es war schmutzig.«

»Das Haus ist blitzsauber gehalten, hat man mir berichtet«, sagte Avery stirnrunzelnd.

»Ja. Blitzsauber. Und das versteckte Kind ist garstig und schmutzig.«

»Und sie machen irgendwelche wissenschaftlichen Experimente. Glauben Sie, daß sie Versuche an dem Kind machen, Sir?«

»Ich weiß es nicht. Ich weiß überhaupt nichts. Aber ich bin sehr in Sorge.«

»Wir werden sie fassen, was für ein Spiel sie auch treiben mögen«, rief Avery grimmig.

»Und was ist mit dem Kind?« murmelte Reggie.

Lomas stand auf. »Ihr habt gewonnen«, sagte er. »Tut mir leid, Reginald. Ich habe mich geirrt. Nun, ich habe nicht viel Zeit verschwendet. Wir werden die Sache jetzt beschleunigt in Angriff nehmen. Zunächst einmal: wer sind die Cabots und was beziehen sie von Burette? Sie sind zu beobachten, wo sie auch hingehen, Avery – ebenfalls ihre Hausangestellten. Ich werde noch heute abend Bell auf den Fall ansetzen. Erstatten Sie ihm Ihre Meldungen. Mit Burette können wir uns gleich morgen früh befassen. Noch etwas, Reginald?«

»Ja. Sie könnten nachforschen, ob irgendwo vor einiger Zeit ein kleines Mädchen verschwunden ist.«

Lomas hob die Schultern. »Wir können die Berichte durchsehen. Eine ziemlich weithergeholte Möglichkeit, nicht wahr? Wer das Mädchen auch sein mag, sie müßten es schon ohne jedes Aufsehen in ihre Gewalt gebracht haben, diese ruhigen Leute.«

»Nun, es ist auch kein gewöhnlicher Fall von Kindesentführung«, sagte Reggie müde. »Um Himmels willen, Avery, lassen Sie die Cabots nicht merken, daß sie beobachtet werden. Sie könnten das Kind sonst heute nacht beseitigen.«

»Großer Gott, Sir! Nein, das kann ich nicht glauben. Wenn sie wissen, daß sie beobachtet werden, wissen sie auch, daß sie mit einem Mord nicht davonkommen können.«

»Wir würden vielleicht nicht in der Lage sein, ihnen den Mord zu beweisen. Mr. Cabot ist Wissenschafter. Ermahnen Sie Ihre Leute, äußerst vorsichtig zu sein.«

»Mit diesem Beweismaterial werden wir keinen Haussuchungsbefehl bekommen«, sagte Lomas stirnrunzelnd. »Heute abend können wir nichts mehr unternehmen. Zum Henker, morgen früh muß ich jemand in das Haus hineinbekommen!«

»Ja, ich werde gehen«, sagte Reggie.

»Mein lieber Junge!«

»Ich bin Arzt, und Sie brauchen doch jemand, der das Kind untersucht.« –

Jene Nacht lebt fort in der Erinnerung von Mr. Fortune. Er konnte nicht schlafen – ein Zustand, der ihm sonst gänzlich unbekannt ist. Er fuhr früh zu Scotland Yard hinaus und fand dort Kommissar Bell, frisch und munter, trotz einer durchwachten Nacht.

»Sie haben einen Treffer gelandet, Mr. Fortune. Sehr sonderbare Leute, diese Cabots. Was glauben Sie, wo sie letzte Nacht hingingen? In einen Nachtklub, wenn Sie nichts dagegen haben. In den Doodah Club. Ja, der alte Mann und die junge Frau, die so ruhig und zurückgezogen leben – sie gingen in den Doodah, der so heiß ist wie nur irgendeiner. Sobald ich hörte, daß sie dort seien, sandte ich einen unserer Nachtklubexperten hin. Er erkannte die Cabots auf den ersten Blick. Sie sind ziemlich oft dort zu sehen.

Er brachte in Erfahrung, daß Cabot dort als Smithson bekannt ist und eine Buchhaltungsfirma in Soho leitet. In unseren Listen steht nichts gegen ihn. Aber natürlich werden wir Smithson & Co. unter die Lupe nehmen.«

»Gut. Haben Sie etwas über ein vermißtes Kind ausfindig gemacht?«

Bell schüttelte den Kopf. »Keiner unserer Berichte paßt auf dieses kleine Mädchen. Heutzutage gehen nicht viele Kinder verloren. Ich bin noch beim Nachforschen. Aber das sieht mir etwas unwahrscheinlich aus, Sir.«

»Ich weiß. Und wie steht es mit Burette?«

»Harland befaßt sich damit, Sir. Noch vor Mittag werden wir alles über die Rolle wissen, die sie in dieser Angelegenheit spielen.«

»Schön. Und wer geht mit mir zu Cabots Haus? Ich brauche einen unternehmungslustigen Burschen, der nicht auf den Mund gefallen ist.«

Kommissar Bell sah ihn besorgt an. »Sind Sie wirklich entschlossen, selbst zu gehen, Sir? Wenn Sie mir eine Bemerkung erlauben –«

»Ich bin's«, lächelte Reggie.

»Nun, ich wußte ja, daß Sie nicht davon abzubringen sind«, seufzte Bell. »Sie können keinen besseren Mann finden als Avery, Sir. Er ist zäh und mutig wie ein Bullterrier.«

»Ja. Ich dachte es mir schon. Aber ist er auch redegewandt?«

»Er kann schon mithalten. Er ist ein halber Politiker.«

»Ach du liebe Tante!« sagte Reggie. –

Einige Zeit später spazierten zwei Inspekteure der städtischen Wasserwerke durch Elector's Gate. Ein Straßenkehrer bat einen von ihnen um Feuer für seine Zigarette und bemerkte dabei: »Alle fortgegangen außer der Hausangestellten. Cabot und Miss Cabot gingen zusammen weg. Der Diener ist ins Wirtshaus gegangen.«

Die beiden Leute vom Wasserwerk schlenderten weiter. »Das nenne ich Glück, Sir«, sagte Avery.

»Nein, das ist Bell, der bei Smithson & Co. Wind macht. Ich dachte mir, daß er sie fortlocken würde. Ihre Kollegen sagten, daß der Diener sich im Wirtshaus aufzuhalten pflege, bis es schließe. Ich dachte mir, daß er bereits auf der Schwelle stehen würde, wenn es öffnete – jedenfalls, wenn sein Herr aus dem Wege ist. Also los. Und reden Sie, soviel Sie nur können!«

Avery klingelte am Lieferanteneingang des kleinen Hauses. Nach ein paar Minuten öffnete sich die Seitentür und gab den Blick auf eine hagere, schwarzgekleidete Frauengestalt frei, die mürrisch dreinblickte. Avery bedauerte, sie stören zu müssen, aber sie hätten die Anschlüsse der Wasserleitungen zu überprüfen. Sie protestierte. Avery bedauerte sehr, die ordnungsgemäße Inspektion müsse vorgenommen werden, Gesetz sei schließlich Gesetz. »Drüben steht ein Polizist, Muttchen, wenn Sie wollen, gehen Sie hin und fragen Sie ihn.« Sie wurden eingelassen. »Alle Wasserhähne bitte, dann den Verlauf der Rohrleitungen, dann den Tank. Die gesamte Anlage. Wo ist der Haupthahn, bitte?« Er hörte berufsmäßig zu. »Aha, das dachte ich mir. Sieh dir mal die Küche an, Kollege. Wir beide gehen nach oben, Muttchen, wenn es Ihnen recht ist.« Er schob sie vor sich her, weiter über Wasser und das Gesetz redend.

Reggie ging in die Küche, schritt hinüber zum Spültisch und drehte die Hähne auf, daß das Wasser laut rauschte, und kam zur Tür zurück. Er rief hinauf: »Wasser läuft, Kollege«, erhielt die Antwort: »Recht so, bleib bei der Hauptleitung«, und hörte

Averys ununterbrochenen Redeschwall und das Murmeln der Dienerin. Er bewegte sich schnell von Zimmer zu Zimmer, die nach Kataloggeschmack möbliert waren, sah aber weder Kinderkleidung noch irgendwelche Spuren, wie ein Kind sie hinterlassen würde. Er konnte hören, wie Avery oben hin und her schritt, sich dabei fachmännisch über das Blei der Leitungsrohre ausließ und eine Tür nach der anderen öffnete. Avery würde nichts übersehen. »Hallo, Kollege!« rief Avery. »Versuch mal den Haupthahn. Und jetzt hinauf zum Tank, Muttchen, wenn es Ihnen recht ist.« Während er weiter redete, kletterten sie hinauf.

Reggie stand in der Diele. Unter der Treppe erblickte er einen Verschlag. Er öffnete die Tür und sah in dem Dunkel das Glitzern eines Augenpaares. Er ging hinein. »Mein liebes Kind«, sagte er zärtlich, »wie heißt du denn?«

Keine Antwort, nur keuchende Atemzüge.

Er knipste seine Taschenlampe an und sah ein kleines Mädchen mit verhungertem, schmutzigem Gesicht in der Ecke kauern. Es schien keinen Körper zu haben, so sehr duckte es sich aus Furcht vor ihm zusammen.

»Ich bin dein Freund«, sagte Reggie und langte nach des Mädchens Hand. »Es wird alles gut.« Seine Finger strichen über seinen hageren, nackten Arm, legten sich auf seine Schulter. »Wo ist das Kätzchen?«

Sein Gesicht zuckte. »Es ist gestorben. Es ist tot. Es liegt im Müll«, keuchte es.

»Ich bin dein Freund«, wiederholte Reggie. »Du mußt nur warten. Es wird alles gut.«

Er machte die Taschenlampe aus und schlüpfte aus der Kammer. Die Schritte von Avery kamen schwer die Treppe herunter.

»Hallo, Kollege, ich muß noch die Abflußrohre an der Rückseite des Hauses kontrollieren«, rief Reggie.

»Sieh sie dir an, Bill. Sieh sie dir genau an«, antwortete Avery und hielt die hagere Frau mit seinem Gespräch in der Diele zurück.

Reggie ging hinaus auf den gepflasterten Hof. Während er das Küchenfenster im Auge behielt, griff er mit dem linken Arm in die Mülltonne und brachte einen Bastkorb zum Vorschein. Er knöpfte ihn unter seine Jacke und ging zurück. »Fertig, Kollege«, rief er dabei. »Soll ich die Wasserhähne abstellen?«

»Dreh sie zu, Bill. Na, dann wollen wir mal wieder. Guten Tag, Muttchen. Tut uns leid, daß wir Sie gestört haben. Aber Pflicht ist nun mal Pflicht.«

Etwas über eine Menge Lärm und Unsinn brummend, warf die hagere Frau die Tür hinter ihnen zu.

Ein Chauffeur tauchte unter der Motorhaube seines Wagens auf, als sie vorbeigingen. »Passen Sie gut auf. Passen Sie gut auf«, murmelte Avery und lief weiter. Es war nicht einfach, mit Mr. Fortune Schritt zu halten.

Reggie eilte zum nächsten Postgebäude, trug Avery auf, ein Taxi zu besorgen und trat in die Telephonzelle.

»Kommissar Bell? Hier spricht Fortune. Was haben Sie über die Cabots herausgebracht? Jemand unterhält sich mit ihnen im Büro von Smithson & Co.? Er soll sie weiter beschäftigen. Das Kind im Haus ist in Gefahr. Ja. Tot. Unmittelbare Gefahr. Ich brauche sofort einen Haussuchungsbefehl. Richtig. In meinem Haus.«

Er setzte sich zu Avery in das Taxi und sie fuhren ab.

»Keine Spur von dem Kind, Sir«, begann Avery. »Aber da war –«

»Ich habe das Kind gesehen«, sagte Reggie. »Es lebt noch. Außerdem habe ich die Katze. Hier ist sie.« Er holte das Bastkörbchen hervor, und daraus den steifen, kalten Körper eines Perserkätzchens.

»Tot, eh? Sieht aber ganz normal aus. Ist es eines natürlichen Todes gestorben, Sir?«

Reggie deutete auf die Augen. »Nein. Nicht natürlich. Es ist überhaupt nicht viel natürlich in jenem Hause.« Er schauderte.

»Warum haben sie das Kätzchen wohl getötet?«

»Warum halten sie ein Kind in einem dunklen Verschlag?«

»Es wurde wohl da hineingesteckt, als wir kamen, schätze ich.«

»Sicher. Manchmal läßt man es wohl auch heraus. Aber es ist an die Dunkelheit gewöhnt.«

»Diese Teufel!« sagte Avery wütend. »Aber was bezwecken sie damit, Sir? Wissenschaftliche Experimente? Oben war ein Zimmer, in das ich nicht hineinkonnte. Die Frau sagte, der Herr hätte den Schlüssel. Aber ich stellte fest, daß es Wasseranschluß hat.«

»Das habe ich erwartet. Wie alle Laboratorien.« Das Taxi bog in die Wimpole Street ein und hielt an. »Sie fahren weiter zum Yard und melden sich bei Bell. Ich muß mir das Kätzchen vornehmen.« Zuerst ging er jedoch ans Telephon, rief das Krankenhaus an und fragte nach einer bestimmten Schwester. –

Er hatte sich nach der Untersuchung des toten Kätzchens schon wieder umgezogen und aß ohne jeden Appetit zu Mittag, als Bell eintrat. »Haben Sie den Haussuchungsbefehl?« Er sprang auf. »Gut. Wo sind die Cabots?«

»Wo sie im Augenblick sind, kann ich Ihnen nicht sagen, Sir. Unsere Leute waren angewiesen, sie so lange wie möglich aufzuhalten. Aber sie fanden nichts Rechtes zum Einhaken. Ihr Geschäft scheint in Ordnung zu sein. Sie führen die Bücher für die ausländischen Restaurants.«

»Der Mann, der in Kensington Gardens starb«, murmelte Reggie.

»Großer Gott, Sir!« Bell war entsetzt. »Er gehörte zum ausländischen Gaststättengewerbe, das ist sicher. Und er war rauschgiftsüchtig, sagten Sie.«

»Vorwärts, vorwärts! Ich möchte noch vor den Cabots wieder bei dem Kind sein.«

Aber sobald der Wagen sich in Bewegung gesetzt hatte, kam Bell wieder auf diesen Punkt zu sprechen. »Was das Rauschgift betrifft, Sir: was haben Sie heute morgen in dem Haus gefunden? Avery sagt, in einem Zimmer könnte sich möglicherweise ein Laboratorium befinden. Burettes haben angegeben, sie hätten Mr. Cabot schon seit Jahren mit Laborgläsern beliefert.«

»Ja. Ich glaube, wir werden ein Laboratorium finden. Das Kätzchen ist mit Narkotika getötet worden. Das kleine Mädchen haben sie auch unter Narkotika gehalten.«

»Aber wozu tun sie das, Sir? Irgendwelche wissenschaftlichen Experimente mit Rauschgift?«

Reggie schauderte. »Sie haben Experimente gemacht. Aber nicht für die Wissenschaft. Für den Teufel. Sie haben das Kätzchen getötet, weil es ihnen Spaß machte. Und die Kleine machte ihr Papierkätzchen, um dem anderen Mädchen zu erzählen, daß es tot sei. Albern, nicht wahr?« Er lachte nervös. »Dieser Wagen ist verdammt langsam, Bell.«

»Wir sind fast da, Sir.«

»Fast! Ein schönes Wort, fast! Mein Gott!«

»Ruhig, Sir, ruhig.« Bell legte besorgt eine Hand auf seinen Arm. »Sie dürfen sich jetzt nicht aufregen. Ich werde zuerst nach dem Kind fragen.«

Das Auto bog schwungvoll in Elector's Gate ein und hielt kurz vor der Sackgasse, in der das kleine Haus stand. Als Bell heraussprang, trat ein großer Mann ihm auf dem Trottoir entgegen. »Beide sind auf dem schnellsten Wege vom Büro hierher gefahren, Sir. Eben erst hineingegangen.«

Bell schritt auf das Haus zu und läutete einmal und noch einmal. Es dauerte einige Zeit, bevor sich die Tür bewegte. Sie öffnete sich jedoch nur einen kleinen Spalt, und das schlaffe Gesicht eines Mannes mit wässerigen Augen lugte hindurch.

»Ich bin Polizeibeamter«, sagte Bell. »Ich habe einen Gerichtsbefehl, dieses Haus zu betreten.« Er schob die Tür auf und ging mit Reggie hinein. Zwei große Männer folgten ihnen auf dem Fuße. Schweigsam und gewandt ergriffen sie den Diener und schoben ihn auf die Straße, wo sorgsame Hände ihn in Empfang nahmen. Hinter ihm schlossen sie die Tür.

Bell blieb reglos in der Diele stehen und lauschte. Stimmengemurmel drang aus einem der Räume. Die Tür öffnete sich. Die hagere Frau trat heraus. »Nun?« sagte sie herausfordernd. »Wer sind Sie überhaupt?«

Die beiden großen Männer nahmen sie beiseite. Bell und Reggie gingen in das Zimmer.

Zwei Leute waren darin. Ein untersetzter alter Mann, gut angezogen und mit einem großen braunen Gesicht unter weißen Haaren – dem Gesicht eines gescheiten Burschen, der sein Leben zu genießen wußte. Neben ihm saß eine Frau noch dunkleren Typs, schwarzhaarig und mit schwarzen Augenbrauen. Sie war elegant gekleidet und mochte früher einmal sehr gut ausgesehen haben. Sie blickte die Männer mit funkelnden Augen an, und die Linien um ihren großen Mund vertieften sich. Plötzlich lachte sie laut auf – ein schrilles Gelächter, das ebenso abrupt endete, wie es begonnen hatte.

»Was hat das zu bedeuten, meine Herren?« fragte der Mann.

»Mr. und Miss Cabot, alias Smithson?« fragte Bell zurück.

»Mein Name ist Cabot, und dies ist meine Tochter.

Der Titel meiner Firma ist Smithson & Co. Aber ich kenne Sie noch nicht.«

»Ich bin Kriminalkommissar Bell. Ich habe einen Durchsuchungsbefehl für Ihr Haus.«

»Sehr freundlich von der Polizei, sich so für mich zu interessieren. Darf ich fragen warum?«

»Ich suche das Kind, das Sie hier haben.«

Mr. Cabot sah seine Tochter an. »Oh, unseren armen kleinen Liebling«, sagte er langsam.

»Wie ist sein Name?« fuhr Bell dazwischen.

»Wie meinen Sie?« Mr. Cabot zuckte zusammen, als ob er ihn jetzt erst bemerkte. »Ihr Name? Ach so, Grace natürlich.«

»Grace natürlich?«

»Grace Cabot, Sir. Wie ich sehe, kennen Sie unsere Familientragödie nicht. Das Kind meines armen Sohnes ist geistig defekt. Praktisch schwachsinnig. Es hat –«

»Seit es hierher kam oder schon vorher?«

Mr. Cabot fuhr mit der Zunge über seine Lippen. »Wie ich höre, haben Sie irgendeine Skandalgeschichte aufgegriffen. Sie war –«

»Wo ist es?«

»Oh, ich werde es Ihnen bringen«, rief Miss Cabot.

Aber Reggie war zuerst an der Tür. Er ging vor ihr in die Diele. Miss Cabot folgte ihm, und »Grace, Grace« rufend, lief sie die Treppe hinauf.

Einen Augenblick blieb er stehen, dann gab er einem der großen Männer einen Wink, der darauf mit schweren Schritten hinter ihr her ging.

Reggie eilte zu dem Verschlag unter der Treppe, entriegelte ihn und blickte in das Dunkel. »Ich bin dein Freund«, sagte er sehr zart. »Komm, Kleines. Ich bin dein Freund.« Und oben rief Miss Cabot mit schriller Stimme: »Grace! Grace!«

Er konnte einen schwachen weißen Schimmer erkennen und hörte einen Klagelaut. »Jetzt ist alles vorüber«, sagte er. »Alles wird gut. Wir sind deine Freunde.«

»Grace! Grace!« Die schrille Stimme kam näher.

»Nein, nein, nein«, schluchzte das Kind im Dunkeln.

Reggie ging hinein, tastete nach ihm und nahm es in seine Arme. Es war sehr zerbrechlich. »Mein Liebes«, flüsterte er. Er trug es ans Licht, und es zitterte und versuchte, sich in seinen schmutzigen Kleidern zu verstecken.

Miss Cabot kam die Treppe heruntergelaufen. »Sie haben das liebe Wesen also schon gefunden!« rief sie. Ihre Arme schossen heran.

Reggie wirbelte auf den Absätzen herum und wandte ihr seine Schulter zu. »Halten Sie ihre Hände fest«, sagte er.

Der große Mann hinter ihr packte ihre beiden Arme mit einem Griff, der sie aufschreien ließ. Eine Spritze fiel klirrend zu Boden, und Miss Cabot begann zu fluchen.

»Bringt das Kind hier heraus!« sagte Reggie zornig. »Bringt es zu mir nach Hause.« Aber es drängte sich schluchzend an ihn. »Schon gut. Schon gut. Schafft die Frau fort!« Handschellen schnappten um Miss Cabots Gelenke, während sie um sich biß und schlug und unflätige Worte ausstieß. Sie wurde den bereitstehenden Leuten auf der Straße übergeben.

»Ein Prachtstück, nicht wahr!« murmelte einer der großen Männer.

Und dann setzte Schweigen im Hause ein. Das Kind fühlte es und hob sein blasses, verhungertes Gesichtchen von Reggies Schultern. »Ist sie fort?« flüsterte es, blickte sich um, sah niemand als die stämmigen, vertraueneinflößenden Männer und lauschte wieder in die Stille hinein. »Wirklich, wirklich fort?«

»Wirklich fort. Sie wird dir nie mehr wehtun«, sagte Reggie. »Jetzt gibt es nur noch Freunde für dich. Du kommst zu mir nach Hause. Ein schönes Zuhause. Du mußt nur noch ein paar Minuten warten. Dieser Mann wird aufpassen, daß dir nichts geschieht.« Er überredete es, sich von einem der Kriminalbeamten auf den Arm nehmen zu lassen. »Gehen Sie mit ihm auf den Hof an die Luft. Ich bleibe nicht lange fort, Kleines.«

Er hob sorgfältig die Spritze auf und ging zurück in das Zimmer, wo Bell auf Cabot achtete.

Der alte Mann stand am Fenster und sah hinaus. Sein Gesicht war gelb. Aber er hatte seine Nerven und seine Stimme unter Kontrolle. »Vielleicht erzählen Sie mir jetzt, was das alles zu bedeuten hat, Kommissar?« sagte er.

»Sie werden früh genug zu hören bekommen, was das zu bedeuten hat«, knurrte Bell ihn an.

»Ich sehe, daß Sie meine Tochter verhaftet haben –«

»Ja. Das mochte sie wohl gar nicht, wie?« Reggie sprach absichtlich verletzend.

Der alte Mann drehte sich um. »Wer ist dieser Mensch, bitte?«

»Das ist Mr. Fortune.«

»Oh, der große Fortune! Warum ihn mit unseren unbedeutenden Angelegenheiten belästigen?«

»Es ist mir ein Vergnügen«, sagte Reggie.

»Ich bin überglücklich, Ihr Interesse gefunden zu haben! Und nun werden Sie wohl so gütig sein, mir zu verraten, warum Sie meine Tochter verhaftet haben?«

»Wir haben ein Kind in Ihrem Hause gefunden, das mißhandelt worden ist.«

»Ich nehme an, daß es Ihnen das erzählt hat.« Der alte Mann grinste. »Ein gutes Beweismaterial haben

Sie da gefunden, Mr. Fortune. Das Kind ist schwachsinnig.«

»Wir brauchen seine Aussage nicht«, erwiderte Reggie: »Sie werden es nicht mehr quälen, Mr. Cabot.«

Der alte Mann grinste.

»Ist das Kind tot, Sir?« rief Bell.

Reggie antwortete nicht gleich. Er beobachtete das Gesicht des alten Mannes. »Nein«, sagte er dann langsam. »O nein. Miss Cabot hat eben versucht, es zu töten. Aber der Versuch mißlang.«

Der alte Mann atmete hastig. »Eine dürftige Geschichte, oder etwa nicht?« sagte er höhnisch. »Vor Gericht werden Sie damit nicht viel anfangen können, Mr. Fortune. Ist das alles, bitte?«

»Nein, ich möchte gern Ihr Laboratorium sehen.«

»Mein Laboratorium? Oh, das ist zu gütig von Ihnen! Ein sehr bescheidener kleiner Raum, wo ich mit chemischen Experimenten spiele. Wollen Sie es wirklich sehen?«

»Selbstverständlich wollen wir das«, sagte Bell.

»Es wird mir eine Ehre sein, es Ihnen zu zeigen.«

Bell blickte Reggie an, der ihm zunickte. Der alte Mann stieg zwischen ihnen die Treppe hinauf. Er schloß eine Tür auf, und sie traten in einen Raum, der mit einem langen Tisch, Regalen, einem Waschbekken und einer Menge chemischer Apparate ausgestattet war. Reggie ging hin und her, sah sich die Flaschensammlung an, öffnete Schranktüren. Da waren etliche Dinge, die ihn interessierten.

»Ach, gefällt Ihnen das?« Der alte Mann trat zu ihm, als er bei einem Aufbau von Glaskolben und Röhren verweilte. »Das ist eine Methode, die ich selbst entwickelt habe.« Er wurde technisch; seine Finger bewegten sich geschickt und demonstrierend.

»Und hier« – er drehte sich zur Seite, öffnete eine Schublade und beugte sich darüber – »hier sehen Sie –«

»Ja, ich sehe«, sagte Reggie und hielt die Hand fest, die er zum Munde führen wollte.

Bell nahm den Mann in seinen festen Griff. Die Hand wurde geöffnet, und eine weiße Kapsel kam zum Vorschein.

»Nicht auf diese Weise, Mr. Cabot«, sagte Reggie, »noch nicht.«

»Sie werden Ihrer Tochter folgen«, befahl Bell und rief den Kriminalbeamten in der Halle.

»Ich werde über einige Dinge nachdenken müssen, meine Herren«, sagte der alte Mann grinsend, als er abgeführt wurde.

»Das werden Sie. Und viel Zeit werden Sie dazu haben. In dieser Welt und in der nächsten«, rief Bell wütend.

Der alte Mann lachte.

Reggie und Bell blickten sich an, und Reggie schauderte wieder. »Gott sei Dank«, sagte er. Er ging zum Fenster und lehnte sich hinaus, um nach dem großen Kriminalbeamten mit dem Kind dort unten an der frischen Luft zu sehen.

»Was hat dieser alte Schuft hier angestellt, Sir? Eine Art Vivisektion mit dem Kind vorgenommen?«

»O nein, nein. Das kleine Mädchen war nur seine Nebenbeschäftigung. Er stellte narkotische Drogen her – Rauschgifte. Hübsche kleine Fabrik.«

»Rauschgift hergestellt? Und das tut er schon seit Jahren?«

»Ja, ja. Ein blühendes Geschäft.«

»Aber wozu das Kind? Um die Drogen auszuprobieren?«

»Nein. Für Tests brauchte er es nicht. Nein. Er gab

ihm Spritzen, weil es ihm Spaß machte. Sie haben die Geschichte des Kindes noch nicht herausgefunden. Das gibt noch eine Menge zu tun.«

»Womit soll ich anfangen, Sir?«

»Untersuchen Sie dieses Haus. Überprüfen Sie die Vergangenheit der Cabots. Und suchen Sie weiter nach jemand, der ein Kind verloren hat. Auf Wiedersehen.«

Der große Kriminalpolizist im Hof, der das kleine Mädchen mit unbeholfener Zärtlichkeit umsorgte, grinste Reggie verlegen an. »Ich bin hierbei keine große Hilfe, Sir«, sagte er. »Aber es scheint es nicht zu mögen, daß ich es absetze.«

»Das kann ich mir vorstellen. Schön, wenn man sich an jemandem festhalten kann, nicht wahr, kleine Krabbe?« Reggie tätschelte ihre Wange.

»Komm und halt dich an mir fest.« Er streckte seine Arme aus. Zum ersten Mal sah er so etwas wie ein verstohlenes Lächeln auf dem abgehärmten kleinen Gesicht. Es beugte sich zu ihm hin. »Komm mit. Wir gehen jetzt zu einem schönen Haus und einer freundlichen, lustigen Dame, und alle warten dort schon darauf, dich gern zu haben.«

In Kommissar Bells Wagen wurde das Mädchen in eine Decke gewickelt. Es saß auf Reggies Knien und guckte, wie die Bäume des Parks und die betriebsamen, fröhlichen Straßen vorbeihuschten. Plötzlich klammerte es sich an ihn. »Ist das wirklich?« fragte sie. »Richtig wirklich?«

»Ja. Das ist jetzt alles wirklich«, sagte Reggie und legte seine Hand über ihre. »Lustige, wirkliche Dinge.«

Als der Wagen vor seinem Haus hielt, hatte sein Zimmermädchen schon die Tür geöffnet, bevor er sie erreicht hatte, und sah mit einer Mischung von wohlwollender Belustigung und Mitgefühl zu, wie er das

Kind hineintrug. »Soll ich es nehmen, Sir?« fragte sie eifrig.

»Es geht schon, danke schön. Ist Schwester Cary gekommen?«

»Hier bin ich, Mr. Fortune.« Eine kleine, gesund und kräftig aussehende Frau kam die Treppe heruntergelaufen. »Nun!« Sie blickte das Kind an. »Ich werde dich ganz toll liebhaben. Bitte, hab mich auch lieb.«

Es war schwierig, diese hübschen rosigen Wangen, diese warme, freundliche Stimme nicht gern zu haben. Wieder stahl sich so etwas wie ein zaghaftes Lächeln auf das kränkliche, schmale Gesichtchen.

»Mein armer, kleiner Liebling«, sagte Schwester Cary mit Tränen in Auge und Stimme. Sie warf Mr. Fortune einen Blick zu.

»Ja. Ich weiß«, sagte er schnell.

»Ich werde es dir jetzt wunderschön gemütlich machen«, sagte Schwester Cary. »Komm und versuch's einmal.« Sie nahm das Kind zärtlich in die Arme.

Oben im Badezimmer streifte sie dem Kind die verfilzten Kleider vom Leibe. Aber Schlimmeres als Schmutz hatte den ausgehungerten kleinen Körper gezeichnet: Einstiche überall an den Armen und hier und da ein Striemen. Schwester Cary sah Mr. Fortune an.

»Ja, ich weiß«, sagte er leise. »Sie haben ihm Rauschgift gespritzt.«

»Aber warum?«

»Zum Spaß.«

»Diese Teufel«, murmelte Schwester Cary.

»Ich glaube, Sie haben recht«, sagte Mr. Fortune. Er beschäftigte sich mit den filzigen Kleidern. Sie waren einstmals aus gutem, kräftigen Stoff gewesen. Als er genauer hinsah, entdeckte er einen kleinen Streifen mit einem eingestickten Namen – Rosa Hartford. Er wandte sich zu dem Kind, das in dem dampfenden

Wasser lag, während Schwester Carys geschickte Hände sie säuberten. »Nun, Rosa, das macht Spaß, nicht wahr?«

»Also Rosa heißt du?« Schwester Cary lächelte. »Meine kleine Rosa.«

»Mammis Wosa«, murmelte das Kind schläfrig.

Mr. Fortune ging hinaus. Er rief Scotland Yard an. »Ist dort Lomas? Fortune am Apparat. Das Kind ist Rosa Hartford. Sie hat eine Mutter – oder hatte eine. Forschen Sie nach ihr.«

Die kleine Rosa lag in einem goldgelben Schlafanzug zwischen etlichen Kissen und sah zu, wie Mr. Fortune und Schwester Cary einen Bauernhof auf ihrer Bettdecke ausbreiteten. Sie scherzten und machten Späße über die Hühner, aber das kleine Mädchen lachte nicht. Sie beobachtete mit ernsten, ruhigen Augen, und manchmal streichelte sie ihren wunderhübschen Schlafanzug.

Mr. Fortune wurde abberufen.

In Scotland Yard fand er Lomas, Bell und Avery versammelt. »Mein lieber Freund. Wie geht es der Patientin?«

»Mit viel Glück wird sie durchkommen. Sie haben ein elendes Wrack aus ihr gemacht.«

»Aufhängen wäre noch zu wenig für dieses Paar«, seufzte Bell. »Und wir können sie noch nicht einmal hängen.«

»Hoffentlich nicht! Sie sollen fühlen, was sie verdient haben, die Familie Cabot! Je länger, desto besser.«

»Sie haben genug verbrochen, um mehr als einmal dafür gehängt zu werden«, sagte Avery grimmig. »Erinnern Sie sich an den Mann, der in Kensington Gardens starb, Mr. Fortune? Er pflegte sein Rauschgift von Smithson & Co. zu beziehen.«

»Ja. Sie hatten damals recht seinetwegen, Avery. Ich hätte sehen müssen, daß an der Sache etwas dran war.«

Avery lachte. »Sie waren derjenige, der recht hatte, Sir. Erinnern Sie sich, wie wir Sie wegen des Kätzchens auslachten? Wenn Sie die Sache nicht aufgegriffen hätten, würden die Cabots weiter zufrieden und glücklich in ihrer Hölle spielen.«

»Rufen Sie mir nicht meine schmachvolle Vergangenheit ins Gedächtnis, Avery«, sagte Lomas. »Wo bleibt denn da der Respekt. Mein lieber Reginald, Sie sind ein aufregender Bursche. Sie untergraben die Fundamente der Strafgerichtsbarkeit dieses Landes.«

»Bitte, keine Blumen«, murmelte Reggie.

»Sie arbeiten nicht mit Beweismaterial wie jeder vernünftige Mensch.«

»Du liebe Tante!« Reggie war eingeschnappt. »Ich arbeite nur mit Beweisen. Das ist es ja, weshalb ich nicht mit Rechtsanwälten und Polizisten einig werden kann. Ich glaube eben an Beweise, Lomas, alter Knabe. Und das ist Ihnen unangenehm!«

»Sie bringen mich in der Tat in Verlegenheit. Und jetzt werden Sie mir gütigst die ganze Geschichte von den Cabots erzählen.«

»Ich dachte, das wäre klar? Cabot war ein geschickter Chemiker. Das Schwierige beim Rauschgifthandel ist immer nur, das genußfertige Mittel zu bekommen. Er löste diese Frage, indem er sich Rohmaterial beschaffte und den Stoff selbst herstellte. Seine Kunden fand er in den Nachtklubs und Restaurants, mit denen er über seine Buchführungsfirma Smithson & Co. in Verbindung stand. Wahrscheinlich verteilte er die Sachen per Post über Smithson & Co.«

»Das stimmt, Sir«, sagte Bell und nickte. »Wir sind der Geschichte inzwischen auf die Spur gekommen. Er hat einen großen Umsatz gehabt. Er muß eine Menge armer Narren zum Teufel geschickt haben.«

»Sehr schön, Reginald«, sagte Lomas lächelnd. »Aber Sie haben das kleine Mädchen noch nicht erwähnt.«

»Oh, das ist ein Racheakt. Rache an jemandem. Wahrscheinlich an den Eltern.«

»Haben Sie das von dem Kind erfahren?« fragte Lomas schnell.

»Nein. Das Kind darf überhaupt nicht über seine Vergangenheit befragt werden. Haben Sie das noch nicht begriffen? Keine Aussage von dem Mädchen. Sie darf nicht vor Gericht erscheinen.«

»Mein lieber Junge, wir brauchen sie nicht. Sie sind zu zweit, um versuchten Mord beschwören zu können. Dazu kommt Ihr medizinisches Gutachten. Das genügt. Ich wollte nur wissen, wie Sie auf die Mutter gekommen sind.«

»Haben Sie sie endlich gefunden?«

»Vor drei Monaten wurden George und Rosa Hartford wegen Rauschgifthandel verurteilt. Der Mann war ein junger Buchhalter, die Frau Schauspielerin. Sie wohnten in einer Mietwohnung in Bloomsbury und gingen oft in eines der Restaurants in Soho. Ein Kellner dort gab uns die Information, daß die Frau Rauschgift angeboten hätte. Sie wurden verhaftet, und man fand Rauschgift in den Manteltaschen des Mannes und der Frau. Weiteres Rauschgift war in ihrer Wohnung. Ein klarer Fall, und beide wurden verurteilt. Als sie einige Zeit im Gefängnis saßen, klagte die Mutter, sie habe nichts von ihrer Tochter gehört; eine Kollegin von ihr im gleichen Mietshaus hätte versprochen, sich um sie zu kümmern. Nun, die Gefängnisverwaltung ließ Erkundigungen einziehen. Es dauerte einige Zeit. Die Schauspielerin war auf Tournee. Als man sie gefunden hatte, erzählte sie, daß die

Schwester von Mrs. Hartford sie besucht und das Kind mitgenommen hätte. Die Gefängnisverwaltung teilte es Mrs. Hartford mit, und sie sagte, sie habe keine Schwester. Und so gelangte die Sache schließlich in unsere Hände.«

»Ja. Schließlich. Und ihr habt die Mutter drei Monate lang im Gefängnis in Ungewißheit gelassen.«

»Im Zweifel, ob es einen Gott gibt«, sagte Bell ernst.

»Ja – es ist eine traurige Geschichte«, gab Lomas zu und hob die Schultern. »Ahnen Sie schon, wie es weiter geht, Reginald?«

»Oh, ich nehme an, die Cabot wollte George Hartford für sich haben. Als er heiratete, hoffte sie auf eine Gelegenheit, die Frau dafür büßen zu lassen. Sie wartete ihre Zeit ab. Dann schickte sie Vater und Mutter ins Gefängnis, nahm das Kind und quälte es. Eine geduldige Frau.«

»Die Hartfords waren im Ausland gewesen. Der Mann hatte einen Auftrag für seine Firma in Frankreich. Sie waren erst kurze Zeit zurück, als ihnen dies zustieß.«

»Was für Entlastungsmaterial haben Sie?«

»Dieser Trunkenbold von einem Diener will das frühere Belastungsmaterial entkräften. Er sagt, er habe völlig in der Gewalt seiner Frau gestanden –«

»Das glaube ich gern! Haben Sie das Weib gesehen? Ein geborenes Scheusal.«

»Seine Geschichte ist, daß seine Frau beauftragt wurde, das Rauschgift in die Wohnung der Hartfords zu schmuggeln. Der Kellner steckte ihnen den Stoff in die Manteltaschen, während sie beim Essen saßen. Den Kellner konnten wir nicht mehr ergreifen. Einige Leute haben es vorgezogen zu verschwinden, seit die Cabots verhaftet worden sind. George Hartford sagt, er habe Miss Cabot in einem Nachtklub getroffen, hätte sie aber nie näher kennengelernt, sondern lediglich einige Male mit ihr getanzt. Seine Frau hatte sie nie gesehen. Beide haben immer wieder erklärt, sie hätten nichts von dem Rauschgift gewußt.«

»Ja. Ein gewaltiger Justizirrtum, Lomas.«

»Schien ein klarer Fall.« Lomas hob die Schultern. »Niemandes Fehler.«

»Ja. Das ist ungemein beruhigend. Ein großer Trost für die Hartfords. Wohltuend für das Kind.«

»Selbstverständlich werden wir alles tun, was wir können. Sie vor der Welt rechtfertigen, sie wieder auf die Füße stellen und all das. Eine unglückselige Angelegenheit. Erschüttert das Vertrauen in die Arbeit der Polizei.«

Mr. Fortune starrte ihn an. Mr. Fortune holte tief Luft. »Nun, so kann man es auch sehen«, murmelte er dann.

»Wir können Gott für das Kätzchen danken, Sir«, sagte Bell.

Mr. Fortune sah ihn aus großen, ernsten Augen an. »Ja. Auch von der Seite kann man es sehen«, sagte er.

»Ich würde es schlicht Vorsehung nennen«, sagte Bell ernsthaft. »Einfach Vorsehung.«

Staunen glomm in Mr. Fortunes Augen auf. »Vorsehung!« sagte er. »Das ist gut.«

JOSEPH SMITH FLETCHER

Der Sträfling und der Klerus

Einem Manne, dem gerade der Ausbruch aus dem Gefängnis von Brychester gelungen ist, bietet das kleine Städtchen eine Menge günstiger Möglichkeiten. Medhurst, der vor Beginn seiner Verbrecherlaufbahn ein geachteter Bürger und Mann von Welt gewesen war, bemerkte das schnell und zog seinen Nutzen daraus.

Brychester, eine der kleinsten englischen Städte mit einem Bischofssitz und einer Kathedrale, ist einzigartig in seiner Anlage. Sie ist auf sehr kleinem Raume zusammengedrängt, so daß man ihre Mauern in einer halben Stunde umschreiten kann. Das Städtchen besitzt zwei Hauptstraßen, von denen die eine von Norden nach Süden, die andere von Osten nach Westen verläuft; sie treffen sich bei dem Kruzifix in der Mitte der Stadt und teilen sie in vier Viertel. Kleine Gassen und Seitenstraßen führen zu alten Häusern und Villen, hinter denen sich weitläufige, baum- und strauchreiche Gärten befinden. In einem dieser Gärten, einer regelrechten Wildnis, hatte Medhurst sich gegen drei Uhr morgens versteckt, nachdem er aus dem Gefängnis entwichen war, das etwa eine Meile außerhalb der Stadtmauern steht.

Der Ausbruch hatte ihm keine großen Schwierigkeiten bereitet. Man hatte Medhurst, der kürzlich zu einer beträchtlichen Gefängnisstrafe verurteilt worden war, in das Gefängnis von Brychester eingeliefert, wo er seine eventuelle Überweisung nach Dartmoor oder Portland abwarten sollte. Von dem Augenblick an, in dem er seinen gediegenen Anzug gegen die schäbige, gestreifte Sträflingskleidung eintauschen mußte, hatte er seine wachsamen Augen weit offen gehalten. Er war von Natur aus ein findiger und einfallsreicher Mann und hatte nichts anderes im Sinn, als den unangenehmen Folgen seiner Missetaten zu entgehen.

Das Gefängnis von Brychester war altmodisch und seine Wärter etwas nachlässig in der Erfüllung ihrer Pflichten. Medhurst nahm die erste Gelegenheit wahr. Mit etwas Nachhilfe an seinem Zellenschloß, wachsamer Beobachtung der Rundgänge der Männer vom Nachtdienst und einer gründlichen Kenntnis der äußeren Befestigungsanlagen seines Kerkers hatte er ohne große Anstrengungen seine Freiheit wiedererlangt.

Da stand er nun in der Sommerlaube eines dunklen Gartens, ein wenig fröstelnd zwar in den ersten Stunden eines Oktobertages, aber frisch und unternehmungslustig, und überlegte, wie es weitergehen sollte.

Die größte Schwierigkeit, der sich Medhurst wie alle Ausbrecher als erstes gegenübersah, war seine Kleidung. Auch der Mangel an Geld stellte ein Problem dar, aber die Kleiderfrage war am naheliegendsten und wichtigsten. Wenn er erst einen Anzug hatte, konnte er entkommen; er zweifelte nicht daran, daß es ihm auch ohne einen Penny in der Tasche gelingen würde. Natürlich, mit Geld wäre es leichter. Aber die oberste Notwendigkeit blieb Zivilkleidung – und sie mußte erstklassig sein! Er sah außergewöhnlich gut aus – ein großer, vorzüglich gebauter Mann von blendender Erscheinung, wie viele Leute gesehen hatten, als er in der Anklagebank saß. Er wußte, daß er in einer wirklich guten Kleidung – in der er sich von Natur aus wie zu Hause fühlte – weniger Verdacht erregen würde als zum Beispiel in der Garderobe eines Straßenarbeiters oder Handwerkers. Eines war sicher: vor Tagesanbruch mußte er ein paar Kleidungsstücke finden, in denen er aus Brychester entkommen konnte.

Aus Gründen, die hier nicht näher erörtert zu werden brauchen, glaubte Medhurst, daß seine Flucht nicht vor sechs Uhr morgens entdeckt werden würde. Ihm blieben also noch drei Stunden, in denen er etwas in dieser Sache unternehmen mußte. Und da er zu den Leuten gehörte, die eine bevorstehende Arbeit nicht erst auf die lange Bank schieben, schlich er leise aus seinem Versteck und begann, seine Umgebung zu studieren. Er konnte erkennen, daß der Garten, in dem er sich befand, einer von mehreren war, die hinter den wunderlich geformten Giebeln alter Häuser lagen und nach einer Seite hin von den hohen Mauern der Kathedrale von Brychester begrenzt wurden. In diesen Häusern aber wohnten die leitenden kirchlichen Würdenträger von Brychester. Sicher mußte es möglich sein, überlegte er, in eines dieser stillen Heime einzudringen und ein paar einfache, anständige Kleidungsstücke zu ergattern. Und da er wußte, wieviel davon abhing, wollte er es auf jeden Fall versuchen.

Es war sehr ruhig, beinahe schmerzhaft ruhig in diesen geheiligten Schatten. Ein- oder zweimal hörte Medhurst eine Eule von ihrem Schlupfwinkel aus in einem der eingefallenen Gebäude am Rande der Stadt schreien; dann und wann vernahm er schwach das schrille Pfeifen einer entfernten Lokomotive; jede Viertelstunde erklang das helle Geläut der Kirchenglocke über seinem Kopf – aber kein schwerer Schritt eines die Runde machenden Polizisten drang an sein Ohr. In diesen ruhigen Gärten brauchte er wohl kaum eine Entdeckung zu befürchten. Er überkletterte ein oder zwei Mauern, überwand ein oder zwei Bretterzäune und inspizierte die Rückseiten einiger Häuser, stets vorsichtig, stets auf der Hut. Bei einem der größten Häuser fand er schließlich ein offenes Fenster. Es war nicht weit geöffnet – nur ein paar Zentimeter – aber es gab Medhurst die Chance, die er brauchte. In der nächsten Minute hatte er es ganz aufgeschoben, sich durch die Öffnung gezwängt und war leise eingestiegen. Anscheinend befand er sich in einem Flur, der mit weichen Läufern ausgelegt war.

Medhurst hatte sich in letzter Zeit viel im Dunkeln aufgehalten, so daß seine Augen das Sehen darin gewohnt waren. Jeder, der darauf Wert legt, kann sich leicht diese Fähigkeit aneignen; er muß nur geduldig warten, bis die Dunkelheit nicht mehr ganz so undurchdringlich scheint, wie er zuerst glaubt. Die Gegenstände beginnen Form anzunehmen – besonders gegen die Fenster zu – und lassen graduelle Unterschiede der Dunkelheit erkennen. Medhurst fand bald heraus, daß er sich in einem Seitenflur befand, der in die Diele führte. Von dort aus gelangte er an eine breite Treppe. Der Teppichbelag des Flures, der Diele und der Treppe war besonders dick und weich. Sicherheitshalber setzte sich Medhurst aber doch auf eine der untersten Stufen und zog seine Schuhe aus. Er wollte nach oben gehen, wo in solchen Häusern gewöhnlich Bekleidung zu finden ist.

Obwohl er ein großer, schwerer Mann war, stieg Medhurst die Treppe mit weniger Geräusch hinauf, als eine Katze gemacht hätte. Er segnete den Erbauer des Hauses, denn offenbar hatte dieser kein minderwertiges Holz verarbeitet, das auf den leichtesten Druck mit Knarren reagierte. Er segnete auch den

Geschmack des Hausbesitzers, der augenscheinlich Samtflor-Teppiche liebte. Und gerade begann er sich Licht zu wünschen, als er welches sah.

Es war gewiß nicht viel Licht – nur ein kleiner Strahl, der durch eine angelehnte Tür fiel. Medhurst ging auf Zehenspitzen darauf zu, durch eine Stille, wie sie tiefer nicht in den Hallen der angrenzenden Kathedrale herrschen konnte. Hier hatte er zum zweiten Mal Grund, sich herzlich zu gratulieren: die Bewohner des Hauses waren offensichtlich alle gesunde Schläfer. Er stellte sich an die Tür und lauschte. Er blickte durch den schmalen Spalt und sah, daß das Licht von einem Ölofen ausging, der mit halber Stärke brannte. Ihm kam der Gedanke, daß er sich vielleicht in einem Kinderheim befände; daher lauschte er noch intensiver, ob er nicht die leichten Atemzüge eines Kindes hören konnte. Da er jedoch überhaupt kein Geräusch wahrnehmen konnte, drückte er sachte die Tür weiter auf, bis er Kopf und Schultern hindurchschieben konnte. Und da sah er, daß dies ein Ankleidezimmer war. Er zögerte noch etwas, lauschte aufmerksam und glitt dann über die Türschwelle.

Stets geschwind im Erfassen einer Situation, sah Medhurst mit einem einzigen, schnellen Blick die glänzenden Möglichkeiten, die sich ihm hier boten. Er befand sich im Palaste des Bischofs von Brychester! Geziemend auf einer Ankleidebank ausgebreitet, fix und fertig für die Morgentoilette, lagen da die bischöflichen Gewänder – die Hosen, der Schurz, die Gamaschen, die schlichtgeschnittene Alba. Und dort lag die Stola, die bischöfliche Halsbinde und der runde Kragen – einfach alles. Nach dem Morgenbad brauchte der Bischof nur in sein angenehm warmes Ankleidezimmer zu gehen und seine bereitliegenden Gewänder überzustreifen.

›Bischöfe‹, meditierte Medhurst, ›haben zweifellos mehrfach Garderobe zum Wechseln. Jedenfalls werden Seine Hochwürden von Brychester diese Kleider hier nicht mehr finden, wenn Sie sich heute morgen ankleiden wollen.‹

Denn Medhurst sah seine Gelegenheit, seine einmalige Chance: er würde Brychester im bischöflichen Gewand verlassen – in der Maske des rechtmäßigen Bischofs. Er kannte den Bischof vom Ansehen her, denn Seine Hochwürden hatten zu Medhursts Zeit das Gefängnis besucht. In Körperbau und Erscheinung waren sich der Sträfling und der Bischof nicht unähnlich. Beide waren große, gutgebaute und sportlich aussehende Männer. Das paßte ausgezeichnet – ausgezeichnet! An diesem dunklen Herbstmorgen würde niemand in den wenigen Minuten auf dem Bahnhof den echten von dem falschen Bischof unterscheiden können. Das Schicksal meinte es gut mit ihm.

Immer die Ohren gespitzt, streifte Medhurst schnell seine Sträflingskleidung ab und schlüpfte in die bischöflichen Gewänder. Mit dem Schurz, der Halsbinde und den Gamaschen hatte er ein wenig Mühe; aber er war ein geschickter Mann, mit scharfem Verstand und geschmeidigen Fingern, und in wenigen Minuten hatte er sich richtig angezogen. An einer Wand des Zimmers befand sich ein mannshoher Spiegel, und im Dämmerlicht des Zimmers prüfte er darin sein Aussehen und lächelte zufrieden. Aber er lächelte noch mehr, als er sich zum Tisch umwandte und auf dem fleckenlosen Tuch einen Sovereign, einen halben Sovereign und etwas Silbergeld liegen sah. Geräuschlos sammelte er die Münzen ein und versenkte sie in die bischöflichen Hosentaschen, von Herzen dankbar, daß ihr Eigentümer den Inhalt seiner Taschen vor dem Zubettgehen auf den Tisch entleert hatte. Auch hier schien das Schicksal ihn offensichtlich zu begünstigen.

Medhurst brauchte jetzt nur noch drei sehr wichtige Dinge: einen Schal, einen Überzieher und den Doktorhut der Theologie, den Bischöfe stets zu tragen pflegen. Diese, so schloß er, würde er in der Diele finden. Er wollte sich gerade danach auf die Suche machen, als ihm seine Sträflingskleidung einfiel. Er durfte sie keinesfalls hier liegen lassen. Sicher würde es bald herauskommen – in wenigen Stunden bestimmt – daß ein Sträfling aus dem Gefängnis entflohen, in den Palast eingebrochen war und seine Kleider gegen die des Bischofs ausgetauscht hatte. Aber Medhurst wünschte, daß diese Tatsachen so lange wie möglich verborgen blieben. Und auch jetzt war das Glück wieder auf seiner Seite. Er entdeckte ein unauffälliges, abgetragenes Handköfferchen, auf dessen Deckel in verblichenen weißen Buchstaben die Worte ›Der Bischof von Brychester‹ standen. Er setzte es auf einen Stuhl und öffnete es. Darin fand er einen kompletten Sportanzug aus dunkelgrauem Tuch, eine Sportkappe aus demselben Material und verschiedenes Zubehör, wie Hemden, Socken und Krawatten. Dies war augenscheinlich die Ausrüstung, die der Bischof zum Golfspielen bereithielt. Wann immer er Lust dazu verspürte, brauchte er nur das Köfferchen in die Hand zu nehmen und loszumarschieren. Medhurst erblickte darin weitere glänzende Möglichkeiten. Ohne zu zögern zwängte er seine Sträflingskleidung in einen freien Spalt, schloß das Köfferchen und trug es leise in die Diele hinunter.

Hier ging Medhurst ein Risiko ein. Nachdem er eine Zeitlang am Ende der Treppe stehengeblieben war, wagte er es, ein Streichholz anzuzünden. Im kurzen Aufflackern der Flamme sah er den Mantel, den Hut und den Schal. Alle diese Dinge legte er im Dunkeln an. Kein Geräusch drang von oben oder aus dem Erdgeschoß an sein Ohr; das Haus lag ruhig da wie bisher. Und so, komplett ausgerüstet für seine Reise, setzte Medhurst sich auf einen Stuhl neben der Tür und wartete.

Medhurst kannte Brychester. In den Tagen vor Beginn seiner Verbrecherlaufbahn hatte er die Stadt oft besucht; ja, er hatte sogar noch kurz vor seiner Verhaftung eine Woche hier verbracht. Und er wußte, daß jeden Morgen, zehn Minuten nach vier, ein Eilzug den Bahnhof von Brychester verließ, der ein paar Minuten vor sechs in den Victoria-Bahnhof von London einlief. Mit diesem Zug beabsichtigte er zu reisen, als Bischof der hiesigen Diözese. Nach seiner Berechnung würde sich vor sechs Uhr niemand in diesem Hause regen, und danach würde es noch einige Zeit dauern, bis der Diebstahl der bischöflichen Gewänder entdeckt werden würde. Bevor Alarm geschlagen werden konnte, würde er, Medhurst, sicher in der Stadt sein. Er brauchte jetzt nur zu warten, bis die Glocke von der Kathedrale vier schlug. Dann würde er hinausgehen, ruhig durch den Hof der Abtei und zum Bahnhof schreiten, seine Fahrkarte lösen und davonfahren.

Medhurst fand es nicht schwierig, seine Theorie in die Praxis umzusetzen. Beim ersten der vier Glockenschläge öffnete er vorsichtig die Tür, nahm das Handköfferchen auf und stahl sich leise über den Hof und die verlassenen Straßen zu dem kleinen Bahnhof. Und dort lief alles noch reibungsloser ab, als er zu hoffen gewagt hatte. Er hatte sich die bebänderte Krempe des Bischofshutes in die Stirn gedrückt, den Schal bis an die Nase ins Gesicht gezogen und den Kragen des bischöflichen Mantels über die Ohren geschlagen. Nur wenige Leute waren in der halberleuchteten Station, und sowohl der Beamte am

Fahrkartenschalter als auch der unterwürfige Gepäckträger, der ihm das Handköfferchen abnahm und die Tür zu einem Abteil erster Klasse öffnete, hatten nicht den geringsten Zweifel, daß der Herr, dem sie zu einer schnellen Reise verhalfen, der Bischof von Brychester war.

»Bald glaube ich tatsächlich selbst, daß ich der Bischof von Brychester bin«, lachte Medhurst, als der Zug mit zunehmender Geschwindigkeit über das dunkle Land raste. »Na, wenigstens bin ich es für die nächsten zwei Stunden. Ich bin nur neugierig, wie es dann weitergehen wird.«

Als Vorspiel für weitere Unternehmungen untersuchte er die Taschen seines gestohlenen Gewandes. Er fand nichts darin als ein paar Visitenkarten in einer abgetragenen Brieftasche. Darüber war er jedoch nicht betrübt; er sah voraus, daß sie sich später als nützlich erweisen würden. Dann durchsuchte er noch einmal das Köfferchen. Es war nichts darin, was er nicht schon gesehen hatte. Als er die breitgestreifte Sträflingskleidung erblickte, dachte er zuerst daran, sie aus dem Fenster zu werfen, und dann, sie unter den Sitzpolstern zu verbergen. Nach kurzem Überlegen aber ließ er sie im Köfferchen liegen und schloß wieder den Deckel über ihr und dem Anzug des Bischofs.

Der Besitz dieses Anzugs gab Medhurst eine neue Idee. Er wollte das Haus eines alten Freundes in Kent zu erreichen versuchen, eines Freundes, dem er völlig vertrauen konnte. Bestimmt würde es dem Freund gelingen, ihn heimlich auf den Kontinent hinüberzubringen. Er lebte in einem kleinen Dorfe in der Nähe von Sevenoaks, einem so kleinen Dörfchen, daß seine Einwohner sicher ganz aus dem Häuschen geraten würden, wenn sich ein Bischof bei ihnen zeigte. Aber von einem Herrn in unauffälligem Sportjackett und Knickerbockers würden sie wohl nicht besonders Notiz nehmen. Das Nächstliegende war also, die Garderobe zum zweitenmal zu wechseln.

Als der Eilzug in den Victoria-Bahnhof einlief, ergriff Medhurst sein Köfferchen und ging zu einem Taxi hinüber, das fast genau gegenüber der Stelle stand, wo sein Abteil zum Stillstand gekommen war. Der Morgen dämmerte gerade erst, und der Chauffeur war noch ganz verschlafen. Er sah so etwas wie einen kirchlichen Würdenträger in vollem Ornat und mit einem komischen Hut, sprang von seinem Sitz und öffnete die Tür.

»Fahren Sie mich zum Hotel«, sagte der angebliche Würdenträger mit vom Schal gedämpfter Stimme. Der Chauffeur fuhr zum Grosvenor-Hotel, sein Fahrgast stieg aus, nahm sein Köfferchen und sprach nur zwei Worte: »Warten Sie!«

Der Chauffeur legte grüßend die Hand an die Mütze, und Medhurst trat in die Halle, wo er von einem unterwürfigen Bediensteten in Empfang genommen wurde, der einen Bischof wohl von einem gewöhnlichen Sterblichen unterscheiden konnte.

»Ich möchte ein Zimmer«, sagte Medhurst, »in dem ich meine Kleider wechseln kann. Und bitte, senden Sie mir ein Kännchen Kaffee hinauf. Ich möchte nämlich heute morgen zum Golfspielen aufs Land fahren und muß mir dazu einen passenden Anzug anziehen. Mein Köfferchen werde ich hierlassen und es gegen Abend abholen kommen – natürlich auch, um mich wieder umzuziehen. Selbstverständlich berechnen Sie mir das Zimmer für den ganzen Tag.«

Eine knappe halbe Stunde später kam Medhurst, der sich in Zivil wesentlich wohler fühlte, in die Halle hinunter und wollte wieder sein Taxi besteigen. Er hatte die Hand schon auf dem Türdrücker, als er plötzlich überrascht stehenblieb. Durch die Glasscheibe der Tür sah er das Taxi abfahren. Und darin, sich gerade bequem in die Polster zurücklehnend, saß – ein Bischof!

Medhurst blickte sich vorsichtig um. Außer ein oder zwei Dienstmächen, die mit Saubermachen beschäftigt waren, befand sich niemand in der Halle. Auf einem Ständer in der Nähe des Fensters, neben der Anmeldung, lag das Gästebuch. Medhurst ging hinüber, öffnete die schweren Deckel und sah die letzten Eintragungen durch. Unter dem Datum des vorhergehenden Tages fand er eine Zeile, die sich für ihn auffällig unter den übrigen hervorhob:

›Der Bischof von Tuscaloosa und Mrs. Sharpe-Benham.‹

Medhurst schloß das schwere Buch und wandte sich leise grinsend ab. Er verstand jetzt die Situation. Und er begann seinen Sternen zu danken, daß ein ungewöhnlich dämmeriger Morgen, ein verschlafener Chauffeur und die Gegenwart eines Kolonialprälaten hier in diesem Hotel, der zweifellos eine Frühmesse besuchen wollte, seine eigene Lage um vieles vereinfachten. Äußerst zufrieden mit sich und der Welt, verließ er das Hotel und schlenderte hinaus in die ungewohnte Freiheit der Straßen.

Der Chauffeur, den Medhurst angewiesen hatte, vor dem Hotel zu warten, hatte seinem Fahrgast keine besondere Aufmerksamkeit gewidmet. Mit den Besonderheiten geistlicher Gewandung war er nicht sehr vertraut; gewiß konnte er keinen Dekan von einem Archidiakon unterscheiden, geschweige denn einen Archidiakon von einem Bischof. Er wußte nur, daß es auch Geistliche gab, die Gamaschenhosen trugen (wie er es nannte) und die Krempen ihrer Hüte mit Bändern über dem Kopf zusammengebunden hatten, und daß diese Leute große Nummern in ihrer Laufbahn darstellten.

Er sah den Herrn in das Hotel gehen und glaubte, es wäre sein Fahrgast, der zwanzig Minuten später eilig wieder herauskam, schnell in den Wagen sprang und ihn beauftragte, geschwind zur Sankt-Paul's-Kathedrale zu fahren. Er hatte nicht die geringste Ahnung, daß es nicht sein Fahrgast von vorhin, sondern der echte Bischof von Tuscaloosa war, ein Kolonialprälat, der fünf Minuten vor sieben in Sankt Paul's sein mußte, ein wenig verschlafen hatte und nun aus dem Hotel und in das erste beste Taxi stürzte, das er sah.

Und als er seinen echten Prälaten bei Sankt Paul's absetzte und Gelegenheit hatte, ihn einmal näher zu betrachten, hielt er ihn immer noch für denselben, den er vor gerade einer Stunde aus dem Eilzug von Brychester am Victoria-Bahnhof übernommen hatte. Der Bischof von Tuscaloosa blickte zur Uhr von Sankt Paul's hinauf und wandte sich zu dem Chauffeur.

»Sie könnten eigentlich auf mich warten«, sagte er. »Ich werde nicht sehr lange hierbleiben, und danach möchte ich noch woanders hinfahren.«

Selbst jetzt fiel dem Chauffeur kein Unterschied auf. Er warf nur noch einen Blick hinter der großen, athletischen Gestalt her, die dort die Treppen von Sankt Paul's hinaufstürmte (Sharpe-Benham war in der Zeit vor Antritt seines Kolonialdienstes ein bekannter Mann auf den Sportplätzen Englands gewesen), zündete seine Pfeife an und kaufte sich von einem vorübergehenden Zeitungshändler ein Morgenblatt. Dann setzte er sich bequem auf seinen Sitz, um zu warten bis der Bischof seine Besorgungen oder seine Andacht beendet hätte. Vierzig Minuten später – er las noch an den letzten Meldungen vom Pferderennen – trat der Bischof in Begleitung eines anderen

Geistlichen wieder aus der Kathedrale. Der andere Geistliche machte eine witzige Bemerkung über die Sündhaftigkeit des Wartenlassens von Taxis, während die Taxameter unkontrolliert weiterliefen.

»Ich weiß – ich weiß«, erwiderte der Bischof lächelnd. »Aber ich muß noch ein schönes Stück weit in den Ostteil der Stadt fahren, und dieses Taxi ist so gut und bequem, daß ich beschlossen habe, es zu behalten.«

Der andere Geistliche lachte, schüttelte dem Bischof die Hand und ging in Richtung auf das Dekanat fort. Der Bischof wandte sich wieder dem Chauffeur zu.

»Ich möchte«, sagte er, »daß Sie mich zur Sankt-Hedwigs-Kirche in East Ham fahren. Das ist ein weiter Weg, nicht wahr?«

Der Chauffeur faltete die Zeitung zusammen und stopfte sie in die Tasche.

»Eine ganz nette Strecke, Sir«, antwortete er. »Wo liegt diese Kirche denn ungefähr?«

»Das müssen wir ausfindig machen, wenn wir nach East Ham kommen«, sagte der Bischof. »Aber – ich glaube, ich muß erst einmal etwas frühstücken, bevor ich mich auf einen so weiten Weg mache.« Er unterbrach sich einen Moment und blickte sehnsüchtig auf die großen Gebäude ringsherum. »Hier gibt es wohl kein Restaurant oder so etwas ähnliches?« fragte er dann.

»Cannon Street Bahnhofshotel, Sir«, schlug der Chauffeur vor. »Eben um die Ecke. Frühstücken Sie dort, Sir.«

»Das«, erwiderte der Bischof, indem er in das Taxi kletterte, »ist ausgezeichnet. Fahren wir also zuerst dorthin.«

Der Chauffeur lenkte seinen Wagen zur Cannon Street, zeigte seinem Fahrgast den Hoteleingang und schickte sich an, weiter zu warten. Der Bischof, von

Natur aus ein freundlicher Mensch, blickte seinen Fahrer nachdenklich an.

»Vielleicht würden Sie auch gern frühstücken?« fragte er. »Wenn ja, bitte, tun Sie es. Ich werde sicher auch eine Dreiviertelstunde dazu brauchen.«

»Danke sehr, Sir«, sagte der Chauffeur. Er warf einen Blick auf seine Uhr und stellte fest, daß es kurz vor acht war. »Zwanzig vor neun bin ich wieder hier, Sir«, fuhr er fort. »Hab' bis jetzt auch noch kein Frühstück gehabt!« fügte er mit einem Grinsen hinzu.

Der Bischof lächelte, nickte und schritt in das Hotel. Mit der Höflichkeit, die seiner Würde gebührte, geleitete man ihn in das Frühstückszimmer. Er bestellte sein Essen und bat um die *Times*. Dann widmete er sich bequem und zufrieden seinem Frühstück und nahm sich dabei Zeit. Der Kellner, der ihn bediente, hatte ihm einen Platz in der Nähe des Kamins verschafft. Ganz in seine augenblickliche Beschäftigung vertieft, schenkte der Bischof den anderen Personen im Raum keine Aufmerksamkeit. Auf keinen Fall aber bemerkte er einen großen Mann mit dienstlichem Gesichtsausdruck, der ruhig eintrat und unter dem Vorwand eines allgemeinen Überblicks ihn, den Bischof, forschend betrachtete.

Um viertel vor neun legte der Bischof die *Times* linkerhand und die Serviette rechterhand vor sich hin und fingerte in der Tasche herum, in der er für gewöhnlich einige Münzen bereithielt. Zu seinem Schrecken fand er die Tasche leer. Hastig faßte er nach seiner Brieftasche, in der er stets ein oder zwei größere Scheine für Notfälle bei sich führte. Aber auch die Brieftasche war nicht da – alle seine Taschen waren leer. Dann erinnerte er sich plötzlich, daß er in der Eile seines verspäteten Aufstehens sein loses Geld, seine Börse, seine Brieftasche und alle seine Kleinigkeiten auf dem Ankleidetisch im Hotel hatte liegen lassen. Das war unangenehm, aber schließlich kein großes Unglück. Er winkte dem Oberkellner, der ihm mit respektvoller Zurückhaltung die Rechnung präsentierte.

»Es tut mir leid, aber ich habe meine Börse und alle meine Habseligkeiten im Grosvenor-Hotel liegen lassen, wo ich abgestiegen bin«, sagte der Bischof. »Ich mußte heute morgen sehr eilig aufbrechen, um eine Verabredung in Sankt Paul's einzuhalten. Aber mein Taxi wartet draußen, und ich will sofort den Fahrer schicken, meine Börse zu holen.«

Der Oberkellner erwiderte, das wäre in Ordnung, und der Bischof spazierte aus dem Frühstückszimmer, etwas ärgerlich über sich selbst, weil er zehn Minuten über seine Zeit geschlafen hatte. Er ging die Treppen hinunter und wollte gerade in den Bahnhof treten, wo er das Taxi auf sich warten sah, als jemand ihn überholte und mit einer höflichen, aber frostigen Verbeugung stoppte. Es war der Mann mit dem dienstlichen Gesicht, der ihn von der Tür des Frühstückszimmers aus beobachtet und mit dem Oberkellner ein paar Worte gewechselt hatte, als er hinausging.

»Darf ich Sie bitte sprechen, Sir?« fragte er.

Der Bischof war überrascht. In der Stimme des Mannes lag eine gewisse Festigkeit, welche die Bitte fast wie einen Befehl klingen ließ. Der Bischof, ein heißblütiger Mann, fühlte sein Gesicht langsam erröten.

»Sie möchten mit mir sprechen?« fragte er zurück.

»Bitte«, erwiderte der Mann. Er deutete auf die Tür eines Seitenzimmers und lud den Bischof mit einer leichten Verbeugung ein, einzutreten.

»Es tut mir leid«, fuhr er dann in demselben festen und frostigen Ton fort; »aber ich habe gehört, daß Sie Ihre Rechnung nicht bezahlt haben?«

Des Bischofs Gesicht wurde noch um einige Grade dunkler.

»Wirklich!« rief er aus. »Das ist – – –« Aber dann nahm er sich zusammen; schließlich lag der Fehler ja bei ihm. »Ich habe gerade Ihrem Oberkellner erklärt, daß ich nach meiner Börse schicken werde«, fuhr er fort. »Ich habe sie auf meinem Ankleidetisch liegen lassen, da ich heute morgen sehr in Eile war. Draußen wartet mein Taxi – der Fahrer wird sie mir holen.«

Der Mann mit dem dienstlichen Gesicht schien immer noch argwöhnisch zu bleiben. Er musterte das bischöfliche Gewand.

»Sie sind der Bischof von – – –« begann er fragend.

»Ich bin der Bischof von Tuscaloosa«, antwortete dieser ziemlich schroff.

»Wo liegt das?« forderte der Frager, fester als je zuvor.

»Wirklich, wirklich!« rief der Bischof aus. »Das ist – mein guter Mann, nehmen Sie tatsächlich an, daß – – –«

»Ich nehme nichts an«, erwiderte der andere. »Ich bitte Sie nur um eine Auskunft. Sie kommen daher, machen eine Rechnung, gehen hinaus ohne zu zahlen, und – um aufrichtig zu sein – ich kann Ihnen auch gleich verraten, daß ich ein Polizeibeamter bin. Die Tatsachen des Falles sind«, fuhr er fort, als ein weiterer furchteinflößender Mann den Raum betrat, »die Tatsachen des Falles sind, daß in den frühen Morgenstunden des heutigen Tages in den Palast des Bischofs von Brychester eingebrochen wurde. Der Täter ist ein entflohener Sträfling, der mit dem Vieruhrzug in den Kleidern des Bischofs von Brychester entkommen sein soll, Sie aber entsprechen der Beschreibung dieses Sträflings.«

Dem Bischof verschlug es die Sprache. Ganz plötzlich jedoch mußte er lachen.

»Mein Gott, Herr!« rief er aus. »Das ist doch lächerlich! Völlig lächerlich! Ich bin der Bischof von

Tuscaloosa, und das liegt in Kanada. Gegenwärtig wohne ich im Grosvenor-Hotel. Ich bin gerade von der Sankt-Paul's-Kathedrale gekommen, wo ich vielen Mitgliedern des Kapitels gut bekannt bin. Der Chauffeur draußen wird Ihnen bestätigen, daß er mich gerade vom Grosvenor-Hotel gefahren hat, und – – –«

Der erste Mann gab dem zweiten ein Zeichen, der daraufhin den Raum verließ und einen Augenblick später mit dem Fahrer des Taxis zurückkam. Der erste Mann lenkte die Aufmerksamkeit des Fahrers auf den Bischof.

»Von wo haben Sie diesen Herrn gefahren?« fragte er ohne Umschweife.

Mit Anzeichen steigenden Verdachts blickte der Fahrer alle drei der Reihe nach an. »Nun, zuletzt von Sankt Paul's«, antwortete er, »und davor vom Grosvenor-Hotel, und davor vom Victoria-Bahnhof!«

Der Bischof war wie vom Donner gerührt.

»Vom Victoria-Bahnhof!« rief er aus. »Mein guter Mann, Sie haben mich nicht vom Victoria-Bahnhof gefahren! Sie haben mich – – –«

Der Fahrer schöpfte nun vollends Verdacht; bis jetzt hatte er noch kein Geld von dem Bischof gesehen. Und außerdem hatte er zwanzig Minuten vor dem Grosvenor-Hotel warten müssen.

»Ha, habe ich nicht!« rief er aus. »Ich habe Sie wohl nicht vom Ankunftsbahnsteig im Victoria zum Grosvenor gefahren, wie, wo ich dann zwanzig Minuten warten mußte? O nein!« Er zog ein höhnisches Gesicht, als er sah, wie der Hase lief, und wandte sich dann an die beiden Männer.

»Er kam mit dem Eilzug aus Brychester im Victoria an«, fuhr er fort. »Mit dem, der kurz vor sechs einläuft – klar, mit dem ist er gekommen!«

Die Detektive nahmen den unglücklichen Bischof

in ihre Mitte. Sie zweifelten nicht daran, daß sie einen geschickten, wenn auch vom Glück begünstigten Fang gemacht hatten. Und es lag ganz in der Natur der Dinge, daß sie ihren Gefangenen zur nächsten Polizeiwache führten.

Medhurst schlenderte nachdenklich vom Hotel in Richtung auf die Victoria Street. Seine nächsten Schritte, nahm er sich vor, mußten ihn endgültig in die Freiheit führen. Inzwischen würde man sein nächtliches Treiben im Palast zu Brychester entdeckt haben. Nun – einige Zeit würde es noch dauern, bis die örtliche Polizei sich mit London in Verbindung gesetzt haben würde. Man würde ausfindig machen – nichts leichter als das –, daß er Brychester mit dem Vieruhrzug verlassen hatte. Na schön, aber selbst dann hatte er nach seiner Berechnung noch ein oder zwei Stunden Vorsprung. Als erstes mußte er jedenfalls zu seinem vertrauenswürdigen Freund gelangen. Und plötzlich erinnerte er sich daran, daß sein Freund ein Büro in London hatte, gleich neben dem Mansion House, dem Amtssitz des Oberbürgermeisters. Warum sollte er sich nicht dorthin begeben, anstatt das Risiko einer Eisenbahnfahrt nach Kent einzugehen? Die Hauptstationen würde man bewachen; er sollte sich besser nicht in ihrer Nähe sehen lassen, bevor er nicht nochmals die Kleidung gewechselt hatte.

Medhurst machte sich also auf den Weg zur City. Er stieg zur U-Bahn hinab und löste eine Fahrkarte zum Mansion House. Zwischen der Menschenmenge, die sich auf dem Wege zu Büros und Geschäften befand, fühlte er sich sicher; wie sehr sich die Polizei auch anstrengen mochte, ihn wieder einzufangen, sie konnte doch nicht Streifen in jede Straße von London schikken. Er würde bis gegen neun Uhr durch die City bummeln, dann würde sein Freund wohl in seinem Büro angelangt sein. Medhurst erinnerte sich, daß sein Freund ein Frühaufsteher war, der stets mit einem der ersten Züge hereinzukommen pflegte. Er hatte jetzt keine Befürchtungen mehr – alles schien in der Tat glatt zu gehen.

In der U-Bahn machte Medhurst eine interessante Entdeckung. In der Brusttasche des Sportjacketts fand er ein Zigarrenetui. Vier ungewöhnlich erlesene Zigarren steckten darin. Im Nu hatte er eine angezündet und genoß sie mit dem prickelnden Reiz und dem Behagen eines Mannes, der seit langen, mühseligen Wochen keinen Tabak mehr gekostet hatte. Aber während er das Etui untersuchte, bevor er es in die Tasche zurücksteckte, entdeckte er noch etwas anderes. In einem kleinen Seitenschlitz für Briefmarken oder ähnliche Kleinigkeiten fand er zwei unausgefüllte Schecks auf die ›Brychester and County Bank‹. Ihr rechtmäßiger Besitzer, der Bischof, war offensichtlich ein vorsichtiger Mann, der für unvorhergesehene Fälle vorsorgte. Falls er einmal Bargeld brauchte, würde selbstverständlich jedermann gern einen Scheck von einem Bischof einlösen.

Medhurst lachte über diese Entdeckung. Im Augenblick allerdings waren die Schecks nicht besonders interessant für ihn. Er steckte sie also an ihren Platz zurück, das Zigarrenetui in seine Tasche und rauchte mit großem Genuß, bis die U-Bahn in den Mansion-House-Bahnhof einlief. Dort stieg er aus und ging hinauf in die Straßen, die sich bereits mit geschäftigen Menschen zu füllen begannen.

Es war unwesentlich für ihn, wohin er während der nächsten Stunde ging. Er bummelte also in der Gegend herum, gab aber dabei acht, daß es so aussah, als habe er ein bestimmtes Ziel vor Augen. Er schlenderte an der Bank vorbei, um die Guildhall herum und an der Post vorbei in die Aldersgate. Durch verschiedene kleine Nebenstraßen gelangte er nach Smithfield; hier wendete er sich nach Süden und wanderte bis Ludgate Hill. Während er dort herumstrich, blieb er vor dem Schaufenster einer Buchhandlung stehen; auf einem Bord, direkt vor seinen Augen, lag dort ein Buch, dessen Hülle und Titelblatt besonders herausgestellt waren. Das Titelblatt verriet, daß es sich um ein Werk über Leichtathletik und Christentum handelte, verfaßt von dem Bischof von Brychester. Auf der Buchhülle befand sich eine Photographie des hochwürdigen Autors und darunter ein Faksimile seiner Unterschrift.

Medhurst war ein Mann von schneller Auffassungsgabe und geschwind im Ergreifen günstiger Gelegenheiten. Diesmal offenbarte sich ihm eine besondere Chance. In seiner Tasche ruhten zwei von des Bischofs Schecks, und vor seinen Augen lag eine ausgezeichnete Reproduktion der Unterschrift des Bischofs. In der Tat, eine selten gute Gelegenheit, denn Medhurst war ein Experte im Fälschen von Handschriften. Das war auch der Grund, weswegen er mit dem Gesetz in Konflikt geraten war. Und die Gesetzeshüter waren so sehr von seiner Geschicklichkeit auf diesem Gebiet beeindruckt, daß sie es für gut hielten, ihn auf etliche Jahre in Regionen zu verbannen, wo seine Fähigkeit keinen Schaden anrichten konnte. Der Richter, der ihm sein Geschick verkündet hatte, war sogar so unfreundlich gewesen, trocken und lakonisch zu bemerken, daß in der Geschichte der Menschheit schon viele Fälscher mit dem Galgen und dem Henker Bekanntschaft geschlossen hätten.

Medhurst faßte nach seinem losen Geld und trat in den Laden. Sein ausgeprägter Sinn für Humor ließ ihn lächeln, als er das Buch des Bischofs mit dessen eigenem Geld kaufte. Es war ein kleines, dünnes und elegantes Büchlein – lediglich ein Nachdruck von zwei oder drei Vorlesungen, die der Bischof vor jungen Männern gehalten hatte. Er ließ es in eine Außentasche seines Jacketts gleiten und ging weiter. An seinem erstgefaßten Plan festhaltend, schlenderte er wieder die Straßen hinauf und hinunter, jedoch immer in leicht erreichbarer Nähe des Häuserblocks neben dem Mansion House, in dem sein vertrauter Freund sein Büro hatte. Aber Medhurst hatte eine Aufgabe zu erledigen, ein Abenteuer zu bestehen, bevor er zu seinem Freund ging – er beabsichtigte, von seiner kriminellen Fähigkeit im Handschriftennachahmen Gebrauch zu machen.

Schließlich ging er in ein Teehaus und bestellte sich ein leichtes Frühstück. Bis es ihm gebracht wurde, studierte er gründlich das Faksimile von des Bischofs Unterschrift. Sie war leicht nachzuahmen und ohne markante Besonderheiten; sie hatte keine Ähnlichkeit mit der Schrift eines Literaten oder eines Gelehrten, sondern eher mit der eines nüchternen Geschäftsmannes: geradlinig und ohne Kringel, Schnörkel oder verlängerte Grundstriche. Als Medhurst sein einfaches Frühstück beendet hatte, kannte er diese Handschrift so genau, trug er ihr Bild so fest in seinem Gehirn, daß er davon überzeugt war, sie originalgetreu auf einem Scheck wiederholen zu können – selbst der Bischof würde Mühe haben, eine Fälschung zu erkennen.

Medhurst machte sich sofort ans Werk. Er dachte an ein wohlbekanntes Juweliergeschäft in der Cheapside, wo er seinen Plan ausführen wollte. Das Geschäft hatte außerdem den unschätzbaren Vorteil, ganz in der Nähe des Häuserblocks zu liegen, in dem er nach gelungener Transaktion zu verschwinden gedachte. Mit größter Gelassenheit betrat er den Laden. Der Geschäftsführer, der den schlicht gekleideten Mann mit dem Kragen eines Geistlichen für einen Landpfarrer hielt, der in seinem dörflichen Habitus in die Stadt gekommen war, grüßte ihn höflich. Aber Medhurst beraubte den Geschäftsführer schnell dieses Eindrucks. Indem er die abgetragene Brieftasche hervorzog, legte er eine Visitenkarte des Bischofs von Brychester auf die Glasplatte des Ladentisches. Der Geschäftsführer verbeugte sich ein zweites Mal, höflicher noch als zuvor, und bot seinem hohen Besuch einen Stuhl an.

»Ich habe häufig Ihre Uhren in den Zeitungsanzeigen gesehen«, sagte der vermeintliche Bischof, »und da ich noch etwas Zeit habe, bevor ich zum Golfspielen aufs Land fahre, wollte ich Sie einmal besuchen und mir Ihre Auswahl ansehen. Ich möchte nämlich meinem Hauskaplan, der just zu diesem Amt befördert worden ist, ein Geschenk machen. Dabei dachte ich, eine gute Uhr – aus Gold, natürlich – würde sich am besten dazu eignen. Wie ich schon sagte, habe ich Ihre Zeitungsanzeigen gesehen. Ich glaube, Sie haben da eine sehr gute Hunter-Uhr für ungefähr – etwas unter vierzig Pfund?«

Der Geschäftsführer beeilte sich, seinem Kunden eine Anzahl goldener Uhren in verschiedenen Preislagen vorzulegen. Medhurst sah sie sich sorgfältig und mit Interesse an, während er sich dabei freundlich mit dem Geschäftsführer unterhielt. Schließlich wählte er ein elegantes und zugleich brauchbares Stück aus, das mit etwas über vierunddreißig Pfund angezeichnet war. Dann zog er einen Scheck aus der Tasche.

»Ich will Ihnen diesen Scheck auf fünfzig Pfund ausstellen«, bemerkte er, als der Geschäftsführer ihm Tinte und Feder brachte. »Vielleicht können Sie mir den Differenzbetrag herausgeben?«

»Mit Vergnügen, Hochwürden«, antwortete der

Geschäftsführer. Er hegte keinen Zweifel an der Identität seines Besuchers. Hatte er nicht des Bischofs Visitenkarte empfangen? Lag da nicht, neben den Handschuhen des Bischofs, ein Exemplar seines Buches, *Leichtathletik und Christentum*, mit des Bischofs Unterschrift? Er händigte ihm fünfzehn Pfund und sieben Schillinge aus und dankte ihm für seine Kundschaft.

Medhurst deutete eine würdige Verbeugung an und ließ sein gewinnendstes Lächeln sehen. Dann blickte er auf eine Uhr hinter dem Ladentisch und begann sich zu beeilen.

»Du meine Güte!« rief er aus. »Ich habe ja nur noch wenig Zeit, um meinen Zug in der Cannon Street zu erreichen. Ich muß mich sputen.«

Der Geschäftsführer flitzte um den Ladentisch und öffnete mit einer tiefen Verbeugung die Tür.

»Eben um die Ecke, Hochwürden«, sagte er. »Eure Lordschaft werden es in zwei Minuten schaffen.«

Medhurst lächelte, nickte dankend und trat schnell hinaus. Er ging auch um die Ecke, die der Geschäftsführer ihm gezeigt hatte. Dann aber ging er um noch zwei Ecken und verschwand in einem Gebäudewirrwarr, der nach dem Prinzip eines Kaninchenbaus angelegt zu sein schien. Innerhalb von fünf Minuten, nachdem er das Juweliergeschäft verlassen hatte, befand er sich im Privatbüro seines guten Freundes, der selbst gerade gekommen war und sich nun beeilte, die Tür hinter ihnen beiden zu schließen.

Inzwischen war der Geschäftsführer, nachdem er den vermeintlichen Bischof um die Ecke gehen sehen hatte, in den Laden zurückgetreten. Er rieb sich die Hände vor Befriedigung, daß der Tag so gut begonnen hatte.

Plötzlich sah er das Buch und die Handschuhe –

Medhurst hatte sie völlig vergessen – die auf dem Ladentisch liegengeblieben waren. Er griff sie schnell auf, rief seinen Gehilfen ein paar Worte zu und lief hinter seinem Kunden her. Er sauste die Bucklersbury hinunter, schoß über die Queen Victoria Street, raste den Walbrook entlang und stürzte in gefährlichen Sätzen über die Cannon Street und in den Bahnhof hinein. Er war fast atemlos, als er suchenden Blicks an die Sperre des Abfahrtsbahnsteigs gelangte.

»Haben Sie einen Bischof hindurchgehen sehen?« keuchte er, als er sich dem Fahrkartenkontrolleur näherte. »Ein großer Mann – der Bischof von Brychester!«

Der Fahrkartenkontrolleur warf dem Geschäftsführer einen vielsagenden Blick zu.

»Heut früh wurde hier so ein Kerl verhaftet, der sich Bischof von Brychester nannte«, grollte er. »Hat im Hotel die Zeche geprellt, der Bursche. Sich vollstopfen und dann nicht bezahlen wollen – das lieb' ich! Wollen Sie ihn sehen? Dann gehen Sie mal zur Polizeiwache hinüber.«

Dem Geschäftsführer des Juwelierladens wurde plötzlich sehr übel. Seine Gedanken schwammen. Er ging hinaus. Genauso plötzlich aber faßte er sich wieder. Der Zechpreller konnte nicht derselbe Mann sein, der ihn gerade besucht hatte – unmöglich! Trotzdem, er würde sich nichts dabei vergeben, wenn er die Polizeiwache aufsuchte. Er kannte dort ein paar Beamte. Da es ihn interessierte, wie dieses ungewöhnliche Zusammentreffen zustande gekommen war, ging er also hin, um ihnen seine Geschichte zu erzählen.

Der Polizeibeamte, dem der Geschäftsführer sein Erlebnis berichtete, lauschte schweigend – um auch noch danach ein paar Minuten schweigend zu verharren.

»Gerade eben passiert?« fragte er plötzlich.

»Vor einer knappen halben Stunde«, antwortete der Geschäftsführer. Er lächelte tapfer. »Selbstverständlich war der meine der richtige Bischof«, sagte er. »Aber wo haben Sie Ihren Mann – den Betrüger?«

Der Beamte winkte ihm mit dem Finger.

»Kommen Sie mit – hier entlang!« sagte er.

Er geleitete den Geschäftsführer in einen gewissen sicheren Raum, in welchem der unglückliche Bischof von Tuscaloosa seinen ungläubigen Bewachern immer noch ernste Vorhaltungen machte. Doch im selben Augenblick, als sie durch die eine Tür eintraten, wurde durch die gegenüberliegende ein hoher geistlicher Würdenträger geführt, der in der City bekannt war wie Sankt Paul's selbst; bei seinem Anblick verstummte respektvoll jegliches Gespräch im Raum.

Mit ausgestreckten Händen schritt er auf den Kolonialprälaten zu.

»Mein lieber Bischof!« rief er aus. »Welch ein jammervoller, welch ein lächerlicher Irrtum! Welch ein unglücklicher – – –«

Der Polizeibeamte, der den Geschäftsführer in den Raum gebracht hatte, zog ihn plötzlich mit sich hinaus.

»Schnell, schnell!« sagte er. »Kommen Sie und beschreiben Sie den Burschen, von dem Sie erzählt haben! Das ist unser Mann! Wir müssen uns ihm sofort auf die Fersen setzen! Kommen Sie! Was sagten Sie, wohin ist er gegangen? Aber natürlich ist er da nicht hingegangen – der nicht!«

In diesem Punkt hatte der Polizeibeamte völlig recht. Medhurst, der inzwischen zum dritten Mal seine Kleidung gewechselt hatte, fuhr in diesem Augenblick ruhig und mit begründeter Hoffnung auf gutes Gelingen seiner endgültigen Freiheit entgegen.

BARONESS ORCZY

Der rätselhafte Todesfall in der Percy Street

I

Miss Polly Burton hatte sich schon häufig mit Mr. Richard Frobisher wegen des alten Mannes in der Ecke gestritten, der viel interessanter und verteufelt rätselhafter zu sein schien als irgendeines der Verbrechen, über die er philosophierte.

Überdies war Dick der Meinung, daß Miss Polly jetzt mehr von ihrer Freizeit in jenem Tea-room verbrachte als früher in seiner Gesellschaft, und er sagte ihr das mit jenem köstlichen Ausdruck einfältig-schüchternen Schmollens, den jeder Mann ausnahmslos aufsetzt, wenn er eifersüchtig ist und es nicht zugeben will.

Polly sah Dick gern eifersüchtig, aber sie mochte auch die alte Vogelscheuche im Tea-room sehr gut leiden, und wenn sie auch Mr. Richard Frobisher von Zeit zu Zeit allerlei unbestimmte Versprechungen machte, trieb es sie doch unwiderstehlich Tag für Tag in den Tea-room an der Norfolk Street, Strand, wo sie ihren Kaffee in kleinen Schlucken genoß und so lange sitzen blieb, wie es dem Mann in der Ecke zu reden gefiel.

An diesem Nachmittag ging sie mit dem festen Entschluß in den Tea-room, ihm seine Ansicht über den rätselhaften Tod der Mrs. Owen in der Percy Street zu entlocken.

Die Begleitumstände dieses Falles hatten ihr Interesse geweckt und sie darüber nachdenken lassen. Unzählige Male hatte sie sich mit Mr. Richard Frobisher über die drei möglichen Lösungen des Rätsels auseinandergesetzt: ›Unfall, Selbstmord, Mord?‹

»Unfall oder Selbstmord kommt auf keinen Fall in Frage«, sagte der alte Mann trocken.

Polly war es gar nicht zum Bewußtsein gekommen, daß sie gesprochen hatte. Was für eine unheimliche Art dieser Kerl doch hatte, ihre Gedanken zu lesen!

»Sie neigen also zu der Annahme, daß Mrs. Owen ermordet wurde. Kennen Sie etwa den Täter?«

Er lachte und zog das Stück Schnur aus der Tasche, mit dem er stets herumspielte, wenn die Lösung eines Rätsels ihn beschäftigte.

»Sie möchten wohl gern wissen, wer die alte Frau ermordet hat?« fragte er schließlich.

»Ich würde gern Ihre Ansicht zu diesem Thema hören«, antwortete Polly.

»Ich habe keine«, sagte er trocken. »Niemand kann wissen, wer die alte Frau umgebracht hat, weil niemand den Täter gesehen hat. Niemand kann auch nur die blasseste Beschreibung des Mannes geben, der diese raffinierte Tat vollbracht und die Polizei an der Nase herumgeführt hat.«

»Aber Sie müssen sich doch eine persönliche Theorie über den Fall gebildet haben«, beharrte sie.

Es ärgerte sie, daß der merkwürdige Kerl in dieser Sache so verschlossen war, und sie versuchte seine Eitelkeit zu reizen.

»Demnach hat also Ihre ursprüngliche Bemerkung: ›Es gibt keine Rätsel‹ keine Allgemeingültigkeit; denn hier haben wir ein Rätsel – den geheimnisvollen Todesfall in der Percy Street, und Sie können es genau so wenig lösen wie die Polizei.«

Er zog die Augenbrauen hoch und sah sie einige Augenblicke unverwandt an.

»Sie müssen zugeben, daß jener Mord eines der gerissensten Stücke außerhalb der russischen Diplomatie war«, sagte er mit einem nervösen Lachen. »Wenn ich als Richter das Todesurteil über den Mann fällen sollte, der diesen Mord ausgetüftelt hat, ich könnte es einfach nicht. Ich würde den Herrn höflich bitten, in unseren Auswärtigen Dienst einzutreten – wir brauchen dringend solche Leute. Die ganze *mise en scène* war im höchsten Grade künstlerisch, würdig ihres Milieus – der Rubens-Ateliers in der Percy Street, Tottenham Court Road.

Sind sie Ihnen jemals aufgefallen? Eigentlich sind es nur dem Namen nach Ateliers; sie bestehen lediglich aus einer Zimmerflucht in einem Eckhaus, in dem man die Fenster ein wenig vergrößert hat und nun für die zusätzlichen fünf Zoll trüben Tageslichtes, das durch die staubigen Scheiben fällt, eine entsprechend höhere Miete erhebt. Im Erdgeschoß befindet sich das Auftragsbüro und dahinter die Werkstatt einer Buntglasschleiferei, und gleich neben dem Treppenabsatz im ersten Stockwerk liegt ein kleines Zimmer, das von der Hauswartin mietefrei bewohnt wird; außerdem bezieht sie Gas und Kohlen frei und fünfzehn Schilling die Woche. Für dieses fürstliche Einkommen hat sie das Haus sauber und ordentlich zu halten.

Mrs. Owen, die damalige Hauswartin, war eine gesetzte und angesehene Frau, die ihren kümmerlichen Lohn durch allerlei – meist sehr mager ausfallende – Trinkgelder ergänzte, die ihr zögernd von mittellosen Künstlern für verschiedene private Dienstleistungen in den betreffenden Ateliers und in der Nachbarschaft ausgesetzt wurden.

Doch wenn Mrs. Owens Einkünfte auch nicht hoch waren, so kamen sie doch sehr regelmäßig, und sie hatte keine ausgefallenen Ansprüche. Sie und ihr Kakadu lebten von ihrem Lohn, und alle Trinkgelder, die im Laufe der Jahre zusammenkamen und nie ausgegeben wurden, flossen in ein beruhigendes kleines Sparkonto in der Birkbeck Bank. Dieses kleine Konto war mit der Zeit zu einer recht ansehnlichen Summe gewachsen, und die sparsame Witwe – oder alte Jungfer; niemand wußte Genaueres über ihren Stand – galt bei den jungen Künstlern der Rubens-Ateliers allgemein als ›vermögende Dame‹. Aber ich schweife ab.

Außer Mrs. Owen und ihrem Kakadu schlief niemand in dem Haus, und die Mieter lieferten in der Regel jeden Abend ihre Schlüssel im Zimmer der Hauswartin ab, wenn sie ihre Räume verließen. Früh am Morgen pflegte sie dann die Ateliers und das Büro im Erdgeschoß sauberzumachen, Feuer anzulegen und Kohlen hinaufzutragen.

Der Werkmeister der Glasschleiferei betrat gewöhnlich am Morgen als erster das Haus. Er besaß einen Hausschlüssel, und nachdem er hineingegangen war, ließ er die Tür zur Straße offen, damit die andern Mieter und ihre Besucher hereinkonnten.

Wenn er gegen neun Uhr kam, fand er Mrs. Owen gewöhnlich mit ihrer Hausarbeit beschäftigt, und häufig schwatzte er dann noch ein wenig mit ihr über das Wetter; aber am Morgen jenes 2. Februars sah und hörte er sie nicht. Da jedoch saubergemacht war und das Feuer brannte, nahm er an, daß Mrs. Owen früher als sonst mit ihrer Arbeit fertiggeworden war, und dachte nicht weiter darüber nach. Einer nach dem anderen erschienen auch die Mieter der Ateliers, und der Tag verging, ohne daß es jemandem besonders aufgefallen wäre, daß die Hauswartin überhaupt nicht auf der Bildfläche erschien.

Die Nacht war bitterkalt gewesen, und der Tag noch schlimmer; ein beißender Sturm blies aus Nordost, und während der Nacht war viel Schnee gefallen, der jetzt in einer dicken Schicht den Boden bedeckte.

Um fünf Uhr nachmittags, als der letzte Schimmer des fahlen, winterlichen Tageslichtes erloschen war, schoben die Jünger von Pinsel und Palette ihre Staffeleien beiseite und machten sich auf den Heimweg. Als erster ging Mr. Charles Pitt; er schloß sein Studio ab und brachte, wie gewöhnlich, seinen Schlüssel zum Zimmer der Hauswartin.

Er hatte kaum die Tür geöffnet, als ihm ein eisiger Wind ins Gesicht schlug; beide Fenster standen weit offen, und Schnee und Graupeln trieben haufenweise ins Zimmer, wo sie bereits einen weißen Teppich auf dem Fußboden gebildet hatten.

Das Zimmer lag im Halbdunkel, und Mr. Pitt konnte zuerst nichts sehen, erkannte aber instinktiv, daß irgend etwas nicht stimmte, und zündete ein Streichholz an: in dem flackernden Licht sah er die Spuren jener furchtbaren und rätselhaften Tragödie, die seitdem Polizei und Öffentlichkeit so viel Kopfzerbrechen bereitet. Auf dem Fußboden, schon halb von dem hereintreibenden Schnee bedeckt, lag die Leiche von Mrs. Owen, mit dem Gesicht nach unten; sie hatte ein Nachthemd an, das Füße und Knöchel frei ließ, die wie ihre Hände von der Kälte purpurrot gefärbt waren. In einer Ecke des Zimmers lag, vom Frost erschlagen, steif und zusammengekrümmt der Kadaver des Kakadus. «

II

» Zuerst sprach man nur von einem schrecklichen Unfall als Folge einer unerklärlichen Unvorsichtigkeit, die vielleicht in der Beweisaufnahme während der Leichenschau zutage kommen würde.

Ärztlicher Beistand kam zu spät; die unglückliche Frau war bereits tot, in ihrem eigenen Zimmer erfroren. Eine genauere Untersuchung ergab, daß sie einen starken Stoß oder Schlag gegen den Hinterkopf erhalten haben mußte, der sie wahrscheinlich betäubt und vor dem offenen Fenster zu Fall gebracht hatte, wo sie hilflos liegen geblieben war. Die Temperatur von fünf Grad unter Null hatte den Rest getan. Detektivinspektor Howell entdeckte dicht neben dem Fenster den schmiedeeisernen Arm einer Gaslampe, dessen Höhe genau der Beule an Mrs. Owens Hinterkopf entsprach.

Doch schon nach wenigen Tagen wurde die Neugier der Öffentlichkeit durch einige aufsehenerregende Schlagzeilen gespeist, wie sie nur die billigen Abendzeitungen zusammenbrauen können.

Der rätselhafte Mordfall in der Percy Street! Ist es Selbstmord oder Mord? Schauerliche Einzelheiten – Merkwürdige Enthüllungen! Sensationelle Verhaftung!

Geschehen war aber einfach folgendes: bei der gerichtlichen Untersuchung waren einige wirklich recht merkwürdige Einzelheiten aus Mrs. Owens Leben an den Tag gekommen, die zu der Verhaftung eines jungen Mannes aus sehr angesehener Familie geführt hatten, da zwischen ihm und dem tragischen Tod der unglücklichen Hauswartin eine gewisse Verbindung zu bestehen schien.

Es ergab sich, daß ihr Leben, das normalerweise sehr eintönig und regelmäßig hätte verlaufen sollen, zumindest in letzter Zeit recht bewegt und aufregend gewesen zu sein schien. Alle Zeugen, die sie in dieser Zeit gekannt hatten, sagten übereinstimmend aus, daß seit Oktober letzten Jahres eine große Veränderung mit der angesehenen und ehrenwerten Frau eingetreten sei.

Ich besitze zufällig ein Photo von Mrs. Owen, wie sie vor dieser großen Veränderung in ihrem ruhigen und ereignislosen Leben ausgesehen hat, die für das arme Wesen zu so entsetzlichen Folgen führte.

So also hat sie ausgesehen«, fuhr der sonderbare Kauz fort und legte das Photo vor Polly auf den Tisch – »so achtbar, plump und uninteressant wie ein Exemplar Ihres reizenden Geschlechts nur sein kann; kein Gesicht, wie Sie zugeben werden, das einen jungen Mann in Versuchung führen oder zu einem Verbrechen verleiten könnte.

Jedenfalls waren sämtliche Mieter der Rubens-Ateliers äußerst überrascht und schockiert, als sie eines schönen Tages Mrs. Owen – die stille, angesehene Mrs. Owen – gegen sechs Uhr abends mit einem extravaganten Hütchen und in einem mit imitiertem Astrachan besetzten Mantel fortrauschen sahen, der etwas offen stand und ein goldenes Medaillon und eine Kette von erstaunlichen Ausmaßen freiließ.

Die verschiedenartigsten Kommentare, Andeutungen und bissige Bemerkungen wurden von den frivolen Kunstjüngern über die brave Frau losgelassen.

Die Gerüchte nahmen zu, als von dem Tage an eine völlige Veränderung im Wesen der angesehenen Hauswartin der Rubens-Ateliers sichtbar wurde. Während sie Tag für Tag in neuen, extravaganten Kleidern vor den staunenden Augen der Mieter und den empörten Blicken der Nachbarinnen erschien, vernachlässigte sie hoffnungslos ihre Arbeit und war stets ausgegangen, wenn man sie brauchte.

Natürlich gab es in den Studios der Rubens-Ateliers viel Gerede und Geklatsche über Mrs. Owens ›ausschweifenden Lebenswandel‹. Die Mieter begannen zwei und zwei zusammenzuzählen, und schon nach ganz kurzer Zeit wurde allgemein die Ansicht vertreten, daß der Beginn des moralischen Abstiegs der geachteten Hauswartin auf die Woche, ja fast auf den Tag genau mit dem Einzug des jungen Greenhill in Studio Nr. 8 zusammenfiel.

Es war jedermann aufgefallen, daß er abends viel länger als alle anderen blieb, und niemand glaubte, daß er das nur zum Arbeiten tat. Der Verdacht wurde bald zur Gewißheit, als einer der Glasschleifer Mrs. Owen und Arthur Greenhill beim gemeinsamen Abendessen im Restaurant Gambia in der Tottenham Court Road sah.

Dem Arbeiter, der an der Bar eine Tasse Tee trank, fiel besonders auf, daß die Rechnung aus Mrs. Owens Geldbeutel beglichen wurde. Das Mahl war verschwenderisch gewesen: Kalbsfilets, Desserts, Kaffee und Likör. Als das Paar schließlich das Restaurant in offensichtlich sehr fröhlicher Stimmung verließ, rauchte der junge Greenhill eine erlesene Zigarre.

Unregelmäßigkeiten dieser Art mußten früher oder später Mr. Allman zu Ohren kommen, dem Eigentümer der Rubens-Ateliers; und einen Monat nach Neujahr kündigte er ihr ohne jede vorhergehende Mahnung: innerhalb einer Woche hatte sie sein Haus zu verlassen.

»Mrs. Owen schien nicht im geringsten bestürzt zu sein, als ich ihr kündigte«, sagte Mr. Allman später vor Gericht aus; »im Gegenteil, sie erzählte mir, daß sie über reichliche Mittel verfüge und in letzter Zeit nur noch gearbeitet habe, um sich mit etwas zu beschäftigen. Sie fügte hinzu, daß sie eine Menge Freunde habe, die sich um sie kümmern würden, denn sie besäße ein hübsches kleines Sümmchen, das sie dem vererben wolle, der sie ›richtig zu nehmen verstünde‹.

Doch ungeachtet dieser fröhlichen Unterredung hatte Miss Bedford, die Mieterin von Studio Nr. 6, ausgesagt, sie habe Mrs. Owen weinend gefunden, als sie gegen halb sieben an diesem Abend ihren Schlüssel in das Zimmer der Hauswartin brachte. Sie habe sich weder trösten lassen noch Miss Bedford die Ursache ihres Kummers anvertrauen wollen.

Vierundzwanzig Stunden später fand man sie tot.

Die amtliche Totenschau kam zu keinem Urteil, und Detektivinspektor Jones wurde von der Polizei beauftragt, einige Nachforschungen über den jungen Mr. Greenhill anzustellen, dessen enge Beziehungen zu der unglücklichen Frau allgemein bekannt waren.

Der Detektiv gelangte bei seinen Erkundigungen bis zur Birkbeck Bank. Dort stellte er fest, daß Mrs. Owen nach ihrer Unterredung mit Mr. Allman alles Geld von ihrem Konto abgehoben hatte: ungefähr 800 Pfund, den Ertrag von fünfundzwanzig Jahren Sparen und Knausern.

Aber das unmittelbare Ergebnis der Arbeit von Detektivinspektor Jones war, daß der Lithograph Mr. Arthur Greenhill vor das Bezirksgericht in der Bow Street gebracht wurde, unter der Anklage, daß zwischen ihm und dem Tod der Mrs. Owen, Hauswartin der Rubens-Ateliers in der Percy Street, eine Verbindung bestehe.

Leider ist diese Gerichtsverhandlung eine der wenigen interessanten, die ich unglücklicherweise versäumen mußte«, fuhr der Mann in der Ecke mit nervösem Schulterzucken fort. »Aber Sie wissen genau so gut wie ich, was für einen ungünstigen Eindruck die Haltung des jungen Häftlings auf Richter und Polizei machte, so daß seine Lage mit jedem neuen Zeugen immer schwieriger wurde.

Er war ein gutaussehender, kräftig gebauter junger Bursche und sprach jenen gräßlichen Cockney-Akzent, der einen buchstäblich zusammenzucken läßt. Aber er sah verstört und nervös aus, stotterte bei jedem Wort und gab völlig unzusammenhängende Antworten.

Sein Vater hatte seine Verteidigung übernommen, ein derb aussehender älterer Mann, der eher den Eindruck eines unbedeutenden Provinzanwalts als den eines Londoner Strafverteidigers machte.

Die Polizei hatte ziemlich starkes Beweismaterial

gegen den Lithographen gesammelt, wenn auch das Zeugnis des Polizeiarztes zunächst nichts Neues erbrachte: Mrs. Owen war durch Erfrieren gestorben, da der Schlag auf den Hinterkopf nicht stark genug gewesen war, um mehr als eine vorübergehende Bewußtlosigkeit hervorzurufen. Als man den Polizeiarzt gerufen hatte, war der Tod schon seit einiger Zeit eingetreten; er konnte unmöglich bestimmen, ob vor einer, fünf oder zwölf Stunden.

Aussehen und Zustand des Zimmers, als Mr. Charles Pitt die unglückselige Frau fand, wurden nochmals in allen Einzelheiten durchgesprochen. Die Kleider, die Mrs. Owen an diesem Tag getragen hatte, waren säuberlich zusammengelegt auf einem Stuhl gefunden worden, und der Schlüssel zu ihrem Schrank steckte in ihrer Schürzentasche. Die Zimmertür war nur leicht angelehnt, aber beide Fallfenster hatten weit offengestanden; eines, dessen Gewichtsleine gerissen war, fand man höchst kunstvoll mit einem Stück Schnur hochgebunden.

Mrs. Owen hatte sich offensichtlich ausgezogen, um schlafen zu gehen, und der Richter ließ natürlich bald die Bemerkung fallen, wie unhaltbar die Theorie eines Unfalls sein müsse. Niemand, der seine fünf Sinne beisammen habe, würde sich bei einer Temperatur unter Null bei weit geöffneten Fenstern entkleiden.

Nach diesen einleitenden Feststellungen wurde der Kassierer der Birkbeck Bank aufgerufen, der den Besuch der Hauswartin in der Bank schilderte.

›Es war gegen ein Uhr‹, begann er seine Aussage. ›Mrs. Owen trat ein und präsentierte einen auf sich selbst ausgestellten Scheck über 827 Pfund, den Saldo ihres Sparkontos. Sie machte einen außerordentlich glücklichen und frohen Eindruck und erzählte, daß sie jetzt so viel Bargeld benötige, da sie zu ihrem Neffen ins Ausland ziehen und ihm in Zukunft den Haushalt führen wolle. Ich mahnte sie, vorsichtig im Umgang mit einer so großen Summe zu sein und sich nicht unüberlegt davon zu trennen, wie es Frauen ihres Standes sehr leicht tun. Sie erklärte lachend, daß sie nicht nur jetzt genügend vorsichtig damit sei, sondern auch fürallle Zukunft vorsorgen wolle; noch am selben Tage ginge sie zu einem Notar, um ein Testament aufzusetzen.‹

Die Aussage des Kassierers kam gewiß äußerst überraschend, da man im Zimmer der Witwe nicht die geringste Spur von Geld gefunden hatte; zwei der Noten jedoch, die Mrs. Owen an jenem Tag in der Bank erhalten hatte, wurden von dem jungen Greenhill am Tage nach ihrem rätselhaften Tod ausgegeben. Mit der einen bezahlte er einen Anzug in einem Bekleidungsgeschäft im West End, die andere wechselte er im Postamt in der Oxford Street.

Danach mußte alles wichtige Beweismaterial noch einmal auf seine Bedeutung im Hinblick auf die engen Beziehungen zwischen dem jungen Greenhill und Mrs. Owen überprüft werden. Er hörte mit dem Ausdruck schmerzlichster Nervosität zu, mit buchstäblich grünem Gesicht, und seine Lippen schienen trocken und aufgesprungen zu sein, denn er fuhr wiederholt mit der Zunge darüber; und als der Wachtmeister E 18 aussagte, er habe den Angeklagten um zwei Uhr morgens am 2. Februar an der Ecke Percy Street und Tottenham Court Road gesehen und gesprochen, fiel der junge Greenhill fast in Ohnmacht.

Die Polizei behauptete nun, daß die Hauswartin in jener Nacht, bevor sie zu Bett ging, ermordet und beraubt worden sei, und zwar von dem jungen Greenhill, der offensichtlich die einzige Person sei, mit der die Frau engere Beziehungen unterhalten habe; darüberhinaus sei es unumstößlich erwiesen, daß er sich zu einer ungewöhnlich späten Nachtstunde des fraglichen Datums in unmittelbarer Nähe der Rubens-Ateliers aufgehalten habe.

Sein Bericht über sich und den Verlauf jener Nacht konnte gewiß nicht sehr zufriedenstellend genannt werden. Wie er erklärte, war Mrs. Owen eine Verwandte seiner verstorbenen Mutter. Er selbst sei Lithograph von Beruf und verfüge über viel Freizeit, die er zugegebenermaßen zum Teil dazu genutzt habe, die alte Frau an verschiedene Vergnügungsstätten zu führen. Er habe ihr oft vorgeschlagen, sie solle ihre niedrige Arbeit aufgeben und zu ihm ziehen; aber unglücklicherweise habe sie mehr auf ihren Neffen gehört, einen Mann namens Owen, der die gutmütige Frau auf jede nur mögliche Weise ausgenützt und sich mehr als einmal an ihrem Sparkonto bei der Birkbek Bank vergriffen haben.

Von dem Anklagevertreter in ein strenges Kreuzverhör über diesen angeblichen Verwandten der Mrs. Owen genommen, gab der junge Greenhill zu, daß er ihn nicht kenne – ihn sogar niemals gesehen habe. Er wisse lediglich, daß er Owen heiße. Seine Hauptbeschäftigung habe darin bestanden, die gutherzige alte Frau auszunehmen; aber er habe sie nur abends besucht, wenn er sie allein wußte, und immer nur, wenn alle Mieter der Rubens-Ateliers das Haus bereits verlassen hatten.

Ich weiß nicht, ob Ihnen hier überhaupt auffällt – wie damals dem Richter und dem Anklagevertreter – daß zwischen dieser Aussage und der des Kassierers der Birkbeck Bank über seine letzte Unterhaltung mit Mrs. Owen ein direkter Widerspruch bestand. ›Ich gehe ins Ausland zu meinem Neffen, dem ich den Haushalt führen werde‹, hatte die unglückselige Frau gesagt.

Aber trotz seiner Nervosität und seinen sich manchmal widersprechenden Antworten bestand der junge

Greenhill fest auf diesem Punkt seiner Aussage, daß ein Neffe in London existiere, der seine Tante häufig besucht habe.

Doch die Äußerungen der ermordeten Frau konnten vor Gericht nicht als Beweismittel gelten. Mr. Greenhill senior erhob diesen Einwand und fügte hinzu: ›Vielleicht existieren ja zwei Neffen‹, was Richter und Anklagevertreter nicht abstreiten konnten.

Über die Nacht unmittelbar vor Mrs. Owens Tod sagte Greenhill aus, daß er mit ihr im Theater gewesen sei, sie danach nach Hause gebracht und anschließend mit ihr in ihrem Zimmer zu Abend gegessen habe. Bevor er sie um zwei Uhr morgens verließ, habe sie ihm ohne jede Veranlassung 10 Pfund geschenkt und dazu gesagt: ›Ich bin ja für dich so etwas wie eine Tante, Arthur, und wenn ich es dir nicht gebe, wird es doch nur Bill bekommen.‹

Zu Beginn des Abends sei sie ziemlich niedergedrückt gewesen, später aber sichtlich fröhlicher geworden.

›Haben Sie überhaupt von ihrem Neffen oder über ihre Geldangelegenheiten gesprochen?‹ fragte der Richter.

Wieder zögerte der junge Mann, sagte dann aber: ›Nein! Sie hat weder Owen noch ihre Geldangelegenheiten erwähnt.‹

Und wenn ich mich recht erinnere – denn wie ich schon sagte, war ich ja bei der Verhandlung nicht anwesend –, wurde die Sitzung hier vertagt. Aber das Gericht wollte keine Freilassung auf Kaution gewähren. Greenhill sah mehr tot als lebendig aus, als man ihn wieder abführte – wenn auch alle bemerkten, daß Mr. Greenhill senior einen entschlossenen und überhaupt nicht besorgten Eindruck machte. Während der Verteidigung seines Sohnes hatte er den Polizeiarzt und ein oder zwei andere Zeugen im Kreuzverhör sehr geschickt über die Stunde, zu der Mrs. Owen noch gelebt haben mußte, zu verwirren versucht.

Er strich ganz besonders heraus, daß die übliche Morgenarbeit im ganzen Haus getan war, als die Mieter eintrafen. Wäre es glaubwürdig – argumentierte er –, daß eine Frau diese Arbeit am späten Abend verrichtete, wenn sie doch ins Theater gehen und sich aus diesem Grunde gut anziehen wolle? Das war sicher eine recht nette Spitze gegen den Anklagevertreter, der jedoch prompt erwiderte: genau so glaubwürdig wie die Annahme, daß eine Frau ihrer Lebensweise sich nach getaner Arbeit um neun Uhr früh bei geöffneten Fenstern entkleide, während der Schnee in ihr Zimmer fegt.

Anscheinend konnte Mr. Greenhill senior aber jede gewünschte Anzahl Zeugen herbeischaffen, die zu einem hieb- und stichfesten Alibi seines Sohne nötig waren – und sei es auch nur ein zufälliger Passant, der die ermordete Frau irgendwann nach jenem verhängnisvollen Zeitpunkt um zwei Uhr morgens lebend gesehen hatte.

Er war jedoch ein fähiger, seriöser Mann, und ich glaube beinahe, daß der Richter Mitgefühl für seine unentwegten Bemühungen um die Rettung seines Sohnes empfand. Er gewährte eine Woche Vertagung der Verhandlung, womit Mr. Greenhill völlig zufriedengestellt schien.

Unterdessen hatten die Zeitungen bereits viel über das Rätsel in der Percy Street geschrieben und dieses Thema fast erschöpft. Wie Sie zweifellos aus eigener Erfahrung wissen, hatten zahllose Debatten über die zur Entscheidung stehenden Alternativen stattgefunden: *Unfall? Selbstmord? Mord?*

Nach einer Woche wurde die Verhandlung gegen den jungen Greenhill also wieder aufgenommen. Natürlich war der Gerichtssaal gedrängt voll. Man brauchte nicht sehr scharfsinnig zu sein, um auf den ersten Blick festzustellen, daß der Häftling hoffnungsvoller und sein Vater regelrecht erleichtert aussahen.

Wieder wurde zuerst eine Menge unbedeutenderen Beweismaterials aufgerollt, als plötzlich die große Wendung für die Verteidigung erfolgte. Mr. Greenhill rief Mrs. Hall auf, die Inhaberin einer Konditorei in der Percy Street gegenüber den Rubens-Ateliers. Sie gab an, sie habe am 2. Februar um acht Uhr morgens, während sie ihr Schaufenster zurechtmachte, die Hauswartin der Ateliers gegenüber gesehen, wie sie auf den Knien ganz wie gewöhnlich die Eingangsstufen säuberte, Kopf und Körper in ein Umschlagtuch gehüllt. Auch ihr Mann habe Mrs. Owen gesehen, und sie hätte noch zu ihm gesagt, wie froh sie sei, daß ihr Laden gekachelte Stufen habe, die sie an einem so kalten Morgen nicht aufzuwischen brauchte.

Mr. Hall, ihr Mann, bestätigte diese Aussage, und triumphierend präsentierte Mr. Greenhill eine dritte Zeugin, Mrs. Martin aus der Percy Street, die morgens um sieben Uhr dreißig von ihrem Fenster im zweiten Stock die Hauswartin gesehen hatte, wie sie vor ihrer Haustür Fußmatten ausschüttelte. Die Beschreibung, die diese Zeugin von Mrs. Owens Aufmachung mit dem Schal um den Kopf gab, stimmte Punkt für Punkt mit der von Mr. und Mrs. Hall überein.

Danach war Mr. Greenhills Aufgabe leicht; sein Sohn hatte an jenem Morgen um acht Uhr zu Hause beim Frühstück gesessen – nicht nur er, sondern auch seine Hausangestellten konnten das bezeugen.

Das Wetter sei an jenem Tag so bitterkalt gewesen, daß Arthur sich vom Morgen bis zum Abend nicht aus dem Haus gerührt habe. Mrs. Owen sei jedoch nach acht Uhr morgens an diesem Tag ermordet worden, da drei Personen sie zu dieser Zeit noch lebend gesehen hätten; daher könne sein Sohn Mrs. Owen nicht ermordet haben. Die Polizei müsse den Mörder anderswo suchen oder sich der ursprünglich von der Öffentlichkeit vertretenen Meinung beugen, daß Mrs. Owen durch eigenes Ungeschick einem schrecklichen Unfall erlegen sei oder vielleicht sogar bewußt auf so außergewöhnliche und tragische Weise ihren Tod gesucht habe.

Bevor der junge Greenhill schließlich freigesprochen wurde, verhörte man noch ein oder zwei Zeugen, von denen der wichtigste der Werkmeister der kleinen Glasschleiferei war. Wie er sagte, sei er um neun Uhr in den Rubens-Ateliers erschienen und dort den ganzen Tag tätig gewesen. Er versicherte nachdrücklich, daß ihm an jenem Tage zwar keine verdächtige Person beim Durchqueren der Vorhalle besonders aufgefallen sei, fügte jedoch mit einem Lächeln hinzu: ›Aber natürlich sitze ich nicht da und beobachte jeden, der die Treppen hinauf- und heruntergeht; dazu bin ich zu beschäftigt. Die Haustür bleibt immer offen, so daß jeder herein und hinaus kann, der den Weg kennt.‹

Daß über dem Tod von Mrs. Owen jedoch ein Rätsel liegt, davon ist die Polizei weiterhin überzeugt – und ob der junge Greenhill den Schlüssel dazu besitzt oder nicht, hat sie bis auf den heutigen Tag nicht herausgefunden.

Ich könnte sie über den Grund der Verstörtheit des jungen Lithographen bei der Gerichtsverhandlung aufklären, aber ich versichere Ihnen, ich lege keinen Wert darauf, der Polizei ihre Arbeit abzunehmen. Warum sollte ich auch? Greenhill wird nie unter ungerechten Verdächtigungen zu leiden haben. Er und sein Vater allein wissen – außer mir –, in was für einer schrecklichen, fast aussichtslosen Lage er sich um ein Haar befunden hätte.

Der junge Mann erreichte an jenem Morgen erst

gegen fünf Uhr seine Wohnung. Seine letzte Bahn war fort, und er mußte zu Fuß gehen, verirrte sich und lief stundenlang in Hampstead umher. Versuchen Sie einmal, sich in seine Lage zu versetzen, wenn die ehrbaren Zuckerbäckersleute aus der Percy Street Mrs. Owen nicht gesehen hätten, ›wie sie, in ein Umschlagtuch gehüllt, auf den Knien ihre Eingangsstufen säuberte‹!

Übrigens ist Mr. Greenhill senior auch Notar und hat ein kleines Büro in der John Street, Bedford Row. Am Nachmittag vor ihrem Tode hatte Mrs. Owen jenes Büro aufgesucht und ein Testament aufgesetzt, in dem sie all ihre Ersparnisse dem jungen Lithographen Arthur Greenhill vermachte. Hätte dieses Testament sich in anderen Händen befunden, wäre es natürlich im Laufe der Verhandlung als Beweismaterial aufgetaucht und als weiteres Glied der Kette befunden worden, die Arthur Greenhill beinahe an den Galgen gebracht hätte – das ›fehlende Glied eines äußerst starken Motivs‹.

Man braucht sich also nicht zu wundern, daß der junge Mann leichenblaß und nervös war, bis es sich über jeden Zweifel erhaben herausstellte, daß die ermordete Frau noch Stunden nach Greenhills Rückkehr unter dem sicheren Dach seines Heimes gelebt hatte.

Ich sah Sie lächeln, als ich ›ermordet‹ sagte«, fuhr der alte Mann in der Ecke fort, der nun, da er sich dem Höhepunkt und der Enthüllung in seiner Geschichte näherte, zusehends erregter wurde. »Ich weiß, daß die Öffentlichkeit nach der Freisprechung von Arthur Greenhill sich mit der Vermutung zufrieden gab, das Rätsel in der Percy Street sei ein Unfall – oder ein Selbstmord.«

»Nein«, entgegnete Polly, »Selbstmord auf keinen Fall, und zwar aus zwei sehr ersichtlichen Gründen.«

Er sah sie einigermaßen erstaunt an. Sie vermutete, daß er über ihren Versuch verblüfft war, sich eine eigene Meinung zu bilden.

»Und darf ich fragen, worin Ihrer Meinung nach diese Gründe bestehen?« erkundigte er sich sehr sarkastisch.

»Da ist zunächst die Geldfrage«, antwortete sie – »hat man inzwischen noch etwas davon aufgespürt?«

»Nicht eine einzige Fünfpfundnote«, erwiderte er kichernd; »das ganze Geld wurde während der Weltausstellung in Paris umgesetzt. Sie haben keine Ahnung, wie einfach das in einem Hotel oder in einer der kleineren Wechselstuben ist!«

»Dieser Neffe war ein gerissener Schurke«, bemerkte sie.

»Sie glauben also an die Existenz dieses Neffen?«

»Warum sollte ich daran zweifeln? Es muß jemand gegeben haben, der das Haus genügend kannte, um am hellichten Tage ohne Aufmerksamkeit zu erregen darin herumlaufen zu können.«

»Am hellichten Tage?« fragte er kichernd.

»Jedenfalls irgendwann nach acht Uhr dreißig morgens.«

»Demnach glauben Sie also auch an die ›in ein Umschlagtuch gehüllte Hauswartin‹, die ihre Eingangsstufen scheuerte?« fragte er.

»Aber – –«

»Es ist Ihnen also trotz des Trainings, das Ihre Unterhaltung mit mir Ihnen vermittelt haben muß, nicht aufgefallen, daß jene Person, die sorgfältig alle Hausarbeit in den Rubens-Ateliers verrichtete, Feuer machte und die Kohlen hinauftrug, dies lediglich tat, um Zeit zu gewinnen – damit der Frost auch wirklich ganze Arbeit leiste und Mrs. Owen nicht vor ihrem tatsächlichen Tode vermißt würde?«

»Aber – –«, wollte Polly wieder einwenden.

»Es ist Ihnen also nicht aufgefallen, daß eine der wichtigsten Voraussetzungen eines erfolgreichen Verbrechens darin besteht, die Polizei über den wahren Zeitpunkt des Verbrechens irrezuführen. Das war, wenn Sie sich erinnern, auch der ausschlaggebende Punkt bei dem Mord im Regent's Park.

Auch in diesem Fall könnte der ›Neffe‹ – da wir seine Existenz zugeben – ein genau so gutes Alibi nachweisen wie der junge Greenhill, wenn man ihn jemals finden sollte – was ich jedoch bezweifle.«

»Aber ich verstehe nicht – –«

»– – wie der Mord ausgeführt wurde?« meinte er eifrig. »Sicher werden Sie sich selbst ein Bild davon machen können, da Sie ja die Existenz des ›Neffen‹ annehmen – eines Taugenichtses, vielleicht –, der die gutmütige Frau nach Kräften ausnützt. Er terrorisiert und bedroht sie so sehr, daß sie glaubt, ihr Geld sei selbst auf der Birkbeck Bank nicht mehr sicher. Frauen ihrer Herkunft sind manchmal fähig, sogar der Bank von England zu mißtrauen. Jedenfalls hebt sie ihr Geld ab. Wer weiß, was sie in nächster Zukunft damit vor hatte?

Auf jeden Fall will sie es nach ihrem Tode für einen jungen Mann sichergestellt wissen, den sie gern mag und der ihre Zuneigung zu gewinnen verstanden hat. An jenem Nachmittag kommt der Neffe, bettelt und fordert mehr Geld; sie streiten sich; die arme Frau bricht in Tränen aus und läßt sich nur vorübergehend durch einen kurzweiligen Theaterbesuch trösten.

Um zwei Uhr morgens verläßt sie der junge Greenhill. Zwei Minuten später klopft der Neffe an ihre Tür. Er kommt mit der glaubwürdigen Erklärung, seine letzte Bahn verpaßt zu haben, und bittet um ein Notlager irgendwo im Hause. Die gutmütige Frau weist ihm ein Sofa in einem der Studios an und will anschließend in aller Ruhe zu Bett gehen. Der Rest ist ganz einfach und zwangsläufig. Der Neffe schleicht sich in das Zimmer seiner Tante zurück und findet sie im Nachthemd stehen; er verlangt unter Gewaltandrohung Geld; entsetzt weicht sie zurück, stolpert, schlägt mit dem Kopf gegen den Arm der Gaslampe und fällt bewußtlos zu Boden, während der Neffe die Schlüssel sucht und sich die 800 Pfund aneignet. Sie werden zugeben, daß die folgende Inszenierung eines Genies würdig ist.

Kein Kampf, nicht die üblichen scheußlichen Begleitumstände eines Verbrechens, nur die offenen Fenster, der bitterkalte Nordost und der dicht fallende Schnee – zwei stumme Verbündete, stumm wie der Tod.

Geistesgegenwärtig macht sich der Mörder danach im Hause zu schaffen; er verrichtet ihre Arbeit, damit Mrs. Owen zumindest in allernächster Zeit nicht vermißt wird. Er wischt Staub und räumt auf; einige Stunden später schlüpft er sogar in Rock und Mieder seiner Tante, hüllt Kopf und Schultern in ein Umschlagtuch und läßt sich kühn von den bereits aufgestandenen Nachbarn sehen, die ihn natürlich für Mrs. Owen halten. Dann geht er zurück in ihr Zimmer, kleidet sich wieder um und verläßt ruhig das Haus.«

»Er hätte dabei gesehen werden können.«

»Zweifellos ist er von zwei oder drei Leuten gesehen worden, aber keiner dachte sich etwas dabei, als er um diese Zeit einen Mann das Haus verlassen sah. Es war sehr kalt, der Schnee fiel dicht, und da er einen Schal über dem unteren Teil seines Gesichtes trug, würde es keinem dieser Leute gelingen, ihn zu identifizieren.«

»Und von diesem Mann hat man nie wieder etwas gesehen oder gehört?« fragte Polly.

»Er ist wie vom Erdboden verschwunden. Die Polizei sucht ihn, und vielleicht wird sie ihn eines Tages finden – dann wird die Gesellschaft von einem der erfindungsreichsten Menschen des Jahrhunderts befreit sein. «

III

Er hatte aufgehört zu sprechen, in Gedanken versunken. Das junge Mädchen schwieg ebenfalls. Eine Erinnerung, zu vage noch, um eine bestimmte Form anzunehmen, bedrängte sie hartnäckig – ein Gedanke hämmerte in ihrem Gehirn und quälte ihre Nerven: das unerklärliche Gefühl, daß sie sich an irgend etwas im Zusammenhang mit diesem scheußlichen Verbrechen erinnern müsse, etwas – wenn es ihr doch nur einfiele! –, das ihr den Schlüssel zu diesem tragischen Rätsel geben und wenigstens diesmal zum Triumph über diese eingebildete und ironische Vogelscheuche in der Ecke verhelfen würde.

Er beobachtete sie durch seine große Hornbrille, und sie konnte die Fingergelenke seiner dürren Hände sehen, die sich gerade über der Tischkante unablässig hin- und her-, hin- und herbewegten, bis sie sich unwillkürlich fragen mußte, ob es wohl in der ganzen Welt noch einmal zehn so geschickte Finger gäbe, die in der Lage wären, jene Knoten zu lösen, die seine dürren Hände in dieses Stück Schnur flochten.

Und dann sah Polly plötzlich – die Erinnerung stieg förmlich aus dem Nichts empor – die ganze Szene hell und klar wie von einem Blitz erleuchtet vor sich: Mrs. Owen lag tot im Schnee vor ihren offenen Fenstern; eines, dessen Gewichtschnur gerissen war, hatte jemand höchst kunstvoll mit einem Stück Bindfaden befestigt. Sie erinnerte sich an das Gerede, das damals über diese improvisierte Gewichtsschnur stattgefunden hatte.

Das war nach der Freisprechung des jungen Greenhill gewesen, als man die Möglichkeit eines Selbstmordes bereits gänzlich gestrichen hatte.

Polly erinnerte sich, daß die Zeitungen Photos von diesem wunderbar geknoteten Stück Schnur gebracht hatten, das so geschickt konstruiert war, daß das Gewicht des Rahmens die Knoten nur noch enger ziehen und so das Fenster offenhalten mußte. Sie erinnerte sich, daß die Leute allerlei Vermutungen von dieser improvisierten Gewichtsschnur ableiteten, hauptsächlich aber, daß der Mörder ein Seemann sei – so wunderbar, so kompliziert, so zahlreich waren die Knoten, die den Fensterrahmen sicherten.

Doch Polly wußte es jetzt besser. Im Geist sah sie jene Finger, doppelt nervös von der furchtbaren inneren Erregung, wie sie zuerst mechanisch, ja gedankenlos ein Stück Bindfaden ergriffen, um damit das Fenster hochzubinden; doch die Gewohnheit war stärker – das Mädchen hatte es vor Augen: die hageren, gegeschickten Finger spielten unablässig mit dem Stück Schnur, flochten Knoten an Knoten, wunderbarer und komplizierter, als sie es je gesehen hatte.

»Wenn ich Sie wäre«, sagte sie, ohne einen Blick in seine Ecke zu wagen, »würde ich mir abgewöhnen, dauernd Knoten in ein Stück Schnur zu machen.«

Polly erhielt keine Antwort – und als sie schließlich aufblickte, war die Ecke leer, und durch die Glastür hinter der Theke, auf die er eben ein paar Münzen hingelegt hatte, sah sie seinen ungewöhnlichen Hut, seine dürre, eingeschrumpfte Gestalt und zuletzt die Schöße seines Tweedmantels rasch die Straße hinunter verschwinden.

Miss Polly Burton (vom *Evening Observer*) heiratete am nächsten Tag Mr. Richard Frobisher (von der *London Mail*). Sie hat den Mann in der Ecke seit jenem Tag bis heute nicht wiedergesehen.

RICHARD HARDING DAVIS

Im Nebel

I

Der Grill-Klub ist der exklusivste Klub der Welt. In seine Mitgliederliste aufgenommen zu werden, ist für das neue Mitglied eine ebenso große Auszeichnung wie die Verleihung des Hosenbandordens oder in der Zeitschrift ›Vanity Fair‹ karikiert zu werden.

Männer, die dem Grill-Klub angehören, erwähnen diese Tatsache nie. Wenn man einen von ihnen fragen würde, in welchen Klub er meistens geht, wird er alle anderen nennen, außer dem bewußten. Er scheut sich zu sagen, daß er dem ›Grill‹ angehört, weil es vielleicht protzenhaft klingen könnte.

Der Grill-Klub existierte schon, als das Shakespeare-Theater noch auf dem Platz stand, wo sich heute das Büro der ›Times‹ befindet. Er besitzt einen goldenen Grill, den Karl II. dem Klub geschenkt hat, und das handschriftliche Original von ›Tom und Jerry in London‹, das ihm von Pierce Egan, dem Autor selbst, testamentarisch vermacht worden war. Wenn die Mitglieder im Klub Briefe schreiben, benutzen sie auch heute noch Sand, um die Tinte zu trocknen.

Der ›Grill‹ rühmt sich, gegen die Aufnahme je eines Premierministers der beiden Parteien gestimmt zu haben, und zwar nicht etwa aus politischen Gründen. In der gleichen Sitzung hingegen, in der einer von diesen durchfiel, wählte der Klub, seines irischen Dialekts und seiner faulen Witze wegen, den Kronanwalt Quiller, der aber zu jener Zeit noch ein armseliger kleiner Rechtsanwalt war.

Als der französische Maler Paul Preval, der im königlichen Auftrag nach London kam, um den Prinzen von Wales zu porträtieren, zum Ehrenmitglied ernannt wurde – nur Ausländer können Ehrenmitglieder werden –, sagte er dort beim Signieren seiner ersten Weinkarte: »Es ist mir mehr wert, meinen Namen auf dieser Weinkarte zu sehen als auf einem Gemälde im Louvre.«

Worauf Quiller bemerkte: »Das ist aber ein sehr zweischneidiges Kompliment, weil nämlich die einzigen Männer, die ihren Namen heutzutage im Louvre sehen können, schon fünfzig Jahre tot sind.«

Am Abend nach dem schweren Nebel im Jahre 1897 waren fünf Mitglieder im Klub anwesend; vier von ihnen beim Abendessen, und das fünfte saß lesend am Kamin. Der Klub besteht nur aus einem großen Raum und hat nur einen langen Tisch. Ganz hinten, an einem Ende dieses Raumes leuchtet das rotglühende Holzkohlenfeuer des Grills, und wenn das Fett heruntertropft, flammt es hell auf; am anderen Ende ist ein breites Erkerfenster mit Butzenscheiben, das auf die Straße hinausgeht. Die vier Männer am Tisch kannten sich nicht; aber während sie ihre Bratenknochen abnagten und ihren Scotch mit Soda tranken, unterhielten sie sich so angeregt, daß ein Besucher des Klubs – der Klub duldet aber keine Gäste – sie für langjährige Freunde gehalten hätte, aber ganz bestimmt nicht für Engländer, die sich zum erstenmal, und ohne sich gegenseitig vorzustellen, getroffen haben. Aber es gehört zur Etikette und zur Tradition des ›Grill‹, daß, wer auch immer hereinkommt, mit jedem sprechen muß, den er dort vorfindet, wer immer es auch sei. Um diese Vorschrift durchzuführen, gibt es auch nur einen langen Tisch; und ob es zwanzig Herren sind oder nur zwei, die Klubdiener werden sie, der Vorschrift entsprechend, nebeneinander setzen.

Aus diesem Grunde saßen auch die vier Fremden zusammen beim Abendessen. Die Kerzen waren um sie herum gruppiert, und der lange, unbesetzte Teil der Tafel brach wie ein weißer Pfad durch das umliegende Halbdunkel.

»Ich behaupte immer wieder«, sagte der Herr mit dem schwarzen Perlknopf in seiner Hemdbrust, »die Zeiten romantischer Abenteuer und tollkühner Taten sind endgültig vorüber, und wir sind selbst schuld daran. Polarexpeditionen zählen für mich nicht zur Kategorie Abenteuer. Dieser Afrikaforscher, der junge Chetney, der da gestern plötzlich wieder aufgetaucht ist, nachdem er gerüchtweise in Uganda gestorben sein sollte, hat nichts Abenteuerliches unternommen. Er legte Landkarten an und erforschte die Quellgebiete der Flüsse. Er war zwar ständig in Gefahr, aber das Vorhandensein von Gefahren macht noch kein Abenteuer aus. Dann könnte man genau so sagen, der Chemiker, der die Explosionsenergie von Sprengstoffen untersucht oder mit tödlichen Giften experimentiert, erlebe täglich Abenteuer. Nein, Abenteuer sind etwas für Wagemutige. Aber wer wagt denn noch etwas? Der Sinn dafür ist an der Trägheit zugrunde gegangen. Wir sind viel zu tüchtig, viel zu rechtschaffen, vor allem aber viel zu vernünftig geworden. In diesem Raum haben sich die Mitglieder dieses Klubs bis aufs Blut über das korrekte Skandieren eines von Popes Reimpaaren gestritten. Über eine so schwerwiegende Angelegenheit wie Burgunderspritzer auf der Manschette eines der Herren haben zehn Männer, den Degen in der einen, eine Kerze in der anderen Hand, miteinander gefochten. Alle zehn wurden verwundet. Dabei ging der Vorfall mit dem vergossenen Burgunder nur zwei von ihnen an. Die übrigen acht beteiligten sich nur, weil sie das Abenteuer liebten. Dafür waren sie auch die Helden des Tages. Aber heute? Würden Sie mir heute abend Burgunder über die Manschette gießen, ja Sie könnten mich sogar aufs schwerste beleidigen, würden diese Herren es durchaus nicht für ihre Pflicht halten, sich gegenseitig zu töten. Sie würden uns trennen und morgen früh in Bow Street als Zeugen gegen uns auftreten. Das beste Beispiel dafür, wie sich die Zeiten geändert haben, sehen Sie heute abend hier an Sir Andrew und an mir.«

Die Herren am Tisch drehten sich um und sahen neugierig zu dem Herrn am Kamin hinüber, einem ältlichen, ziemlich wohlbeleibten Mann mit einem sympathischen runzligen Gesicht, über dem beständig ein fast kindlich zutrauliches, gutmütiges Lächeln lag. Es war ein Gesicht, das die illustrierten Blätter breitesten Schichten vertraut gemacht hatten. Er hielt ein Buch so weit von sich weg, wie es seinen Augen zu entsprechen schien, und vor Spannung hatte er die Stirne gerunzelt.

»Wäre dies zum Beispiel das achtzehnte Jahrhundert«, fuhr der Herr mit der schwarzen Perle fort, »würde ich Sir Andrew heute abend beim Verlassen des Klubs gefesselt und geknebelt in eine Sänfte werfen lassen. Der Nachtwächter würde sich nicht darum kümmern, die Passanten würden schleunigst das Weite suchen, und meine gedungenen Schergen und Raufbolde würden ihn an einen abgelegenen Ort transportieren, wo wir ihn bis zum Morgengrauen festhalten würden. Das alles hätte keinerlei Folgen, außer einem noch größeren Ansehen meiner Person als ein vom Abenteurergeist besessener Edelmann und möglicherweise einem Aufsatz im ›Tatler‹, mit Sternchen statt der Namen unter dem Titel, sagen wir: ›Das Budget und der Baronet‹.«

»Aber aus welchem Grunde denn, Sir?« erkundigte sich das jüngste der Mitglieder. »Und warum ausgerechnet Sir Andrew? – Wie kommt es, daß Sie gerade ihn in dieses Abenteuer verwickeln?«

»Es würde ihn daran hindern, heute abend im Unterhaus zu sprechen. Die Vorlage über die Erhöhung des Marinebudgets«, fügte er bekümmert hinzu. »Es handelt sich um eine Regierungsvorlage, und Sir Andrew befürwortet sie. Und er hat einen solchen Einfluß, und seine Gefolgschaft ist so groß, daß anzunehmen ist, wenn er das tut –«, der Sprecher lachte gequält, »– wenn er das tut, geht sie bestimmt durch. Darum meine ich: hätte ich auch nur etwas vom Geiste unserer Vorfahren in mir«, rief er aus, »dann würde ich mir jetzt aus der nächsten Apotheke Chloroform besorgen und ihn gleich hier in seinem Stuhl chloroformieren. Seinen bewußtlosen Körper würde ich in eine Hansomdroschke schleppen und ihn bis zum Morgengrauen gefangen halten. Wenn ich das täte, würde ich den britischen Steuerzahlern die Kosten für fünf neue Schlachtschiffe, das heißt mehrere Millionen Pfund, ersparen.«

Die Herren wandten wieder die Köpfe und musterten den Baronet mit wachsendem Interesse. Das Ehrenmitglied des ›Grill‹, das sich durch seinen Akzent bereits als Amerikaner entpuppt hatte, lachte leise.

»Wenn man ihn da so sitzen sieht«, sagte er, »würde kein Mensch vermuten, daß ihm die Staatsgeschäfte derartig am Herzen liegen.«

Die anderen nickten schweigend.

»Seit wir hier sind, hat er noch nicht ein einziges Mal von seinem Buch aufgeschaut«, fügte das jüngste Mitglied hinzu. »Er denkt ja gar nicht daran, heute abend zu sprechen.«

»O doch, er wird sprechen«, jammerte der mit der schwarzen Perle. »Während dieser letzten Sitzungsperiode tagt das Parlament bis spät in die Nacht, aber wenn das Marinegesetz in der dritten Lesung behandelt wird, wird er an seinem Platze sein – und er wird es verabschieden.«

Das vierte Mitglied, ein untersetzter, blühend aussehender Herr, eine eher sportliche Erscheinung im farbigen Klub-Jackett mit Smokingkrawatte, lachte neiderfüllt.

»Sich vorzustellen, daß auch nur einer von uns so gelassen sein könnte wie er, wenn er wüßte, in einer Stunde muß er aufstehen und eine Rede im Parlament herunterrasseln. Ich wäre jedenfalls verdammt aufgeregt. Er dagegen ist so in seine Lektüre vertieft, als hätte er bis zum Schlafengehen nichts weiter vor.«

»Ja, sehen Sie bloß, wie ihn das Buch fesselt«, flüsterte das jüngste Mitglied. »Er schaut nicht mal auf, wenn er die Seiten umblättert. Wahrscheinlich ist es ein Bericht vom Marineministerium oder ein wichtiges statistisches Werk, auf das er in seiner Rede Bezug nimmt.«

Der Herr mit der schwarzen Perle lachte hämisch.

»Das bedeutende Werk, in das unser hochverehrter Staatsmann so vertieft ist«, sagte er, »heißt *Der Überfall auf die Goldminen*, ein Detektivroman, den man an jedem Zeitungsstand zu kaufen kriegt.«

Der Amerikaner zog ungläubig die Augenbrauen hoch.

»*Der Überfall auf die Goldminen?*« wiederholte er ungläubig. »Ein seltsamer Geschmack, muß ich sagen!«

»Das hat nichts mit Geschmack zu tun, bei ihm ist es ein Laster«, entgegnete der Herr mit der schwarzen Perle. »Es ist seine einzige Zerstreuung. Er ist bekannt dafür. Aber Sie, als Fremder, dürften kaum etwas von dieser Idiosynkrasie wissen. Mr. Gladstone suchte seine Entspannung bei den alten Griechen, Sir

Andrew findet sie bei Gaboriau. Seit ich Abgeordneter bin, habe ich ihn nie ohne einen Schmöker in der Hand in der Bibliothek angetroffen. Er nimmt sie sogar mit in die geheiligten Hallen des Parlaments, und während der Sitzungen hat er sie in seinem Hut versteckt und liest. Hat er erst einmal eine Geschichte angefangen, die von Mord, Diebstahl oder plötzlichen Todesfällen handelt, kann ihn nichts mehr davon abbringen, nicht einmal die Abstimmungsglocke oder der Antrag des Vorsitzenden. Sein Landhaus hat er verkauft, denn wenn er im Zuge saß, ließ er sich von seinen Detektivromanen derartig gefangennehmen, daß er jedesmal zu weit fuhr.« Der Abgeordnete drehte nervös an seinem Perlknopf und kaute an seinen Schnurrbarthaaren. »Wenn er doch wenigstens erst am Anfang des *Überfalls* wäre, statt bei den letzten Seiten!« murmelte er erbittert. »Noch so ein Buch, und ich schwöre, ich könnte ihn hier festhalten bis zum Morgen. Dann brauchte man gar kein Chloroform, um ihn vom Parlament fernzuhalten.«

Aller Augen waren auf Sir Andrew gerichtet, und alle verfolgten fasziniert, wie er seinen Zeigefinger zwischen die letzten beiden Seiten schob. Der Abgeordnete schlug leise mit der flachen Hand auf den Tisch.

»Hundert Pfund würde ich dafür geben«, flüsterte er, »wenn ich ihm in dieser Sekunde einen neuen Sherlock Holmes in die Hand drücken könnte – tausend Pfund«, setzte er aufgeregt hinzu – »fünftausend Pfund!«

Der Amerikaner ließ den Sprecher nicht aus den Augen, als enthielten dessen Worte eine spezielle Aufforderung für ihn, und anscheinend war ihm plötzlich ein Gedanke durch den Kopf geschossen, denn er lächelte ganz verlegen.

Sir Andrew hatte aufgehört zu lesen, blieb aber,

wahrscheinlich noch unter der Nachwirkung des Buches, sitzen und starrte in das offene Feuer. Eine Weile lang rührte sich keiner, bis der Baronet aufsah, sich einen Ruck gab und besorgt nach seiner Uhr griff. Er machte ein sehr bedenkliches Gesicht und sprang auf. Im selben Augenblick durchbrach die jetzt unnatürlich hoch und nervös klingende Stimme des Amerikaners das Schweigen.

»Und nicht einmal Sherlock Holmes wäre imstande, den geheimnisvollen Fall aufzuklären, der heute abend die Londoner Polizei in Atem hält«, rief er.

Bei diesen unerwarteten Worten, die irgendwie herausfordernd klangen, zuckten die Herren am Tisch zusammen, als hätte der Amerikaner plötzlich eine Pistole abgefeuert, und Sir Andrew blieb wie angewurzelt stehen und beobachtete ihn mit ernsthafter Besorgnis.

Der Herr mit der schwarzen Perle war der erste, der sich faßte.

»Nein, sowas!« sagte er ungeduldig und warf sich quer über den Tisch. »Ein Fall, der die Londoner Polizei in Atem hält. Darüber habe ich ja noch gar nichts gehört. Erzählen Sie doch schon, ich bitte Sie – das müssen Sie uns doch sofort erzählen.«

Der Amerikaner errötete peinlich berührt und zupfte verlegen am Tischtuch.

»Außer der Polizei weiß es noch niemand«, murmelte er, »und die weiß es auch nur durch mich. Es ist ein aufsehenerregendes Verbrechen, bei dem ich unglückseligerweise die einzige Person bin, die als Zeuge auftreten kann. Und weil ich der einzige Zeuge bin, werde ich trotz meiner Immunität als Diplomat durch die Behörden von Scotland Yard hier in London zurückgehalten. Mein Name«, sagte er mit einem höflichen Neigen des Kopfes, »ist Sears, Ripley Sears, Offizier in der amerikanischen Marine, zurzeit Marineattaché am russischen Hof. Hätte mich die Polizei nicht zurückgehalten, wäre ich heute morgen nach St. Petersburg abgereist.«

Der Herr mit der schwarzen Perle unterbrach ihn mit einem so auffälligen Ausruf der Begeisterung und des Entzückens, daß der Amerikaner anfing zu stottern und dann verstummte.

»Haben Sie das gehört, Sir Andrew?« rief der Abgeordnete jubelnd aus. »Ein amerikanischer Diplomat wird von unserer Polizei festgehalten, weil er der einzige Zeuge bei einem aufsehenerregenden Verbrechen ist – *dem* aufsehenerregendsten Verbrechen, wenn ich Sie recht verstanden habe, Sir«, fügte er hinzu und beugte sich angelegentlich zum Marineoffizier hinüber, »das je in London begangen wurde.«

Der Amerikaner nickte zustimmend und warf einen kurzen Blick auf die beiden anderen Herren. Die sahen ihn skeptisch an, und beide machten höchst verblüffte Gesichter.

Sir Andrew kam näher zum Kerzenlicht und zog sich einen Stuhl heran.

»Das muß ja wirklich ein ganz ungewöhnliches Verbrechen sein«, sagte er, »um dieses Verhalten der Polizei dem Vertreter einer befreundeten Macht gegenüber zu rechtfertigen. Wenn ich nicht sofort gehen müßte, würde ich Sie jetzt bitten, uns liebenswürdigerweise nähere Einzelheiten zu erzählen.«

Der Herr mit der Perle schob den Stuhl näher zu Sir Andrew hin und lud ihn mit einer Handbewegung ein, sich zu setzen.

»Aber Sie werden uns doch jetzt nicht verlassen«, rief er aus. »Mr. Sears will uns doch gerade von diesem aufsehenerregenden Verbrechen erzählen.«

Er nickte dem Marineoffizier heftig ermunternd zu; und nach einem unsicheren Blick auf die Diener hinten am Ende des Raumes lehnte sich der Amerikaner weit vor über den Tisch, und die anderen zogen ihre Stühle näher heran und neigten sich zu ihm hinüber. Der Baronet sah unschlüssig auf seine Uhr und klappte dann mit einem unwilligen Ausruf kurz entschlossen den Deckel zu. »Die können warten«, murmelte er. Dann setzte er sich schnell hin und nickte Leutnant Sears erwartungsvoll zu.

»Würden Sie jetzt die Freundlichkeit haben anzufangen, Sir«, sagte er ungeduldig.

»Ich setze natürlich voraus, daß ich es mit Ehrenmännern zu tun habe«, sagte der Amerikaner, »aber das versteht sich ja von selbst. Vertrauliche Mitteilungen innerhalb dieses Klubs dürfen nicht mißbraucht werden. Solange die Polizei den Fall nicht für die Presse freigibt, muß ich Sie als meine Verbündeten betrachten. Sie wissen von nichts, und Sie kennen auch keinen, der in dieses Verbrechen verwickelt ist. Nicht einmal mich dürfen Sie kennen.«

Die herumsitzenden Herren nickten feierlich.

»Selbstverständlich«, stimmte der Baronet eifrig zu, »selbstverständlich.«

»In unseren Gesprächen wird es einfach heißen, *Die Erzählung des Marineattachés*«, sagte der Herr mit der schwarzen Perle.

»Ich bin also vor zwei Tagen in London angekommen«, begann der Amerikaner, »und habe mir ein Zimmer im Hotel Bath genommen. Ich kenne nur sehr wenige Menschen hier in London, sogar unser Gesandtschaftspersonal war mir fremd. Aber in Hongkong hatte ich mich sehr mit einem Ihrer Marineoffiziere angefreundet, der inzwischen in den Ruhestand getreten ist und jetzt in einem kleinen Haus in Rutland Gardens, gegenüber der Knightsbridge-Kaserne lebt. Ich telegraphierte ihm, daß ich in London sei, und gestern früh bekam ich eine ganz besonders herzliche Einladung, doch gleich am Abend zum

Essen zu ihm nach Hause zu kommen. Er ist Junggeselle, und so saßen wir allein und sprachen von längst vergangenen Zeiten, als wir noch in Asien stationiert waren, und was sich in unserem Leben alles geändert hat, seit wir das letztemal dort zusammen waren. Da ich am nächsten Morgen abreisen mußte, um meinen Posten in Petersburg anzutreten, und noch verschiedene Briefe zu schreiben hatte, sagte ich ihm so gegen zehn Uhr, ich müsse ins Hotel zurück, und er beauftragte seinen Diener, mir eine Droschke zu besorgen.

Während der nächsten Viertelstunde, in der wir uns noch weiter unterhielten, hörten wir unten vor der Haustür in kurzen Abständen den durchdringenden Pfiff seiner Trillerpfeife nach einem Wagen, aber anscheinend ergebnislos.

›Was ist los? Die Kutscher streiken doch nicht‹, sagte mein Freund, während er aufstand und ans Fenster ging.

Er zog die Vorhänge zurück und rief mich sofort.

›Du hast doch noch nie einen richtigen Londoner Nebel gesehen, habe ich recht?‹ fragte er mich. ›Na, dann komm mal her und sieh dir das an. Einen schöneren oder sagen wir lieber einen schlimmeren könntest du kaum erwischen.‹ Ich trat zu ihm ans Fenster, aber sehen konnte ich überhaupt nichts. Hätte ich nicht gewußt, daß die Hausfront zur Straße hinaus lag, ich hätte geglaubt, eine dicke Mauer vor mir zu haben. Ich schob das Fenster hoch und steckte den Kopf hinaus, konnte aber noch immer nichts sehen. Sogar das Licht der Straßenlaternen gegenüber und die erleuchteten Fenster in den oberen Stockwerken der Kaserne waren von dem gelben Dunst verschlungen worden. Das Licht aus dem Zimmer, in dem ich stand, durchdrang den Nebel vor meinen Augen nur auf ein paar Zentimeter.

Unten pfiff der Diener immer noch mit seiner Trillerpfeife, aber ich konnte nicht länger warten und erklärte meinem Freund, daß ich versuchen wollte, zu Fuß in mein Hotel zu gelangen. Er war dagegen, aber die Briefe, die ich noch zu schreiben hatte, waren für das Marineministerium, und außerdem hatte ich immer gehört, daß es eins der wunderbarsten Erlebnisse sei, bei einem Londoner Nebel draußen zu sein, und ich war gespannt darauf, es selbst auszuprobieren.

Mein Freund begleitete mich noch bis vor die Haustür und beschrieb mir genau den Weg. Zunächst sollte ich geradeaus über die Straße gehen, bis an die Backsteinmauer der Kaserne. Dann sollte ich mich an der Mauer entlang tasten, bis ich zu einer Reihe Häuser kam, die etwas vom Bürgersteig zurückgebaut waren. An ihnen entlang würde ich auf eine Querstraße stoßen. Auf der gegenüberliegenden Seite dieser Querstraße gäbe es eine Reihe von Geschäften, die ich passieren sollte, bis sie an das Eisengitter des Hyde Parks stießen. An diesem Eisengitter sollte ich entlanggehen, bis ich beim Eingang von Hyde Park Corner anlangte. Von dort aus sollte ich Piccadilly genau in der Diagonale überqueren und Kurs auf das Gitter von Green Park nehmen. Am Ende dieser Umzäunung, in östlicher Richtung, würde ich dann das Walsington und auch mein Hotel finden.

Einem alten Seemann wie mir schien es nicht schwer, den vorgezeichneten Weg zu finden, und so verabschiedete ich mich von meinem Freund und ging geradeaus, bis ich an die Bordschwelle kam. Ein paar Schritte weiter, und meine Hände stießen gegen die Kasernenmauer. Ich drehte mich um, in die Richtung, aus der ich eben gekommen war und sah ein kaum erleuchtetes Quadrat im Nebel schwimmen. ›Alles in Ordnung‹, rief ich, und mein Freund antwortete: ›Viel Glück‹. Dann verschwand der Lichtschein seiner geöffneten Tür mit einem Knall, und ich blieb allein in einer gelben, triefenden Finsternis. Ich bin seit zehn Jahren bei der Marine, aber einen solchen Nebel wie gestern abend habe ich noch nie erlebt, nicht einmal zwischen den Eisbergen der Beringsee. Da konnte man doch immerhin noch das Licht vom Kompaßhäuschen sehen. Aber gestern nacht konnte ich ja nicht mal meine Hand sehen, mit der ich mich an der Kasernenmauer entlangtastete. Auf See ist Nebel das Natürlichste von der Welt. Er ist eine solche Selbstverständlichkeit wie der Regenbogen, der dem Gewitter folgt. Auch daß sich der Nebel über dem Wasser ausbreitet wie der Dampf von kochendem Wasser, versteht man. Aber ein Nebel, der von gepflasterten Straßen aufsteigt und sich zwischen festgefügten Häuserfronten hindurchwälzt, der die Fahrzeuge zwingt, nur mit halber Geschwindigkeit zu fahren, der Polizisten verschluckt und die elektrische Reklame des Variétés einfach auslöscht, ist für mich genau so unbegreiflich wie eine Springflut auf dem Broadway.

Während ich tastend meinen Weg an der Mauer entlang suchte, begegneten mir andere Leute, die aus der entgegengesetzten Richtung kamen. Und jedesmal, wenn wir uns gegenseitig durch Rufen bemerkbar gemacht hatten, trat ich von der Mauer zurück, um sie vorbeizulassen. Aber als ich das zum drittenmal getan hatte und mich mit der Hand wieder an die Mauer zurücktastete, war die Mauer verschwunden, und je hartnäckiger ich sie zu finden trachtete, um so mehr schien sie ins Nichts zu versinken. Ich hatte das scheußliche Gefühl, als müßte ich jeden Augenblick in einen Abgrund stürzen. Seit ich unterwegs war, hatte ich keine Verkehrsgeräusche auf der Straße bemerkt, und auch jetzt konnte ich, trotz angestrengtestem Lauschen, nur die Schritte vereinzelter Fußgänger hören. Einige Male meldete ich mich laut, und einmal antwortete mir ein witziger Herr, aber nur, um mich zu fragen, ob ich wüßte, wo er sei; aber dann war auch er von der Stille verschluckt worden. Gerade über mir konnte ich jetzt mühsam eine offene Gasflamme erkennen, die meiner Vermutung nach zu einer Straßenlaterne gehören mußte, und bewegte mich darauf zu. Und während ich versuchte, meine Richtung wiederzufinden, hielt ich mich am Laternenpfahl fest. Außer der winzigen Gasflamme, die nicht größer war als meine Fingerspitze, konnte ich nichts um mich herum erkennen. Sonst hing nur der Nebel zwischen mir und der Welt, wie eine schwere, feuchte Decke.

Ich hörte wohl ab und zu Stimmen, aber woher sie kamen, konnte ich nicht sagen; und das Scharren eines Fußes, der sich vorsichtig vorwärts schob, oder ein gedämpfter Schrei, wenn jemand stolperte, das waren die einzigen Geräusche, die zu mir drangen.

Ich hielt es für das Gescheiteste, mich nicht von der Stelle zu rühren, bis mich jemand ins Schlepptau nahm; und ich muß mindestens zehn Minuten bei der Laterne gewartet haben, während ich angestrengt horchte und rief, sobald ich Schritte zu hören glaubte. In einem Hause ganz in meiner Nähe tanzten Leute zur Musik einer ungarischen Kapelle. Ich bildete mir ein, ich könne sogar die Fensterscheiben im Takt ihrer Füße klirren hören, aber aus welcher Richtung diese Geräusche kamen, konnte ich nicht feststellen. Manchmal, wenn die Musik lauter wurde, schien sie dicht neben mir zu sein, und dann wieder über meinem Kopf, hoch in der Luft. Obgleich um mich herum Tausende von Menschen wohnten, kam ich mir so verloren vor, als hätte man mich mitten in der Nacht in der Sahara ausgesetzt. Es schien keinen Sinn zu haben, noch länger auf einen Begleiter zu warten, und ich setzte mich wieder in Bewegung, um gleich darauf gegen ein niedriges Eisengitter zu stoßen. Zuerst nahm ich an, es gehöre vielleicht zu einem Privatgrundstück, aber als ich mich weitertastete, merkte ich, daß es sich sehr lang hinzog und in regelmäßigen Abständen von Gartenpforten unterbrochen war. Ich blieb unschlüssig stehen, die Hand auf einer dieser Türen, als plötzlich aus der Dunkelheit ein quadratischer Lichtschein auftauchte, in dem ich einen jungen Herrn in Abendkleidung wahrnahm und hinter ihm die Lichter einer Vorhalle, wie in einem verdunkelten Kino, wenn der Film auf der Leinwand erscheint. Seiner Überhöhung und der Entfernung vom Bürgersteig nach zu schließen, mußte der Lichtschein vom Eingang eines von der Straße zurückgebauten Hauses kommen, und ich beschloß hinzugehen und mich bei dem jungen Mann zu erkundigen, wo ich hier eigentlich sei. Aber während ich nach dem Riegel suchte, hatte ich unwillkürlich den Kopf dabei gesenkt, und als ich ihn wieder hob, hatte sich die Tür halb geschlossen, und der Lichtschein war entsprechend schmaler geworden. Ob der junge Mann wieder ins Haus gegangen war, oder ob er es verlassen hatte, konnte ich nicht feststellen. Ich beeilte mich jedenfalls, die Pforte aufzumachen, und stand gleich darauf auf einem asphaltierten Gehsteig. Im selben Augenblick hörte ich auf diesem Steig schnelle Schritte, und jemand rannte an mir vorbei. Ich rief ihn an, bekam aber keine Antwort, sondern hörte nur die Pforte zuschlagen und Schritte auf dem Bürgersteig, die sich in größter Eile entfernten.

Unter normalen Umständen wäre mir die Ungezogenheit des jungen Mannes und seine Verwegenheit, in einem solchen Tempo durch den Nebel zu rennen, verdächtig vorgekommen. Aber in diesem Nebel wirkte sowieso alles ganz verrückt, so daß ich gar nicht auf die Idee kam. Die Tür hatte er halb offengelassen wie zuvor. Ich ging auf dem Gehsteig weiter und ein paar Stufen hinauf und fand schließlich auch nach einigem Suchen den Klingelknopf. Ich läutete einmal, kurz und energisch. Das Anschlagen der Klingel kam aus einer ziemlichen Tiefe und Entfernung, aber im Hause regte sich nichts; und obgleich ich immer wieder klingelte, hörte ich nichts, außer dem Tropfen des Nebels um mich herum. Ich war schon ungeduldig, weiterzukommen, aber solange ich die Richtung nicht wußte, war kaum damit zu rechnen, daß ich schnell vorwärts kam, und ich war fest entschlossen, mich nicht eher wieder in den Nebel hinauszuwagen, bis ich meinen Weg kannte. Also stieß ich die Tür auf und trat ins Haus.

Ich stand in einer langen, nicht sehr breiten Vorhalle, von der zu beiden Seiten Türen abgingen. Am Ende dieser Halle war eine Treppe, mit einer Balustrade, die in einer schwungvollen Kurve endete. Die Balustrade war mit schweren Perserteppichen bedeckt, so auch die Wände der Halle. Die Tür auf der linken Seite war geschlossen, aber die rechts, die mir näher war, stand offen; und als ich an die gegenüberliegende Wand trat, um hineinzuschauen, sah ich, daß es eine Art Empfangs- oder Wartezimmer zu sein schien und daß niemand drin war. Die zweite Tür stand gleichfalls offen, und in der Überzeugung, daß ich dort bestimmt jemanden antreffen würde, ging ich weiter durch die Halle. Da ich in Abendkleidung war und ungefähr wußte, daß ich nicht unbedingt wie ein Einbrecher aussah, hatte ich keine Angst, daß mich der erste Hausbewohner, dem ich begegnete, gleich niederschießen würde. Die zweite Tür führte in ein Speisezimmer. Auch dort war niemand. Eine Person hatte am Tisch zu Abend gegessen, aber der Tisch war noch nicht abgeräumt, und eine flackernde Kerze beleuchtete halbgeleerte Weingläser und Zigarettenasche. Der größere Teil des Zimmers lag vollständig im Dunkeln.

Erst jetzt eigentlich kam es mir richtig zum Bewußtsein, daß ich ja in einem fremden Hause herumwanderte, in dem ich noch dazu, wie es schien, ganz allein war. Die Stille meiner Umgebung wurde mir unheimlich, und in einem unerklärlichen Anfall von Panik wollte ich auf die Straße laufen. Aber während ich mich umdrehte, um davonzustürzen, sah ich plötzlich einen Mann auf einer Bank sitzen, dessen Anwesenheit mir durch die Kurve der Balustrade entgangen war. Seine Augen waren geschlossen, und er schlief fest.

Vor einer Minute war mir unheimlich gewesen, weil kein Mensch zu sehen war, aber beim Anblick dieses Mannes wurde mir noch unheimlicher.

Der Mann war sehr breit und seiner Größe nach ein Riese, mit langen semmelblonden Haaren, die ihm über die Schultern herunter hingen. Seine Kleidung bestand aus einem roten Seidenhemd, das er außen über einer schwarzen Samthose trug und das in der Taille mit einem Gürtel zusammengehalten wurde. Die Hose hingegen steckte in hohen schwarzen Schaftstiefeln. Das Kostüm war typisch für einen russischen Diener, aber was ein russischer Diener in seiner Nationaltracht in einem Privathaus in Knightsbridge zu suchen hatte, war mir unverständlich.

Ich ging auf den Mann zu und klopfte ihm auf die Schulter. Nach einiger Anstrengung wachte er schließlich auf; und als er mich sah, sprang er auf und erging sich, unter schnellen Verbeugungen, in flehentlich um Verzeihung bittenden Gesten. Soviel Russisch hatte ich in Petersburg aufgeschnappt, um zu verstehen, daß der Mann sich entschuldigte, eingeschlafen zu sein, und ich konnte ihm auch bald klar machen, daß ich seinen Herrn zu sehen wünschte.

Er nickte eifrig und sagte: ›Wollen mir Exzellenz bitte folgen? Die Prinzessin ist hier.‹

Ich hatte deutlich das Wort ›Prinzessin‹ gehört und war außerordentlich peinlich berührt. Einem Mann mein Eindringen in das Haus verständlich zu machen war mir gar nicht schwer erschienen; aber wie eine Frau darauf reagieren würde, stand auf einem anderen Blatt, und ich folgte ihm mit sehr gemischten Gefühlen durch die Halle.

Er bemerkte plötzlich, daß die Haustür offen stand, und lief mit einem Ausdruck der Überraschung hin, um sie zuzumachen. Dann klopfte er zweimal an die Tür, die anscheinend in den Salon führte. Sein Klopfen blieb unbeantwortet. Er klopfte nochmals und öffnete dann, sich vor lauter Servilität krümmend, zaghaft die Tür und ging hinein. Aber er zog sich sofort wieder zurück, sah mich betroffen an und schüttelte den Kopf.

›Sie ist nicht da‹, sagte er, blieb einen Augenblick stehen und starrte durch die offene Tür ins Leere. Dann eilte er auf das Speisezimmer zu. Die einsame Kerze, die dort noch immer brannte, schien ein sicheres Zeichen für ihn zu sein, daß auch dort niemand war. Er kam zurück und geleitete mich unter Verbeugungen ins Empfangszimmer. ›Sie ist sicher oben‹, sagte er; ›ich werde die Prinzessin von der Anwesenheit seiner Exzellenz unterrichten.‹

Bevor ich noch etwas sagen konnte, hatte er sich umgedreht, rannte die Treppe hinauf und ließ mich allein bei der offenen Tür des Empfangszimmers stehen. Dieses Abenteuer ging mir langsam zu weit, und wenn ich dem Russen nur hätte plausibel machen können, daß ich mich im Nebel verirrt hätte und nur wieder auf den richtigen Weg zurückwollte, hätte ich das Haus auf der Stelle verlassen.

Denn als ich anfangs klingelte, hatte ich nur damit

gerechnet, daß auf mein Klingeln hin ein Stubenmädchen erscheinen würde, das mir dann den Weg hätte zeigen können. Wie sollte ich ahnen, daß ich eine russische Prinzessin in ihrem Boudoir aufstöbern oder von ihrem athletischen Beschützer unter Umständen hinausgeschmissen werden könnte. Dennoch war ich der Meinung, daß ich das Haus jetzt nicht ohne eine entsprechende Entschuldigung verlassen dürfte, und wenn es zum Äußersten kommen sollte, könnte ich mich auch ausweisen. Denn daß ein Mitglied einer Gesandtschaft keinen Einbruch verüben wollte, würde man mir wohl glauben.

Das Zimmer, in dem ich stand, war nur schwach beleuchtet, aber ich sah, daß die Wände, genau wie in der Halle, mit Perserteppichen bedeckt waren. In den Ecken standen Palmen, und der unverkennbare Geruch russischer Zigaretten lag in der Luft und andere fremdartige, herbe Düfte, die mich in die Bazars von Wladiwostok zurückversetzten. Vor den Fenstern, die zur Straße hinausgingen, stand ein Flügel und am anderen Ende des Zimmers ein Wandschirm aus irgendeinem schwarzen Holz, dessen Schnitzereien Einlagen aus Elfenbein hatten. Oberhalb des Wandschirms war ein Baldachin aus schweren Seidendraperien angebracht und bildete mit dem Wandschirm eine Art Alkoven. Vor dem Alkoven lag ein weißes Eisbärfell, auf das man eins dieser niedrigen türkischen Kaffeetischchen gestellt hatte, mit einem angezündeten Spiritusbrenner und zwei goldnen Mokkatassen. Oben hatte sich bisher nichts gerührt, und ich wartete bestimmt schon volle drei Minuten. Ich hatte mir schon alles genau angesehen und wunderte mich über die lange Wartezeit und die unheimliche Stille.

Und dann, als sich meine Augen an das Halbdunkel gewöhnt hatten, sah ich plötzlich, daß hinter dem Wandschirm die Hand und das Handgelenk eines

Mannes herausragten, so, als ruhte der Arm auf der Rückenlehne eines Diwans. Ich fuhr derartig zusammen, als hätte ich auf einer menschenleeren Insel plötzlich Fußspuren entdeckt. Offenbar hatte der Mann schon da gesessen, als ich ins Zimmer kam, ja wahrscheinlich schon, als ich ins Haus kam, und er hatte auch den Diener an die Tür klopfen hören. Warum er sich nicht gemeldet hatte, verstand ich nicht, nahm aber an, daß es vielleicht nur ein Gast sei, der sich für die übrigen Besucher der Prinzessin nicht weiter interessierte. Vielleicht wollte er auch aus irgendeinem Grunde nicht gesehen werden. Bis auf seine Hand blieb er unsichtbar, aber ich hatte das unangenehme Gefühl, daß er mich die ganze Zeit durch die Schnitzereien des Wandschirms heimlich beobachtet hatte und es auch noch tat. Ich trat geräuschvoll von einem Fuß auf den anderen und sagte versuchsweise: ›Entschuldigen Sie bitte.‹

Aber er gab keine Antwort und bewegte nicht einmal die Hand. Er schien es darauf abgesehen zu haben, mich einfach zu ignorieren. Doch da ich ja nichts weiter wollte, als mich für mein Eindringen hier zu entschuldigen, um das Haus endlich verlassen zu können, ging ich zum Alkoven hinüber und schaute hinein. Hinter dem Wandschirm stand ein Diwan mit einer Unmenge Kissen, und auf der Seite neben dem Wandschirm saß der Mann, ein junger Engländer mit hellblondem Haar und einem tief sonnengebräunten Gesicht. Er saß dort und hatte beide Arme auf der Rükkenlehne des Diwans ausgebreitet. Sein Kopf lehnte an einem Kissen. Seine Haltung war die völliger Entspannung. Aber sein Unterkiefer war heruntergefallen und seine weit aufgerissenen Augen waren in einem Ausdruck unsäglichen Grauens erstarrt. Ich sah auf den ersten Blick, daß er tot war.

Im ersten Moment war ich zu entsetzt, um etwas zu

tun, war aber auch gleichzeitig überzeugt, daß dieser Mann weder durch einen Unfall noch durch ein gewöhnliches Versagen der Naturgesetze ums Leben gekommen war. Das Entsetzen in seinen Zügen war viel zu beredt, um mißdeutet zu werden. Es sprach Bände. Es verriet mir, daß er vor seinem Ende den Tod hatte drohend auf sich zukommen sehen.

Ich war so sicher, daß er ermordet worden war, daß ich mich unwillkürlich auf dem Boden nach der Mordwaffe umsah, mich aber im selben Augenblick, meiner eigenen Sicherheit wegen, blitzschnell umdrehte; aber die Stille des Hauses wurde durch nichts unterbrochen.

Ich habe sehr viele Tote gesehen – ich war während des Japanisch-Chinesischen Krieges in Asien stationiert. Ich war nach dem Massaker in Port Arthur. Für mich hat ein Toter, nur aus dem Grunde, weil er tot ist, nichts Abschreckendes, und obgleich ich wußte, es bestand gar keine Hoffnung, daß er noch lebte, fühlte ich dennoch pflichtgemäß seinen Puls; und während ich meine Ohren offen hielt, damit mir kein Geräusch von oben entginge, öffnete ich sein Hemd und legte meine Hand auf sein Herz. Im selben Augenblick berührten meine Finger eine offene Wunde, und als ich sie zurückzog, war Blut an ihnen. Er war im Abendanzug, und in seiner Hemdbrust bemerkte ich einen schmalen Einschnitt, so schmal, daß er in dieser schwachen Beleuchtung kaum zu erkennen war. Der Einschnitt war nicht breiter als die schmale Klinge eines Taschenmessers, aber als ich das Hemd zurückschob und die Brust freilegte, sah ich, daß die Waffe zwar schmal, aber lang genug gewesen sein mußte, um das Herz zu durchbohren. Ich brauche Ihnen nicht zu sagen, wie mir zumute war, als ich an der Leiche dieses jungen Mannes stand, und welche Gedanken mir durch den Kopf gingen. Ich empfand unsägliches Mitleid für diesen Fremden und eine unbändige Wut auf seinen Mörder, und gleichzeitig war ich selbstsüchtig um meine eigene Sicherheit besorgt und um die Konsequenzen, die sich aller Voraussicht nach bei Bekanntwerden des Falles für mich ergeben würden. Meine erste Regung war, die Leiche zu lassen, wo sie lag, und im Nebel zu verschwinden. Aber da ich durch eine Kette von Zufällen zum alleinigen Zeugen eines Verbrechens geworden war, hielt ich es andererseits wieder für meine Pflicht, ein guter Zeuge zu sein und diesen Mord aufklären zu helfen.

Daß es möglicherweise ein Selbstmord und kein Mord sein könnte, der Gedanke kam mir gar nicht. Die Tatsache, daß die Mordwaffe verschwunden war, und der Gesichtsausdruck des jungen Mannes waren überzeugend genug – wenigstens für mich –, daß er nicht selber Hand an sich gelegt hatte. Darum hielt ich es für das Wichtigste, erst einmal festzustellen, wer im Hause war oder, falls inzwischen jemand geflohen sein sollte, wer zu der Zeit im Hause gewesen war, als ich hereinkam. *Einen* Mann hatte ich herauskommen sehen; aber ich wußte nichts weiter von ihm, als daß es ein junger Mann war, daß er einen Abendanzug anhatte, daß er Hals über Kopf davongerannt war und sich nicht einmal die Zeit genommen hatte, die Haustür hinter sich zuzumachen.

Den russischen Diener hatte ich, allem Anschein nach, schlafend vorgefunden, und falls er sich nicht ganz raffiniert verstellt hatte, war er nur ein dummer, ungebildeter Bauer und ebenso unschuldig an dem Mord wie ich selber. Dann war da noch diese russische Prinzessin, die er anscheinend in demselben Zimmer vorzufinden gehofft hatte, wo der Ermordete lag, wenigstens hatte er so getan. Meiner Meinung nach mußte sie jetzt entweder mit dem Diener oben sein, oder sie war bereits ohne sein Wissen aus dem Hause geflohen. Wenn ich mir seine anscheinend aufrichtige

Überraschung ins Gedächtnis zurückrief, als er sie im Salon nicht fand, hielt ich meine letztere Erwägung für die wahrscheinlichere. Nichtsdestoweniger erachtete ich es als meine Pflicht, das Haus zu durchsuchen. Und nachdem ich nochmals in aller Eile zwischen den Diwankissen und auf der Erde nach der Mordwaffe Ausschau gehalten hatte, durchquerte ich vorsichtig die Halle und trat in das Speisezimmer.

Die einsame Kerze flackerte noch immer in der Zugluft und beleuchtete jetzt nur noch das weiße Tischtuch. Der Rest des Zimmers lag im Dunkel. Ich nahm den Leuchter, und während ich die Kerze hoch über meinen Kopf hob, bewegte ich mich langsam um die eine Tischdecke herum. Entweder waren meine Nerven schon so überspannt, daß sie auf keinen Schock mehr reagierten, oder mein Bewußtsein war immun geworden gegen das Grauen, denn ich schrie nicht auf und wich auch nicht zurück vor dem, was ich sah. Unmittelbar vor meinen Füßen lag die Leiche einer wunderschönen Frau. Sie lag lang ausgestreckt auf der Erde, mit weit ausgebreiteten Armen, und ihr bleiches Gesicht und ihre weißen Schultern schimmerten matt im unruhigen Licht der Kerze. Um den Hals hatte sie ein schweres Kollier aus Diamanten, und das Kerzenlicht fing sich in ihnen und ließ sie glitzern und in winzigen Feuergarben aufleuchten. Aber die Frau, die sie trug, war tot; und ich wußte so sicher, wie sie gestorben war, daß ich mich, ohne auch nur einen Moment zu zögern, neben ihr auf die Knie niederließ und meine Hand auf ihr Herz legte. Und wieder berührten meine Finger eine kleine Stichwunde. Ein sicheres Gefühl sagte mir, daß das die russische Prinzessin sein mußte, und als ich ihr mit der Kerze ins Gesicht leuchtete, war ich überzeugt, daß ich recht hatte. Ihre Gesichtszüge zeigten die edelsten Merkmale der slawischen und der semitischen Rasse: ihre

Augen waren dunkel, ihr Haar blauschwarz und von einer herrlichen Fülle, und ihre Haut sah sogar im Tode noch blühend aus. Sie war eine unwahrscheinlich schöne Frau.

Ich stand auf und versuchte, mit der Kerze, die ich in der Hand hielt, eine andere Kerze anzustecken, aber meine Hand zitterte derartig, daß ich die beiden Dochte nicht zusammenbringen konnte. Ich wollte nämlich auch hier wieder nach dem seltsamen Dolch suchen, mit dem beide, der junge Engländer und die schöne Prinzessin, getötet worden waren. Aber bevor ich noch dazu kam, die zweite Kerze anzustecken, hörte ich Schritte die Treppe herunterkommen, und der russische Diener erschien im Türrahmen.

Mein Gesicht war im Dunkel, sonst hätte er bei seinem Anblick Verdacht schöpfen müssen; denn in dem Augenblick war ich beinahe sicher, daß dieser Mann der Mörder war. Sein Gesicht war, durch das Licht in der Halle, deutlich für mich erkennbar; es verriet peinliche Bestürzung. Ich ging schnell auf ihn zu und packte ihn beim Handgelenk.

›Oben ist sie auch nicht‹, sagte er. ›Die Prinzessin ist weggegangen. Alle sind weggegangen.‹

›Wer ist weggegangen?‹ fragte ich. ›Wer war denn sonst noch da?‹

›Die beiden Engländer‹, antwortete er.

›Welche beiden Engländer?‹ fragte ich ungeduldig. ›Wie heißen sie denn?‹

Der Mann merkte jetzt an meiner Art zu fragen, daß seine Antwort von größter Tragweite war, und fing an zu protestieren, daß er die Namen der beiden nicht wüßte und sie bis zu diesem Abend nie gesehen hätte.

Vermutlich hatte ihn mein Ton verängstigt; darum ließ ich sein Handgelenk los und sprach weniger scharf.

›Wie lange waren sie hier?‹ fragte ich. ›Und wann sind sie wieder gegangen?‹

›Einer saß mit der Prinzessin dort‹, sagte er und deutete hinter sich, auf den Salon; ›der andere Herr kam, nachdem ich den Kaffee im Salon serviert hatte. Die beiden Engländer redeten miteinander, und die Prinzessin hat sich wieder hier an den Tisch gesetzt. Sie saß in diesem Stuhl da, und ich habe ihr Cognac und Zigaretten gebracht. Dann habe ich mich draußen auf die Bank gesetzt. Heute war ein Feiertag, und ich hatte zuviel getrunken. Pardon, Exzellenz, aber da bin ich eingeschlafen. Als ich aufwachte, stand Eure Exzellenz vor mir, aber die Prinzessin und die beiden Herren müssen inzwischen weggegangen sein. Das ist alles, was ich weiß.‹

Ich hatte den Eindruck, daß der Mann die Wahrheit sagte. Er hatte keine Angst mehr und war jetzt nur noch verwirrt, aber nicht weiter beunruhigt.

›Sie müssen sich doch an die Namen der beiden Engländer erinnern können‹, drang ich in ihn. ›Denken Sie mal nach. Als Sie die beiden Herren bei der Prinzessin angemeldet haben – welchen Namen haben Sie da genannt?‹

Bei dieser Frage stieß er einen Freudenschrei aus und rannte, mir zuwinkend, ihm zu folgen, durch die Halle in den Salon. Dort stand der Flügel in der vom Wandschirm entferntesten Ecke und darauf ein silbernes Tablett. Er nahm es auf und deutete, lächelnd vor Stolz über seine eigene Intelligenz, auf zwei Visitenkarten, die darauf lagen. Ich nahm sie auf und las die dort eingravierten Namen.«

Der Amerikaner hielt plötzlich inne, und ein prüfender Blick streifte die um ihn herum Sitzenden. »Ich las die Namen«, wiederholte er. Er sprach nur mit großem Widerstreben.

»Weiter!« schrie der Baronet mit schriller Stimme.

» Ich las die Namen «, sagte der Amerikaner mit ausgesprochenem Widerwillen, » und der Familienname der beiden war der gleiche. Es waren die Namen zweier Brüder. Den einen kennen Sie alle sehr gut. Es ist der des Afrikaforschers, von dem dieser Herr vorhin gesprochen hat. Ich meine den Earl of Chetney. Auf der anderen stand der Name seines Bruders, Lord Arthur Chetney. «

Die Herren am Tisch wichen zurück, als hätte sich eine Falltür zu ihren Füßen aufgetan.

» Lord Chetney? « riefen sie im Chor. Ihre Blicke gingen aufgeregt vom einen zum anderen und zurück zu dem Amerikaner, mit allen Anzeichen der Beunruhigung und des Zweifels.

» Das ist doch ganz unmöglich! « schrie der Baronet. » Ich bitte Sie, mein Lieber, der junge Chetney ist ja erst gestern aus Afrika zurückgekommen. So wurde es in der Abendpresse berichtet. «

Der Unterkiefer des Amerikaners schloß sich zu einem energischen Quadrat, und er preßte die Lippen aufeinander.

» Sie haben vollkommen recht, Sir «, sagte er, » Lord Chetney ist tatsächlich gestern morgen in London eingetroffen, und gestern abend habe ich seine Leiche gefunden. «

Der erste, der die Fassung wiedergewann, war das jüngste Mitglied. Ihn schien die Identität des Ermordeten viel weniger zu kümmern als die Unterbrechung der Erzählung.

» Ach bitte, lassen Sie ihn doch fortfahren! « rief er. » Wie ging es weiter? Sie sagten, Sie hätten zwei Visitenkarten gefunden. Woher wissen Sie denn, welches die Karte des Ermordeten war? «

Der Amerikaner wartete mit seiner Antwort, bis sich der aufgeregte Fragechor beruhigt hatte. Dann fuhr er fort, als sei er nie unterbrochen worden.

»Kaum hatte ich die Namen auf den Karten gelesen«, sagte er, »rannte ich sofort zum Wandschirm, kniete mich neben den Toten und durchsuchte seine Taschen. Meine Hand stieß auch gleich auf ein Kartenetui, und auf allen Visitenkarten, die es enthielt, stand der Name, Earl of Chetney. Seine Uhr und sein Zigarettenetui trugen den gleichen Namen. Diese Beweise und die Tatsache, daß sein Gesicht so sonnverbrannt war, und die vom Fieber eingefallenen Wangen überzeugten mich, daß der Tote der Afrikaforscher und der junge Mann, der vorher draußen an mir vorbeirannte, sein jüngerer Bruder, Arthur, war.

Ich war so in meine Untersuchung vertieft, daß ich den Diener total vergessen hatte, und ich kniete noch immer, als ich einen Schrei hinter mir hörte. Ich drehte mich um und sah den Mann mit unbeschreiblichem Entsetzen auf den Toten starren.

Bevor ich mich erheben konnte, stieß er einen neuen Entsetzensschrei aus, stürzte in die Halle hinaus und auf die Haustür zu. Ich sprang ihm nach und rief ihm zu, stehen zu bleiben, aber ehe ich die Halle erreichen konnte, hatte er schon die Tür aufgerissen, und ich sah ihn gerade noch in den dicken gelben Nebel hinausspringen. Mit einem Satz sprang ich über die Stufen hinunter und rannte den Gehsteig entlang, gerade als das Gartentor ins Schloß fiel. Ich hatte es im Nu wieder aufgerissen und rannte, quer über die Straße weg, ihm nach, immer dem Geräusch seiner Füße folgend. Auch er konnte mich hören, und blieb augenblicklich stehen. Jetzt herrschte völlige Stille. Er war so nah, daß ich mir fast einbildete, ich hörte ihn keuchen, und ich hielt den Atem an, um zu lauschen. Aber alles blieb still, außer dem Tropfen des Nebels, der uns umgab, und der ungarischen Tanzmusik aus der Ferne, die ich schon gehört hatte, als ich mich das erste Mal verirrte.

Alles, was ich sehen konnte, war das blasse Lichtquadrat der Haustür, die ich hinter mir offengelassen hatte, und das Lampenlicht in der Halle dahinter, das in der Zugluft flackerte. Und während ich noch hinschaute, wurde das Flackern der Gasflamme immer heftiger, und die Tür, vom selben Luftstrom erfaßt, schloß sich langsam. Ich wußte, wenn sie erst einmal zu war, konnte ich nicht mehr ins Haus zurück, und ich stürzte wie verrückt darauf zu. Ich glaube sogar, ich habe ihr laut etwas zugerufen, als wäre sie ein menschliches Wesen, das ich dazu bringen könnte, mir zu gehorchen, aber dann stolperte ich über die Bordschwelle und schlug lang hin. Als ich wieder aufstehen konnte, war ich halb betäubt und taumelte, und obgleich ich fest davon überzeugt war, daß ich auf die Tür zuging, weiß ich heute, daß ich mich in der genau entgegengesetzten Richtung bewegt haben muß; denn als ich wie wahnsinnig im Dunkeln herumtastete und verzweifelt nach der Polizei rief, griffen meine Hände nur in triefenden Nebel, und das Eisengitter, nach dem ich suchte, schien sich aufgelöst zu haben. Eine ganze Weile fuchtelte ich wild mit meinen Armen im Nebel herum wie beim Blindekuhspiel, drehte mich in scharfen Wendungen im Kreise, fluchte laut über meine Blödheit und schrie ununterbrochen um Hilfe. Endlich antwortete mir eine Stimme aus dem Nebel, und gleich darauf leuchtete mir ein Polizist mit seiner Blendlaterne ins Gesicht.

Damit ist mein Abenteuer zu Ende. Was ich jetzt noch erzählen werde, weiß ich nur von der Polizei.

Auf dem Polizeirevier, zu dem mich der Beamte führte, gab ich zu Protokoll, was ich Ihnen eben erzählt habe. Ich erklärte dort, daß das betreffende Haus, nach dem man sofort suchen müsse, in der Gegend um die Knightsbridge-Kaserne, zirka zweihundert Meter von dort, zu finden wäre und zu denen gehöre, die von der Straße zurückgebaut seien, daß ungefähr fünfzig Meter von dort in einem der Häuser anscheinend irgendeine Feier sei, bei der eine ungarische Musikkapelle zum Tanz spiele, und daß das Eisengitter halb mannshoch und oben zugespitzt sei. Mit dieser Beschreibung ausgerüstet, wurden sofort zwanzig Mann in den Nebel hinausbeordert, um nach dem Haus zu fahnden, und Inspektor Lyle wurde persönlich mit einem Haftbefehl für Lord Arthur in das Haus Lord Edams, des Vaters der Chetneys, gesandt. Man dankte mir und entließ mich mit der Bitte, mich zur Verfügung zu halten.

Heute früh war Inspektor Lyle bei mir, und er entwickelte mir die Theorie der Polizei über den Tatbestand, den ich Ihnen vorhin geschildert habe.

Ich muß mich wohl im Nebel sehr viel weiter entfernt haben, als ich dachte, denn bis heute mittag hatte man das Haus noch immer nicht gefunden, und auch Lord Arthur konnte noch nicht verhaftet werden. Er ist vorige Nacht gar nicht nach Hause gekommen, und niemand weiß, wo er ist. Aber nach dem, was die Polizei aus dem Vorleben der Leute wußte, die ich in dem verloren gegangenen Hause gefunden hatte, vertritt man dort die Theorie, daß Lord Arthur der Mörder sei.

Die zügellose Leidenschaft seines älteren Bruders, des Earl of Chetney, für eine russische Prinzessin ist allgemein bekannt, wie ich vom Inspektor hörte. Vor ungefähr zwei Jahren waren die Prinzessin Zichy – wie sie sich selber nannte – und er dauernd zusammen, und Chetney hatte seine Freunde wissen lassen, daß sie die Absicht hätten, bald zu heiraten. Diese Frau war auf zwei Kontinenten nur allzu bekannt, und als Lord Edam von dieser unglückseligen Leidenschaft seines Sohnes erfuhr, ließ er durch die Polizei Erkundigungen über sie einziehen.

Dieses Gesuch ist der Grund dafür, daß man dort so viel über sie und ihre Beziehungen zu den Chetneys weiß. Durch die Polizei erfuhr Lord Edam, daß Madame Zichy früher als Spionin beim russischen Geheimdienst tätig war, daß sie aber vor kurzem von ihrer eigenen Regierung kaltgestellt worden sei und von kleinen Schwindeleien, von Erpressungen und von ihrer Schönheit lebe. Diese Auskunft legte Lord Edam seinem Sohn vor. Aber ob Chetney bereits davon wußte, oder ob die Frau ihn überredet hatte, nichts davon zu glauben, Vater und Sohn gingen jedenfalls in größtem Zorn auseinander. Und zwei Tage später änderte Lord Edam sein Testament, indem er sein gesamtes Vermögen seinem jüngeren Sohn, Arthur, vermachte.

Den Titel und einen Teil des Grundbesitzes konnte er allerdings seinem älteren Sohn nicht vorenthalten; aber er schwor, daß dieser keinen Penny erben würde, wenn er die Frau noch einmal wiedersähe.

Das war vor ungefähr anderthalb Jahren, als Chetney der Prinzessin anscheinend überdrüssig geworden war und sich plötzlich auf eine Jagd- und Forschungsreise nach Zentralafrika begab. Man hörte nichts mehr von ihm. Nur tauchten zweimal Gerüchte auf, daß er im Dschungel am Fieber gestorben sei, und schließlich kamen auch zwei Händler an der Küste an, die behaupteten, seine Leiche gesehen zu haben. Das wurde allgemein geglaubt, und der junge Arthur galt als der Alleinerbe der Edam-Millionen. Im Vertrauen auf diese Annahme ging er sofort daran, bei Geldverleihern enorme Kredite aufzunehmen. Letzteres ist von großer Wichtigkeit, weil die Polizei annimmt, diese Schulden könnten ihn dazu getrieben haben, seinen Bruder zu ermorden. Wie sie wissen, ist Lord Chetney gestern plötzlich von den Toten zurückgekehrt, und eben durch die Tatsache, daß er zwei Jahre lang totgeglaubt war, wurde seine Rückkehr zu einem solchen Ereignis und veranlaßte alle Nachmittagsblätter, ganze Spalten über ihn zu bringen. Wie es jetzt scheint, war er der Prinzessin gar nicht überdrüssig, denn man weiß, daß er sie schon wenige Stunden nach seiner Ankunft in London aufgesucht hat. Sein Bruder, der durch die Zeitungen auch vom Wiederauftauchen Lord Chetneys unterrichtet war, ahnte wahrscheinlich, welches Haus er zuerst aufsuchen würde, und ist ihm dorthin gefolgt. Und nach der Aussage des russischen Dieners kam er dort an, als die beiden im Salon beim Kaffee saßen. Der Diener berichtet ferner, daß Prinzessin Zichy sich kurz darauf in das Speisezimmer begeben und die beiden Brüder allein gelassen habe. Was dann geschah, ist vorläufig noch ungeklärt.

Lord Arthur wußte, daß die Geldverleiher jetzt über ihn herfallen würden, nachdem sie wußten, daß er nicht mehr der Erbe war. Die Polizei vermutet, er habe seinen Bruder daraufhin sofort aufgesucht, um von ihm das Geld zur Deckung der Schuldscheine zu erbitten; daß Chetney seine Bitte aber ablehnte, als sich herausstellte, daß es sich bei der erforderlichen Summe um mehrere hunderttausend Pfund handelte. Niemand wußte, daß Arthur seinen Bruder getroffen hatte. Sie waren allein. Es ist also durchaus möglich, daß sich der junge Arthur, in einem Anfall von Verzweiflung und aus Angst vor der Schande, ein für allemal selber zum Erben machte. Aber der Tod des Bruders konnte sein Problem nicht lösen, wenn die Frau am Leben blieb. Darum wäre es möglich, daß er sich durch die Halle ins Speisezimmer geschlichen hat und mit der gleichen Mordwaffe, die ihn zu Lord Edams Erben gemacht hatte, auch den einzigen Zeugen dieses Mordes beseitigte. Der einzige Mensch, der es sonst noch gesehen haben könnte, war sinnlos betrunken und schlief, und diesem Umstand verdankt er zweifellos sein Leben. Und dennoch«, schloß der Marineattaché, lehnte sich nach vorn und klopfte bei jedem Wort mit einem Finger auf den Tisch, »hat Lord Arthur einen verhängnisvollen Fehler gemacht: Er ließ in seiner Hast die Haustür offen und gab dem ersten zufällig Vorbeikommenden den Eintritt frei; außerdem hatte er vergessen, daß er dem Diener seine Visitenkarte gegeben hatte, als er ins Haus kam. Dieses Stückchen Papier kann ihn unter Umständen noch den Kopf kosten. Inzwischen ist er wie vom Erdboden verschwunden, und irgendwo in einer der Millionen Straßen dieser Riesenstadt, in einem einsamen, verschlossenen Haus, liegen die Leichen des Bruders und der Frau, die sein Bruder geliebt hat, unauffindbar, unbeerdigt und ihr Mord ungesühnt.«

An der Diskussion, die dem Abschluß der Erzählung des Marineattachés folgte, beteiligte sich der Herr mit der schwarzen Perle nicht. Statt dessen stand er auf, winkte einem Diener, ihm in eine entfernte Ecke des Raumes zu folgen, und gab ihm flüsternd irgendwelche Anweisungen, bis eine plötzliche Bewegung Sir Andrews ihn veranlaßte, schleunigst an den Tisch zurückzukehren.

»Es gibt da einige Punkte in Mr. Sears Erzählung, die ich gerne erklärt haben möchte«, rief er. »Bleiben Sie doch sitzen, Sir Andrew, ich bitte Sie. Wir wären gespannt, die Meinung eines Experten zu hören. Was die Polizei sagt, interessiert mich nicht, mich interessiert, was Sie denken.«

Doch Sir Andrew erhob sich langsam von seinem Stuhl.

»Wie gerne würde ich jetzt über diesen Fall diskutieren«, sagte er. »Aber ich habe äußerst wichtig im Parlament zu tun und bin in größter Eile. Ich hätte schon längst dort sein sollen.« Er wandte sich an einen

Diener mit der Weisung, ihm einen Wagen zu besorgen.

Der Herr mit dem Perlknopf warf dem Marineattaché einen flehenden Blick zu. »Da gibt es doch bestimmt noch eine Menge Details, die Sie uns vorenthalten haben«, drängte er. »Sie haben sicher ein paar vergessen.«

Der Baronet unterbrach ihn ängstlich. »Ich hoffe nicht«, sagte er, »denn ich könnte wirklich nicht länger hier bleiben, um sie noch zu hören.«

»Die Geschichte ist zu Ende«, erklärte der Marineattaché. »Solange Lord Arthur nicht verhaftet ist und die Leichen nicht gefunden worden sind, gibt es weder von Chetney noch von Prinzessin Zichy etwas zu erzählen.«

»Von Lord Chetney vielleicht nicht«, unterbrach ihn der sportlich aussehende Herr mit der schwarzen Smokingkrawatte. »Aber von der Prinzessin gibt es immer etwas zu erzählen. Ich kenne genug Geschichten von ihr, um ein Buch zu füllen. Sie war eine tolle Person.« Der Sprecher ließ den Rest seiner Zigarre in seine Untertasse fallen, zog sein Zigarrenetui aus der Tasche und wählte eine neue. Dabei hob er das Etui demonstrativ in die Höhe. Es war ein gewöhnliches Zigarrenetui aus abgetragenem Schweinsleder, mit einer Silberlasche.

»Das einzige Mal, das ich ihr begegnet bin«, sagte er, »hat sie mir das Etui hier rauben wollen.«

Der Baronet sah ihn ungläubig an.

»Sie hat versucht, Sie zu berauben?« fragte er.

»Mir *das* hier zu rauben«, fuhr der Herr mit der schwarzen Smokingkrawatte fort, »und die Diamanten der Zarin.« Sein Ton war eine Mischung aus Bewunderung und Empörung.

»Die Diamanten der Zarin!« rief der Baronet aus. Er warf erst dem Sprecher und dann den übrigen

Herren am Tisch einen kurzen, mißtrauischen Blick zu. Aber ihre Gesichter verrieten nichts anderes als ein ganz normales Interesse.

»Jawohl, die Diamanten der Zarin«, wiederholte der Mann mit der schwarzen Smokingkrawatte. »Es war ein Kollier aus Diamanten. Ich hatte den Auftrag, es dem russischen Gesandten in Paris zu übergeben, der es in Moskau überreichen sollte. Ich bin ein Kurier der Königin«, fügte er hinzu.

»Ach so, jetzt verstehe ich!« rief Sir Andrew ganz erleichtert aus. »Und Sie behaupten, das eine Opfer dieses Doppelmordes sei dieselbe Prinzessin Zichy, die versucht hat, Ihnen dieses – dieses Zigarrenetui zu rauben?«

»Und die Diamanten der Zarin«, ergänzte der Königliche Kurier hartnäckig. »Die Geschichte hat keine große Pointe, aber immerhin bekommen Sie eine Idee, was das für eine Frau war. Der Raub ereignete sich zwischen Paris und Marseille.«

Der Baronet unterbrach ihn mit einer entschiedenen Geste. »Nein, nein«, rief er und schüttelte protestierend den Kopf, »verführen Sie mich doch nicht. Ich kann wirklich nicht länger zuhören. Ich muß in spätestens zehn Minuten im Unterhaus sein.«

»Das tut mir aufrichtig leid«, sagte der Königliche Kurier und wandte sich an die um ihn herum Sitzenden; »ich weiß nicht, ob die anderen Herren –« erkundigte er sich nur der Form halber noch einmal. Es erhob sich ein allgemeines höfliches Gemurmel, der Kurier der Königin nickte zustimmend und nahm einen vorbereitenden Schluck aus seinem Glas. Im selben Augenblick steckte der Diener, mit dem der Herr mit der schwarzen Perle vorher so angelegentlich geflüstert hatte, diesem einen Zettel zu. Er warf einen kurzen Blick darauf, runzelte die Stirn und warf ihn unter den Tisch.

Der Diener verneigte sich jetzt vor dem Baronet.

»Ihr Hansom wartet, Sir Andrew«, meldete er.

»Das Kollier hatte einen Wert von zwanzigtausend Pfund«, begann der Königliche Kurier. »Es war ein Geschenk der Königin von England, anläßlich –«

Der Baronet ließ seiner Nervosität freien Lauf.

»Verdammt nochmal, jetzt ist es aber genug«, unterbrach er den Kurier. »Ich darf einfach nicht länger hierbleiben. Aber das kann ich mir denn doch nicht entgehen lassen. – Der Hansom soll warten«, rief er dem Diener unwillig zu. Und mit der Miene eines Buben, der die Schule schwänzt, rutschte er schuldbewußt in seinen Stuhl zurück.

Der Herr mit dem Perlknopf lächelte befriedigt und klopfte auf den Tisch.

»Ruhe, meine Herren«, sagte er. »Ruhe für die Geschichte des Kuriers Ihrer Majestät der Königin und die Diamanten der Zarin.«

II

»Das Kollier war ein Geschenk der Königin von England für die russische Zarin«, begann der Königliche Kurier von neuem. »Ein Geschenk anläßlich der Krönung des Zaren. Unser Ministerium des Äußeren wußte, daß der russische Gesandte in Paris zu den Krönungsfeierlichkeiten nach Moskau fahren würde, und ich erhielt den Auftrag, ihm das Kollier in Paris zu übergeben. Aber als ich dort ankam, stellte es sich heraus, daß er mich erst eine Woche später erwartet hatte und ein paar Tage zur Erholung nach Nizza gefahren war. Sein Vertreter schlug vor, ich solle das Kollier in der Gesandtschaft lassen; aber ich hatte strikte Weisung, mir den Empfang nur vom Gesandten persönlich bescheinigen zu lassen. Also machte ich mich sofort nach Nizza auf. Vielleicht veranlaßte mich zum Teil die Tatsache, daß Nizza nicht Tausende, sondern nur zehn Kilometer von Monte Carlo entfernt ist, meine Instruktionen so gewissenhaft zu befolgen.

Jedenfalls, auf welche Weise die Prinzessin Zichy von dem Kollier erfahren hatte, weiß ich nicht, aber ich kann's mir denken. Wie Sie gerade gehört haben, war sie früher als Spionin im Dienste der russischen Regierung tätig. Aber auch nach ihrer Entlassung noch blieb sie in Verbindung mit vielen ihrer Londoner Kollegen, und wahrscheinlich hatte sie von einem dieser Agenten gehört, daß das Kollier nach Moskau geschickt werden sollte und welcher der Königlichen Kuriere dazu bestimmt worden war, es dem russischen Gesandten in Paris zu überbringen. Dennoch bezweifle ich, daß sie mit dieser Kenntnis viel hätte anfangen können, wenn sie nicht außerdem etwas gewußt hätte, was außer mir, wie ich glaubte, nur noch ein einziger Mensch wußte. Und dieser Mensch war zufälligerweise auch ein Kurier der Königin und ein Freund von mir. Sie müssen wissen, daß ich bis zu diesem Diebstahl meine Sendungen immer auf meine eigene komische Weise zu verstecken pflegte. Die Idee übernahm ich von einem Theaterstück, *Nur ein Fetzen Papier*. In diesem Stück will ein Mann ein gewisses kompromittierendes Schriftstück verstecken. Er weiß genau, daß alle seine Räumlichkeiten heimlich danach durchsucht werden; darum steckt er es in ein aufgerissenes Kuvert und legt es, für jedermann sichtbar, auf den Kaminsims, mit dem Resultat, daß die Frau, die im Hause das Unterste zuoberst kehrt, um das Schriftstück zu finden, überall nachsieht, aber den Fetzen Papier vor ihrer Nase überhaupt nicht beachtet. Oft sind die Schriftstücke und Pakete, die man uns zur Ablieferung in ganz Europa mitgibt, sehr wertvoll. Oft ist es aber auch nur eine besondere Zigarettenmarke oder Aufträge an die Hofschneider. Manchmal wissen wir, was wir bei uns haben, manchmal aber auch nicht. Wenn es eine größere Geldsumme oder ein Vertrag ist, sagt man es uns im allgemeinen. Aber in der Regel haben wir keine Ahnung, was das Paket enthält, und um ganz sicher zu gehen, behandeln wir darum jede Sendung mit derselben Sorgfalt, als wüßten wir, es handle sich um die Bedingungen eines Ultimatums oder um die Kronjuwelen. Im allgemeinen tragen meine Confrères die offiziellen Sendungen in einer Kuriermappe, die genau so auffällt wie das Schmuckköfferchen einer Dame in der Hand ihrer Zofe. Jeder Mensch sieht sofort, sie tragen etwas Wertvolles bei sich. Dadurch fordert man ja die schlechten Instinkte mancher Menschen direkt heraus. Wie ich schon sagte: Nachdem ich das Stück ›Nur ein Fetzen Papier‹ gesehen hatte, nahm ich mir vor, wertvolle Regierungssendungen nur noch auf ähnliche Weise zu verstecken. So steckte ich zum Beispiel wichtige Dokumente in meine Reitstiefel, und für kleine Gegenstände, wie Geld oder Juwelen, benutzte ich ein altes Zigarrenetui. Nachdem ich mir angewöhnt hatte, mein Etui für diese Zwecke zu gebrauchen, kaufte ich ein neues, das genau so aussah, für meine Zigarren. Aber um Irrtümer zu vermeiden, ließ ich mein Monogramm auf beiden Seiten des neuen Etuis anbringen, und sobald ich es in die Hand nahm, konnte ich sogar im Dunkeln an den erhöhten Initialen fühlen, welches es war.

Das wußte außer mir nur noch der Königliche Kurier, den ich vorhin schon erwähnte. Wir fuhren nämlich einmal zusammen im Orient-Expreß. Ich wollte von Paris nach Konstantinopel, und er hatte in Wien zu tun. Auf dieser Reise erzählte ich ihm von meiner komischen Art, Dinge zu verstecken, und zeigte ihm mein Zigarrenetui. Wenn ich mich recht erinnere, beherbergte es auf dieser Reise das Großkreuz von St. Michael und St. Georg, welches die Königin unserem Gesandten schickte. Mein Freund amüsierte sich großartig über meine Erfindung, und als er einige Monate später einmal zufällig die Prinzessin traf, erzählte er ihr die Geschichte als Kuriosum. Er hatte natürlich keine Ahnung, daß sie eine russische Spionin war. Sonst wußte er gar nichts von ihr, als daß sie eine sehr verführerische Frau war. Daß es indiskret von ihm war, gebe ich zu; aber wie sollte er auf die Idee kommen, daß sie diese Geschichte eines Tages ausnützen könnte?

Später, nach dem Diebstahl, fiel mir plötzlich ein, daß ich diesem jungen Mann von meinem geheimen Versteck erzählt hatte, und als ich ihn das nächste Mal sah, stellte ich ihn darüber zur Rede. Er war ganz verzweifelt und entschuldigte sich damit, daß ihm die Wichtigkeit dieses Geheimnisses überhaupt nicht zum Bewußtsein gekommen wäre; wie er sich erinnerte, hatte er mehreren Leuten davon erzählt und unter anderem eben auch der Prinzessin Zichy. Auf diese Weise bekam ich heraus, daß sie es war, die mich bestohlen hatte. Jetzt wurde mir klar, daß sie mich schon von London aus verfolgt haben mußte und von Anfang an wußte, daß die Diamanten in meinem Zigarrenetui versteckt waren.

Mein Zug nach Nizza ging um zehn Uhr morgens. Wenn ich nachts reise, sage ich dem Chef de gare gewöhnlich, daß ich ein Kurier der Königin von England bin, und dann gibt er mir ein Abteil für mich allein; aber am Tage nehme ich, was ich gerade kriegen kann. An diesem Morgen hatte ich ein leeres Abteil gefunden, und ich gab dem Kontrolleur ein Trinkgeld, damit er niemanden zu mir hereinließ – nicht etwa aus Angst, die Diamanten könnten mir gestohlen werden, sondern einfach, weil ich rauchen wollte. Er hatte die

Tür hinter mir zugemacht, und nach dem letzten Abfahrtssignal nahm ich an, ich würde jetzt allein bleiben. Ich traf meine üblichen Vorsichtsmaßregeln und machte es mir bequem. Das Zigarrenetui mit den Diamanten steckte in der inneren Brusttasche meiner Weste, aber da es zu sehr auftrug, nahm ich es heraus, um es in meiner Reisetasche unterzubringen, einem Lederbeutel, ähnlich einer Jagdtasche, die ich an einem Riemen schräg über die Schulter gehängt trage; und ganz gleich, ob ich sitze, stehe oder gehe, ich behalte sie stets um.

Ich nahm also das Zigarrenetui mit den Diamanten aus meiner Westentasche heraus und das Etui mit den Zigarren aus dem Reisebeutel; und während ich darin nach Streichhölzern suchte, legte ich die beiden Etuis neben mich auf den Sitz.

Da setzte sich der Zug auch schon langsam in Bewegung. Aber im selben Augenblick rüttelte jemand an der Türklinke, und zwei Gepäckträger hoben und schoben eilig eine Frau in mein Abteil und warfen ihr Handgepäck und ihre Plaids und Schirme hinter ihr hinein.

Instinktiv griff ich nach den Diamanten. Ich stopfte das Etui schnell in die Tasche, schob es ganz nach unten und schnappte das Schloß zu. Das Etui mit den Zigarren steckte ich in meine Jackettasche, aber mit dem Hintergedanken, daß ich jetzt wahrscheinlich gar nicht dazu kommen würde, sie zu rauchen, da ich eine Frau als Mitreisende hatte.

Eins ihrer Gepäckstücke war mir vor die Füße gefallen, und eine Plaidrolle war neben mir auf dem Sitz gelandet. Ich dachte, wenn ich mir nicht anmerken lasse, daß mir die Anwesenheit der Dame nicht paßt, und mich von Anfang an bemühe, zuvorkommend zu sein, wird sie mir vielleicht sogar gestatten zu rauchen. Und so hob ich ihren Koffer vom Boden auf und fragte sie, wo ich ihn hintun solle.

Dabei sah ich sie zum ersten Male an und bemerkte, daß sie eine ganz ungewöhnlich schöne Frau war.

Sie lächelte charmant, mit der Bitte, mich doch nicht stören zu lassen. Dann legte sie sich ihre eigenen Sachen bequem zurecht, öffnete ihre Handtasche und nahm ein goldenes Zigarettenetui heraus.

›Haben Sie etwas dagegen, wenn ich rauche?‹ fragte sie.

Ich versicherte ihr lachend, daß ich selbst die größte Angst gehabt hätte, *sie* könnte vielleicht etwas dagegen haben.

›Wenn Sie gerne Zigaretten rauchen, versuchen Sie mal eine von diesen hier‹, sagte sie. ›Sie werden nämlich speziell für meinen Mann in Rußland gemacht und sollen besonders gut sein.‹

Ich bedankte mich und nahm mir eine aus ihrem Etui. Sie waren so viel besser als meine eigenen, daß ich während der ganzen Reise nur ihre Zigaretten rauchte. Ich muß gestehen, wir verstanden uns ausgezeichnet. Aus der Krone auf ihrem Zigarettenetui und aus ihrem ganzen Benehmen schloß ich, daß sie einer hohen Gesellschaftsklasse angehören mußte, obgleich sie eigentlich für eine anständige Frau fast zu schön war. Nichtsdestoweniger hielt ich sie für irgendeine ›grande dame‹, die ihrer gesellschaftlichen Position so sicher war, daß sie sich's sogar leisten konnte, sich ganz natürlich zu geben. Anfangs las sie in ihrem Roman. Später machte sie einige Bemerkungen über die wechselnde Szenerie, und schließlich kamen wir auf die europäische Tagespolitik zu sprechen. Sie schien in allen europäischen Städten zu Hause zu sein und alle prominenten Leute zu kennen. Über sich selbst verriet sie nichts, nur daß sie hie und da Bemerkungen fallen ließ wie: ›Als mein Mann noch in Wien stationiert war‹, oder ›Als mein Mann damals nach Rom versetzt wurde‹. Dann sagte sie plötzlich zu mir: ›Ich habe Sie oft in Monte Carlo gesehen – Sie haben doch seinerzeit die Meisterschaft im Tontaubenschießen gewonnen.‹ Ich versicherte ihr, daß ich kein Tontaubenschütze sei, und sie schien äußerst überrascht. ›Oh, Sie müssen mir verzeihen‹, sagte sie, ›aber ich habe Sie für Morton Hamilton gehalten, den englischen Meister.‹ Nun sehe ich Morton Hamilton tatsächlich zum Verwechseln ähnlich, aber jetzt weiß ich, ihr ganzes Bestreben ging dahin, mich in dem Wahn zu lassen, sie hätte keine Ahnung, wer ich sei. Von mir aus hätte sie dieses Theater gar nicht nötig gehabt, denn ich hegte nicht den geringsten Verdacht gegen sie und war nur allzu entzückt, eine so charmante Reisegefährtin zu haben.

Das einzige, was mich hätte mißtrauisch machen müssen, war die Tatsache, daß sie mich bei jeder Station unter irgendeinem lächerlichen Vorwand aus dem Abteil zu schicken versuchte. Sie gab vor, ihre Zofe säße weiter hinten im Zuge in einem Coupé zweiter Klasse und sie könnte gar nicht verstehen, warum sie sich überhaupt nicht um sie kümmere. Ob ich nicht so liebenswürdig sein könnte, ihr dies und jenes zu besorgen, falls das Mädchen auch bei der nächsten Station nicht käme.

Ich hatte meinen Toilettenkoffer aus dem Gepäcknetz genommen, um einen Roman herauszunehmen, und hatte ihn auf den mir gegenüberliegenden Sitz gestellt, an der Seite des Abteils, die am weitesten von ihr entfernt war; und als ich wieder einmal zurückkam, mit einer Tasse Schokolade für sie – es kann auch irgendein anderer ganz blöder Auftrag gewesen sein – fand ich sie an meiner Seite des Abteils, mit beiden Händen auf meinem Toilettenkoffer. Sie sah mich an, ohne mit der Wimper zu zucken, und schob den Koffer sorgfältig in die Ecke. ›Ihr Koffer ist heruntergefallen‹, sagte sie. ›Wenn Sie Flacons drin haben sollten, schauen Sie lieber nach, ob auch nichts zerbrochen ist.‹

Und ob Sie's glauben oder nicht, ich Trottel habe den Koffer auch tatsächlich aufgemacht und nachgesehen. Sie muß mich wirklich für einen Vollidioten gehalten haben. Mir wird noch jetzt ganz heiß, wenn ich dran denke. Aber trotz meiner Beschränktheit und ihrer ganzen Raffiniertheit hat sie nichts damit erreicht, daß sie mich wegschickte; denn das, was sie haben wollte, war in meiner Reisetasche, und jedes Mal, wenn sie mich wegschickte, ging die Reisetasche auch mit.

Nach dem Zwischenfall mit dem Toilettenkoffer änderte sich ihr Verhalten. Entweder hatte sie während meiner Abwesenheit Zeit gehabt, ihn zu durchsuchen, oder sie hatte mit einem Blick übersehen, was drin war, als ich ihn wegen der zerbrochenen Flacons untersuchte.

Von diesem Augenblick an muß sie sicher gewesen sein, daß sich das Zigarrenetui, in das ich, wie sie wußte, die Diamanten gesteckt hatte, in dem Lederbeutel befand, den ich an meinem Körper trug; und von da an überlegte sie wahrscheinlich fieberhaft, wie sie es in ihre Hand bekommen könnte.

Ihr Ärger wurde immer offensichtlicher. Sie vergaß ihre gute Kinderstube, und aus war's mit ihrer charmanten Liebenswürdigkeit. Sie verstummte, und wenn ich etwas sagte, antwortete sie gereizt oder zerstreut. Es war ganz klar, daß sie mit ihren Gedanken nur bei ihrem Plan war. Wir näherten uns zusehends dem Ende unserer Reise, und ihre Zeit zu handeln verringerte sich entsprechend der Geschwindigkeit des Expreßzuges. Sogar ich in meiner Ahnungslosigkeit merkte, daß etwas bei ihr ganz und gar nicht stimmte. Heute bin ich überzeugt, sie hätte mir ein Messer in den Leib gejagt, wenn ich ihr nicht noch kurz vor Marseille, infolge meiner eigenen Gedankenlosigkeit, die Chance gegeben hätte, nach der sie fieberte. Aber damals glaubte ich nur, die lange Reise habe sie ermüdet. Ich erwähnte, wie anstrengend doch die Fahrt immerhin sei und ob ich ihr einen Schluck Cognac anbieten dürfe.

›Nein‹, sagte sie und lehnte dankend ab. Aber plötzlich leuchteten ihre Augen auf, und sie rief strahlend aus: ›Danke, gern, wenn Sie so nett sein wollen!‹

Meine Reiseflasche war in meinem Lederbeutel. Ich legte ihn auf meine Knie, drückte mit meinem Daumen das Schloß auf und schob die Lasche hinauf. Da ich meine Fahrkarten und Kursbücher auch immer in diesem Beutel habe, schließe ich ihn erst gar nicht ab. Ich trage ihn ja sowieso immer umgeschnallt, so daß gar nichts passieren kann. Jetzt begreife ich auch, mit welcher Befriedigung, aber auch mit welcher Qual zugleich, diese Frau beobachtet haben muß, daß er nicht abgeschlossen war.

Bei der Fahrt durch die Berge war mir ziemlich kühl gewesen, und ich hatte meinen leichten Staubmantel übergezogen. Aber nachdem die Lampen im Abteil eine Weile brannten, wurde es heiß und stickig, und der Mantel wurde mir unbequem. Darum stand ich auf, streifte den Riemen über den Kopf und stellte den Beutel auf den Sitz neben mir. Dann zog ich den Mantel aus. Unvorsichtigkeit brauche ich mir im allgemeinen nicht vorzuwerfen. Die Tasche war noch in greifbarer Nähe, und es wäre auch nichts geschehen, wenn nicht ausgerechnet in diesem Moment der Zug in Arles gehalten hätte. Es war das Zusammentreffen vom Ablegen der Tasche und dem Einfahren des Zuges in den Bahnhof, das der Prinzessin Zichy die ersehnte Gelegenheit gab, mich zu berauben.

Ich brauche Ihnen nicht zu sagen, daß sie schlau genug war, diese Gelegenheit zu ergreifen. Der Zug fuhr in vollem Tempo in den Bahnhof ein, dann hielt er plötzlich mit einem Ruck. Ich hatte gerade meinen Mantel ins Gepäcknetz geworfen, wollte eben nach meiner Tasche greifen und hätte auch im nächsten Moment schon den Riemen wieder über der Schulter gehabt. Aber in diesem Augenblick riß die Prinzessin die Coupétür auf und winkte wie wild in die draußen stehende Menge: ›Natalie!‹ rief sie. ›Hier bin ich! Komm her! Nein, hierher!‹ Sie drehte sich in größter Aufregung nach mir um. ›Meine Zofe!‹ schrie sie. ›Eben ist sie hier am Fenster vorbeigelaufen, hat mich aber nicht gesehen. Sie sucht mich. Bitte, gehen Sie doch schnell, und bringen Sie sie her.‹ Sie zeigte ununterbrochen auf den Bahnsteig, und mit der anderen Hand winkte sie mir aufgeregt, auszusteigen. Diese Frau hatte einfach etwas in ihrem Ton, das einen springen ließ. Wenn sie Befehle gab, kam man gar nicht auf die Idee, an etwas anderes zu denken. Ich raste also hinaus und stürzte mich in meine Hilfsaktion. Dann raste ich wieder zurück, um zu fragen, wie denn die Zofe aussähe.

›In Schwarz‹, antwortete sie. Sie war aufgestanden und blockierte den Eingang. ›Ganz in Schwarz, mit einem Häubchen!‹

In Arles hatte der Zug ungefähr drei Minuten Aufenthalt. In diesen drei Minuten muß ich auf mindestens zwanzig Frauen in Schwarz losgestürzt sein und gefragt haben: ›Heißen Sie Natalie?‹ Der einzige Grund, daß ich nicht eins mit einem Regenschirm über den Kopf bekam oder der Polizei übergeben wurde, lag nur darin, daß die Leute mich wahrscheinlich für einen Verrückten hielten.

Als ich in das Abteil zurücksprang, saß die Prinzessin auf ihrem Platz, wie ich sie verlassen hatte. Aber ihre Augen strahlten vor Glück. Sie legte ihre Hand fast zärtlich auf meinen Arm und sagte in einem ganz hysterischen Ton: › Das war furchtbar nett von Ihnen. Entschuldigen Sie vielmals, daß ich Sie so herumgehetzt habe.‹

Ich beschwerte mich nur, daß jede Frau auf dem Bahnsteig in Schwarz zu sein schien.

› Nein, wirklich, es tut mir schrecklich leid‹, sagte sie lachend. Und sie lachte und lachte, bis ihr plötzlich der Atem ausging und ich dachte: jetzt fällt sie in Ohnmacht.

Allerdings muß diese letzte halbe Stunde unserer Reise auch entsetzlich für sie gewesen sein. Das Zigarrenetui hatte sie zwar in Sicherheit gebracht, wußte aber gleichzeitig, daß sie selber nicht sicher war. Denn hätte ich zufällig meinen Lederbeutel aufgemacht, und sei's in der letzten Minute, und vermißte das Etui, konnte nur sie es gestohlen haben, darüber war gar kein Zweifel. Ich hatte die Diamanten im selben Augenblick in den Beutel gesteckt, als sie ins Abteil gekommen war, und seitdem war außer uns beiden niemand hereingekommen. Sie wußte, daß sie bei unserer Ankunft in Marseille entweder um zwanzigtausend Pfund reicher wäre als in Paris oder ins Gefängnis wandern würde. Das müssen ihre Überlegungen gewesen sein. Ich hätte diese letzte halbe Stunde nicht in ihrer Haut stecken mögen. Es muß die Hölle gewesen sein.

Ich merkte, daß etwas nicht stimmte. In meiner Unschuld fragte ich mich sogar, ob nicht der Cognac am Ende zu stark gewesen sei. Denn sie verwandelte sich plötzlich in die lebhafteste Gesellschafterin, machte mir Komplimente und lachte über alles, was ich sagte. Sie bombardierte mich mit Fragen im Tempo eines Maschinengewehrs. Sobald ich mich nur rührte, hörte sie auf mit ihrem Geplauder und lehnte sich lebhaft zu mir hinüber, aber mit dem Blick einer Katze über einem Mauseloch. Es war mir ein Rätsel, wie ich sie für eine angenehme Reisegefährtin hatte halten können. Mit einem Wahnsinnigen zusammen eingesperrt zu sein, erschien mir dagegen wie eine Erlösung. Ich male mir nicht gerne aus, was geschehen wäre, wenn ich versucht hätte, die Tasche zu öffnen. Aber da ich sie sorgfältig wieder umgehängt hatte, ließ ich sie zu und kam demzufolge lebend in Marseille an. Während wir in den Bahnhof einfuhren, schüttelte sie mir die Hand und grinste mich an wie eine Cheshirekatze.

›Ich kann Ihnen gar nicht sagen, für wieviel ich Ihnen zu danken habe‹, sagte sie zum Abschied. Was sagen Sie zu dieser Frechheit?

Ich erbot mich, sie in einen Wagen zu setzen. Sie sagte jedoch, sie müsse Natalie finden, hoffe aber, wir würden uns im Hotel wiedersehen. Und so fuhr ich allein fort. Ich fragte mich, wer sie wohl sein könnte und ob diese Natalie nicht ein Liebhaber sei.

Der Zug nach Nizza ging erst in einigen Stunden. Ich wollte noch ein bißchen in der Stadt herumstrolchen und hielt es daher für besser, ins Hotel zu gehen und die Diamanten ins Hotelsafe zu legen. Kaum war ich in meinem Zimmer, schloß ich die Tür ab, legte die Reisetasche auf den Tisch und öffnete sie. Ich fühlte zwischen den Gegenständen herum, die zu oberst lagen, stieß aber nicht auf das Zigarrenetui. Ich schob meine Hand tiefer hinein und wühlte in den Sachen herum, fand es aber noch immer nicht. Es lief mir eiskalt über den Rücken, und ein Gefühl der Leere breitete sich in meiner Magengrube aus. Dann würde mir glühend heiß, und der Angstschweiß brach mir am ganzen Körper aus. Ich feuchtete meine Lippen mit der Zunge an und sagte mir: ›Sei doch kein Narr. Reiß dich zusammen – reiß dich doch zusammen. Nimm die Sachen einzeln heraus. Es muß ja da sein. Natürlich ist es da. Sei kein Narr.‹

Ich nahm mich mit aller Kraft zusammen und packte die Sachen Stück für Stück aus. Aber schon nach einer Sekunde hielt ich es einfach nicht mehr aus, rannte mit der Tasche durchs Zimmer und leerte alles auf das Bett aus. Aber die Diamanten waren nicht dabei. Ich zerrte die Sachen auseinander, riß sie auf, wühlte darin herum, brachte sie wieder in Ordnung, legte sie sorgfältig nebeneinander – aber alles war nutzlos. Das Zigarrenetui war weg. Jetzt warf ich alle Sachen aus meinem Toilettenkoffer auf den Boden, obgleich ich wußte, es war sinnlos. Denn ich war ganz sicher, ich hatte es bestimmt in den Lederbeutel gesteckt. Ich setzte mich hin und versuchte mich genau zu erinnern. In Paris war die Frau plötzlich in das Abteil gestiegen, und ich hatte das Etui schnell in den Beutel gesteckt. Seitdem war ich mit ihr allein gewesen. Also konnte nur sie mich bestohlen haben. Aber wie? Ich hatte doch den Beutel die ganze Zeit nicht abgenommen ... Und da durchfuhr es mich plötzlich: Das stimmte gar nicht – ich hatte ihn auf den Sitz gelegt, als ich den Mantel auszog und während ich diese Natalie suchte. Jetzt fiel mir erst auf, daß die Frau mich sinnlos herumgehetzt hatte und wie sie mich auf jeder Station aus dem Abteil wegzukriegen versuchte.

Ich brüllte auf wie ein wildgewordener Stier und raste die Treppen hinunter, immer sechs Stufen auf einmal.

Unten im Büro fragte ich, ob vorhin eine sehr vornehme Dame, eine Russin, im Hotel abgestiegen sei.

Natürlich nicht – genau wie ich erwartet hatte. Ich sprang in eine Droschke und erkundigte mich noch in zwei anderen Hotels. Dann sah ich ein, es war purer Wahnsinn, sie ohne Hilfe von außen fassen zu wollen. Ich befahl dem Kutscher, auf schnellstem Wege ins Polizeipräsidium zu fahren. Dort erzählte ich dem diensthabenden Beamten meine Geschichte. Dieser Trottel gab mir den guten Rat, mich zu beruhigen, und wollte ein Protokoll aufnehmen. Ich brüllte ihn an, es sei keine Zeit, Protokolle aufzunehmen, man müsse handeln. Er wurde ekelhaft, und ich verlangte, auf der Stelle zu seinem Chef geführt zu werden. Der Chef sei sehr beschäftigt und könne mich nicht empfangen, sagte er. Daraufhin präsentierte ich meinen silbernen Windhund. Das hatte ich seit Beginn meiner Dienstzeit vor elf Jahren bisher erst einmal nötig gehabt. Ich machte ihn in unangenehmster Weise darauf aufmerksam, daß ich ein Kurier der Königin sei. Und wenn der Polizeichef mich nicht augenblicklich empfinge, würde es ihn wahrscheinlich seine hochwohllöbliche Stellung kosten. Nach dieser Epistel kam der Bursche eiligst von seinem hohen Roß herunter und rannte mit mir zu seinem Chef – übrigens ein prachtvoller, junger Kerl, Oberst in der Armee und sehr intelligent.

Ich setzte ihm auseinander, daß mir in einem Abteil erster Klasse der französischen Eisenbahn ein Diamantkollier gestohlen worden sei, ein Geschenk der Königin von England an die russische Zarin. ›Sie haben für den Rest Ihres Lebens ausgesorgt‹, deutete ich an, ›wenn es Ihnen gelingt, die Diebin zu verhaften. Außerdem können Sie mit der Anerkennung dreier Großmächte rechnen.‹

Das ließ er sich nicht zweimal sagen. Er sah schon lauter russische und französische Orden auf seiner Brust sprießen und setzte sofort eine Klingel in Bewegung. Er drückte auf Knöpfe und kommandierte herum wie ein Kapitän auf einer alten Dampfbarkasse. Ihre Personalbeschreibung wurde an alle Stadtausgänge geschickt. Alle Kontrolleure und Gepäckträger wurden angewiesen, sämtliche Züge zu durchsuchen, die Marseille verließen. Er ordnete an, die

Passagiere aller ausfahrenden Schiffe zu vernehmen. Die Besitzer aller Hotels und Pensionen wurden telegraphisch aufgefordert, ihm binnen einer Stunde die komplette Liste ihrer Gäste zuzuschicken. Während ich bei ihm war, hatte er mindestens hundert Befehle erteilt und ein solches Heer von Kommissaren, Schutzleuten, Gendarmen, Polizeistreifen und Geheimpolizisten aufgeboten, daß man die gesamte deutsche Armee hätte einfangen können. Nachdem sie weg waren, versicherte er mir, die Frau sei schon so gut wie verhaftet. Das stimmte auch. Sie saß praktisch in der Falle, denn aus Marseille wegzukommen, war für sie genau so illusorisch wie die Flucht aus dem Château d'If.

Er riet mir: ›Geh'n Sie in Ihr Hotel zurück und machen Sie sich gar keine Gedanken. In einer Stunde haben Sie von mir Bescheid, daß sie verhaftet ist‹, versicherte er mir.

Ich bedankte mich bei ihm, lobte seine ungeheure Energie und ging. Aber ich teilte seinen Optimismus nicht. Diese Frau war eine viel zu gerissene Person, die nahm es mit jedem von uns auf. Er konnte leicht optimistisch sein. Schließlich hatte er ja die Diamanten nicht verloren; aber wenn er sie wiederfand, hatte er ausgesorgt. Ich hingegen blieb, was ich vor dem Diebstahl war, selbst wenn er das Kollier wieder herbeischaffte; und konnte er es nicht herbeischaffen, war ich ein ruinierter Mann. Das waren in keinem Fall erfreuliche Aussichten für mich. Ich war immer so stolz gewesen auf mein erstklassiges Renommée. In den elf Jahren meiner Tätigkeit hatte ich nie ein Dokument verlegt und nie versäumt, immer gleich den nächsten Zug zu nehmen. Und ausgerechnet in meiner bisher wichtigsten Mission mußte ich jetzt versagen. Wenn es noch eine Sache gewesen wäre, die man hätte vertuschen können. Aber dazu war sie viel zu sensationell, viel zu dramatisch. Sie mußte das größte Aufsehen in der Welt erregen. Ich sah mich schon auf dem ganzen Kontinent als lächerliche Figur, vielleicht auch entlassen, vielleicht sogar verdächtigt, das Ding selber gestohlen zu haben.

Ich ging gerade an einem erleuchteten Straßen-Café vorbei. Mir war so elend zumute, daß ich dringend eine Stärkung brauchte und hineinging. Doch dann überlegte ich: Hatte ich erst mal ein Glas getrunken, konnte ich in meiner augenblicklichen Verfassung wahrscheinlich nicht unter zwanzig aufhören, und beschloß, es lieber ganz zu lassen. Aber meine Nerven zitterten wie verängstigte Kaninchen, und ich mußte unbedingt etwas zu ihrer Beruhigung tun, oder ich wäre verrückt geworden. Ich griff nach meinem Zigarettenetui. Doch dann wieder schien mir eine Zigarette in dieser Situation nicht das Richtige zu sein. Also steckte ich es wieder weg und zog dieses Zigarrenetui hier aus meiner Jackettasche, das ich immer mit den schwärzesten und stärksten Zigarren fülle. Ich öffnete es und langte nach einer Zigarre. Doch statt einer Zigarre berührten meine Finger eine feine Lederhülle. Mir stand das Herz still. Ich wagte nicht hinzusehen. Aber meine Nägel bohrten sich in das Leder; ich fühlte Lagen von Seidenpapier, eine Lage Watte und dann ... die Facetten der Diamanten für die russische Zarin!

Ich taumelte, als hätte ich einen Schlag ins Gesicht bekommen, und sank in einen der Stühle auf der Terrasse. Ich riß die Hülle ab und breitete die Diamanten auf dem Caféhaustisch aus. Ich konnte es nicht fassen, daß sie wirklich da lagen. Ich ließ das Kollier durch meine Finger gleiten, drückte es zwischen meinen Handflächen zusammen und warf es hoch in die Luft. Ich glaube, ich küßte es sogar. Die Frauen im Café stiegen auf die Stühle, um besser sehen zu kön nen, und lachten und schrien, und die Leute drängten sich so dicht an mich heran, daß die Kellner eine Schutzkette bilden mußten. Der Besitzer glaubte, es wäre eine Schlägerei, und rief nach der Polizei. Ich war so glücklich, mir war alles ganz egal. Lachend gab ich dem Besitzer eine Fünfpfundnote und bat ihn, die Umstehenden auf meine Rechnung zu bewirten. Dann warf ich mich in eine Droschke und galoppierte davon, zu meinem Freund, dem Polizeichef. Ich bedauerte ihn schon jetzt. Er war so glücklich gewesen über die Chance, die ich ihm gegeben hatte. Um so enttäuschter mußte er sein, wenn er erfuhr, daß es nur blinder Alarm gewesen war.

Denn jetzt, nachdem ich das Kollier gefunden hatte, lag mir auch nichts mehr daran, daß er die Frau verhaftete. Im Gegenteil, ich hatte nur ein Interesse: sie spurlos entkommen zu lassen. Wurde sie gefaßt, kam alles heraus, und ich mußte mit einer scharfen Verwarnung rechnen, sicher aber mit dem Stigma der Lächerlichkeit.

Jetzt konnte ich mir auch erklären, wie es passiert war. Als die Frau ins Coupé gestoßen wurde, hatte ich, in meiner Aufregung, die Diamanten zu verstecken, die Etuis verwechselt und das mit den Diamanten in meine Jackettasche gesteckt. Da ich ja die Diamanten wieder hatte, schien es plötzlich eine ganz natürliche Verwechselung zu sein. Aber ich zweifelte, ob das Außenministerium auch so dachte. Dort hatte man wahrscheinlich für die geniale Einfachheit meines Verstecks wenig Verständnis. Darum war ich auch mehr als erleichtert, als ich im Polizeipräsidium erfuhr, daß die Frau noch frei herumlief.

Wie ich erwartet hatte, war der Chef ungeheuer bekümmert, als er von meiner Verwechslung hörte. Damit war seine Hilfe überflüssig geworden. Aber ich war selbst viel zu glücklich, als daß ich andere hätte leiden sehen können. Darum äußerte ich den Verdacht, daß dieser Versuch, die Diamanten der Zarin zu stehlen, bestimmt nur der Auftakt zu einer ganzen Serie derartiger Versuche einer skrupellosen Verbrecherbande war. Und ich schwebte möglicherweise nach wie vor in Gefahr.

Ich zwinkerte dem Chef aufmunternd zu, der Chef lächelte zurück, und wir fuhren zusammen im Salonwagen, mit einer Bewachung von zwölf schwer bewaffneten und zwölf Geheimpolizisten, nach Nizza, und der Chef und ich tranken während der ganzen Fahrt Champagner. Wir marschierten gemeinsam zum Hotel, in dem der russische Gesandte abgestiegen war, eng umgeben von unserer Eskorte von Polizisten, und lieferten das Kollier in einer höchst eindrucksvollen Zeremonie an ihn ab. Der alte Gesandte war ungeheuer beeindruckt; und als ich eine Andeutung fallen ließ, beinahe das Opfer eines gewagten Raubüberfalls geworden zu sein, versicherte er uns: ›Seine Kaiserliche Majestät wird sich bestimmt erkenntlich zeigen.‹

Ich verfaßte noch einen schwungvollen Brief an den französischen Außenminister über die unschätzbaren Verdienste des Chefs. Er bekam so viele russische und französische Orden und Ehrenzeichen, daß sogar ein Franzose damit zufrieden sein konnte. So bekam er seine wohlverdiente Belohnung doch noch, trotzdem er die Frau nie gefaßt hat.«

Der Königliche Kurier hielt inne und beobachtete die Gesichter der Anwesenden mit einer gewissen Verlegenheit.

»Aber was das Peinlichste daran ist«, fügte er hinzu, »die Geschichte muß irgendwie durchgesickert sein. Denn während die Prinzessin nichts von mir bekommen hat als das Etui mit ein paar Zigarren, schickte mir der Zar ein paar Wochen nach der Krönung ein goldenes Zigarrenetui mit seinem Monogramm in

Brillanten. Ich weiß bis heute nicht, ob das nur ein Zufall war oder ob mir der Zar zu verstehen geben wollte, daß er wüßte, ich hatte die Diamanten der Zarin in meinem schweinsledernen Zigarrenetui versteckt. Was glauben *Sie*, meine Herren?«

III

Sir Andrew stand auf. Jeder Zug in seinem Gesicht war ein einziger Vorwurf.

»Ich dachte, Ihre Geschichte habe etwas mit dem Mord zu tun«, sagte er. »Hätte ich geahnt, daß sie nicht das geringste damit zu tun hat, wäre ich nicht geblieben.« Er stieß seinen Stuhl zurück und verbeugte sich förmlich. »Gute Nacht, wünsche ich«, sagte er.

Es erhob sich ein Chor begütigender Stimmen. Im Schutze dieses Stimmengewirrs und der protestierenden Antworten des Baronets steckte ein Diener dem Herrn mit der schwarzen Perle zum zweiten Male einen Zettel zu. Er las ihn und zerriß ihn in winzige Stücke.

Das jüngste Mitglied hatte der Erzählung des Königlichen Kuriers schweigend, aber mit großem Interesse zugehört. Jetzt hob er gebieterisch die Hand.

»Sir Andrew«, rief er, »um Lord Arthur Chetney Gerechtigkeit widerfahren zu lassen, muß ich Sie bitten, sich wieder zu setzen. Er ist in unserem Kreise eines furchtbaren Verbrechens angeklagt worden, und ich bestehe darauf, daß Sie hierbleiben und warten, bis ich ihn rehabilitiert habe.«

»*Sie!*« rief der Baronet.

»Ja, ich«, antwortete der junge Mann feurig. »Ich hätte schon früher gesprochen«, erklärte er, »aber ich dachte, vielleicht bringt dieser Herr« – er deutete mit einer Kopfbewegung auf den Kurier der Königin – »noch einige Fakten vor, die ich nicht kenne. Seine Erzählung jedoch hat mit dem Mordfall überhaupt nichts zu tun. Darum will ich die Geschichte bei der Stelle wieder aufnehmen, wo Leutnant Sears geendet hat, und auf jene Einzelheiten eingehen, über die Leutnant Sears nichts weiß. Es mag Ihnen seltsam erscheinen, daß ausgerechnet ich in der Lage sein sollte, die Fortsetzung dieser Geschichte zu übernehmen. Aber so ein Zufall ist das gar nicht. Ich bin der jüngste Associé der Rechtsanwaltfirma Chudleigh & Chudleigh. Wir sind schon seit mehr als hundert Jahren die Rechtsvertreter der Chetneys. Es gibt nichts, was Lord Chetney und seine beiden Söhne betrifft, das wir nicht wüßten, und sei es noch so unwichtig, und wir kennen natürlich die furchtbare gestrige Katastrophe in allen Einzelheiten.«

Der völlig verblüffte, aber doch sehr neugierige Baronet sank wieder in seinen Stuhl zurück.

»Wird es lange dauern, Sir?« fragte er.

»Ich werde bemüht sein, mich möglichst kurz zu fassen«, erwiderte der junge Associé. »Und«, fügte er noch in einem Ton hinzu, der seinen Worten fast das Gewicht einer Drohung verlieh, »ich verspreche Ihnen, es wird höchst unterhaltend sein.«

»Das brauchen Sie gar nicht zu versprechen«, sagte Sir Andrew, »mir ist es schon so interessant genug.« Er warf einen verzweifelten Blick auf die Uhr, sah aber schnell wieder weg.

»Sagen Sie dem Kutscher, ich nehme den Hansom stundenweise«, rief er dem Diener zu.

»Wie Sie alle wahrscheinlich in der Tagespresse gelesen haben, schwebt der Marquis of Edam seit drei Tagen in Lebensgefahr, und seine Ärzte haben sein Haus seit drei Tagen nicht verlassen. Er schien mit jeder Stunde schwächer zu werden. Aber obgleich seine physischen Kräfte für immer dahinzuschwinden scheinen, ist sein Geist klar und lebendig geblieben. Gestern, es war schon ziemlich spät, erreichte unser Büro die Nachricht, daß Lord Edam meinen Vater sofort in Chetney House sehen wolle und ihn bäte, gewisse Papiere mitzubringen. Welche Art von Papieren tut hier nichts zur Sache. Ich erwähne sie nur, um zu erklären, warum ich gestern nacht an Lord Edams Krankenbett weilte. Ich begleitete meinen Vater nach Chetney House. Aber als wir dort ankamen, schlief Lord Edam, und die Ärzte weigerten sich, ihn zu wecken. Mein Vater drang darauf, ihm zu gestatten, Lord Edams Instruktionen betreffs der Dokumente entgegenzunehmen, doch die Ärzte wollten nichts davon wissen. Sie wollten ihn unter keinen Umständen aufwecken, und wir begaben uns alle in die Bibliothek, um dort zu warten, bis er von selber aufwachte. Es war ungefähr ein Uhr morgens. Und als Inspektor Lyle mit den Beamten von Scotland Yard erschien, um Lord Arthur zu verhaften, waren wir immer noch da. Sie können sich unser Entsetzen und unsere Verzweiflung vorstellen. Wie jeder hatte auch ich aus den Abendblättern erfahren, daß der Earl of Chetney nicht tot, sondern wieder nach England zurückgekehrt sei. Bei unserer Ankunft in Chetney House sagte man uns, Lord Arthur sei ins Hotel Bath gefahren, um seinen Bruder aufzusuchen. Er hatte vor, ihn zu bitten, unverzüglich nach Hause zu kommen, falls er seinen Vater noch lebend antreffen wolle. Aber Arthur war noch nicht wieder heimgekommen, obgleich es inzwischen schon nach eins war. Keiner von uns wußte, wo Madame Zichy wohnte. Darum konnten wir auch Lord Chetneys Leiche nicht überführen lassen. Wir verbrachten eine fürchterliche Nacht und liefen jedesmal ans Fenster, sooft ein Wagen auf den Platz einbog; immer in der Hoffnung, es könnte Arthur sein, der zurückkam, um die belastenden Umstände aufzuklären, die ihn in den Verdacht des Mordes an seinem Bruder gebracht hatten. Ich bin Arthurs Freund, ich war mit ihm in Harrow und Oxford, und niemand kann mich überzeugen, daß er eines solchen Verbrechens fähig ist. Aber als Anwalt mußte ich zugeben, daß die Indizien entschieden gegen ihn sprachen.

In den frühen Morgenstunden wachte Lord Edam auf. Sein Zustand hatte sich so gebessert, daß er sich weigerte, die beabsichtigten Änderungen in den Papieren vorzunehmen. ›Ich bin dem Tode nicht näher als Ihr‹, erklärte er. Unter normalen Umständen wären wir über diesen glücklichen Wechsel in seinem Befinden ungeheuer froh gewesen; jetzt aber konnte keiner von uns den Gedanken an den Tod seines älteren Sohnes loswerden und an den furchtbaren Verdacht, der auf Arthur lastete.

Solange Inspektor Lyle im Hause blieb, wollte mein Vater, daß ich, als einer der Rechtsberater der Familie, gleichfalls dableiben sollte. Aber wir saßen alle nur untätig herum. Arthur war nicht nach Hause gekommen, und bis heute vormittag war die Lage unverändert, als Lyle plötzlich die Nachricht bekam, der russische Diener sei verhaftet worden. Er begab sich sofort nach Scotland Yard, um ihn zu vernehmen. Eine Stunde später war er wieder zurück, mit der Nachricht, der Diener habe sich geweigert, die geringste Aussage zu machen – weder über die Geschehnisse der vergangenen Nacht, noch über sich selbst, noch über die Prinzessin Zichy. Er hatte Lyle nicht einmal ihre Adresse gegeben.

›Er stirbt fast vor Angst‹, sagte Lyle. ›Ich habe ihm versichert, der Verdacht richte sich doch nicht gegen ihn – es half alles nichts, er wollte nichts sagen.‹

Es gab nichts Neues, bis man uns um zwei Uhr nachmittags eine Nachricht überbrachte: Arthur war gefunden worden! Er lag auf der Unfall-Station des St.-George-Krankenhauses. Lyle und ich fuhren zusammen hin und fanden ihn im Bett sitzend, mit verbundenem Kopf. Er war gestern abend vom Kutscher eines Hansoms eingeliefert worden, der ihn im Nebel überfahren hatte. Das Pferd schlug aus und traf ihn am Kopf. Da er keine Papiere bei sich hatte, wußte man nicht, wer er war. Und erst als er heute nachmittag wieder zu Bewußtsein kam, konnte die Krankenhaus-Verwaltung seine Familie verständigen. Lyle teilte ihm sofort mit, daß er unter Arrest stehe und auf was die Anklage lautet. Er warnte ihn, etwas zu sagen, was gegen ihn verwendet werden könnte. Ich als sein Rechtsanwalt hingegen ermunterte ihn, uns rückhaltlos alles zu erzählen, was er über die Vorgänge des gestrigen Abends wußte. Wir sahen deutlich, daß er über den Tod seines Bruders viel verzweifelter war als über die Mordanklage, die sich gegen ihn selber richtete.

›Bist Du wahnsinnig geworden?‹ sagte er empört. ›Das kann doch nicht Dein Ernst sein. Das ist ja ungeheuerlich und grausam sondergleichen. Wir sind doch gestern abend als die besten Freunde auseinandergegangen – wie schon seit Jahren nicht. Ich werde Dir alles erzählen, was ich weiß. Nicht etwa, um mich reinzuwaschen, sondern um Euch zu helfen, den wahren Tatbestand zu ermitteln!‹ Und er erzählte mir folgendes: Er hatte sich den ganzen Nachmittag um seinen Vater kümmern müssen und war nicht dazu gekommen, die Abendzeitungen zu lesen. Erst nach dem Essen hatte ihm der Butler eine gebracht und ihm erzählt, was drin stand. So erfuhr er, daß sein Bruder am Leben war und im Hotel Bath abgestiegen sei. Er fuhr sofort zu ihm. Aber im Hotel sagte man ihm, sein Bruder sei gegen acht Uhr ausgegangen, leider ohne zu hinterlassen, wohin. Chetney war nicht nach Hause gekommen, um seinen Vater zu sehen – also war er anscheinend noch böse auf ihn, dachte Arthur. Er kannte natürlich die Ursache ihres Zerwürfnisses und beschloß, Chetney im Hause der Prinzessin Zichy zu suchen.

Dieses Haus hatte man ihm einmal gezeigt. Im Hause selbst war er zwar noch nie gewesen, war aber oft daran vorbeigegangen und wußte genau, wo es lag. Deshalb fuhr er in diese Richtung, bis der Hansom im Nebel nicht mehr weiter kam. Den Rest des Weges ging er zu Fuß und kam gegen neun Uhr dort an. Er klingelte und wurde von dem russischen Diener eingelassen. Der Mann ging mit seiner Visitenkarte in den Salon. Sein Bruder kam sofort herausgelaufen und begrüßte ihn mit großer Herzlichkeit. Hinter ihm erschien Prinzessin Zichy, die Arthur gleichfalls auf das freundlichste empfing.

›Ihr beide werdet Euch sicher viel zu erzählen haben‹, sagte sie. ›Ich werde so lange ins Speisezimmer gehen. Ruft mich, wenn Ihr fertig seid‹, und ging hinaus.

Jetzt sagte Arthur seinem Bruder, wie es um ihren Vater stand und daß er die Nacht kaum überleben werde.

›Du mußt augenblicklich zu ihm kommen‹, sagte Arthur zu ihm. ›Das ist wirklich nicht der Moment, nachtragend zu sein. Du bist noch rechtzeitig von den Toten zurückgekommen, um dich mit ihm auszusöhnen, ehe er stirbt.‹

Chetney war ganz erschüttert darüber, wie Arthur sagt.

›Arthur‹, soll er erwidert haben, ›du darfst mich nicht mißverstehen. Ich habe ja nicht gewußt, daß der alte Herr krank ist, sonst wäre ich doch gleich nach meiner Ankunft zu ihm gegangen. Ich habe es nur deswegen nicht getan, weil ich dachte, er sei vielleicht noch böse mit mir. Natürlich komme ich sofort mit dir nach Hause. Ich will mich nur von der Prinzessin verabschieden. Diesmal ist es ein endgültiger Abschied. Nach dem heutigen Abend werde ich sie nie mehr wiedersehen.‹

›Ist das dein Ernst?‹ rief Arthur aus.

›Ja‹, antwortete Chetney. ›Als ich in London ankam, hatte ich nicht die Absicht, sie je wiederzusehen. Und wenn sie mich nicht irregeführt hätte, wäre ich gar nicht hier.‹ Dann erzählte er Arthur, was damals passiert war. Er hatte sich schon vor seiner Afrikareise von der Prinzessin getrennt. Bei seinem Aufenthalt in Kairo hatte er außerdem verschiedene Einzelheiten erfahren, die sich auf ihr Leben dort in der vorhergehenden Saison bezogen und die ein Wiedersehen mit ihr für ihn unmöglich machten. Der Bruch war endgültig und unwiderruflich.

›Sie hat mich schändlich hintergangen‹, sagte er. ›Du kannst dir nicht vorstellen, wie schändlich. Zwei Jahre lang habe ich versucht, von Papa die Einwilligung zu unserer Hochzeit zu bekommen. Und die ganze Zeit hatte sie ein Verhältnis mit einem russischen Diplomaten, der sie immer heimlich hier in London besucht hat. Ihre Reise nach Kairo war nur ein Vorwand gewesen, um ihn dort zu treffen.‹

›Und trotzdem bist du heute abend wieder bei ihr‹, protestierte Arthur, ›kaum, daß du angekommen bist.‹

›Das ist nicht schwer zu erklären‹, entgegnete Chetney. ›Als ich gerade mit dem Abendessen im Hotel fertig war, brachte man mir einen Brief von ihr und mit dieser Adresse. Sie habe durch die Zeitungen von meiner Ankunft erfahren, sagte sie darin, und bäte mich, doch gleich zu ihr zu kommen. Es gehe ihr augenblicklich sehr schlecht. Sie leide an einer tödlichen Krankheit und habe weder Freunde noch Geld, schrieb sie. Im Gedenken an alte Zeiten bat sie mich, ihr doch zu helfen. Während der letzten zwei Jahre im Dschungel ist Zichy mir völlig gleichgültig geworden. Aber diesen Hilferuf hätte kein Mensch unbeachtet lassen können. Darum bin ich hergekommen – und was finde ich vor? Du hast sie ja selbst gesehen: genau so schön wie früher, bei bester Gesundheit und, nach dem Haus zu urteilen, keineswegs in Geldnöten.‹

›Ich habe sie zur Rede gestellt, wie sie dazu käme mir zu schreiben, daß sie sozusagen in einer Dachstube im Sterben liege. Sie habe befürchtet, ich würde nur zu ihr kommen, wenn ich wüßte, sie brauche meine Hilfe, war ihre Antwort darauf. Als du kamst, sprachen wir gerade darüber. Und jetzt werde ich mich von ihr verabschieden‹, sagte Chetney, ›geh du inzwischen schon nach Hause. – Nein, nein, du brauchst keine Angst zu haben, ich komme sofort nach. Sie hat keine Macht mehr über mich. Ich fürchte nur, daß sie mich trotz ihres Verhaltens mir gegenüber auf ihre komische Art noch immer gern hat. Und wenn sie merkt, daß dieser Abschied endgültig ist, kommt es vielleicht zu einer Szene; es wäre mir ihretwegen unangenehm, wenn du dabei wärst. Also geh schnell nach Hause und bestelle dem alten Herrn, ich komme in zehn Minuten nach.‹

›So sind wir auseinandergegangen‹, sagte Arthur. ›Nie haben wir uns freundschaftlicher voneinander verabschiedet. Ich war so glücklich, ihn lebend wiederzusehen; glücklich in dem Gedanken, daß er rechtzeitig zurückgekommen war, um sich mit unserem Vater wieder auszusöhnen. Und ich war glücklich, daß er endlich genug hatte von dieser Frau. So gut wie gestern hat er mir noch nie gefallen.‹ Er wandte sich an Inspektor Lyle, der am Fußende des Bettes saß und alles zu Protokoll nahm.

›Können Sie mir vielleicht sagen‹, rief er, ›warum ich mir gerade diesen Moment ausgesucht haben sollte, um meinen Bruder zu ermorden?‹ Der Inspektor schwieg eine Weile. Ich weiß nicht, ob einer von Ihnen Inspektor Lyle zufällig kennt. Aber ich kann Ihnen versichern, er ist eine ungeheuer starke Persönlichkeit. In wichtigen Fällen wenden wir uns immer an ihn, und er hat uns noch nie enttäuscht. Mein Vater hat die größte Hochachtung für ihn. Im Vergleich zu anderen Kriminalbeamten hat er einen großen Vorzug: Er hat nämlich Phantasie. Darum kann er sich auch in die Mentalität eines Verbrechers hineinversetzen wie keiner. Er kann sich genau vorstellen, wie dieser unter den und den Umständen reagieren würde, und zwar so genau, daß er meistens den Mann findet, den er sucht. Wie oft habe ich zu Lyle gesagt: ›Sie hätten ein erfolgreicher Dichter oder Bühnenschriftsteller werden können, wenn Sie nicht Detektiv geworden wären.‹

Als Arthur sich so brüsk an ihn wandte, zögerte Lyle einen Augenblick. Dann sagte er ihm genau, was gegen ihn sprach.

›Seit die Nachricht kam, daß Ihr Bruder in Afrika verstorben sei, hat Eure Lordschaft große Darlehen auf die Erbschaft aufgenommen‹, sagte er. ›Lord Chetneys Rückkehr gestern abend hat diese Wechsel in wertloses Papier verwandelt. Sie hatten plötzlich viele tausend Pfund Schulden – viel mehr, als Sie je hätten zurückzahlen können. Niemand wußte, daß Sie und Ihr Bruder sich bei Madame Zichy getroffen hatten. Sie aber wußten, daß Ihr Vater voraussichtlich die Nacht nicht überleben würde. Starb Ihr Bruder auch, würde Sie das nicht nur vor dem Ruin retten, Sie würden auch den Titel eines Marquis of Edam erben.‹

›Sieh mal an‹, schrie Arthur, ›wie fein Sie sich das alles ausgerechnet haben! Und um den Titel zu erben, mußte ich unbedingt die Frau gleich mit umbringen, was?‹

›Man wird sagen, sie war Zeuge des Mordes‹, antwortete Lyle, ›und hätte Sie wahrscheinlich verraten.‹

›Und warum hätte ich dann den Diener nicht auch umbringen sollen?‹ fragte Arthur.

›Weil er gerade schlief und nichts gesehen hat.‹

›Sie glauben doch selber nicht, was Sie da sagen!‹ tobte Arthur.

›Hier ist nicht die Frage, was ich glaube‹, sagte Lyle ernst. ›Diese Frage zu beantworten, müssen wir Ihren Richtern überlassen.‹

›Der Kerl ist unverschämt!‹ schrie Arthur. ›Das ist ja ungeheuerlich! Einfach grauenhaft!‹

Bevor wir es verhindern konnten, war er von seinem Lager aufgesprungen und begann sich anzuziehen. Die Pflegerinnen versuchten ihn niederzuhalten, aber er wehrte sich verzweifelt.

›Glauben Sie vielleicht, Sie können mich hier halten, wenn man versucht, mich zu hängen?‹ brüllte er. ›Ich gehe auf der Stelle mit Ihnen in das Haus!‹ schrie er Lyle an und nannte uns die Adresse. ›Ich will neben Ihnen stehen, wenn Sie die Leichen finden. Es handelt sich immerhin um meinen Bruder. Er ist ermordet worden, und ich werde Ihnen auch sagen, wer ihn ermordet hat. Dieses Weibsbild hat ihn umgebracht. Erst hat sie sein Leben ruiniert, und jetzt hat sie ihn getötet. Seit fünf Jahren hat sie mit allen Mitteln versucht, seine Frau zu werden. Gestern abend hat er ihr gesagt, er kenne ihre wahren Beziehungen zu diesem Russen und sie werde ihn nie wiedersehen. Sie bekam einen Wutanfall und hat ihn erstochen. Hinterher hat sie dann aus Angst vor dem Galgen Selbstmord verübt. Sie hat ihn ermordet, darauf können Sie sich verlassen. Und ich bin überzeugt, wir finden auch die Mordwaffe noch bei ihr – vielleicht sogar in ihrer Hand. Was würden Sie dann sagen?‹

Lyle wendete den Kopf weg und sah zu Boden. ›Ich könnte zum Beispiel sagen, Sie haben sie dahin gelegt‹, erwiderte er.

Arthur stieß einen Wutschrei aus und ging auf ihn los. Aber plötzlich fiel er vornüber, Lyle in die Arme. Das Blut sickerte unter der Bandage hervor. Er war ohnmächtig geworden. Lyle legte ihn wieder aufs Bett zurück. Wir überließen ihn den Ärzten und der Polizei und fuhren zu der Adresse, die er uns genannt hatte. Das Haus lag keine drei Minuten vom St.-George-Krankenhaus entfernt. Es stand in Trevor Terrace, der kleinen, von Knightsbridge Road zurückgebauten Häusergruppe. Die Rückseite lag nach der Hill Street hinaus.

Als wir aus dem Krankenhaus kamen, hatte Lyle noch zu mir gesagt: ›Sie dürfen es mir nicht übel nehmen, daß ich ihn derartig behandelt habe. Bei dieser Art von Geschäft sind alle Mittel erlaubt. Wenn ich nämlich den jungen Mann durch mein provozierendes Verhalten zu einem Geständnis hätte bringen können, wäre meine Methode absolut gerechtfertigt gewesen. Aber keiner wäre glücklicher als ich, wenn sich seine Theorie bewahrheiten sollte, das können Sie mir glauben. Doch das müssen wir erst sehen. Alles hängt davon ab, was wir selbst in den nächsten Minuten dort vorfinden.‹

Als wir beim Hause ankamen, brach Lyle den Riegel eines Parterrefensters auf, und, von den Sträuchern im Garten verdeckt, kletterten wir hinein. Wir landeten im Empfangszimmer, dem ersten Raum rechts von der Eingangstür. Das Gaslicht in der Halle brannte noch hinter den bunten Glas- und roten Seidenschirmen. Das hereinströmende Tageslicht ließ die Halle ekelhaft nüchtern erscheinen wie das Foyer eines

Theaters bei einer Nachmittagsvorstellung oder den Eingang zu einem Tag und Nacht geöffneten Spielsalon. Die Stille im Haus war bedrückend. Und weil wir wußten, warum, sprachen wir im Flüsterton. Als Lyle die Türklinke zum Salon herunterdrückte, hatte ich das Gefühl, als drücke mir jemand die Kehle zu. Trotzdem blieb ich dicht hinter ihm. Und im gedämpften Licht der bunten Lampen sah ich die Leiche Chetneys auf dem Diwan liegen, genau wie Leutnant Sears es vorhin geschildert hat. Im Speisezimmer fanden wir die Leiche der Prinzessin Zichy, die Arme weit von sich gestreckt. Das Blut aus ihrem Herzen war in einer dünnen Spur über ihre weiße Schulter heruntergeronnen und dort festgetrocknet. Aber keiner von uns fand die Waffe, die sie getötet hatte, obgleich wir den Boden auf Händen und Knien absuchten.

›Tausend Pfund hätte ich Arthurs wegen gegeben‹, sagte ich, ›wenn wir das Messer in ihrer Hand gefunden hätten, wie er es prophezeit hatte.‹

›Gerade daß wir es *nicht* dort gefunden haben‹, entgegnete Lyle, ›ist für mich der stärkste Beweis, daß er die Wahrheit gesagt und das Haus tatsächlich vor dem Mord verlassen hat. Er ist doch kein Dummkopf. Wenn er seinen Bruder und diese Frau erstochen hätte, wäre er auch auf den Einfall gekommen, das Messer in ihrer unmittelbaren Nähe liegen zu lassen, um den Eindruck zu erwecken, als habe sie erst Chetney und dann sich umgebracht. Außerdem hätte er erst gar nichts davon erwähnt, wenn er von vornherein wissen mußte, wir würden es nicht finden, weil er es mitgenommen hatte. Und das ist auch kein Selbstmord. Ein Selbstmörder dürfte kaum wieder aufstehen, die Waffe verstecken, mit der er sich umgebracht hat, und sich dann wieder hinlegen. Nein, hier handelt es sich um einen Doppelmord, und wir müssen außerhalb dieses Hauses nach dem Mörder suchen.‹

Während Lyle sprach, hatten wir beide jeden Winkel durchsucht und alle Einzelheiten der verschiedenen Räume genau studiert. Ich wich ihm nicht von der Seite. Ich hatte nämlich große Angst, er könnte, ohne mir etwas davon zu sagen, Rückschlüsse ziehen, die Arthur belasteten. Ich war entschlossen, alles zu sehen, was er sah, und wenn möglich zu verhindern, daß er es falsch auslegte. Endlich hatte er seine Untersuchung beendet, und wir setzten uns in den Salon. Er zog sein Notizbuch heraus und las laut vor, was Mr. Sears über den Mord mitgeteilt hatte und dann das, was wir soeben von Arthur gehört hatten. Wir verglichen die beiden Versionen, Wort für Wort, und wogen die beiden Aussagen gegeneinander ab. Aber aus keiner von Lyles Kommentaren konnte ich entnehmen, welcher Version er den Vorzug gab.

›Es ist, als versuchten wir, aus Blöcken ein Haus zu bauen‹, rief er aus, ›nur daß uns die Hälfte der Blöcke noch fehlt. Wir haben zwei Theorien gehört‹, fuhr er fort. ›Die eine, daß Lord Arthur für beide Morde verantwortlich ist. Und die andere, daß die tote Frau da drin für den einen Mord verantwortlich ist und dann Selbstmord verübt hat. Aber solange dieser russische Diener nicht bereit ist auszusagen, werde ich mich hüten, einen der beiden für schuldig zu halten.‹

›Was kann Ihnen seine Aussage schon nützen?‹ fragte ich. ›Er war betrunken und schlief. Er hat ja nichts gesehen.‹

Lyle zögerte. Und dann, als hätte er sich entschlossen, mir nichts vorzuenthalten, sprach er ganz offen.

›Ich weiß weder, ob der Diener betrunken war, noch ob er geschlafen hat‹, antwortete er. ›Nach Leutnant Sears Beschreibung ist er nur ein dummer Bauer. Ich würde ihn viel eher für einen geschickten

Schauspieler halten. Welche Stellung hat er in diesem Hause gehabt? Was waren seine wirklichen Funktionen hier? Angenommen, er war gar nicht da, um sie zu beschützen, sondern zu bespitzeln. Stellen wir uns mal vor, er war gar nicht der Diener dieser Frau, sondern der Diener eines Mannes, und sehen wir zu, wohin uns das führt. Denn dieses Haus hat einen Herrn, einen mysteriösen, abwesenden Hausherrn, der in St. Petersburg lebt; jener unbekannte Russe, durch den Chetney und Zichy auseinanderkamen und um dessentwillen Chetney sie verließ. Er ist der Mann, der dieses Haus für Madame Zichy gekauft hat, um es nach seinem Geschmack für sie einzurichten. Und ich glaube, er hat auch den russischen Diener hier installiert – scheinbar als ihren Diener, aber in Wirklichkeit als seinen Spion. Wir in Scotland Yard wissen nicht, wer dieser Herr ist, und die russische Polizei gibt zu, genau so wenig über ihn zu wissen. Als Lord Chetney damals nach Afrika ging, lebte die Prinzessin in St. Petersburg. Ihre Empfänge und Gesellschaften waren so überfüllt von Mitgliedern des Adels, der Armee und der Diplomatie, daß die Polizei unter so vielen Gästen nicht herauszufinden vermochte, wer der Auserwählte sei.‹

Lyle deutete auf die moderne französische Malerei und die schweren Seidenteppiche an den Wänden.

›Der Unbekannte ist ein Mann mit Geschmack und einem ziemlichen Vermögen‹, sagte er. ›Er gehört bestimmt nicht zu der Sorte, die einen dummen Bauern herschicken würden, um die geliebte Frau zu überwachen. Darum kann ich die Ansicht von Mr. Sears nicht teilen, daß der Diener ein Tölpel sei. Ich glaube vielmehr, daß er der Hüter der Ehre seines Herrn ist oder, besser gesagt, seines Eigentums, sei es nur ein silbernes Service oder die Frau, die sein Herr liebt. Gestern abend blieb der Diener zunächst allein mit

Lord Chetney und Madame Zichy im Hause zurück, nachdem Lord Arthur weggegangen war. Von dem Platz in der Halle, wo er saß, konnte er hören, wie Lord Chetney von Madame Zichy Abschied nahm; denn wenn mich mein Gefühl nicht täuscht, versteht der Mann so gut Englisch wie wir. Angenommen, er hat gehört, wie sie Chetney beschwor, sie nicht zu verlassen, und ihn an sein Heiratsversprechen erinnert hat. Nehmen wir an, er hört, wie Chetney sie der Untreue bezichtigt und ihr sagt, er habe in Kairo die Wahrheit über diesen Anbeter – den Herrn dieses Dieners – erfahren. Er hört, wie die Frau schwört, sie habe außer ihm keinen anderen Anbeter und liebe außer ihm keinen anderen Mann; und wie sie sagt, sie könne, solange sie weiß, daß er noch lebt, nicht ohne seine Liebe leben. Nehmen wir an, Chetney glaubt ihr, und nehmen wir an, seine frühere Leidenschaft für sie kehrte zurück; in einem Moment der Schwäche verzeiht er ihr und nimmt sie in seine Arme. Das ist der entscheidende Augenblick, den sein Herr in Rußland immer gefürchtet hat. Um das zu verhindern, schmuggelte er diesen Zerberus bei der Prinzessin ein. Wer weiß, ob dieser Zerberus nicht glaubte, das sei der Moment, seinem Herrn zu dienen, und es für seine Pflicht hielt, beide zu töten. – Was glauben Sie?‹ fragte mich Lyle. ›Das wäre doch wenigstens eine plausible Erklärung für diese beiden Morde.‹

Ich war nur allzu bereit, jeder Theorie zuzustimmen, die jeden anderen in Verdacht brachte, nur nicht Arthur. Aber diese Erklärung Lyles war wirklich zu phantastisch. ›Sie haben bestimmt viel Phantasie, Lyle‹, sagte ich zu ihm; ›aber man kann ja schließlich einen Menschen nicht dafür hängen, weil Sie ihn in Ihrer Phantasie für den Mörder halten.‹

›Nein, das nicht‹, gab Lyle zu; ›aber ich könnte zum Beispiel eine Andeutung machen, daß ich ihn für den Mörder halte, um ihn damit zu erschrecken. Und genau das werde ich tun, wenn ich den russischen Diener das nächstemal verhöre. Das wird ihn schon zum Reden bringen, und wenn er nur versucht, sich zu verteidigen. Kommen Sie‹, drängte er, ›wir müssen sofort zurück nach Scotland Yard und ihn aufsuchen. Hier sind wir fertig.‹

Er stand auf, und ich folgte ihm in die Halle hinaus, und eine Minute später wären wir auf dem Wege nach Scotland Yard gewesen. Aber gerade, als er die Haustür aufmachte, blieb der Postbote draußen an der Gartenpforte stehen und machte den Riegel auf.

Lyle hielt mit einem ärgerlichen Ausruf inne.

›Wie blöd von mir!‹ rief er aus. Er drehte sich schnell um und zeigte auf einen Briefeinwurf im Messingbeschlag an der Haustür. ›Das Haus hat natürlich einen eigenen Briefkasten‹, sagte er, ›und ich habe total vergessen hineinzuschauen! Wenn wir das Haus auf demselben Wege verlassen hätten, wie wir hineingekommen sind, hätte ich ihn überhaupt nicht gesehen. Die Post von heute früh herauszunehmen, hätte mein erster Gedanke sein müssen, als wir ins Haus kamen. Das war eine unverzeihliche Nachlässigkeit von mir.‹ Er trat zurück, hinter die Tür, und zog an der Klappe des Briefkastens, aber er was fest verschlossen. In diesem Augenblick kam der Postbote mit einem Brief die Stufen herauf. Lyle nahm ihm den Brief wortlos aus der Hand und betrachtete ihn neugierig von allen Seiten. Er war an die Prinzessin Zichy adressiert, und auf der Rückseite des Kuverts stand der Name einer Schneiderin im West End.

›Der nützt mir gar nichts‹, sagte Lyle. Er zog seinen Ausweis aus der Tasche und zeigte ihn dem Postboten. ›Ich bin Inspektor Lyle von Scotland Yard, wie Sie sehen‹, sagte er ›Die Bewohner dieses Hauses sind unter Arrest. Der gesamte Inhalt ist von mir beschlagnahmt. Haben Sie heute morgen schon Post gebracht?‹

Der Mann war erschrocken, antwortete aber bereitwillig. Er war jetzt auf seiner dritten Runde. Heute früh um sieben hatte er den ersten Brief gebracht und einen zweiten um elf.

›Und wie viele Briefe haben Sie heute im ganzen hier abgeliefert?‹ fragte Lyle.

›Im ganzen sechs, scheint mir‹, antwortete der Postbote.

›Haben Sie alle durch den Spalt hier in den Briefkasten geworfen?‹

›Ja‹, sagte der Postbote, ›ich werfe die Post immer durch den Schlitz, klingle und gehe wieder. Die Dienstboten nehmen sie drin aus dem Kasten.‹

›Haben Sie zufällig bemerkt, ob auch Briefe mit russischen Marken dabei waren?‹ fragte Lyle.

›O ja, Sir, viele sogar‹, erklärte der Mann.

›Auch immer derselbe Absender? Wissen Sie das zufällig?‹

›Die Schrift scheint immer dieselbe zu sein‹, antwortete der Postbote. ›Sie kommen ziemlich regelmäßig einmal die Woche – einer von denen, die ich heute morgen gebracht habe, trug eine russische Briefmarke.‹

›Das genügt mir‹, sagte Lyle tatendurstig. ›Ich danke Ihnen. Vielen herzlichen Dank.‹

Er rannte in die Halle zurück, zog sein Taschenmesser heraus und versuchte den Briefkasten damit aufzukriegen.

›Wirklich unverantwortlich von mir‹, sagte er ganz aufgeregt. ›Dabei habe ich nun schon zweimal Leute fassen können, die meinetwegen ihre Häuser im Stich gelassen hatten, nur weil ich ihre Briefkästen überwachen ließ. Diese Briefe mit derselben Handschrift, die da regelmäßig jede Woche aus Rußland kommen, können nur von einer Person stammen. Wenigstens werden wir auf diese Weise endlich herausbekommen, wem dieses Haus tatsächlich gehört. Der Brief, den der Postbote heute morgen hier in den Briefkasten geworfen hat, ist bestimmt von seinem Besitzer gewesen. Vielleicht machen wir noch eine ganz wichtige Entdeckung.‹

Während er sprach, stocherte er fortwährend mit dem Messer im Schloß herum, war aber so ungeduldig, an die Briefe heranzukommen, daß er es zu fest hineindrückte, und es brach ab. Ich ging einen Schritt zurück und trat mit meinem Absatz gegen das Schloß. Es sprang auf, die Klappe flog zurück, wir drängten vorwärts und fuhren beide gleichzeitig blitzschnell mit unseren Händen in den Briefkasten hinunter. Und gleich darauf waren wir beide so fassungslos, daß wir uns nicht rühren konnten – der Kasten war leer.

Ich weiß nicht, wie lange wir so standen und uns gegenseitig ganz dumm anstarrten. Lyle war jedenfalls der erste, der sich faßte. Er packte mich beim Arm und zeigte aufgeregt in den Kasten.

›Wissen Sie denn überhaupt, was das bedeutet?‹ schrie er. ›Das bedeutet, daß vor uns schon jemand hier war. Und zwar ist es noch keine drei Stunden her. Irgend jemand war nach elf Uhr vormittags in diesem Hause.‹

›Der russische Diener!‹ rief ich aus.

›Aber der sitzt doch in Untersuchungshaft in Scotland Yard, mein Lieber‹, rief Lyle. ›Der russische Diener kann die Briefe nicht geholt haben. Und Lord Arthur liegt im Krankenhaus im Bett – das ist sein Alibi. Es kann also nur jemand sein, auf den wir keinen Verdacht haben, und dieser Jemand ist der Mörder. Entweder ist er wegen der Briefe nochmal zurückgekommen, weil sie ihn belastet hätten. Oder er ist zurückgekommen, weil er etwas liegengelassen hatte, etwas Verdächtiges – eventuell die Mordwaffe. Oder er hatte sonst irgend etwas vergessen – ein Zigarettenetui oder ein Paar Handschuhe oder ein Taschentuch mit seinem Monogramm. Jedenfalls muß es etwas verdammt Belastendes für ihn gewesen sein, sonst hätte er einen derartig verzweifelten Schritt nicht gewagt.‹

›Wer weiß‹, flüsterte ich, ›vielleicht hat er sich hier irgendwo im Hause versteckt?‹

›Ausgeschlossen‹, antwortete Lyle, ›ganz ausgeschlossen. In manchen Dingen mag ich nachlässig gewesen sein – aber dieses Haus habe ich wirklich gründlich durchsucht. Nichtsdestoweniger‹, fügte er hinzu, ›müssen wir es jetzt noch einmal vom Keller bis zum Boden durchkämmen. Die richtige Spur haben wir jedenfalls. Wir brauchen nur noch diese eine zu verfolgen. Alle anderen können wir vergessen.‹ Bei diesen Worten hatte er bereits angefangen, den Salon abzusuchen. Jedes Buch schüttelte er aus, das umherlag, und machte auch vor den Noten auf dem Flügel nicht halt.

›Wer immer es auch sein mag‹, sagte er über die Schulter weg zu mir, ›eins wissen wir: er hat einen Schlüssel zum Haus und einen zum Briefkasten. Daraus folgt, daß er entweder hier wohnt oder daß er jederzeit herkommen kann, wenn es ihm paßt. Der Russe behauptet, anderes Dienstpersonal als ihn gäbe es nicht. Das scheint zu stimmen, denn wir haben keinen Beweis gefunden, daß noch anderes Personal hier geschlafen hat. Außer ihm gibt es nur noch einen Menschen, der einen Hausschlüssel und einen zum Briefkasten haben könnte – und dieser Mensch lebt in St. Petersburg. Zur Zeit des Mordes war er also dreitausend Kilometer weit von hier.‹ Lyle hielt plötzlich inne und schrie laut auf. Er sah mich mit blitzenden Augen an. ›War er wirklich?‹ schrie er. ›War er?

Woher wissen wir denn, ob er gestern abend nicht in London und hier im Hause war, als Zichy und Chetney sich trafen?‹

Er starrte mich an, ohne mich zu sehen, murmelte vor sich hin und argumentierte aufgeregt mit sich selber.

›Stören Sie mich jetzt nicht‹, rief er, als ich versuchte, ihn zu unterbrechen. ›Natürlich – die Sache ist ganz klar. Es war nicht der russische Diener, sondern sein russischer Herr, und er war auch wegen der Briefe hier. Wir müssen sie finden. Wir müssen diese verdammten Briefe in die Hand bekommen. Wenn wir den mit dem russischen Poststempel finden, wissen wir auch, wer der Mörder ist.‹ Er redete wie ein Verrückter und lief dabei wild im Zimmer herum. Die eine Hand hatte er weit von sich gestreckt wie ein Gedankenleser im Variété, der unten im Parkett nach dem Gedanken sucht. Er griff nach alten Briefen auf dem Schreibtisch und sah sie durch, wie ein routinierter Kartenspieler die Karten austeilt. Er ließ sich vor dem Kamin auf die Knie fallen und wühlte mit den bloßen Händen in den Kohlenschlacken herum, um gleich im nächsten Augenblick mit einem unterdrückten Schrei wieder aufzuspringen und auf den Papierkorb loszustürzen, so wie ein Hund einer Fährte folgt, und das Papier daraus auf den Boden zu werfen. Und schon stieß er einen Triumphschrei aus, sortierte die einzelnen Papierstücke und hielt sie mir unter die Nase.

›Hier! Schau'n Sie mal!‹ jubelte er. ›Sehen Sie, was das ist? Fünf Briefe, einfach kreuz und quer durchgerissen. Dieser Russe hat sich gar nicht erst die Mühe gemacht, sie zu lesen. Wie Sie sehen, hat er sie nicht einmal aufgemacht. Es war ein Irrtum von mir – wegen der Briefe ist er nicht zurückgekommen. Anscheinend hat er ihren Wert unterschätzt. Er muß also einen anderen Grund gehabt haben, noch einmal zurückzukommen. Aber wahrscheinlich fiel sein Blick auf den Briefkasten, als er wieder hinaus wollte. Er nahm die Briefe heraus, schichtete sie aufeinander – so – und riß sie kreuz und quer durch. Da das Feuer im Kamin inzwischen ausgegangen war, warf er sie einfach in den Papierkorb. Sehen Sie mal her!‹ rief er, ›in der Ecke von diesem Stück hier klebt tatsächlich eine russische Marke. Sein eigener Brief! – und nicht geöffnet!‹

Wir sahen uns die Marke an – der Brief war vor vier Tagen in St. Petersburg abgestempelt worden. Die Rückseite des Kuverts trug den Stempel der Post in der Sloane Street, und zwar das Datum von heute früh. Es war ein blaues Amtskuvert, und es fiel uns nicht schwer, die dazugehörigen Stücke zu finden. Wir zogen die Briefbogenstücke heraus und legten sie nebeneinander. Der Brief enthielt nur zwei Zeilen, eine kurze Mitteilung: ›Ich fahre heute abend mit dem Nachtzug aus Petersburg weg. Bin Montag abend nach dem Essen bei Dir in Trevor Terrace.‹

›Das war ja gestern abend!‹ rief Lyle. ›Er ist also zwölf Stunden früher hier gewesen als sein Brief. Aber der kam trotzdem noch früh genug an – früh genug jedenfalls, um ihm das Genick zu brechen!‹«

Der Baronet schlug mit der flachen Hand auf den Tisch.

»Den Namen!« sagte der Baronet mit Vehemenz. »Wie war der Brief unterzeichnet? Wer ist der Mann?«

Der junge Rechtsanwalt sprang auf, lehnte sich nach vorn und streckte verzweifelt die Arme aus: »Es stand kein Name drunter, das ist es ja eben! Der Brief war nur mit zwei Anfangsbuchstaben unterzeichnet. Aber am Kopf des Briefbogens war die Adresse des Absenders eingraviert. Die Adresse lautete: ›Gesandtschaft der Vereinigten Staaten von Amerika, Büro des

Marineattachés.‹ Und die beiden Initialen«, schrie er, und seine Stimme gipfelte in einem schadenfrohen, boshaften Aufschrei, »waren jene dieses Herrn dort vis-à-vis, der uns erzählt hat, er habe die Leichen der beiden Ermordeten entdeckt – der amerikanische Marineattaché bei der russischen Regierung, Leutnant Sears!«

Ein atemloses, schreckliches Schweigen folgte den Worten des Rechtsanwalts, der wie eine Bogensehne zu vibrieren schien, von der man gerade einen Pfeil abgeschossen hat. Sir Andrew wich bleich und verstört mit einem Ausruf des Ekels zurück. Mit weit aufgerissenen, entsetzten Augen starrte er den Marineattaché ganz fasziniert an. Aber der Amerikaner stieß nur einen tiefen Seufzer der Erleichterung aus und lehnte sich behaglich in seinen Stuhl zurück. Er klatschte einmal leise in die Hände.

»Großartig!« murmelte er. »Ich schwöre Ihnen, ich hatte keine blasse Ahnung, worauf Sie hinauswollten. Sie haben's mir aber nicht schlecht gegeben. Jetzt haben Sie *mich* nämlich hineingelegt – regelrecht hineingelegt haben Sie mich.«

Der Mann mit dem Perlknopf beugte sich mit einer nervösen Handbewegung vor. »Schscht!« flüsterte er, »Vorsicht!« Und schon eilte zum dritten Mal ein Diener durch den Saal auf ihn zu und übergab ihm einen Zettel, den er schnell überflog. Die Nachricht auf dem Zettel lautete: »Die Lichter im Unterhaus sind gelöscht. Die Sitzung ist geschlossen.«

Der Mann mit der schwarzen Perle gab einen gewaltigen Schrei von sich und schleuderte das Stück Papier auf den Tisch.

»Hurrah!« rief er. »Die Sitzung ist zu Ende! Wir haben gewonnen!« Er ergriff sein Glas und schlug dem Marineattaché begeistert auf die Schulter. Dann nickte er ihm, dem Anwalt und dem Kurier der Königin übermütig zu. »Auf Ihr Wohl, meine Herren!« rief er. »Meinen verbindlichsten Dank und herzliche Glückwünsche!« Er leerte sein Glas in einem Zug und atmete mit einem Seufzer der Befriedigung und Erleichterung tief auf.

»Aber erlauben Sie mal«, protestierte der Kurier der Königin und drohte dem Rechtsanwalt heftig mit dem Finger. »Also so geht es denn doch nicht. Das ist ja eine glatte Finte – und – und außerdem haben Sie so schnell gesprochen, daß ich gar nicht schlau daraus geworden bin. Ich wette mit Ihnen, kein Gericht würde Ihre Beweisführung anerkennen. Auf eine solche Aussage hin kann man keine Katze hängen. Ihre Geschichte ist ein ausgesprochener Blödsinn. Während meine Geschichte tatsächlich passiert sein könnte. Meine Geschichte war doch wenigstens noch –«

In ihrer Schöpferfreude hatten die begeisterten Geschichtenerzähler vollkommen ihre Zuhörer vergessen, bis ein plötzlicher Ausruf Sir Andrews sie veranlaßte, sich schuldbewußt zu ihm umzudrehen. Sein Gesicht war eine Mischung aus Ärger, Zweifel und Betroffenheit.

»Was soll das heißen?« rief er. »Soll das vielleicht ein Witz sein, oder sind Sie verrückt geworden? Wenn Sie wissen, daß dieser Mann ein Mörder ist, warum läuft er dann frei herum? Oder ist das Ganze nur ein Spiel? Erklären Sie sich auf der Stelle. Was soll das heißen?«

Der Amerikaner erhob sich, nach einem kurzen Blick zu den anderen hin, und verbeugte sich höflich.

»Ich bin doch kein Mörder, Sir Andrew, bitte, glauben Sie mir«, sagte er, »Sie brauchen keine Angst zu haben. – Außerdem habe ich im Augenblick viel mehr Angst vor Ihnen, als Sie je vor mir haben könnten. Ich bitte Sie inständigst, nachsichtig zu sein. Es lag bestimmt nicht in unserer Absicht, uns Ihnen gegenüber respektlos zu benehmen, das kann ich Ihnen versichern. Wir haben nur Geschichten miteinander ausgetauscht, sonst nichts. Wir haben uns für Personen ausgegeben, die wir gar nicht sind und die nur versucht haben, Sie mit interessanteren Detektivgeschichten zu unterhalten als zum Beispiel Ihre letzte, *Der Überfall auf die Goldminen.*«

Der Baronet strich sich mit der Hand nervös über die Stirn.

»Wollen Sie damit sagen, daß das alles gar nicht passiert ist?« rief er aus. »Daß Lord Chetney nicht tot ist? Und sein Rechtsanwalt hat keinen Brief von Ihnen gefunden, den Sie von Ihrem Posten aus Petersburg geschrieben haben? Auch als er Sie jetzt des Mordes bezichtigte – das soll alles nur ein Scherz gewesen sein?«

»Es tut mir wirklich aufrichtig leid, Sir«, sagte der Amerikaner, »aber sehen Sie, er hätte ja gar keinen Brief von mir aus St. Petersburg finden können, weil ich nie in St. Petersburg gewesen bin. Ich bin auch kein Marineoffizier. Ich bin Schriftsteller und schreibe Kurzgeschichten. Und heute abend, als dieser Herr sagte, daß Sie so ein leidenschaftlicher Leser von Kriminalgeschichten sind, habe ich mir gedacht, es wäre vielleicht ganz amüsant, Ihnen eine von meinen zu erzählen – eine, die mir gerade heute nachmittag eingefallen war.«

»Aber Lord Chetney existiert doch wirklich«, unterbrach ihn der Baronet, »und er ist auch vor zwei Jahren nach Afrika gegangen. Es wurde auch berichtet, er sei dort gestorben, und sein Bruder, Lord Arthur, war tatsächlich der Erbe. Und Lord Chetney ist auch tatsächlich zurückgekehrt. Ich habe es doch selbst in der Zeitung gelesen.«

»Ich eben auch«, pflichtete ihm der Amerikaner besänftigend bei. »Dabei kam mir die Idee, das wäre ein großartiger Stoff für eine Kurzgeschichte; gerade diese überraschende Rückkehr und die peinliche Enttäuschung seines jüngeren Bruders. Das veranlaßte mich, den älteren Bruder lieber gleich von dem jüngeren umbringen zu lassen. Die Prinzessin Zichy habe ich glatt erfunden. Den Nebel brauchte ich nicht zu erfinden, denn seit gestern abend weiß ich nur allzu gut, was ein richtiger Londoner Nebel ist. Ich bin selber drei Stunden darin herumgeirrt.«

Der Baronet drehte sich empört nach dem Kurier der Königin um.

»Aber dieser Herr da«, sagte er beleidigt, »ist kein Schriftsteller. Er ist Mitglied des Diplomatischen Korps. Ich habe ihn oft genug in Whitehall gesehen, und seiner Behauptung nach ist diese Prinzessin Zichy keine Erfindung. Er sagte doch, sie sei sehr bekannt und sie habe versucht, ihn zu berauben.«

Das Mitglied des Diplomatischen Korps sah das Parlamentsmitglied unglücklich an und paffte nervös an seiner Zigarre.

»Ich bin tatsächlich ein Kurier der Königin, Sir Andrew«, sagte er beschwichtigend, »und eine Russin hat auch einmal versucht, einen Königlichen Kurier in einem Eisenbahnabteil zu berauben – nur ist es nicht mir, sondern einem meiner Kollegen passiert. Die einzige russische Prinzessin, die ich jemals kannte, nannte sich Zabrisky. Wahrscheinlich haben Sie sie schon gesehen. Sie hatte die Gewohnheit, vom Dach des Aquariums ins Wasser zu springen.«

Röchelnd vor Entrüstung pflanzte sich Sir Andrew jetzt vor dem jungen Anwalt auf.

»Na, dann ist Ihre Geschichte doch auch nur ein aufgelegter Schwindel«, sagte er. »Natürlich, muß sie ja sein – da Lord Chetney nicht tot ist. Jetzt erzählen Sie mir bloß noch, daß Sie nicht Chudleighs Sohn sind«, sagte er drohend.

»Leider haben Sie recht, Sir Andrew«, sagte das jüngste Klubmitglied und lächelte ziemlich verlegen – »ich heiße gar nicht Chudleigh. Doch Sie können mir glauben, ich kenne die Familie sehr gut, und wir sind sehr befreundet.«

»Hoffentlich, kann ich nur sagen!« rief der Baronet aus; »und was die Freiheiten angeht, die Sie sich mit den Chetneys herausgenommen haben, kann ich Ihnen nur wünschen, daß Sie mit denen *mindestens* so befreundet sind!«

Der junge Mann lehnte sich zurück und warf einen Blick auf die Diener am anderen Ende des Saales.

»Es ist sehr lange her, seit ich das letztemal im Klub gewesen bin«, sagte er. »Ich weiß nicht, ob mich die Diener noch wiedererkennen. Doch – Joseph vielleicht«, fügte er hinzu. »Joseph«, rief er. Auf diesen Anruf eilte einer der Diener erfreut auf ihn zu.

Der junge Mann zeigte auf einen riesigen Löwenkopf über dem Kamin.

»Joseph«, sagte er, »ich möchte gern, daß Sie diesen Herren erzählen, wer diesen Löwen geschossen hat. – Wer hat ihn dem Klub geschenkt?«

Joseph, der nicht gewöhnt war, den Zeremonienmeister für die Mitglieder des Klubs zu spielen, trat verlegen von einem Fuß auf den anderen.

»Wie können Sie nur fragen, Sir – Sie natürlich«, stammelte er.

»Natürlich ich!« rief der junge Mann ungeduldig aus. »Ich will wissen, wie der Mann heißt, der ihn geschossen hat. Sagen Sie den Herren bitte, wer ich bin. Wenn *ich* es Ihnen sage, glauben sie's mir nämlich nicht.«

»Wer Sie sind, Mylord?« sagte Joseph. »Sie sind der Earl of Chetney, Lord Edam's älterer Sohn.«

»Sie müssen zugeben«, sagte Lord Chetney, als der Tumult vorüber war, »ich konnte einfach nicht länger schweigen, während mein kleiner Bruder des Mordes angeklagt wurde. Ich mußte etwas unternehmen – schon aus Familienstolz. Arthur, als der jüngere Bruder, kann es sich natürlich nicht leisten, so empfindlich zu sein, aber mir persönlich wäre es offengestanden gräßlich, wenn ein Bruder von mir wegen Mordes gehängt würde.«

»*Mich* hängen zu lassen, hatten Sie nicht die geringsten Bedenken«, sagte der Amerikaner. »Aber angesichts Ihrer Beweisführung bekenne ich mich schuldig und verurteile mich, die Kosten des Verfahrens zu tragen, wie wir das bei uns zu Hause gewöhnt sind. Das Urteil dieses Gerichts lautet«, verkündete er, »daß Joseph mir die Weinkarte bringen soll – und ich zeichne für fünf Flaschen vom besten Champagner unseres Klubs.«

»O, nein!« protestierte der Herr mit der schwarzen Perle, »das kann ich nicht zulassen. Meiner Meinung nach ist es an Sir Andrew, die Kosten des Verfahrens zu tragen.« Und sich an den Baronet wendend, sagte er: »Jetzt will ich Ihnen endlich verraten, Sir, daß Sie, ohne es zu wissen, das Opfer einer vaterländischen Verschwörung – wenn ich es so nennen darf – geworden sind. Diese Geschichten dienten einem viel edleren Zweck als nur dem der Unterhaltung. Dem Zweck nämlich, Sie aus dem Unterhaus fernzuhalten. Ich muß Ihnen gestehen, daß ich den ganzen Abend einen Diener am Trafalgar Square postiert hatte, mit dem Auftrag, mich sofort zu benachrichtigen, sobald das Licht über dem Unterhaus ausginge. Das Licht ist jetzt aus – der Zweck unseres Komplotts ist erreicht.«

Der Baronet sah überlegen lächelnd zu dem Herrn mit der schwarzen Perle hinüber und warf dann einen kurzen Blick auf seine Uhr. Das Lächeln verschwand aus seinen Zügen, und sein Gesicht sah jetzt streng und und abweisend aus.

»Vielleicht darf ich aber doch noch erfahren, welches die eigentlichen Hintergründe dieser Verschwörung waren?« fragte er eisig.

»Durchaus edle«, erwiderte der andere. »Unser Ziel war, Sie davon abzuhalten, die zusätzliche Ausgabe vieler Millionen Pfund unseres Volkseinkommens für neue Kriegsschiffe zu befürworten. Mit anderen Worten, wir wollten Sie daran hindern, das Gesetz zur Erhöhung des Marinebudgets zu verabschieden.«

Sir Andrews Gesicht strahlte wieder. Seine Schultern bebten vor verhaltenem Lachen.

»Mein lieber Herr!« rief er fröhlich, »Sie sollten mehr Zeit im Unterhaus statt hier im Klub zubringen. Die Marinevorlage ist bereits um acht Uhr in der dritten Lesung zur Abstimmung gekommen, nachdem ich vorher schon drei Stunden lang für ihre Annahme gesprochen hatte. Der einzige Grund, warum ich heute abend noch einmal ins Parlament zurückwollte, ist der, daß ich mit meinem alten Freund, Admiral Simmons, auf der Terrasse zu Abend essen wollte. Mit meiner Arbeit im Unterhaus bin ich schon seit fünf Stunden fertig, als nämlich das Gesetz zur Erhöhung des Marinebudgets mit überwältigender Mehrheit angenommen wurde.«

Der Baronet stand auf und verbeugte sich. »Ich möchte Ihnen ganz besonders danken, Sir«, sagte er, »es war ein hochinteressanter Abend.«

Der Amerikaner schob dem Herrn mit der schwarzen Perle die Weinkarte hin, die ihm Joseph gebracht hatte.

»Jetzt dürfen *Sie* unterschreiben«, sagte er.

MARY ROBERTS RINEHART

Der Splitter

Die Türklingel schreckte den jungen Doktor Mitchell hoch, der erschöpft auf dem alten Sofa in seiner Praxis eingeschlafen war. Mit einem vielstimmigen Japsen und Winseln antworteten die Hunde aus der dahinterliegenden Tierklinik, und er wartete das dritte Läuten der Glocke ab, bevor er brummend aufstand. Etwas Dringendes schwang in dem letzten Ton mit, so als hätte sich jemand mit aller Macht gegen den Klingelknopf gelehnt. Der Lärm quälte ihn; denn während der letzten drei Tage und Nächte hatte er, auf der Suche nach einem verlorengegangenen Kind, zusammen mit anderen Männern die bewaldeten Hügel hinter der Ortschaft durchstreift. Jetzt war er steif und müde und immer noch halb im Schlaf.

»Was zum Teufel!« murmelte er, als die Glocke wieder anschlug.

Er hinkte zur Korridortür und riß sie wütend auf.

»Hören Sie mal«, platzte er los, »nehmen Sie gefälligst Ihren Finger vom Knopf und...«

Überrascht hielt er inne. Ein kleiner, ziemlich verängstigter Junge stand vor ihm. Im Licht des frühen Morgens sah er blaß aus, und die Sommersprossen in seinem Gesicht standen auffällig hervor.

»Darf ich reinkommen, Mister?« fragte er. »Ich möchte von niemandem gesehen werden.«

Mitchell trat beiseite, und das Kerlchen schoß in

seine Praxis. Da erst bemerkte Mitchell, daß der Junge einen kleinen Hund im Arm trug und recht verängstigt aussah.

»Setz dich, mein Sohn«, sagte er. »Wie ich sehe, hast du deinen Hund mitgebracht. Nun ja, das fällt in mein Fach. Was fehlt ihm denn? Hat er etwas Verkehrtes gefressen?«

Der Junge setzte sich hin. Er sah jetzt ein wenig besser aus. Sein Gesicht hatte etwas Farbe bekommen.

»Er gehört nicht mir«, sagte er. »Man kann wohl sagen, daß ich ihn gestohlen habe.«

Aber Mitchell hatte den Hund inzwischen erkannt. Er starrte den Jungen an.

»Das ist Wags, der Hund von Johnny Watson«, sagte er. »Nun schieß mal los. Warum hast du ihn gestohlen?«

»Ich mußte es tun«, erwiderte der Junge, als ob damit alles erklärt wäre, und blieb dann ganz still sitzen.

Mitchell betrachtete den kleinen Burschen ernst. Nach Johnny Watson hatten er und ein Aufgebot von Einwohnern gesucht. Zuerst war die Suche mehr oder weniger oberflächlich betrieben worden, denn Johnny war dafür bekannt, daß er weit herumstreifte. Mit sieben Jahren hatte er bereits einen örtlichen Rekord im Vermißtsein aufgestellt, aber in letzter Zeit war er stets freiwillig wiedergekommen oder rechtzeitig entdeckt und nach Hause gebracht worden.

Gewöhnlich waren Johnnys Ausflüge kurz. Innerhalb weniger Stunden las man ihn auf und brachte ihn zurück. Aber diesmal war es anders. Der ganze Ort wußte, daß Johnny immer seinen Hund mitnahm, und am Abend seines Verschwindens fand ein Hirschjäger den Hund auf dem Kahlenberg, ungefähr eine Meile hinter dem Ort, und brachte ihn herunter. Er trug ihn, da der Hund lahm und zu erschöpft zum Laufen war.

Der Jäger brachte ihn zur Polizeistation im Bezirksamt, und der Polizeichef schickte nach der Tante des Jungen, einer Mrs. Hunt, bei der er lebte.

»Ist das Johnnys Hund?« fragte er.

»Ich nehme an, daß er es ist«, antwortete sie. »Du kannst ihn behalten. Ich will ihn nicht. Wenn du mich fragst, Johnny ist entführt worden.«

»Entführt? Weswegen?« fragte der Polizeichef scharf. »Weder hat er Geld noch hast du welches, Hattie. Rede doch keinen Unsinn. Und den Hund nimmst du mit nach Hause, ob du ihn magst oder nicht.«

Das war am Abend des ersten Tages, aber am Ende des zweiten begann das Städtchen unruhig zu werden. Die Leute fingen an zu reden, denn jeder kannte Johnny mit seinen großen blauen Augen und seinem liebenswerten Grinsen. Jedermann kannte auch Wags, und als ein weiterer Tag vergangen war, wurde eine Suchmannschaft aufgestellt, um die Hügel zu durchstreifen. Doch kein Johnny wurde gefunden. Jetzt war er seit fünf Tagen vermißt, und man hatte die Hoffnung so gut wie aufgegeben.

Mit diesen Gedanken betrachtete Doc Mitchell den Jungen, der Johnnys Hund in den Armen hielt. Der Kleine war neun Jahre alt, vielleicht auch zehn, ein gutgebautes, kräftiges Kerlchen mit einem Wuschelkopf und einer Stupsnase.

»Nun gut«, sagte Mitchell; »du hast ihn also gestohlen. Ich nehme an, du hattest einen Grund dazu. Hoffentlich einen guten, mein Sohn.«

Der Junge wand sich.

»Ich glaube, Mrs. Hunt will ihn sterben lassen«, sagte er einfach. »Sie läßt ihn Tag und Nacht im Garten angebunden, in der Kälte. Und außerdem ist er lahm. Sein Fuß ist furchtbar wund.«

Behutsam setzte er den Hund auf den Boden, und Mitchell sah, daß er auf drei Beinen stand.

»Und warum, um alles in der Welt, glaubst du, daß sie ihn sterben lassen will?« fragte er streng.

»All die Kinder hier glauben das, Mister«, antwortete der Junge ruhig. »Wir glauben, daß sie weiß, wo Johnny ist, und daß es ihr ganz egal ist, ob er gefunden wird oder nicht.«

»Da hast du etwas sehr Schlimmes gesagt!« fuhr Mitchell ihn an. Er stand auf und hob den Hund hoch. Er war abgemagert und hatte eine bös geschwollene Pfote; aber er schien zu merken, daß er sich in guten Händen befand, und wedelte mit seinem Stummelschwanz.

»Hallo Wags«, redete der junge Tierarzt ihm zu. »Hast wohl Kummer, wie? Soll ich mal nachsehen?« Er blickte den Jungen an, der jetzt etwas fröhlicher dreinsah.

»Ich dachte, wenn Sie seinen Fuß zurechtflicken und ihn vielleicht eine Zeitlang verstecken, würde ich für ihn bezahlen. Ich habe zwei Dollar.«

Mitchell lächelte.

»Darüber wollen wir uns im Augenblick keine Sorgen machen«, entgegnete er. »Ich habe Hunde gern, und ein oder zwei Freiplätze sind bei mir immer verfügbar. Wags und ich sind außerdem alte Freunde. Johnny hat ihn ab und zu mal hergebracht. Willst du zusehen, während ich seinen Fuß untersuche?«

»Sehr gern, wenn es Ihnen nichts ausmacht.«

Mitchell ging mit dem Jungen in das kleine Behandlungszimmer, und während er den Operationstisch herrichtete, erfuhr er seine Herkunft. Er hieß Harold Johnson, wurde aber gewöhnlich Pete genannt, und wohnte im Haus neben den Hunts. Er kannte Johnny gut und hatte ihn gern. Mitchell musterte Pete.

»Haben die Kinder eine Ahnung, wo Johnny hingegangen ist?« fragte er so nebenbei. Aber zu seiner

Überraschung nahm das Gesicht des Jungen plötzlich einen verwunderten Ausdruck an.

»Nein«, sagte er mit Nachdruck. »Wags hat nur immer versucht, in die Hügel hinaufzulaufen, bevor sie ihn festband.«

Mitchell ließ das Thema fallen. Er nahm den Hund und legte ihn flach auf den Tisch. Wags rührte sich nicht. Es war, als ob er wüßte, daß ihm geholfen werden sollte, und außer einem leisen Winseln blieb er ganz ruhig, während Mitchell die Pfote untersuchte.

»Sieht aus, als ob etwas darin steckt«, sagte er. »Ich werde schneiden müssen. Möchtest du ihn dabei festhalten?«

»Aber gern, Sir.«

Während er auf ihn hinunterblickte, verspürte Mitchell ein sonderbares Verlangen, dem Jungen übers Haar zu streichen; es war zu lang gewachsen, und eine Locke fiel ihm in die Stirn. Er bezwang sich jedoch und griff nach einem Skalpell.

»Sieh lieber nicht hin«, sagte er. »Es dauert nur ein paar Sekunden.« Und einen Augenblick später: »Schon vorbei, mein Sohn. Nun laß uns mal sehen, was wir gefunden haben.«

Was er mit der Pinzette herauszog, war ein langer hölzerner Splitter, und Pete lächelte ihn mit blassem Gesicht, aber tapfer an.

»Das war es also«, sagte der Junge, ließ den Hund los und taumelte auf einen Stuhl.

Mitchell hielt den Splitter hoch und sah ihn sich genau an, und auch der Hund schien danach zu blikken. Wenigstens hob er den Kopf. Dann ließ er ihn wieder fallen und schloß die Augen.

»Sieht aus, als ob er von einer Diele stammt« sagte er. »Oben in den Hügeln gibt es doch keine Häuser, nicht wahr? Ich wüßte niemanden, der dort lebt.«

Pete wußte es auch nicht. Außer zu einer nahegelegenen Ausflugswiese durften die Kinder nicht in die Hügel gehen. Geschichten von Bären gingen um, und vor nicht allzu langer Zeit hatte man dort einen geschossen. Pete sah jetzt wieder besser aus, aber er wartete, bis Wags in einen Verschlag gesetzt worden war, bevor er mit seinem Anliegen herausrückte.

»Sehen Sie, Mister«, sagte er. »Vielleicht kommt Johnny zurück oder vielleicht auch nicht. Aber würden Sie das hier bitte als ein Geheimnis zwischen uns behalten? Mrs. Hunt könnte mich dafür einsperren lassen.«

»Warum sollte Johnny nicht zurückkommen? Gibt es denn einen Ort, den wir übersehen haben könnten, als wir nach ihm suchten?«

Pete sah unglücklich aus.

»Ich glaube nicht, wenn er irgendwo war, wo man ihn sehen konnte«, sagte er.

»Was willst du damit sagen?« fragte Mitchell scharf. Aber Pete rutschte von seinem Stuhl und griff nach seiner Mütze.

»Das habe ich nur so gesagt«, antwortete er. »Und vielen Dank auch. Ich muß jetzt gehen, damit ich zum Frühstück zu Hause bin.«

Mitchell beobachtete den Jungen beim Fortgehen. Er ist ein liebenswertes Kind, dachte er. Aber bevor er nach oben in seine Wohnung ging, um eine Dusche zu nehmen, rief er seinen Assistenten Joe in die Praxis.

»Wir haben einen neuen Kostgänger«, sagte er. »Zuerst braucht er einmal Schlaf, aber wenn er aufwacht, geben Sie ihm ein gutes Futter. Und wenn jemand nach ihm fragen sollte, wir haben ihn nicht.«

»Was hat das zu bedeuten?« fragte Joe. »Wir haben ihn, und wir haben ihn wieder nicht. Wir haben schon genug, Doc, ohne sie zu stehlen.«

»Es ist Wags, Johnny Watsons Hund«, sagte Mitchell. »Und ich bete zu Gott, daß er reden könnte. Er weiß etwas, Joe.«

Joe blickte verwundert.

»Sie meinen, er weiß, wo der Junge hingegangen ist, Doc?«

»Ich glaube, er weiß, wo der Junge ist. Das kann etwas anderes bedeuten. Und hören Sie auf, mich ›Doc‹ zu nennen.«

Am nächsten Morgen, nachdem er oben in seiner Wohnung Kaffee getrunken hatte, machte Mitchell die Runde durch seine kleine Klinik; er legte Verbände an, machte einen frischen Gipsverband um das gebrochene Bein einer Dänischen Dogge, untersuchte eine blaue Perserkatze, die mit ihrem ersten Wurf Schwierigkeiten hatte, und fütterte eine Banane an einen kleinen Schimpansen, der von einer wandernden Tierschau zurückgelassen worden war. Johnny Watson hatte den Schimpansen ins Herz geschlossen gehabt. Als er das letztemal hier gewesen war, hatten sie zusammengesessen, und der Junge hatte dem kleinen Affen seine Arme um den Hals gelegt.

Mitchell spürte einen leichten Stich im Herzen, wenn er daran dachte.

Gegen Mittag zog er seinen Arztkittel aus und kleidete sich für die Straße um, und bald darauf saß er im Büro des Polizeichefs.

Der Chef sah müde aus.

»Hören Sie, Doc«, sagte er, »ich hoffe, Sie haben mir etwas Wichtiges zu sagen. Ich bin nicht mehr so jung wie früher, und die letzten Tage haben mich so gut wie fertiggemacht. Ich möchte nur schleunigst nach Hause und in einem heißen Bad versinken.«

Mitchell nickte.

»Vielleicht ist es wichtig, vielleicht auch nicht,

Chef«, sagte er. »Sie kennen doch diese Hügel recht gut. Gibt es dort Hütten?«

»Hütten? Nein, nicht daß ich wüßte. Die Jäger, die dort hinaufgehen, benutzen Zelte. Auf dem Kahlenberg war einmal eine Schlafhütte für die Arbeiter im alten Steinbruch, vor ungefähr zwanzig Jahren; aber als die Straße fertiggebaut war, zogen sie fort. Nur noch eine Ruine heute, mit eingefallenem Dach.« Er sah Mitchell neugierig an. »Warum? Wir haben den Steinbruch und auch die Reste der Hütte abgesucht und den ganzen Platz durchgekämmt. Der Junge ist nicht dort.«

»Nicht weit davon wurde der Hund gefunden, nicht wahr?«

»Immer noch einen Narren an der Sache gefressen, Doc?« fragte der Polizeichef spöttisch. »Ja. Früher führte eine Straße zum Steinbruch hinauf, ist aber jetzt nur noch ein Trampelpfad. Der Hund lag dicht daneben, gänzlich ausgepumpt.«

Mitchell zündete sich eine Zigarette an und rauchte abwesend.

»Das ist ungefähr eine Meile entfernt«, sagte er. »Was hatte der Hund dort zu suchen?«

Der Chef grunzte.

»Eichhörnchen oder Kaninchen gejagt und sich verlaufen. Ganz einfach.«

Mitchell stand auf.

»Zu einfach, Chef«, sagte er. »Warum lief der Junge immer wieder fort? Haben Sie eine Ahnung? Ein Psychiater würde wahrscheinlich sagen, daß er einen Grund dazu hatte.«

»Ich bin kein Psychiater«, sagte der Chef gähnend. »Ich bin nur ein Polizist. Wie, zum Teufel, soll ich das wissen?«

Mitchell drang weiter in ihn. »Und was ist mit dieser Hunt? Glauben Sie, daß sie etwas damit zu tun haben könnte? War sie gut zu dem Jungen?«

Der Chef blickte ungehalten.

»Nun hören Sie mal gut zu«, sagte er. »Ich kenne Hattie mein ganzes Leben lang. Sie ist eigentlich zu alt, um ein Kind zu erziehen. Aber sie hat ihm zu essen gegeben und für ihn gesorgt. Sie hat ihre Pflicht ihm gegenüber erfüllt, und das läßt sich nun einmal nicht abstreiten.«

Mitchell wurde nachdenklich.

»Er war doch ein Waisenkind, nicht wahr?«

»Ja. Bei einem Flugzeugabsturz wurden beide Eltern getötet. Verdammtes Glück für den Jungen, daß er nicht mit dabei war. Der Vater hatte einen Arbeitsvertrag für einen Job an der Küste, und während einer Zwischenlandung in Nebraska fiel das Kind hin und brach sich ein Bein. Sie mußten ihn in einem Krankenhaus in Omaha zurücklassen, und als die Behörden in der Handtasche der Mutter im Wrack einen Brief von Hattie fanden, benachrichtigten sie mich und schickten mir den Brief. Ich erzählte es Hattie, und sie fuhr hin und holte ihn. Auch den Hund brachte sie mit. Anscheinend hat ihn eine Schwester im Krankenhaus dem Jungen geschenkt. Ziemlich hart für das alte Mädchen, wenn Sie mich fragen.«

»Und wo ist das alles passiert?«

»Irgendwo in der Nähe von Omaha. Den Ort habe ich vergessen.«

»Haben Sie den Brief noch?«

Der Chef starrte ihn an.

»Hören Sie, Doc«, sagte er. »Das ist jetzt drei Jahre her. Was, zum Teufel, hat das mit dem Verschwinden des Jungen zu tun?«

»Nur, was ich sagte – daß es sonderbar ist, wenn ein Kind immer wieder fortzulaufen versucht.«

»Ab und zu gibt es das«, versetzte der Chef gleichgültig. »Manche Kinder haben eine rastlose Veranlagung.« Er grinste. »Eine Menge Hunde machen das genauso, nicht wahr? Nur haben sie gewöhnlich einen verdammt guten Grund dazu!«

Dieser dürftige Scherz schien dem Chef Vergnügen zu bereiten: er stand auf und reckte sich grunzend.

»Ich gehe jetzt nach Hause und werde ein heißes Bad nehmen und zur Abwechslung einmal anständig essen«, sagte er. »Aber vielleicht habe ich den Brief noch. Ich will einmal nachsehen.«

Er ging steif zu einem antiken hölzernen Ablageschrank in einer Ecke und machte sich an einer Schublade mit dem Kennzeichen H zu schaffen, aus der er ein Paar Pantoffeln und ein schmutziges Hemd ans Tageslicht förderte, das er freudig begrüßte.

»Da also hat das verdammte Ding gesteckt«, sagte er dankbar. »Wenn Sie gehört hätten, was meine Frau deswegen für ein Theater gemacht hat, würden Sie geglaubt haben, ich wäre in ein Techtelmechtel mit einer anderen Frau verwickelt.«

Doch schon bald hatte er einen Aktenhefter gefunden und brachte ihn zum Schreibtisch. Der Buchstabe H schien eine Menge Dinge zu umfassen, von einem gestohlenen Hund bis zu einem Rezept gegen Haarausfall. Aber schließlich zog er einen Brief heraus und überreichte ihn Mitchell triumphierend. Er kam von der Polizei in Omaha, Nebraska, und enthielt eine kurze Schilderung des Todes der Eltern und der Lage des Jungen. Beigefügt war der Brief von Mrs. Hunt an die tote Frau. Er klang nicht besonders liebenswürdig:

Liebe Emily,

als Antwort auf Deine Bitte kann ich nur sagen, daß ich Dir auf keinen Fall helfen kann. Wie Du weißt, war ich immer gegen Deine Heirat und bin es noch. Abgesehen davon bin ich kaum in der Lage, mich selbst zu unterhalten, und Deine Andeu-

tung, ich müßte Dir helfen, weil Du ein Kind hättest, ist geradezu unerhört. Das ist Dein Fehler und fällt unter die Verantwortlichkeit Deines Mannes. Ich bin gewiß nicht dafür zuständig.

Keine Schlußworte – der Brief war lediglich mit Hattie Hunt unterzeichnet, und die Schrift war eng und holperig. Mitchell gab den Brief zurück, machte sich aber eine Notiz von dem Datum des Polizeischreibens aus Omaha. Der Chef sah ihm amüsiert zu.

»Und was nun?« fragte er. »In der Tasche war übrigens auch ein Einlieferungsschein des Krankenhauses, wodurch sie den Jungen fanden; Hattie fuhr dann nach Westen und holte ihn. Nur gegen den Hund erhob sie Einspruch, aber Johnny wollte sich nicht von ihm trennen lassen. Stellte die ganze Bude auf den Kopf, als sie ihn nicht mitnehmen wollte. Vielleicht können Sie das verstehen, Mitch? In Ihrem Beruf müssen Sie doch Hunde gern haben.«

»Ich mag sie lieber als manche Leute«, antwortete Mitchell trocken.

Als er bald darauf ging, kam er sich ein wenig töricht vor. Er hatte weiter nichts als einen Hund mit einer verletzten Pfote, einen großen Splitter von irgendeinem Brett und einen Jungen namens Pete, der beinahe fest an Johnnys Tod glaubte. Doch das letzte allein war schon sonderbar. Kinder pflegen gewöhnlich nicht so zu denken. Allerdings, bei den heutigen Radio- und Fernsehsendungen...

Am selben Nachmittag legte Mitchell den Splitter aus Wags' Pfote unter sein Mikroskop und untersuchte ihn sorgfältig. Er hielt ihn für Kiefer, von einer alten Fußbodendiele aus Kiefernholz stammend, und dafür gab es natürlich ein Dutzend Erklärungen. Nur eins war sicher. Er mußte seit einigen Tagen in der Pfote des Hundes gesteckt haben, um eine solche Entzündung hervorzurufen.

Was hatte Pete über diese Frau Hunt mit seinen Worten andeuten wollen? Mitchell kannte sie nur vom Sehen her, eine düsterblickende Frau in den Sechzigern, die stets ärmlich in verschossenes Schwarz gekleidet war und deren hartes Gesicht nie lächelte. Keinesfalls besaß sie eine mitfühlende Seele, wenn man nach ihrem Brief urteilen wollte – und auch das schien noch viel zu milde ausgedrückt. Aber bis zu einem Mord war es ein weiter Weg. Und warum überhaupt Mord? Was für ein Motiv konnte sie haben, den Jungen loswerden zu wollen?

Überlegend lehnte er sich zurück. Bis Wags auf dem Kahlenberg gefunden wurde, hatte man Johnnys Verschwinden als eine seiner normalen Herumstreifereien betrachtet. Erst danach nahm die Sache ein bedrohliches Aussehen an, da Junge und Hund unzertrennlich waren. Suchtrupps wurden ausgeschickt. Vielleicht wußten die Kinder etwas? Nach einigem Zögern entwarf er ein Brieftelegramm an die Polizei in Omaha und gab es durchs Telephon auf, vorsichtig Wort für Wort formulierend, da die Telephonistin aus dem Ort stammte:

»Sieben Jahre alter Junge namens John Watson wird hier vermißt. Verunglückte in Ihrer Nachbarschaft vor drei Jahren und wurde ins dortige Krankenhaus gebracht. Versucht vielleicht zurückzukommen. Wäre für Einzelheiten über besagten Unglücksfall und Namen des Krankenhauses dankbar. Drahten Sie Rückantwort. Empfänger zahlt.«

Er gab seinen Namen und seine Adresse an und wurde von der Wärme in der Stimme der Telephonistin belohnt, nachdem sie den Text wiederholt hatte.

»Also wissen Sie«, sagte sie, »daran habe ich nicht gedacht. Ich möchte wetten, daß Johnny genau das getan hat.«

»Jedenfalls ist es eine Möglichkeit«, antwortete er.

»Aber behalten Sie es bitte für sich, ja? Ich möchte die Gefühle des Polizeichefs nicht verletzen.«

»Das alte Klatschmaul!«

Als Mitchell an jenem Abend um zehn Uhr seine letzte Runde machte, schien es Wags gut zu gehen. Er beschloß, seine Unruhe durch einen Spaziergang abzureagieren, und eine halbe Stunde später fand er sich in der Nähe des Grundstückes von Mrs. Hunt wieder. Das Haus war ein Stück von der Straße zurückgebaut wie auch die anderen Häuser in der Nachbarschaft, und in der mondlosen Nacht sah es dunkel und unheimlich aus – ein zweistöckiges Holzhaus, das einmal weiß gewesen war und sich nun schmutziggrau von dem Hintergrund der Hügelkette abhob. Es war nicht erleuchtet, und nur ein schwacher Lichtschimmer fiel aus einem rückwärtigen Fenster – aus der Küche, nahm er an – und etwas belustigt über sich selbst betrat er das Grundstück und ging leise um das Haus herum.

Er sah durch das Fenster und fand die Küche leer. Gerade wollte er wieder gehen, als er eine kleine Gestalt neben sich bemerkte.

»Sie ist Wags suchen gegangen«, wisperte Pete. »Sie ist mit einer Taschenlampe den Hügel hinauf. Warum glaubt sie wohl, daß er dort hinaufgelaufen ist? Das ist doch sonderbar, nicht?«

»Wie soll ich das denn wissen, mein Sohn?« antwortete Mitchell freimütig. »Der Weg ist jedenfalls ziemlich rauh und anstrengend. Ich werde hier warten, und du gehst lieber nach Hause. Du möchtest doch sicher nicht, daß deine Mutter dich hier suchen kommt, oder?«

Allein gelassen, beobachtete der junge Tierarzt den Hügel hinter dem Haus, aber kein Lichtschein war zu sehen; und nach ein paar Minuten stieg er die Treppe des kleinen Vorbaues hinauf und versuchte, die Küchentür zu öffnen. Sie war unverschlossen, und mit einem Stoßgebet, daß Pete ihm nicht zusähe, trat er ein. Es war ein trübseliger, mit altem Linoleum ausgelegter Raum. Eine zinnerne Kaffeekanne stand auf einem rostigen Herd. Es sah nicht so aus, als ob hier viel gekocht würde. Mit einem letzten Blick auf die Hügel ging er in das Innere des Hauses.

Er hatte keine Taschenlampe, aber indem er hier und da ein Streichholz anzündete, bekam er einen recht guten Überblick über die Räumlichkeiten. Die Zimmer waren sauber, zeugten aber von einer Art vornehmer Ärmlichkeit. Doch auch im Keller fand er kein Brett, an dem Wags sich den Splitter eingerissen haben konnte. Erst im zweiten Stockwerk fiel ihm etwas Merkwürdiges auf: wenn Johnny Watson jemals hier gelebt haben sollte, so fand sich doch nicht das geringste Zeichen dafür. Nur ein Zimmer, offensichtlich das von Mrs. Hunt, sah bewohnt aus. Die anderen waren öd und leer, und selbst die Schränke enthielten nichts.

Es schien unglaublich, daß das Zimmer des Jungen leer sein sollte. Hatte sie ihn *mit all seinen Kleidern und Habseligkeiten* fortgeschickt? Es war die einzige Erklärung, die er sich denken konnte, und er begann seine früheren Annahmen und Befürchtungen fast absurd zu finden. Jedenfalls war er wütend, wenn er an die lange, mühselige Suche und an die Besorgnis des ganzen Ortes dachte – während sie aller Wahrscheinlichkeit nach die ganze Zeit gewußt hatte, wo der Junge steckte.

Gerade zur rechten Zeit trat er aus dem Haus. Ein Licht kam den Hügel herab. Langsam und stetig erreichte es den Waldrand. Dann blieb es stehen und erlosch. Mitchell schlüpfte um die Ecke des Hauses und wartete, bis er im Schein aus dem Küchenfenster Mrs. Hunt erkannte. Sie hatte einen schweren Mantel an und ein Tuch um den Kopf gebunden. Am Fuße der Treppe trat er ihr entgegen. Als er sie grüßte, hörte er sie erschrocken keuchen.

»Guten Abend«, sagte er. »Es tut mir leid, wenn ich Sie erschreckt haben sollte. Ich machte einen Spaziergang und sah dabei Ihr Licht im Wald. Stimmt etwas nicht?«

Einen Augenblick lang konnte sie nicht sprechen. Sie hatte sich offensichtlich sehr erschreckt und ließ ihre Taschenlampe fallen, als könnte sie sie nicht länger halten. Als er sie aufhob, machte sie keine Anstalten, sie zurückzunehmen.

»Wer sind Sie?« fragte sie. »Wer sie auch sein mögen, Sie haben hier nichts zu suchen. Was machen Sie hier? Spionieren Sie mir nach?«

»Aber ganz und gar nicht.« Er gab seiner Stimme einen möglichst unbeteiligten Klang. »Ich dachte nur, daß vielleicht jemand Hilfe brauchte. Mein Name ist Mitchell – Doktor Mitchell. Wenn Ihnen nichts fehlt, will ich wieder gehen.«

Aber inzwischen hatte sie sich erholt und betrachtete ihn argwöhnisch.

»Der sind Sie also!« sagte sie ärgerlich. »Vielleicht wissen Sie, wo mein Hund ist. Vielleicht hat dieser Junge von nebenan ihn gestohlen und zu Ihnen gebracht. Wenn Sie ihn haben, will ich ihn jedenfalls zurück – oder ich werde Ihnen eine Menge Unannehmlichkeiten bereiten!«

Er lachte.

»Das ist doch eine ziemlich phantastische Annahme, meinen Sie nicht?« fragte er. »Warum sollte der Junge so etwas tun? War der Hund krank?«

Sie ignorierte seine Frage und setzte sich unvermittelt auf die Stufen zur Küchentür. Mitchell hielt ihr die Taschenlampe hin; dabei knipste er sie an und konnte einen schnellen Blick auf die Frau werfen.

Wo sie auch gewesen sein mochte, sie hatte keinen einfachen Spaziergang hinter sich. In dem schweren Mantel hatten sich eine Menge Gestrüppteilchen und Tannennadeln verfangen, und ihre Strümpfe darunter waren in Fetzen gerissen. Außerdem sah sie erschöpft aus, und ihr Gesicht hatte eine unangenehme graue Farbe angenommen. Indem er ihr die Lampe in die Hand drückte, schnitt er ihre Proteste ab.

»Wenn Sie Johnnys Hund meinen«, sagte er, »würde ich an Ihrer Stelle ein wenig vorsichtig damit sein, diesen Jungen von nebenan zu beschuldigen. Jedes Kind, das Wags kannte – und das sind recht viele – könnte ihn genommen haben.«

Sie schien darüber nachzudenken. Dann erhob sie sich und kletterte die Stufen hinauf.

»Also schön, soll ihn meinetwegen behalten, wer ihn genommen hat«, sagte sie. »Ich mag keine Hunde. Ich habe sie noch nie gemocht.«

Er sah ein, daß es keinen Zweck hatte, weiter in sie zu dringen; und sie beendete auch die Unterhaltung, indem sie in das Haus ging und die Küchentür hinter sich zuwarf. In gewissem Sinne fühlte er sich erleichtert. Wenn sie den Jungen fortgeschickt hatte, fehlte ihm wahrscheinlich nichts; und mit dieser Hoffnung, noch müde von den Tagen der Suche, schlief Mitchell ziemlich lange in den nächsten Morgen hinein.

Die Antwort aus Omaha kam am Mittag dieses Tages. Sie enthielt alle Einzelheiten und bestätigte den Flugzeugabsturz und den Tod der Watsons sowie das gebrochene Bein des Jungen und die Tatsache, daß eine Verwandte namens Mrs. Hunt ihn abgeholt hatte. Allerdings stand da noch ein Zusatz, der ihm rätselhaft vorkam. Es hieß: *Fuhr mit einem Auto nach Osten zurück.*

Am Nachmittag desselben Tages ging er wieder in den Ort hinein und suchte den Polizeichef auf. Offensichtlich hatte seine Frau sich um ihn gekümmert, denn er trug ein sauberes Hemd und sogar eine Krawatte. Trotzdem hatte er schlechte Laune.

»Hören Sie mal, Doc«, sagte er, »der Fall Johnny Watson ist abgeschlossen, und ich bin verdammt froh darüber. Es sei denn«, fügte er argwöhnisch hinzu, »Sie hätten den Hund. In diesem Fall sind Sie verhaftet – und jetzt spaße ich nicht etwa.«

Mitchell brachte es fertig, überrascht auszusehen.

»Hund?« fragte er. »Welchen Hund?«

»Na schön, Sie haben ihn also nicht«, knurrte der Chef besänftigt. »Hat wahrscheinlich die Leine durchgebissen und ist fortgelaufen. Und was wollen Sie schon wieder von mir?«

»Mir ist gerade etwas eingefallen«, sagte Mitchell. »Was würden Sie mit einem Kind tun, das Sie nicht haben wollen? Wie würden Sie es loszuwerden versuchen? Mit einem Auto?«

Der Chef sah ihn interessiert an.

»Weiß Gott, manchmal gab es Zeiten, wo ich gut ein paar von meinen Gören entbehren konnte«, sagte er. »Aber wovon reden Sie? Die alte Hunt hat sich Johnny nicht vom Hals geschafft. Darauf möchte ich wetten. Es gibt nichts dabei für sie zu gewinnen. Außerdem hat sie keinen Wagen, wenn Sie das meinen; und wenn sie einen hätte, könnte sie ihn nicht fahren.«

Als Mitchell wieder ging, war er verwirrt. Wie konnte Mrs. Hunt Johnny fortgehext haben – falls sie es getan hatte? Nicht mit dem Bus oder mit der Bahn, das war sicher. Zugpersonal und Busfahrer kannten den kleinen blonden Jungen und seinen Hund. Doch das leere Zimmer im Hause von Mrs. Hunt bedeutete mit Sicherheit, daß sie ihn nicht zurückerwartete. Es gab nur eine andere Erklärung – und das war eine, die er nicht annehmen durfte.

Als Ergebnis seiner Überlegungen fuhr er am Nachmittag in die Stadt und nahm den Splitter aus Wags' Pfote in einem Zellophanumschlag mit. Er ging damit zum Laboratorium im Polizeipräsidium. Nach einem längeren Hin und Her gelangte er zu einem der Fachleute, einem jungen Mann in einem weißen Kittel, der den Splitter unter ein Mikroskop legte.

»Nichts besonders Interessantes zu erkennen«, sagte er nach einer Weile. »Sieht wie Blut und Eiter daran aus, wenn es das ist, was Sie wissen wollen.«

»Nein. Ich möchte über den Splitter selbst etwas hören. Was ist damit?«

»Kiefernholz«, sagte der Laborant. »Stammt wahrscheinlich von einem alten Dielenbrett. Ist anscheinend gefirnißt worden. Bedeutet das etwas für Sie?«

»Nur, wenn ich das Brett finden kann, von dem er stammt«, antwortete Mitchell grimmig und verabschiedete sich.

Unten auf der Straße stand er neben seinem Wagen und überlegte, was er sonst noch tun könnte. Schließlich war der Junge auch früher schon verschwunden, wenn auch nie so lange wie diesmal. Und es gab keinen triftigen Grund zu der Annahme, daß er jetzt nicht einfach wieder ausgekniffen war. Mitchell hatte für seine Vermutungen nur den Glauben eines kleinen Jungen, daß Johnny etwas zugestoßen wäre, einen Hund mit einem Splitter, den er sich von überallher geholt haben konnte, und eine alte Frau, die das Kind anscheinend nicht zurückerwartete.

So stark ging ihm das alles im Kopf herum, daß er nicht sonderlich überrascht war, Hattie Hunt in Person zu sehen. Sie bemerkte ihn nicht, als sie aus einer Garage auf der anderen Straßenseite kam. Das aber paßte so wenig zu ihr, daß er wartete, bis sie in einen Bus nach Hause gestiegen war, und dann selbst hinüberging.

Ein paar Chauffeure standen untätig herum, und irgendwo im Hintergrund arbeitete ein Betriebsangehöriger an einem Reifenschlauch. In einer Ecke befand sich ein kleines verglastes Büro, in dem ein Angestellter an einem Schreibtisch saß. Nachdem er sich etwas umgesehen hatte, ging Mitchell dort hinein. Der Mann machte eine Eintragung in ein dickes Buch und blickte ärgerlich wegen der Störung auf. Mitchell gab seiner Stimme einen um Entschuldigung bittenden Klang.

»Es tut mir leid, daß ich Sie belästigen muß«, sagte er, »aber ich sollte meine Tante von hier mit meinem Wagen nach Hause abholen. Ich fürchte, ich habe sie verpaßt. Eine ältere Dame in Schwarz.«

Der Angestellte nickte.

»Jawohl, Bruderherz, die haben Sie verpaßt«, antwortete er. »Jedenfalls hört es sich ganz danach an.«

Mitchell nickte.

»Ich versuche, ein wenig auf sie zu achten«, sagte er. »Sie ist manchmal recht sonderlich. Hat sie etwa versucht, einen Wagen zu kaufen?«

»Einen Wagen kaufen!« Der Angestellte grinste. »Seit drei Jahren schon hat sie einen für alt gekauften Wagen hier nutzlos untergestellt. Sie hat ihn nie herausgenommen, kommt aber dann und wann her, um ihre Garagenrechnung zu bezahlen. Sie heißt Barnes. Ist sie das?«

»Dann ist es nicht meine Tante«, erwiderte Mitchell und schickte sich zum Gehen an, als der Mann weitersprach.

»Sonderbare Sache mit dieser alten Dame«, sagte er. »Läßt ihn hier die ganze Zeit stehen, und auf einmal braucht sie ihn ganz dringend. Kam vor ungefähr zehn Tagen herein und erteilte den Auftrag, ihn so schnell wie möglich fahrbereit zu machen. Und dann ließ sie sich bis heute nicht mehr sehen.«

»Hat sie gesagt, wann sie ihn braucht?« Mitchell hoffte, daß seine Stimme gleichgültig klang. »Vielleicht ist es doch meine Tante. Solche Einfälle sehen ihr ähnlich.«

»Nein. Wollte ihn nur fertig haben. Sagte, sie würde ihn bald brauchen. Das ist alles.«

Mitchell trat ziemlich benommen wieder auf die Straße. Einiges war jetzt natürlich klar. Zum Beispiel, was mit jenem Wagen geschehen war, mit dem sie den Jungen aus dem Westen geholt hatte. Und sie hatte beabsichtigt, ihn vor ein paar Tagen wieder zu benutzen; aber inzwischen hatte man Wags gefunden und daraufhin eine Suche gestartet. Da hatte sie nichts zu unternehmen gewagt, aber Mitchell zweifelte nun nicht länger daran, daß entweder der Junge oder sein Leichnam irgendwo versteckt war, und sein Blut gefror ihm bei dem Gedanken an diese Möglichkeit.

Warum hatte sie das Kind loswerden wollen? Und warum hatte man die Leiche nicht gefunden? Durch seinen Tod hatte sie nichts gewonnen, wenn es sich tatsächlich so verhielt. Oder hatte sie doch? Eine leise Ahnung der Wahrheit dämmerte ihm, und die Folgerungen daraus erschreckten ihn. Sobald er nach Hause gekommen war, rief er das Krankenhaus in Omaha an und lauschte interessiert auf die Antwort.

»Das hat wohl einige Aufregung gegeben, wie?« fragte er.

»Was meinen Sie?« fragte die entfernt klingende Stimme.

An jenem Nachmittag glaubte er zum ersten Mal wirklich daran, daß Johnny Watson tot wäre. Ohne besondere Anteilnahme hörte er Joes Bericht über Wags an.

»Der Fuß ist in Ordnung«, sagte Joe. »Aber er scheint trotzdem nicht glücklich zu sein, Doc. Er frißt nicht richtig. Heute habe ich ihm einen Haufen gute Würstchen vorgesetzt, und er hat sie kaum angesehen.«

»Ich werde ihn heute nacht brauchen, Joe«, sagte Mitchell. »Wenn es nicht anders geht, werde ich ihn eben tragen; aber Sie wissen nicht, wo er ist. Verstanden?«

Joe blickte verständnislos.

»Diese Frau wird seinetwegen einen höllischen Lärm schlagen«, sagte er. »Wollen Sie unbedingt in Schwierigkeiten kommen?«

»Sehr wahrscheinlich«, erwiderte Mitchell trokken. »Ich weiß noch nicht genau, wann ich ihn brauchen werde, aber ich habe so eine Ahnung, wo er hin will.«

Um sechs Uhr – Abendbrotszeit im Orte – rief er Pete an und fragte ihn, ob er heute abend beschäftigt wäre. Als der Junge das verneinte und sagte, er hätte nur noch ein paar Schularbeiten zu machen, bot Mitchell ihm eine Aufgabe an.

»Ich möchte wissen, ob Mrs. Hunt heute abend ihr Haus verläßt. Kannst du das übernehmen? Und wenn sie geht, willst du mich dann sofort anrufen?«

»Aber gewiß. Das ist ganz einfach«, antwortete Pete aufgeregt.

»In Ordnung. Versuche aber auf keinen Fall, ihr zu folgen. Rufe mich nur an, ich werde warten.«

Nichts ereignete sich jedoch an diesem Abend, und der nächste Tag schien endlos. Mitchell verrichtete ohne Begeisterung seine üblichen Arbeiten, und am späten Nachmittag schaute er bei dem geplagten Polizeichef ein, der ihn mit einer Grimasse empfing.

»Wenn es sich um den Watsonschen Jungen handelt«, sagte er säuerlich, »warum kümmern Sie sich eigentlich nicht um Ihre Angelegenheiten, um Ihre Hunde nämlich?«

Mitchell grinste und zündete sich eine Zigarette an.

»Schon gut«, sagte er. »Jetzt will ich Sie mal etwas fragen. Wo könnte Wags sich dort oben in den Hügeln einen Splitter von gefirnißtem Holz in die Pfote gerissen haben?«

»Also um Himmels willen!« explodierte der Chef. »Wo soll sich denn ein Hund schon einen Splitter einreißen?«

»Er war davon so lahm, daß er kaum laufen konnte. Denken Sie daran, wo er gefunden wurde. Der Jäger, der ihn fand, mußte ihn in den Ort zurücktragen. Erinnern Sie sich daran?«

»Mir fällt dabei nur ein«, sagte der Chef argwöhnisch, »daß Sie etwas verdammt viel über diesen Hund wissen. Woher haben Sie das von dem Splitter?«

»Ich habe ihn aus seiner Pfote geholt«, sagte Mitchell und schlug die Tür hinter sich zu.

Danach erwartete er Ärger, aber offensichtlich hatte der Chef das Interesse verloren. Um sechs Uhr rief Pete an und sagte, er würde heute abend wieder seinen Wachtposten beziehen, wenn es so recht wäre. Mitchell antwortete, das wäre ihm sogar sehr recht, und legte lächelnd den Hörer wieder auf. Aber danach schien der Abend kein Ende zu nehmen. Er blieb neben dem Telephon sitzen und versuchte, in der *Tierärztlichen Rundschau* zu lesen, aber als um neun Uhr noch keine Nachricht von Pete kam, rief er schließlich das Elternhaus des Jungen an. Pete war jedoch nicht zu Hause, und seine Mutter machte sich Sorgen.

»Er ist vor einer ganzen Weile fortgegangen«, sagte sie. »Ich weiß nicht, was in ihn gefahren ist. Ich telephonierte gerade wegen der Zusammenkunft der jungen Leute in der Kirche, und er benahm sich sehr aufgeregt. Als ich zu Ende gesprochen hatte, war er verschwunden.«

»Hat er nicht gesagt, wohin er gegangen ist?«

»Nein. Aber er sagte, wenn Sie anriefen, sollte ich Ihnen erzählen, daß jemand den Hügel hinaufgegangen ist. Ich habe nicht genau zugehört. Aber er weiß doch, daß er dort nicht hingehen darf, und ins Kino ist es doch auch zu spät für ihn.«

Mitchell wußte genau, wo Pete hingegangen war, und er fühlte einen kalten Schauer seinen Rücken hinunterlaufen. Wie lange war er nun schon weg? Und was konnte passieren, wenn er Mrs. Hunt einholte? Wenn Mitchells Annahme zutraf, mußte sie inzwischen zum Äußersten entschlossen sein. Wo Johnny auch versteckt war, ob tot oder lebendig, sie war jetzt auf dem Wege dorthin, und Pete war in höchster Gefahr in den Händen einer halbverrückten Frau.

Er konnte sich später nicht mehr genau daran erinnern, was nun folgte. Er mußte Wags ergriffen haben und in den Wagen gestiegen sein, und einige Zeit später kletterte er durch Wald und dichtes Buschwerk hügelan, während er vorsichtig seine Taschenlampe benutzte. Aber die Zeit schien sich wie ein Gummiband zu dehnen, und sein Kampf mit dem Unterholz schien endlos, bis er schließlich, mit dem Hund im Arm, über sich ein langsam vorankriechendes Licht sah.

Der Hund sah es ebenfalls und winselte, und Mitchell legte ihm die Hand über die Schnauze. Danach verhielt er sich noch vorsichtiger und kletterte behutsamer und ohne seine Taschenlampe zu benutzen. Einmal fiel er der Länge nach hin und verlor fast den Hund.

Es schien eine Stunde oder länger zu dauern, bevor er die Lichtung auf dem Kahlenberg erreichte und stehenblieb. Mrs. Hunt war dort. Sie saß wie erschöpft in der Nähe der verfallenen Schlafhütte auf einem umgestürzten Baumstamm, und sein Herz zog sich krampfhaft zusammen, als er einen langstieligen Spaten in ihren Händen sah.

Von Pete war nichts zu sehen, aber Wags hatte den Ort wiedererkannt. Er bellte einmal kurz und scharf und sprang Mitchell aus dem Arm. In einer Sekunde war er an der Frau vorbei über den Platz geschossen und kratzte wild an der Tür eines kleinen Schuppens, der an die Schlafhütte gebaut war. Die Frau sprang auf die Füße und griff nach ihrem Spaten.

»Du kleiner Teufel!« sagte sie mit rauher Stimme. »Bleib nur da, bis ich dich zu fassen habe!«

Und dann hörte Mitchell Petes schrille Knabenstimme von irgendwo zwischen den Bäumen.

»Rühren Sie ihn nicht an!« schrie er. »Lassen Sie ihn in Frieden! Ich hole jetzt die Polizei. Sie sind eine böse, schlimme Frau!«

Aus den Geräuschen im Unterholz erkannte Mitchell, daß Pete den Hügel hinunterlief. Er tat einen tiefen, erleichterten Atemzug. Die Frau war wie versteinert. Sie sah ihn kaum, als er auf sie zuging.

»Also?« sagte er, »wo ist er, Mrs. Hunt?«

Sie antwortete nicht, aber nach einem Augenblick hob sie eine schwere Hand und deutete auf den Schuppen neben der Schlafhütte, wo der Hund wie wild an einer improvisierten Tür aus alten Kieferndielen kratzte – und wo ein kleiner Junge schwach herausrief:

»Hallo, Wags – ich wußte, daß du zurückkommen würdest.«

Früh am nächsten Morgen saß Mitchell im Büro des Polizeichefs, recht selbstzufrieden dreinblickend.

»So haben Sie also die ganze Gegend durchgekämmt!« sagte er. »Warum, um Himmels willen, haben Sie nicht in jenen Schuppen gesehen?«

»Warum, zum Teufel, sollte ich?« entgegnete der

Chef gereizt. »Er war verrammelt und von außen verschlossen. Der Junge konnte sich nicht gut von außen einschließen, nicht wahr? Warum hat er denn nicht geschrien?«

»Wahrscheinlich hatte er Angst davor, daß sie es sein könnte«, sagte Mitchell. »Er hat immer vor ihr Angst gehabt. Deshalb ist er auch immer wieder fortgelaufen. Oder vielleicht hatte sie ihm Schlaftabletten eingegeben. Wir werden es wohl nie erfahren. Aber ich vermute, sie wollte ihm zu Anfang gar nichts Böses antun. Vielleicht wollte sie ihn mit dem Wagen zur Küste bringen und in irgendein Heim stecken oder so etwas Ähnliches. Aber als sie dann kürzlich von der Versicherungsgesellschaft erfuhr, daß sie seinen Tod nachweisen oder sieben Jahre lang auf das Geld warten müßte...«

»Geld? Was für ein Geld, um Himmels willen?«

»Oh, habe ich Ihnen das noch nicht erzählt?« fragte Mitchell und tat überrascht. »Bevor die Eltern Omaha verließen, schlossen sie eine Flugzeug-Unfallversicherung zu Gunsten des Jungen ab. Fünfundzwanzigtausend für jeden. Es kostete nicht viel. Und die Gesellschaft schrieb es Johnny gut, als er im Krankenhaus lag, mit Ihrer Freundin Hattie als Treuhänderin oder so etwas Ähnliches. Ich kann mir vorstellen«, fügte er glatt hinzu, »daß diese fünfzigtausend Dollar ihr seit drei Jahren die Seele zerfressen haben. Sie ist seine einzige Verwandte.«

»Behaupten Sie etwa, daß sie ihn *ermorden* wollte?« fragte der Chef ungläubig.

»Jawohl. Aber Sie werden sie deswegen nie einsperren können. Sie kommt in irgendeine Heilanstalt. Aber beinahe wäre es gestern abend zu spät gewesen.«

Er übersah geflissentlich das erschütterte Gesicht

des Chefs, und indem er aufstand, ließ er etwas auf seine Schreibunterlage fallen.

»Vielleicht wollen Sie das behalten«, sagte er. »Es ist der Splitter, der Johnny das Leben gerettet hat.«

Er verließ einen in völliger Verwirrung auf den Splitter starrenden Polizeichef und fuhr zu seiner Tierklinik zurück, wo Joe ihn skeptisch betrachtete – seine zerrissenen Kleider, sein schmutziges und unrasiertes Gesicht.

»Haben wohl eine tolle Nacht hinter sich, Doc«, sagte Joe. »Wie geht's dem kleinen Kerl?«

»Erholt sich gut im Krankenhaus«, erwiderte Mitchell frohgelaunt. »Und nennen Sie mich nicht ›Doc‹. Was macht Wags?«

»Sieht aus, als ob er auch eine tolle Nacht hinter sich hat«, antwortete Joe. »Aber er schläft fest.«

»Wird ihm guttun«, versetzte Mitchell und ging nach oben. Während er eine Dusche nahm, ließ er die Kaffeemaschine summen, und da er zu den Leuten gehörte, die morgens stets gutgelaunt sind, sang er dabei lustig vor sich hin. Unten war gerade Fütterungszeit, mit dem üblichen Höllenlärm von Winseln und Kläffen, und er fühlte sich an die Unterhaltung erinnert, die er vor ein oder zwei Tagen mit dem Chef geführt hatte. Damals hatte er gesagt, daß er Hunde lieber mochte als manche Menschen, und jetzt wußte er auch, warum.

GRAHAM GREENE

Das Kellerzimmer

I

Als sich die Haustüre geschlossen hatte und Baines, der Diener, in die dämmrige leere Halle zurückgekehrt war, begann für Philipp das Leben. Er stand vor der Türe des Kinderzimmers und lauschte auf das Geräusch des abfahrenden Taxis. Seine Eltern waren eben für vierzehn Tage verreist, und er war ›zwischen zwei Kindermädchen‹; das alte war entlassen worden und das neue noch nicht eingetroffen. Er war allein in dem großen Haus am Belgrave-Platz, allein mit Baines und dessen Frau.

Nun konnte er überall hingehen, selbst durch die Türe mit dem grünen Vorhang, die zur Speisekammer und hinunter zur Kellerwohnung des Dienerpaares führte. Alles kam ihm fremd vor in diesem Haus, weil er jeden Raum betreten konnte und niemand darin war.

Und doch spürte er überall einen Hauch der Abwesenden: im Rauchzimmer mit dem Pfeifenständer zwischen den Elefantenzähnen, mit dem geschnitzten Tabakstopf; im Schlafzimmer mit den rosa Tapeten und Vorhängen, mit dem kaum spürbaren Hauch verflüchtigten Parfums und den halbgeleerten Gesichtscremetöpfchen, die Frau Baines noch nicht weggeräumt hatte; im Salon mit dem schwarzglänzenden, nie berührten Flügel, der Kaminuhr aus Porzellan, den kleinen geschweiften Tischchen und dem Silber. Aber hier war Frau Baines bereits an der Arbeit; sie nahm die Vorhänge ab und bedeckte die Fauteuils mit weißen Überzügen, um sie vor Staub zu schützen. »Verschwinde hier, Philipp!« rief sie und sah ihn aus ihren wässerigen und verdrossenen Augen an; dann machte sie sich an die Arbeit, brachte alles in Ordnung, peinlich genau und ohne Liebe, nur in Erfüllung ihrer Pflicht.

Philipp Lane ging schnell hinaus und öffnete zögernd die Türe hinter dem grünen Vorhang. Er warf einen Blick in die Speisekammer; aber Baines war nicht da. Dann betrat er zum erstenmal die Treppe, die in den Keller führte.

Wieder hatte er das Gefühl: »Das ist das Leben.« All die sieben Jahre, die er im Kinderzimmer zugebracht hatte, vibrierten in der Erregung dieses fremden, neuartigen Erlebnisses. Sein übersprudelnder, rastloser Geist glich einer Stadt, in der man verspürt, wie unter der Wirkung eines fernen Erdbebens der Boden erzittert. Philipp war in ängstlicher Erwartung und doch glücklicher als zuvor. Denn alles war jetzt bedeutungsvoller als ehedem.

Baines las in Hemdärmeln die Zeitung. Er sagte: »Komm herein, Phil, und mach dir's bequem. Wart einen Moment, ich werde dir gleich etwas geben.« Damit trat er an einen weißen, blitzsauberen Schrank und holte eine Flasche Ingwerbier und ein halbes Früchtebrot hervor. »Halb zwölf Uhr«, sagte er, »jetzt machen die Wirtshäuser auf, mein Junge.« Mit diesen Worten schnitt er den Kuchen auf und füllte dann ein Glas für Philipp. Er war freundlicher und ungezwungener, als Philipp ihn je gekannt hatte: ein Mann in seinem eigenen Heim.

»Soll ich Frau Baines rufen?« fragte Philipp und war froh, als Baines abwehrte. Sie sei an der Arbeit, sie tue die Arbeit gern; warum sollte sie also in ihrem Vergnügen gestört werden?

»Ein Tröpfchen um halb zwölf«, begann Baines wieder und goß auch sich ein Glas Ingwerbier ein, »das macht Appetit aufs Kotelett und hat noch keinem geschadet.«

»Aufs Kotelett?« fragte Philipp.

»Wer lange an der Goldküste war«, erklärte Baines, »sagt zu jedem Essen Kotelett.«

»Aber es gibt heute doch kein Kotelett?«

»Könnte aber eines geben, fein in Palmöl gebraten, und nachher eine Papajafrucht.«

Philipp blickte durch das Kellerfenster auf den trokkenen, gepflasterten Lichthof hinaus, auf den Mülleimer und auf die Beine der Leute, die oben auf der Straße jenseits des Gitters vorübergingen.

»War es dort heiß?«

»Ah, du hast noch nie solche Hitze erlebt. Weißt du, keine angenehme Hitze, wie du sie an einem Tag wie heute hier bei uns im Park verspürst. Feucht«, sagte Baines, »Fäulnis«. Er schnitt sich ein Stück vom Früchtebrot ab. »Alles riecht verfault«, fuhr er fort und ließ dabei seine Augen rundum durch das kleine Kellerzimmer wandern, von einem sauberen Wandschrank zum andern, die alle so nüchtern wirkten und das Gefühl erweckten, daß niemand dort seine Geheimnisse verbergen könnte. Aus der Miene des Butlers sprach die Trauer um etwas Unwiederbringliches, und er tat einen tiefen Zug aus seinem Glas.

»Warum war Vater in Afrika?«

»Es war seine Arbeit«, erwiderte Baines, »wie das jetzt meine ist. Damals war es auch meine Arbeit, eine Arbeit für Männer. Du würdest es heute nicht glauben, aber ich hatte vierzig Neger unter mir; die taten, was ich ihnen gebot.«

»Warum haben Sie es aufgegeben?«

»Weil ich Frau Baines heiratete.«

Philipp nahm die Schnitte Früchtebrot in die Hand und ging geräuschvoll kauend im Zimmer umher. Er kam sich sehr alt, unabhängig und erfahren vor und war sich bewußt, daß Baines mit ihm wie zu einem Mann redete. Er nannte ihn nie Master Philipp, wie seine Frau es tat, die unterwürfig kroch, wenn sie nicht herrisch auftrat.

Baines hatte die Welt gesehen; er hatte über das Eisengitter vor dem Haus hinausgesehen, über die müden Beine der Maschinenschreibfräulein, über die Parade der kleinen Leute, die vom Bezirk Pimlico nach Victoria und wieder zurück gingen. Da saß er nun über seinem Ingwerbier mit der resignierten Würde eines Mannes in der Verbannung; aber Baines klagte nicht; er hatte sich sein Schicksal selbst ausgesucht; und wenn dieses Schicksal Frau Baines hieß, so hatte er die Schuld nur sich selbst zuzuschreiben.

Heute aber stand das Haus beinahe leer. Seine Frau arbeitete in den oberen Stockwerken, und für ihn gab es nichts zu tun; so erlaubte er sich ein paar bittere Worte.

»Ich würde morgen wieder hinfahren, wenn sich eine Gelegenheit ergäbe.«

»Haben Sie jemals einen Neger erschossen?«

»Das hatte ich nie nötig«, antwortete Baines. »Natürlich trug ich eine Pistole. Aber es war gar nicht nötig, die Leute schlecht zu behandeln. Damit hätte man sie nur blöd gemacht. Ich sage dir«, fuhr Baines fort und beugte dabei sein schütteres graues Haar über das Glas, »ich habe ein paar von diesen verdammten Niggern direkt gern gehabt, konnte einfach nicht anders. Da standen sie lachend herum, und einer hielt den anderen an der Hand. Sie haben sich gern berührt; es gab ihnen ein angenehmes Gefühl, zu wissen, daß ihr

Nebenmann da war.« Und weiter: »Das können wir gar nicht begreifen; zwei von ihnen gingen oft den ganzen Tag herum, ohne einander loszulassen, erwachsene Männer; aber es war nicht Liebe; es war nichts, was wir begreifen können.«

»Zwischen den Mahlzeiten essen«, tönte die Stimme von Frau Baines dazwischen. »Was würde deine Mutter dazu sagen, Philipp?«

Sie kam die steinernen Stufen zum Keller herab, ihre Hände voll Creme- und Salbentiegel, Schminke- und Pastetuben. »Du solltest ihm anders zureden, Baines«, sagte sie zu ihrem Mann, ließ sich in einem Korbsessel nieder und kniff beim Anblick von Coty-Lippenstift, Pond's Cream, Leichner-Rouge, Cyclex-Puder und Elizabeth Arden Adstringent ihre kleinen Augen mißmutig zusammen.

Sie warf eines nach dem andern in den Papierkorb. Nur die Tube Cold Cream behielt sie zurück. »Dem Buben Geschichten erzählen«, brummte sie. »Geh ins Kinderzimmer, Philipp, während ich dir das Mittagessen richte.«

Philipp kletterte die Treppe zum grünen Vorhang hinauf. Er vernahm Frau Baines Stimme wie die Stimme in einem bösen Traum, wenn das kleine Nachtlicht in der Untertasse zerronnen ist und sich die Vorhänge bewegen; es war eine scharfe, schrille Stimme; Bosheit klang aus ihr, und sie war lauter, als man sprechen sollte, und hielt nichts zurück.

»Du machst mich ganz krank, Baines, wie du den Buben verwöhnst. Höchste Zeit, daß du im Hause was arbeitest.«

Philipp konnte nicht hören, was Baines ihr zur Antwort gab. Er stieß die Tür auf und trat in seiner kurzen grauen Flanellhose – gleich einem kleinen, unter der Erde lebenden Tier – in einen Flecken Sonnenlichts auf dem Parkettboden, in den Widerschein von Spiegeln, die Frau Baines abgestaubt, poliert, auf Glanz gebracht hatte.

Unten im Kellerzimmer zerbrach irgend etwas. Baines tat ihm leid; es kam ihm der Gedanke, wie glücklich er und der Diener in dem leeren Haus zusammen leben könnten, wenn Frau Baines fortgerufen würde. Er hatte keine Lust, mit seinem Meccano zu spielen; keine Lust, seine Eisenbahn oder seine Zinnsoldaten hervorzuholen. Er saß am Tisch, das Kinn in die Hände gestützt: »Das ist also das Leben«; und plötzlich fühlte er sich für Baines verantwortlich, als wäre er der Herr des Hauses und Baines ein alternder Diener, der seine Fürsorge verdiente. Viel konnte er nicht für ihn tun; so entschloß er sich, wenigstens brav zu sein.

Es überraschte ihn nicht, als Frau Baines beim Mittagessen liebenswürdig war; er kannte ihre Launen. Jetzt hieß es: »Noch ein Stückchen Fleisch, Philipp?« oder: »Philipp, nimm noch eine kleine Portion von diesem guten Pudding!« Es war ein Pudding, der ihm herrlich schmeckte, Queen's Pudding mit einer wunderbaren Kruste aus Baiser obendrauf; Philipp aber wollte nicht noch einmal zulangen, damit Frau Baines das nicht als Sieg über ihn buchen könnte. Sie war die Sorte Frau, die glaubt, jede Ungerechtigkeit könnte durch ein gutes Essen wieder wettgemacht werden.

Sie war säuerlich, aber sie kochte gerne Süßigkeiten; man konnte sich in ihrem Haushalt nie über einen Mangel an Marmelade oder Zuckerpflaumen beklagen. Sie aß selbst gut und tat feinsten Staubzucker zum Baiser und zur Erdbeermarmelade. Das gedämpfte Licht, das durch das Kellerfenster fiel, ließ über ihrem farblosen Haar die Stäubchen tanzen, während sie den Zucker seihte und während Baines wortlos über seinem Teller brütete.

Wieder empfand Philipp ein Gefühl der Verantwortung. Baines hatte sich auf diese Stunde gefreut und war jetzt enttäuscht; alles war ihm verdorben. Das Gefühl der Enttäuschung konnte Philipp teilen; da er von Liebe, Eifersucht oder Leidenschaft nichts wußte, vermochte er besser als jeder andere den Schmerz zu verstehen, den der Diener empfand, weil etwas Ersehntes nicht eintrat, ein Versprechen nicht erfüllt wurde, etwas freudig Erregendes in öder Langeweile versank. »Baines«, sagte der Knabe, »wollen Sie heute nachmittag mit mir spazierengehen?«

»Nein«, erklärte Frau Baines, »nein, das geht nicht. Es ist ja noch das ganze Silber zu putzen.«

»Dazu habe ich 14 Tage Zeit«, entgegnete Baines.

»Zuerst die Arbeit, dann das Vergnügen«. Frau Baines nahm sich noch einmal vom Baiser.

Plötzlich warf Baines Löffel und Gabel hin und stieß den Teller von sich. »Verdammt!« rief er.

»Ein Temperament hast du«, sagte Frau Baines leise. »Daß du mir nicht noch etwas zerschlägst! Und ich will nicht, daß du vor dem Kind fluchst. Philipp, wenn du fertig bist, darfst du aufstehen.« Bei diesen Worten schabte sie das restliche Baiser vom Pudding herunter.

»Ich will spazierengehen«, sagte Philipp.

»Du gehst dich jetzt hinlegen!«

»Ich will aber spazierengehen.«

»Philipp«, sagte Frau Baines. Sie erhob sich, ließ das Baiser auf dem Teller zurück und trat auf den Knaben zu, mager, drohend und staubig in ihrem Kellerzimmer. »Philipp, du wirst tun, was ich dir gesagt habe.« Sie faßte ihn am Arm und drückte diesen ganz leicht; dabei beobachtete sie das Kind mit einem freudlosen, aber leidenschaftlichen Glitzern in den Augen; über ihrem Kopf schleppten sich nach der Mittagspause die Füße der Stenotypistinnen zurück in die Büros von Victoria.

»Warum soll ich nicht spazierengehen?« fragte

Philipp, aber seine Entschlossenheit erlahmte; er hatte Angst und schämte sich seiner Angst. Das war das Leben; eine fremde Leidenschaft, die ihm unbegreiflich war, regte sich in diesem Kellerzimmer. Er sah, daß in der Ecke neben dem Papierkorb ein kleines Häufchen zerbrochenen Glases zusammengefegt lag. Er wandte sich hilfeheischend an Baines, fing aber nur einen haßerfüllten Blick auf, den traurigen, hoffnungslosen Haß eines Lebewesens hinter Gitterstäben.

»Warum sollte ich nicht gehen?« wiederholte er.

»Du tust, was man dir befiehlt«, erklärte Frau Baines. »Du darfst nicht glauben, bloß weil dein Vater fort ist, daß dir niemand hier...«

»Sie würden sich nicht getrauen«, rief Philipp und fuhr erschreckt zusammen, als ihn Baines ganz leise unterbrach:

»Die würde sich alles getrauen.«

»Ich hasse Sie«, sagte Philipp zu Frau Baines. Er entwischte ihr und rannte zur Tür, sie aber war vor ihm dort; sie war zwar schon alt, aber noch flink.

»Philipp«, herrschte sie ihn an, »du wirst mich jetzt um Verzeihung bitten.« Zitternd vor Erregung stand sie vor der Tür. »Was würde dein Vater sagen, wenn er dich so reden hörte?«

Damit streckte sie ihre Hand nach ihm aus, eine trockene, von der vielen Sodalauge gebleichte Hand, deren Nägel bis ins Fleisch hinein abgeschnitten waren; der Knabe aber wich vor ihr zurück und brachte den Tisch zwischen sich und die Frau; und plötzlich, sehr zu seiner Überraschung, lächelte sie; sie wurde wiederum so unterwürfig, wie sie eben noch anmaßend gewesen war. »Schau, daß du raus kommst, Philipp«, sagte sie aufgeräumt. »Ich sehe schon, du wirst mir ordentlich zu schaffen machen, bis deine Eltern zurückkommen.«

Sie ließ die Türe unbewacht, und als er an ihr vorbeiwischte, gab sie ihm einen scherzhaften Klaps. »Ich habe heute so viel zu tun, daß ich mich um dich nicht kümmern kann. Nicht einmal die Hälfte der Stühle habe ich zugedeckt.« Unvermittelt überkam Philipp das Gefühl, daß nun auch der obere Teil des Hauses unausstehlich geworden sei; er dachte nämlich daran, wie Frau Baines dort umherschleichen, die Sofas zudecken und überall die Tücher auslegen würde. Also ging er nicht hinauf, um seine Mütze zu holen, sondern trat durch die schimmernde Halle geradewegs auf die Straße hinaus, und als er dort seinen Blick bald hierhin, bald dorthin wandte, stand er wiederum inmitten des Lebens.

II

Die Torten mit rosa Zuckerguß, die auf Spitzendeckchen aus Papier im Schaufenster lagen, der Schinken, die Teller mit bläulicher Wurst, die Wespen, die gleich winzigen Torpedos an der Glasscheibe dahinsausten, sie alle zogen Philipps Aufmerksamkeit an. Seine Füße waren müde vom Pflastertreten; er hatte sich gefürchtet, die Straße zu überqueren, war einfach erst in der einen Richtung und dann in der andern gegangen. Jetzt war er fast wieder zu Hause; der Platz lag am Ende der Straße; dies war ein ärmlicher Vorposten Pimlicos. Er verschmierte mit seiner Nasenspitze den Schmutz auf der Auslagenscheibe, während er nach den Süßigkeiten spähte, und erblickte dabei hinter den Torten und dem Schinken einen ganz anderen Herrn Baines. Die kugelrunden Augen und die Glatze erkannte er kaum wieder. Es war ein glücklicher, ein kühner, ein unternehmungslustiger Baines, obgleich es auch, sah man näher hin, ein verzweifelter Baines war.

Philipp hatte das Mädchen noch nie gesehen. Er erinnerte sich daran, daß Baines eine Nichte hatte, und meinte, daß sie es wäre. Sie war mager und abgezehrt, und sie trug einen weißen Regenmantel. Philipp wußte nichts mit ihr anzufangen; sie gehörte einer Welt an, die ihm völlig unbekannt war. Er konnte über sie keine Geschichten erfinden, wie er es mit dem vertrockneten Sir Hubert Reed, einem Ministerialsekretär, oder mit Frau Wince-Dudley tun konnte, die einmal im Jahr mit einem grünen Regenschirm und einer riesigen schwarzen Handtasche bewaffnet von Penstanley in Suffolk nach London kam, oder wie er es mit den höheren Bediensteten in all den Häusern tun konnte, die er zum Tee oder zum Spielen aufsuchte. Sie gehörte einfach nicht in seine Welt. Er mußte an Meerjungfern, an Undine denken; aber auch dort gehörte sie nicht hin und auch nicht zu den Abenteuern Emils und seiner Detektive. Sie saß da und starrte auf ein Stück rosabeeister Torte, in einer Welt für sich und vom Geheimnis umgeben wie nur die völlig Enterbten, starrte auf die halb aufgebrauchten Pudertiegel, die Baines auf der Marmorplatte des Tisches vor sie hingestellt hatte.

Baines drängte, war hoffnungsvoll, flehte und war wieder herrisch, und das Mädchen blickte auf den Tee und die Porzellantiegel herab und weinte. Über den Tisch hinweg reichte ihr Baines sein Taschentuch, aber sie wischte sich nicht die Augen ab; sie zerknüllte das Taschentuch in der Hand und ließ die Tränen über die Wangen fließen; sie tat nichts, sie sprach kein Wort, sie stemmte sich nur mit stummem, verzweifeltem Widerstand gegen das, was sie fürchtete und herbeisehnte und doch um keinen Preis hören wollte. Über den Teetassen trugen die beiden Liebenden einen geistigen Kampf aus, und Philipp, der draußen stand, jenseits des Schinkens und der Wespen und der staubigen Glasscheibe, empfing eine verworrene Andeutung dieses Ringens.

Er war neugierig, begriff nicht, was hier vorging, wollte es aber doch wissen. So trat er an die Tür, um besser sehen zu können, und war nun schutzloser dem Leben preisgegeben, als er es je zuvor gewesen war. Zum erstenmal berührte ihn das Leben anderer Menschen, drängte sich an ihn und formte ihn. Dieser Szene sollte er nie mehr entrinnen können. In einer Woche hatte er sie vergessen, aber sie gestaltete seinen ganzen Lebensweg, die endlose nüchterne Selbstzucht seines ganzen Daseins; als er auf dem Sterbebette lag, fragte er noch: »Wer ist sie?«

Nun hatte Baines gesiegt; er war keck, und das Mädchen war glücklich. Sie wischte sich das Gesicht ab, sie öffnete einen der Tiegel, und ihre Finger berührten über der Tischfläche die des Butlers. Da kam Philipp der Gedanke, daß es belustigend wirken müßte, wenn er jetzt Frau Baines' Stimme nachahmte und von der Türe aus »Baines!« riefe.

Die beiden sackten in sich zusammen; anders kann man die Wirkung nicht beschreiben; sie wurden ganz klein, sie waren nicht mehr glücklich und sie waren nicht mehr keck. Baines erholte sich zuerst und entdeckte, woher die Stimme kam; trotzdem gelang es ihm nicht, seine frühere Stimmung wiederzugewinnen. Dem Nachmittag war wie einer Puppe seine Füllung von Sägespänen ausgeronnen; was immer man tun mochte, es half nichts, und Philipp war zu Tode erschrocken. »Ich wollte ja nicht...«

Er wollte Baines sagen, daß er ihn gern hatte, daß er nichts weiter habe tun wollen, als sich über Frau Baines lustig machen. Aber nun hatte er erfahren müssen, daß man sich über Frau Baines nicht lustig machen konnte. Sie war nicht Sir Hubert Reed, der mit Stahlfedern schrieb und einen Federwischer in der Tasche trug. Sie war auch nicht Frau Wince-Dudley; sie war die Finsternis, wenn ein Luftzug das Nachtlicht ausgelöscht hatte; sie war das gefrorene Erdreich, das er eines Winters in einem Friedhof gesehen hatte, als jemand die Worte sprach: »Einen pneumatischen Bohrer würde man dazu brauchen«; sie war der verfaulte Blumenstrauß, der in dem kleinen Kabinett in Penstanley einen üblen Geruch verbreitet hatte. An allen diesen Dingen gab es nichts, worüber man sich hätte lustig machen können. Man mußte Frau Baines dulden, wenn sie da war, und sie schnell vergessen, wenn sie fort war, den Gedanken an sie unterdrükken, ihn in seinem Herzen ganz tief hinunterdrücken.

Baines sagte: »Es ist ja nur Philipp«, winkte dem Knaben zu und gab ihm das Tortenstück mit dem rosa Zuckerguß, das das Mädchen nicht gegessen hatte. Aber der Nachmittag war verdorben, die Torte steckte Philipp wie trockenes Brot in der Kehle. Das Mädchen verabschiedete sich sofort: sie vergaß sogar den Puder mitzunehmen; wie ein kleiner, stumpfer Eiszapfen stand sie in ihrem weißen Regenmantel in der Tür, wandte ihnen den Rücken zu und war auch schon im Nachmittag untergetaucht.

»Wer ist sie?« erkundigte sich Philipp. »Ist sie Ihre Nichte?«

»Ja, ja, meine Nichte«, antwortete Baines und goß die letzten Tropfen Wasser auf die groben, schwarzen Blätter in der Teekanne.

»Jetzt können wir ruhig noch eine Tasse Tee trinken«, sagte Baines; »die Tasse, die einen wieder in Stimmung bringt«, fuhr er in hoffnungslosem Ton fort, während er zusah, wie die bittere, schwarze Flüssigkeit aus dem Schnabel der Kanne floß.

»Magst du ein Glas Ingwerbier, Philipp?«

»Bitte nicht böse sein, Baines.«

»Du kannst ja nichts dafür, Philipp. Wirklich, ich

könnte jetzt noch glauben, daß nicht du es warst, sondern meine Frau; sie kriecht überall hinein.« Er fischte zwei Teeblätter aus seiner Tasse und legte sie auf den Rücken seiner Hand, ein dünnes zartes Flöckchen und einen harten Stengel. Dann schlug er mit der andern Hand drauf. »Heute«, sagte er, und der Stengel hob sich vom Handrücken ab; »morgen, Mittwoch, Donnerstag, Freitag, Samstag, Sonntag«, aber das zarte Blättchen wollte nicht kommen und ihm eine gute Auskunft geben. Es blieb, wo es war, starb unter seinen Schlägen mit einer Widerstandskraft, die man ihm nicht zugetraut hätte. »Der Hartnäckige gewinnt«, stellte Baines fest.

Er erhob sich, beglich seine Rechnung, und dann traten sie auf die Straße hinaus. Baines begann: »Ich verlange nicht von dir, daß du was Unwahres sagst, aber du brauchst Frau Baines nicht zu erzählen, daß du uns hier getroffen hast.«

»Natürlich nicht«, entgegnete Philipp und nahm dabei ein klein wenig von der Haltung Sir Hubert Reeds an. »Ich verstehe, Baines.« Aber er verstand nicht; dunkle Vorahnung hatte ihn verschlungen.

»Eine Dummheit war's«, sagte Baines, »so nahe der Wohnung. Aber ich hatte keine Zeit zu überlegen, verstehst du. Ich mußte sie jetzt sehen.«

»Natürlich, Baines.«

»Ich darf keine Zeit verschwenden«, fuhr Baines fort. »Ich bin nicht mehr jung, ich muß darauf sehen, daß es dem Mädel gut geht.«

»Natürlich müssen Sie das, Baines.«

»Aber meine Frau wird es herauskriegen, wenn sie irgendwie kann.«

»Auf mich können Sie sich verlassen, Baines«, sagte Philipp mit der trockenen, wichtigtuerischen Stimme Sir Hubert Reeds; und dann: »Achtung! Sie ist am Fenster und beobachtet uns.« Da stand sie tatsächlich und blickte durch die Spitzenvorhänge des Kellerfensters nachdenklich zu ihnen herauf. »Müssen wir jetzt hineingehen, Baines?« fragte Philipp mit einem kalten Gefühl im Magen, wie wenn er zuviel Pudding gegessen hätte. Er klammerte sich fest an den Arm des Dieners.

»Vorsicht!« sagte Baines leise. »Vorsicht!«

»Aber müssen wir wirklich schon hineingehen, Baines? Es ist ja noch früh. Führen Sie mich doch im Park spazieren.«

»Lieber nicht.«

»Ich fürchte mich aber, Baines.«

»Das brauchst du nicht«, erwiderte Baines. »Niemand wird dir was tun. Lauf nur schnell hinauf ins Kinderzimmer. Ich gehe über die Dienerstiege hinunter und rede mit meiner Frau.«

Aber auch er zauderte auf der obersten Steinstufe und tat so, als sähe er sie nicht hinter dem Fenster stehen, von wo sie ihn durch die Vorhänge beobachtete. »Vorne hinein durch die Haustür, Philipp, und gleich hinauf ins Kinderzimmer!«

Philipp verweilte nicht in der Halle; er rannte und rutschte über das Parkett, das Frau Baines glänzend poliert hatte, zur Treppe hin. Durch die offene Tür des Salons sah er die verhangenen Sessel; sogar die Porzellanuhr auf dem Kaminsims war zugedeckt wie ein Vogelkäfig; als er vorübereilte, schlug sie die Stunde, gedämpft und geheimnisvoll unter ihrem Tuch. Auf dem Tisch des Kinderzimmers stand sein Abendbrot bereit: ein Glas Milch, ein Butterbrot, ein süßes Keks und ein kleines Stück vom kalten Queen's Pudding ohne die Schneekruste. Er hatte keinen Appetit. Angestrengt lauschte er, ob Frau Baines käme, ob jetzt von unten herauf Stimmen zu vernehmen wären; aber der Keller hütete sein Geheimnis; der grüne Vorhang schloß jene Welt ihm ab. Er trank die Milch und aß das Keks; die übrigen Speisen rührte er nicht an. Kurz danach konnte er die leisen, präzisen Schritte von Frau Baines auf der Stiege hören; sie war eine gute Dienerin, sie ging fast lautlos; sie war eine entschlossene Frau, denn sie ging mit genau abgezirkelten Schritten.

Als sie eintrat, war sie gar nicht böse. Sie öffnete die Tür zum Kinderzimmer und sagte einschmeichelnd: »War der Spaziergang nett, Philipp?« Sie ließ die Vorhänge herab, legte Philipps Pyjama bereit und kam dann wieder, um sein Abendessen abzuservieren. »Ich bin froh, daß Baines dich gefunden hat. Deiner Mutter wäre es gar nicht recht, daß du allein draußen gewesen bist.« Sie warf einen prüfenden Blick auf das Tablett. »Nicht viel Appetit, Philipp, nicht wahr? Warum nahmst du nichts von dem guten Pudding? Ich bring dir noch ein bißchen Marmelade dazu herauf.«

»Nein, danke, Frau Baines«, wehrte Philipp ab.

»Du solltest mehr essen«, mahnte sie und schnupperte dabei wie ein Hund im Zimmer umher. »Du hast keine Tiegel aus dem Papierkorb in der Küche genommen, gelt?«

»Nein«, antwortete Philipp.

»Natürlich würdest du das nicht tun. Ich wollte mich nur vergewissern.« Sie klopfte ihm auf die Schulter, und dann fuhren ihre Finger blitzschnell nach seinem Rockaufschlag. Sie zupfte ein winziges Stückchen rosafarbenen Zuckers aus dem Stoff. »Ha, Philipp, deshalb hast du keinen Appetit. Du hast dir Süßigkeiten gekauft. Dafür bekommst du dein Taschengeld nicht!«

»Aber ich habe mir ja nichts gekauft, bestimmt nicht«, verteidigte sich Philipp.

Frau Baines kostete den Zucker mit der Zungenspitze.

»Lüg mich nicht an, Philipp. Ich lasse mir das genau so wenig gefallen wie dein Vater.«

»Ich habe es bestimmt nicht getan«, sagte Philipp. »Die haben es mir gegeben. Ich meine Baines«; sie aber stürzte sich auf das Wort ›die‹. Sie hatte erfahren, was sie wissen wollte; darüber bestand kein Zweifel, wenn Philipp auch nicht wußte, was es war. Er war enttäuscht, unglücklich, wütend, weil er Baines' Geheimnis nicht gewahrt hatte. Baines hätte ihm nicht vertrauen sollen; erwachsene Menschen sollten ihre Geheimnisse für sich behalten; und doch vertraute ihm Frau Baines sofort wieder ein neues an.

»Laß mich deine Hand kitzeln und sehen, ob du ein Geheimnis für dich behalten kannst.« Der Knabe aber barg die Hand hinter seinen Rücken; er wollte sich von ihr nicht anrühren lassen. »Es ist ein Geheimnis nur zwischen dir und mir, Philipp: ich weiß über die beiden ganz genau Bescheid. Sie hat wohl mit ihm Tee getrunken«, überlegte sie laut.

»Warum sollte sie das nicht?« entgegnete Philipp; dabei lag ihm das Gefühl, daß er für Baines verantwortlich sei, schwer auf der Seele, und der Gedanke, daß er Frau Baines' Geheimnis wahren müsse, nachdem er das ihres Mannes verraten hatte, machte ihn tief unglücklich, weil er daran erkannte, wie ungerecht das Leben ist. »Nett war sie.«

»Nett war sie, so?« sagte Frau Baines in einem bitteren Ton, der ihm fremd war.

»Sie ist seine Nichte.«

»Das hat er also gesagt«, gab Frau Baines so leise zurück wie das Schlagen der Uhr unter dem Staubtuch. Sie versuchte zu scherzen: »Der alte Gauner! Sag ihm nur nicht, daß ich davon weiß, Philipp.« Unschlüssig stand sie zwischen dem Tisch und der Tür, dachte angestrengt nach und plante irgendetwas. »Versprich mir, daß du nichts sagen wirst. Dann gebe ich dir den Meccano ...«

Philipp wandte ihr den Rücken zu; er wollte ihr dieses Versprechen nicht geben, aber er würde auch nichts sagen. Er wollte mit den Geheimnissen der beiden Menschen überhaupt nichts zu tun haben und auch nicht mit der Verantwortung, die sie ihm aufbürdeten. Er wollte nur vergessen. Er hatte schon eine größere Dosis Leben erhalten, als er erwartet hatte, und es war ihm bange. »Den Meccanokasten 2A, Philipp.«

Nie wieder wollte er seinen Meccanokasten öffnen, nie wieder mit ihm bauen; denn fortan mußte er sich dabei immer wieder an den boshaften Ton erinnern, mit dem Frau Baines ihm an jenem Abend gute Nacht gesagt hatte, und an den Klang der leisen, entschlossenen Schritte, mit denen sie die Treppe hinuntergegangen war, immer tiefer, bis in den Keller.

III

Die Sonne strömte durch die Vorhänge herein, und Baines trommelte auf der Wasserkanne einen Marsch. »Prächtig, prächtig«, rief er. Er saß am Bettende und sagte: »Ich erlaube mir mitzuteilen, daß Frau Baines weggerufen worden ist. Ihre Mutter ist sterbenskrank, und sie kommt erst morgen zurück.«

»Warum haben Sie mich so früh aufgeweckt?« fragte Philipp. Er betrachtete Baines mit Unbehagen; er wollte sich nicht in die Sache hineinziehen lassen; er hatte aus der Erfahrung gelernt. Es war nicht recht, daß ein Mann von Baines' Alter so heiter gestimmt war. Das machte einen Erwachsenen so menschlich, wie man selber war. Denn wenn ein Erwachsener sich so kindisch benehmen konnte, dann mochte es einem Kind widerfahren, daß es sich plötzlich in der Welt der Großen befand. Es war genug, daß diese Welt im Traum auf einen eindrang: die Hexe an der Straßenecke, der Mann mit dem Messer. Also sagte er: »Es ist ja noch so früh«, obgleich er Baines liebte, obgleich er nichts anders konnte als sich freuen, daß Baines glücklich war. Er war mit sich selbst uneins: er hatte Angst vor dem Leben, und doch lockte es ihn wieder.

»Ich möchte mir einmal einen ganzen, langen Tag frei nehmen«, sagte Baines. »Jetzt ist die beste Zeit dazu.« Er zog die Vorhänge zurück und fuhr fort: »Es ist ein bißchen neblig. Die Katze ist die ganze Nacht aus gewesen. Da ist sie; sie schnuppert im Lichthof herum. Bei Nr. 59 haben sie die Milch nicht hineingenommen. Emma auf Nr. 63 schüttelt gerade die Fußmatten aus. Daran habe ich an der Goldküste in Afrika immer wieder denken müssen: wie die Dienstmädchen die Fußmatten ausschütteln und wie die Katze nach Hause schleicht. Ich sehe das heute noch so vor mir, wie wenn ich noch in Afrika wäre. Meist wird einem ja gar nicht bewußt, was man hat. Das Leben ist schön, wenn man nur nicht schwach wird.« Er legte eine Pennymünze auf den Waschtisch. »Wenn du dich angezogen hast, Philipp, dann lauf runter und hol mir die ›Daily Mail‹ vom Zeitungsstand an der Ecke. Inzwischen brate ich die Würste.«

»Würste?«

»Ja, freilich, Bratwürste«, antwortete Baines. »Heute müssen wir feiern, einmal ordentlich über die Schnur hauen.« Er war aufgeräumt beim Frühstück, unruhig, mit vielen Scherzen, unerklärlich lustig und zugleich nervös. Sie würden den Tag wirklich ausnützen. Auf das eine kam er immer wieder zurück: durch Jahre hatte er sich auf einen solchen ganzen freien Tag gefreut; er hatte in der feuchten Hitze der Goldküste geschwitzt, sein Hemd gewechselt, war an Fieber erkrankt, hatte zwischen den Decken gelegen und geschwitzt, alles in der Hoffnung auf diesen langen Feiertag, an dem die Katze im Lichthof herumschnupperte, ein leichter Nebel in der Luft hing und bei Nr. 63 die Türmatten ausgeklopft wurden. Er pflanzte die ›Daily Mail‹ vor der Kaffekanne auf und las kleine Stücke laut daraus vor: »Cora Down hat zum vierten Mal geheiratet«, verkündete er. Das erheiterte ihn, entsprach aber nicht seiner Vorstellung von einem vollen freien Tag. Der bestand für ihn aus einem Spaziergang im Hyde Park, wo er sich die eleganten Reiter in Rotten Row ansah, unter ihnen Sir Arthur Stillwater, der hinter dem eisernen Geländer vorüberritt (»er dinierte einmal bei uns in Bo; kam von Freetown herauf; war dort Gouverneur«); aus einem Lunch im Corner House – Philipps wegen, denn er hätte ein Glas Starkbier und ein paar Austern in der Yorkbar vorgezogen; aus einem Besuch im Zoo und aus der langen Heimfahrt im Autobus im letzten Licht des Sommerabends; im Green Park begannen sich die Blätter zu verfärben, und die Autos, die ihre Nasen aus der Berkeley Street hervorschoben, spiegelten mit ihren Windschutzscheiben die milde Glut der sinkenden Sonne wider. Baines beneidete niemanden, nicht Cora Down noch Sir Arthur Stillwater oder Lord Sandale, der eben über die Schwelle des Army and Navy Clubs heraustrat und dann wieder hineinging, weil er nichts zu tun hatte und sich deshalb noch eine weitere Zeitung ansehen konnte. »Ich sagte zu ihm, lassen Sie sich nicht noch einmal dabei erwischen, daß Sie diesen Schwarzen anrühren.« Baines hatte eben wie ein Mann gelebt; alle Fahrgäste auf dem Oberdeck des Autobus spitzten die Ohren, als er Philipp diese Geschichte erzählte.

»Und hätten Sie ihn erschossen?« fragte Philipp, und Baines legte seinen Kopf zurück und setzte den dunklen, vornehmen Dienerhut schmissiger auf, während sich der Autobus in der Kurve am Artilleriedenkmal zur Seite neigte.

»Ich hätte mich nicht lange besonnen. Ich hätte geschossen, um ihn umzulegen«, prahlte er, und draußen zog die gebeugte Soldatengestalt auf dem Denkmal vorbei, der Stahlhelm, der schwere Mantel, das auf die Mündung gestellte Gewehr und die gefalteten Hände.

»Haben Sie den Revolver noch?«

»Selbstverständlich«, antwortete Baines. »Brauche ich ihn denn nicht, wo's doch so viele Einbrüche gegeben hat?« Das war der Baines, den Philipp liebte; nicht ein singender, sorgloser Baines, sondern ein verantwortungsbewußter Baines, ein wachsamer Baines, ein Baines, der das Leben eines echten Mannes führte.

Vom Victoria-Bahnhof her ergossen sich in einem wahren Strom die Autobusse – gleich einem Ehrengeleit von Flugzeugen, um Baines nach Hause zu bringen. »Vierzig Schwarze unter mir«, erklärte er; und dort an der Dienertreppe harrte seiner schon die gebührende, die konventionelle Belohnung, die Liebe im Dämmerlicht.

»Es ist Ihre Nichte«, sagte Philipp, der den weißen Regenmantel, nicht aber das glückliche, schläfrige Gesicht erkannte. Das Mädchen jagte ihm einen Schrecken ein wie eine Unglückszahl, so daß er Baines beinahe erzählte, was seine Frau gesagt hatte; aber Philipp wollte sich in keine Unannehmlichkeiten stürzen, er wollte die Dinge auf sich beruhen lassen.

»Richtig, sie ist's«, rief Baines. »Würde mich gar nicht überraschen, wenn sie zu einem kleinen Abendessen bei uns bliebe.« Dann aber schlug er vor, mit ihr einen kleinen Scherz zu treiben und so zu tun, als sei sie ihnen unbekannt, und über die Dienertreppe in den Keller hinunterzuhuschen – »da sind wir schon« sagte Baines; dann würden sie den Tisch dekken und die kalten Würste, eine Flasche Bier, eine Flasche Ingwerbier und eine mit Spätburgunder bereitstellen. »Jedem sein Getränk nach Geschmack«, sagte Baines. »Geh, lauf hinauf, Philipp, und schau, ob Post gekommen ist.«

Philipp fühlte sich in dem leeren, dämmrigen Haus, ehe die Lichter angezündet wurden, etwas unbehaglich. Er beeilte sich. Er wollte rasch wieder bei Baines sein. Die Halle lag ganz still und dunkel da, bereit, ihm einen Anblick zu bieten, den er nicht sehen wollte. Da fielen raschelnd ein paar Briefe durch den Schlitz in der Tür, und es klopfte jemand. »Öffnet im Namen der Republik«, ging es Philipp durch den Sinn. Die Schinderkarren rollten, das Haupt purzelte blutig in den Korb. Poch, poch, und dann entfernten sich die Schritte des Briefträgers. Philipp hob die Briefe auf. Der Schlitz in der Tür war wie das Gitterwerk im Schaufenster eines Juweliers. Philipp fiel der Polizist ein, den er einst durch diesen Schlitz hatte hindurchlugen sehen. Damals hatte er sein Kindermädchen gefragt: »Was tut er denn?«, und als sie ihm erklärte: »Er sieht nur nach, ob im Hause alles in Ordnung ist«, da füllte sich sein Geist gleich mit allen möglichen Phantasiebildern und Vorstellungen, was alles nicht in Ordnung sein könnte. Er rannte zur Dienertür und hinunter in den Keller. Das Mädchen war bereits da, und Baines küßte es gerade. Atemlos lehnte sie sich gegen den Geschirrschrank. »Das ist Emmy, Phil.«

»Ein Brief für Sie, Baines.«

»Emmy, der ist von ihr«, erklärte Baines, wollte aber den Brief nicht öffnen. »Wetten wir, daß sie zurückkommt.«

»Jedenfalls werden wir zu Nacht essen«, entgegnete Emmy. »Das kann sie uns nicht verderben.«

»Du kennst sie nicht«, sagte Baines. »Nichts ist vor ihr sicher. Verdammt!« rief er aus. »Ich war doch einmal ein Mann!« Mit diesen Worten öffnete er den Brief.

»Darf ich anfangen?« fragte Philipp, aber Baines hörte ihn gar nicht. In seiner regungslosen und gespannten Haltung bot er ein Beispiel für die Bedeutung, die erwachsene Menschen dem geschriebenen Wort beimessen: man muß seinen Dank schriftlich ausdrücken, man kann nicht warten und ihn mit Worten sagen, als ob Briefe nicht lügen könnten. Philipp aber wußte das besser; er hatte seinen Dank an Tante Alice, die ihm eine Puppe geschenkt hatte, für die er schon zu alt war, in großen Buchstaben über eine ganze Seite gemalt. Briefe können sehr wohl lügen, aber sie verewigen auch die Lüge; sie liegen da als Beweismittel gegen den Schreiber; sie machen ihn noch gemeiner, als das gesprochene Wort es tut.

»Sie kommt erst morgen abend zurück«, sagte Baines. Er öffnete die Flaschen, zog die Stühle an den Tisch heran und drängte zwischendurch mit seinen Küssen das Mädchen wieder gegen den Geschirrschrank.

»Das sollst du nicht«, rief sie, »wo doch der Bub da ist.«

»Der muß es auch lernen«, erwiderte Baines, »wie wir alle«, und legte dabei drei Würste auf Philipps Teller. Er selbst nahm nur eine; er erklärte, er sei nicht hungrig; als aber Emmy sagte, sie sei auch nicht hungrig, da trat er zu ihr hin und zwang sie zu essen. Er war schüchtern und zugleich barsch zu ihr, und drängte sie dazu, vom Burgunder zu trinken, weil sie kräftiger werden müsse, wie er sich ausdrückte. Ein Nein als Antwort ließ er nicht gelten; aber als er sie anrührte, waren seine Hände leicht und zugleich unbeholfen, als fürchtete er sich, er könnte etwas Zartes beschädigen, und als wisse er nicht, wie man etwas so Federleichtes anzufassen habe.

»Das schmeckt besser als Milch und Keks, gelt, Phil?«

»Ja«, antwortete Philipp, aber es war ihm bange, bange um Baines ebensosehr wie um sich selbst. Bei jedem Bissen, bei jedem Schluck Ingwerbier mußte er daran denken, was Frau Baines sagen würde, wenn sie von diesem Mahl erführe; er konnte es sich nicht vorstellen, weil in Frau Baines Bitternis und Groll von unergründlicher Tiefe wohnten. Er fragte: »Sie wird also heute abend nicht zurückkommen?« Aber aus der Art, wie ihn die beiden sofort verstanden, konnte er erkennen, daß sie in Wahrheit gar nicht fort war; sie war da, mitten im Kellerzimmer, sie trieb sie zu immer tieferen Zügen aus ihren Gläsern und zu immer lauteren Worten an und wartete nur auf die Gelegenheit zu einer treffenden, beißenden Bemerkung. Baines war nicht wirklich glücklich; er beobachtete das Glück nur jetzt aus nächster Nähe anstatt, wie sonst, aus weiter Ferne.

»Nein, sie wird erst morgen am späten Abend heimkommen«, gab er Philipp zur Antwort. Er konnte seine Blicke nicht vom Glück losreißen. Er hatte wohl ebensoviel herumgespielt wie andere Männer, brachte aber immer wieder die Rede auf die Goldküste, als wollte er damit seine Unerfahrenheit entschuldigen; freilich wäre er nicht so unerfahren gewesen, wenn er sein Leben in London verbracht hätte, nicht so unerfahren, wenn es darauf ankam, zärtlich zu sein. »Wenn du es wärst, Emmy«, sagte er mit einem Blick auf den weißen Schrank und die blankgeschrubbten Stühle, »dann wäre dies hier wie ein eigenes Heim.« Schon war der Raum nicht mehr ganz so abweisend sauber; in den Ecken lag ein wenig Staub, das Silber bedurfte einer letzten Politur, die Morgenzeitung lag unordentlich gefaltet auf einem Sessel. »Geh jetzt schlafen, Phil. Du hast einen langen Tag hinter dir.«

Sie ließen ihn nicht allein durch das finstere, tücherverhangene Haus hinaufgehen, sondern gingen mit ihm, drehten überall das Licht an, und einer berührte die Finger des andern auf den Schaltern; Stockwerk um Stockwerk trieben sie die Nacht zurück; inmitten der zugedeckten Lehnstühle sprachen sie mit leiser Stimme und sahen dann Philipp beim Auskleiden zu. Sie befahlen ihm nicht, sich zu waschen und die Zähne zu putzen, sie legten ihn zu Bett, entzündeten sein Nachtlicht und ließen die Tür einen Spalt offen. Der Knabe konnte ihre Stimmen auf der Treppe hören, freundliche Stimmen wie die der Gäste bei Dinnergesellschaften, wenn sie in die Halle hinuntergingen und gute Nacht sagten. Die beiden gehörten zum Haus; wohin immer sie gingen, schufen sie ein Zuhause. Er hörte, wie eine Tür ging und eine Uhr schlug, und vernahm noch lange ihre Stimmen, so daß er das Gefühl hatte, sie seien nicht weit fort und er sei geborgen. Die Stimmen verklangen nicht allmählich, sie hörten einfach auf, und Philipp hatte das sichere Empfinden, sie seien noch irgendwo in seiner Nähe, in gemeinsamem Schweigen in einem der vielen leeren Räume, wo sie miteinander in Schlaf versanken, so wie er nach diesem langen Tag in Schlaf verfiel.

Er fand gerade noch Zeit, einen leisen Seufzer der Befriedigung auszustoßen, weil auch dieses letzte Erlebnis wohl ein Stück Leben gewesen war, da schlief er auch schon ein, und die unentrinnbaren Schrecken des Schlafes drängten sich um ihn: ein Mann mit dem Trikoloreband am Hut pochte im Namen seiner Majestät an die Tür, ein blutiges Haupt lag in einem Korb auf dem Küchentisch, und die Wölfe Sibiriens schlichen sich immer näher heran. Er war an Händen und Füßen gefesselt und konnte sich nicht rühren; keuchend umsprangen ihn die Tiere – da schlug er die Augen auf, und vor ihm stand Frau Bainco. Ihr graues, unordentliches Haar hing in Strähnen über das Gesicht, ihr schwarzer Hut saß ihr schief auf dem Kopfe. Eine Haarnadel löste sich und fiel auf sein Kopfkissen, und ein modrig riechendes Haarbüschel streifte seinen Mund. »Wo sind sie?« flüsterte sie, »wo sind sie?«

IV

Philipp betrachtete sie voll Grauen. Frau Baines war außer Atem, als hätte sie alle leeren Zimmer durchforscht und überall unter die Staubbezüge gesehen. Mit ihrem zerzausten grauen Haar und ihrem schwarzen Kleid, das bis zum Halse zugeknöpft war, ihren schwarzen gewirkten Handschuhen glich sie so sehr den Hexengestalten seiner Träume, daß er nicht wagte, den Mund aufzutun. Ihr Atem hatte einen schalen Geruch.

»Sie ist hier«, zischte Frau Baines, »du kannst es nicht leugnen, sie ist hier.« In ihrem Gesicht standen zugleich Grausamkeit und tiefstes Leid zu lesen; sie wollte anderen Menschen gerne ›etwas antun‹, aber gleichzeitig litt sie darunter. Es hätte ihr gut getan, jetzt gellend aufzuschreien, aber das durfte sie nicht; das hätte die beiden gewarnt. Schmeichelnd kam sie zum Bett zurück, wo Philipp starr auf dem Rücken lag, und flüsterte: »Ich habe den Meccano nicht vergessen. Morgen kriegst du ihn, Philipp. Wir haben unsere Geheimnisse miteinander, gelt? Sag mir, wo die beiden sind.«

Philipp konnte nicht sprechen. Die Angst hielt ihn so fest in ihrem Bann wie ein schrecklicher Alptraum. Die Frau begann wieder: »Sag's Frau Baines, Philipp. Du hast Frau Baines doch lieb, nicht wahr?«

Das war zuviel; er konnte zwar nicht sprechen, aber er konnte seinen Mund bewegen, um ihre Frage entsetzt zu verneinen, und er konnte vor ihrem staubgrauen Gesicht zurückzucken.

Sie kam näher und zischte: »So ein falscher Kerl! Ich werde es deinem Vater sagen. Mit dir rechne ich noch ab, wenn ich erst die andern gefunden habe. Das wirst du mir noch büßen; ich werde schon darauf sehen, daß du mir das noch büßen wirst.« Dann war sie mit einem Mal wieder ganz still und lauschte. Im Stockwerk unter ihnen hatte ein Fußbodenbrett geknarrt, und einen Augenblick später, während die Frau sich lauschend über das Bett des Kindes beugte, drang von unten das Geflüster zweier Menschen, die miteinander glücklich waren und schläfrig – nach dem langen Feiertag. Das Nachtlicht stand vor dem Spiegel, und Frau Baines konnte darin voll Bitterkeit ihr Ebenbild erblicken; Kummer und Grausamkeit flackerten im Glas, und Alter und Staub und Hoffnungslosigkeit. Sie brach in ein tränenloses Schluchzen aus, das trocken und atemlos klang; aber ihre Grausamkeit war eine Art von Stolz, die sie weitertrieb; sie war ihre beste Eigenschaft, und ohne sie wäre die Frau bloß bejammernswert gewesen. Auf Zehenspitzen schlich sie durch die Tür, tastete sich über den Treppenabsatz und ging dann so leise die Stiege hinab, daß niemand sie durch eine verschlossene Tür hören konnte. Dann herrschte wieder lautlose Stille; Philipp konnte sich rühren; er zog die Knie an und setzte sich im Bett auf; er wollte sterben; alles war so ungerecht; die Wand hatte sich wieder zwischen die Welt der anderen und die seine geschoben. Diesmal aber sollte er etwas weit Schlimmeres als ausgelassene Heiterkeit mit den Erwachsenen teilen; eine Leidenschaft regte sich in diesem Haus, die er als solche erkannte, aber nicht begreifen konnte.

Es war nicht fair; aber er verdankte Baines alles: den Besuch im Zoo, das Ingwerbier, die Heimfahrt im

Autobus. Selbst das Abendessen forderte seine Loyalität. Aber er hatte Angst; er rührte an etwas, woran er nur in seinen Träumen rührte, an das blutende Haupt, an die Wölfe, an das Poch, Poch, Poch. Mit wilder Grausamkeit fiel das Leben über ihn her; so kann man es ihm nicht verdenken, daß er in sechzig weiteren Lebensjahren es nie wieder wagte, ihm ins Antlitz zu sehen. Er stieg aus dem Bett, schlüpfte aus alter Gewohnheit behutsam in seine Pantoffeln und schlich auf Zehenspitzen zur Tür. Auf dem Treppenabsatz unter ihm herrschte nicht völlige Dunkelheit, weil die Vorhänge zum Reinigen abgenommen worden waren und so von der Straße der Lichtschein durch die hohen Fenster hereindrang. Frau Baines hatte ihre Hand auf dem gläsernen Türknauf; vorsichtig drehte sie ihn herum; dann kreischte sie: »Baines! Baines!«

Darauf wandte sie sich um und sah Philipp in seinem Pyjama am Treppengeländer kauern. Er war wehrlos, noch wehrloser als Baines, und bei seinem Anblick schwoll ihre Grausamkeit und trieb sie wieder die Treppe hinauf. Von neuem überfiel Philipp der Alpdruck, und er vermochte sich nicht von der Stelle zu rühren; für alle Zukunft war ihm aller Mut geraubt; er verbrauchte ihn jetzt bis auf den letzten Rest, und es war ihm keine Frist vergönnt, ihn wieder anwachsen zu lassen, es waren ihm keine Jahre der Abhärtung gegeben; nicht einmal aufschreien konnte er.

Aber der erste Schrei hatte Baines aus dem besten Gästezimmer herausgerufen, und er war flinker auf den Beinen als seine Frau. Sie hatte noch nicht den nächsten Treppenabsatz erreicht, da hatte er sie auch schon um die Mitte gepackt. Sie stieß ihm ihre Hände mit den schwarzen Wirkhandschuhen ins Gesicht, und er biß sie in die Hand. Zum Überlegen hatte er keine Zeit; er rang mit ihr verbissen wie mit einem fremden Menschen, sie aber wehrte sich mit wissendem Haß. Sie würde ihnen allen eine Lehre geben, und es machte ihr nichts aus, mit wem sie den Anfang machte; alle hatten sie getäuscht. Doch das alte Ebenbild im Spiegel stand neben ihr und flüsterte ihr zu, sie müsse ihre Würde bewahren, sie sei nicht jung genug, sie abzustreifen; ins Gesicht dürfe sie ihn schlagen, aber beißen dürfe sie ihn nicht; stoßen dürfe sie ihn, nicht aber ihn mit Füßen treten.

Alter Staub und Hoffnungslosigkeit hemmten ihre Kraft. Im Geflatter schwarzer Kleider stürzte sie über das Geländer und hinunter in die Tiefe der Halle. Sie blieb am Eingang liegen wie ein Sack Kohle, der durch den Lichthof hätte in den Keller geschafft werden müssen. Philipp sah es, Emmy sah es; sie setzte sich plötzlich in der Tür des besten Gästezimmers auf den Boden, als sei sie so müde, daß sie nicht mehr länger stehen konnte. Mit langsamen Schritten stieg Baines in die Halle hinab.

Philipp fiel es nicht schwer, aus dem Haus zu entkommen; sie hatten ihn völlig vergessen; er lief über die Hintertreppe, die Dienertreppe hinab, weil Frau Baines vorne in der Halle lag; er verstand nicht, was sie dort tat, warum sie dort lag. Gleich den schreckenerregenden Bildern in einem Buch, aus dem ihm niemand hatte vorlesen wollen, flößten ihm die Dinge, die er nicht begriff, Furcht ein. Das ganze Haus war nun der Welt der erwachsenen Menschen übergeben worden; selbst in seinem Kinderzimmer fühlte er sich nicht sicher; die Leidenschaft der Großen hatte es gleich einer Flutwelle überschwemmt. Jetzt hieß es nur wegkommen, über die Hintertreppe und wieder hinauf über die Stiege im Vorhof, und niemals mehr zurückkehren. Man denkt dann nicht an die Kälte, an die Notwendigkeit, zu essen und zu schlafen, und für eine Stunde wenigstens hält man es für möglich, seinen Mitmenschen für immer zu entrinnen.

Als Philipp auf den Platz hinauskam, trug er Pyjama und Pantoffeln, aber es war niemand da, der ihn hätte sehen können. Um diese Stunde des Abends sind in einem vornehmen Wohnviertel alle Leute entweder im Theater oder zu Hause. Er kletterte über das Eisengitter in den kleinen Garten in der Mitte des Platzes. Die Platanen breiteten ihre mächtigen, bleichen Äste zwischen ihm und dem Himmel aus. Der Garten, in den er geflüchtet war, hätte ein unendlicher Wald sein können. Er duckte sich hinter einen Baumstamm, und die Wölfe schlichen davon; zwischen der kleinen eisernen Gartenbank und dem Baumstamm würde ihn, wie er meinte, kein Mensch mehr finden. In einer Gemütsbewegung, die halb bitteres Glück und halb Mitleid mit sich selbst war, brach er in Tränen aus; er war verloren; jetzt würde es keine Geheimnisse mehr zu bewahren geben; er konnte die Verantwortung ein für allemal von sich abwälzen. Die Erwachsenen sollten alle in ihrer eigenen Welt bleiben, und er würde in der seinen bleiben, geborgen unter den Platanen des winzigen Gartens. ›In der verlorenen Kindheit eines Judas wurde Christus verraten‹; man konnte förmlich sehen, wie sich in das kleine, noch unausgeprägte Kindergesicht die ersten harten Falten eines tiefen Egoismus gruben, der später den greisen Dilettanten beherrschen sollte.

Jetzt öffnete sich die Tür des Hauses 48, und Baines spähte nach allen Richtungen daraus hervor; dann machte er mit der Hand ein Zeichen, und Emmy erschien; das Ganze wirkte so, wie wenn sie mit knapper Not einen Zug erreicht hätten und nicht mehr Zeit fänden, einander Lebewohl zu sagen. Das Mädchen ging rasch an Philipp vorüber, so wie ein Gesicht hinter einem Waggonfenster am Bahnsteig vorüberfliegt, bleich und unglücklich und voll Widerstreben. Baines verschwand im Haus und schloß die Tür. Dann flammte im Kellergeschoß das Licht auf. Ein Polizist machte die Runde um den Platz und blickte in alle Lichthöfe hinab. An den brennenden Lampen hinter den Vorhängen im ersten Stock konnte man ersehen, wie viele Familien zu Hause waren.

Philipp durchforschte den Garten; er brauchte nicht lange dazu; es waren nur zwanzig Meter im Geviert, mit Buschwerk und Platanen bestanden, zwei eiserne Gartenbänke und ein Kiesweg, der an beiden Enden auf ein Gartentor mit einem Vorhängeschloß stieß, und ein wirrer Haufen dürren Laubes. Aber Philipp konnte nicht bleiben; in den Büschen regte sich etwas, und zwei leuchtende Augen wie die eines sibirischen Wolfes starrten ihn an. Er überlegte, wie grauenhaft es wäre, wenn Frau Baines ihn hier ertappte. Er würde keine Zeit finden, über den Zaun zu klettern; von hinten würde sie ihn fassen.

Der Knabe verließ den Platz am weniger vornehmen Ende und befand sich unvermittelt zwischen Fischrestaurants, kleinen Papierläden, die Kinderbillards verkauften, zwischen Agenturen, die sich für Deckadressen hergaben, und schäbigen Hotels, deren Haustüren offen standen. Es waren nur wenig Leute zu sehen, da die Gasthäuser geöffnet waren; aber eine Frau mit derben, roten Gesichtszügen und einem Paket unterm Arm rief Philipp von der andern Straßenseite an, und der Türsteher eines Kinos hätte ihn angehalten, wenn er nicht die Straße überquert hätte. Er drang weiter vor: hier konnte man tiefer vorstoßen und sich noch viel vollständiger verlieren als unter den Platanen. Am Rande des Platzes kam er in Gefahr, angehalten und wieder nach Hause gebracht zu werden; denn hier war es noch eindeutig, wohin er gehörte. Je tiefer er aber vordrang, desto mehr verlor er die Kennzeichen seiner Herkunft. Es war eine laue Nacht; da mußte man in diesem Stadtviertel, in dem man freier lebt, bei jedem Kind damit rechnen, daß es sich an einem solchen Abend aus seinem Bett davonschlich. Selbst bei den Erwachsenen stieß er auf eine Art Kameradschaft; wie er so flink vorübereilte, mochte er ein Nachbarskind sein; aber sie würden ihn nicht verraten, weil sie ja selbst einmal jung gewesen waren. Philipp legte sich einen Schutzmantel um, bestehend aus dem Staub des Straßenpflasters und aus den Rußkörnern der Eisenbahnzüge, die jenseits der Hinterhöfe in einem feurigen Sprühregen dahinbrausten. Einmal verfing er sich in einem Knäuel von Kindern, die lachend vor irgend etwas oder irgend jemandem davonliefen; er wurde mit ihnen um eine Straßenecke gewirbelt und dann mit einem klebrigen Fruchtbonbon in der Hand allein zurückgelassen.

Vollständiger hätte er nicht untertauchen können; aber er besaß nicht die Kraft, noch weiter zu wandern. Zuerst hatte er befürchtet, es könnte ihn jemand aufhalten; eine Stunde später hoffte er schon, jemand werde ihn aufhalten. Er konnte den Weg zurück nicht mehr finden, und es bangte ihm vor allem davor, allein zu Hause anzukommen; er hatte Angst vor Frau Baines, größere Angst als je zuvor. Baines war sein Freund; aber es war etwas geschehen, was Frau Baines alle Macht in die Hand gab. Er begann mit Absicht umherzustrolchen, um aufzufallen, aber niemand bemerkte ihn. Ganze Familien standen vor den Haustoren, um noch einmal Luft zu schöpfen; die Mülleimer waren schon auf den Gehsteig gestellt, und die Reste eines Kohlstrunkes beschmutzten seine Pantoffeln. Stimmengewirr erfüllte die Luft; doch Philipp war von diesen Menschen abgeschnitten, die ihm fremd waren und nun für immer fremd bleiben würden; Frau Baines hatte ihnen ihren Stempel aufgedrückt, und Philipp scheute vor ihnen zurück und flüchtete sich in ein tiefes Klassenbewußtsein. Vor Polizisten hatte er sich immer gefürchtet; jetzt aber sehnte er sich danach, von einem Schutzmann nach Hause gebracht zu werden; selbst eine Frau Baines konnte gegen einen Polizisten nichts ausrichten. So schlich er an einem Verkehrspolizeiposten vorbei; der aber war zu sehr beschäftigt, als daß er ihm Aufmerksamkeit geschenkt hätte. Da setzte sich Philipp mit dem Rücken gegen eine Hauswand nieder und weinte.

Er war nicht auf den Gedanken gekommen, daß dies der einfachste Weg war, daß man nichts weiter zu tun brauchte, als sich zu ergeben, zu zeigen, daß man geschlagen war, und die Güte anderer anzunehmen... Damit überschütteten ihn sofort zwei Frauen und ein Pfandleiher. Noch ein zweiter Polizist tauchte auf, ein junger Mensch mit scharfen, mißtrauischen Gesichtszügen. Er machte den Eindruck, als ob er alles, was er sah, sofort in einem Notizbuch vermerkte und dann aus seinen Aufzeichnungen seine Schlüsse zöge. Eine Frau machte sich erbötig, Philipp nach Hause zu führen; er aber traute ihr nicht, sie würde Frau Baines, die so regungslos in der Halle lag, nicht gewachsen sein. Er wollte seine Adresse nicht bekanntgeben und sagte, er fürchte sich vor dem Nachhausegehen. Damit setzte er sich durch und erhielt den gewünschten Schutz. »Ich bringe ihn auf die Wachtstube«, erklärte der Polizist, und indem er ihn unbeholfen an der Hand hielt (er war noch nicht verheiratet, mußte erst Karriere machen), führte er ihn um die nächste Ecke und über die Steinhaufen hinauf in das kleine, kahle, überheizte Zimmer, wo die Gerechtigkeit seiner harrte.

V

Die Gerechtigkeit harrte seiner auf einem hohen Stuhl hinter einer hölzernen Schranke; sie trug einen mächtigen Schnurrbart; sie war freundlich und hatte sechs Kinder (»drei davon so kleine Bürschchen wie du«); sie interessierte sich an sich nicht für Philipp, tat aber so, notierte seine Adresse und schickte einen Polizisten um ein Glas Milch. Aber der junge Polizist interessierte sich; er hatte eine feine Spürnase.

»Bei dir daheim haben sie sicher ein Telephon«, sagte die Gerechtigkeit. »Wir rufen an und sagen ihnen, daß du in Sicherheit bist. Dann werden sie dich bald abholen. Wie heißt du eigentlich, Kleiner?«

»Philipp.«

»Und wie noch?«

»Ich habe keinen andern Namen.« Er wollte nicht abgeholt werden; er wollte von jemandem nach Hause gebracht werden, der sogar auf Frau Baines Eindruck machen würde. Der Polizist beobachtete ihn, beobachtete ihn, während er die Milch trank, beobachtete ihn, wie er vor den Fragen zurückzuckte.

»Warum bist du davongelaufen? Bist du daheim durchgebrannt, he?«

»Ich weiß nicht.«

»Das solltest du nicht tun, junger Mann. Denk nur, wie sich dein Vater und deine Mutter sorgen werden.«

»Die sind fort.«

»Na, dann dein Kindermädchen.«

»Ich hab' keines.«

»Ja, wer paßt denn auf dich auf?« Diese Frage traf ins Schwarze. Philipp sah plötzlich Frau Baines über die Stiege zu ihm hinaufhasten, sah den Berg schwarzer Kleider unten in der Halle liegen. Er begann zu schluchzen.

»Na, na, na, na«, sagte der Wachtmeister. Er wußte mit dem Kind nichts anzufangen und hätte am liebsten seine Frau bei sich gehabt; selbst eine Polizistin hätte von Nutzen sein können.

»Kommt es Ihnen nicht merkwürdig vor«, fragte

der junge Polizist, »daß noch keine Anfrage eingelaufen ist?«

»Die Leute glauben sicher, er liege hübsch brav im Bett.«

»Du hast Angst, gelt?« fragte der Polizist. »Was hat dich denn erschreckt?«

»Ich weiß nicht.«

»Hat dir jemand wehgetan?«

»Nein.«

»Schlecht geträumt hat er«, warf der Wachtmeister ein; »hat vielleicht geträumt, daß das Haus brennt. Ich habe sechs Kinder großgezogen. Rose muß gleich zurück sein. Die wird ihn heimführen.«

»Ich möchte aber mit Ihnen heimgehen«, erklärte Philipp und versuchte den Polizisten anzulächeln. Aber die Täuschung verriet den Anfänger und mißlang.

»Es ist wohl besser, ich gehe mit«, sagte der Polizist; »vielleicht stimmt da etwas nicht.«

»Unsinn«, sagte der Wachtmeister. »Das ist eine Aufgabe für eine Frau. Takt ist hier nötig. Da ist ja Rose. Ziehen Sie Ihre Strümpfe hinauf, Rose; Sie machen ja der ganzen Polizei Schande. Ich habe was für Sie.« Rose schlenkerte herein: schwarze Garnstrümpfe, die über die Stiefel herabhingen, das Gebaren einer schlaksigen Pfadfinderin, eine heisere, feindselige Stimme. »Schon wieder eine vom Strich, was?«

»Nein. Sie sollen diesen jungen Mann da nach Hause bringen.« Sie sah Philipp stumpfsinnig an.

»Ich will nicht mit ihr gehen«, protestierte das Kind und begann von neuem zu schluchzen. »Ich mag sie nicht.«

»Mehr weiblichen Charme, Rose«, mahnte der Wachtmeister. Da klingelte das Telephon auf seinem Schreibtisch. Er hob den Hörer ab. »Was? Was ist das?« rief er hinein. »Nummer 48? Haben Sie einen

Arzt?« Er legte die Hand über das Mundstück des Fernsprechers. »Kein Wunder, daß keine Meldung über diesen kleinen Buben eingelaufen ist«, sagte er. »Die Leute hatten zu viel zu tun. Ein Unfall. Eine Frau ist auf der Stiege ausgeglitten.«

»Ernste Sache?« fragte der junge Polizist. Der Wachtmeister machte eine Grimasse zu ihm hin. Man spricht das Wort ›Tod‹ in Gegenwart eines Kindes nicht aus (er sollte das nicht wissen? er hatte ja sechs Kinder); man räusperte sich, man schneidet Gesichter: jedenfalls eine komplizierte Kurzschrift für ein Wort von bloß drei Buchstaben.

»Gehen Sie doch lieber selber hin«, sagte er, »und machen Sie einen Bericht. Der Doktor ist dort.«

Rose kam vom Ofen herübergeschlendert: rote Wangen wie zwei Äpfel und lose hängende Strümpfe. Die Hände verbarg sie hinter ihrem Rücken. Ihr großer Mund voll schwarzer Zähne erinnerte an eine Leichenhalle. »Eben haben Sie mir befohlen, ihn nach Hause zu führen, und bloß weil jetzt etwas Interessantes passiert ist ... aber von einem Mann erwarte ich mir ja keine gerechte Behandlung ...«

»Wer ist im Haus?« erkundigte sich der Polizist.

»Der Butler.«

»Glauben Sie vielleicht, daß der da etwas gesehen hat?« fragte er wieder.

»Mir können Sie schon glauben«, antwortete der Wachtmeister. »Ich habe ihrer sechs aufgezogen, kenne sie durch und durch. Mir können Sie über Kinder nichts erzählen.«

»Aber er schien über irgend etwas erschrocken zu sein.«

»Nur Träume«, erklärte der Wachtmeister.

»Und wie heißt der Butler?«

»Baines.«

»Diesen Herrn Baines«, wandte sich der Polizist

an Philipp, »den magst du gern, wie? Er ist nett zu dir?« Sie versuchten etwas aus ihm herauszubringen, er aber war mißtrauisch gegen sie alle; er sagte »ja« ohne innere Überzeugung, weil er sich davor fürchtete, im nächsten Augenblick neue Verantwortung, neue Geheimnisse auf sich zu laden.

»Und Frau Baines magst du auch?«

»Ja.«

Nun berieten sie am Schreibtisch. Rose war heiser in ihrer beleidigten Stimmung; sie war wie ein Imitator weiblicher Charaktertypen, da sie ihr Frauentum mit einer unnatürlichen Betonung zur Schau trug, während sie es andererseits durch ihre faltenreichen Strümpfe und durch ihr wettergebräuntes Gesicht verhöhnte. Im Ofen rutschte hörbar die Holzkohle nach unten; das Zimmer war für diesen milden Spätsommerabend zu stark geheizt. Ein Anschlag an der Wand gab die Beschreibung einer Leiche, die man aus der Themse gezogen hatte, oder besser gesagt, er beschrieb die Kleider der Leiche: »Ein wollenes Unterhemd, wollene Unterhose, Wollhemd, blaugestreift, Schuhe (Größe 44), blauer Serge-Anzug, an den Ellbogen abgetragen, Gummikragen (Weite 39).« Über die Leiche wußten sie nichts zu sagen außer ihre Körpermaße. Es war eben eine ganz gewöhnliche Leiche.

»Komm mit«, sagte der Polizist zu Philipp. Er war gespannt und deshalb froh, daß er gehen konnte; aber er konnte ein leises Gefühl der Verlegenheit über seinen Begleiter, einen kleinen Jungen im Pyjama, nicht unterdrücken. Seine Spürnase witterte etwas; was, das wußte er nicht genau. Aber es tat ihm weh, die Heiterkeit sehen zu müssen, die sein und Philipps Anblick hervorrief. Die Gaststätten hatten geschlossen. und die Straßen waren wieder erfüllt von Menschen, die den Tag möglichst lang auszudehnen trachteten,

So eilte er durch weniger belebte Gassen, wählte die dunkleren Gehsteige und wollte nicht gemächlich dahinschlendern, während Philipp immer mehr seine Schritte verlangsamte, schwer an seiner Hand hing und seine Füße nachschleppte. Er fürchtete sich vor dem Anblick von Frau Baines, die in der Halle auf ihn wartete; er wußte ja nun, daß sie tot war. Die Grimasse des Wachtmeisters hatte es ihm gesagt; aber sie war noch nicht begraben, noch nicht seinem Blick entzogen; wenn die Haustür aufging, würde er in der Halle einen toten Menschen sehen.

Im Kellergeschoß brannte das Licht, und zu seiner Erleichterung wandte sich der Polizist der Treppe zu, die in den Lichthof vor dem Keller hinabführte. Vielleicht würde er Frau Baines gar nicht anschauen müssen. Der Schutzmann klopfte an die Tür, weil es so dunkel war, daß er die Glocke nicht finden konnte, und Baines öffnete ihm. Er stand in der Tür des sauberen, hellen Kellerzimmers, und man konnte förmlich sehen, wie die traurigen, selbstgefälligen, plausiblen Worte, die er sich zurechtgelegt hatte, beim Anblick des Kindes auf seinen Lippen erstarben; er hatte nicht damit gerechnet, daß Philipp plötzlich als Begleiter des Polizisten auftauchen werde. Er mußte mit seinen Überlegungen ganz von vorne beginnen, und aufs Lügen verstand er sich nicht. Wenn Emmy nicht gewesen wäre, hätte es ihm nichts ausgemacht, sich von der Wahrheit führen zu lassen, wohin immer sie wollte.

»Herr Baines?« fragte der Polizist.

Er nickte: er hatte die richtigen Worte nicht finden können. Das scharfsinnige, wissende Gesicht des Schutzmannes und das unerwartete Erscheinen Philipps an dessen Seite raubten ihm allen Mut.

»Ist dieser kleine Bub von hier?«

»Jawohl«, antwortete Baines. Philipp merkte, daß

der Diener ihm wortlos etwas mitteilen wollte; er aber verschloß sich dieser Botschaft. Er liebte Baines, doch hatte ihn dieser in Geheimnisse hineingezogen, in Befürchtungen, die er nicht begriff. Der lichte Gedanke vom Morgen: ›Das ist das Leben‹ war durch Baines' Anschauungsunterricht zur widerwärtigen Erinnerung geworden: ›Das war das Leben‹ – das faulig riechende Haar über seinem Mund, die atemlose, grausame, gequälte Frage: »Wo sind sie?«, der Berg von schwarzem Baumwollzeug, der in die Tiefe der Halle hinabstürzte. So ging es einem, wenn man liebte: man wurde in das Schicksal anderer verwickelt. Und Philipp befreite sich mit einem unbarmherzigen Egoismus vom Leben, von der Liebe, von Baines.

So manches hatte ihn mit dem Diener verbunden; Philipp aber unterdrückte es, so wie eine Armee auf dem Rückzug die Telephonleitungen zerschneidet und die Brücken hinter sich zerstört. In dem aufgegebenen Gebiet mag man vieles zurücklassen, was einem teuer ist – einen Vormittag im Hyde-Park, ein Eis in der Konditorei, Bratwürste zum Abendessen – aber bei einem Rückzug geht es um mehr als um zeitweilige Verluste. Alte Leute mögen flehentlich bitten, mitgenommen zu werden, wenn die Motorwagen davonrollen, aber ihretwegen kann man doch nicht die Nachhut aufs Spiel setzen; denn es geht um einen vollständigen, über eine weite Strecke führenden Rückzug vor dem Leben, vor dem Leid, vor allen menschlichen Bindungen.

»Der Doktor ist hier«, sagte Baines. Er machte eine Kopfbewegung zur Tür hin, benetzte seine Lippen und blickte dabei unverwandt auf Philipp – mit einer stummen Bitte wie ein Hund, den man nicht verstehen kann. »Es war nichts mehr zu machen. Sie ist auf der steinernen Kellerstiege ausgerutscht. Ich war hier drinnen, ich hörte den Fall.« Er blickte nicht auf das

Notizbuch, nicht auf des Polizisten winzige, spinnwebenfeine Handschrift, die so schrecklich viel auf eine Seite brachte.

»Sah der Bub etwas?«

»Das war nicht möglich. Ich glaubte überhaupt, er sei im Bett. Sollten wir ihn nicht lieber in sein Zimmer hinaufschicken? Es ist so furchtbar.« Dann verlor Baines die Beherrschung und rief: »Ach, es ist so furchtbar für ein Kind.«

»Ist sie dort drinnen?« fragte der Polizist.

»Ja, ich hab' sie genau an der Stelle liegen lassen«, antwortete der Butler.

»Dann sollte der Kleine lieber...«

»Geh durch den Vorhof, Philipp, und dann durch die Halle«, wandte sich Baines an den Knaben, und wieder bettelte er stumm wie ein Hund: »Nur noch ein Geheimnis, bewahr nur noch dieses Geheimnis, tu's dem alten Baines zuliebe. Er wird dich dann um nichts mehr bitten.«

»Komm mit«, sagte der Polizist. »Ich bringe dich hinauf ins Bett. Du bist ein Gentleman; da mußt du durch die Vordertür hineingehen, wie sich's für den Herrn des Hauses gehört. Oder gehen Sie mit ihm, Herr Baines, während ich mit dem Arzt rede?«

»Ja, ich gehe«, antwortete Baines. Er kam durchs Zimmer auf Philipp zu und flehte, flehte mit seinem sanften, alten etwas blöden Gesichtsausdruck: »Hier ist dein Baines, der Alte von der Goldküste. Wie wär's mit einem Kotelett, in Palmöl gebraten, hm? Das Leben eines richtigen Mannes; vierzig Nigger; brauchte nie einen Revolver; ich sagte dir ja, ich mußte die Kerle einfach gern haben: es war nicht das, was wir Liebe nennen; nichts, was wir begreifen können.« Zuckend kamen die Nachrichten von den letzten Grenzposten, flehend, beschwörend, mahnend: »Das ist dein alter Freund Baines; wie wär's mit einem

Gabelfrühstück. Ein Glas Ingwerbier wird dir nicht schaden; Bratwürste; ein langer freier Tag.« Aber die Drähte waren durchschnitten, die Botschaft verlor sich in der ungeheuren Leere des sauber gescheuerten Raumes, wo es nie eine Stelle gegeben hat, an der man seine Geheimnisse hätte verbergen können.

»Komm mit, Philipp, Zeit zum Schlafengehen. Wir gehen bloß über die Stiege im Lichthof hinauf...« Tüt – tüt – tüüüt im Telegraphen; vielleicht kommt man durch, man weiß es nicht; vielleicht repariert jemand die richtige Leitung. »... und dann durch die Haustür hinein.«

»Nein, nein«, rief Philipp. »Ich will nicht. Sie können mich nicht zwingen. Ich werde mich wehren. Ich will sie nicht sehen.«

Wie der Blitz fuhr der Polizist auf sie los: »Was ist das? Warum willst du nicht gehen?«

»Sie liegt in der Halle«, antwortete Philipp. »Ich weiß es, sie liegt in der Halle. Und sie ist tot. Ich will sie nicht sehen.«

»Dann haben Sie sie also doch von der Stelle bewegt«, sagte der Polizist zu Baines. »Die ganze Strecke bis dort hinunter. Sie haben also gelogen, wie? Das heißt, Sie haben erst Ordnung machen müssen ... waren Sie allein?«

»Emmy«, rief Philipp, »Emmy.« Er wollte kein Geheimnis mehr für sich behalten; er wollte ein für allemal Schluß machen, mit Baines und Frau Baines und mit dem Leben der Erwachsenen, das ihm bevorstand. Es war nicht seine Sache, und er beschloß, sich niemals, niemals wieder von den Großen ins Vertrauen nehmen zu lassen und an ihrer Kameradschaft teilzuhaben. »Nur Emmy ist schuld daran«, erklärte er mit einem Beben in der Stimme, das Baines daran erinnerte, daß er schließlich doch nur ein Kind war. Es war ein aussichtsloser Wunsch gewesen, von dieser

Seite Hilfe zu erwarten; Philipp war ein Kind; er verstand nicht, was dies alles bedeutete; er konnte diese Kurzschrift einer grauenvollen Angst nicht lesen; er hatte einen langen Ferientag hinter sich und war todmüde. Man sah ja, wie er gegen den Küchenschrank gelehnt schon in Schlaf versank, wie er in den wohltuenden Frieden des Kinderzimmers zurückkehrte. Man konnte ihm keinen Vorwurf machen. Wenn er am nächsten Morgen aufwachte, würde er sich kaum mehr an irgendetwas erinnern können.

»Heraus damit«, fuhr der Polizist den Butler mit berufsmäßiger Grausamkeit an; »wer ist sie?« – genau wie sechzig Jahre später der greisenhafte Philipp seinen Sekretär, seinen einzigen Behüter, durch die Frage erschreckte: »Wer ist sie? Wer ist sie?«, indessen er tiefer und tiefer in das Reich des Todes hinabsank und auf dem Weg dorthin vielleicht die Szene wieder durchlebte: wie Baines alle Hoffnung aufgab, wie Baines den Kopf senkte, wie Baines »ein volles Geständnis ablegte«.

ALDOUS HUXLEY

Das Lächeln der Gioconda

I

»Miss Spence kommt gleich herunter, Sir.« – »Danke«, sagte Mr. Hutton, ohne sich umzuwenden. Janet Spences Zofe war so häßlich – absichtlich häßlich, so schien es ihm stets, böswillig, verbrecherisch häßlich – daß er sie nicht länger anzusehn vermochte, als unbedingt nötig war. Die Tür schloß sich hinter ihr. Mr. Hutton stand auf und begann im Zimmer umherzuwandern und mit nachdenklichen Augen die vertrauten Gegenstände darin zu betrachten.

Photographien griechischer Statuen und des römischen Forums, farbige Wiedergaben italienischer Meisterbilder; lauter sehr berühmte und anerkannte Sachen. Arme, gute Janet, was für eine versnobte Person sie doch war! Ihren wahren Geschmack veranschaulichte das Aquarell des Straßenmalers, für das sie zweieinhalb Schilling bezahlt hatte (und fünfunddreißig für den Rahmen). Wie oft hatte er zuhören müssen, wenn sie die Geschichte dieses Kaufs erzählte und sich über die Schönheiten dieser geschickten Imitation eines Öldrucks verbreitete! ›Ein wirklicher Künstler auf der Straße‹, und man konnte den Sperrdruck von ›Künstler‹ hören, wenn sie das sagte. Sie ließ einen fühlen, daß ein Teil seines Ruhms auf Janet Spence übergegangen war, als sie ihm die zweieinhalb Schilling hinreichte für diese Kopie eines Öldrucks. Ihre Worte enthielten gleichsam ein Kompliment für ihren eigenen Geschmack und Scharfblick. Arme, gute Janet!

Mr. Hutton blieb vor einem kleinen, rechteckigen Wandspiegel stehn. Er bückte sich ein wenig, um sein Gesicht ganz darin zu sehn, und strich sich mit einem weißen, gut manikürten Finger über den Schnurrbart. Der war so buschig und lebhaft dunkelblond wie vor zwanzig Jahren. Auch das Kopfhaar behielt noch immer seine Farbe, und es zeigte sich noch keine Spur einer Glatze – nur eine gewisse Überhöhung der Stirn. Shakespearisch, dachte Mr. Hutton mit einem Lächeln, während er die glatte, polierte Erweiterung seiner Stirn betrachtete.

Andere stehn uns Rede; du bist frei ... Wie ging dieses Sonett von Arnold weiter? ... ins Meer gegründet steht ... ungekrönte Majestät ... Shakespeare, o lebtest du zu dieser Stunde! Nein, *das* ging doch auf Milton und war von Wordsworth? Freilich! Milton, den seine Studienkameraden im Christus-College in Cambridge ›Christi liebe Fraue‹ genannt hatten. Aber an ihm selbst war nichts Frauenhaftes. Er war das, was die Frauen einen männlichen Mann nannten. Darum hatten sie ihn gern – wegen seines buschigen dunkelblonden Schnurrbarts und des leichten Tabakgeruchs. Mr. Hutton lächelte abermals. Es machte ihm Freude, sich selbst zu bewitzeln. Christi liebe Fraue? Nein, nein. Er war der Christus unserer lieben Frauen. Sehr hübsch, sehr hübsch. Der Christus unserer lieben Frauen. Mr. Hutton wünschte, es wäre jemand da, dem er das Wortspiel erzählen könnte. Die arme, gute Janet verstünde es nicht – leider!

Er richtete sich auf, glättete sein Haar und begann wieder umherzuwandern. Hol der Teufel das römische Forum! Er haßte diese langweiligen Photographien.

Plötzlich merkte er, daß Janet im Zimmer war und

in der Nähe der Tür stand. Mr. Hutton schrak auf, als wäre er bei einer verbrecherischen Handlung überrascht worden. Es gehörte zu Janet Spences Talenten, auf diese geräuschlose und geisterhafte Art einzutreten. Vielleicht war sie schon die ganze Zeit dagewesen und hatte gesehn, wie er sich im Spiegel betrachtete. Unmöglich! Aber es war immerhin beunruhigend.

»Oh, Sie haben mich so überrascht«, sagte Mr. Hutton und gewann sein Lächeln wieder, während er ihr mit ausgestreckter Hand entgegenging.

Miss Spence lächelte ebenfalls; ihr Giocondalächeln hatte er es einst in einem Augenblick halb ironischer Schmeichelei genannt. Miss Spence hatte das Kompliment ernst genommen und trachtete stets, dem Leonardovorbild gemäß dreinzusehn. Während Mr. Hutton ihr die Hand schüttelte, lächelte sie schweigend weiter; das gehörte zur Gioconda.

»Ich hoffe, es geht Ihnen gut«, sagte Mr. Hutton. »Sie sehn wenigstens gut aus.«

Was für ein sonderbares Gesicht sie hatte! Dieser kleine Mund, der durch die Giocondamiene zu einem schmalen Schnütchen vorgeschoben war, mit einem runden Loch in der Mitte, als wollte sie pfeifen – ein Federhalter von vorn gesehen. Über dem Mund eine wohlgeformte, leicht gebogene Nase. Große, glänzend dunkle Augen, von einer Größe, einem Glanz und einer Dunkelheit, die Anzeichen für die Möglichkeit eines Stars und eines gelegentlichen Blutergusses zu sein schienen. Die Augen waren schön, aber unveränderlich ernst. Der Federhalter mochte sein Giocondastückchen spielen, die Augen aber veränderten nie ihren ernsten Blick. Über ihnen gaben ein Paar kräftig geschwungener, stark gezeichneter schwarzer Brauen dem oberen Teil des Gesichts einen überraschenden Ausdruck von Energie wie bei einer römischen Matrone; eine Agrippina, von den Brauen aufwärts.

»Ich wollte nur auf dem Heimweg einmal nach Ihnen sehn«, fuhr Mr. Hutton fort. »Ah, es tut einem wohl, wieder hier zu sein« – er wies mit der Hand auf die Blumen in den Vasen, auf den Sonnenschein und die Blattpflanzen vor den Fenstern – »es tut einem wohl, wieder hier draußen auf dem Land zu sein, nach einem solch dumpfen Arbeitstag in der Stadt!«

Miss Spence, die sich gesetzt hatte, wies auf einen Stuhl neben sich.

»Nein, wirklich, ich kann nicht bleiben«, beteuerte Mr. Hutton. »Ich muß nach Hause und sehn, wie es der armen Emily geht. Heute früh fühlte sie sich gar nicht wohl.« Nichtsdestoweniger setzte er sich. »Es ist wieder so eine verwünschte Lebergeschichte. Sie hat sie immer wieder. Frauen ...«, er unterbrach sich und hustete, um die Tatsache zu vertuschen, die er hatte aussprechen wollen, nämlich, daß Frauen mit schlechter Verdauung nicht heiraten sollten. Aber die Bemerkung war doch zu roh, und er glaubte auch nicht wirklich daran. Janet Spence glaubte übrigens an ewige Flammen und Seelenfreundschaften. »Sie hofft, morgen soweit wohl zu sein, um Sie zum Mittagessen bei sich zu sehn. Können Sie kommen? Tun Sie's doch!« Er lächelte überredend. »Die Einladung geht auch von mir aus, wissen Sie.«

Sie senkte die Augenlider, und Mr. Hutton glaubte beinahe, ein gewisses Erröten ihrer Wangen zu entdecken. Das war ein Tribut; er strich sich den Schnurrbart.

»Ich komme sehr gern, wenn Sie meinen, daß Emily wirklich wohl genug ist, Besuch zu empfangen.«

»Aber natürlich. Ihr Besuch wird ihr gut tun. Sie werden uns beiden gut tun. In der Ehe sind drei oft bessere Gesellschaft als zwei.«

»Oh, Sie sind ein Zyniker!«

Mr. Hutton hatte stets das Verlangen, ›Wau-wau-wau‹ zu sagen, sooft dieses Wort ausgesprochen wurde. Es reizte ihn mehr als jedes andre. Aber statt zu bellen, beeilte er sich, zu widersprechen. »Nein, nein. Ich sage nur eine traurige Wahrheit. Die Wirklichkeit reicht, wie Sie wissen, nicht immer an das Ideal heran. Aber das läßt mich doch nicht weniger stark an das Ideal glauben. Wirklich, ich glaube leidenschaftlich daran – an das Ideal einer Ehe zwischen zwei Menschen, die vollkommen harmonieren. Ich glaube auch, es läßt sich verwirklichen. Ich bin davon überzeugt.«

Er schwieg bedeutungsvoll und blickte sie mit schlauer Miene an. Eine Jungfrau von sechsunddreißig Jahren, aber noch unverwelkt. Sie hatte ihre Reize. Und irgend etwas Rätselhaftes war an ihr. Miss Spence antwortete nicht, sondern fuhr fort zu lächeln. Es gab Gelegenheiten, wo Mr. Hutton das Giocondalächeln recht langweilig fand. Er stand auf.

»Ich muß wirklich schon gehn. Leben Sie wohl, geheimnisvolle Gioconda!« Das Lächeln wurde stärker, sammelte sich, wie in einem Brennpunkt, in dem enger zusammengezogenen Schnütchen. Mr. Hutton vollführte eine Cinquecento-Geste und küßte ihr die ausgestreckte Hand. Es war das erstemal, daß er so etwas getan hatte, und es schien ihr nicht unwillkommen zu sein.

»Ich freue mich auf morgen.«

»Wirklich?«

Als Antwort küßte ihr Mr. Hutton nochmals die Hand und wandte sich zum Gehn. Miss Spence begleitete ihn bis zur Haustür.

»Wo ist Ihr Wagen?« fragte sie.

»Ich ließ ihn draußen vor dem Parktor stehn.«

»Ich begleite Sie bis dahin.«

»Nein, nein«, rief Mr. Hutton scherzend, aber entschlossen. »Das dürfen Sie nicht tun. Ich verbiete es Ihnen einfach!«

»Aber ich möchte Sie gern begleiten«, widersprach Miss Spence und warf ihm ein rasches Giocondalächeln zu.

Mr. Hutton hielt die Hand empor. »Nein!« wiederholte er, und dann, mit einer Gebärde, die beinahe eine Kußhand war, begann er, den Zufahrtsweg hinabzulaufen. Er lief leicht, auf den Zehenspitzen, mit langen, weit ausgreifenden Schritten, wie ein Jüngling. Er war stolz auf dieses Laufen. Es war ganz wundervoll jugendlich. Immerhin war er froh, daß der Weg nicht länger war. Bei der letzten Biegung, ehe er aus dem Gesichtskreis des Hauses verschwand, blieb er stehn und wandte sich um. Miss Spence stand noch immer an den Stufen und lächelte ihr Lächeln. Er winkte ihr, und diesmal warf er ihr ganz deutlich und unverkennbar eine Kußhand zu. Dann nahm er seinen prachtvollen Galopp wieder auf und gelangte um das letzte, dunkle Vorgebirge von Bäumen herum. Sobald er außer Sicht des Hauses war, verfiel er aus seiner schnellen Gangart in Trab und endlich in Schritt. Er zog sein Taschentuch hervor und begann sich den Hals innerhalb des Kragens zu trocknen. Solche Narren! Solche Narren! Hatte man schon jemals eine so närrische Person gesehn wie die arme, gute Janet Spence? Nie, außer vielleicht ihn selbst. Ganz entschieden war er der weniger harmlose Narr, denn er war sich seiner Narrheit bewußt und verharrte doch darin. Warum verharrte er darin? Ah, das Problem, das er selbst war, das Problem, das andre Menschen waren ....

Er hatte das Gartentor erreicht. Ein großes, nach Wohlstand aussehendes Auto stand am Straßenrand.

»Nach Hause, Morton!« Der Chauffeur hob den

Zeigefinger an den Mützenschirm. »Und bei der Straßenkreuzung halten Sie wie gewöhnlich«, fügte Mr. Hutton hinzu, während er die Wagentür öffnete.

»Na?« fragte er in die Dunkelheit hinein, die innen lauerte.

»O Teddybär, wie lange du ausgeblieben bist!« Es war eine frische, kindliche Stimme, die diese Worte sprach. In den Vokalen schwang ein ganz leichter Vorstadtakzent mit.

Mr. Hutton bückte seine hohe Gestalt und schlüpfte in den Wagen mit der Behendigkeit eines Tiers, das seinen Bau wieder erreicht hat.

»Wirklich?« fragte er, als er die Tür schloß. Der Wagen setzte sich in Bewegung. »Du mußt dich sehr nach mir gesehnt haben, wenn dir die Zeit so lange vorgekommen ist.« Er lehnte sich in den niedrigen Sitz zurück. Eine liebkosende Wärme hüllte ihn ein.

»Teddybär ...«, und mit einem Seufzer der Befriedigung lehnte sich ein reizendes kleines Köpfchen an Mr. Huttons Schulter. Hingerissen blickte er seitwärts auf das runde, kindliche Gesichtchen.

»Weißt du, Doris, du siehst aus wie ein Bild der Louise de Kerouaille.« Er ließ seine Finger durch eine Flut gelockter Haare gleiten.

»Wer ist Louise de Keruwei oder wie sie heißt?« Doris sprach aus weiten Fernen.

»Sie ist gewesen, leider! *Fuit.* Wir werden alle eines Tags ›gewesen‹ sein. Inzwischen ...«

Mr. Hutton bedeckte das Kindergesicht mit Küssen. Das Auto glitt ruhig dahin. Mortons Rücken vor dem Vorderfenster war steinern, unbeweglich, der Rücken einer Statue.

»Deine Hände«, flüsterte Doris. »Oh, du darfst mich nicht anrühren! Sie elektrisieren mich.«

Mr. Hutton betete sie an für die jungfräuliche Einfalt ihrer Worte. Wie spät im Leben man seinen eigenen Körper entdeckte!

»Die Elektrizität ist nicht in mir; sie ist in dir.« Wieder küßte er sie und flüsterte mehrmals ihren Namen: Doris, Doris, Doris. Das ist die wissenschaftliche Bezeichnung der Seemaus, dachte er, während er ihren Hals küßte, den sie ihm darbot. Er war weiß und gestrafft wie die Kehle eines Opfertiers. Die Seemaus war eine Wurst mit phosphoreszierendem Pelz; sehr merkwürdig. Oder war Doris die Seegurke, die in Augenblicken der Gefahr ihr Inneres nach außen stülpt? Er müßte wirklich wieder einmal nach Neapel fahren, nur um das Aquarium zu besichtigen. Diese Seetiere waren fabelhaft, unglaublich phantastisch.

»Ach, Teddybär!« (Noch mehr Zoologie; aber er war bloß ein Landtier. Seine armseligen kleinen Späße!) »Teddybär, ich bin so glücklich.«

»Und ich auch«, sagte Mr. Hutton. War es wahr?

»Aber ich wollte, ich wüßte, ob es recht ist. Sag mir, Teddybär, ist es recht oder unrecht?«

»Ah, mein Liebes, das ist genau das, worüber ich mir die letzten dreißig Jahre den Kopf zerbreche.«

»Ernsthaft, Teddybär, ich will wissen, ob es recht ist; ob das recht ist, daß ich hier mit dir zusammen bin und daß wir einander lieben und daß es mich elektrisiert, wenn du mich anrührst.«

»Recht? Na, jedenfalls ist es gut, daß du elektrische Zuckungen empfindest und keine Hemmungen. Lies Freud! Hemmungen sind des Teufels.«

»Oh, du willst mir nicht helfen. Warum bist du niemals ernsthaft? Wenn du nur wüßtest, wie elend ich mich manchmal fühle, wenn ich mir denke, daß es nicht recht ist. Weißt du, vielleicht gibt es doch eine Hölle und alles das. Ich weiß nicht, was ich tun soll. Manchmal glaube ich, ich sollte aufhören, dich liebzuhaben.«

»Aber könntest du das?« fragte Mr. Hutton im Vertrauen auf seine Verführungskünste und seinen Schnurrbart.

»Nein, Teddybär, du weißt, ich könnt's nicht. Aber ich könnte durchgehn, mich vor dir verstecken, ich könnte mich einschließen und mich zwingen, nicht zu dir zu kommen.«

»Dummes kleines Ding!« Er zog sie enger an sich.

»O Gott, ich hoffe, es ist nicht unrecht! Und manchmal ist es mir auch ganz gleich, ob es unrecht ist.«

Mr. Hutton war gerührt. Er fühlte eine gewisse beschützerische Neigung für dieses kleine Geschöpf. Er lehnte seine Wange an ihr Haar, und so, innig umschlungen, saßen sie schweigend in dem ganz leise schwankenden Auto, während es dahinraste und die weiße Straße und die staubigen Hecken gierig in sich einzusaugen schien.

»Auf Wiedersehn! Auf Wiedersehn!«

Das Auto fuhr weiter, immer schneller, verschwand um eine Straßenbiegung, und Doris stand noch immer bei dem Wegweiser an der Kreuzung, noch immer ganz benommen und schwach von der Aufregung dieser Küsse und der elektrischen Berührung dieser sanften Hände. Sie mußte tief Atem holen und sich energisch aufrichten, ehe sie sich stark genug fühlte, den Heimweg anzutreten. Sie hatte zehn Minuten zu gehn und unterdessen Zeit, die nötigen Lügen zu erfinden.

Allein im Wagen, fühlte sich Mr. Hutton die Beute einer entsetzlichen Langweile.

II

Mrs. Hutton lag in ihrem Boudoir auf dem Sofa und legte Patience. Trotz dem warmen Juliabend brannte ein Holzfeuer im Kamin. Ein schwarzer Spitz, schlaff von der Hitze und den Mühen der Verdauung, schlief vor der Glut.

»Puh! Ist das eine Hitze hier!« sagte Mr. Hutton, als er ins Zimmer trat.

»Du weißt doch, ich muß mich warm halten, mein Lieber.« Die Stimme schien zu brechen und mit Tränen zu kämpfen. »Sonst fröstle ich so.«

»Hoffentlich fühlst du dich jetzt am Abend besser.«

»Leider nicht viel.«

Das Gespräch stockte. Mr. Hutton stand vor dem Fenster und lehnte den Rücken an den Kaminsims. Er blickte auf den Hund hinunter, der vor ihm lag, und mit der Spitze des rechten Schuhs wälzte er ihn herum und rieb seine weißgefleckte Unterseite. Das Tier lag in ekstatischer Trägheit da. Mrs. Hutton fuhr fort, Patience zu legen. Bei einem *impasse* angelangt, änderte sie die Lage einer Karte, nahm eine andre zurück und fuhr fort zu spielen. Ihre Patiencen gingen immer auf.

»Doktor Libbard meint, ich sollte diesen Sommer nach Bad Llandrindod gehn.«

»Nun, dann geh doch – geh selbstverständlich hin!«

Mr. Hutton dachte an die Ereignisse des Nachmittags: wie sie zusammen spazieren gefahren waren, Doris und er, bis zu dem großen Buchenwald, den Wagen im Schatten der Bäume warten ließen und miteinander in den windstillen Schatten der Kalkhügel hinein gewandert waren.

»Ich soll das Wasser wegen meiner Leber trinken, und er meint, ich sollte auch massiert und elektrisiert werden.«

Den Hut in der Hand, hatte Doris sich an vier blaue Schmetterlinge herangepirscht, die mit Bewegungen, die wie das Flackern eines blauen Feuers waren, um eine Skabiose tanzten. Das blaue Feuer zerbarst und versprühte in wirbelnde Funken. Sie war ihnen nachgejagt, schreiend und lachend wie ein Kind.

»Es wird dir sicherlich gut tun, meine Liebe.«

»Ich habe mir gedacht, ob du nicht mit mir kommen möchtest.«

»Aber du weißt doch, daß ich Ende des Monats nach Schottland fahre.«

Mrs. Hutton blickte flehend zu ihm auf. »Die Reise«, sagte sie. »Der Gedanke daran ist wie ein Alpdruck. Ich weiß nicht, ob ich es fertigbringe. Und du weißt, ich kann in Hotels nie schlafen. Und dann das Gepäck und die ganzen Scherereien. Ich kann nicht allein fahren.«

»Aber du wirst ja nicht allein sein. Du wirst doch das Mädchen mithaben.« Er sprach ungeduldig. Die kranke Frau verdrängte die gesunde von ihrem Platz. Er wurde aus seinen Erinnerungen an die sonnenhellen Hügel und das lachende Mädchen gerissen, zurückgerissen in dieses ungesunde, überheizte Zimmer und zu seiner jammernden Bewohnerin.

»Ich glaube nicht, daß ich imstande sein werde, hinzufahren.«

»Aber du mußt, meine Liebe, wenn der Arzt es dir verordnete. Und übrigens wird dir die Luftveränderung gut tun.«

»Ich glaube nicht.«

»Aber Doktor Libbard glaubt es, und er weiß gewiß, was er sagt.«

»Nein, ich bin nicht fähig dazu. Ich bin zu schwach. Ich kann nicht allein fahren.« Mrs. Hutton zog ein Taschentuch aus ihrem schwarzen Seidentäschchen und drückte es an die Augen.

»Unsinn, du mußt dich eben dazu aufraffen.«

»Ich wollte, man ließe mich lieber hier in Frieden sterben.« Sie weinte jetzt allen Ernstes.

»O Gott! Sei doch nur vernünftig! Höre mich einmal an, bitte!«

Mrs. Hutton schluchzte nur noch heftiger. Oh, was sollte man da machen? Er zuckte die Achseln und verließ das Zimmer.

Mr. Hutton war sich bewußt, nicht die gebührende Geduld bewiesen zu haben. Aber er konnte nicht anders. Schon sehr früh in seiner Jugend hatte er entdeckt, daß er nicht nur kein Mitgefühl mit den Armen, den Schwachen und Kranken und Krüppeln hatte, er haßte sie geradezu. Einmal, als Student, hatte er drei Tage bei einer Mission im East End verbracht. Er war voll tiefen und unauslöschlichen Ekels zurückgekehrt. Statt die Unglücklichen zu bedauern, haßte er sie. Es war, wie er wußte, kein sehr hübsches Gefühl, und anfänglich hatte er sich sogar geschämt. Mit der Zeit aber war er zu dem Schluß gekommen, daß es in seinem Wesen lag und unvermeidlich war und hatte weiter keine Skrupel mehr empfunden. Emily war gesund und schön gewesen, als er sie heiratete. Damals hatte er sie geliebt. Aber jetzt? War es seine Schuld, daß sie jetzt so war?

Mr. Hutton aß allein zu Abend. Speise und Trank stimmten ihn wohlwollender, als er vorher gewesen war. Um seine Unliebenswürdigkeit wieder gut zu machen, ging er hinaus in das Zimmer seiner Frau und machte sich erbötig, ihr vorzulesen. Das rührte sie, und sie nahm dankbar sein Anerbieten an. Mr. Hutton, der besonders stolz auf seine Aussprache war, schlug leichte französische Lektüre vor.

»Französisch? Ich habe Französisch so gern.« Mrs. Hutton sprach von der Sprache Racines, als wäre sie ein Gericht grüner Erbsen.

Mr. Hutton eilte ins Bibliothekzimmer hinunter und kam mit einem gelben Band zurück. Er begann zu lesen. Das Bemühen, gut auszusprechen, nahm seine ganze Aufmerksamkeit in Anspruch. Aber wie gut seine Aussprache auch war! Die Tatsache ihrer Güte schien die Qualität des Romans, den er las, zu verbessern.

Nach fünfzehn Seiten wurde er durch ein unverkennbares Geräusch aufgestört. Er sah auf; Mrs. Hutton war eingeschlafen. Er blieb eine Weile still sitzen und blickte mit einem leidenschaftslosen Forschen auf das schlafende Gesicht. Es war einmal schön gewesen. Einmal, vor langer Zeit, hatte sein Anblick, hatte die Erinnerung daran ihn mit einem vielleicht tieferen Gefühl bewegt, als er je zuvor oder seither empfunden. Nun war es gefurcht und leichenhaft. Die Haut spannte sich straff über die Backenknochen, über den Rücken der scharfen, vogelartigen Nase. Die geschlossenen Augen lagen in tiefen, knochig umrahmten Höhlen. Der Lampenschein, der seitlich auf das Gesicht fiel, hob mit Licht und Schatten seine Erhöhungen und Vertiefungen noch besonders hervor. Es war das Gesicht eines toten Christus von Morales.

Le squelette était invisible
Au temps heureux de l'art païen.

Ein leichtes Frösteln überkam ihn, und er verließ auf den Zehenspitzen das Zimmer.

Am folgenden Tag kam Mrs. Hutton zum Mittagessen herunter. Sie hatte in der Nacht ein paar unangenehme Herzbeklemmungen gehabt, aber jetzt fühlte sie sich besser. Auch wollte sie ihrem Gast gegenüber nicht unhöflich sein. Miss Spence hörte ihren Klagen über Bad Llandrindod zu und äußerte laut ihr Mitgefühl und war verschwenderisch mit ihren Ratschlägen. Was immer sie sagte, wurde mit Intensität gesagt. Sie beugte sich vor, gezielt, sozusagen, wie ein Gewehr, feuerte ihre Worte ab. Peng! Die Ladung in ihrer Seele war entzündet, die Worte sausten aus dem engen Lauf ihres Mundes hervor. Sie war ein Maschinengewehr, das die Gastgeberin mit Mitgefühl durchlöcherte. Mr. Hutton hatte ähnliche Beschießungen mitgemacht, die meist literarischer oder philosophischer Art gewesen waren – Beschießungen mit Maeterlinck, mit Mrs. Besant, mit Bergson, mit Tagore. Heute waren die Geschosse einmal medizinischer Art. Sie sprach über Schlaflosigkeit, sie verbreitete sich über die Vorzüge harmloser Schlafmittel und wohltätiger Spezialisten. Unter diesem Trommelfeuer entfaltete sich Mrs. Hutton wie eine Blume in der Sonne.

Mr. Hutton sah zu und schwieg. Das Schauspiel, das Janet Spence bot, erweckte stets und unfehlbar seine Neugierde. Er war nicht romantisch genug veranlagt, um sich einzubilden, daß jedes Gesicht eine innere Physiognomie von Schönheit oder Seltsamkeit verberge, daß das Alltagsgespräch einer jeden Frau eine Art Nebel sei, der über geheimnisvollen Abgründen schwebe. Seine Frau, zum Beispiel, oder Doris: sie waren nicht mehr, als was sie zu sein schienen. Bei Janet Spence aber war es doch anders. Man konnte sicher sein, daß bei ihr irgendein besonderes Gesicht hinter dem Giocondalächeln und den römischen Augenbrauen stak. Die Frage war nur: Was war es eigentlich? Mr. Hutton konnte sich nie ganz klar darüber werden.

»Aber vielleicht werden Sie am Ende gar nicht nach Llandrindod zu gehn brauchen«, sagte Miss Spence grade. »Wenn Sie rasch gesund werden, wird Doktor Libbard es Ihnen erlassen.«

»Ich kann nur hoffen. Ich fühle mich wirklich viel wohler heute.«

Mr. Hutton schämte sich. Wieviel war sein Mangel an Mitgefühl daran schuld, daß sie sich nicht alle Tage wohlfühlte? Aber er tröstete sich mit der Überlegung, daß es nur ein Fall von Wohlfühlen, nicht von Wohlsein war. Mitgefühl heilt weder eine kranke Leber noch ein schwaches Herz.

»Liebe Emily, ich würde diese Johannisbeeren an deiner Stelle lieber nicht essen«, sagte er plötzlich besorgt. »Du weißt, Doktor Libbard hat alles verboten, was Schalen und Kerne hat.«

»Aber ich esse sie so gern«, wandte Mrs. Hutton ein, »und ich fühle mich heute so wohl.«

»Seien Sie kein Tyrann!« sagte Miss Spence, wobei sie erst ihn und dann seine Frau anblickte. »Lassen Sie die arme Kranke essen, was sie gern mag; es wird ihr gut tun.« Sie legte Mrs. Hutton die Hand auf den Arm und tätschelte ihn liebevoll.

»Ich danke Ihnen, meine Liebe.« Mrs. Hutton nahm sich von den eingesottenen Johannisbeeren.

»Schön, aber mach nicht mir Vorwürfe, wenn dir davon wieder schlecht wird!«

»Habe ich dir schon jemals Vorwürfe gemacht?«

»Du hast auch keinen Grund, mir Vorwürfe zu machen«, antwortete Mr. Hutton scherzend. »Ich bin das Muster eines Ehemanns.«

Nach dem Essen saßen sie im Garten. Von der Schatteninsel unter der alten Eibe überblickte man eine weite Rasenfläche, aus der die Blumenbeete mit metallischem Glanz hervorleuchteten.

Mr. Hutton holte tief Atem und zog die warme, duftende Luft ein. »Es ist schön, zu leben«, sagte er.

»Ja, einfach zu leben«, wiederholte seine Frau und streckte eine blasse, an den Gelenken verdickte Hand in die Sonne.

Das Mädchen brachte den Mokka. Die silbernen Kannen und die kleinen blauen Tassen wurden auf ein Klapptischchen neben ihren Sessel aufgestellt.

»Oh, meine Medizin!« rief Mrs. Hutton. »Gehn Sie doch hinein und holen Sie sie, Clara! Die weiße Flasche, die auf der Anrichte steht.«

»Ich gehe schon«, sagte Mr. Hutton. »Ich muß ohnedies hineingehn und mir eine Zigarre holen.«

Er schritt schnell dem Haus zu. Auf der Schwelle wandte er sich für einen Augenblick um. Das Mädchen kam über den Rasen zurück. Seine Frau saß aufrecht im Liegestuhl und war damit beschäftigt, ihren weißen Sonnenschirm zu öffnen. Miss Spence beugte sich über das Tischchen und schenkte den Kaffee ein. Mr. Hutton tauchte in das kühle Dämmer des Hauses.

»Nehmen Sie Zucker in den Kaffee?« fragte Miss Spence.

»Ja, bitte. Tun Sie recht viel hinein! Ich trinke ihn dann nach der Medizin, um den Geschmack wegzukriegen.«

Mrs. Hutton lehnte sich in ihren Liegestuhl zurück und senkte den Schirm über die Augen, um das blendende Licht abzuhalten.

Hinter ihr klapperte Miss Spence leise mit den Kaffeetassen.

»Ich habe Ihnen drei gute Löffel voll hineingetan. Das wird den Geschmack schon wegnehmen. Und hier kommt Ihre Medizin.«

Mr. Hutton war wieder erschienen und trug ein Weinglas, halb voll von einer blassen Flüssigkeit.

»Sie riecht ausgezeichnet«, sagte er, als er es seiner Frau reichte.

»Das ist bloß die Würze.« Sie trank den Inhalt auf einen Schluck herunter, schauderte und schnitt ein Gesicht. »Brr, ist das bitter! Gib mir meinen Kaffee!«

Miss Spence reichte ihr die Tasse. Sie nippte daran. »Sie haben den reinsten Sirup daraus gemacht, aber er schmeckt sehr gut nach dieser greulichen Medizin.«

Um halb vier klagte Mrs. Hutton, daß sie sich nicht so wohl fühlte wie zuvor, und ging ins Haus, um sich hinzulegen. Ihr Mann wollte etwas über die Johannisbeeren sagen, hielt sich aber zurück. Der Triumph eines ›Ich hab's dir ja gesagt‹ wäre zu billig errungen gewesen. Statt dessen war er voll Anteilnahme und reichte ihr den Arm, um sie ins Haus zu führen.

»Ruh dich aus, das wird dir gut tun«, sagte er. »Ach, richtig, ich werde erst nach dem Abendessen zurück sein.«

»Aber warum? Wohin gehst du denn?«

»Ich habe den Johnsons versprochen, heute abend zu ihnen zu kommen. Wir müssen das Kriegerdenkmal besprechen, weißt du.«

»Ich wollte, du gingst nicht!« Mrs. Hutton sprach beinahe unter Tränen. »Kannst du nicht hierbleiben? Ich bin nicht gern allein im Haus.«

»Aber Emily, ich hab's versprochen, schon vor Wochen.« Es war eine Plage, so zum Lügen gezwungen zu sein. »Und jetzt muß ich zurück und nach Miss Spence sehn.«

Er küßte sie auf die Stirn und ging wieder in den Garten hinaus. Miss Spence empfing ihn gezielt und gespannt.

»Ihre Frau ist sehr schwer krank«, feuerte sie auf ihn ab.

»Mir schien, daß sie geradezu auflebte, als Sie kamen.«

»Das waren nur die Nerven, nichts als Nerven. Ich habe sie genau beobachtet. Bei einem solchen Herzleiden und einer so ruinierten – jawohl, ruinierten Verdauung kann alles mögliche geschehn.«

»Doktor Libbard hat lange nicht so düstere Ansichten über Emilys Zustand.« Mr. Hutton hielt die Tür offen, die aus dem Garten auf den Zufahrtsweg führte. Miss Spences Auto stand vor der Vorderfront.

»Doktor Libbard ist bloß ein Landarzt. Sie sollten zu einem Spezialisten gehn.«

Er konnte sich eines Lachens nicht enthalten. »Sie haben eine makabre Passion für Spezialisten!«

Miss Spence schwenkte protestierend die Hand. »Ich

spreche im Ernst. Ich glaube, mit Emily steht es sehr schlecht. Es kann jeden Augenblick etwas geschehn. «

Er half ihr in den Wagen und schloß den Schlag. Der Chauffeur ließ den Motor anspringen.

»Soll ich ihm sagen, daß er schon fahren kann?« Er hatte kein Verlangen danach, die Unterhaltung fortzusetzen.

Miss Spence beugte sich vor und schoß ein Giocondalächeln auf ihn ab. »Vergessen Sie nicht, ich erwarte, daß Sie mich bald wieder einmal besuchen!«

Er lächelte mechanisch, äußerte ein höfliches Gemurmel, und als der Wagen abfuhr, winkte er mit der Hand. Er war froh, allein zu sein.

Ein paar Minuten später fuhr er selbst weg. Doris wartete schon an der Kreuzung. Abends aßen sie zusammen in einem Hotel an der Straße, dreißig Kilometer von Zuhause. Es war eine dieser schlechten, teuren Mahlzeiten, wie sie nur in ländlichen Hotels zubereitet werden, wo Automobilisten einkehren. Sie empörten Mr. Hutton stets, aber Doris genoß immer alles. Mr. Hutton bestellte eine nicht sehr gute Marke Champagner. Er wünschte, er hätte den Abend in seinem Bibliothekszimmer verbracht.

Als sie die Heimfahrt antraten, war Doris ein wenig beschwipst und außerordentlich zutunlich. Es war sehr dunkel im Innern des Wagens, aber wenn sie nach vorn sahen, an der regungslosen Gestalt Mortons vorbei, konnten sie ein helles, schmales Universum von Formen und Farben erblicken, das durch die elektrischen Scheinwerfer aus der Nacht herausgeschnitten wurde.

Es war schon elf Uhr vorbei, als Mr. Hutton nach Hause kam. In der Halle trat ihm Doktor Libbard entgegen. Er war ein kleiner Mann mit zarten Händen und wohlgebildeten Gesichtszügen, die fast feminin wirkten. Seine braunen Augen waren groß und melancholisch. Er pflegte einen guten Teil seiner Zeit damit zu vergeuden, neben den Betten seiner Patienten zu sitzen, schwermütig aus diesen Augen zu blicken und mit einer schwermütigen Stimme von nichts Besonderem zu reden. Von seiner Person strömte ein angenehmer Geruch aus, der entschieden antiseptisch, aber auch süßlich und ein ganz klein wenig parfümiert war.

»Doktor Libbard?« sagte Mr. Hutton erstaunt. »Sie hier? Ist meiner Frau schlecht?«

»Wir versuchten, Sie schon früher zu verständigen«, antwortete die sanfte, melancholische Stimme. »Es hieß, Sie seien bei den Johnsons, aber dort wußte man nichts von Ihnen.«

»Nun, ich wurde aufgehalten. Ich hatte eine Panne«, antwortete Mr. Hutton gereizt; es war ihm zuwider, bei einer Lüge ertappt zu werden.

»Ihre Frau wollte Sie dringend sprechen.«

»Nun, dann kann ich ja jetzt gleich zu ihr gehn.« Mr. Hutton ging auf die Treppe zu.

Doktor Libbard legte ihm die Hand auf den Arm: »Ich fürchte, es wird zu spät sein.«

»Zu spät?« Er begann an seiner Uhr zu fingern. Sie wollte nicht aus der Tasche.

»Mrs. Hutton ist vor einer halben Stunde gestorben.« Die Stimme blieb ganz gleichmäßig sanft, der melancholische Ausdruck der Augen verstärkte sich nicht. Doktor Libbard sprach vom Tod, wie er von einem Kricketwettspiel gesprochen hätte. Alle Dinge waren gleich nichtig und gleich beklagenswert.

Mr. Hutton mußte an Janet Spences Worte denken. Jeden Augenblick – jeden Augenblick! Wie recht sie gehabt hatte!

»Was ist denn geschehn?« fragte er. »Was war die Ursache?«

Doktor Libbard erklärte. Es sei ein Herzschlag gewesen, herbeigeführt durch einen heftigen Anfall von Übelkeit, und dieser durch den Genuß von etwas Unbekömmlichem verursacht. Johannisbeeren vielleicht? Sehr leicht möglich. Es war zuviel gewesen für ihr Herz. Eine chronische Herzklappenentartung. Irgend etwas hatte unter der Anstrengung versagt. Es war alles vorbei. Sie konnte nicht viel gelitten haben.

III

»Schade, daß das Begräbnis grade heute ist, wo das Eton- und Harrowmatch stattfindet«, sagte der alte General Grego, der, den Zylinderhut in der Hand, im Schatten des Friedhoftors stand und sich mit dem Taschentuch die Stirn trocknete.

Mr. Hutton hörte die Bemerkung und unterdrückte nur mit Mühe ein Verlangen, dem General eine schwere Körperverletzung beizubringen. Er hätte dem alten, brutalen Kerl am liebsten einen Hieb mitten in sein dickes, rundes Gesicht versetzt. Ungeheuerliche große Maulbeere, mit Mehl bestäubt! Gab es keine Achtung vor den Toten? Kümmerte sich niemand um sie? Theoretisch kümmerte er selbst sich nicht viel um sie; laßt die Toten ihre Toten begraben. Aber hier, am offenen Grab, hatte er laut aufschluchzen müssen. Arme Emily! Sie waren einst glücklich gewesen miteinander. Nun lag sie dort unten, sechs Fuß tief in der Erde. Und da stand dieser Grego und beklagte sich, daß er nicht zum Eton- und Harrowmatch gehn konnte.

Mr. Hutton blickte sich nach den Gruppen schwarzer Gestalten um, die sich langsam auf dem Friedhof zu den draußen auf der Straße wartenden Wagen und Automobilen bewegten. Gegen den schimmernden Hintergrund von frischem Gras und Blumen und

Laub, die in der Julisonne glänzten, sahen alle diese Leute schrecklich fremd und unnatürlich aus. Er freute sich bei dem Gedanken, daß sie alle auch bald tot sein würden.

Am Abend dieses Tags saß Mr. Hutton noch spät in seiner Bibliothek und las die Lebensbeschreibung Miltons. Es war kein besonderer Grund vorhanden, daß er sich gerade Milton ausgesucht hatte. Das Buch war ihm einfach als erstes in die Hand gekommen. Mitternacht war vorüber, als er es zu Ende gelesen hatte. Er erhob sich aus seinem Lehnstuhl, öffnete die Glastür und trat auf die kleine gepflasterte Terrasse hinaus. Die Nacht war still und klar. Mr. Hutton blickte zu den Sternen und den Räumen zwischen ihnen empor, senkte die Augen zu den matten Wiesenflächen und farblosen Blumen des Gartens und ließ sie über die entferntere Landschaft wandern, die schwarz und grau im Mondlicht dalag.

Er begann mit einer Art verworrener Heftigkeit zu denken. Es gab Sterne, und es gab einen Milton. Ein Mann konnte gewissermaßen den Sternen und der Nacht ebenbürtig sein. Größe, Würde! Aber gab es im Ernst einen Unterschied zwischen dem Würdevollen und Würdelosen? Milton, die Sterne, der Tod und er selbst – er selbst? Die Seele, der Leib; das höhere und das niedere Wesen. Am Ende war vielleicht doch etwas daran. Milton hatte einen Gott auf seiner Seite und Rechtschaffenheit. Und er? Nichts, gar nichts. Da waren nur Doris' kleine Brüste. Was war der Sinn des Ganzen? Milton, die Sterne, der Tod, Emily in ihrem Grab, Doris und er selbst, immer er selbst ...

Oh, er war ein unnützes und abscheuliches Geschöpf. Alles überzeugte ihn davon. Es war ein feierlicher Augenblick. Er sagte laut: »Ich will, ich will.« Der Klang seiner eigenen Stimme in der Dunkelheit war erschreckend. Es schien ihm, er habe jenen infernalischen Schwur getan, der sogar die Götter bindet. ›Ich will, ich will!‹ Es hatte Neujahrstage und feierliche Geburtstage gegeben, an denen er die gleiche Zerknirschung gefühlt und ähnliche Entschlüsse gefaßt hatte. Sie waren alle in nichts zergangen, diese Entschlüsse, wie Rauch. Aber dies war ein größerer Augenblick, und er hatte einen fürchterlichen Eid geschworen. In Zukunft sollte es anders werden. Ja, er würde vernünftig leben, würde arbeitsam sein, seine Begierden unterdrücken, er wollte sein Leben einer guten Sache widmen. So war es beschlossen, und so würde es sein!

Er sah sich bereits die Vormittage mit landwirtschaftlicher Tätigkeit verbringen, mit dem Verwalter umherreiten und darauf sehn, daß sein Gut auf moderne und beste Art bewirtschaftet werde – Silos und Kunstdünger und beständiger Weideumtrieb und so fort. Der Rest des Tags sollte ernstem Studium gewidmet sein. Das Buch fiel ihm wieder ein, das er schon seit langer Zeit zu schreiben beabsichtigte: Der Einfluß der Krankheiten auf die Gesittung.

Mr. Hutton ging zu Bett, demütig und zerknirscht, aber mit dem Gefühl, der Gnade teilhaftig geworden zu sein. Er schlief siebeneinhalb Stunden und erwachte bei strahlendem Sonnenschein. Die Gefühle vom vergangenen Abend waren durch gute Nachtruhe in seinen gewohnten Frohsinn umgewandelt worden. Es vergingen erst eine ganze Anzahl Sekunden nach seiner Rückkehr zu bewußtem Leben, ehe er sich seiner Vorsätze und seines stygischen Schwurs erinnerte. Milton und der Tod nahmen sich im Sonnenlicht doch ein wenig anders aus. Und was die Sterne betraf – die waren nicht da. Aber die Vorsätze waren gut; das konnte er sogar bei Tageslicht sehn. Nach dem Frühstück ließ er sein Pferd satteln und ritt mit dem Verwalter auf dem Gut herum. Nach dem Mittagessen las er des Thukydides Bericht von der Pest in Athen. Am Abend machte er sich ein paar Aufzeichnungen über die Malaria in Süditalien. Während er sich entkleidete, erinnerte er sich, daß in Skeltons Schwankbuch eine gute Anekdote über das Schweißfieber stand. Er hätte sich dies aufgeschrieben, wenn er nur einen Bleistift hätte finden können.

Am sechsten Morgen seines neuen Lebens fand Mr. Hutton unter seiner Post einen Briefumschlag, der in dieser eigenartig gewöhnlichen Handschrift adressiert war, die, wie er wußte, Doris schrieb. Er öffnete ihn und begann zu lesen. Sie wisse nicht, was sie sagen solle; Worte seien unzureichend. Daß seine Frau so gestorben sei und so plötzlich – es sei zu schrecklich! Mr. Hutton seufzte, aber sein Interesse wurde einigermaßen reger, als er weiterlas.

›Der Tod ist fürchterlich. Ich denke nie an ihn, wenn ich nicht muß. Aber wenn dann so etwas geschieht oder wenn ich mich krank oder niedergeschlagen fühle, dann kann ich mir nicht helfen, dann muß ich mich erinnern, daß er so nahe ist, und dann denke ich an alles Schlechte, was ich getan habe, und an Dich und mich und frage mich, was wohl geschehn wird, und ich fürchte mich. Ich bin so einsam, Teddybär, ich mußte Dir schreiben. Ich konnte nicht anders. Verzeih mir, ich brauche Dich so sehr. Ich habe niemand auf der Welt als Dich. Du bist so gut und zart und verständnisvoll; es gibt niemanden so wie Dich. Ich werde nie vergessen, wie gut und lieb Du zu mir warst, und Du bist so gescheit und weißt so viel. Ich kann gar nicht begreifen, wie Du mich überhaupt nur beachten konntest, ich bin so dumm und langweilig; viel weniger noch, wie Du mich gernhaben und lieben kannst, denn nicht wahr, Teddybär, Du hast mich doch ein wenig lieb?‹

Mr. Hutton war von Scham und Reue erfüllt. So bedankt zu werden, angebetet zu werden dafür, daß er das Mädchen verführt hatte – es war zu viel. Es war nichts weiter als eine dumme Eitelkeit gewesen. Dumm, idiotisch! Es gab keinen andern Namen dafür. Denn wenn man es recht besah, so hatte er herzlich wenig Vergnügen davon gehabt. Alles in allem genommen, hatte er sich eigentlich mehr gelangweilt als unterhalten. Früher einmal, da hatte er sich für einen Hedonisten gehalten. Aber ein Hedonist zu sein, das erforderte eine ganz bestimmte Denkweise, die bewußte Wahl bekannter Freuden, die Vermeidung bekannter Leiden. Was er aber in diesem Fall getan hatte, das war ganz ohne Überlegung geschehn, ja wider alle Vernunft. Denn er hatte schon vorher gewußt – ach, nur zu gut! – daß weder Anregung noch Vergnügen aus diesen armseligen Affären zu holen war. Und doch unterlag er jedesmal, wenn der unbestimmte Trieb ihn überkam, und verstrickte sich abermals in die alte Dummheit. Da war Maggie gewesen, die Zofe seiner Frau, und Edith, das Mädel auf dem Gutshof, und Mrs. Pringle und die Kellnerin in London und andre – es schienen ihrer Dutzende zu sein. Es war alles so fade und langweilig gewesen. Er hatte gewußt, daß es so sein werde; er wußte es jedesmal. Und doch, und doch ... Erfahrung lehrte gar nichts.

Arme kleine Doris! Er wollte ihr freundlich und tröstend schreiben, aber wiedersehn würde er sie nicht. Der Diener kam, um ihm zu melden, daß sein Pferd bereitstehe und warte. Er stieg in den Sattel und ritt los. Der alte Verwalter war heute noch unausstehlicher als sonst.

Fünf Tage später saßen Doris und Mr. Hutton nebeneinander auf der Strandpromenade von Southend. Doris, in weißem Musselin mit rosa Aufputz, strahlte vor Glück. Mr. Hutton hatte die Beine lang ausgestreckt, den Sessel gekippt, den Panamahut aus der Stirn geschoben und versuchte, sich wie ein Ausflügler zu fühlen. In der Nacht, während Doris atmend und warm an seiner Seite schlief, erhaschte er in dem Augenblick von Dunkel und körperlicher Müdigkeit wieder dieses beinahe kosmische Gefühl, das ihn an jenem Abend vor kaum vierzehn Tagen ergriffen hatte, als er seinen großen Vorsatz faßte. So war es denn mit seinem feierlichen Eid grade so gegangen wie mit so vielen andern Vorsätzen! Die Unvernunft hatte triumphiert. Beim ersten Stich der Begierde hatte er nachgegeben. Er war ein hoffnungsloser Fall, hoffnungslos!

Lange Zeit lag er mit geschlossenen Augen und überdachte seine Erniedrigung. Das Mädchen bewegte sich im Schlaf. Mr. Hutton drehte sich um und blickte zu ihr hinüber. Das schwache Licht, das durch die halb geschlossenen Vorhänge drang, genügte, um ihren bloßen Arm und ihre bloße Schulter, ihren Hals und den dunkeln Fleck ihres Haars auf dem Kissen deutlich werden zu lassen. Sie war schön, sie war begehrenswert. Warum klagte er und jammerte über seine Sünden? Was lag denn daran? Wenn er unverbesserlich war, gut, so war er es eben. Ein herrliches Gefühl von Verantwortungslosigkeit durchdrang ihn plötzlich. Er war frei, großartig frei. Förmlich aufjubelnd zog er das Mädchen an sich. Sie erwachte verwundert, beinahe erschrocken, unter seinen ungestümen Küssen.

Der Sturm seiner Begierde flaute zu einer Art stiller Belustigung ab. Die ganze Atmosphäre schien von ungeheuerm, lautlosem Lachen zu erbeben.

»Kann dich denn jemand noch lieber haben als ich, Teddybär?«

Die Frage erklang leise aus fernen Welten der Liebe.

»Ich glaube, ich kenne jemand ...«, antwortete Mr.

Hutton. Das unterirdische Gelächter schwoll an, wurde stärker, schien die Oberfläche von Stille durchbrechen und laut erschallen zu wollen.

»Wer? Sag es mir! Wen meinst du?« Die Stimme war ganz nahegekommen. Durchbebt von Argwohn, Angst und Empörung, gehörte sie dieser ihn umgebenden Welt an.

»A-ah!«

»Wer?«

»Das errätst du nie.« Mr. Hutton trieb den Scherz so weit, bis er öde wurde, und sprach dann den Namen aus. ›Janet Spence.‹

Doris wollte es nicht glauben. »Miss Spence, die Gutsbesitzerin? Dieses alte Weib« Es war zu lächerlich. Auch Mr. Hutton lachte.

»Aber es ist wirklich wahr«, sagte er. »Sie vergöttert mich.« Oh, welch ein Riesenspaß! Er würde sie besuchen und sehn, sobald er zurückkäme – sehen und siegen. »Ich glaube, sie möchte mich gern heiraten«, fügte er hinzu.

»Aber du wirst doch nicht ... du hast doch nicht die Absicht ...«

Die Luft knisterte beinahe vor Humor. Mr. Hutton lachte laut auf

»Ich habe die Absicht, *dich* zu heiraten«, sagte er. Es schien ihm der beste Witz zu sein, den er in seinem Leben gemacht hatte.

Als Mr. Hutton Southend verließ, war er zum zweitenmal Ehemann. Sie waren übereingekommen, daß die Tatsache vorläufig geheimgehalten werden sollte. Im Herbst wollten sie ins Ausland reisen, und dann sollte die Welt es erfahren. Inzwischen bliebe er in seinem Haus und Doris in dem ihrer Eltern.

Am Tag nach seiner Rückkehr ging er nachmittags hinüber, um Miss Spence zu besuchen. Sie empfing ihn mit dem alten Giocondalächeln.

»Ich habe erwartet, daß Sie kommen werden.«

»Ich konnte es nicht unterlassen«, antwortete Mr. Hutton galant.

Sie saßen im Gartenpavillon. Es war ein angenehmer Aufenthalt – ein kleiner, alter Stukkotempel, eingehegt von dichtem, immergrünem Gebüsch. Miss Spence hatte ihm ihre Persönlichkeit dadurch aufgeprägt, daß sie über der Bank eine blau und weiße Della-Robbia-Plakette aufhängte.

»Ich beabsichtige, diesen Herbst nach Italien zu gehn«, sagte Mr. Hutton.

»Italien ...« Miss Spence schloß ekstatisch die Augen. »Ich fühle mich auch dahin gezogen.«

»Warum lassen Sie sich dann nicht ziehn?«

»Ich weiß nicht. Es fehlt einem doch die Energie und Initiative dazu, so eine Reise allein anzutreten.«

»Allein ...« Ah, Klang von Gitarren und kehligem Gesang! »Ja, allein zu reisen, macht wenig Spaß.«

Miss Spence lag, ohne zu antworten, in ihren Armsessel zurückgelehnt. Ihre Augen waren noch immer geschlossen. Mr. Hutton strich sich den Schnurrbart. Das Schweigen verlängerte sich, wie es schien, zu einer sehr langen Pause.

Mr. Hutton lehnte nicht ab, als er dringend gebeten wurde, zum Abendessen zu bleiben. Der Spaß hatte kaum begonnen. Der Tisch war in der Loggia gedeckt worden. Durch ihre Bogen blickten sie über den abfallenden Garten in das Tal unten und auf die jenseitigen Hügel. Das Tageslicht verebbte. Die Hitze und Stille waren bedrückend. Eine ungeheure Wolke zog am Himmel herauf, und aus der Ferne tönte schwaches Donnergrollen. Der Donner kam näher, es erhob sich ein Wind, und die ersten Regentropfen fielen. Der Tisch wurde abgeräumt. Miss Spence und Mr. Hutton blieben in der zunehmenden Finsternis sitzen.

Miss Spence unterbrach ein langes Schweigen, indem sie nachdenklich sagte:

»Ich glaube, jeder Mensch hat ein Anrecht auf ein gewisses Maß von Glück, glauben Sie nicht?«

»Ganz gewiß.« Aber wo wollte sie hinaus? Niemand macht verallgemeinernde Bemerkungen über das Leben, wenn nicht in der Absicht, über sich selbst zu reden. Glück! Er blickte auf sein eigenes Leben zurück und sah ein heiteres, friedliches Dasein, von keinem großen Schmerz, von keiner großen Unannehmlichkeit oder Aufregung gestört. Er hatte stets über Geld und Freiheit verfügt. Er hatte fast immer tun können, was er wollte. Ja, er vermutete, er war glücklich gewesen – glücklicher als die meisten Menschen. Und jetzt war er nicht bloß glücklich, er hatte in der Verantwortungslosigkeit das Geheimnis des Frohsinns entdeckt. Er wollte grade etwas über sein Glück sagen, als Miss Spence weitersprach.

»Leute wie Sie und ich haben ein Recht, irgendeinmal in ihrem Leben glücklich zu sein.«

»Ich?« fragte Mr. Hutton erstaunt.

»Armer Henry! Das Schicksal hat keins von uns beiden sehr gut behandelt.«

»Na, es hätte mich schlechter behandeln können.«

»Sie bewahren Ihre Heiterkeit. Das ist tapfer von Ihnen. Aber glauben Sie nur nicht, daß ich nicht hinter die Maske zu sehn vermag.«

Miss Spence sprach lauter und lauter, je heftiger der Regen niederprasselte. Immer wieder durchschnitt der Donner ihre Sätze. Sie sprach weiter und schrie in den Lärm hinein.

»Ich habe Sie so gut verstanden und schon so lange Zeit.«

Ein Blitz enthüllte sie, wie sie sich gezielt und gespannt gegen ihn vorneigte. Ihre Augen waren zwei tiefe, drohende Gewehrläufe. Die Finsternis verschlang sie wiederum.

»Sie waren eine einsame Seele, die eine verwandte Seele suchte. Ich konnte Ihre Einsamkeit mitfühlen. Ihre Ehe ...«

Der Donner durchschnitt den Satz. Miss Spences Stimme wurde erst wieder bei den Worten hörbar: –

»... Mann Ihres Schlags keine Kameradschaft bieten. Sie brauchten eine Seelengefährtin.«

Eine Seelengefährtin – er! Eine Seelengefährtin! Es war unglaublich phantastisch. ›Georgette Leblanc, die Ex-Seelengefährtin Maurice Maeterlincks‹, das hatte er vor einigen Tagen in der Zeitung gelesen. Also so hatte Janet Spence sich ihn in ihrer Einbildung ausgemalt – als einen Seelengefährten! Und für Doris war er das Sinnbild der Güte und der klügste Mann der Welt. Und was war er in Wirklichkeit? – Wer mochte das wissen?

»Mein Herz schlug Ihnen entgegen. Ich konnte Sie verstehn. Auch ich war ja einsam.« Miss Spence legte ihre Hand auf seine Knie. »Sie waren so geduldig.« Wieder ein Blitz. Sie zielte noch immer, war noch immer gefährlich gespannt. »Sie beklagten sich nie. Aber ich konnte alles erraten – ich erriet es.«

»Wie wundervoll von Ihnen!« Also er war eine *âme incomprise!* »Nur weibliche Intuition ...« Der Donner krachte und rumpelte und erstarb, und nur der Lärm des Regens war noch zu hören. Der Donner war sein Lachen, vergrößert, veräußerlicht. Blitz und Krach! da war es wieder, grad über ihnen.

»Fühlen Sie nicht, daß Sie etwas in sich haben, was diesem Gewittersturm verwandt ist?« Er konnte sich vorstellen, wie sie sich bei diesen Worten wieder vorneigte. »Die Leidenschaft macht einen den Elementen gleich.«

Leidenschaft?

» Nein «, antwortete er verzweifelt. » In mir ist keine Leidenschaft. «

Aber seine Bemerkung wurde entweder nicht gehört oder nicht beachtet, denn Miss Spence fuhr mit wachsender Begeisterung fort, sprach aber so schnell und in einem so brennend vertraulichen Flüsterton, daß es Mr. Hutton äußerst schwer wurde, zu verstehn, was sie sagte. Sie erzählte ihm, soviel er hören konnte, die Geschichte ihres Lebens. Die Blitze zuckten jetzt weniger häufig, und es gab lange Intervalle von Finsternis. Aber bei jedem Blitz sah er sie noch immer nach ihm zielen, noch immer mit furchtbarer Gespanntheit vorwärtsschmachten. Finsternis, Regen und dann – Blitz! Ihr Gesicht war da, ganz nahe. Eine bleiche Maske, grünlich weiß: die großen Augen, der enge Lauf des Mundes, die starken Brauen. Agrippina, oder war es nicht eher – ja war es nicht eher das Gesicht Charlie Chaplins?

Er begann absonderliche Pläne zur Flucht auszudenken. Er könnte vielleicht plötzlich aufspringen und vorgeben, er habe einen Einbrecher gesehn – haltet den Dieb! Aufhalten! – und bei der Verfolgung in die Nacht hinein davonrasen. Oder sollte er sagen, er fühle sich einer Ohnmacht nahe, einem Anfall von Herzschwäche? Oder, er habe ein Gespenst gesehn – Emilys Geist – dort im Garten? Vertieft in sein kindisches Pläneschmieden, hatte er aufgehört, auf Miss Spences Worte zu achten. Erst als sie krampfhaft seine Hand ergriff, kehrten seine Gedanken zu ihr zurück. » Ich achte Sie dafür, Henry «, sagte sie dabei.

Achtet ihn wofür?

» Die Ehe ist ein heiliges Band, und Ihr Respekt davor, auch wenn die Ehe, wie in Ihrem Fall, unglücklich war, ließ mich Sie schätzen und bewundern und – soll ich es wagen, das Wort auszusprechen ...? «

Oh, der Einbrecher, das Gespenst im Garten! Aber es war zu spät.

»... ja, Sie lieben, Henry, Sie um so mehr lieben. Aber jetzt sind wir frei, Henry.«

Frei? Eine Bewegung in der Finsternis, und sie kniete am Boden, neben seinem Stuhl.

»Henry, Henry, auch ich war unglücklich!«

Ihre Arme umschlangen ihn, und an den Erschütterungen ihres Körpers merkte er, daß sie schluchzte. Sie hätte eine Bittstellerin sein können, die um Erbarmen flehte.

»Nicht, Janet!« wehrte er ab. Diese Tränen waren schrecklich, schrecklich. »Nicht jetzt, nicht jetzt! Sie müssen sich beruhigen, Sie müssen schlafen gehn.« Er streichelte ihre Schulter, befreite sich dann aus ihrer Umarmung und stand auf. Er verließ sie, die noch immer auf dem Boden kauerte, neben dem Stuhl, in dem er gesessen hatte.

Er tappte sich durch die Halle, und ohne sich Zeit zu nehmen, seinen Hut zu suchen, trat er aus dem Haus und gab sich unendliche Mühe, die Haustür lautlos hinter sich zu schließen. Die Wolken waren vorübergezogen, und der Mond schien vom klaren Himmel. Überall auf der Straße standen große Pfützen, und das Geräusch fließenden Wassers tönte aus den Rinnen und Gräben. Mr. Hutton planschte dahin und achtete nicht darauf, ob er naß würde.

Wie herzzerreißend sie geschluchzt hatte! In die Gefühle von Mitleid und Reue, die die Erinnerung in ihm erweckte, mischte sich ein gewisser Widerwille: Warum hatte sie nicht auch das Spiel spielen können, das er selbst gespielt hatte – das herzlose, unterhaltende Spiel? Ja, aber er hatte die ganze Zeit gewußt, daß sie dieses Spiel nicht spielen werde, nicht spielen könnte; er hatte es gewußt und doch dabei beharrt.

Was hatte sie da über Leidenschaft und die Elemente gesagt? Irgend etwas unglaublich Abgeschmacktes. Aber wahr, wahr. Da war sie – eine Wolke, schwarzbusig und mit Donner geladen – und er, wie ein närrischer, kleiner Benjamin Franklin, hatte seinen Drachen mitten ins Herz der drohenden Gefahr gesandt. Und jetzt beklagte er sich darüber, daß sein Spielzeug den Blitz angezogen hatte.

Wahrscheinlich kniete sie noch immer neben dem Stuhl in der Loggia und weinte.

Aber warum war er selbst denn nicht imstande gewesen, das Spiel weiterzuspielen? Warum hatte ihn seine Verantwortungslosigkeit im Stich gelassen, ihn plötzlich nüchtern in einer kalten Welt zurückgelassen? Auf keine dieser Fragen gab es eine Antwort. Ein einziger Gedanke brannte stetig und hell in seinem Geist – der Gedanke an Flucht. Er mußte weg, und das sogleich.

IV

»Woran denkst du, Teddybär?«

»Ich? Oh, an nichts.«

Dann herrschte Stille. Mr. Hutton verharrte reglos, die Ellbogen auf der Brüstung der Terrasse, das Kinn in den Händen, und blickte hinab auf Florenz. Er hatte eine Villa auf einem Hügel im Süden der Stadt gemietet. Von einer kleinen, erhöhten Terrasse am Ende des Gartens konnte man hinuntersehn in ein langes, fruchtbares Tal, das sich bis zur Stadt hinzog, und darüber weg auf die kahle Masse des Monte Morello und ostwärts davon auf den bevölkerten Hügel von Fiesole, gesprenkelt mit weißen Häusern. Alles war klar und leuchtend in der Septembersonne.

»Sorgst du dich wegen irgend etwas?«

»Nein, nein.«

»Sag mir's, Teddybär!«

»Aber Liebste, es gibt nichts zu sagen.« Mr. Hutton wandte sich um, lächelte und streichelte ihr die Hand. »Ich glaube, du sollst lieber hinaufgehn und Siesta halten. Es ist zu heiß für dich hier.«

»Schön, Teddybär. Kommst du auch?«

»Sobald ich meine Zigarre zu Ende geraucht habe.«

»Gut. Aber beeile dich damit, Teddybär!« Langsam und widerwillig schritt sie die Stufen von der Terrasse hinunter und ging auf das Haus zu.

Mr. Hutton setzte seine Betrachtung von Florenz fort. Er hatte es nötig, allein zu sein. Es tat wohl, ab und zu Doris und der rastlosen Unruhe ihrer Leidenschaft zu entfliehn. Er hatte niemals die Qualen hoffnungslosen Liebens kennengelernt, aber jetzt erlebte er die Qualen des Geliebtwerdens. Diese letzten Wochen waren eine Zeit wachsenden Unbehagens gewesen. Doris war stets um ihn wie eine Heimsuchung, wie ein schlechtes Gewissen. Ja, es tat wohl, allein zu sein.

Er zog einen Briefumschlag aus der Tasche und öffnete ihn, nicht ohne Widerwillen. Er haßte Briefe. Sie enthielten stets etwas Unangenehmes – jetzt immer, seit seiner zweiten Heirat. Der Brief war von seiner Schwester. Er begann die beleidigenden Lebensweisheiten zu überfliegen, die seinen Inhalt bildeten. Die Ausdrücke ›unanständige Eile‹, ›gesellschaftlicher Selbstmord‹, ›kaum im Grabe liegt‹ und ›Person aus den untern Schichten‹ kamen alle darin vor. Sie waren unvermeidlich in jeder Mitteilung, die er von wohlmeinenden, rechtlich denkenden Verwandten erhielt. Ungeduldig wollte er den Brief in Stücke reißen, als sein Blick auf einen Satz am untern Rand der dritten Seite fiel. Sein Herz schlug mit unangenehmer Heftigkeit, während er ihn las. Es war zu ungeheuerlich! Janet Spence ging umher und erzählte jedermann, er habe seine Frau vergiftet, um Doris heiraten zu können. So eine verdammte Bosheit! Mr. Hutton, sonst ein Mann von sanftester Gemütsart, zitterte vor Wut. Er verschaffte sich die kindische Genugtuung, Schimpfwörter zu gebrauchen – er verfluchte das Weibsbild.

Dann plötzlich sah er das Lächerliche der Situation. Die Idee, daß er jemand ermordet habe, um Doris zu heiraten! Wenn die Leute nur wüßten, wie entsetzlich gelangweilt er war. Arme, gute Janet! Sie hatte versucht, boshaft zu sein; es war ihr nur gelungen, sich dumm zu benehmen.

Ein Geräusch von Schritten rüttelte ihn auf. Er blickte umher. Die Magd des Hauses pflückte Obst im Garten unterhalb der Terrasse. Eine Neapolitanerin, auf irgendeine Weise nordwärts bis Florenz verschlagen, war sie eine Vertreterin des klassischen Typus – bloß ein wenig degeneriert. Ihr Profil hätte von einer sizilianischen Münze aus einer schlechten Zeit sein können. Ihre Züge, schwungvoll in der großen Tradition geschnitten, drückten eine fast vollkommene Stumpfsinnigkeit aus. Der Mund war das schönste an ihr. Die kalligraphische Hand der Natur hatte ihn üppig zu einem Ausdruck von störrischer, heftiger Gemütsart geformt... Unter ihrem scheußlichen schwarzen Kleid erriet Mr. Hutton einen kräftigen Körper, feste, schwere Formen. Er hatte schon früher mit unbestimmtem Interesse und Neugier nach ihr geblickt. Heute aber sammelte und konzentrierte sich diese Neugier in Begierde. Ein Idyll des Theokrit. Hier war das Weib dazu. Er allerdings war nicht gerade ein Ziegenhirt in den vulkanischen Bergen. Er rief sie an.

»Armida!«

Das Lächeln, mit dem sie antwortete, war so herausfordernd, bezeugte eine so leichte Tugend, daß Mr. Hutton erschrak. Abermals war er hart am Rand –

hart am Rand! Er mußte zurück, schnell, schnell zurück, ehe es zu spät wäre. Das Mädchen blickte noch immer zu ihm auf.

»*Ha chiamato?*« fragte sie schließlich.

Stumpfsinn oder Vernunft? Oh, jetzt gab es keine Wahl mehr. Es war schwächliche Dummheit, jedesmal.

»*Scendo*«, rief er zurück. Zwölf Stufen führten von der Terrasse in den Garten hinab. Mr. Hutton zählte sie. Hinunter, hinunter, hinunter, hinunter ... Er sah sich selbst, wie in einer Vision, von einem Kreis des Inferno zum nächsten hinabsteigen – aus einer Finsternis voll Sturm und Hagel in einen Abgrund stinkenden Schlamms.

V

Während einer ganzen Reihe von Tagen fand der Fall Hutton einen Platz auf der ersten Seite jeder Zeitung. Seit George Smith den Weltkrieg vorübergehend dadurch in den Schatten gestellt hatte, daß er seine siebente Braut in der Badewanne ertränkte, hatte es keinen populäreren Mordprozeß gegeben. Die Einbildungskraft des Publikums wurde seltsam erregt durch diese Geschichte eines Mords, der Monate, nachdem das Verbrechen geschehn war, ans Licht gebracht wurde. Dies war, so wurde allgemein empfunden, einer dieser so bemerkenswerten, weil so seltenen Fälle im menschlichen Leben, die ganz klar die Gerechtigkeit von Gottes Wegen den Menschen vor Augen führen. Ein schlechter Mensch war durch eine unerlaubte Leidenschaft dazu getrieben worden, seine Frau umzubringen. Monatelang hatte er in Sünde gelebt und sich sicher geglaubt – nur um zuletzt desto schrecklicher in den Abgrund geschleudert zu werden, den er selbst aufgerissen hatte. Mord will ans Licht, und hier war ein Beispiel dafür. Die Zeitungsleser waren in der Lage, jede Bewegung des göttlichen Fingers zu verfolgen. Zuerst waren unbestimmte, aber beharrliche Gerüchte in der Nachbarschaft aufgetaucht. Endlich hatte die Polizei eingegriffen. Dann kam die Verfügung, die Leiche zu exhumieren, die gerichtliche Obduktion, es folgten die Totenbeschauverhandlung, die Gutachten der Sachverständigen, die Erkenntnis der Geschworenen, der Strafprozeß, die Verurteilung. Diesmal hatte die Vorsehung ihre Pflicht getan, offenkundig, handgreiflich, lehrhaft wie in einem Rührstück. Die Zeitungen hatten ganz recht, aus dem Fall während eines vollen Vierteljahrs die intellektuelle Hauptnahrung für ihre Leser zu verfertigen.

Mr. Huttons erstes Gefühl, als er aus Italien vorgeladen wurde, um als Zeuge bei der Totenbeschauverhandlung auszusagen, war ein Gefühl der Empörung. Es war unerhört, es war skandalös, daß die Polizei solch müßigen, böswilligen Klatsch ernst nahm. Sobald die Totenbeschau vorüber wäre, wollte er eine Beschwerde gegen den Oberkommissär einbringen; er wollte diese Spence wegen Verleumdung verklagen.

Die Untersuchung vor dem Kronrichter wurde eröffnet; der erstaunliche Tatbestand entrollte sich. Die Sachverständigen hatten den Leichnam obduziert und Spuren von Arsenik gefunden. Sie waren der Ansicht, daß Mrs. Hutton an Arsenikvergiftung gestorben sei.

Arsenikvergiftung ... Emily war an Arsenikvergiftung gestorben! Und dadurch erfuhr Mr. Hutton zu seiner Überraschung, daß sich in seinen Glashäusern genug arsenikhaltige Insektenvertilgungsmittel befanden, um eine Armee zu vergiften.

Erst jetzt, ganz plötzlich, sah er es: Da war ein Mord geschehen, und die Umstände sprachen gegen *ihn.*

Fasziniert sah er den Fall anwachsen und anschwellen wie ein ungeheuerliches, tropisches Gewächs. Es umrankte ihn, hüllte ihn ein. Er hatte sich in einen Urwald voll undurchdringlicher Schlinggewächse verirrt.

Wann war die Vergiftung erfolgt? Die Sachverständigen stimmten darin überein, daß das Gift acht oder neun Stunden, ehe der Tod eingetreten war, geschluckt worden sein mußte. Also zur Mittagszeit? Ja, ungefähr zur Zeit des Mittagessens. Clara, das Dienstmädchen, wurde vorgeladen. Sie erinnerte sich, daß Mrs. Hutton ihr befohlen hatte, ins Haus zu gehn und die Medizin zu holen. Mr. Hutton hatte sich erbötig gemacht, statt ihrer zu gehen. Er war allein gegangen. Miss Spence – ah, die Erinnerung an das Gewitter, an das bleiche, gespannte Gesicht! An jenen ganzen, entsetzlichen Abend! – Miss Spence bestätigte Claras Aussage und fügte noch hinzu, daß Mr. Hutton zurückgekommen sei und die Medizin bereits in ein Weinglas eingegossen gebracht habe, nicht in der Flasche.

Mr. Huttons Empörung verrauchte. Er wurde verzagt, ängstlich. Das Ganze war viel zu phantastisch, als daß man es hätte ernst nehmen können, und dennoch war dieser Alptraum Tatsache – Wirklichkeit.

Morton hatte gesehn, wie sie einander küßten, hatte es oftmals gesehn. Er hatte sie noch am Todestag Mrs. Huttons spazieren gefahren, er hatte sie manchmal in der Windscheibe gespiegelt gesehn und sie aus dem Augenwinkel beobachten können.

Die Untersuchung wurde vertagt. Am Abend ging Doris zeitig mit heftigen Kopfschmerzen zu Bett. Als Mr. Hutton nach dem Abendessen in ihr Zimmer trat, fand er sie in Tränen.

»Was hast du nur?« Er setzte sich auf den Rand ihres Betts und begann ihr das Haar zu streicheln. Lange Zeit antwortete sie nicht, und er fuhr mechanisch, beinahe unbewußt fort, ihr Haar zu streicheln; manchmal beugte er sich sogar vor und küßte ihre entblößte Schulter. Er hatte jedoch genug an seinen eigenen Sorgen. Was war geschehn? Wie war es möglich, daß dieser dumme Klatsch tatsächlich Wahrheit geworden war? Emily war an Arsenikvergiftung gestorben. Es war absurd, es war unmöglich. Der natürliche Lauf der Dinge war gestört worden, und er sah sich in etwas verstrickt, für das er nicht verantwortlich war. Was war geschehn, was würde weiter geschehn? Mitten in seinen Gedanken wurde er unterbrochen.

»Es ist meine Schuld – es ist meine Schuld!« schluchzte Doris plötzlich auf. »Ich hätte dich nicht lieben sollen, ich hätte nicht zulassen sollen, daß du mich liebst. Ich wollte, ich wäre nie auf die Welt gekommen.«

Mr. Hutton sagte gar nichts, sondern blickte schweigend auf das Häufchen Elend hinab, das da im Bett lag.

»Wenn man dir etwas tut, bring ich mich um.«

Sie setzte sich auf, hielt ihn einen Augenblick auf Armeslänge von sich und blickte ihn mit solcher Leidenschaftlichkeit an, als sollte sie ihn nie wiedersehn.

»Ich liebe dich, ich liebe dich!«

Sie zog ihn, der regungslos und passiv blieb, an sich, umarmte ihn, drückte sich an ihn. »Ich habe nicht gewußt, daß du mich so sehr liebst, Teddybär. Aber warum hast du das getan, warum hast du's getan?«

Mr. Hutton befreite sich aus ihrer Umarmung und stand auf. Er wurde sehr rot im Gesicht. »Du scheinst davon überzeugt zu sein, daß ich meine Frau ermordet habe«, sagte er. »Es ist wirklich zu verrückt. Wofür haltet ihr mich denn alle? Für einen Kinohelden?« Er war in Wut geraten. Alle Erbitterung, alle Angst und Verwirrung, die der Tag ihm gebracht hatte, verwandelten sich in heftigen Zorn gegen sie. »Es ist alles solch ein verdammter Blödsinn. Hast du denn gar keinen Begriff von der Denkweise eines zivilisierten Mannes? Sehe ich so aus wie ein Mensch, der umhergeht und Leute umbringt? Ich vermute, du hast dir eingebildet, ich sei so toll in dich verliebt, daß ich jede Tollheit begehn könnte? Wann werden die Frauen endlich begreifen, daß man nicht besinnungslos verliebt ist? Alles, was man verlangt, ist ja nur ein ruhiges Leben, das zu führen ihr einem nicht gestattet. Zum Teufel, ich weiß wirklich nicht, was mich jemals bewogen hat, dich zu heiraten. Das Ganze war ein verdammt blöder Witz. Und jetzt läufst du herum, und erzählst, ich sei ein Mörder. Das ist wirklich zu stark!«

Mr. Hutton stapfte zur Tür; er hatte schreckliche Dinge gesagt, er wußte das – häßliche Dinge, die er schleunigst widerrufen sollte. Aber er wollte nicht. Er zog die Tür hinter sich zu.

»Teddybär!« Er drehte die Klinke. Die Tür fiel ins Schloß. »Teddybär!« Die Stimme, die durch die geschlossene Türe zu ihm drang, klang verzweifelt. Sollte er zurückgehn? Er müßte eigentlich zurückgehn. Er berührte die Klinke, zog dann die Hand zurück und schritt schnell davon. Als er die Hälfte der Treppe hinab war, blieb er stehn. Sie könnte am Ende versuchen, irgendeine Dummheit zu begehn – sich aus dem Fenster zu stürzen oder Gott weiß was! Er lauschte aufmerksam. Kein Laut war zu hören. Aber im Geiste malte er sich ganz deutlich aus, wie sie auf den Zehenspitzen durchs Zimmer schlich, das Fenster öffnete und sich in die kalte Nachtluft hinauslehnte. Es regnete ein wenig. Unterhalb des Fensters befand sich die gepflasterte Terrasse. Wie tief war es bis dort hinunter? Acht oder zehn Meter? Einmal, als er grade Piccadilly überquerte, war ein Hund aus einem Fenster im dritten Stockwerk des Ritz-Hotels gesprungen. Er hatte ihn stürzen sehn. Er hatte gehört, wie er auf den Gehsteig aufschlug. Sollte er zurückgehn? Verdammt wollte er sein, wenn er es tat! Er haßte sie.

Er saß lange Zeit in der Bibliothek. Was war geschehn? Was ging vor? Er wälzte die Frage in Gedanken hin und her und konnte keine Antwort finden. Angenommen, der Alptraum träumte sich zu Ende, bis zum letzten, schrecklichen Schluß? Der Tod wartete auf ihn. Seine Augen füllten sich mit Tränen. Er wünschte so leidenschaftlich, zu leben. ›Einfach nur zu leben.‹ Die arme Emily hatte es auch gewünscht. Er erinnerte sich: ›Einfach nur zu leben.‹ Es gab noch so viele Orte in dieser erstaunlichen Welt, die er noch nicht gesehn, so viele entzückende Leute, die er noch nicht kannte, so viele reizende Frauen, die er noch nie auch nur erblickt hatte. Die riesigen weißen Ochsen würden noch immer die Karren die toskanischen Straßen entlang ziehn, die Zypressen noch immer in die Höhe streben, kerzengerade wie Säulen, in den blauen Himmel hinein. Aber er wäre nicht mehr da, sie zu sehn. Und die süßen Südweine – Christustränen und Judasblut – andre tränken sie, nicht er. Andre würden die dunkeln, engen Gänge zwischen den Regalen der Londoner Bibliothek entlangschreiten, den staubigen Duft guter Literatur einatmen, nach sonderbaren Titeln auf den Rückenschildern spähn, unbekannte Namen entdecken, an den Grenzen ungeheurer Wissensgebiete herumstöbern. Aber er läge sechs Fuß unter der Erde. Und warum, warum? Er fühlte unklar, daß eine besondere Art von Gerechtigkeit ihren Lauf nahm. Bisher war er eitel und töricht und unverantwortlich gewesen. Jetzt spielte das Schicksal ein ebenso eitles und unverantwortliches Spiel mit ihm. Es war Zahn um Zahn, und Gott existierte am Ende doch.

Er fuhlte den Wunsch, zu beten. Vor vierzig Jahren

hatte er allabendlich vor seinem Bett gekniet. Die nächtliche Formel seiner Kindheit kam beinahe ungerufen aus einer seit langem nicht mehr geöffneten Kammer seines Gedächtnisses. ›Lieber Gott, segne Vater und Mutter, Tom und Cissie und das Baby, Mademoiselle und die Kinderfrau und alle, die ich lieb habe, und mache einen braven Jungen aus mir. Amen!‹ Sie waren alle schon tot, alle, außer Cissie.

Sein Geist schien zu schmelzen und sich aufzulösen. Eine große Ruhe kam über ihn. Er ging die Treppe hinauf, um Doris um Verzeihung zu bitten. Er fand sie auf dem Diwan am Fußende des Betts liegen. Auf dem Boden, neben ihr, stand eine dunkelblaue Flasche mit der Aufschrift ›Nur äußerlich‹. Sie schien ungefähr die Hälfte daraus getrunken zu haben.

»Du hast mich nicht geliebt«, war alles, was sie sagte, als sie die Augen öffnete und ihn über sich gebeugt sah.

Doktor Libbard traf rechtzeitig ein, um irgendwelche ernsthafte Folgen zu verhüten. »Das dürfen Sie nicht wieder tun«, sagte er, während Mr. Hutton nicht im Zimmer war.

»Was soll mich daran hindern?« fragte sie trotzig.

Doktor Libbard blickte sie mit seinen großen, traurigen Augen an. »Nichts kann Sie daran hindern«, sagte er. »Nur Sie selbst und Ihr Kind. Ist es nicht im Grund ein Unrecht an ihrem Kind, ihm nicht zu erlauben, zur Welt zu kommen, weil Sie die Welt verlassen wollen?«

Doris schwieg eine Weile. »Ja«, flüsterte sie. »Ich will's nicht wieder tun.«

Den Rest der Nacht saß Mr. Hutton an ihrem Bett. Er hatte das Gefühl, daß er jetzt wirklich ein Mörder war. Eine Zeitlang redete er sich ein, daß er dieses bedauernswerte Kind da vor sich liebe. Er schlummerte auf seinem Sessel ein und erwachte dann steif und kalt und als wäre sozusagen jegliches Gefühl aus ihm ausgeronnen. Er war nichts andres mehr als ein müder, leidender Körper. Um sechs Uhr morgens entkleidete er sich und ging zu Bett, um zwei Stunden zu schlafen. Im Lauf des folgenden Nachmittags erkannte die Beschaukommission auf ›Mord‹ und Mr. Hutton wurde dem Kriminalgericht überstellt.

VI

Miss Spence fühlte sich gar nicht recht gesund. Sie hatte ihr wiederholtes Erscheinen in der Öffentlichkeit, auf der Zeugenbank, als sehr anstrengend empfunden, und als alles vorüber war, hatte sie einen fast vollständigen Zusammenbruch ihrer Nerven erlitten. Sie schlief schlecht und hatte nervöse Verdauungsstörungen. Doktor Libbard besuchte sie regelmäßig jeden zweiten Tag. Sie sprach sehr viel zu ihm – meist über den Fall Hutton. Ihre moralische Entrüstung war stets auf dem Siedepunkt. War es nicht entsetzlich, zu denken, daß man einen Mörder als Gast im Haus gehabt hatte? War es nicht außerordentlich, daß man sich so lange über den Charakter dieses Mannes hatte täuschen können? (Aber sie hatte von Anfang an so etwas wie eine Ahnung gehabt.) Und dann das Frauenzimmer, mit dem er durchgegangen war – so niedriger Herkunft, kaum besser als eine Prostituierte. Die Nachricht, daß die zweite Mr. Hutton ein Kind erwarte – das posthume Kind eines verurteilten und hingerichteten Verbrechers – erregte ihren Abscheu. Es war wirklich abstoßend – einfach obszön. Doktor Libbard antwortete ihr sanft und unbestimmt und verordnete Bromural.

Eines Tages unterbrach er sie mitten in einer ihrer gewohnten Tiraden.

»Ich glaube übrigens«, sagte er mit seiner ruhigen, melancholischen Stimme, »daß in Wirklichkeit Sie Mrs. Hutton vergifteten.«

Miss Spence starrte ihn ein paar Sekunden mit ungeheuren Augen an. Dann sagte sie leise: »Ja« und begann zu weinen.

»Im Kaffee, nicht wahr?«

Sie schien bejahend zu nicken. Doktor Libbard nahm seine Füllfeder, und in seiner netten, sorgfältigen Schrift verschrieb er ein Schlafmittel.

WILLIAM SOMERSET MAUGHAM

Vor der Party

Mrs. Skinner verspätete sich nicht gern. Sie war bereits angekleidet. Sie trug ein schwarzes Seidenkleid, wie es ihrem Alter und der Trauer um ihren Schwiegersohn entsprach. Sie war gerade dabei, ihren Baretthut aufzusetzen. Es war ihr nicht ganz wohl dabei, da seine Verzierung mit Reiherfedern möglicherweise bei einigen Bekannten, die sie sicher auf der Veranstaltung treffen würde, bissige Bemerkungen auslösen konnte. Es war natürlich scheußlich, solche schöne weiße Vögel nur wegen ihrer Federn abzuschießen und dazu noch in der Brutzeit, aber sie waren nun einmal an ihrem Hut und sahen so hübsch und stilvoll aus. Wie hätte sie die Federn auch zurückweisen können, wenn sie ihren Schwiegersohn nicht beleidigen wollte! Er hatte sie den ganzen weiten Weg von Borneo mitgebracht in der Annahme, ihr eine große Freude zu machen. Kathleen hatte sich damals über Gebühr entrüstet; vielleicht tat es ihr jetzt, nach dem, was inzwischen geschehen war, leid, aber Kathleen hatte Harold nie recht leiden können. Mrs. Skinner stand vor ihrem Ankleidetisch, rückte den Hut auf dem Kopfe zurecht – es war schließlich der einzige nette Hut, den sie besaß – und steckte dann eine Nadel mit einem großen pechschwarzen Knopf hinein. Wenn jemand sie wegen der Reiherfedern zur Rede stellen sollte, hatte sie die Antwort schon bereit.

›Ich weiß, es ist schrecklich‹, wollte sie sagen, ›und ich würde sie natürlich niemals kaufen, aber mein armer Schwiegersohn hat sie mir mitgebracht, als er das letzte Mal auf Urlaub war.‹

Dies würde zugleich als Erklärung und Entschuldigung dienen, warum sie diesen Federschmuck besaß und ihn trug. Alle waren ja so teilnahmsvoll gewesen. Mrs. Skinner nahm ein sauberes Taschentuch aus der Schublade und besprengte es mit ein paar Tropfen Eau de Cologne. Sie gebrauchte niemals Parfum, das nach ihrer Ansicht nur leichtfertige Frauen verwendeten, aber Eau de Cologne war so erfrischend. Sie war jetzt so ziemlich fertig, und ihre Blicke schweiften über den Spiegel hinweg durch das Fenster. Pastor Heywood hatte einen schönen Tag für seine Gartengesellschaft. Es war warm, der Himmel blau, die Bäume hatten ihr frisches Frühlingsgrün noch nicht verloren. Sie lächelte, als sie ihre kleine Enkelin in dem Garten hinter dem Haus sah, wie sie eifrig ein kleines Blumenbeet harkte, das ihr ganz allein gehörte. Joan war allerdings zu bleich. Sie hätte nicht so lange in den Tropen bleiben dürfen. Sie war so ernst für ihr Alter; nie sah man sie umherrennen; sie vertiefte sich in Spiele, die sie selbst erfunden hatte, und begoß ihre Blumen. Mrs. Skinner strich mit ein paar Handbewegungen ihr Kleid glatt, nahm ihre Handschuhe und ging nach unten.

Kathleen saß am Schreibtisch und arbeitete an den Listen, die sie aufstellen mußte, denn sie war ehrenamtliche Sekretärin des Damengolfklubs, und wenn Wettspiele waren, hatte sie eine Menge zu tun. Aber auch sie hatte sich bereits für die Party zurechtgemacht.

»Du hast also doch deinen Jumper angezogen«, sagte Mrs. Skinner.

Sie hatten schon beim Essen erörtert, ob Kathleen

ihren Jumper oder ihr schwarzes Seidenkleid anziehen sollte. Der Jumper war schwarz und weiß, und Kathleen hielt ihn für sehr schick, wenn er auch nicht eigentlich als Trauerkleidung gelten konnte. Millicent jedoch hatte nichts dagegen einzuwenden gehabt.

»Es ist gar kein Grund vorhanden, warum wir alle so aussehen sollten, als kämen wir gerade von einem Begräbnis«, hatte sie gesagt. »Harold ist immerhin schon acht Monate tot.«

Mrs. Skinner hatte diese Bemerkung sehr unpassend gefunden. Seit ihrer Rückkehr von Borneo war Millicent etwas sonderbar.

»Du willst doch wohl deine Witwentrauer noch nicht ablegen, Liebste?« hatte ihre Mutter gefragt.

Millicent gab keine direkte Antwort.

»Man nimmt es heute mit der Trauerkleidung nicht mehr so genau wie früher«, versetzte sie, und als sie nach einer kleinen Pause fortfuhr, war etwas in ihrer Stimme, das ihrer Mutter sehr eigentümlich vorkam. Kathleen war es auch aufgefallen, denn sie hatte ihre Schwester erstaunt angesehen.

»Ich bin überzeugt«, hatte Millicent gesagt, »Harold wäre der letzte gewesen, der verlangt hätte, daß ich auf unbegrenzte Zeit um ihn trauerte.«

»Ich habe mich schon früh angezogen, weil ich Millicent etwas sagen wollte«, erwiderte Kathleen auf die Bemerkung ihrer Mutter.

»So?«

Kathleen erklärte ihre Worte nicht näher. Aber sie legte ihre Listen beiseite und las mit zusammengezogenen Augenbrauen zum zweitenmal den Brief einer Dame, die sich bitter beklagte, daß der Ausschuß höchst ungerechterweise ihr Handikap von vierundzwanzig auf achtzehn herabgesetzt hatte. Die ehrenamtliche Sekretärin eines Damengolfklubs muß über sehr viel Takt verfügen. Mrs. Skinner begann ihre neuen Handschuhe anzuziehen. Die heruntergelassenen Jalousien hielten das Zimmer kühl und dunkel. Mrs. Skinner blickte auf den großen hölzernen und buntbemalten Nashornvogel, den ihr Harold zur Aufbewahrung hinterlassen hatte. Ihr kam er ein wenig sonderbar und barbarisch vor, aber Harold hatte ihm großen Wert beigemessen. Er war irgendein religiöses Symbol, und auf Pastor Heywood hatte er starken Eindruck gemacht. An der Wand über dem Sofa hingen malaiische Waffen, deren Namen sie vergessen hatte, und hier und da standen auf kleinen Tischen Silber- und Bronzegefäße, die Harold ab und zu geschickt hatte. Sie hatte Harold gern gehabt, und unwillkürlich suchten ihre Augen sein Bild, das neben den Photographien ihrer beiden Töchter, ihres Enkelkindes, ihrer Schwester und ihrer Neffen auf dem Klavier stand.

»Wo ist denn Harolds Bild, Kathleen?« fragte sie.

Kathleen sah sich um. Das Bild stand nicht mehr auf dem gewohnten Platz.

»Irgend jemand hat es fortgenommen«, sagte Kathleen.

Überrascht und verwundert stand sie auf und ging zum Piano. Die Photos waren neu geordnet worden, so daß keine Lücke sichtbar war.

»Vielleicht wollte Millicent es in ihrem Zimmer haben«, meinte Mrs. Skinner.

»Da hätte ich es bemerkt. Überdies hat Millicent mehrere Bilder von Harold, aber sie hält sie unter Verschluß.«

Mrs. Skinner konnte nicht verstehen, daß ihre Tochter keine Bilder Harolds in ihrem Zimmer hatte. Sie hatte mit ihr schon einmal darüber gesprochen, aber Millicent hatte nichts darauf erwidert. Sie war sonderbar schweigsam, seitdem sie von Borneo zurück war. Sie hatte das Mitgefühl, das ihre Mutter ihr so gern gezeigt hätte, nicht gerade zurückgewiesen, aber auch nicht danach verlangt. Sie schien nicht bereit zu sein, von ihrem großen Verlust zu sprechen. Der Kummer äußerte sich bei verschiedenen Menschen auf verschiedene Weise. Ihr Mann hatte gesagt, das beste sei, man ließe Millicent in Ruhe. Da Mrs. Skinner gerade an ihren Mann dachte, kehrten ihre Gedanken wieder zu der Gesellschaft zurück, zu der sie eingeladen waren.

»Vater fragte mich, ob er einen Zylinder aufsetzen sollte. Ich riet ihm dazu, da gegen einen Zylinder niemand etwas einwenden kann.«

Der Pastor wollte die Einladung offenbar in großem Stil aufziehen. Die Konditorei Boddy sollte Stachelbeer- und Vanilleeis liefern, aber den Eiskaffee wollten die Heywoods zu Hause herstellen. Es würde eine große Gesellschaft werden. Die Gäste sollten den Bischof von Hongkong kennenlernen, der bei dem Pastor zu Besuch war. Er war ein alter Schulfreund von Heywood. Der Bischof wollte einen Vortrag über die Missionen in China halten. Mrs. Skinner, deren Tochter acht Jahre lang im Fernen Osten gelebt und deren Schwiegersohn einen Distrikt in Borneo verwaltet hatte, zeigte sich brennend interessiert. Natürlich würde sie einen solchen Vortrag ganz anders würdigen können als Leute, die nie etwas mit den Kolonien und der Welt da draußen zu tun gehabt hatten.

»Was kann einer von England wissen, der nur England kennt?« wie Mr. Skinner sich ausdrückte.

Er kam in diesem Augenblick ins Zimmer. Er war Rechtsanwalt, wie vor ihm schon sein Vater, und hatte seine Amtsräume in Lincoln's Inn Fields. Er fuhr jeden Morgen nach London und kam am Abend zurück. Er konnte seine Frau und seine Töchter nur zu der Gartengesellschaft des Pastors begleiten, weil dieser vernünftigerweise einen Samstag dafür ausgesucht hatte. Mr. Skinner sah in seinem Gehrock und seiner grauschwarzen Hose sehr gut aus. Er war nicht besonders auffällig, aber sehr adrett angezogen. Er sah aus wie ein ehrenwerter Familienanwalt, und das war er ja auch. Seine Firma übernahm keinen Prozeß, der nicht ganz sauber war, und wenn sich jemand von ihm vertreten lassen wollte, der keine ganz reine Weste hatte, machte Mr. Skinner ein sehr ernstes Gesicht.

»Ich glaube, Ihr Anliegen gehört nicht zu den Fällen, auf deren Übernahme wir Wert legen«, sagte er dann. »Ich halte es für besser, daß Sie zu einer anderen Firma gehen.«

Er zog dann seinen Notizblock zu sich heran und kritzelte einen Namen und eine Adresse darauf, riß das Blatt Papier ab und reichte es dem Kunden.

»Wenn ich an Ihrer Stelle wäre, würde ich, glaube ich, zu dieser Firma gehen. Sie brauchen nur meinen Namen zu erwähnen, und sie wird sicher alles für Sie tun, was ihr möglich ist.«

Mr. Skinner war glattrasiert und hatte einen völlig kahlen Kopf. Seine bleichen, schmalen Lippen waren fest zusammengepreßt, aber seine blauen Augen blickten schüchtern drein. Seine Wangen waren farblos, sein Gesicht voll feiner Runzeln.

»Du hast deine neue Hose angezogen, wie ich sehe«, sagte seine Frau.

»Man findet selten eine so gute Gelegenheit. Ich habe mir überlegt, ob ich eine Blume im Knopfloch tragen soll.«

»Das würde ich nicht tun«, sagte Kathleen. »Das scheint mir nicht sehr fein zu sein.«

»Aber viele Gäste werden so erscheinen«, entgegnete Mrs. Skinner.

»Nur Angestellten und ähnlichen Leuten gefällt so etwas«, erklärte Kathleen. »Die Heywoods haben alle möglichen Leute einladen müssen, und übrigens sind wir in Trauer.«

»Ich bin gespannt, ob nach der Ansprache des Bischofs gesammelt wird«, sagte Mr. Skinner.

»Das glaube ich kaum«, bemerkte seine Frau.

»Ich hielte das für ziemlich geschmacklos«, meinte Kathleen.

»Es ist besser, man macht sich darauf gefaßt«, sagte Mr. Skinner. »Ich werde für uns alle geben. Ob zehn Schilling genügen – oder muß ich wohl ein Pfund opfern?«

»Wenn du überhaupt was gibst, Vater, solltest du ein Pfund hergeben«, sagte Kathleen.

»Wenn eine Sammlung stattfindet, will ich nicht weniger als andere beitragen, aber andererseits sehe ich nicht ein, warum ich mehr herausrücken soll, als ich muß.«

Kathleen legte ihre Papiere in die Schublade des Schreibtisches und erhob sich. Sie warf einen Blick auf ihre Armbanduhr.

»Ist Millicent fertig?« fragte ihre Mutter.

»Es ist noch Zeit genug. Wir sind erst um vier Uhr gebeten. Ich denke, wir sollten nicht viel vor halb fünf eintreffen. Ich habe Davis gesagt, er solle um Viertel nach vier vorfahren.«

Gewöhnlich fuhr Kathleen das Auto; aber bei großen Gelegenheiten wie dieser zog der Gärtner Davis seine Livree an und spielte Chauffeur. Es sah besser aus, wenn man so vorfuhr, und Kathleen wollte auch deshalb nicht fahren, weil sie ihren neuen Jumper anhatte. Sie sah, wie ihre Mutter Finger für Finger in die neuen Handschuhe zwängte, und das erinnerte sie daran, daß auch sie ihre Handschuhe anziehen mußte. Sie roch an ihnen, denn sie waren gerade gereinigt worden, und sie wollte feststellen, ob es noch zu merken war. Der Geruch war sehr schwach. Sie glaubte nicht, daß jemand ihn bemerken würde.

Schließlich ging die Tür auf, und Millicent kam herein. Sie trug ihre Witwentrauer. Ihre Mutter konnte sich nicht daran gewöhnen, aber sie wußte natürlich, daß Millicent sie ein Jahr lang tragen mußte. Es war schade, denn sie stand ihr nicht. Merkwürdig, anderen stand sie gut. Sie hatte einmal versuchsweise Millicents Hut mit dem weißen Band und dem langen Schleier aufgesetzt und gefunden, daß sie sehr gut darin aussah. Sie hoffte natürlich, ihr lieber Alfred würde sie überleben, aber wenn das nicht sein sollte, würde sie, wie Königin Viktoria, die Trauer nie mehr ablegen. Bei Millicent war das anders. Sie war im Vergleich zu ihr noch jung, erst sechsunddreißig. Es war sehr traurig, wenn man in diesem Alter schon Witwe war. Es bestand auch keine große Aussicht auf Wiederverheiratung. Kathleen, die fünfunddreißig war, dachte anscheinend schon nicht mehr ans Heiraten. Als Millicent und Harold das letzte Mal da waren, hatte sie den Vorschlag gemacht, sie sollten Kathleen mitnehmen. Harold war nicht abgeneigt gewesen, ihrer Anregung zuzustimmen, aber Millicent hatte sich dagegen gesträubt. Mrs. Skinner wußte nicht, was sie dagegen einzuwenden hatte. Kathleen hätte dadurch vielleicht Aussichten gehabt. Man wollte sie natürlich nicht lossein, aber ein Mädchen sollte heiraten, und alle Männer, die sie in ihrer Heimat kannte, waren bereits verheiratet. Millicent hatte als Entschuldigung für ihre ablehnende Haltung das Klima angeführt. Sie sah schlecht aus, das war richtig. Niemand würde denken, daß Millicent die hübschere von beiden gewesen war. Kathleens Aussehen hatte sich im Laufe der Jahre verfeinert. Viele hielten sie allerdings für zu mager, aber jetzt, da sie ihr Haar geschnitten und rote Wangen hatte, weil sie bei jedem Wetter Golf spielte, kam sie Mrs. Skinner hübsch vor. Von der armen Millicent konnte man das nicht sagen. Sie hatte ihre Figur verloren. Groß war sie nie gewesen, aber jetzt, da sie dick geworden war, sah sie plump aus. Sie hatte zu viel Fett angesetzt. Mrs. Skinner führte das auf die tropische Hitze zurück, die Millicent davon abgehalten hatte, sich Bewegung zu machen. Ihre Haut war wachsbleich und unrein. Ihre blauen Augen, die ihr so viel Anziehungskraft verliehen hatten, waren matt geworden.

Sie muß etwas für ihre Halspartie tun, dachte ihre Mutter. Sie bekommt da eine richtige Wamme.

Sie hatte schon ein paarmal mit ihrem Mann darüber gesprochen. Er hatte gemeint, Millicent sei eben nicht mehr so jung wie früher. Das mochte sein, aber sie brauchte sich deshalb nicht so völlig gehen zu lassen. Mrs. Skinner nahm sich vor, mit ihrer Tochter gelegentlich ein ernstes Wort darüber zu reden, aber sie mußte natürlich ihre Trauer respektieren und würde daher warten, bis das Jahr um war. Sie war übrigens heilfroh, einen Grund zu haben, diese Auseinandersetzung, die sie schon im voraus nervös machte, hinauszuschieben, denn Millicent hatte sich sehr verändert. Es lag etwas Verdrossenes und Mürrisches in ihrem Gesicht, das ihrer Mutter gar nicht behagte. Mrs. Skinner sagte gern alles laut heraus, was ihr durch den Kopf ging, aber Millicent hatte, wenn man eine Bemerkung machte (nur um etwas zu sagen, wohlverstanden), die scheußliche Gewohnheit, keine Antwort zu geben, so daß man sich fragte, ob sie überhaupt zugehört hatte. Manchmal fand ihre Mutter diese Haltung so aufreizend, daß sie sich, um Millicent keinen Verweis zu erteilen, daran erinnern mußte, daß der arme Harold erst acht Monate tot war.

Vom Fenster her fiel das Licht auf das stumpfe Gesicht der Witwe, als sie schweigend ins Zimmer kam, aber Kathleen hatte das Licht im Rücken. Sie sah ihre Schwester einen Augenblick an.

»Millicent, ich muß dir etwas sagen«, begann sie. »Ich habe heute morgen mit Gladys Heywood Golf gespielt.«

»Hast du gewonnen?«

Gladys Heywood war die einzige unverheiratete Tochter des Pastors.

»Sie hat etwas über dich gesagt, was du meiner Ansicht nach erfahren solltest.«

Millicent blickte über ihre Schwester hinweg auf das kleine Mädchen, das im Garten Blumen begoß.

»Hast du Annie gesagt, Mutter, sie soll Joan ihren Nachmittagstee in der Küche geben?« erkundigte sie sich.

»Ja, sie wird ihn gleichzeitig mit dem Personal bekommen.«

Kathleen maß ihre Schwester mit kühlen Blicken.

»Der Bischof hat auf der Heimreise einige Tage in Singapur zugebracht«, fuhr sie fort. »Er reist sehr gern. Er war auch in Borneo, und er kennt dort einige Leute, mit denen du auch bekannt bist.«

»Da wird er sich freuen, dich zu sehen«, sagte Mrs. Skinner. »Hat er den armen Harold gekannt?«

»Ja, er hat ihn einmal in Kuala Solor getroffen. Er erinnert sich sehr gut an ihn. Er sei entsetzt gewesen, als er die Nachricht von Harolds Tod vernommen habe.«

Millicent setzte sich und zog langsam ihre schwarzen Handschuhe an. Es erschien ihrer Mutter sonderbar, daß sie alle diese Bemerkungen mit völligem Schweigen hinnahm.

»Was mir gerade einfällt, Millicent«, sagte sie. »Harolds Photo ist verschwunden. Hast du es weggenommen?«

»Ja, ich habe es entfernt.«

»Ich hätte mir eigentlich denken können, daß du es für dich haben wolltest.«

Wieder antwortete Millicent nichts. Diese Angewohnheit war wirklich scheußlich.

Kathleen veränderte leicht ihre Stellung, um Millicent besser ins Auge fassen zu können.

»Millicent, warum hast du uns erzählt, Harold sei am Fieber gestorben?«

Die Witwe rührte sich nicht. Sie richtete ihren Blick fest auf Kathleen, und ihre bleiche Haut rötete sich plötzlich, aber sie gab keine Antwort.

»Was willst du damit sagen?« fragte Mrs. Skinner überrascht.

»Der Bischof sagt, Harold habe Selbstmord begangen.«

Mrs. Skinner stieß einen Schrei aus, aber ihr Mann machte eine besänftigende Geste mit der Hand.

»Ist das wahr, Millicent?«

»Ja.«

»Aber warum hast du uns das nicht gesagt?«

Millicent schwieg eine Weile. Sie spielte leicht mit einer bronzenen Schale aus Borneo, die neben ihr auf dem Tisch stand. Auch diese war ein Geschenk Harolds.

»Ich dachte mir, es wäre besser für Joan, wenn die Leute annähmen, ihr Vater sei am Fieber gestorben. Sie sollte die Wahrheit nicht erfahren.«

»Du hast uns in eine äußerst peinliche Lage gebracht«, sagte Kathleen mit gerunzelter Stirn. »Gladys Heywood machte mir Vorwürfe, weil ich ihr nicht die Wahrheit gesagt hätte. Ich hatte die größte Schwierigkeit, ihr beizubringen, daß ich nicht die geringste Ahnung davon hatte. Ihr Vater, sagte sie, sei hierüber ziemlich betroffen. Da wir doch so viele Jahre miteinander bekannt seien und er dich dazu noch getraut habe, hätten wir Vertrauen zu ihm haben können, meint er. Wenn wir ihm schon nicht die Wahrheit gesagt hätten, wäre es jedenfalls nicht nötig gewesen, ihn anzulügen.«

»Ich muß sagen, darin kann ich ihm nur zustimmen«, bemerkte Mr. Skinner bitter.

»Ich habe Gladys natürlich gesagt, daß uns keine Schuld trifft. Wir haben ja nur berichtet, was du uns gesagt hast.«

»Hoffentlich habe ich dich nicht um dein Spiel gebracht«, meinte Millicent.

»Aber wirklich, Kind, das ist eine höchst unpassende Bemerkung!« rief ihr Vater aus.

Er erhob sich vom Stuhl, ging zu dem leeren Kamin hinüber und blieb, der Macht der Gewohnheit gehorchend, mit geteilten Rockschößen davor stehen.

»Es war meine eigene Angelegenheit«, sagte Millicent, »und wenn ich sie für mich behalten wollte, sehe ich nicht ein, warum ich es nicht hätte tun sollen.«

»Du scheinst überhaupt keine Liebe zu deiner Mutter zu haben, wenn du dich nicht einmal ihr anvertraut hast!« rief Mrs. Skinner.

Millicent zuckte die Schultern.

»Du hättest wissen können, daß es einmal herauskommen würde«, sagte Kathleen.

»Warum? Daß zwei alte Tratschtanten nichts Besseres zu tun hatten, als über mich zu sprechen, konnte ich nicht voraussehen.«

»Wenn der Bischof sagte, er sei in Borneo gewesen, so war es nur natürlich, daß die Heywoods fragten, ob er dich und Harold kannte.«

»Das ist alles müßiges Gerede«, sagte Mr. Skinner. »Ich meine, du hättest uns die Wahrheit sagen sollen. Dann hätten wir uns entscheiden können, wie wir uns verhalten sollten. Als Rechtsanwalt kann ich dir sagen, daß man eine Sache nur schlimmer macht, wenn man versucht, sie zu verbergen.«

»Der arme Harold!« jammerte Mrs. Skinner. Tränen flossen ihr über die rotgeschminkten Wangen. »Es ist schrecklich. Mir war er immer ein guter Schwiegersohn. Was hat ihn nur dazu gebracht, etwas so Schreckliches zu tun?«

»Das Klima.«

»Du solltest uns besser alles erzählen, Millicent«, sagte ihr Vater.

»Das kann Kathleen besser.«

Kathleen zögerte. Es war einfach nicht zu verstehen, daß so schreckliche Dinge in einer Familie wie der ihrigen vorkommen konnten.

»Der Bischof sagt, Harold habe sich die Kehle durchschnitten.«

Mrs. Skinner schnappte nach Luft. Sie ging impulsiv auf ihre verwitwete Tochter zu, um sie in die Arme zu schließen.

»Mein armes Kind!« schluchzte sie.

Aber Millicent entzog sich ihr.

»Bitte laß mich in Ruhe. Ich kann ein solches Getue einfach nicht ertragen.«

»Aber wirklich, Millicent!« sagte Mr. Skinner und zog mißbilligend die Augenbrauen zusammen.

Mrs. Skinner tupfte sich vorsichtig mit dem Taschentuch die Tränen ab und kehrte mit einem Seufzer und einem leichten Kopfschütteln zu ihrem Stuhl zurück. Kathleen spielte nervös mit der langen Kette, die sie um den Hals trug.

»Ist es nicht geradezu lächerlich, daß ich die Einzelheiten über den Tod meines Schwagers von einer Freundin erfahren muß? Man kommt sich so dumm dabei vor. Der Bischof möchte dich gerne sehen, Millicent. Er möchte dir sagen, wie sehr er mit dir fühlt.« Sie machte eine Pause, aber Millicent gab keine Antwort. »Er sagt, Millicent sei mit Joan fortgewesen und habe bei ihrer Rückkehr den armen Harold tot auf dem Bett gefunden«

»Es muß entsetzlich gewesen sein!« sagte Mr. Skinner.

Mrs. Skinner begann wieder zu weinen, aber Kathleen legte ihr die Hand auf die Schultern.

»Weine nicht, Mutter«, sagte sie. »Du bekommst sonst rotgeränderte Augen, und die Leute werden das komisch finden.«

Alle schwiegen, während Mrs. Skinner sich die Augen trocknete und einen erfolgreichen Versuch machte, sich zusammenzunehmen. Es kam ihr sehr sonderbar vor, daß sie gerade in diesem Augenblick die Reiherfedern auf dem Hut trug, die Harold ihr geschenkt hatte.

»Ich muß euch auch noch eine andere Mitteilung machen«, sagte Kathleen.

Millicent richtete ihre Augen wieder auf ihre Schwester. Sie tat es ohne Hast, aber mit einem Ausdruck gespannter Erwartung. Sie sah aus wie jemand, der auf ein Geräusch wartet, das er ja nicht überhören darf.

»Ich will dir nicht wehtun, liebe Schwester«, fuhr Kathleen fort, »aber ich meine, du müßtest es unbedingt wissen und dazu Stellung nehmen. Der Bischof hat auch gesagt, Harold habe getrunken.«

»Oh, wie schrecklich!« rief Mrs. Skinner. »Wie kann man nur so etwas Furchtbares sagen! Hast du das von Gladys Heywood? Was hast du darauf erwidert?«

»Ich habe gesagt, es sei gänzlich unwahr.«

»Das kommt davon, wenn man etwas verbergen will«, sagte Mr. Skinner gereizt. »Es ist immer dasselbe. Wenn man etwas vertuschen will, entstehen allerlei Gerüchte, die schlimmer sind als die Wahrheit.«

»Man hat dem Bischof in Singapur gesagt, Harold habe sich im Zustand des Delirium tremens das Leben genommen. Ich denke, Millicent, du wirst uns allen einen Dienst erweisen, indem du das energisch bestreitest.«

»Wie kann man nur so etwas Schreckliches von einem Toten sagen!« rief Mrs. Skinner. »Wenn Joan heranwächst, könnte es ihr zu Ohren kommen und ihr schaden.«

»Aber worauf beruht denn diese Behauptung, Millicent?« fragte Mr. Skinner. »Harold war doch immer sehr enthaltsam.«

»Hier«, sagte die Witwe.

»Hat er wirklich getrunken?«

»Wie ein Fisch.«

Die Antwort kam so unerwartet, und der Ton war so sarkastisch, daß alle drei auffuhren.

»Millicent, wie kannst du so von deinem toten Gatten sprechen!« rief ihre Mutter und schlug ihre hübsch behandschuhten Hände zusammen. »Ich kann dich nicht verstehen. Du bist so sonderbar, seitdem du wieder hier bist. Ich hätte nie geglaubt, daß eine meiner Töchter den Tod ihres Mannes so hinnehmen kann.«

»Das laß vorläufig beiseite«, sagte Mr. Skinner. »Wir können später darüber sprechen.«

Er ging zum Fenster und sah in den sonnigen kleinen Garten hinaus, dann spazierte er wieder ins Zimmer zurück. Er nahm seinen Kneifer aus der Tasche und putzte ihn mit dem Taschentuch, obwohl er gar nicht die Absicht hatte, ihn aufzusetzen. Millicent sah ihn an, und ihr Blick war unmißverständlich ironisch, wenn nicht sogar zynisch. Mr. Skinner war ärgerlich. Er hatte seine Wochenarbeit hinter sich und war bis Montagmorgen ein freier Mann. Er hatte zwar seiner Frau gesagt, die Einladung passe ihm durchaus nicht in den Kram und er würde viel lieber seinen Tee ruhig im eigenen Garten trinken, aber innerlich hatte er sich doch darauf gefreut. An chinesischen Missionen lag ihm nichts, aber die Begegnung mit dem Bischof würde sicher interessant sein. Und jetzt dies! Er liebte es nicht, in solch unerfreuliche Sachen hineingezogen zu werden. Es war wahrhaftig nicht angenehm, plötzlich von einem Schwiegersohn zu hören, der ein Trunkenbold und Selbstmörder war. Millicent strich sorgfältig ihre weißen Ärmelaufschläge glatt. Ihre Gelassenheit reizte ihn, aber anstatt sich an sie zu wenden, redete er seine jüngere Tochter an.

»Warum setzt du dich denn nicht hin, Kathleen? Ich meine, es sind doch genug Stühle im Zimmer.«

Kathleen zog einen Stuhl heran und setzte sich, ohne ein Wort zu erwidern. Mr. Skinner blieb vor Millicent stehen und sah sie an.

»Ich begreife natürlich, warum du uns gesagt hast, Harold sei am Fieber gestorben. Ich halte es aber für einen Fehler, weil solche Dinge früher oder später doch herauskommen. Ich weiß nicht, inwieweit das, was der Bischof den Heywoods erzählt hat, den Tatsachen entspricht, aber wenn ich dir einen Rat geben darf, so erzähle uns alles so genau, wie es möglich ist; dann können wir weiter sehen. Wir können nicht hoffen, daß diese Unglücksbotschaft auf den engen Kreis, der jetzt von ihr Kenntnis hat, beschränkt bleiben wird. In einem so kleinen Ort können die Leute kein Geheimnis bewahren. Es wird leichter für uns alle sein, wenn wir die volle Wahrheit wissen.«

Mrs. Skinner und Kathleen hielten die Form seiner Ansprache für ganz vorzüglich. Sie warteten auf Millicents Antwort. Diese hatte mit unbewegter Miene zugehört. Die plötzlich aufgetretene Röte war wieder aus ihrem Gesicht gewichen, und es war wie gewöhnlich teigig und blaßgelb.

»Ich glaube, wenn ich euch die Wahrheit sage, wird sie euch nicht sehr gefallen«, wandte Millicent ein.

»Du wirst hoffentlich wissen, daß du auf unser Mitgefühl und Verständnis rechnen kannst«, sagte Kathleen ernst.

Millicent warf ihr einen Blick zu, und der Schatten eines Lächelns schwebte um ihren fest geschlossenen Mund. Sie sah alle drei nacheinander an. Mrs. Skinner hatte den unangenehmen Eindruck, daß ihre Tochter sie alle anblicke, als seien sie Mannequins auf einer Modeschau. Sie schien in einer anderen Welt zu leben und keine Verbindung mit ihnen zu haben.

»Wie ihr vielleicht wißt, liebte ich Harold nicht, als ich ihn heiratete«, begann sie nachdenklich.

Mrs. Skinner wollte gerade eine Bemerkung dazu machen, als eine schnelle, kaum sichtbare, aber nach so vielen Ehejahren ganz eindeutige Kopfbewegung ihres Mannes sie davon abhielt. Millicent sprach weiter, langsam, ohne die Stimme zu erheben und in kaum wechselndem Tonfall.

»Ich war siebenundzwanzig, und kein anderer war in Sicht, den ich hätte heiraten können. Er war zwar vierundvierzig und kam mir ziemlich alt vor, aber er hatte eine gute Stellung, nicht wahr? Eine bessere Partie würde sich kaum zeigen.«

Mrs. Skinner wurde wieder weinerlich zumute, aber sie dachte an die Party.

»Jetzt weiß ich natürlich, warum du sein Bild weggenommen hast«, sagte sie betrübt.

»Still, Mutter!« ermahnte Kathleen sie.

Es war eine Aufnahme aus ihrer Verlobungszeit und ein sehr gutes Bild von Harold. Mrs. Skinner hatte ihn immer für einen tadellosen Mann gehalten. Er war groß und stark, vielleicht ein wenig zu dick, aber er hielt sich gut, er wirkte achtunggebietend. Schon damals neigte er zur Kahlköpfigkeit, aber Männer werden heutzutage eben leicht kahl, und Harold hatte seiner Schwiegermutter erklärt, die Topis, die Sonnenhelme, seien verderblich für den Haarwuchs. Er hatte einen kleinen schwarzen Schnurrbart, und sein Gesicht war tief von der Sonne gebräunt. Am besten wirkten seine Augen, die braun und groß waren. Joan hatte sie von ihm geerbt. Er konnte interessant erzählen. Nach Kathleens Meinung war er eingebildet und gespreizt, aber Mrs. Skinner konnte einen Mann nicht verurteilen, der selbstbewußt auftrat. Sie sah bald, daß Millicent Eindruck auf ihn machte, und von da an gewann sie ihn Tag für Tag lieber. Er war immer sehr aufmerksam zu seiner Schwiegermutter, und wenn er von seinem Verwaltungsdistrikt sprach und von dem Großwild, das er erlegt hatte, hörte sie zu, als sei sie wirklich interessiert. Nach Kathleens Ansicht hatte er eine ziemlich hohe Meinung von sich, aber Mrs. Skinner gehörte einer Generation an, die das für richtig und ganz in Ordnung hielt. Millicent sah sehr bald, woher der Wind wehte. Sie sagte nichts zu ihrer Mutter, aber diese wußte, daß ihre Tochter nicht nein sagen würde, wenn Harold ihr einen Antrag machte.

Harold war zu Besuch bei Bekannten, die dreißig Jahre in Borneo gewesen waren und das Land über alles rühmten. Es war nicht einzusehen, warum eine Frau dort nicht behaglich leben sollte. Die Kinder mußten natürlich heimgeschickt werden, wenn sie sieben Jahre alt waren, aber so weit vorauszudenken hielt Mrs. Skinner für unnötig. Sie bat Harold zum Essen und sagte ihm, sie seien immer zur Teezeit zu Hause. Er schien nicht zu wissen, was er mit sich anfangen sollte, und als der Besuch bei seinen alten Freunden sich dem Ende näherte, erklärte sie ihm, sie würden sich alle freuen, wenn er zwei Wochen zu ihnen käme. Nach Ablauf dieser Zeit verlobten sich Harold und Millicent. Die Hochzeit war großartig. Das junge Paar verbrachte die Flitterwochen in Venedig und reiste dann nach dem Fernen Osten. Millicent schrieb aus verschiedenen Häfen, die das Schiff anlief. Sie schien glücklich zu sein.

»In Kuala Solor waren alle sehr nett zu mir«, sagte Millicent. Kuala Solor war die Hauptstadt des Staates Sembulu. »Wir wohnten bei dem Gouverneur und wurden überall zum Essen eingeladen. Ein paarmal hörte ich, wie Männer Harold etwas zu trinken anboten, aber er lehnte ab. Er sagte, mit der Ehe habe für ihn ein neues Kapitel begonnen. Ich hatte keine Ahnung, warum sie lachten. Mrs. Gray, die Frau des Gouverneurs, sagte mir, sie seien alle sehr froh, daß Harold sich verheiratet habe. Für einen Junggesellen sei es auf einer Außenstation entsetzlich einsam. Als wir Kuala Solor verließen, verabschiedete sich Mrs. Gray so sonderbar von mir, daß ich ganz überrascht war. Es war, als lege sie mir Harold feierlich ans Herz.«

Sie hörten sie schweigend an. Kathleens Augen ruhten die ganze Zeit auf dem unbewegten Gesicht ihrer Schwester, aber Mr. Skinner starrte geradeaus auf die malaiischen Waffen, die Krise und Parangs an der Wand über dem Sofa, auf dem seine Frau saß.

»Erst als ich anderthalb Jahre später nach Kuala Solor zurückkam, entdeckte ich, warum sich alle so sonderbar verhalten hatten.« Millicent gab einen Laut von sich, der wie das Echo eines verächtlichen Lachens klang. »Ich wußte damals bereits etwas mehr als zuvor. Harold war nach England gekommen, um zu heiraten. Erinnerst du dich noch, Mutter, wie wir uns anstrengten, ihn zu kapern? Wir hätten uns nicht soviel Mühe zu geben brauchen.«

»Ich weiß nicht, was du damit sagen willst«, entgegnete Mrs. Skinner nicht ohne Bitterkeit, denn das Wort ›kapern‹ war eine Unterstellung, die ihr nicht gefiel. »Ich sah, daß du Eindruck auf ihn machtest.«

Millicent zuckte ihre schweren Schultern.

»Er war ein richtiger Säufer. Er ging jeden Abend

mit einer Flasche Whisky zu Bett, und am Morgen war sie leer. Der erste Sekretär des Gouverneurs sagte ihm, er müsse sein Amt niederlegen, wenn er nicht aufhöre zu trinken. Es sei dies die letzte Warnung, aber er wolle ihm noch einmal eine Chance geben. Er konnte seinen Urlaub nehmen und nach England fahren. Es wurde ihm der Rat gegeben, zu heiraten, damit er nach seiner Rückkehr jemand hätte, der auf ihn aufpaßte. Harold hat mich geheiratet, weil er eine Wärterin brauchte. In Kuala Solor schloß man Wetten ab, wie lange ich ihn nüchtern halten würde.«

»Aber er war in dich verliebt«, unterbrach ihre Mutter sie. »Du weißt nicht, wie gut er immer von dir gesprochen hat, und als du damals nach Kuala Solor gingst, um Joan zur Welt zu bringen, schrieb er mir einen so reizenden Brief über dich.«

Millicent blickte wieder zu ihrer Mutter hinüber, und eine tiefe Röte färbte ihre blasse Haut. Ihre Hände, die ruhig in ihrem Schoß lagen, begannen ein wenig zu zittern. Sie dachte an jene ersten Monate ihrer Ehe. Die Regierungsbarkasse brachte sie bis zur Flußmündung. Sie verbrachten die Nacht in dem Bungalow, den Harold scherzend seine Seeresidenz nannte. Am nächsten Tage fuhren sie in einem Prahu* stromaufwärts. Nach den Romanen, die sie gelesen hatte, besaß sie eine ganz andere Vorstellung von den Flüssen Borneos. Sie sollten dunkel und unheimlich sein, aber der Himmel war blau, mit weißen Wölkchen getüpfelt, und das Grün der vom Wasser bespülten Mangroven und Nipahs glitzerte in der Sonne. Zu beiden Seiten erstreckte sich der pfadlose Dschungel, und in der Ferne sah sie als Silhouette gegen den Himmel die zackigen Umrisse eines Berges. Die Luft am frühen Morgen war erfrischend und klar. Sie schien in ein freundliches, fruchtbares Land zu kommen und hatte

* Eingeborenenboot

ein Gefühl grenzenloser Freiheit. Auf den Zweigen der dicht verschlungenen Bäume saßen Affen, und einmal zeigte Harold auf etwas, das wie ein Baumstamm aussah, und sagte, das sei ein Krokodil. Harolds Stellvertreter, im weißen Anzug und Topi, war am Landungssteg und begrüßte sie, und ein Dutzend schmucker kleiner Soldaten präsentierte das Gewehr vor ihnen. Harold stellte ihr Mr. Simpson, seinen Mitarbeiter, vor.

»Wahrhaftig, Sir«, sagte er zu Harold, »ich bin froh, daß Sie wieder da sind. Ohne Sie ist es hier verteufelt einsam.«

Der Regierungsbungalow war von einem Garten umgeben, in dem alle Arten bunter Blumen wild wuchsen. Das Haus lag auf einem niedrigen Hügel. Es sah ein wenig schäbig aus und war nur spärlich möbliert, aber die Zimmer waren kühl und sehr geräumig.

Harold streckte die Hand aus. »Der Kampong* ist dort unten.«

Ihre Augen folgten seiner Gebärde. Aus Kokospalmen stieg der Klang eines Gongs auf. Es gab ihr tief im Herzen einen seltsamen kleinen Stich.

Obschon sie nicht viel zu tun hatte, vergingen die Tage ziemlich rasch. Wenn der Morgen dämmerte, brachte ihnen ein Boy ihren Tee. Sie nahmen ihn draußen auf der Veranda ein und genossen die duftige Frische der Frühe (Harold im Trikothemd und Sarong**, sie im Morgenrock), bis es Zeit wurde, sich für das Frühstück anzukleiden. Dann ging Harold in sein Büro, und sie lernte ein bis zwei Stunden Malaiisch. Nach dem Tiffin*** kehrte Harold zu seiner Arbeit zu-

* Eingeborenendorf

** rockähnliches Kleidungsstück der Malaien

*** anglo-indischer Ausdruck für Mittagessen

rück, während sie schlief. Später erfrischte eine Tasse Tee sie beide wieder, und dann machten sie einen Spaziergang oder spielten Golf. Unter dem Bungalow hatte Harold ein ebenes Stück Dschungel roden lassen und auf ihm einen Golfplatz mit neun Löchern angelegt. Um sechs wurde es dunkel. Dann kam gewöhnlich Mr. Simpson herüber. Sie plauderten bis zum Abendessen, und manchmal spielten Harold und Simpson Schach. Die balsamischen Abende waren herrlich. Die Glühwürmchen verwandelten die Büsche unter der Veranda in kalt funkelnde, zitternde Leuchtfeuer, blühende Bäume würzten die Luft mit süßem Duft. Nach dem Essen lasen sie die Zeitungen, die vor sechs Wochen in London erschienen waren, und gingen dann zu Bett. Millicent genoß das Gefühl, jung verheiratet zu sein. Die einheimischen Diener in ihren bunten Sarongs, die barfüßig, still, aber freundlich im Hause umhergingen, gefielen ihr. Sie hatte das angenehme Gefühl, als Frau des ersten Regierungsbeamten eine wichtige Rolle zu spielen. Harold imponierte ihr durch seine völlige Beherrschung der Eingeborenensprache, durch sein herrenhaftes Auftreten und durch seine Würde. Dann und wann ging sie ins Amtshaus, wo er als Richter die Streitigkeiten der Einheimischen entschied. Die Vielfältigkeit seiner Aufgaben und die geschickte Art, mit der er sie erledigte, nötigten ihr Achtung ab. Wie Mr. Simpson sagte, wurde Harold mit den Eingeborenen besser fertig als andere. Festigkeit, Takt und gute Laune wirkten bei ihm zusammen, und das war wesentlich im Umgang mit dieser furchtsamen, rachsüchtigen und argwöhnischen Rasse. Millicent begann eine gewisse Bewunderung für ihren Mann zu fühlen.

Sie waren ein Jahr verheiratet, als zwei englische Naturforscher auf ihrem Wege ins Innere für einige Tage bei ihnen haltmachten. Sie brachten eine dringende Empfehlung vom Gouverneur mit, und Harold wollte sich nicht lumpen lassen. Ihre Ankunft war eine angenehme Abwechslung. Millicent lud Mr. Simpson zum Essen ein (er wohnte im Fort und aß nur an Sonntagabenden bei ihnen). Nach dem Essen setzten sich die Männer auf die Veranda, um Bridge zu spielen. Millicent ließ sie allein und ging bald zu Bett, aber die Spieler machten einen solchen Lärm, daß sie eine Zeitlang keinen Schlaf finden konnte. Wie spät es war, als Harold ins Zimmer schwankte, wußte sie nicht. Sie verhielt sich still. Er entschloß sich offenbar, noch ein Bad zu nehmen, bevor er zu Bett ging. Der Baderaum war direkt unter ihrem Schlafzimmer. Er stieg die Treppe hinab. Offenbar glitt er aus, denn es gab ein gewaltiges Getöse, und sie hörte ihn fluchen. Dann erbrach er sich heftig. Sie hörte, wie er Kübel Wasser über sich schüttete, und kurze Zeit darauf kam er, diesmal sehr vorsichtig, wieder nach oben und schlüpfte ins Bett. Millicent tat so, als schliefe sie. Sie war entsetzt. Harold war betrunken. Sie nahm sich vor, ihn deshalb am Morgen zur Rede zu stellen. Was würden die zwei Naturforscher von ihnen denken! Aber am Morgen trat Harold mit solcher Würde auf, daß sie nicht den Mut hatte, auf die Sache zu sprechen zu kommen. Um acht Uhr setzten sich Harold und sie mit den beiden Gästen zum Frühstück. Harold warf einen Blick auf den Tisch.

»Hafergrütze«, sagte er. »Millicent, ich glaube, meine Gäste möchten gern ein bißchen Worcestersauce zum Frühstück. Nach mehr werden sie kaum Verlangen haben. Ich persönlich werde mich mit Whisky und Soda begnügen.«

Die beiden lachten beschämt.

»Ihr Mann ist ein furchtbarer Mensch«, sagte einer von ihnen.

»Ich würde glauben, die Gebote der Gastfreundschaft nicht richtig erfüllt zu haben, wenn ich Sie am ersten Abend Ihres Besuches nüchtern ins Bett geschickt hätte«, sagte Harold in der offenherzigen und etwas pompösen Art, in der er sich manchmal ausdrückte.

Millicent lächelte säuerlich, tröstete sich aber mit dem Gedanken, daß die Gäste ebenso betrunken gewesen waren wie ihr Mann. An diesem Abend blieb sie bei ihnen, und man ging zu einer vernünftigen Stunde zu Bett. Sie war froh, als die Fremden Abschied nahmen. Das Leben floß wieder ruhig dahin. Einige Monate später machte Harold eine Inspektionsreise durch seinen Distrikt und kam mit einem schlimmen Malariaanfall zurück. Zum erstenmal sah sie nun die Krankheit, von der sie schon so viel gehört hatte. Als Harold sich langsam erholte, fiel es ihr nicht weiter auf, daß er sehr schwach war; sie fand jedoch sein Verhalten sonderbar. Wenn er vom Amt zurückkam, starrte er sie mit glasigen Augen an. Er stand auf der Veranda und schwankte leicht, aber doch würdevoll, und hielt lange Ansprachen über die politische Lage in England. Dann verlor er den Faden und sah sie mit einer schalkhaften Durchtriebenheit an. Da er sonst immer so ernst und gemessen war, wußte sie nicht, was sie davon halten sollte.

»Sie zwingt einen in die Knie, diese verfluchte Malaria. Ach, liebes Frauchen, du hast keine Ahnung, wie anstrengend es ist, am Aufbau des Empire mitzuwirken.«

Mr. Simpson sah manchmal, wie ihr vorkam, so besorgt aus, und wenn sie allein waren, schien er etwas sagen zu wollen; aber aus Schüchternheit unterließ er es dann im letzten Augenblick. Dieses Gefühl wurde so stark, daß es sie nervös machte, und eines Abends, als Harold, sie wußte nicht warum, länger als üblich im Büro blieb, konnte sie nicht mehr an sich halten.

»Was haben Sie mir zu sagen, Mr. Simpson?« platzte sie heraus.

Er wurde rot und zögerte.

»Nichts. Was veranlaßt Sie zu der Annahme, ich hätte Ihnen etwas Besonderes zu sagen?«

Mr. Simpson war ein hagerer, hochaufgeschossener junger Mann von vierundzwanzig, der sich große Mühe gab, seinen mächtigen welligen Haarschopf glatt und anliegend zu halten. Seine Handgelenke waren von Moskitostichen geschwollen und fleckig. Millicent sah ihn fest an.

»Glauben Sie nicht, es wäre besser, Sie sagten es mir, wenn es etwas mit Harold zu tun hat?«

Er wurde jetzt krebsrot. Er rückte unruhig auf dem Stuhl hin und her. Sie drang weiter in ihn.

»Ich fürchte, Sie werden mich für frech halten«, begann er schließlich. »Es ist scheußlich von mir, hinter seinem Rücken etwas über meinen Chef zu sagen. Malaria ist eine schlimme Sache, und wenn man einen Anfall gehabt hat, fühlt man sich gänzlich erledigt.«

Er zögerte wieder und zog die Mundwinkel nach unten, als wolle er weinen. Millicent kam er wie ein kleiner Junge vor.

»Ich werde alles mit Grabesschweigen bedecken«, sagte sie lächelnd. Sie versuchte ihre Unruhe zu verbergen. »Erzählen Sie es mir doch.«

»Dann muß ich Ihnen leider sagen, daß Ihr Mann immer eine Flasche Whisky in seinen Arbeitsräumen hat. Es ist ein Jammer. Er nimmt nämlich dort oft einen Schluck mehr, als er sonst tun würde.«

Mr. Simpson bekam vor Aufregung eine heisere Stimme. Millicent fühlte, wie ein kalter Schauer sie durchfuhr. Sie nahm sich zusammen, denn sie wußte, sie durfte dem jungen Mann keine Angst machen, wenn sie alles aus ihm herausholen wollte. Er scheute sich, mit der Sprache herauszurücken. Sie drängte ihn, bat ihn, appellierte an sein Pflichtgefühl und brach schließlich in Tränen aus. Dann sagte er ihr, Harold sei in den letzten zwei Wochen immer mehr oder weniger betrunken gewesen. Die Eingeborenen sprächen bereits darüber und sagten, es würde mit ihm bald wieder so schlimm sein wie vor seiner Verheiratung. Er habe damals regelmäßig zuviel getrunken. Trotz aller ihrer Versuche, Näheres über jene Zeit aus ihm herauszubringen, lehnte es Mr. Simpson ab, ihr Einzelheiten zu berichten.

»Meinen Sie, daß er jetzt drüben geblieben ist, um zu trinken?«

»Das weiß ich nicht.«

Millicent glühte plötzlich vor Scham und Zorn. Das Fort, wie es genannt wurde, weil man dort die Gewehre und die Munition aufbewahrte, diente auch als Gerichtssaal. Es stand dem Bungalow gegenüber, umgeben von einem Garten. Die Sonne war gerade am Untergehen, und so brauchte sie keinen Hut. Sie eilte hinüber. Sie fand Harold in dem Büro hinter der großen Halle, in der er die Gerichtssitzungen abhielt. Vor ihm stand eine angebrochene Flasche Whisky. Er rauchte und sprach mit einigen Malaien, die ihm mit unterwürfigem und gleichzeitig verächtlichem Lächeln zuhörten. Sein Gesicht war hochrot. Die Eingeborenen verschwanden sofort aus dem Zimmer.

»Ich bin hergekommen, um zu sehen, was du tust«, sagte sie.

Er stand auf, denn er behandelte sie stets mit ausgesuchter Höflichkeit, und schwankte auf sie zu. Da er sich unsicher auf den Beinen fühlte, richtete er sich hoch und steif auf.

»Setz dich, meine liebe Millicent, setz dich, nimm Platz. Ich hatte noch dringend zu tun. Deshalb konnte ich nicht eher kommen.«

Sie sah ihn mit zornfunkelnden Augen an.

»Du bist betrunken«, sagte sie.

Er starrte sie an, seine Augen traten etwas hervor, und sein breites, fleischiges Gesicht nahm einen hochmütigen Ausdruck an.

»Ich verstehe nicht im geringsten, was du damit sagen willst.«

Sie hatte sich vorgenommen, ihm heftige Vorhaltungen zu machen, brach aber plötzlich in Tränen aus, sank auf einen Stuhl und bedeckte ihr Gesicht mit den Händen. Harold blickte sie eine Weile an, dann kollerten auch ihm die Tränen über die Wangen. Mit ausgestreckten Armen ging er auf sie zu und fiel schwer vor ihr auf die Knie. Schluchzend zog er sie an sich.

»Verzeih mir, verzeih mir«, stammelte er. »Ich verspreche dir, es soll nicht wieder vorkommen. Es war diese verdammte Malaria. Sie hat mich dazu gebracht.«

»Es ist so erniedrigend«, stöhnte sie.

Er weinte wie ein Kind. In der Selbsterniedrigung dieses großen gesetzten Mannes lag etwas Rührendes. Millicent nahm die Hände vom Gesicht. Mit flehendem und zerknirschtem Ausdruck schaute er zu ihr auf.

»Willst du mir dein Ehrenwort geben, daß du nie wieder Alkohol anrührst?«

»Ja, ja. Ich hasse ihn.«

Da sagte sie ihm, sie erwarte ein Kind. Er war überglücklich.

»Darauf habe ich mich schon lange gefreut. Das wird mir Kraft geben.«

Sie gingen zum Bungalow zurück. Harold badete und schlief dann ein wenig ein. Nach dem Essen hatten sie eine lange und ruhige Aussprache. Er gab zu, er habe vor seiner Verheiratung gelegentlich mehr getrunken, als gut für ihn war. Wenn man von der Welt abgeschnitten sei, könne man leicht einem solchen Laster verfallen. Er willigte in alles ein, was Millicent von ihm verlangte. Es waren noch einige Monate, bevor Millicent sich zur Entbindung nach Kuala Solor begeben mußte, und in dieser Zeit war Harold ein ausgezeichneter Gatte, aufmerksam, untadelig und liebevoll. Als die Barkasse sie abholte und sie ihn für sechs Wochen allein lassen mußte, versprach er feierlich, während ihrer Abwesenheit keinen Alkohol anzurühren. Er legte ihr die Hände auf die Schultern.

»Ich breche niemals ein Versprechen«, sagte er in seiner würdevollen Art. »Aber selbst wenn ich nichts verspräche, könntest du dir vorstellen, daß ich in der Zeit, in der du so viel durchmachen mußt, etwas täte, was dir Kummer bereiten könnte?«

Nach Joans Geburt wohnte Millicent im Hause des Gouverneurs, und Mrs. Gray, seine Frau, war sehr gut zu ihr. Die beiden Frauen hatten während der langen Stunden, in denen sie allein waren, nichts zu tun als zu reden, und so erfuhr Millicent mit der Zeit alles über die alkoholische Vergangenheit ihres Mannes. Am allerwenigsten konnte sie sich mit der Tatsache abfinden, daß Harold nur unter der Bedingung, sich zu verheiraten, seinen Posten behalten konnte. Sie rief in ihr ein dunkles Rachegefühl hervor. Und als sie entdeckte, was für ein unverbesserlicher Trunkenbold er gewesen war, bekam sie starke Beklemmungen. Sie hatte eine entsetzliche Angst, er könnte während ihrer Abwesenheit wieder seiner Sucht nachgegeben haben. Sie fuhr mit ihrem Kind und einer Pflegerin zurück. Sie blieb eine Nacht in dem Bungalow an der Flußmündung und schickte einen Boten in einem Kanu voraus, der ihre Ankunft ankündigen sollte. Ängstlich blickte sie nach dem Landungssteg, als die Barkasse sich dem Ufer näherte. Dort standen Harold und Mr. Simpson. Die adretten Soldaten waren in einer Reihe aufmarschiert. Ihr wurde schwach ums Herz, denn Harold schwankte leicht hin und her wie ein

Mann, der versucht, auf einem rollenden Schiff sein Gleichgewicht zu behaupten. Sie erkannte, daß er betrunken war. Es war keine sehr angenehme Heimkehr.

Millicent hatte ihre Eltern und ihre Schwester, die ihr schweigend zuhörten, fast vergessen. Sie spürte jetzt wieder deren Gegenwart und richtete sich auf. Alles, was sie da erzählte, schien so weit weg zu sein.

»Da wußte ich, daß ich ihn haßte«, sagte sie. »Ich hätte ihn umbringen können.«

»Oh, Millicent, sag doch so was nicht!« rief ihre Mutter. »Vergiß nicht, daß der Arme tot ist.«

Millicent sah ihre Mutter an, und ihr Gesicht wurde plötzlich finster. Mr. Skinner wurde es unbehaglich zumute.

»Sprich weiter«, sagte Kathleen.

»Als er entdeckte, daß ich alles über ihn erfahren hatte, ließ er sich vollständig gehen. Nach einem Vierteljahr hatte er wieder einen Anfall von Delirium tremens.«

»Warum bist du nicht von ihm fortgegangen?« fragte Kathleen.

»Was hätte ich damit erreicht? Er wäre nach vierzehn Tagen entlassen worden. Wer sollte für mich und Joan sorgen? Ich mußte bleiben. Wenn er nüchtern war, konnte ich mich ja über nichts beklagen. Liebe fühlte er nicht für mich, aber er hatte mich gern. Ich hatte ihn ja auch nicht geheiratet, weil ich in ihn verliebt war, sondern weil ich verheiratet sein wollte. Ich tat alles, um den Alkohol von ihm fernzuhalten. Ich erreichte sogar, daß Mr. Gray die Übersendung von Whisky aus Kuala Solor verbot, aber Harold erhielt ihn von den Chinesen. Ich beobachtete ihn wie eine Katze eine Maus. Aber er war zu schlau für mich. Nach kurzer Zeit ging es von neuem los. Er vernachlässigte seine Amtspflichten. Ich hatte Angst, es könnten Beschwerden einlaufen. Wir waren zwei Tagereisen von Kuala Solor entfernt, und das war unser Glück, aber es mußte doch etwas durchgesickert sein, denn Mr. Gray schrieb mir einen privaten Warnungsbrief. Ich zeigte ihn Harold. Er tobte und fluchte, aber ich sah, daß er Angst bekam, und einige Monate war er ganz nüchtern. Dann begann es wieder. Und so ging es fort bis zu unserem Urlaub.

Bevor wir hierher kamen, bat ich ihn und flehte ihn an, sich ja in acht zu nehmen. Es sollte keiner von euch merken, was für einen Mann ich geheiratet hatte. Solange er in England war, ging alles gut. Bevor wir fortfuhren, warnte ich ihn. Er hatte Joan sehr liebgewonnen und war stolz auf sie. Sie hing sehr an ihm, mehr als an mir. Ich fragte ihn, ob ihn sein Kind später als Trunkenbold ansehen sollte. Dadurch entdeckte ich, womit ich Eindruck auf ihn machen konnte. Der Gedanke erschreckte ihn. Ich sagte ihm, ich würde es nicht zulassen, und wenn Joan ihn einmal betrunken sähe, würde ich sie ihm fortnehmen. Er wurde ganz bleich, als ich das sagte. In jener Nacht fiel ich auf die Knie und dankte Gott, weil er mir einen Weg gezeigt hatte, meinen Mann zu retten.

Er bat mich, ihm zur Seite zu stehen, dann wolle er einen neuen Versuch machen. Wir beschlossen, die Sucht zusammen zu bekämpfen. Und er gab sich redlich Mühe. Wenn er fühlte, daß das Verlangen ihn zu überwältigen drohte, kam er zu mir. Ihr wißt, daß er immer gern großtat, aber bei mir war er so klein und demütig wie ein Kind. Er verließ sich auf mich. Er liebte mich wohl nicht, als er mich heiratete, aber nun liebte er mich, mich und Joan. Ich hatte ihn gehaßt, weil er sich erniedrigt hatte, weil er, wenn er betrunken war, versuchte, sich würdevoll, überlegen und herablassend zu gebärden, was mich abstieß. Aber nun zog ein sonderbares Gefühl in mein Herz ein. Es war nicht Liebe, aber eine eigentümliche scheue Zärtlichkeit. Er war jetzt noch etwas mehr als mein Mann, er war wie ein Kind, das ich lange und ermüdende Monate hindurch unter dem Herzen getragen hatte. Er war so stolz auf mich, und ich war stolz auf ihn. Seine langen Reden reizten mich nicht mehr, und sein gespreiztes Wesen erschien mir eher komisch. Schließlich besiegten wir den bösen Feind. Zwei Jahre lang trank er keinen Tropfen Alkohol mehr. Er verlor die Sucht völlig. Er konnte sogar über sie scherzen.

Mr. Simpson war nicht mehr bei uns, und wir hatten einen anderen jungen Mann namens Francis.

›Ich bin ein bekehrter Trunkenbold‹, sagte Harold einmal zu ihm. ›Wenn meine Frau nicht gewesen wäre, hätte man mich längst an die Luft gesetzt. Ich habe die beste Frau, die es auf der Welt gibt, Francis.‹

Ihr wißt nicht, was solche Worte für mich bedeuteten... Alle meine Mühen und Sorgen hatten sich gelohnt. Ich war überglücklich.«

Sie schwieg. Sie dachte an den breiten, gelben, schlammigen Fluß, an dessen Ufer sie so lange gelebt hatte. Vor Sonnenuntergang flogen die Reiher weiß und glitzernd in der von Hitze zitternden Luft den Fluß hinab; sie flogen niedrig und schnell und entschwanden bald den Blicken. Sie waren wie ein Triller schneeiger Noten, süß und rein und frühlingshaft, ein göttlicher Akkord, den eine unsichtbare Hand auf einer unsichtbaren Harfe anschlug. Eingehüllt in den Schatten des Abends, flatterten sie zwischen den grünen Ufern dahin wie die glücklichen Gedanken eines zufriedenen Geistes.

»Dann wurde Joan krank. Drei Wochen lang schwebten wir in Angst. Ein Arzt war erst in Kuala Solor zu erreichen, und wir mußten das Kind von einem eingeborenen Medizinmann behandeln lassen. Als Joan wieder genas, fuhr ich mit ihr an die Flußmündung, um sie durch die frische Meeresluft zu stärken. Wir blieben eine Woche dort. Es war das erste Mal, daß ich mich von Harold trennte, seitdem ich wegen meiner Niederkunft in Kuala Solor war. In der Nähe war ein Fischerpfahldorf, aber in Wirklichkeit waren wir ganz allein. Mit großer Zärtlichkeit dachte ich immer an Harold, und auf einmal wußte ich, daß ich ihn liebte. Ich war so froh, als das Boot uns wieder abholte, denn ich wollte es Harold ja sagen. Ich dachte, wie sehr er sich darüber freuen würde. Ich kann euch nicht beschreiben, wie glücklich ich war. Als wir stromaufwärts ruderten, erzählte mir der Bootsführer, daß Mr. Francis ins Landesinnere gegangen sei, um eine Frau zu verhaften, die ihren Mann ermordet hatte. Er sei schon ein paar Tage fort.

Ich war überrascht, daß Harold nicht am Landungssteg war, um mich abzuholen. Er war in dieser Beziehung sonst peinlich aufmerksam. Er sagte manchmal, Mann und Frau sollten zueinander so höflich sein, wie sie zu Bekannten wären. Ich konnte mir nicht vorstellen, welche Amtsgeschäfte ihn abgehalten hatten. Ich ging den niedrigen Hügel hinauf, auf dem der Bungalow stand. Die Aja* führte Joan hinter mir her. Es war sonderbar still in dem Bungalow. Ich sah auch keine Diener, und dies kam mir höchst seltsam vor. Vielleicht hatte Harold mich nicht so bald erwartet und war ausgegangen. Ich stieg die Treppe hinauf. Joan hatte Durst, und die Aja führte sie in die Küche, um ihr etwas zu trinken zu geben. Harold war nicht im Wohnzimmer. Ich rief seinen Namen, aber niemand antwortete. Ich war enttäuscht, weil ich ihn so gern dagehabt hätte. Ich ging in unser Schlafzimmer. Harold war doch nicht ausgegangen, er lag schlafend auf dem Bett. Diese Entdeckung machte mir Spaß, weil er immer behauptete, er schliefe nie am Nachmit-

* malaiische Kinderfrau

tag. Das war für ihn lediglich eine schlechte Gewohnheit, der nur Weiße huldigten. Ich trat leise ans Bett. Ich wollte mir einen Scherz mit ihm machen, ihn kitzeln oder so etwas. Ich öffnete die Moskitovorhänge. Er lag auf dem Rücken und hatte nur einen Sarong an. Eine leere Whiskyflasche lag an seiner Seite. Er war betrunken. Es hatte wieder begonnen. Alle meine jahrelangen Kämpfe waren nutzlos gewesen. Mein Traum zerfloß in nichts. Es war alles hoffnungslos. Maßlose Wut ergriff mich.«

Millicents Gesicht wurde wieder dunkelrot. Sie umklammerte die Stuhllehne.

»Ich faßte ihn bei den Schultern und schüttelte ihn mit aller Kraft. ›Du Biest!‹ schrie ich, ›du Biest!‹ Ich war so wütend, daß ich nicht wußte, was ich tat und sagte. Ich schüttelte ihn immer wieder. Ihr könnt euch nicht denken, wie häßlich er aussah, dieser große, dicke, halbnackte Mann. Er hatte sich tagelang nicht rasiert, und sein Gesicht war aufgedunsen und purpurrot. Er atmete schwer. Ich schrie ihn an – vergeblich. Ich versuchte ihn aus dem Bett zu ziehen, aber er war zu schwer. Er lag wie ein Baumstamm da. ›Mach die Augen auf!‹ schrie ich. Ich schüttelte ihn wieder. Ich haßte ihn. Ich haßte ihn um so mehr, als ich ihn eine ganze Woche von Herzen geliebt hatte. Er hatte mich verraten. Er hatte mich im Stich gelassen. Ich wollte ihm sagen, was für ein elender Schuft er war. Ich konnte ihn nicht wachbekommen. ›Du sollst die Augen aufmachen!‹ rief ich. Er sollte mich wenigstens ansehen.«

Die Witwe fuhr sich mit der Zunge über die trokkenen Lippen. Ihr Atem ging schnell. Sie schwieg.

»Wenn er in einem solchen Zustand war, wäre es das beste gewesen, ihn schlafen zu lassen«, sagte Kathleen.

»An der Wand neben dem Bett hing ein Parang.

Ihr wißt ja, welche Vorliebe Harold für solche exotischen Dinge hatte.«

»Was ist ein Parang?« fragte Mrs. Skinner.

»Stell dich nicht so dumm, Mutter«, sagte Mr. Skinner gereizt. »Gleich hinter dir ist einer an der Wand.«

Er zeigte auf das malaiische Schwert, auf dem aus irgendeinem Grunde seine Augen unbewußt geruht hatten. Mrs. Skinner zog sich mit ängstlicher Gebärde, wie wenn man sie auf eine Giftschlange aufmerksam gemacht hätte, in die Ecke des Sofas zurück.

»Plötzlich quoll Blut aus Harolds Kehle hervor. Er hatte eine große rote Wunde quer über den Hals.«

»Millicent!« rief Kathleen, schnellte hoch und sprang mit einem Satz auf ihre Schwester zu. »Was um Gottes Willen willst du damit sagen?«

Mrs. Skinner starrte sie mit großen entsetzten Augen und offenem Munde an.

»Der Parang war nicht mehr an der Wand. Er war auf dem Bett. Da öffnete Harold die Augen. Sie waren von Joans Augen nicht zu unterscheiden.«

»Das verstehe ich nicht«, sagte Mr. Skinner. »Wie konnte er Selbstmord begehen, wenn er in dem von dir geschilderten Zustand war?«

Kathleen griff nach dem Arm ihrer Schwester und schüttelte ihn heftig.

»Millicent, um Himmelswillen, erkläre doch!«

Millicent machte sich von ihr frei.

»Wie ich euch schon gesagt habe, der Parang hing an der Wand. Was geschah, weiß ich nicht. Ich sah nur, wie das Blut floß und Harold die Augen öffnete. Er starb fast unmittelbar darauf. Er sagte kein Wort mehr, gab aber eine Art Keuchen von sich.«

Schließlich fand Mr. Skinner seine Stimme wieder:

»Aber es war Mord, du Elende!«

Millicent, deren Gesicht jetzt mit roten Flecken übersät war, warf ihm einen so haßerfüllten, zornigen Blick zu, daß er zurückwich. Mrs.Skinner rief: »Millicent, du hast es nicht getan, sag, daß du es nicht getan hast!«

Dann hatten sie alle das Gefühl, als ob ihnen das Blut in den Adern zu Eis würde, denn Millicent lachte laut auf.

»Wer sollte es sonst getan haben?« sagte sie.

»Mein Gott!« murmelte Mr.Skinner.

Kathleen hatte kerzengerade dagestanden, die Hände aufs Herz gedrückt, als klopfe es unerträglich.

»Und was geschah dann?« fragte sie.

»Ich schrie. Ich lief zum Fenster und riß es auf. Ich rief nach der Aja. Sie kam mit Joan angelaufen. ›Joan dalassen‹, rief ich. ›Ja nicht mit Joan kommen!‹ Sie rief den Koch und übergab ihm das Kind. ›Schnell, schnell!‹ Ich wies auf Harold hin. ›Der Tuan hat sich das Leben genommen!‹ schrie ich. Sie kreischte auf und lief aus dem Hause.

Niemand wollte näher kommen. Alle waren ganz fassungslos. Ich schrieb Mr. Francis einen Brief, berichtete ihm, was geschehen war, und bat ihn, sofort zurückzukommen.«

»Was hast du ihm denn berichtet?«

»Ich hätte bei meiner Rückkehr Harold mit durchschnittener Kehle aufgefunden. In den Tropen muß man die Menschen schnell beerdigen. Ich kaufte einen chinesischen Sarg, und die Soldaten schaufelten ein Grab hinter dem Fort. Als Mr. Francis kam, lag Harold schon zwei Tage in der Erde. Mr.Francis war noch ein dummer Junge. Ich konnte ihm einen Bären aufbinden, ohne daß er es merkte. Ich sagte ihm, ich hätte den Parang in Harolds Hand gefunden und es sei kein Zweifel, daß er sich in einem Anfall von Delirium tremens getötet habe. Ich zeigte ihm die leere Flasche. Die Diener bestätigten, er sei während meines Aufenthaltes an der Küste dauernd betrunken gewesen.

Dieselbe Geschichte erzählte ich in Kuala Solor. Alle waren sehr nett zu mir, und die Regierung gewährte mir eine Pension.«

Eine ganze Weile sagte niemand ein Wort. Schließlich riß sich Mr.Skinner zusammen.

»Ich bin Jurist. Ich bin Rechtsanwalt. Als solcher habe ich gewisse Pflichten. Wir haben immer eine sehr achtenswerte Praxis gehabt. Du hast mich in eine unmögliche Lage gebracht.«

Er versuchte, die sich wirr in seinem Kopf jagenden Gedanken zu ordnen. Millicent sah ihn verächtlich an.

»Und was willst du in der Sache tun?«

»Es war Mord, das ist unbestreitbar. Meinst du, ich kann zu einem Mord schweigen?«

»Rede keinen Unsinn, Vater«, sagte Kathleen scharf. »Du kannst nicht deine eigene Tochter anzeigen.«

»Du hast mich in eine unmögliche Lage gebracht«, wiederholte Mr.Skinner.

Millicent zuckte die Schultern.

»Ihr habt mich ja gedrängt, euch alles zu erzählen. Ich habe es lange genug allein getragen. Es wird Zeit, daß ihr mir alle dabei helft.«

In diesem Augenblick öffnete das Hausmädchen die Tür.

»Davis ist mit dem Auto vorgefahren.«

Kathleen hatte die Geistesgegenwart, etwas darauf zu sagen, und das Mädchen schloß die Tür wieder.

»Wir brechen besser gleich auf«, sagte Millicent.

»Ich kann doch jetzt nicht zu der Party gehen«, rief Mrs.Skinner entsetzt. »Ich bin ja ganz erledigt. Wie können wir den Heywoods gegenübertreten? Und der Bischof will dir sicher vorgestellt werden.«

Millicent machte eine Gebärde, als ob ihr das völlig gleichgültig sei. Ihre Augen behielten den ironischen Ausdruck.

»Wir müssen gehen, Mutter«, drängte Kathleen. »Wie sieht es denn aus, wenn wir wegbleiben?« Sie wandte sich wütend an Millicent. »Oh, meiner Ansicht nach ist das alles schrecklich taktlos!«

Mrs. Skinner blickte hilflos ihren Mann an. Er ging zu ihr, reichte ihr die Hand und half ihr vom Sofa auf.

»Ich fürchte, wir müssen gehen«, sagte er.

»Und ich mit den Reiherfedern auf dem Hut, die Harold mir eigenhändig gegeben hat«, stöhnte sie.

Er führte sie aus dem Zimmer, Kathleen folgte ihnen dicht auf den Fersen, und einige Schritte hinter ihnen ging Millicent.

»Man gewöhnt sich daran«, sagte sie ruhig. »Zuerst habe ich an nichts anderes denken können, aber jetzt vergesse ich es manchmal zwei oder drei Tage vollständig. Es ist ja nicht so, als drohe einem Gefahr.«

Niemand antwortete ihr. Sie schritten über den Flur und durch die Haustür. Die drei Damen setzten sich hinten in den Wagen, und Mr. Skinner nahm neben dem Fahrer Platz. Es war ein alter Wagen, und Davis mußte erst den Anlasser anwerfen. Mr. Skinner drehte sich mürrisch nach Millicent um.

»Das hättest du mir nie erzählen sollen«, sagte er. »Es war höchst selbstsüchtig von dir.«

Davis setzte sich ans Steuer, und sie fuhren zum Gartenfest des Pastors.

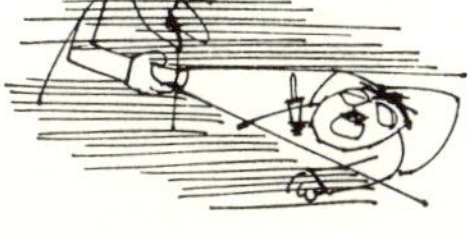

AGATHA CHRISTIE

Villa Nachtigall

»Auf Wiedersehen, Liebling.«

»Auf Wiedersehen, Liebster.«

Alix Martin stand über den niedrigen Holzzaun gelehnt und blickte der langsam kleiner werdenden Gestalt ihres Mannes nach, der die Straße in Richtung auf das Dorf hinunterging.

Schließlich schritt er um eine Biegung und geriet außer Sicht, doch Alix blieb in der gleichen Haltung stehen und strich sich gedankenverloren eine Locke ihres vollen braunen Haares zurück, die ihr ins Gesicht geweht war. Ihre Augen blickten verträumt in die Ferne.

Alix Martin war nicht schön, genau genommen noch nicht einmal hübsch. Aber ihr Gesicht – das Gesicht einer Frau, die ihre erste Jugend hinter sich hat – war weich geworden und strahlte eine innere Zufriedenheit aus, so daß ihre früheren Bürokolleginnen sie wohl kaum wiedererkannt haben würden. Als Miss Alix King war sie eine durchschnittliche, nette berufstätige junge Frau gewesen, anstellig, etwas brüsk in ihrer Art, nüchtern und offensichtlich tüchtig.

Alix war durch eine harte Schule gegangen. Fünfzehn Jahre lang, von ihrem achtzehnten bis dreiunddreißigsten Lebensjahr, hatte sie sich – und sieben

Jahre davon auch die kranke Mutter – allein mit ihrer Arbeit als Stenotypistin unterhalten müssen. Der Kampf um die Existenz hatte die weichen Linien ihres mädchenhaften Gesichtes verhärtet.

Natürlich hatte es auch so etwas wie eine Romanze in ihrem Leben gegeben – Dick Windyford, ein Bürokollege. Im innersten Herzen war Alix ganz eine Frau und hatte immer gewußt, ohne es sich anmerken zu lassen, daß er sie liebte. Nach außen hin waren sie Freunde, nicht mehr. Von seinem geringen Gehalt ermöglichte Dick unter großen Entbehrungen einem jüngeren Bruder das Studium. Vorläufig konnte er daher überhaupt nicht ans Heiraten denken.

Doch plötzlich und unerwartet war für Alix die Erlösung von der täglichen Plackerei gekommen. Eine entfernte Verwandte war gestorben und hatte Alix ihr ganzes Geld hinterlassen – einige tausend Pfund, die ein paar hundert Pfund im Jahr einbrachten. Für Alix bedeutete das Freiheit, Leben, Unabhängigkeit. Jetzt brauchten sie und Dick nicht länger zu warten.

Aber Dick reagierte unvorhergesehen. Er hatte nie direkt von seiner Liebe zu Alix gesprochen, jetzt aber schien er weniger dazu geneigt denn je. Er mied sie, wurde mürrisch und verdrießlich. Alix hatte rasch den wahren Grund erkannt: sie war jetzt eine wohlhabende Frau, und Empfindlichkeit und Stolz standen Dick im Wege, ihr einen Heiratsantrag zu machen.

Sie mochte ihn darum aber nicht weniger gern und überlegte gerade ernsthaft, ob sie vielleicht den ersten Schritt machen sollte, als zum zweitenmal das Unerwartete über sie hereinbrach.

Im Hause eines Freundes begegnete sie Gerald Martin. Er verliebte sich heftig in sie, und innerhalb einer Woche waren sie verlobt. Alix, die sich nie für den Typ gehalten hatte, der sich Hals über Kopf verliebt, war völlig hingerissen.

Unbeabsichtigt hatte sie damit den Weg gefunden, ihren ersten Verehrer aus seiner Reserve zu locken. Stammelnd vor Wut und Enttäuschung war Dick Windyford zu ihr gekommen.

»Der Mann ist völlig fremd für dich! Du weißt nichts über ihn.«

»Ich weiß, daß ich ihn liebe.«

»Wie kannst du das wissen – nach einer Woche?«

»Es braucht eben nicht jeder elf Jahre, um herauszufinden, daß er ein Mädchen liebt!« hatte Alix erregt geschrien.

Sein Gesicht wurde weiß.

»Seit ich dich kenne, habe ich immer nur an dich gedacht. Ich glaubte, daß du genau so für mich empfändest.«

Alix blieb bei der Wahrheit.

»Auch ich habe das geglaubt«, gab sie zu; »aber nur weil ich nicht wußte, was Liebe ist.«

Darauf war Dick wieder wütend geworden: Bitten, Flehen, ja sogar Drohungen – Drohungen gegen den Mann, der ihn verdrängt hatte. Alix war verblüfft, als sie den Vulkan unter dem reservierten Äußern dieses Mannes bemerkte, den sie so gut zu kennen geglaubt hatte.

Und während sie sich an diesem sonnigen Morgen über den Gartenzaun ihres kleinen Landhauses lehnte, wanderten ihre Gedanken zu jener Unterredung zurück. Vor einem Monat hatte sie geheiratet und war zufrieden und glücklich. Doch jetzt, während der Abwesenheit ihres Mannes, der ihr alles bedeutete, schlich sich eine leise Besorgnis in ihr vollkommenes Glück. Und der Grund dieser Besorgnis war Dick Windyford.

Dreimal hatte sie seit ihrer Heirat den gleichen Traum geträumt. Die Begleitumstände wichen jedesmal voneinander ab, der Kern aber blieb immer derselbe: *sie sah ihren Mann tot am Boden liegen und Dick Windyford über ihm stehen, und sie wußte ganz sicher, daß seine Hand den tödlichen Streich geführt hatte.*

Aber so schrecklich das auch war – das Erwachen empfand sie noch viel schrecklicher, denn im Traum kam ihr der ganze Vorgang völlig natürlich und unvermeidlich vor: *sie, Alix Martin, war froh, daß ihr Mann tot war! Sie streckte dem Mörder dankbar ihre Hände entgegen, manchmal dankte sie ihm sogar mit Worten.* Der Traum endete immer auf dieselbe Weise: *Dick Windyford schloß sie in seine Arme.*

Sie hatte ihrem Mann nichts von diesem Traum erzählt, aber im geheimen hatte er sie mehr verwirrt, als sie sich eingestehen wollte. War es eine Warnung – eine Warnung vor Dick Windyford?

Das scharfe Läuten des Telephons im Hause schreckte Alix aus ihren Gedanken. Sie ging hinein und nahm den Hörer ab. Plötzlich schwankte sie und stützte sich mit einer Hand gegen die Wand.

»*Wer* spricht dort, bitte?«

»Aber Alix, was ist denn los mit dir? Ich erkenne deine Stimme ja fast nicht wieder. Ich bin's, Dick.«

»Oh!« sagte Alix. »Oh! Wo – bist du jetzt?«

»Im *Traveller's Arms* – so heißt es doch, nicht wahr? Oder weißt du etwa nicht einmal, daß es in eurem Dorf so ein Gasthaus gibt? Ich habe gerade Urlaub – angle hier ein bißchen. Hättest du was dagegen, daß ich euch zwei liebe Leutchen heute abend nach dem Essen kurz besuche?«

»Nein!« entfuhr es Alix scharf. »Du darfst nicht kommen!«

Eine Pause trat ein, und als Dicks Stimme wiederkehrte, klang sie merklich verändert.

»Verzeih bitte«, sagte er förmlich. »Selbstverständlich möchte ich euch nicht zur Last fallen –«

Hastig unterbrach Alix ihn. Ihr Verhalten mußte

ihm äußerst merkwürdig vorkommen. Und es *war* merkwürdig. Ihre Nerven schienen ihr einen schlimmen Streich zu spielen.

»Ich wollte damit nur sagen, daß wir – daß wir für heute abend schon eine Verabredung haben«, erklärte sie und versuchte, ihre Stimme möglichst natürlich klingen zu lassen. »Möchtest du – möchtest du nicht morgen zum Abendessen kommen?«

Aber Dick spürte offenbar die fehlende Herzlichkeit in ihrem Ton.

»Vielen Dank«, sagte er mit der gleichen förmlichen Stimme, »aber ich kann jederzeit wieder abreisen. Hängt davon ab, ob ein Freund von mir noch kommt oder nicht. Auf Wiedersehen, Alix.« Er zögerte etwas und fügte dann hastig und in verändertem Ton hinzu: »Und alles Gute weiterhin, Liebes.«

Mit einem Gefühl der Erleichterung legte Alix den Hörer auf.

»Er darf nicht herkommen«, wiederholte sie noch einmal für sich. »Er darf nicht herkommen. Oh, was für eine Närrin ich doch bin! Mich in einen solchen Zustand hineinzusteigern. Gleichviel, ich bin froh, daß er nicht kommt.«

Sie griff sich einen ländlichen Strohhut von einem Tisch und ging wieder in den Garten hinaus. Vor dem Haus blieb sie einen Moment stehen und blickte zu dem geschnitzten Namenszug über der Veranda auf: ›Villa Nachtigall‹.

»Ist das nicht ein reichlich schwärmerischer Name?« hatte sie einmal vor der Hochzeit gegenüber Gerald geäußert. Er hatte gelacht.

»Du kleines Großstadtgeschöpf«, hatte er liebevoll gesagt. »Ich glaube, du hast noch nie eine Nachtigall gehört. Und eigentlich bin ich froh darüber. Nachtigallen sollten nur für Verliebte singen. Wir werden sie zusammen an einem Sommerabend vor unserem eigenen Heim hören.«

Und bei der Erinnerung, wie sie dann tatsächlich die Nachtigallen singen gehört hatten, fühlte Alix eine glückliche Wärme in sich aufsteigen, während sie jetzt vor ihrem Heim stand.

Gerald hatte damals die Villa Nachtigall ausfindig gemacht. Fast zerspringend vor Aufregung war er zu Alix gekommen: er habe *das* Haus für sie gefunden – einzigartig – ein Kleinod – eine einmalige Chance im Leben! Und als Alix es gesehen hatte, war auch sie von seinem Reiz gefangen. Sicher – es lag recht einsam – bis zum nächsten Dorf waren es gut drei Kilometer; aber das Häuschen war so einzigartig in seinem altmodischen Äußeren und seinem modernen Komfort mit Badezimmern, Heißwasseranlage, elektrischem Licht und Telephon, daß sie auf der Stelle seinem Charme erlag. Die Sache hatte nur einen Haken: der Eigentümer, ein reicher Mann, dessen Laune das Häuschen seine Entstehung verdankte, lehnte ab, es zu vermieten; er wollte es nur verkaufen.

Gerald Martin verfügte zwar über ein gutes Einkommen, konnte sein Vermögen aber im Moment nicht flüssig machen. Mehr als tausend Pfund konnte er auf keinen Fall auftreiben, der Eigentümer verlangte jedoch dreitausend. Alix, die ihr Herz an diesen Ort gehängt hatte, kam zu Hilfe. Ihr Vermögen ließ sich leicht realisieren, da es in Aktien und Obligationen angelegt war. So wurde die Villa Nachtigall ihr Eigentum, und noch keinen Augenblick lang hatte Alix ihre Wahl bereut. Es stimmte schon, daß Hauspersonal die ländliche Einsamkeit nicht besonders mochte – zur Zeit hatten sie überhaupt niemand – aber Alix, die sich nach Häuslichkeit sehnte, kochte eifrig und mit viel Vergnügen kleine, schmackhafte Gerichte, und der Hausputz machte ihr Spaß.

Der prachtvolle Blumengarten wurde von einem alten Mann aus dem Dorf, der zweimal die Woche kam, in Ordnung gehalten.

Als Alix um die Hausecke trat, sah sie zu ihrer Überraschung den alten Gärtner bei den Blumenbeeten an der Arbeit. Sie war überrascht, weil seine Arbeitstage Montag und Freitag waren, und heute war Mittwoch.

»Nanu, George, was machen Sie denn hier?« fragte sie, als sie näher kam.

Schmunzelnd richtete der alte Mann sich auf und legte grüßend die Hand an seine verwitterte Kappe.

»Hab' mir schon gedacht, daß Sie überrascht sein würden, Madam. Aber das ist so: der Gutsbesitzer gibt am Freitag ein Fest, und da hab' ich mir gesagt, daß Mr. Martin und seine gute Frau wohl nichts dagegen haben werden, wenn ich einmal am Mittwoch statt am Freitag komme.«

»Schon recht, George«, antwortete Alix. »Hoffentlich amüsieren Sie sich bei dem Fest gut.«

»Ich glaub' schon«, meinte George einfach. »Is ne feine Sache, wenn man sich den Bauch so richtig vollschlagen kann und dabei weiß, daß man's nicht zu bezahlen braucht. Der Gutsbesitzer gibt seinen Pächtern immer ein ordentliches Essen. Und dann hab' ich mir auch gedacht, Madam, 's wär' gut, wenn ich Sie nochmal sähe, bevor Sie abreisen, damit ich weiß, wie Sie die Rabatten haben wollen. Ich nehme an, Sie wissen noch nicht, wann Sie zurückkommen werden?«

»Aber ich fahre ja gar nicht weg.«

George starrte sie an.

»Sie fahren morgen nicht nach London?«

»Nein. Wie sind Sie nur auf diese Idee gekommen?«

George deutete mit dem Kopf über seine Schulter.

»Hab' Ihren Mann gestern im Dorf getroffen. Sagte mir, daß Sie beide morgen nach London fahren, und es sei unsicher, wann Sie zurückkämen.«

»Unsinn«, sagte Alix lachend. »Sie müssen ihn mißverstanden haben.«

Dennoch wunderte sie sich insgeheim. Was konnte Gerald nur gesagt haben, das den alten Mann zu einem so sonderbaren Mißverständnis geführt hatte? Ausgerechnet London! Sie spürte nicht den geringsten Wunsch, wieder nach London zu fahren.

»Ich hasse London!« sagte sie plötzlich bitter.

»Ach«, meinte George gelassen, »da muß ich ihn wohl mißverstanden haben; und doch schien mir, daß er es deutlich genug gesagt hat. Ich bin froh, daß Sie hierbleiben. Ich halte nichts von diesem Herumvagabundieren, und schon gar nichts von London. *Ich* hab's nie nötig gefunden, dorthin zu gehen. Zu viele Autos heutzutage – das bringt eben Unruhe mit. Wenn die Leute erst ein Auto haben, verflixt noch mal, können sie's überhaupt nirgends mehr aushalten. Mr. Ames, dem dies Haus gehörte, war ein netter, ruhiger Herr, bis er eins von diesen Dingern kaufte. Hatte es noch keinen Monat, als er auch schon dies Haus zum Verkauf ausschrieb. Eine schöne Stange Geld hatte er dafür ausgegeben – Fließwasser in allen Schlafzimmern und elektrisches Licht und so. ›Das viele Geld werden Sie nie wiedersehn‹, hab' ich zu ihm gesagt. ›Und ob‹, hat er mir geantwortet, ›bis auf den letzten Penny werde ich meine zweitausend Pfund für dies Haus zurückbekommen.‹ Und das hat er auch tatsächlich geschafft.«

»Er hat dreitausend bekommen«, sagte Alix lächelnd.

»Zweitausend«, wiederholte George. »Damals wurde viel über die Summe gesprochen, die er gefordert hat.«

»Es waren wirklich dreitausend«, sagte Alix.

»Frauen verstehen nichts von Zahlen«, erwiderte George unüberzeugt. »Sie wollen mir doch nicht erzählen, daß Mr. Ames die Stirn hatte, Ihnen ins Gesicht zu sehen und dreitausend Pfund zu fordern?«

»Er hat es nicht mir gesagt«, antwortete Alix, »er sagte es meinem Mann.«

George beugte sich wieder über sein Blumenbeet.

»Der Preis war zweitausend«, entgegnete er halsstarrig.

Alix wollte sich nicht mit ihm streiten. Sie ging zu einem der anderen Blumenbeete und begann, einen Armvoll Blumen zu pflücken.

Als sie sich mit ihrem duftenden Strauß wieder dem Haus näherte, sah Alix einen schmalen, dunkelgrünen Gegenstand zwischen den Blättern aus einem Beet hervorscheinen. Während sie sich danach bückte, erkannte sie das Notizbuch ihres Mannes.

Sie öffnete es und überflog belustigt die Eintragungen. Schon fast zu Beginn ihres Ehelebens hatte sie erkannt, daß der impulsive und gefühlsbetonte Gerald die uncharakteristischen Tugenden der Ordnung und Methodik besaß. Er bestand außergewöhnlich pedantisch darauf, daß die Mahlzeiten immer pünktlich waren, und seinen Tag plante er stets mit der Genauigkeit eines Fahrplans voraus.

Während sie die Seiten umblätterte, mußte sie unwillkürlich lächeln, als sie die Eintragung vom 14. Mai las: ›Trauung mit Alix, St. Peter 14.30.‹

»Lieber, großer Narr«, murmelte Alix leise, während sie weiterblätterte. Plötzlich stutzte sie.

»Mittwoch, 18. Juni – das ist doch heute!«

Neben dem Datum stand in Geralds ordentlicher, klarer Schrift: ›21 Uhr‹. Nichts weiter. Was hatte Gerald für 21 Uhr geplant? Alix war neugierig. Ihr fielen die Geschichten ein, die sie so oft gelesen hatte – in so einem Falle hätte das Notizbuch sie zweifellos mit einer sensationellen Enthüllung überrascht. Sie lächelte. Ganz gewiß hätte der Name einer anderen

Frau darin gestanden. Müßig ließ sie die Seiten zurückflattern. Termine, Verabredungen, knappe Stichworte zu Geschäftsabschlüssen, aber nur ein Frauenname – ihr eigener.

Doch als sie das Notizbuch in die Tasche steckte und mit ihren Blumen ins Haus ging, stieg eine unbestimmbare Unruhe in ihr auf. Die Worte von Dick Windyford klangen ihr in den Ohren, als ob er neben ihr stände, und sie wiederholte: ›Der Mann ist völlig fremd für dich! Du weißt nichts über ihn.‹

Das stimmte. Was wußte sie schon über ihn? Schließlich war Gerald vierzig. In vierzig Jahren mußten Frauen in seinem Leben eine Rolle gespielt haben ...

Alix schüttelte sich unwillig. Sie durfte solchen Gedanken keinen Raum geben. Im Augenblick mußte sie sich über etwas viel Dringlicheres klarwerden. Sollte sie ihrem Mann erzählen, daß Dick Windyford angeläutet hatte oder nicht?

Es bestand zwar die Möglichkeit, daß Gerald ihm bereits zufällig im Dorf begegnet war. Aber in diesem Fall würde er es sicher unmittelbar nach seiner Rückkehr erwähnen, und sie brauchte sich weiter keine Gedanken zu machen. Wenn aber nicht – was dann? Alix spürte ein ausgeprägtes Verlangen, nichts davon zu erzählen.

Denn wenn sie es sagte, würde er bestimmt vorschlagen, Dick Windyford hierher einzuladen. Dann aber mußte sie ihm erklären, daß Dick schon selbst den Vorschlag gemacht hatte, sie zu besuchen, und daß sie sein Kommen unter einem Vorwand verhindert hatte. Und wenn Gerald sie nach dem Grund dafür fragte, was sollte sie antworten? Ihm ihren Traum erzählen? Er würde nur lachen – oder, schlimmer noch, feststellen, daß sie ihm eine Bedeutung beimaß, die dem Traum seiner Ansicht nach gar nicht zukam.

Schließlich beschloß Alix ziemlich beschämt, überhaupt nichts zu sagen. Es war das erstemal, daß sie ihrem Mann gegenüber ein Geheimnis hatte, und dieses Bewußtsein machte sie unruhig.

Als sie Gerald kurz vor dem Mittagessen aus dem Dorf zurückkehren hörte, eilte sie in die Küche und tat sehr beschäftigt mit dem Kochen, um ihre Verwirrung zu verbergen.

Offensichtlich hatte Gerald nichts von Dick Windyford gesehen oder gehört. Alix fühlte sich gleichzeitig erleichtert und verlegen. Sie war jetzt endgültig einer Politik der Geheimhaltung ausgeliefert.

Erst nach ihrem einfachen Abendessen, als sie unter dem Eichengebälk ihres Wohnzimmers saßen und durch die weit geöffneten Fenster die warme Abendluft mit dem süßen Duft der Malven und weißen Levkojen drang, fiel Alix wieder das Notizbuch ein.

»Hier«, sagte sie und warf es ihm in den Schoß, »damit hast du die Blumen begossen.«

»Ist mir in die Rabatte gefallen, nicht wahr?«

»Ja; jetzt kenne ich alle deine Geheimnisse.«

»Nicht schuldig«, erwiderte Gerald und schüttelte den Kopf.

»Und was bedeutet deine Verabredung für heute abend neun Uhr?«

»Oh! das –« Einen Moment lang schien er betroffen, dann aber lächelte er, als ob etwas ihn außerordentlich belustige. »Das ist ein Stelldichein mit einem ganz besonders netten Mädchen, Alix. Sie hat braune Haare und blaue Augen und ist dir sehr ähnlich.«

»Ich verstehe dich nicht«, sagte Alix mit gespielter Strenge. »Du weichst aus.«

»Aber nicht im geringsten. In Wirklichkeit ist das nur eine Erinnerung, daß ich heute abend ein paar Negative entwickeln will; und ich möchte, daß du mir dabei hilfst.«

Gerald Martin war ein begeisterter Photograph. Er

besaß eine etwas altmodische Kamera, aber mit einer ausgezeichneten Optik, und er entwickelte seine Platten selbst in einem kleinen Kellerraum, den er sich als Dunkelkammer eingerichtet hatte.

»Und das muß genau um neun Uhr getan werden?« meinte Alix neckend.

Gerald blickte etwas verärgert.

»Mein liebes Mädchen«, sagte er mit einem Anflug von Eigensinn, »man sollte die Ausführung einer Sache immer für eine bestimmte Zeit planen. Nur dann wird man nie mit seiner Arbeit ins Hintertreffen geraten.«

Alix saß ein oder zwei Minuten schweigend und beobachtete ihren Mann, wie er rauchend in seinem Sessel lag: den zurückgelehnten, dunkelhaarigen Kopf und den klaren Umriß seines glattrasierten Gesichts gegen den düsteren Hintergrund. Und plötzlich schlug aus irgendeinem unerklärlichen Grund eine Welle der Panik über ihr zusammen, so daß es aus ihr herausbrach, bevor sie sich zurückhalten konnte: »Oh Gerald, ich wünschte, ich wüßte mehr über dich!«

Erstaunt sah ihr Mann sie an.

»Aber, meine liebe Alix, du weißt alles über mich. Ich habe dir von meiner Kindheit in Northumberland erzählt, von meinem Leben in Südafrika und von diesen letzten zehn Jahren in Kanada, die mir Erfolg gebracht haben.«

»Ach! Geschäft!« sagte Alix verächtlich.

Gerald lachte plötzlich

»Ich weiß, was du meinst – Liebesgeschichten. Ihr Frauen seid doch alle gleich. Nichts als das rein Persönliche interessiert euch.«

Alix fühlte ihre Kehle trocken werden, als sie undeutlich murmelte: »Nun, aber du mußt doch – Liebesgeschichten gehabt haben. Ich meine – wenn ich nur wüßte –«

Ein oder zwei Minuten lang herrschte wieder Schweigen. Gerald Martin runzelte wie unentschlossen die Stirn. Als er zu sprechen begann, waren sein Gesicht und seine Stimme ernst, ohne eine Spur seiner bisherigen scherzenden Art.

»Hältst du es für weise, Alix – diese – Blaubartstimmung heraufzubeschwören? Natürlich hat es Frauen in meinem Leben gegeben; das streite ich nicht ab. Und wenn ich es täte, würdest du mir nicht glauben. Doch ich kann dir wahrheitsgemäß schwören, daß keine von ihnen mir etwas bedeutet hat.«

Ein Ton von Aufrichtigkeit schwang in seiner Stimme, der die zuhörende Frau tröstete.

»Zufrieden, Alix?« fragte er lächelnd. Dann blickte er sie mit einem Anflug von Neugier an.

»Was hat dich nur ausgerechnet heute abend auf all diese unangenehmen Dinge kommen lassen?«

Alix stand auf und begann, ruhelos auf und ab zu wandern.

»Ach, ich weiß nicht«, antwortete sie. »Ich bin schon den ganzen Tag lang nervös.«

»Das ist merkwürdig«, sagte Gerald leise, als spräche er mit sich selbst. »Das ist wirklich sehr merkwürdig.«

»Warum ist das merkwürdig?«

»Aber, mein liebes Mädchen, wer wird mich denn gleich so anfahren. Ich sagte nur, es sei merkwürdig, weil du in der Regel immer lieb und fröhlich bist.«

Alix zwang sich zu einem Lächeln.

»Alles hat sich heute gegen mich verschworen«, gestand sie. »Sogar der alte George hatte sich die lächerliche Idee in den Kopf gesetzt, daß wir nach London fahren wollen. Er sagte, du hättest ihm das erzählt.«

»Wo hast du ihn getroffen?« fragte Gerald scharf.

»Er kam heute zur Gartenarbeit anstatt Freitag.«

»Verdammter alter Narr!« sagte Gerald ärgerlich.

Alix blickte überrascht auf. Das Gesicht ihres Mannes war verzerrt vor Wut. Sie hatte ihn noch nie so gereizt gesehen. Als er ihr Erstaunen bemerkte, versuchte Gerald, sich zu beherrschen.

»Er ist aber auch ein alter Narr«, protestierte er.

»Was kannst du denn nur gesagt haben, daß er sich so etwas gedacht hat?«

»Ich? Ich habe überhaupt nichts gesagt. Wenigstens – ach ja, jetzt erinnere ich mich: ich machte so einen lahmen Scherz über ›in aller Herrgottsfrühe nach London fahren‹, und wahrscheinlich hat er das ernst genommen. Oder er hat nicht richtig zugehört. Natürlich hast du ihm das ausgeredet?«

Unruhig wartete er auf ihre Antwort.

»Selbstverständlich; aber George ist einer von diesen alten Leuten, denen man eine Idee nicht so leicht wieder ausreden kann, wenn sie sich einmal darauf versteift haben.«

Dann erzählte sie Gerald, wie George hartnäckig auf seinem Glauben über die Kaufsumme für das Haus bestanden hatte.

Ein paar Augenblicke lang schwieg Gerald, um dann langsam zu sagen: »Ames wollte zweitausend in bar und war bereit, die restlichen tausend Pfund als Hypothek zu nehmen. Sicher ist das der Ursprung dieses Mißverständnisses, nehme ich an.«

»Sehr wahrscheinlich«, stimmte Alix zu.

Dann blickte sie zur Uhr hoch und deutete schadenfroh mit dem Zeigefinger darauf.

»Wir sollten uns an die Arbeit machen, Gerald. Schon fünf Minuten Verspätung.«

Ein sehr sonderbares Lächeln trat in Gerald Martins Gesicht.

»Ich habe es mir anders überlegt«, sagte er ruhig; »heute abend möchte ich nicht mehr entwickeln.«

Mit dem Gemüt einer Frau hat es eine merkwürdige Bewandtnis. Als sie an jenem Mittwochabend zu Bett ging, war Alix beruhigt und zufrieden. Ihr vorübergehend schwankendes Glück hatte sich wieder gefestigt, triumphierend wie eh und je.

Aber gegen Abend des folgenden Tages wurde sie sich bewußt, daß arglistige Kräfte an der Arbeit waren, es zu unterwühlen. Dick Windyford hatte nicht wieder angerufen, aber trotzdem meinte sie seinen Einfluß zu fühlen. Wieder und wieder kamen ihr seine Worte ins Gedächtnis: ›*Der Mann ist völlig fremd für dich! Du weißt nichts über ihn.*‹ Und mit ihnen kam die Erinnerung an das Gesicht ihres Mannes, deutlich wie eine Photographie, wie er sagte: ›Hältst du es für weise, Alix – diese – Blaubartstimmung heraufzubeschwören?‹ Warum hatte er das gesagt?

In seinen Worten hatte eine Warnung gelegen – fast eine Drohung. Genau so gut hätte er sagen können: ›Du solltest lieber nicht in meinem früheren Leben spionieren, Alix! Wenn du es doch tust, könntest du einen häßlichen Schock bekommen.‹

Bis Freitagmorgen hatte Alix sich selbst überredet, *daß* es eine Frau in Geralds Leben gegeben hatte – eine Blaubartkammer, die er eifersüchtig vor ihr verschlossen halten wollte. Und ihre Eifersucht, endlich erwacht, war jetzt zügellos.

War es eine andere Frau, die er an jenem Abend um neun Uhr treffen wollte? War seine Geschichte von den Negativen, die er entwickeln wollte, eine Lüge, die ihm gerade im rechten Moment eingefallen war?

Noch vor drei Tagen hätte sie geschworen, daß sie ihren Mann durch und durch kannte. Jetzt schien er ihr ein Fremder zu sein, von dem sie nichts wußte. Sie erinnerte sich an seinen unvernünftigen Ärger über den alten George, eine Laune, die überhaupt nicht zu seiner üblichen guten Stimmung paßte. Eine Kleinigkeit vielleicht, aber der Vorfall zeigte ihr, daß sie den Mann, der ihr Gatte war, nicht wirklich kannte.

Am Freitag mußten verschiedene Dinge aus dem Dorf besorgt werden, und Alix schlug am Nachmittag vor, daß sie gehen wollte und Gerald währenddessen im Garten bliebe; aber zu ihrer Überraschung widersprach er diesem Plan heftig und bestand darauf, selbst zu gehen, während sie zu Hause bliebe. Alix sah sich gezwungen nachzugeben, aber seine Hartnäckigkeit überraschte und alarmierte sie. Warum war er so ängstlich bestrebt, sie nicht ins Dorf gehen zu lassen?

Plötzlich kam ihr eine Erklärung in den Sinn, die recht einleuchtend schien. War es nicht möglich, daß Gerald tatsächlich Dick Windyford getroffen hatte, es ihr aber nicht sagen mochte? Auch bei ihr hatte sich die Eifersucht, die zur Zeit ihrer Heirat noch völlig schlief, erst später entwickelt. Konnte nicht bei Gerald dasselbe der Fall sein? War er vielleicht nur so ängstlich bestrebt, ein mögliches Wiedersehen zwischen ihr und Dick Windyford zu verhindern? Diese Erklärung paßte so gut zu den Tatsachen und war so tröstlich für Alix' verwirrten Geisteszustand, daß sie sich freudig damit zufriedengab.

Doch als die Teezeit verstrichen war, wurde sie wieder nervös und unruhig. Sie kämpfte mit einer Versuchung, die sie schon seit Geralds Fortgehen bedrängte. Schließlich gab sie nach und stieg zum Ankleidezimmer ihres Mannes hinauf, während sie gleichzeitig ihr Gewissen mit der Versicherung beruhigte, daß das Zimmer einmal gründlich aufgeräumt werden müsse. Und um den Vorwand der Hausfrauenpflicht aufrecht zu erhalten, nahm sie einen Staublappen mit.

›Wenn ich mich nur vergewissern könnte‹, dachte sie immer wieder. ›Wenn ich nur Gewißheit hätte.‹

Vergeblich sagte ihr eine innere Stimme, daß alle

möglicherweise kompromittierenden Dinge bestimmt längst vernichtet waren. Sie hielt dem entgegen, daß Männer manchmal die gefährlichsten Beweisstücke aus übertriebener Sentimentalität aufbewahrten.

Der letzte Widerstand in Alix brach zusammen. Mit vor Scham brennenden Wangen durchstöberte sie atemlos ganze Stapel von Briefen und Dokumenten, zog die Schubladen heraus und durchsuchte sogar die Taschen der Anzüge ihres Mannes. Nur zwei Schubladen ließen sich nicht öffnen: die untere der Kommode und die obere rechte des Schreibtisches waren beide verschlossen. Doch Alix hatte inzwischen jegliches Schamgefühl verloren. Sie war überzeugt, daß sie in einer dieser Schubladen den Beweis für die Existenz dieser imaginären Frau aus Geralds Vergangenheit finden würde, von der sie sich in Gedanken verfolgt fühlte.

Sie erinnerte sich, daß Gerald seine Schlüssel sorglos unten auf der Anrichte hatte liegen lassen. Sie holte sie und versuchte einen nach dem andern. Der dritte Schlüssel paßte für die Schreibtischschublade. Fiebernd vor Neugier zog Alix sie auf. Ein Scheckheft und eine gut mit Geldscheinen gefüllte Brieftasche kamen zum Vorschein, und ganz hinten lag ein Päckchen mit einem Band verschnürter Briefe.

Ihr Atem kam unregelmäßig, während Alix das Band öffnete. Doch dann breitete sich eine tiefe, brennende Röte über ihr Gesicht aus, und sie ließ die Briefe in die Schublade zurückfallen, schob sie zu und verschloß sie wieder. Es waren ihre eigenen Briefe, die sie vor ihrer Heirat an Gerald Martin geschrieben hatte.

Sie wandte sich jetzt der Kommode zu, mehr mit dem Wunsch, nichts ungetan zu lassen, als in der Erwartung, noch irgend etwas zu finden, was sie suchte.

Zu ihrem Ärger paßte keiner von Geralds Schlüsseln in die untere Schublade. Um sich nicht geschlagen zu geben, ging Alix durch die anderen Zimmer und brachte eine Auswahl von Schlüsseln mit. Mit Genugtuung stellte sie fest, daß der Schlüssel vom Kleiderschrank des Gästezimmers auch für die Kommode paßte. Sie schloß die Schublade auf und zog sie heraus. Doch nichts als eine Rolle von Zeitungsausschnitten lag darin, vor Alter bereits verstaubt und verfärbt.

Alix stieß einen Seufzer der Erleichterung aus. Sie warf aber trotzdem einen Blick auf die Ausschnitte; denn sie war neugierig, was für ein Thema Gerald so sehr interessierte, daß er sich die Mühe gemacht hatte, die staubige Rolle aufzuheben. Fast alle stammten aus amerikanischen Zeitungen von vor ungefähr sieben Jahren und befaßten sich mit der Gerichtsverhandlung gegen den notorischen Betrüger und Bigamisten Charles Lemaitre. Lemaitre stand unter dem Verdacht, seine weiblichen Opfer beiseite geschafft zu haben. Unter dem Boden eines der Häuser, die er gemietet hatte, war ein Skelett gefunden worden, und von den meisten Frauen, die er ›geheiratet‹ hatte, wurde nie wieder etwas gehört.

Mit großartigem Geschick hatte er sich gegen die Anklage verteidigt, und einer der talentiertesten Anwälte der Vereinigten Staaten hatte ihm dabei geholfen. Das Urteil ›Freispruch wegen Mangels an Beweisen‹ hätte den Fall vielleicht am besten charakterisiert. Da es das in den Vereinigten Staaten jedoch nicht gab, wurde er in der Hauptanklage als ›nicht schuldig‹ befunden, jedoch wegen erwiesener Schuld in anderen Dingen zu einer langen Haftstrafe verurteilt.

Alix erinnerte sich an das Aufsehen, das dieser Fall seinerzeit erregt hatte, und ebenso an die Sensation bei der Flucht Lemaitres etwa drei Jahre später. Er war nie wieder gefaßt worden. Die Persönlichkeit des

Mannes und seine außerordentliche Macht über Frauen waren damals lang und breit in den englischen Zeitungen diskutiert worden, und gleichzeitig wurde über seine Erregbarkeit vor Gericht, seine leidenschaftlichen Proteste und seine gelegentlichen plötzlichen physischen Zusammenbrüche berichtet, die man seinem schwachen Herzen zuschrieb, wenn auch die Unwissenden sie für Schauspielerei hielten.

Auf einem der Ausschnitte, den Alix gerade in der Hand hielt, war ein Bild von ihm, und sie studierte es interessiert – ein langbärtiger, gelehrt aussehender Herr.

An wen erinnerte sie dieses Gesicht nur? Plötzlich und mit einem Schock erkannte sie die Ähnlichkeit mit Gerald. In der Augenpartie glichen die beiden sich sehr. Vielleicht hatte er deshalb die Ausschnitte gesammelt. Ihr Blick wanderte zu dem Abschnitt unter dem Bild. Gewisse Daten, stand da, hatte man im Notizbuch des Angeklagten gefunden und behauptet, zu diesen Zeiten hätte er seine Opfer beseitigt. Dann wurde die Aussage einer Frau wiedergegeben, die den Häftling mit Sicherheit an einem Muttermal an seinem linken Handgelenk, dicht unter der Handfläche, wiedererkannte.

Alix ließ die Papiere fallen und begann zu schwanken. *An seinem linken Handgelenk, dicht unter der Handfläche, hatte ihr Mann eine kleine Narbe …*

Das Zimmer drehte sich um sie. Hinterher kam es ihr sonderbar vor, wie sie sofort und mit so absoluter Gewißheit überzeugt sein konnte: Gerald Martin war Charles Lemaitre! Sie wußte es und akzeptierte dieses Wissen augenblicklich. Unzusammenhängende Bruchstücke wirbelten durch ihr Gehirn und reihten sich aneinander wie Teile eines Puzzlespiels.

Der für das Haus gezahlte Preis – ihr Geld – einzig und allein ihr Geld; die Aktien und Obligationen, die sie ihm zur Verwaltung anvertraut hatte. Sogar ihr Traum erschien jetzt in seiner wahren Bedeutung. Tief in ihrem Innern, in ihrem Unterbewußtsein, hatte sie Gerald Martin stets gefürchtet und ihm zu entrinnen gewünscht. Und es war Dick Windyford, dessen Hilfe ihr zweites Ich herbeigesehnt hatte. Auch das war ein Grund dafür, daß sie die Wahrheit so leicht, ohne zu zweifeln oder zu zögern, akzeptieren konnte. Sie sollte das nächste Opfer von Lemaitre werden. Vielleicht schon sehr bald....

Ein unterdrückter Aufschrei entfuhr ihr, als sie sich an die Eintragung in seinem Notizbuch erinnerte: *Mittwoch, 21 Uhr*. Der Keller mit den Steinplatten, die sich so leicht aufheben ließen! Schon einmal hatte er eines seiner Opfer im Keller vergraben. Alles war bereits für Mittwochnacht geplant gewesen. Aber daß er es vorher auf so methodische Weise niederschrieb – Wahnsinn! Nein, es war logisch. Gerald machte sich für alle seine Vorhaben im voraus Notizen zur Erinnerung: Mord war für ihn ein Geschäft wie jedes andere.

Doch was hatte sie gerettet? Was konnte sie möglicherweise gerettet haben? War er in letzter Minute weichherzig geworden? Nein. Wie ein Blitz kam ihr die Antwort – *der alte George*.

Sie verstand jetzt die scheinbar unmotivierte Wut ihres Mannes. Zweifellos hatte er sich schon den Weg bereitet, indem er jedermann erzählte, sie führen am Donnerstag nach London. Dann war George unerwartet am Mittwoch zur Arbeit gekommen, hatte London ihr gegenüber erwähnt, und sie hatte der Behauptung widersprochen. Zu riskant, sie in jener Nacht zu beseitigen, wenn der alte George womöglich ihre Unterhaltung weitererzählte. Doch was für ein Entrinnen! Wenn sie nicht zufällig diese unbedeutende Sache erwähnt hätte – Alix schauderte.

Doch sie durfte keine Zeit verlieren. Sie mußte sofort fliehen – bevor er zurückkehrte. Hastig legte sie die Rolle mit den Zeitungsausschnitten wieder in die Schublade, schob sie zu und verschloß sie.

Und dann blieb sie regungslos stehen, wie zu Stein erstarrt. Sie hörte die Gartenpforte zur Straße knarren. *Ihr Mann war zurückgekehrt.*

Einen Augenblick blieb Alix noch steif vor Schreck stehen, dann schlich sie auf Zehenspitzen zum Fenster und spähte hinter dem Vorhang hinaus.

Ja, es war ihr Mann. Er lächelte vor sich hin und summte eine kleine Melodie. In der Hand hielt er einen Gegenstand, bei dessen Anblick das Herz der jungen Frau vor Entsetzen fast zu schlagen aufhörte. Es war ein nagelneuer Spaten.

Blitzartig kam ihr die instinktive Erkenntnis: *heute abend sollte es geschehen* ...

Doch sie hatte noch eine Chance. Seine kleine Melodie summend, ging Gerald um die Ecke und hinter das Haus.

Ohne einen Augenblick zu zögern lief sie die Treppen hinunter und aus der Tür. Doch sie war kaum aus dem Haus, als ihr Mann von der anderen Seite her um die Ecke trat.

»Hallo«, sagte er, »wohin willst du denn so eilig?«

Alix kämpfte verzweifelt mit sich, ruhig und wie gewöhnlich auszusehen. Für den Moment war ihre Chance vereitelt, aber wenn sie umsichtig darauf achtete, seinen Argwohn nicht zu wecken, würde sie später wiederkommen. Vielleicht sogar gleich ...

»Ich wollte nur einmal bis zum Ende des Weges und zurück gehen«, sagte sie in einem Ton, der ihr selbst schwach und unsicher vorkam.

»Gut«, erwiderte Gerald; »ich werde dich begleiten.«

»Bitte nicht, Gerald – ich bin nur nervös – Kopfschmerzen – ich möchte lieber allein gehen.«

Er musterte sie aufmerksam. Einen Moment lang meinte sie Verdacht in seinen Augen aufblitzen zu sehen.

»Was ist denn los mit dir, Alix? Du bist ja blaß – und zitterst.«

»Nichts.« Sie zwang sich, brüsk zu sein – und zu lächeln. »Ich habe lediglich Kopfschmerzen. Ein Spaziergang wird mir guttun.«

»Schön, aber es nützt dir gar nichts, daß du mich nicht mithaben willst«, erklärte Gerald mit seinem unbeschwerten Lachen. »Ich komme, ob du's magst oder nicht.«

Sie wagte nicht, weiter zu protestieren. Wenn er Verdacht schöpfen würde, daß sie *wußte* ...

Mit einer Willensanstrengung brachte sie es fertig, ihre normale Art teilweise zurückzugewinnen. Doch sie hatte das unangenehme Empfinden, daß er sie ab und zu von der Seite ansah, als sei er noch nicht ganz beruhigt. Sie fühlte, daß sein Argwohn noch nicht völlig eingeschlafen war.

Als sie ins Haus zurückkamen, bestand er darauf, daß sie sich hinlegte, und brachte Eau de Cologne, um ihre Schläfen damit zu betupfen. Er war, wie immer, der zärtlich liebende Ehemann. Alix fühlte sich so hilflos, als läge sie an Händen und Füßen gebunden in einer Fallgrube.

Nicht eine Minute lang wollte er sie allein lassen. Er ging mit in die Küche und half ihr, die einfachen kalten Gerichte, die sie schon vorbereitet hatte, ins Zimmer zu tragen. Das Abendessen brachte sie fast zum Ersticken, aber sie zwang sich, zu essen und sogar fröhlich und natürlich zu erscheinen. Sie wußte jetzt, daß sie um ihr Leben kämpfte. Sie war allein mit diesem Mann, meilenweit von jeder Hilfe, völlig in seiner Gewalt. Ihre einzige Chance bestand darin, seinen Verdacht soweit einzuschläfern, daß er sie ein paar

Augenblicke lang allein ließ – lang genug, daß sie in die Diele zum Telephon gehen und Hilfe herbeirufen konnte. Das blieb jetzt ihre einzige Hoffnung.

Ein weiterer Hoffnungsschimmer flackerte in ihr auf, als sie sich daran erinnerte, wie er schon einmal seinen Plan verschoben hatte. Angenommen, sie erzählte ihm, daß Dick Windyford sie heute abend besuchen käme?

Die Worte standen schon auf ihren Lippen – als sie sie hastig wieder zurücknahm. Dieser Mann würde sich nicht ein zweites Mal zurückhalten lassen. In seiner gehobenen Stimmung lag unter seinem ruhigen Äußern eine Entschlossenheit, daß ihr fast übel wurde. Damit würde sie das Verbrechen nur vorzeitig herausfordern. Er würde sie auf der Stelle umbringen und hinterher ruhig Dick Windyford anläuten, um ihm zu erzählen, daß sie plötzlich zu jemand anders hätten gehen müssen. Oh! Wenn nur Dick Windyford heute abend hierher käme! Wenn Dick ...

Plötzlich zuckte ihr ein Einfall durch den Kopf. Sie blickte ihren Mann scharf von der Seite an, als fürchtete sie, er könnte ihre Gedanken lesen. Mit dem Plan kehrte auch ihr Mut zurück. Alix wurde wieder so ungezwungen und natürlich, daß sie sich selbst bewundern mußte.

Sie bereitete den Kaffee und trug ihn auf die Veranda, wo sie oft an schönen Abenden saßen.

»Übrigens«, sagte Gerald plötzlich, »wir wollen später noch die Negative entwickeln.«

Ein Schauder rann Alix über den Rücken, aber sie erwiderte gleichgültig: »Kannst du nicht allein damit fertigwerden? Ich bin heute ziemlich müde.«

»Es wird nicht lange dauern.« Er lächelte in sich hinein. »Und ich kann dir versprechen, daß du hinterher nicht müde sein wirst.«

Die Worte schienen ihn zu amüsieren. Alix schauderte. Jetzt oder nie mußte sie ihren Plan ausführen.

Sie erhob sich.

»Ich will nur eben mal den Schlachter anrufen«, sagte sie gleichmütig. »Bleib nur ruhig sitzen.«

»Den Schlachter? So spät noch?«

»Sein Laden ist natürlich geschlossen, Dummchen. Aber ich kann ihn zu Hause erreichen. Morgen ist Sonnabend, und ich möchte, daß er mir gleich früh ein paar Kalbskoteletts bringt, bevor jemand anders sie mir wegschnappt. Der Gute tut alles für mich.«

Alix ging rasch ins Haus hinein und schloß die Tür hinter sich. Sie hörte Gerald rufen: »Laß die Tür offen« und hatte schnell die ungezwungene Antwort zur Hand: »Dann kommen nur Nachtfalter herein. Ich ekle mich so vor ihnen. Hast du Angst, daß ich dem Schlachter eine Liebeserklärung machen will, Dummchen?«

Sie nahm hastig den Telephonhörer ab und verlangte die Nummer des *Traveller's Arms*. Alix wurde sofort verbunden.

»Bitte Mr. Windyford! Ist er noch da? Kann ich ihn sprechen?«

Doch dann setzte einen Augenblick lang ihr Herzschlag aus. Die Tür ging auf, und ihr Mann trat in die Diele.

»Geh bitte fort, Gerald«, sagte sie, als ob sie sich zierte. »Ich mag es gar nicht, wenn mir jemand beim Telephonieren zuhört.«

Er lachte nur und ließ sich in einen Sessel fallen.

»Ist es auch wirklich der Schlachter, den du da anrufst?« zog er sie auf.

Alix war verzweifelt. Ihr Plan war fehlgeschlagen. In einer Minute würde Dick Windyford an den Apparat kommen. Sollte sie es riskieren und ihn unumwunden zu Hilfe rufen?

Doch während sie nervös die kleine Taste im Hörer

drückte und wieder losließ, welche die Stimme des Anrufenden am anderen Ende der Leitung hören läßt oder unterbricht, fiel ihr blitzartig ein neuer Plan ein.

›Es wird nicht einfach sein‹, dachte sie. ›Ich muß unbedingt einen klaren Kopf behalten und die richtigen Worte wählen. Ich darf keinen Augenblick unsicher werden; doch ich glaube, ich kann es schaffen. Ich *muß* es schaffen.‹

Und im selben Moment hörte sie die Stimme von Dick Windyford im Hörer.

Alix sog einen tiefen Luftzug ein. Dann drückte sie entschlossen die Taste und begann zu sprechen.

»*Hier ist Mrs. Martin – Villa Nachtigall. Bitte kommen Sie* (sie ließ die Taste los) morgen früh mit sechs schönen Kalbskoteletts. (Sie drückte wieder die Taste.) *Es handelt sich bei mir um Leben und Tod* (sie ließ die Taste los), daß die Kalbskoteletts schön zart sind, denn mein Mann ist sehr wählerisch. Bitte (sie drückte die Taste) *kommen* (sie ließ die Taste los) Sie (sie drückte die Taste) *so früh wie möglich.* (Sie ließ die Taste los.) Vielen Dank, Mr. Hexworthy, und entschuldigen Sie, daß ich so spät noch angerufen habe. – Bis morgen früh also.«

Sie legte den Hörer wieder auf die Gabel und drehte sich zu ihrem Mann um; ihr Atem ging rasch.

»So also pflegst du mit deinem Schlachter zu reden!« sagte Gerald.

»Das ist eben Frauenart«, meinte Alix leichthin.

Innerlich fieberte sie vor Erregung. Er hatte keinen Verdacht geschöpft. Dick würde kommen, selbst wenn er es nicht verstanden hatte.

»Du scheinst ja auf einmal äußerst gutgelaunt zu sein«, bemerkte er, während er sie neugierig musterte.

»Allerdings«, erwiderte Alix. »Meine Kopfschmerzen sind fort.«

Sie setzte sich wieder auf ihren Platz und lächelte ihren Mann an, als er sich in seinen Sessel ihr gegenüber sinken ließ. Sie war gerettet. Die Zeiger der Uhr wiesen erst auf fünfundzwanzig Minuten nach acht. Lange vor neun würde Dick hier sein.

»Der Kaffee vorhin gefiel mir überhaupt nicht«, klagte Gerald. »Er schmeckte sehr bitter.«

»Ich hab' eine neue Sorte ausprobiert. Wir werden sie nicht wieder trinken, wenn du sie nicht magst, Liebling.«

Alix nahm sich ihre Handarbeit vor und begann zu sticken. Gerald las ein paar Seiten in seinem Buch. Dann blickte er zur Uhr hoch und warf das Buch beiseite.

»Halb neun. Zeit, in den Keller zu geh'n und mit der Arbeit zu beginnen.«

Die Handarbeit entglitt Alix.

»Oh, doch nicht so früh. Laß uns bis neun warten.«

»Nein, meine Liebe – halb neun. Für die Zeit habe ich es festgesetzt. Um so eher wirst du zur Ruhe kommen.«

»Aber ich würde lieber noch bis neun Uhr warten.«

»Du weißt doch, wenn ich einmal eine Zeit festgesetzt habe, bleibt es dabei. Komm mit, Alix. Ich warte keine Minute länger!«

Alix blickte zu ihm hoch, und trotz aller Selbstbeherrschung überkam sie ein Grauen. Die Maske war gefallen. Geralds Hände zuckten, seine Augen glänzten vor Erregung, und mit der Zunge fuhr er sich fortwährend über die trockenen Lippen. Er gab sich keine Mühe mehr, seine wahren Gefühle zu verbergen.

›Wie ein Wahnsinniger‹, dachte Alix, *›er kann einfach nicht mehr warten.‹*

Mit langen Schritten kam er zu ihr herüber, packte sie bei der Schulter und riß sie auf die Füße.

»Komm mit, Mädchen – oder ich trage dich dorthin.«

Die Worte sollten fröhlich klingen, aber in ihrem Ton schwang eine kaum verborgene wilde Grausamkeit mit, die sie entsetzte. Mit äußerster Anstrengung riß sie sich los und preßte sich mit dem Rücken gegen die Wand. Sie war machtlos. Sie konnte nicht entkommen – sie war ihm ausgeliefert – und er kam auf sie zu.

»Also, Alix –«

»Nein – nein!« schrie sie und streckte ohnmächtig die Hände aus, um ihn abzuwehren.

»Gerald – bleib steh'n – ich muß dir etwas sagen – etwas gestehen –«

Er blieb stehen.

»Gestehen?« fragte er neugierig.

»Ja, gestehen.« Die Worte waren ihr ohne jeden Grund eingefallen, aber sie wiederholte sie verzweifelt, um seine einmal geweckte Aufmerksamkeit festzuhalten.

Ein verächtlicher Ausdruck trat in sein Gesicht.

»Ein früherer Liebhaber, nehme ich an«, sagte er höhnisch.

»Nein«, erwiderte Alix. »Etwas anderes. Man könnte es wohl – ja, man könnte es ein Verbrechen nennen.«

Augenblicklich erkannte sie, daß sie den richtigen Ton getroffen hatte. Seine Aufmerksamkeit war erneut geweckt, gefangen. Als sie das sah, kehrte ihre Beherrschung zurück. Sie fühlte sich wieder als Herrin der Situation.

»Du solltest dich lieber wieder setzen«, sagte sie ruhig.

Sie durchquerte das Zimmer zu ihrem alten Platz und setzte sich ebenfalls. Sie bückte sich sogar und hob ihre Handarbeit auf. Doch hinter ihrer äußerlichen Ruhe war sie fieberhaft dabei, eine Geschichte zu erfinden; denn was sie sich jetzt ausdachte, mußte seine Neugier wachhalten, bis Hilfe eintraf.

»Ich habe dir erzählt«, begann sie langsam, »daß ich fünfzehn Jahre lang als Stenotypistin gearbeitet habe. Das entsprach nicht ganz der Wahrheit. Dazwischen lagen zwei Unterbrechungen. Die erste ereignete sich, als ich zweiundzwanzig war. Ich begegnete einem Mann, einem älteren Mann mit einem kleinen Vermögen. Er verliebte sich in mich und hielt um meine Hand an. Ich sagte ja, und wir heirateten.« Sie machte eine Pause. »Ich brachte ihn dazu, sein Leben zu meinen Gunsten zu versichern.«

Sie sah, daß plötzlich ein brennendes Interesse im Gesicht ihres Mannes geschrieben stand, und fuhr mit gestärktem Selbstvertrauen fort.

»Während des Krieges arbeitete ich eine Zeitlang in der Apotheke eines Krankenhauses. Dort mußte ich mit allen möglichen seltenen Arzneimitteln und Giften hantieren.«

Überlegend hielt sie inne. Es gab keinen Zweifel mehr, er war jetzt brennend interessiert. Ein Mörder kann nicht anders, er muß an einem Mord Interesse finden. Darauf hatte sie mit Erfolg gesetzt. Verstohlen blickte sie auf die Uhr. Es war fünfundzwanzig Minuten vor neun.

»Es gibt ein Gift – ein feines weißes Pulver – eine winzige Prise davon bedeutet Tod. Aber vielleicht verstehst du ja etwas von Giften?«

Sie stellte diese Frage etwas ängstlich. Wenn er sie bejahte, mußte sie vorsichtig sein.

»Nein«, sagte Gerald; »ich verstehe so gut wie nichts davon.«

Erleichtert atmete sie auf.

»Aber bestimmt hast du schon von Hyoscin gehört? Das ist ein Arzneimittel, das, richtig dosiert, *todsicher* wirkt, jedoch absolut nicht nachweisbar ist. Ich stahl eine kleine Portion davon und verwahrte sie gut.«

Sie schaltete eine Pause ein, alle ihre Kräfte zusammennehmend.

»Weiter«, sagte Gerald.

»Nein. Ich habe Angst, es dir zu erzählen. Ein andermal.«

»Jetzt«, forderte er sie ungeduldig auf. »Ich will es jetzt hören.«

»Unsere Ehe dauerte einen Monat. Ich war sehr gut zu meinem ältlichen Mann, sehr freundlich und hingebend. Allen Nachbarn gegenüber lobte er mich. Jedermann wußte, was für eine liebende Frau ich war. Und jeden Abend bereitete ich eigenhändig unseren Kaffee. Eines Abends, als wir beide allein im Hause waren, tat ich eine Prise des tödlichen Alkaloids in seine Tasse –«

Alix machte wieder eine Pause und fädelte umständlich ihre Nadel ein. Sie, die niemals in ihrem Leben geschauspielert hatte, nahm es in diesem Augenblick mit der größten Schauspielerin der Welt auf. Sie ging förmlich auf in der Rolle der kaltblütigen Giftmischerin.

»Es ging äußerst friedlich vor sich. Ich saß da und beobachtete ihn. Einmal keuchte er ein wenig und verlangte nach Luft. Ich öffnete das Fenster. Dann sagte er, er könne sich nicht mehr von seinem Stuhl erheben. *Kurz darauf starb er.*«

Sie hörte auf zu lächeln. Es war viertel vor neun. Bestimmt würde Dick bald kommen.

»Wie hoch«, fragte Gerald, »war die Versicherungssumme?«

»Ungefähr zweitausend Pfund. Ich habe damit spekuliert und fast alles verloren. Darauf nahm ich wieder Büroarbeit an. Aber ich hatte nie die Absicht, lange dabei zu bleiben. Etwas später lernte ich einen anderen Mann kennen. Da ich im Büro wieder unter meinem Mädchennamen arbeitete, wußte er nicht, daß ich schon einmal verheiratet war. Es war ein jüngerer Mann, recht gut aussehend und ziemlich vermögend. Wir heirateten in aller Stille in Sussex. Er wollte keine Lebensversicherung abschließen, aber natürlich machte er ein Testament zu meinen Gunsten. Genau wie mein erster Mann sah er es gern, wenn ich eigenhändig seinen Kaffee bereitete.«

Alix lächelte beziehungsvoll und fügte lächelnd hinzu: »Ich mache sehr guten Kaffee.«

Dann fuhr sie fort: »In dem kleinen Ort, in dem wir wohnten, hatte ich eine Anzahl Freunde. Sie waren sehr um mich besorgt, als mein Mann eines Abends nach dem Essen plötzlich an einem Herzschlag starb. Nur der Arzt war mir nicht sehr gewogen. Ich glaube zwar nicht, daß er mich verdächtigte, auf jeden Fall aber überraschte ihn der plötzliche Tod meines Mannes sehr. Ich weiß nicht recht, warum ich eigentlich wieder ins Büro ging. Wahrscheinlich war es die Macht der Gewohnheit. Mein zweiter Mann hinterließ mir etwa viertausend Pfund. Diesmal spekulierte ich nicht damit, sondern investierte es. Und dann, wie du ja weißt –«

Doch sie wurde unterbrochen. Gerald Martin, dessen Gesicht blutrot angelaufen war, deutete mit zitterndem Zeigefinger auf sie.

»Der Kaffee – mein Gott, der Kaffee!« keuchte er halb erstickt.

Sie starrte ihn an.

»Jetzt verstehe ich, warum er so bitter war. Du Teufelin hast es jetzt auf mich abgesehen!«

Seine Hände umklammerten die Sessellehnen. Er machte Anstalten, sich auf sie zu stürzen.

»Du hast mich vergiftet!«

Alix war vor ihm bis zum Kamin zurückgewichen.

Von Furcht gepackt, öffnete sie die Lippen, um nein zu sagen – hielt jedoch inne. Im nächsten Augenblick würde er sie anspringen. Sie nahm all ihren Mut zusammen. Ihre Augen hielten ihn fest, bannten ihn an seinen Platz.

»Ja«, sagte sie. »Ich habe dich vergiftet. Das Gift arbeitet bereits in deinem Körper. Du kannst dich nicht mehr von deinem Stuhl erheben – du kannst dich nicht mehr bewegen –«

Wenn sie ihn nur an seinem Platz halten konnte – nur ein paar Minuten ...

Ah! Was war das? Schritte auf der Straße. Die Pforte knarrte. Die Schritte kamen den Gartenweg herauf – die Haustür öffnete sich –

»*Du kannst dich nicht bewegen!*« wiederholte sie.

Dann schlüpfte sie an ihm vorbei und floh Hals über Kopf aus dem Zimmer, um ohnmächtig in Dick Windyfords Arme zu fallen.

»Mein Gott! Alix«, rief er aus.

Dann wandte er sich an seinen Begleiter, einen großen, kräftigen Mann in Polizeiuniform.

»Sehen Sie doch bitte mal nach, was im Zimmer nebenan vor sich geht.«

Dick legte Alix sorgsam auf eine Couch und beugte sich über sie.

»Mein kleines Mädchen«, murmelte er. »Mein armes kleines Mädchen. Was hat man dir nur angetan?«

Ihre Augenlider flatterten, und ihre Lippen hauchten seinen Namen.

Dick wurde von dem Polizisten aufgestört, der ihn am Arm berührte.

»Im Nebenzimmer sitzt lediglich ein Mann im Sessel, Sir. Er sieht aus, als hätte ihm etwas einen gewaltigen Schreck eingejagt, und –«

»Ja?«

»Nun, Sir – er ist – tot.«

Der Klang von Alix' Stimme ließ sie zusammenfahren. Sie sprach mit geschlossenen Augen, als ob sie träumte.

»*Und kurz darauf*«, sagte sie, fast als zitiere sie etwas aus dem Gedächtnis, »*starb er* –«

ARTHUR WILLIAMS

Da ich selbst ein Mörder bin . . .

Da ich selbst ein Mörder bin, hatte ich großes Interesse für eine Feststellung, die kürzlich ein bekannter Kritiker von Mordgeschichten machte, nämlich: daß die besten und anregendsten Detektivgeschichten, die heute geschrieben werden, jene sind, die mindestens ebenso nachdrücklich nach dem ›Warum‹ fragen wie nach dem ›Wer‹ und ›Wie‹.

Es ist erfreulich, daß der Charakter des Mörders endlich – wenn auch nur auf literarischem Gebiet – einer eingehenderen Analyse gewürdigt wird. Früher hat man der Entdeckung, wer der Mörder war und mit welchen Mitteln man ihn fing, allzu große Bedeutung beigemessen. Andererseits halte ich die Zeit nicht für verschwendet, die man der Enträtselung des ›Wie‹ gewidmet hat, denn schließlich ist die angewendete Methode ein Hinweis auf den Charakter des Mannes, der sie angewendet hat; zudem ist sie oft entscheidend dafür, ob der Mörder als Versager berühmt wird oder als Erfolgreicher unbekannt bleibt.

Ich würde noch gern erwähnen, daß wir Mörder nicht *immer* einen Fehler begehen. Dieser Trugschluß ist entstanden, weil nur jene Mörder, die Fehler gemacht haben, die Aufmerksamkeit der Polizei erregten. Im großen ganzen sind wir recht tüchtig, und wenn man nur die Anzahl der bekannten Fälle nimmt, geht daraus bereits hervor, bei wie vielen Morden wir nicht gefaßt worden sind, trotz der sehr großen Organisation, die gegen uns arbeitet.

Aber der allgemeine Irrtum, dem man am häufigsten begegnet, ist die Vorstellung der meisten Leute, daß ein Mörder sich von gewöhnlichen Menschen unterscheidet. Allzuoft ist er in übertriebenen Ausdrükken als ›wahnsinniges Ungeheuer‹ oder ›kaltblütige Bestie‹ bezeichnet worden. Solche melodramatischen Vorstellungen sind weit entfernt von der Wahrheit. Tatsächlich ist ein Mörder ganz normal – er besitzt nur größeren Mut, nach der allgemeingültigen Überzeugung zu handeln, daß jeder sich selbst der Nächste ist.

Daher habe ich mich aus eben diesem Grund entschlossen (ich werde für den Verfasser von Detektivgeschichten authentische Daten liefern!), meine Erlebnisse als Mörder der Öffentlichkeit zugänglich zu machen. Zum Glück war ich klug genug – so daß ich jetzt in der Lage bin, meinen Mord ohne Furcht vor unangenehmen Folgen zu berichten.

Als ich Susan Braithwaite ermordete, empfand ich keine persönliche Feindseligkeit gegen sie, obwohl manch einer denken mag, ich hätte Grund genug gehabt, sie zu hassen. Ich hatte sie einmal sehr gern gehabt und hätte sie geheiratet, wenn sie nicht so dumm gewesen wäre, sich Stanley Braithwaite als Gatten zu wählen. Da ich aber ein Kulturmensch und Mann von Welt bin, hatte ich das Gefühl: wenn sie einen Geldsack heiraten wollte, so war das schließlich ihre eigene Angelegenheit.

Ich nehme an, es war ihre Weiblichkeit, die mich anzog – und gerade diese Weiblichkeit machte sie vermutlich besonders empfänglich für das ausgesprochen Männliche in Braithwaite; er war ein großer, lärmender Bursche, aber mit genug Hirn, um seinen Weg in der Welt zu machen. Er hatte etwas Geld geerbt, und als Börsenmakler war er in der Lage, den besten Gebrauch davon zu machen. Durch seine Arbeit an der Börse hatte er gut verdient, nicht durch die Zufallsmethoden eines Spielers, sondern durch die nichtspekulativen Methoden eines Kapitalisten. Es war typisch für ihn, daß er während der großen Hausse an der Johannesburger Börse, die durch die Entdeckung der Goldlager im Oranje-Freistaat entstanden war, trotz des fieberhaften Optimismus, der an der Börse wütete, sein phlegmatisches System fortsetzte, einen Gewinn mitzunehmen, wo ein solcher zu holen war. Auf diese Weise gelang es ihm, ein kleines Vermögen aufzubauen und zu sichern, und als der unvermeidliche Rückschlag kam, waren seine Fonds meist flüssig. Statt sich von der auf alles übergreifenden Depression anstecken zu lassen, kaufte er gelassen Aktien, die fast wertlos geworden waren, und verdoppelte sein bereits angewachsenes Vermögen, als die ebenso unvermeidliche Erholung der Börse kam. Ein wahrhaft aufreizender Bursche!

Als ich ihn Susan vorstellte, war sie schwer beeindruckt durch seine herrische Art, die seine Erfolge verriet. Tatsächlich war sie so hingerissen, daß sie mit ihm nach Europa flog – und damit unsere Verlobung abbrach.

Ich hatte gehofft, sie niemals wiederzusehen.

Achtzehn Monate später klopfte es an der Hintertür meines Hauses. Als ich öffnete, fand ich Susan auf den Stufen, den Koffer in der Hand. Nachdem sie sich behaglich auf der Chesterfieldcouch meines Studierzimmers niedergelassen hatte, erzählte sie mir ihre Geschichte. Ich war nicht verwundert über das, was ich hörte. Braithwaites herrisch-selbstsichere Männlichkeit, die sie meinen bescheidenen intellektuellen Eigenschaften vorgezogen hatte, war zu einem selbstzufriedenen Egoismus ausgewachsen, zu einer sehr wirksamen Tyrannei. Als sie seine Gefühllosigkeit ihr gegenüber nicht mehr ertragen konnte, hatte sie sich gegen ihn gewendet und war zu mir gekommen, denn sie fühlte, ich würde ihr um der Vergangenheit willen helfen.

Sie bemerkte jedoch nicht, daß mich die Aussicht, ihr zu helfen, keineswegs begeisterte. Tatsächlich war ich sehr unangenehm berührt. Nachdem sie mich über Bord geworfen hatte, war es mir gelungen, sie in meinem Herzen auszulöschen; gleichzeitig hatte ich erhebliche Verbesserungen an meiner Geflügelfarm vorgenommen. Sie trug sich jetzt selbst, und mit arbeitssparenden Erfindungen und Methoden war ich imstande, den ganzen Betrieb allein zu führen, denn ich hatte mein Geflügel gern und zog es vor, alle Arbeit, die es verursachte, selbst zu tun.

Aber mit Susan würde es schwierig sein, dies befriedigend fortzusetzen. Ich wußte, daß ich sie zu unterhalten hatte, und das bedeutete, daß manche unwichtigere, aber immerhin wesentliche Arbeit liegenbleiben mußte. Meine Alltagsaufgaben würden wahrscheinlich gestört werden, und die dreitausend Küken, die im empfindlichsten Alter waren, konnten sich erkälten oder sich sonst eine der Krankheiten zuziehen, für die sie empfänglich sind.

Unglücklicherweise fiel mir keine gültigklingende Entschuldigung ein, ihr meine Hilfe zu verweigern. Sie hatte ihre Ankunft zeitlich geschickt eingerichtet: sie würde zumindest über Nacht bleiben müssen, denn es gab keine Möglichkeit, sie im Dorf bequem unterzubringen, und es gingen bis zum nächsten Morgen keine Züge zurück nach Johannesburg. Ich wußte: war einmal das Eis gebrochen, indem ich sie hier übernachten ließ, würde es noch schwieriger sein, sie am nächsten Morgen wegzuschicken. Schließlich hatte ich sie einmal sehr geliebt und ihr im Rausch jener Zeit gesagt, wenn sie jemals in Not sei, könnte sie unbedingt auf mich zählen, gleichviel was zwischen uns geschehen würde. Und da ich Wert darauf lege, zu meinem Wort zu stehen, fand ich den Gedanken unerträglich, daß sie unsern gemeinsamen Freunden berichten würde, ich hätte mich im Ernstfall als taube Nuß erwiesen.

Dies alles ging mir durch den Kopf, während sie unaufhörlich schwatzte über all die grausamen Dinge, die ihr Ehemann ihr angetan hatte; aber unter dem Anschein, zuzuhören, folgte ich dem Lauf meiner eigenen Gedanken, bis ich wütend wurde über die Selbstverständlichkeit, mit der sie meine Sympathie voraussetzte. Aus den Brocken ihrer Reden, die ich anhörte, erriet ich, welche Art Hilfe sie von mir erwartete, und das reizte mich noch mehr.

Ich sah mein bißchen Geld an Rechtsanwälte verschwendet; ich sah, wie mein behagliches und befriedigendes Leben gestört sein würde; ich sah meinen künftigen Frieden bedroht durch verwickelte Gefühle; kurzum, ich sah mein ganzes wohlgeordnetes Dasein völlig durcheinandergebracht. Ich wurde so zornig, daß ich dachte: ›Wahrhaftig, ich könnte ihr den Hals umdrehen!‹

Das tatsächliche Erdrosseln war schwieriger, als man annehmen sollte. Daß ich unfähig war, sie anzusehen, und deshalb um die Rückseite der Couch gegangen war und ihr von dort aus die Hände um den Hals legte, erwies sich als Vorteil. Indem ich mich hinter den Diwan hockte, war ich imstande, ihren Hals und ihren Kopf fest dagegen zu pressen; ich klammerte mich an wie der grimme Tod und vermied es auf diese Weise, daß meine Hände durch ihr heftiges Schlagen, Stoßen und Nach-Luft-Ringen ihren Griff lockerten. Auch als sie erlahmte, war meine Stellung bequem genug – ich brauchte nicht loszulassen, bis ich sicher war, daß sie tot war.

Ihr Gesicht – dunkelblau mit grotesk heraustretender Zunge – sah ziemlich schrecklich aus, wenn ich es mit dem hübschen, lebhaften Ausdruck verglich, den es wenige Minuten zuvor gehabt hatte; und ihr vorher glänzendes Haar hatte seine blaue Tönung verloren und sah tot und schwarz aus. In anderer Beziehung beeindruckte mich der Anblick von Susans totem Körper nicht sonderlich.

Als ich völlig sicher war, daß Susan tot war, drückte ich ihre Zunge in ihren Mund und ging daran, mich der Leiche zu entledigen; ich benutzte eine Methode, die ich ersonnen hatte, als ich von den Schwierigkeiten las, die andere Mörder in dieser Hinsicht gehabt hatten. Ich fing gleich am selben Abend damit an, obwohl es nicht eilig war, denn es würde Tage, wenn nicht Wochen dauern, ehe man ernstliche Nachforschungen nach Susans Verbleib anstellte; aber ich war neugierig darauf, meine Ideen auszuprobieren. Am nächsten Morgen war ich so zeitig auf wie gewöhnlich und ging meinen Alltagsarbeiten auf der Farm nach.

Etwa drei Wochen später tauchte Sergeant Theron von der Ortspolizei eines Nachmittags auf meiner Farm auf und wollte hören, ob ich irgend etwas über eine Mrs. Susan Braithwaite wüßte.

Sergeant Theron im Dienst war ein völlig anderer Mann als der außerdienstliche Johnny Theron, der uns gelegentlich, wenn er ein bißchen eingeheizt hatte, im Hinterhof von Wiggins' Gasthaus durch die Vorstellung einer Wildwestschießerei unterhielt. Er war ein Meisterschütze, und wenn er sich ein wenig duckte, konnte er zwei Revolver von der Hüfte aus mit verblüffender Zielsicherheit abfeuern; gleichzeitig lugte er mit melodramatischer Kampflust von Seite zu Seite; dann spuckte er nach jeder Salve in die Mündung der Revolver, um sie ›abzukühlen‹; er spielte den Cowboyhelden, der von feigen Bösewichtern umringt ist, so komisch, daß man sich vor Lachen auf die Schenkel schlug.

Aber Sergeant John Theron von der südafrikanischen Polizei war ein behender und intelligenter Polizist, der es mit seiner Aufgabe ernst nahm, und ich merkte aus der Art, wie er seine Frage in Worte faßte, daß er überzeugt war, ich wisse etwas über Mrs. Susan Braithwaite.

Ich nahm an, sie war als vermißt gemeldet worden und man hatte ihre Spur bis zu meiner Farm verfolgt. Daher beschloß ich, Theron in mein Vertrauen zu ziehen. Ich berichtete ihm kurz alles über meine früheren Beziehungen zu Susan und schloß damit, daß sie eines Abends vor etwa drei Wochen zu mir gekommen, aber am selben Abend wieder weggegangen sei.

Er verlangte natürlich weitere Einzelheiten und wollte auch wissen, warum ich nicht zur Polizei gekommen und berichtet hätte, daß ich sie noch zu einem späteren Termin gesehen hatte als an jenem, den die Zeitung als den Tag ihres letzten Gesehenwerdens genannt hatte. Ich erklärte ihm, daß ich niemals Zeitungen lese, daß ich aber, selbst wenn ich eine Suchmeldung gelesen hätte, nichts von ihrem Besuch bei mir verraten haben würde, zumal sie ihrem Ehemann davongelaufen war.

Ich erzählte ihm weiter, daß sie mich gebeten hatte, ihr zu helfen; daß ich es jedoch abgelehnt habe; daß wir dann stritten, bis sie in Wut geriet; daß sie dann einfach aus dem Hause rannte, ohne ihren Hut, ihre Handschuhe und ihren Koffer mitzunehmen. In Beantwortung seiner Fragen versicherte ich ihm, ich wisse nicht, wohin sie gegangen war oder wie sie es anstellen wollte, ohne ihren Koffer auszukommen, und ob sie eine Handtasche bei sich gehabt hatte oder nicht.

Nachdem das Thema von Susans Besuch erschöpft war, wollte Theron ihren Koffer sehen, den ich ihm gab. Er fand ihn unverschlossen und öffnete ihn. Zuoberst lag eine braune Handtasche, die, wie sich beim Umkehren herausstellte, etwas Geld, ein Paar Ohrringe, einen Diamantring, die üblichen weiblichen Requisiten und einige lose Schlüssel enthielt, von denen einer zum Koffer paßte. Nach sorgfältiger Prüfung des übrigen Kofferinhalts fragte mich Theron, was Mrs. Braithwaite an jenem Abend angehabt hatte.

Diese Frage kam eher, als ich erwartet hatte, aber ich gab ihm die vorher ausgedachte Antwort – eine echtklingende, aber wertlose ungefähre Beschreibung der Kleider, die ich mit ihrer Handtasche vor drei Wochen sorgfältig in den Koffer gepackt hatte. Ich hatte ihn mit einem der Schlüssel aus ihrer Handtasche geöffnet und offengelassen, um das Problem, den Schlüssel loszuwerden, zu vermeiden. Übrigens hatte ich natürlich Handschuhe getragen, als ich ihre Schuhe, Kleider usw. einpackte. Ich beabsichtigte nicht, Fingerspuren im Innern des Koffers zu hinterlassen und so den traditionellen Fehler zu begehen.

Theron hörte sich meine Beschreibung aufmerksam an, dann holte er ein sichtlich getragenes Kleid aus dem Koffer und fragte mich, ob es das Kleid sei, das Mrs. Braithwaite an jenem Abend anhatte. Natürlich antwortete ich, es sei es nicht, aber ich wußte: wenn jemand, der Susan in diesem Kleid gesehen hatte, als sie zu mir auf die Farm kam, es ihm bereits geschildert hatte, so würde die Beschreibung mehr oder weniger auf die von mir gegebene passen.

Nachdem Sergeant Theron noch einige Fragen gestellt hatte, nahm er Koffer, Hut und Handschuhe und ging.

Einige Tage lang besuchte mich die Polizei nicht. Ich ging an dem Abend der Woche, den Johnny Theron gewöhnlich im Gasthaus verbrachte, ebenfalls dorthin – aber diesmal gab er nicht seine gewöhnliche Cowboyvorstellung.

Ich wußte, es war nur eine Frage der Zeit, bis ich ihn wiedersehen würde, denn Susans Spur endete eindeutig bei mir, und die Polizei würde sich auf meine Farm konzentrieren, bis sie Ursache hatte, anderswo zu suchen. Als Theron schließlich, eine Woche später, wiederkam, war er von Konstabler Barry begleitet, einem vorzeitig kahlen jungen Mann, der unsere Dorfschöne, Renée Otto, dadurch gefreit und gewonnen hatte, daß sie ihn vor der Hochzeit niemals ohne Helm zu sehen bekam – so erzählte man sich's jedenfalls im Dorf. Aber Theron und Barry brachten einen Mann vom CID-Hauptquartier in Johannesburg mit. Diesmal waren die einzigen Worte, die Sergeant Theron sprach: »Mr. Williams, dies ist Inspektor Ben Liebenberg.«

Ich nahm die Vorstellung zur Kenntnis und fragte den Inspektor, was ich für ihn tun könne. Er war ein großer, hübscher Mann, mehr einem Schauspieler als einem Detektiv ähnlich. Später erfuhr ich, daß er ein vorzüglicher Mixer – von Getränken sei. Es war sein Steckenpferd, sich neue Rezepte für Cocktails und andere Mischgetränke auszudenken. Daß er eine besondere Sorte eines ›Grünen Mamba‹ erfunden hatte, der so tödlich wie eine Schlange ist, hörte ich später von Theron, als er wieder mit mir zusammen ein Glas trinken durfte.

Inspektor Liebenberg sagte, er bedaure sehr, mich stören zu müssen – würde ich etwas dagegen haben, wenn er ein wenig Umschau hielte? Man habe mit Bestimmtheit gesehen, daß Mrs. Braithwaite auf meine Farm gekommen sei, und mit der gleichen Bestimmtheit habe man sie danach nicht mehr gesehen; er würde sich gern pflichtgemäß überzeugen, daß sie sich nicht hier versteckt halte.

Ich versicherte ihm, ich verstünde das absolut und es würde mir ein Vergnügen sein, ihm die ganze Farm zu zeigen.

Im Wohnhaus erklärte ich ihm, daß ich gern von jeder äußeren Hilfe unabhängig sei und deshalb Farm und Haus so praktisch wie möglich eingerichtet hätte. Ich zeigte ihnen die Kohlenkiste in der Küche, die wie ein kleines Zimmer gebaut und von außen bis zum Rande zu füllen war; sie hatte in Bodennähe eine kleine viereckige Klappe, die dicht neben dem kohlenbrennenden Ofen lag. Unter der Küche war ein unterirdischer Zementtank zum Auffangen des Regenwassers; an ihm war eine Handpumpe angebracht, von der aus ein Rohr ins Badezimmer führte. Der Rest meiner Wasserversorgung kam von einem großen Tank auf dem Dach, der durch ein Windrad aus einem Bohrloch gespeist wurde.

Dann führte ich sie draußen herum – ich begann mit dem dreihundert Fuß langen, unterteilten, ganz modernen Geflügelhaus, wo – nach dem Geräusch zu urteilen – die Tausende von Leghornhennen ihre Eier anpriesen. Ich zeigte den Polizisten den Brutapparat und das Bruthaus, das ich auch gelegentlich für Zuchtversuche mit Hühnern und anderm Federvieh verwendete.

Dann führte ich sie zu der großen Wellblechbaracke, in der meine Maschinen aufgestellt waren – ein Traktor, eine Dreschmaschine, eine Hammermühle und verschiedene kleinere Apparate, wie Luzernenschneider usw. Auch meine gewöhnliche Farmausrüstung wie Pflüge, Harken, ein Dampftrockentank, Drillmaschine, Kultivator und meine Futtervorräte. An allen Wänden der Baracke waren große Reihen von Futterbehältern, die die verschiedensten Vorräte enthielten: geschroteten Mais, Maismehl, Fleischmehl, Erdnußmehl, Knochenmehl, Luzernenmehl und die verschiedensten Sorten von Geflügel- und Viehfutter, die ich brauchte, um die einzelnen genau berechneten Futterrationen herzustellen.

Ich sah, wie ihre Augen die Tanks abmaßen und wie sie sich im Geiste förmlich Notizen machten.

Als wir wieder im Freien waren, zeigte ich ihnen mein bebautes Land – die grünen Luzernenfelder – grün durch das Wasser aus dem Wehr – und die gelblichbraunen Mais- und sonstigen bebauten Felder. In der Ferne erkannte man gerade noch die Kühe, Ochsen und Pferde, die auf dem unkultivierten Farmland grasten.

Sie besichtigten die ganze Farm, dann dankte mir Inspektor Liebenberg für meine Mühe und fuhr ab – ziemlich bedrückt, wie mir schien. Ich hätte gern angedeutet, daß vielleicht zwanzig Stubenmädchen mit zwanzig Staubsaugern... aber ich fand es doch unklug, mich allzusehr auf meine Sicherheit zu verlassen.

Eine Woche verging ereignislos, obwohl es mich allmählich nervös machte, mich ständig unter Beobachtung zu fühlen. Sogar Konstabler Barry hatte seine Runde geändert und nahm seinen Weg an meinem Tor vorbei, durch das er, obwohl es ziemlich entfernt war, einen ungehinderten Blick über die Rasenfläche hin zum Haus und zur Garage hatte.

Ich beschloß, mich zu rühren und die Sache in Fluß zu bringen. Mein bester Plan war natürlich, scheinbar Crippens Fehler zu begehen und wegzulaufen.

Ich traf daher meine Vorbereitungen und fuhr eines Morgens in meinem Wagen in großer Hast fort. Ich fuhr etwa fünf Meilen sehr schnell, dann mäßigte ich das Tempo plötzlich, bog auf ein Stück baumloses Grasland und verbarg den Wagen so gut wie möglich in einem kleinen Gebüsch, ziemlich weit von der Straße entfernt.

Ich ging den Rest des Weges zu Fuß bis zu den

unterirdischen Höhlen in der Nähe der berühmten Blyvooruitzicht-Goldminen. Diese Höhlen sind zwar sehr ausgedehnt, aber nicht schön und ziehen daher keine Besucher an. Ich war der Meinung, daß die Polizei sie bereits gründlichst durchsucht hatte, so daß ich nun wahrscheinlich ungestört bleiben würde. Ich hatte mir eine Colemanlampe, einen Feldkocher und reichliche Vorräte mitgebracht und mich bald in einer der kleineren Höhlen behaglich eingerichtet.

Ich wußte, daß mein Geflügel auf der Farm für einige Tage versorgt war; die Futtertröge enthielten Nahrung für reichlich drei Tage, und die Wasserbehälter mit den automatischen Kugelventilen würden voll bleiben. Die Eier würden sich natürlich bei dem Ansturm auf die Nester häufen und schließlich zum Teil zerbrechen; aber man kann eben nicht morden, ohne Eier zu zerbrechen... Die anderen Tiere würden nicht darben, und Wasser gab es genug auf den Weiden. Die Küken waren alt genug, um ohne künstliche Wärme auszukommen, und es bedurfte nur eines kleinen Sparfunkens von den Lampen, um sie nachts in Gruppen zu versammeln.

Ich hatte also keinerlei Sorgen und konnte mich in Seelenruhe entspannen und die beiden Detektivbücher genießen, die ich mitgenommen hatte. Die Geschichten waren gut, obwohl ich mit Befriedigung feststellte, daß die verschiedenen Detektive beträchtlicher Unterstützung durch ihre Autoren bedurften.

Am Morgen des dritten Tages dachte ich, die Dinge seien so weit gereift, daß ich wieder in Erscheinung treten konnte.

Das Glück wollte es, daß ich zuerst auf Sergeant Theron stieß, als ich vor meinem Haus aus dem Wagen stieg. Das menschliche Gesicht ist eigentlich nicht dazu angetan, gleichzeitig Erstaunen, Aufregung, Befriedigung, Neugier, Spannung, Erleichterung, offizielle Zurückhaltung, Freundlichkeit und Bedauern auszudrücken – aber Theron tat wirklich sein Bestes!

Als er sich etwas erholt hatte, wollte er wissen, wo ich gewesen sei. Ich erzählte ihm, ich sei nach den Höhlen gefahren, um nachzusehen, ob Mrs. Braithwaite nicht vielleicht dorthin gegangen sei – sie konnte sich verirrt haben und umgekommen sein – und dann hatte ich mich selbst verirrt und hatte erst an diesem Morgen wieder herausgefunden! Er schnippte erbittert mit den Fingern – ich erriet daraus, daß er sein Netz zwar weit gespannt, aber nicht daran gedacht hatte, ich könnte mich in solcher Nähe aufhalten. Während er nun überlegte, was er zunächst zu tun habe, sah ich mich um; ich wollte die Einzelheiten des Eindrucks verarbeiten, den ich beim Hereinfahren bekommen hatte – nämlich, daß alles einem aufgestörten Ameisenhaufen glich! Die ganze Farm war in Unruhe.

Überall waren Männer – auf dem Dach, rund um das Haus, halb unter dem Hause; sie liefen mit gesenktem Kopf herum und examinierten den Boden, sie gruben an den verschiedensten Plätzen, sie waren am Wehr, sie umringten das Bohrloch, sie wimmelten auf den Feldern und auf den Weiden. Ich konnte nicht in die Ställe sehen, aber auch diese waren sicherlich voller Menschen, denn vor dem zweiflügeligen Haupteingang war eine ganze Sammlung von landwirtschaftlichen Eisenwaren verstreut wie die Erde, die ein grabender Terrier aufgeworfen hat.

Aber der lustigste Anblick war das lange Hühnerhaus. Man hatte sehr unklugerweise alle Hennen hinausgescheucht, um den Zementboden im Innern genau zu untersuchen. Zur Freilegung des Bodens hatte man erst eine sechs Zoll dicke bemistete Streu entfernen müssen. Diese nicht unbeträchtliche Aufgabe war bereits zum größten Teil absolviert, denn die Streu lag in großen Haufen im Freien vor der Eingangstür.

Längs der Außenwände des Hühnerhauses versuchten einige Männer die Grundmauern freizulegen; denn jeder, der den Auftrag hatte zu helfen, war offenbar der Ansicht, es dürfe kein Stein ungewendet bleiben! Ich schreibe absichtlich ›versuchten‹ – denn die Schanzgräber waren erheblich behindert durch die Tausende von Hennen, die nicht wußten, wohin, und mit hühnerhafter Ausdauer dorthin zurückstrebten, wohin sie gehörten. Hennen sind sehr konservativ – außerdem hatten sie Eier zu legen! Es war ein gefährliches und andauerndes Hin und Her auf dem schmalen Gang zwischen dem Maschendraht des Gebäudes und der niedrigen Mauer, auf dem die Drahtfront ruhte – und dies war eine der Grundmauern, welche die Männer untersuchen wollten.

Sie wurden fast erstickt von den Hennen. Und was nicht Hennen waren, das war Staub und Schmutz. Ein Leghorn ist ein sehr nervöser Vogel und selbst in den besten Zeiten unruhig. Man kann vor ihm nur entweder unaufhörlich reden oder ganz schweigen. Während ich hinsah, mußte einer der Männer einen Zuruf eines etwas entfernten Polizisten beantworten. Seine plötzlich laute Stimme veranlaßte Tausende von Hennen wie *ein* Vogel in die Luft zu springen – mit buchstäblich *einem* Flügelrauschen. Der Mann war nicht mehr zu sehen – er war in einer Wolke verborgen, die aus einer Mischung von Düngerpartikeln, Stroh, Erde, verschüttetem Futter und Federn bestand.

Mehr konnte ich nicht sehen, denn nun hatte sich Theron dahin entschieden, daß es am besten sei, mich zur Beantwortung einiger Fragen mit auf die Polizeistation zu nehmen. Dort überließ man mich der Obhut von Konstabler Hurndal, der meinen Gruß sehr steif entgegennahm. Nach kurzem Zögern fing Theron an, mich auszufragen – er gab sich schwere Mühe, den Eindruck zu erwecken, daß er auf meine Antworten keinen gesteigerten Wert lege.

Ich hatte meine dritte Zigarette halb aufgeraucht, als ein Konstabler ins Zimmer stürzte und rief: »Wir haben die Leiche gefunden!«

Ich sprang auf und rief: »Wie aufregend! Wo denn?« – eine höchst geschmacklose Bemerkung in Anbetracht dessen, daß ich Mrs. Braithwaite gekannt hatte – aber sie konnte wenigstens nicht dahin ausgelegt werden, daß sie aus einem schuldigen, angstvollen Gemüt kam. Ich wandte mich an Theron, der mich scharf beobachtet hatte, und sah den Zweifel in seinen Augen.

Eigentlich kam es nicht darauf an, ob ich schuldbewußt wirkte oder nicht. Ich war persönlich sicher und konnte mich nicht verraten, gleichviel was für Tricks sie anwendeten. Hätte ich aber Spuren eines schlechten Gewissens gezeigt, so hätte Theron endgültig gewußt, daß ich ein Mörder bin. Und das wollte ich vermeiden, denn dann wäre es in Zukunft gar nicht mehr amüsant gewesen, ins Wirtshaus zu gehen. Sein offizieller Verdacht ließ mich kalt, aber mit seiner privaten Überzeugung wäre es anders gewesen.

Theron setzte die Posse fort und fragte den Konstabler, wo man die Leiche gefunden habe. Dieser fuhr, allerdings ohne große Begeisterung, mit einer unklaren Beschreibung fort – es handelte sich um eine Stelle im unbebauten Land. Beide musterten mich mit einer letzten Hoffnung, ich würde ihnen einen Punkt zum Einhaken geben. Ich sagte: »Wirklich? Ich hätte nicht gedacht, daß dies ein guter Platz wäre, um eine Tote zu begraben. Es bedeutet aber doch, daß sie ermordet wurde, nicht wahr?«

Natürlich hatten sie weder Susans Leiche noch sonst etwas auf meiner Farm gefunden. Keine Spur davon! Sie durchsuchten den Ofen nach Resten menschlicher Asche, sie fegten den Kamin zum selben Zweck, sie gruben die Abflüsse auf, um zu sehen, ob ich möglicherweise den Körper in einem Chemikalienbad aufgelöst habe. Kurzum, sie suchten überall und probierten es mit einem Dutzend Tricks der Johannesburger CID. Alles umsonst.

Schließlich gaben sie es enttäuscht auf, und wie überzeugt sie auch sein mochten, daß Susan ermordet worden war, sie hatten keinen Beweis. Trotz der gründlichsten Durchforschung der ganzen Farm fand man keine Leiche, und diese Tatsache und zugleich der Mangel eines Motivs, das ich gehabt haben könnte, taten das ihre, um die Wolke des Verdachts, die über meinem Haupte hing, allmählich zu zerstreuen.

Am Christfest schickte ich Theron, um ihm zu zeigen, daß ich ihm nichts nachtrug, ein halbes Dutzend Brathähnchen.

Die Monate verliefen in ungestörtem Frieden. Das einzige, was mein Behagen störte, war die Nachricht, daß Theron zur Rhodesischen Polizei versetzt worden war.

Wir gaben ihm eine Abschiedsparty, Bill Wiggins lieferte die Getränke und ich das Geflügel. Der arme Johnny war nicht in der Lage, uns eine letzte Vorstellung eines schießenden Cowboys zu geben, denn als wir in den Hof hinaus gingen und an die frische Luft kamen, wirkte das so ungünstig auf ihn, daß er die größte Mühe hatte, sich verhältnismäßig aufrecht zu halten – er klammerte sich an den schwankenden Wäscheleinen fest.

Der Gedanke an ein neues Bruthaus beschäftigte mich ausschließlich. Da ich ihn aber selbst ausführte, nahm er auch all meine Zeit in Anspruch, so daß ich mein Haus nicht sauber und nett halten konnte. Nach vielem Hin- und Her-Überlegen engagierte ich eine Haushälterin – eine große, blonde, die einen kindlich-runden Eindruck machte. Sie ist außerordentlich tüchtig, aber ihr warmes Lächeln deutet an, daß sie auch sehr lieb und zärtlich sein kann.

Nur weil sie das Haus so gut führt, habe ich Zeit, abends diesen Bericht über meine Erfahrungen als Mörder zu schreiben.

Ich sehe voraus, daß es recht interessant werden wird, wenn ich sie veröffentlichen werde. Besonders neugierig bin ich, wie Theron reagieren wird, wenn er auf diese Weise von der Aufzucht der fetten Hähnchen hört, die ihm so gemundet haben.

Ich nehme an, er wird angeekelt sein, obwohl er's nicht zu sein brauchte. Denn schließlich, wie konnte er wissen, daß diese Hähnchen mit der Leiche Susan Braithwaites gefüttert wurden?

Ich meine natürlich nicht, daß sie roh daran herumgepickt hätten! Im Gegenteil, die Hühner verzehrten Susan in abgemessenen Rationen. Jedes bißchen ihres Körpers ging durch die Hammermühle und wurde zu feinem Fleischmehl und Knochenmehl zermahlen. Ein getrennter Prozeß lieferte das Blutmehl.

Diese Verarbeitung bot mir keine Schwierigkeiten, ich hatte sie in einem Artikel des ›Geflügelzüchters‹ genau studiert und schon bei verschiedenen Tierkadavern angewendet. Und für die Hammermühle sind menschliche Körper viel leichter zu verarbeiten, da sie nicht gehäutet werden müssen und kleinere Knochen haben.

Ich mußte lediglich genau achtgeben, daß auch jedes Stück ihres Körpers kleingemahlen wurde. Die Zähne mußte ich mehrmals durch die Mühle treiben, bis sie vom andern Knochenmehl nicht mehr zu unterscheiden waren. Das Haar auf dem Kopf verbrannte ich, es gab eine Art Holzkohle.

Nachdem ich den Körper verarbeitet hatte, wischte ich alles, was mit ihm in Berührung gekommen war, mit ein paar Handvoll grüner Luzerne ab, die ich dann gleichfalls durch die Mühle trieb. Später kamen allerlei Tierkadaver hinein und große Haufen Luzerne und Säcke voll Mais, so daß jede mögliche Spur einer menschlichen Zelle restlos aus der Maschine verschwand.

Das Fleischmehl, Knochenmehl und Blutmehl kamen mit anderen Nährstoffen in eine Ration für meine Versuchsexemplare – und was dies für prächtige Hühnchen wurden, kann Johnny Theron bezeugen. Tatsächlich habe ich mir direkt einen Ruf als Züchter feiner Backhähnchen und Poularden erworben, und andere Geflügelfarmer haben mir das Haus eingelaufen nach meinen Fütterungsmethoden.

Dies wird sicher auch Inspektor Liebenberg lesen, der nun, da er weiß, wo er nachforschen muß, sicher versuchen wird, einen Beweis zu finden, daß es einmal auf meiner Farm die Leiche eines Menschen gegeben hat. Aber ich bin überzeugt, daß er keinen Erfolg haben kann. Es wäre sinnlos, die Hühner *en masse* zu schlachten, um eins derjenigen herauszufinden, die mit Susan gefüttert worden sind, und an diesem Objekt feststellen zu wollen, ob sein Körper irgendwelche Spuren menschlicher Zellen enthält. Ich habe dafür gesorgt, daß jedes Stück, das an der menschlichen Ration teilgenommen hat, wiederum von andern Menschen verspeist worden ist.

Da die Menschen keine Geflügelknochen essen, hatte ich, als ich diese Hähnchen verkaufte oder verschenkte, zur Bedingung gemacht, daß ich mir nachher die Knochen abholen durfte. Ich erklärte es damit, daß ich gerade knapp sei mit Knochenmehl. Diese

Knochen gingen mit anderen Knochen durch die Hammermühle. Ein hübsches Beispiel für das *ad infinitum*. Außerdem gibt es natürlich noch eine große Anzahl anonymer Leute, die in bescheidenerem Maß an diesem beklagenswerten Kannibalismus teilnahmen – ich meine alle, die die Eier der betreffenden Hennen gegessen haben.

Dann wird Inspektor Liebenberg natürlich auch an den Mist denken – nun, das soll mir keine Kopfschmerzen machen. Ich habe ihn bis aufs letzte auf mein unkultiviertes Land gestreut und untergepflügt. Und zum Schaden des armen Inspektors habe ich die gerupften Federn, die Köpfe, Füße und Innereien der bratfertigen Hühner, die ich verkaufte oder verschenkte, ebenfalls – nachdem ich sie verbrannt oder dampfgetrocknet hatte – den Hämmern der erbarmungslosen Mühle übergeben.

Ich hoffe, der gute Inspektor wird nicht versuchen, diese meine Geschichte als rechtsgültiges Geständnis auszuwerten. Es wäre jammerschade, wenn ein eifriger Leser von Detektivgeschichten, der den Ehrgeiz hatte, selbst einmal eine zu veröffentlichen, arretiert würde, weil er sich eine verständliche Erklärung ausgedacht hat, wie eine Frau, die er einmal kannte, verschwunden sein könnte.

Ich fürchte, ich muß mich auch auf verschiedene Unannehmlichkeiten gefaßt machen, wenn man diese Geschichte in meinem Dorfe liest. Gewisse engherzige Leute werden mich mit Abscheu betrachten, andere werden mich fürchten. Da jedoch das Hauptresultat dieser Dinge sein wird, daß ich nicht mehr von allzuhäufigen Besuchern belästigt werde, kann mir das nur allzu willkommen sein.

Inzwischen haben sich neue Gegebenheiten entwickelt. Meine Haushälterin, Ann Lissen, wird sich schließlich doch als Enttäuschung entpuppen. Denn offenbar ist sie im Begriff – oder sie hat es bereits getan – sich in mich zu verlieben, und das ist überaus lästig. Ihre Besorgnis um mich ist überwältigend – ich habe einfach kein Privatleben mehr, denn sie ist ständig um mich herum und versucht alles mögliche, um mein Behagen zu erhöhen.

Ich kann ihre Gefühle nicht verletzen, indem ich ihr verbiete, zu tun, was ihre Herzensgüte ihr eingibt. Und da sie keinerlei technische Kenntnisse besitzt, wäre es roh, sie wieder in den Kampf ums Dasein hinauszustoßen.

Ich habe ihr schon geraten, mehr auszugehen, besonders abends, aber sie findet es langweilig, allein zu gehen. Sie hat weder Freunde noch Verwandte.

Das arme Ding! Sie hat keinen Menschen, der sie vermissen wird, und ich bin ganz erpicht darauf, in der nächsten Saison besonders kräftiges Geflügel zu züchten, das mit reichen, gutgemischten Rationen gefüttert ist. Der Präsident der Nationalen Geflügelzüchter-Gesellschaft hat schon den Wunsch ausgesprochen, meine Farm zu besichtigen, mit den Prachtsexemplaren von Poularden und Backhähnchen, durch die ich bereits berühmt bin.

CYRIL HARE

Schwester Bessie

Zur lieben, schönen Weihnachtszeit
Soll es wie eh geschehn,
Daß Freunde sich von nah und weit
Am altvertrauten Orte sehn.
Fünfhundert liebe Grüße schick
Von Dir an mich!
Das neue Jahr bring Dir viel Glück,
Ich wart auf Dich!

Mit ihren sorgfältig manikürten Fingern wendete Hilda Trent die Weihnachtskarte um, nachdem sie die blödsinnigen Verse laut vorgelesen hatte.

»Hast du jemals so etwas Primitives gehört?« fragte sie ihren Mann. »Ich möchte gern wissen, wer solch ein Zeug für die Postkarten zusammenschreibt! Timothy, kennst du jemand mit Namen Leech?«

»Leech?«

»Ja – ›Von Deinem alten Leech‹ steht darunter. Das muß ein Freund von dir sein. Der einzige Mensch dieses Namens, den ich gekannt habe, war eine Schulfreundin, die sich ›L – e – a – c – h‹ schrieb; dieser hier schreibt sich mit zwei ›e‹.« Sie blickte auf den Umschlag. »Ja, er ist an dich adressiert. Wer ist Leech?«

Sie warf ihm die Karte über den Tisch zu.

Timothy starrte angespannt auf die Verse und die gekritzelte Unterschrift.

»Ich habe nicht die geringste Ahnung«, sagte er langsam. Während er sprach, bemerkte er mit kaltem Entsetzen, daß die gedruckte Botschaft auf der Karte fein säuberlich von Hand geändert worden war. Die Silbe ›Fünf‹ war mit schwarzer Tinte gemalt. Der Dichter des Originals hatte sich zweifellos mit ›Einhundert liebe Grüße‹ begnügt.

»Lege sie zu den anderen auf den Kaminsims«, sagte seine Frau. »Auf der Vorderseite ist so ein hübsches, aufgeplustertes Rotkehlchen.«

»Verdammt noch mal, nein!« In einem plötzlichen Wutanfall riß er die Karte in Fetzen und warf sie ins Feuer.

Er hatte töricht gehandelt, sich so vor Hilda gehen zu lassen, überlegte er, als er eine halbe Stunde später in die Stadt fuhr; doch wahrscheinlich würde sie seiner Nervosität die Schuld geben – sie lag ihm schon seit längerer Zeit in den Ohren, deswegen einmal den Arzt aufzusuchen. Nicht um alles Gold der Bank von England hätte er den Anblick dieses abscheulichen Geschreibsels auf dem Kaminsims in seinem Speisezimmer ertragen können! Diese Unverschämtheit! Diese, kalte, berechnende Teufelei! Während der ganzen Fahrt nach London hämmerten die Räder des Zuges den hämischen Rhythmus:

Zur lieben, schönen Weihnachtszeit...

Es war zum Verrücktwerden!

Und er hatte gedacht, daß seine letzte Zahlung das Ende der Angelegenheit bedeutet hätte. Er war von James' Begräbnis triumphierend und in dem sicheren Glauben zurückgekehrt, daß er der Beerdigung des Blutsaugers beigewohnt hätte, der sich ›Leech‹ nannte. Anscheinend hatte er sich jedoch getäuscht.

Fünfhundert liebe Grüße schick...

Fünfhundert! Im letzten Jahr waren es dreihundert gewesen, und schon das hatte ihn schwer genug getroffen. Er hatte einige Aktien zu einem sehr ungünstigen Zeitpunkt verkaufen müssen. Und nun fünfhundert – bei der gegenwärtigen Lage auf dem Kapitalmarkt! Wie in drei Teufels Namen sollte er das Geld auftreiben?

Selbstverständlich würde er es beschaffen. Es würde ihm gar nichts anderes übrig bleiben. Er würde das widerwärtige, sattsam bekannte Spiel von neuem durchmachen müssen. Das Geld hatte er in normalen Pfundnoten in ein unverdächtiges Päckchen zu pakken und bei der Handgepäckaufbewahrung im Waterloo-Bahnhof zu hinterlegen. Am nächsten Tag würde er dann seinen Wagen wie gewöhnlich auf dem Parkplatz vor seiner Bahnstation stehen lassen, bevor er den Zug nach London bestieg. Unter dem Scheibenwischer – ›am altvertrauten Orte‹ – würde der Aufbewahrungsschein stecken. Wenn er am Abend wieder von der Arbeit zurückkäme, würde der Schein verschwunden sein. Und damit wäre die Angelegenheit erledigt – bis zum nächsten Mal. Das war die Art, wie Leech es haben wollte, und ihm blieb keine andere Wahl als mitzumachen.

Mit Sicherheit wußte Trent über seinen Erpresser nur, daß er – oder sollte es eine Frau sein? – ein Mitglied seiner Familie sein mußte. Seine Familie! Gott sei Dank waren es keine richtigen Angehörigen von ihm. Soweit er wußte, hatte er keine lebenden Blutsverwandten mehr. Aber seit sein Vater die sanfte, unscheinbare Mary Grigson mit ihrem langen Gefolge verweichlichter, nutzloser Kinder geheiratet hatte, als er ein kleiner kränklicher Junge war, hatte sie ›seine‹ Familie gebildet. Und nachdem die Grippeepidemie von 1919 John Trent dahingerafft hatte, war er als Mitglied dieser anhänglichen, habgierigen Sippschaft aufgezogen worden. Inzwischen war er in der Welt herumgekommen, hatte es zu Geld gebracht und Geld erheiratet, war aber nie von den Grigsons losgekommen. Wie er sie alle verabscheute! – außer seiner Stiefmutter, der er widerwillig zugestand, daß er ihr seinen Start im Berufsleben verdankte. Aber sie blieben ›seine‹ Familie; erwarteten, daß er sie mit brüderlicher Liebe behandelte; verlangten, daß er bei Familienzusammenkünften dabei wäre, besonders zu Weihnachten.

Zur lieben, schönen Weihnachtszeit...

Er legte seine Zeitung ungelesen hin und starrte unglücklich aus dem Abteilfenster. Vor vier Jahren, auch zur Weihnachtszeit, hatte diese Sache begonnen – auf dem üblichen Familientreffen am Heiligen Abend bei seiner Stiefmutter, wie es ihm auch jetzt wieder in seiner ganzen, quälenden Langeweile bevorstand. Man hatte einige anspruchslose Spiele zum Ergötzen der Kinder veranstaltet – Blindekuh und die Reise nach Jerusalem – und dabei mußte ihm seine Brieftasche aus der Jacke gerutscht sein. Er bemerkte den Verlust am nächsten Morgen, suchte das Haus ab und fand sie wieder. Als er sie durchsah, fehlte jedoch ein Stück von ihrem Inhalt. Nur eines. Ein kurzer, deutlicher Brief, der von einem Manne unterzeichnet war, der gerade damals in Verbindung mit einer unangenehmen Untersuchung über gewisse großangelegte Schiebungen mit Staatspapieren ziemlich berüchtigt gewesen war. Wie konnte er nur so ein Narr gewesen sein, den Brief einen Augenblick länger als unbedingt notwendig zu behalten! Doch es war unnütz, sich jetzt darüber Gedanken zu machen.

Danach hatte es mit den Karten von Leech angefangen. Leech besaß den Brief. Leech hatte es als seine Pflicht dargestellt, ihn an den Chef von Trents Firma weiterzuleiten, der übrigens auch Trents Schwiegervater war. Im Augenblick jedoch sei er gerade etwas knapp an Geld, und für eine geringe Summe... so hatte es angefangen, und so war es jahraus, jahrein weitergegangen.

Er hatte so fest geglaubt, daß es James gewesen sein mußte! Dieser schäbige, erfolglose Börsenjobber mit seinen Spielschulden und seinem ständigen Whiskydurst schien genau dem Bild eines Erpressers zu entsprechen. Nun, im vorigen Februar war er James losgeworden, und jetzt war Leech doch wieder aufgetaucht, hungriger als je zuvor.

Trent rutschte unruhig auf seinem Platz umher. ›James losgeworden‹ war wohl kaum der richtige Ausdruck. Man sollte sich selbst gegenüber fair sein. Er hatte James lediglich geholfen, sein eigenes wertloses Ich loszuwerden. Er hatte nichts weiter getan, als James zum Essen in seinen Klub einzuladen, ihn mit Whisky vollzufüllen und ihn dann in einer nebligen Nacht über mit tückischem Glatteis bedeckte Straßen nach Hause fahren zu lassen. An der Abzweigung nach Kingston hatte sich dann ein bedauerlicher Unfall ereignet, und das war das Ende von James gewesen – und unglücklicherweise auch das von zwei völlig Fremden, die sich zufällig gerade zur gleichen Zeit auf dieser Straße befanden. Uninteressant! Die Pointe war, daß die Ausgabe für das Essen – und den Whisky – ein völliges Minusgeschäft gewesen war. Er durfte nicht noch einmal den gleichen Fehler machen. An diesem Heiligabend mußte er sich ganz genau vergewissern, wer sein Verfolger war. Sobald er das wußte, würde es keine halben Maßnahmen geben. - -

Die Erleuchtung kam ihm, als ungefähr die Hälfte

von Mrs. John Trents Familienfeier verstrichen war – in demselben Augenblick, als die Geschenke vom Weihnachtsbaum genommen und verteilt wurden, als der Raum in den weichen Schimmer brennender bunter Kerzen getaucht war und die ›Ahs!‹ und ›Ohs!‹ der aufgeregten Kinder ertönten, vermischt mit dem Rascheln von Papier beim hastigen Öffnen der Geschenkpäckchen. Die Lösung war so einfach und so unerwartet, daß er beinahe laut gelacht hätte. Und als ob es so hatte sein sollen, war es sein eigener Beitrag zu der Feier, der die Enthüllung bewirkte. Da er als das wohlhabendste Mitglied der Familie galt, war es seit einigen Jahren seine unausgesprochene Pflicht, seiner Stiefmutter mit irgendeiner besonderen Köstlichkeit zu helfen, ein dieser Gelegenheit würdiges Fest auszurichten. Dieses Jahr hatte seine Gabe aus einem halben Dutzend Flaschen Sekt bestanden – Teil einer Lieferung, die er im Verdacht hatte, nach Kork zu schmecken. Und für Bessie, die nichts Stärkeres als Limonade gewohnt war, genügte schon wenig von diesem Champagner, um ihre Zunge einen verhängnisvollen Augenblick lang zu lösen.

Bessie! Ausgerechnet die verwelkte, altjüngferliche Bessie! Bessie mit ihren Strickarbeiten und ihren Wohltätigkeitsvereinen – Bessie mit ihren einfältigen, flehenden Augen und ihrem hoffnungslosen Wesen, das einen an eine Knospe erinnerte, die just vor dem Erblühen vom Frost gestreift worden war! Und doch, wenn man darüber nachdachte, war es ganz natürlich. Wahrscheinlich mochte er sie am wenigsten von der ganzen Grigsonsippschaft. Er empfand für sie jene Abneigung, die man unwillkürlich gegen eine Person richtet, die man schlecht behandelt hat; und er war so einfältig gewesen zu denken, daß es ihr nichts ausmache. (Wie hatte er sich nur in dem Glauben wiegen können, daß sie ihm nichts nachtrüge!)

Sie war genau so alt wie er, und vom Zeitpunkt seiner Aufnahme in die Familie an hatte sie sich zu seiner Beschützerin gegen die Ungnade seiner älteren Stiefbrüder gemacht. Ihren ständigen sentimentalen Beteuerungen nach war sie damals seine Lieblingsschwester gewesen. Als sie älter wurden, vertauschten sie die Rollen; sie wurde sein Schützling, die bewundernde Zuschauerin auf der Arena seiner frühen Selbstbehauptungskämpfe. Damals war ihm auch klargeworden, daß sie und alle anderen von ihm erwarteten, er werde sie heiraten. Einige Zeit lang hatte er diesen Gedanken auch ernsthaft in Erwägung gezogen. Sie war in jenen Tagen einigermaßen hübsch gewesen und betete – wie alle Welt sagte – den Boden an, über den seine Füße geschritten waren. Doch er hatte genug Verstand besessen, um einzusehen, daß er eine bessere Verbindung eingehen müßte, wenn er Erfolg im Leben haben wollte. Seine Verlobung mit Hilda war damals ein Schock für Bessie. Ihr altjüngferliches Aussehen und ihre Hingabe an gute Werke datierten von jener Zeit an. Aber sie hatte ihm huldvoll vergeben – wie es den Anschein gehabt hatte.

Jetzt, als er mit einer lächerlichen Papiermütze auf dem Kopf unter dem Mistelzweig stand, wunderte er sich, wie er sich so leicht hatte täuschen lassen. Als ob letzten Endes überhaupt jemand anders als eine Frau diese Weihnachtskarte geschrieben haben konnte!

Bessie lächelte ihn immer noch an – lächelte mit der Zufriedenheit der leicht Beschwipsten, und ihre erhobene Nase glühte rosa im Kerzenlicht. Ihr Gesicht trug einen leicht verwunderten Ausdruck zur Schau, als versuchte sie sich daran zu erinnern, was sie eben gesagt hatte. Timothy lächelte zurück und trank ihr zu. Er war stocknüchtern und würde sie an ihre Worte erinnern können, wenn der richtige Zeitpunkt gekommen war.

»Mein Geschenk für dich, Timothy, ist bei der Post. Ich nehme an, daß du es morgen erhalten wirst. Ich dachte mir, daß du eine Abwechslung von diesen entsetzlichen Weihnachtskarten schätzen würdest!« Und diese Worte hatte sie mit einem unmißverständlichen Augenzwinkern begleitet.

»Onkel Timothy!« Eine von James' übermütigen Töchtern sprang an ihm hoch und gab ihm einen schallenden Kuß. Mit einem Lächeln setzte er sie auf den Boden und kitzelte sie dabei zwischen den Rippen. Er fühlte sich plötzlich leichten Herzens und mit aller Welt auf gutem Fuße – eine Frau ausgenommen.

Er verließ den Platz unter dem Mistelzweig und wanderte durch das Zimmer, Scherzworte mit allen Familienmitgliedern austauschend. Jetzt konnte er ihnen ohne Gewissensbisse ins Gesicht sehen. Er trank Roger zu, dem vorzeitig gealterten praktischen Arzt. Kein Grund mehr zu der Befürchtung, daß sein Geld in diese Richtung verschwinden könnte! Er schlug Peter auf die Schulter und ertrug geduldig fünf Minuten vertraulichen Geschwätzes über die Schwierigkeiten des Automobilhandels in diesen Zeiten. Zu Marjorie, James' Witwe, blaß und tapfer aussehend in ihrem umgearbeiteten schwarzen Kleid, sprach er genau die richtigen Worte voll Mitgefühl und Ermutigung. Er fand sogar ein paar halbe Kronen in seinen Taschen für seine großen, schwerfälligen Stiefneffen. Dann blieb er bei seiner Stiefmutter am Kamin stehen, von wo aus sie ruhig die lärmende, fröhliche Szene beherrschte, sanfte Gutmütigkeit aus ihren blaßblauen Augen strahlend.

»Ein wundervoller Abend«, sagte er. Seine Worte waren ehrlich gemeint.

»Das haben wir zum großen Teil dir zu verdanken, Timothy«, erwiderte sie. »Du bist immer so gut zu uns gewesen.«

Wunderbar, was so ein bißchen zweifelhafter Champagner erreichen konnte! Er hätte eine Menge darum gegeben, ihr Gesicht zu sehen, wenn er sagen würde: »Ich nehme an, du weißt nicht, daß deine jüngste Tochter, die dort gerade ein Knallbonbon mit diesem garstigen kleinen Jungen von Peter zieht, mich erpreßt und daß ich ihr in Kürze für immer das Handwerk legen werde?«

Er drehte sich um. Was waren sie doch alle für eine Bande! Was für eine schäbige, in dürftigen Verhältnissen lebende Bande! Nicht einer im gutgeschnittenen Anzug, nicht eine gutgekleidete Frau unter ihnen allen! Und er hatte sich vorgestellt, daß sein Geld wenigstens ein paar von ihnen unterstützt hätte. Aber nein, sie alle rochen förmlich nach ehrlicher Armut. Jetzt konnte er es verstehen. Bessie erklärte alles. Es war typisch für ihre verschrobene Denkweise, mit Drohungen bares Geld aus ihm herauszupressen und es dann für Wohltätigkeitszwecke auszugeben.

»Du bist immer so gut zu uns gewesen.« – Wenn er es recht bedachte, war seine Stiefmutter mehr wert als der ganze Rest von ihnen zusammengenommen. Es mußte ihr nicht leicht fallen, Vaters großes altes Haus weiterzuführen mit dem wenigen, das ihre Kinder einbrachten. Eines Tages vielleicht, wenn sein Geld ihm wieder wirklich ganz allein gehörte, würde er einen Weg finden, etwas für sie zu tun ... Aber es gab noch eine Menge zu erledigen, bevor er sich so extravaganten Neigungen hingeben konnte.

Hilda kam quer durch das Zimmer auf ihn zu. Ihre Eleganz stand in angenehmem Kontrast zu dem Aufzug der Frauen der Grigsons. Sie sah, wie immer bei Festen in diesem Kreis, müde und recht gelangweilt aus.

»Timothy«, sagte sie leise, »können wir nicht nach Hause gehen? Mein Kopf ist schwer wie eine

Tonne voller Ziegelsteine, und wenn ich morgen früh wieder frisch sein soll...«

Timothy unterbrach sie.

»Du fährst jetzt gleich nach Hause, Liebling«, erwiderte er. »Ich sehe schon, für dich ist es höchste Zeit, daß du ins Bett kommst. Nimm den Wagen. Ich kann zu Fuß gehen, es ist ein schöner Abend. Du brauchst nicht aufzubleiben, bis ich komme.«

»Du kommst nicht mit? Ich dachte, du hättest gesagt...«

»Nein, ich muß bleiben, bis die Feier zu Ende ist. Ich habe da noch eine kleine Familienangelegenheit zu regeln, die ich gern hinter mich bringen möchte, sobald sich eine Gelegenheit bietet.«

Hilda sah ihn mit leicht belustigter Überraschung an.

»Nun, wenn du meinst«, sagte sie. »Du scheinst dich ja plötzlich sehr zu deiner Familie hingezogen zu fühlen. Jedenfalls solltest du Bessie im Auge behalten, solange du noch hierbleibst. Sie hat schon fast mehr getrunken, als sie vertragen kann.«

Hilda hatte recht. Bessie war entschieden fröhlich. Und Timothy fuhr fort, sie im Auge zu behalten. Gegen Ende der Feier, als man den ersten Weihnachtstag begrüßt hatte und die Gäste sich nach ihrer Garderobe umsahen, hatte sie ein Stadium erreicht, in dem sie kaum noch stehen konnte. Noch ein Glas, dachte Timothy aus den Tiefen seiner Erfahrung, und sie fällt schlankweg um.

»Ich werde dich im Wagen mit nach Hause nehmen, Bessie«, sagte Roger mit berufsmäßig prüfendem Blick. »Wir können dich gerade noch mit hineinquetschen.«

»Oh, Unsinn, Roger!« kicherte Bessie. »Ich kann gut selbst auf mich aufpassen. Als ob ich nicht mehr bis zum Ende der Auffahrt gehen könnte!«

»Ich werde mich um sie kümmern«, sagte Timothy herzlich. »Ich gehe auch zu Fuß, und wir können uns dann gegenseitig stützen. Wo hast du deinen Mantel, Bessie? Bist du sicher, daß du alle deine kostbaren Geschenke beisammen hast?«

Er zog seine Abschiedsformalitäten in die Länge, bis alle anderen gegangen waren. Dann half er Bessie in ihren abgetragenen Pelzmantel und verließ mit ihr das Haus, wobei er ihr fürsorglich den rechten Arm reichte. Es ging alles verblüffend einfach und wie nach Wunsch.

Bessie wohnte im Pförtnerhaus der alten Villa. Sie zog es vor, unabhängig zu sein, und diese Regelung war allen anderen angenehm; besonders, seit James nach einem größeren Verlust beim Pferderennen seine Familie im Hause seiner Mutter untergebracht hatte, um Ausgaben zu sparen. Timothy paßte das jetzt ganz wunderbar. Zärtlich begleitete er sie bis zum Ende der Auffahrt, zärtlich half er ihr, das Schlüsselloch zu finden, zärtlich führte er sie bis in das kleine Wohnzimmer, zu dem die Pförtnerstube hergerichtet worden war. Hier ersparte Bessie ihm rücksichtsvoll eine erhebliche Menge Unannehmlichkeiten und eine möglicherweise häßliche Szene. Sie unterlag schließlich dem Champagner und fiel auf das Sofa. Ihre Augen schlossen sich, ihr Mund öffnete sich, und sie blieb unbeweglich wie ein Klotz liegen.

Timothy fühlte sich ehrlich erleichtert. Er hatte damit gerechnet, bis zum Äußersten gehen zu müssen, um sich von der Bedrohung zu befreien; aber wenn er den verhängnisvollen Brief ohne Gewaltanwendung in die Hände bekommen könnte, würde er voll zufrieden sein. Es blieb ihm frei, sich später auf andere Weise an Bessie zu rächen. Mit schnellen Blicken übersah er den Raum. Er kannte seinen Inhalt auswendig; denn seit Bessie nach ihrer Schulentlassung ihr erstes Zimmer selbst eingerichtet hatte, war kaum etwas daran geändert worden. Derselbe abgestoßene alte Schreibsekretär, worin sie seit jeher ihre Schätze aufzubewahren pflegte, stand in der Ecke. Er riß ihn auf, und eine Flut von Rechnungen, Quittungen und Bittgesuchen über Bittgesuchen stürzte wie eine Springflut heraus. Eine Schublade nach der anderen durchsuchte er mit ständig wachsender Unruhe, aber er fand immer noch nicht, was er suchte. Schließlich stieß er auf eine kleine, versteckte Schublade, die seinen Öffnungsversuchen Widerstand leistete. Nachdem er vergeblich daran gezogen und gerüttelt hatte, ergriff er den Schürhaken vom Kamin und sprengte das winzige Schloß mit Gewalt. Dann zog er die Schublade ganz heraus und setzte sich hin, um ihren Inhalt zu untersuchen.

Sie war bis zum Bersten mit Papieren vollgestopft. Obenauf lag das Programm des Frühlingsballs in seinem letzten Studienjahr in Cambridge. Dann kamen Schnappschüsse und Zeitungsausschnitte, darunter auch ein Bericht über seine eigene Hochzeit. Der Rest waren Briefe – ein ganzer Stapel Briefe, die alle seine Handschrift aufwiesen. Das elende Weib hatte anscheinend jeden Papierfetzen gehortet, den er ihr einmal geschrieben hatte. Als er sie durchblätterte, riefen sie ihm einige der Redewendungen wieder ins Gedächtnis, die er damals gebraucht hatte; er begann zu verstehen, wie tief ihr Rachegefühl gewesen sein mußte, als er sie im Stich ließ.

Aber wo zum Teufel hatte sie den einzigen Brief versteckt, auf den es ankam?

Als er sich vom Tisch aufrichtete, hörte er dicht hinter sich einen scheußlichen, erstickten Laut. Hastig drehte er sich um. Bessie stand hinter ihm, und ihr Gesicht war eine Maske des Grauens. Ihr Mund stand vor Schrecken weit offen. Sie sog einen langen, schaudernden Atemzug ein. Im nächsten Augenblick würde sie aus Leibeskräften zu schreien anfangen...

Timothy konnte seine aufgestaute Wut nicht länger zügeln. Mit aller Kraft schlug er seine Faust in dieses gaffende, alberne Gesicht. Bessie fiel um, als hätte ein Schuß sie gefällt. Mit einem Knacken, als bräche ein trockener Ast entzwei, schlug ihr Kopf gegen ein Tischbein. Sie bewegte sich nicht mehr.

Obwohl es danach sehr still im Zimmer war, hörte er seine Stiefmutter nicht hereinkommen. Vielleicht hatte das Hämmern seines Pulses in den Ohren ihn betäubt. Er wußte nicht einmal, wie lange sie schon da war. Bestimmt aber hatte sie Zeit genug gehabt, um alles in sich aufzunehmen, was es zu sehen gab; denn als sie zu sprechen begann, hatte sie ihre Stimme völlig in der Gewalt.

»Du hast Bessie getötet«, sagte sie. Es war mehr die ruhige Feststellung einer Tatsache als eine Anklage.

Er nickte stumm.

»Aber den Brief hast du nicht gefunden.«

Er schüttelte den Kopf.

»Hast du nicht verstanden, was sie heute abend zu dir gesagt hat? Der Brief ist bei der Post. Es war ihr Weihnachtsgeschenk für dich. Arme, einfältige, liebende Bessie!«

Entgeistert starrte er sie an.

»Erst vor ein paar Augenblicken stellte ich fest, daß er sich nicht mehr in meinem Schmuckkästchen befand«, fuhr sie mit der gleichen unbewegten, ruhigen Stimme fort. »Ich weiß nicht, wie sie es herausgefunden hat, aber Liebe – selbst eine vergebliche Liebe wie die ihre – verleiht den Menschen manchmal eine seltsame Findigkeit.«

Er fuhr mit der Zunge über seine trockenen Lippen.

»Dann warst du also Leech?« stammelte er.

»Natürlich. Wer sonst? Was denkst du denn, wie ich auf andere Weise das Haus und meine Kinder hätte schuldenfrei halten können? Von meinem Einkommen? Nein, Timothy, tritt nicht näher! Du wirst heute nacht keinen zweiten Mord begehen. Ich glaube zwar kaum, daß du dazu noch die Nerven hast, aber um sicher zu gehen, habe ich diese kleine Pistole mitgebracht, die mir dein Vater gab, als er 1918 aus der Armee entlassen wurde. Setz dich.«

Er fand sich geduckt auf dem Sofa wieder, von wo aus er ohne Hoffnung in ihr erbarmungsloses, altes Gesicht starrte. Die Leiche, die einmal Bessie gewesen war, lag zwischen ihnen.

»Bessie hatte ein schwaches Herz«, sagte sie überlegend. »Roger machte sich schon seit einiger Zeit deswegen Sorgen. Wenn ich ein Wörtchen mit ihm rede, wird er vielleicht einen Weg sehen, einen normalen Totenschein auszustellen. Natürlich wird das etwas teurer werden. Sagen wir tausend Pfund in diesem Jahr statt fünfhundert? – Ich nehme an, Timothy, du ziehst das der einzigen anderen Möglichkeit vor?«

Timothy nickte noch einmal schweigend.

»Sehr gut. Ich will vormittags gleich mit Roger darüber sprechen – nachdem du mir Bessies Weihnachtsgeschenk zurückgebracht hast. Ich werde es auch in Zukunft noch benötigen. Du kannst jetzt gehen, Timothy.«

CORNELL WOOLRICH

Blonde Schönheit ermordet!

Der Lieferwagen fuhr vor und parkte genau um 21.29 Uhr neben dem Zeitungsstand. Das war rasche Bedienung, denn sein Inhalt bestand aus der letzten Ausgabe der Zeitung mit dem unverbindlichen Titel ›Neun-Uhr-Blatt‹. An und für sich war dieser Titel völlig unrichtig, da die Ausgabe bereits das Datum des folgenden Tages trug. Kurz gesagt, es handelte sich um die Zeitung von morgen, die am vorhergehenden Abend zum Verkauf kam. Die morgige Zeitung wiederum würde in Wirklichkeit die von übermorgen sein, mit neuer Schlagzeile und neuer Aufmachung. Aber niemand ließ sich davon im geringsten aus der Fassung bringen – schon gar nicht die Leserschaft.

Der Zeitungsstand befand sich am Rande des Gehsteiges, seine Vorderseite wies jedoch nach innen, auf den Eingang zur Untergrundbahn hin. Diese Lage war sehr vorteilhaft, und Mrs. Maloney, die Pächterin, mußte eine ziemliche Summe für die Konzession zahlen. Da sie jedoch gut daran verdiente, gereichte die Abmachung zu niemandes Nachteil. Mrs. Maloney war eine Frau von bemerkenswerter Robustheit und Unerschrockenheit, die für ihre Tätigkeit ein ungewöhnliches Alter aufwies. In der kalten Jahreszeit trug sie stets eine lange Wolljacke und trank heißen Kaffee aus einer Thermosflasche, ließ ihren Stand aber nicht einen Tag im Stich. Allem Anschein nach mußte sie schon Ende der Sechziger sein. Sie hatte jedoch einen Neffen – auch längst kein Jüngling mehr – der sie während der Essenszeiten vertrat und die schwereren Arbeiten für sie verrichtete, wie das Heben der Zeitungspakete vom Boden auf den Ladentisch. Übrigens wurde sie von allen und jedem ganz einfach ›Muttchen‹ genannt. Nur sehr wenige kannten ihren wirklichen Namen.

»Hallo, Muttchen«, rief der Fahrer, sprang von seinem Sitz, lief nach hinten, öffnete die Wagentür und wuchtete einen turmhohen Ballen ›Neun-Uhr-Blätter‹ heraus, der mit einer faserigen Hanfschnur zusammengebunden war. Krummbeinig schwankte er ein paar Schritte mit seiner Last, um sie dann mit einem lauten, staubaufwirbelnden Knall auf den Gehsteig fallen zu lassen.

»Remittenden?« fragte er.

»Vierundzwanzig«, antwortete Muttchen.

Er zog ein Gesicht – Remittenden mochte er nicht – langte sich die Zeitungen von ihrem Ladentisch und ging damit zu seinem Lieferwagen zurück. Er mußte – so lautete die Vereinbarung.

Damit waren die Geschäfte zwischen den beiden bis zum nächsten Abend abgeschlossen. Der Wagen raste los, um den nächsten Stand an seiner Auslieferungsroute zu bedienen.

Muttchens bereits erwähnter Neffe sauste mit einem kurzen, scharfkantigen Werkzeug heraus und durchtrennte die hanfene Verschnürung. Dann hob er den Ballen – aber nicht auf einmal, sondern in mehreren Teilen – auf den Ladentisch. Muttchen legte das meiste davon bis auf weiteres unter dem Ladentisch ab und breitete den Rest oben zum unmittelbaren Verkauf aus. Die oberste und unterste Zeitung des Ballens mußte – und der heutige Abend bildete keine Ausnahme – unweigerlich als unverkäuflich beiseitegelegt werden. Entweder hatte die Schnur sie an den Kanten zerschnitten, oder der Fall auf das Pflaster hatte sie mit Schmutz beschmiert.

Aus reinem Berufsinteresse warf Muttchen einen flüchtigen Blick auf das unbeschädigte Blatt, als sie die darüberliegende oberste Zeitung wegwarf. Das um die Zeitung herumlaufende Deckblatt hatte eine sonderbare blaßgrüne Farbe. Der Inhalt war jedoch weiß. Auf der blaßgrünen Titelseite verkündeten Lettern, die der obersten Zeile der Prüftafel eines Augenarztes entnommen sein konnten: *BLONDE SCHÖNHEIT ERMORDET!* Auf dem verbliebenen Platz befand sich eine Photographie. Beides hatte allerdings nichts miteinander zu tun; denn in winzigem Druck, fast unlesbar, verglichen mit der riesigen Schlagzeile, stand darunter die Fußnote: *Bericht auf Seite 2*. Man nannte das einen Köder oder Aufhänger, mit dem man zunächst die Aufmerksamkeit des Lesers auf die Titelseite bannen und dann auf den Inhalt lenken wollte. Psychologisch war das, gelinde ausgedrückt, unlogisch – denn man kann annehmen, daß der Leser die Zeitung inzwischen sowieso gekauft hat.

Muttchen setzte sich auf ihren Hocker, stützte die Ellbogen auf und wartete. Sie war bereit, ihre Kunden zu bedienen.

Ein Mann trat heran, zog eine Zeitung vom Stapel, warf einen Zehner auf das Blatt darunter. Schnell wie der Blitz warf Muttchen einen Fünfer hin, und der Zehner war verschwunden.

Der Mann –

Der Mann steckte seinen Schlüssel in die Tür und trat ein; er war zu Hause. Es überraschte ihn immer wieder, daß eine so kleine Mietwohnung so viel Lärm beherbergen konnte. Nicht, daß er sich daran störte;

ohne den Lärm hätte er sich nicht zu Hause gefühlt – er würde ihn vermißt haben. Er wünschte sich keinesfalls, bei seinem Eintreten alles totenstill vorzufinden; es hätte ihm Furcht eingejagt.

Seine Frau hatte gerade Terry vermöbelt, der in der Ecke stand und heulte. Das kleine Mädchen, das weniger direkten, dafür aber viel mehr indirekten Lärm verursachte als ihr Bruder, saß auf dem Fußboden vor dem dröhnenden Fernsehgerät. Selbst die Bratklopse in der Pfanne trugen noch zischend und brutzelnd zu dem Hexensabbat bei.

Das kleine Mädchen lief ihm entgegen und küßte ihn. Danach der kleine Junge. Dann ging er zu *ihr* und gab ihr einen Kuß. Er merkte, daß sie völlig erschöpft und gereizt war. Er konnte es ihr nachfühlen.

»Wie war's heute?« fragte er. Etwas Verkehrteres hätte er nicht sagen können – zu spät wurde es ihm bewußt.

»Wie's heute war?« rief sie aus. »Du kannst gut fragen! Du kannst wirklich gut fragen!«

Sie unterbrach sich vor der Aufzählung, die jetzt, wie er wußte, unweigerlich kommen mußte, indem sie den Kopf drehte und scharf sagte: »Milly, dreh das Ding ab! Du hast genug für heute! Ich bekomme schon Kopfschmerzen davon.«

Dann wieder zu ihm: »Ich hatte meinen üblichen zauberhaften Tag. Was sonst? Du hast doch nicht etwa erwartet, daß er anders verlaufen würde? Ich jedenfalls nicht – nicht mehr.«

Er drehte sich um, suchte seinen angestammten Platz und sank ermattet auf den Stuhl; die Zeitung, die er gerade gekauft hatte, lag ungeöffnet auf seinem Schoß. Er wußte, was er jetzt über sich ergehen lassen mußte. Immer öfter hatte er es in letzter Zeit durchstehen müssen.

»Hausarbeit, den ganzen Tag nichts als Hausarbeit!« fuhr sie anklagend fort, während sie hin- und herging und Teller auf den Tisch setzte. »Geschirr abwaschen, Betten machen, saubermachen, saubermachen! Und mit dem Wäschewaschen werde ich *nie* fertig. Ich brauch' mich nur umzudrehn, und schon haben sie sich wieder von oben bis unten eingeschmutzt.«

»Dafür sind's eben Kinder«, entgegnete er beschwichtigend. »Du warst als Kind bestimmt genauso. Ich war's jedenfalls. Man kann sie nicht wie in einem Glasschrank halten. Das wäre verkehrt.«

»Du hast gut reden; *du* brauchst ihre Sachen ja nicht zu waschen.« Die Bratklopse waren endlich auf dem Tisch angelangt, um den sie sich jetzt alle im Wohnzimmer versammelten. »Und wenn ich mal nachmittags ausgehe«, nahm sie ihren Faden wieder auf, »wo gehe ich hin? In den Lebensmittelladen oder ins Kaufhaus, ins Kaufhaus oder in den Lebensmittelladen. Das ist mein Ausgang. Das ist meine Erholung. Auf dem Hin- und Rückweg muß ich einen Karren durch die Straßen schieben. Ich hab's so satt, an der Kasse Schlange zu stehen und mich mit den Leuten vor oder hinter mir herumzustreiten. Ich hab's so satt, Dosen mit Corned Beef anzustarren. Heute hat man mir einen Dollar zu wenig herausgegeben, einen ganzen Dollar.«

»Geben sie denn nicht diese kleinen Kassenstreifen aus, auf denen die einzelnen Beträge aufgeführt sind?«

»Der Kassenstreifen stimmte. Der Dollar fehlte im Wechselgeld, das er mir zurückgab. Es war fürchterlich. Sie mußten die ganze Kasse ausleeren und mit dem Register vergleichen. Und auf dem Rückweg machte ein Taxi einen scharfen Rechtsbogen in die Amsterdam Avenue und warf meinen Einkaufskarren um, und ich mußte meine über die ganze Straße verstreuten Sachen aufsammeln.«

»Bist du bei rotem Licht über die Straße gegangen?« fragte er ängstlich. »Das solltest du nie – –«

»Nein, aber der Wechsel kam zu rasch für mich.«

»Mein Tag war auch nicht gerade angenehm«, sagte er. Aber er sagte es nicht in klagendem Ton, wie um ihr zu zeigen, daß man sich einfach damit abfinden mußte.

»Bei einem Mann ist das etwas ganz anderes«, parierte sie sofort. »Du kannst wenigstens morgens aus dem Haus gehen und brauchst nicht vor abends wiederzukommen. Du brauchst dich nicht dein Leben lang den ganzen Tag mit den Kindern herumzuärgern – –«

Übermannt von der Aussichtslosigkeit ihrer Klage, hatte sie aufgehört zu essen.

»Iß«, drängte er sanft. »Laß dich nicht unterkriegen.«

»Ich *kann* nicht anders. Ich hätte niemals – –«

Er schien zu wissen, was sie sagen wollte. »Du hättest niemals *mich* heiraten sollen?« vollendete er traurig fragend ihren Satz.

»Nein, dich trifft keine Schuld. Ich hätte überhaupt niemals heiraten sollen. Ich hätte es machen sollen wie meine Schwester. Ich hätte auf sie hören sollen – –«

Schon wieder ihre Schwester, dachte er unbehaglich.

»Sie hat ein Hausmädchen, sie hat ein prächtiges Apartment, sie zieht sich wie eine Königin an – –«

»Ich weiß, ich weiß«, sagte er geduldig. »Du hast es mir schon oft erzählt.«

Sie brachte die Kinder ins Bett. Als sie zurückkam, legte er die Zeitung hin und blickte sie mit einer Art verstehendem Mitleid, einer Art mitleidigem Verstehen an. »Laß den Abwasch heute«, sagte er. »Wir wollen ins Kino gehen. Hol deinen Hut. Du kommst dann vielleicht auf andre Gedanken.«

»Und die Kinder?« Ihr Lächeln war freudlos. »Du vergißt sie.«

»Die sind jetzt alt genug; es wird schon nichts passieren. Schließlich handelt sich's doch nur um zwei Stunden. Mrs. Silvano von nebenan kann ab und zu nach ihnen sehen.«

»Ins Kino«, sagte sie. Plötzlich lachte sie auf. Das Lachen klang nicht gut. »Oh, du bist gut zu mir. Du verwöhnst mich geradezu!«

»Bitte – nicht!« sagte er.

Die Tage und Wochen aufgestauter Unzufriedenheit, die ganzen Jahre schienen mit einem Mal überzulaufen. Sie ließ sich schwer auf einen Stuhl an dem abgeräumten Tisch fallen und untermalte den Redefluß, der plötzlich aus ihr zu sprudeln begann, von Zeit zu Zeit mit einem Faustschlag auf die Tischplatte.

»Sie führt man in Nachtklubs, mich ins Kino. Sie bekommt Hummermayonnaise, ich bekomme Bratklopse. Ihr spendiert man Champagner, mir Limonade. Sie hat Kreditkonten in den pikfeinsten Geschäften der Stadt, ich gehe zu Woolworth. Vor ein paar Wochen hat sie mich besucht – du hättest sehen müssen, wie sie angezogen war! Ein Nerzmantel. Ein Brillant am Finger so groß wie – und Perlen um den Hals.«

»Du hast mir's schon erzählt, du hast mir's schon erzählt«, murmelte er matt. »Wie oft schon.«

»Ich habe ihr leid getan. Sie brauchte es gar nicht zu sagen, ich hab's auch so gemerkt. Als sie fortging, fand ich hundert Dollar unter der Kaffeekanne versteckt. Sie wollte meinen Stolz nicht verletzen.« Und dann kam die tragische Zusammenfassung: »Oh, warum habe ich nur mein Leben so fortgeworfen!«

»Hier«, sagte er. »Lies.« Er reichte ihr die Zeitung.

»Was soll das, mir vielleicht den Mund stopfen?« Sie starrte ihn an, als wüßte sie im Augenblick nicht recht, ob er sie zum Narren halten wolle oder es ernst meinte. »Du willst mir doch nicht etwa die Zeitung als Abenderholung anbieten. Ein Fünf-Cent-Boulevardblatt, um mich aufzuheitern!«

»Öffne es«, erwiderte er ruhig. »Lies die zweite Seite.«

Der plötzliche Schock ließ ihr Gesicht wie einen großen weißen Fleck erscheinen. Ein langer, heftiger Atemstoß drang aus ihrer Brust.

»Beatrice Barrett«, keuchte sie mit versagender Stimme. »Das ist Bessie, das ist ihr Künstlername.«

Lange Zeit war es still im Raum. Er saß da und hatte den Kopf in die Hände gestützt, wie es Versager im Leben eben tun; man hat sein Bestes gegeben, aber trotzdem bleibt man ein Versager. Nach einer Weile glitt sie zu ihm hinüber, leise, verstohlen. Fast wie ein Kuß.

Sie sank neben ihm auf die Knie.

»Was tust du?« fragte er, doch nicht kurz angebunden, sondern auf dieselbe ruhige Weise, die er immer im Umgang mit ihr hatte.

»Ich danke Gott.« Und er sah Tränen in ihren Augen.

Nachdem sie aufgehört hatte zu weinen, hob sie den Kopf und lächelte zu ihm auf.

»Gilt dein Angebot, ins Kino zu gehen, noch?«

Er lächelte zurück und nickte.

»Nur noch etwas«, bettelte sie wie ein schmeichelndes kleines Mädchen.

»Alles.«

»Nein, nicht alles. Nur noch eine Kleinigkeit. Nur eine Tüte Popcorn. Mehr wünsch' ich mir nicht für diesen Abend.«

Und als sie Arm in Arm hinausgingen, wie als Liebespaar vor zehn Jahren, schritten sie an der zu Boden gefallenen Zeitung vorbei.

Sie blickte nicht hinunter, sondern zu ihm auf.

»Ich will mich zufriedengeben«, sagte sie. »Mit unsern zwei Kindern und einem Kerl wie dir; und wenn ich den Rest meines Lebens mit Saubermachen und Einkaufen, mit Essenkochen und Wäschewaschen zubringen muß, ich will nicht klagen – nie mehr.«

Der Lieferwagen fuhr vor und parkte genau um 21.29 Uhr.

»Remittenden?« fragte der Fahrer.

»Vierundzwanzig«, antwortete Muttchen.

Die Schlagzeile lautete: *BLONDE SCHÖNHEIT ERMORDET!*

Muttchen setzte sich auf ihren Hocker, stützte die Ellbogen auf und wartete.

Eine Frau kam rasch näher. Sie hatte rotes Haar und mißtrauische haselnußbraune Augen, die wachsame, verstohlene Blicke nach links und rechts schossen. Viele Leute sehen so nach beiden Seiten, wenn sie über die Straße gehen; sie aber war schon auf dem Gehsteig, hatte den Verkehr hinter sich. Sie trat an den Stand, ließ ihre Handtasche aufschnappen und wühlte darin nach Kleingeld. Aber während sie suchte, fand sie noch Zeit, nach rechts und links zu blicken. Ihre Hand kam mit einem Fünfundzwanzig-Cent-Stück zum Vorschein, legte es hin und griff die oberste Zeitung vom Stapel.

Lange bevor sie das Blatt gefaltet und unter den Arm geklemmt hatte, warteten zwei Zehner von Muttchen auf dem Stapel.

Die Frau raffte sie zusammen, doch dabei entglitt ihr ein Geldstück und fiel mit leisem Klingen auf den Gehsteig.

Sie blickte ihm flüchtig nach, bückte sich aber nicht, um danach zu suchen. Sie warf das verbliebene Wechselgeld in die Handtasche und ließ sie zuschnappen.

»Ich sehe es«, versuchte Muttchen ihr zu helfen. »Dort liegt es, dort drüben.«

»Macht nichts, kann liegenbleiben«, antwortete die Frau mit undeutlich gedämpfter Stimme und ging in der gleichen schnellen Gangart fort, in der sie gekommen war, sich nach rechts und nach links umsehend.

Muttchen starrte hinter ihr her und zuckte mit den Schultern. Wenn es ein Cent gewesen wäre, vielleicht; aber ein Zehner? Dann schoß sie aus der Tür und hob die Münze auf.

Die Frau –

Die Frau schritt, immer noch wachsamen Blickes, mit kurzen, abgehackten Schritten eine schwarz-violette Seitenstraße hinauf, an deren Boden in weiten Abständen blendend weiße Flecken wie riesige Diskusscheiben lagen – die Lichtpfützen der Straßenlaternen. Sie ging um jede herum, anstatt sie, wie normale Spaziergänger, gerade zu durchqueren. Der ganze Block bestand aus einer langen Reihe Ziegelhäuser, die in möblierte Apartments unterteilt waren. Entweder verfehlte sie ihr Ziel oder kannte es nur zu gut, als sie es erblickte. Sie schlenderte vier oder fünf Häuser weit daran vorbei, wendete dann ohne zu zögern und kam zurück. An der Art, wie sie sich umdrehte, konnte man merken, daß sie das Haus gleich erkannt hatte.

Sie eilte den Aufgang hinauf und schlüpfte rasch durch die Außentür, dabei immer nach rechts und links spähend. Sie schloß die Innentür hinter sich ab und rannte die linoleumbelegten Treppen hinauf. Vor der Tür, die ihr Ziel war, blieb sie stehen und klopfte. Die Art ihres Klopfens verriet, daß es nur ein Signal sein konnte. Erst zweimal, dann einmal, dann wieder zweimal. Ganz leise nur, fast unhörbar – falls nicht jemand darauf wartete.

Ein Riegel glitt zurück, eine Kette wurde gelöst, und die Tür öffnete sich. Ein Mann stand im Rahmen. Er sah sie nicht an – er blickte an ihr vorbei in die Richtung, aus der sie gekommen war. Auch sie sah ihn nicht an – sie blickte ebenfalls in die Richtung, aus der sie gerade gekommen war. Sie grüßten sich nicht.

Sie drückte sich an ihm vorbei, und er verschloß die Tür wieder mit Riegel und Kette.

Er war ungekämmt. Er hatte sich nicht rasiert, und sein Haar war wie vom Schlafen verlegen. Er trug kein Oberhemd; nur Hosen und Unterhemd. Man hätte ihn hübsch nennen können – offensichtlich war er es früher einmal – wenn er nicht so unglaublich tückisch ausgesehen hätte. Alles an ihm strahlte Tücke aus – die Augen, der Mund, selbst eine böse Narbe, die wie ein Pflaster quer über seine Wange lief. Manche Frauen mögen tückische Männer.

Er folgte ihr bis weit ins Zimmer hinein, so weit wie möglich von der Tür fort, ehe einer von ihnen ein Wort sprach.

Auf einem Tisch standen eine Flasche Whisky und zwei Gläser, eins davon leer, das andere war etwa drei Zentimeter gefüllt. Auf dem Boden verstreut, als hätte jemand fieberhaft darin gesucht, lagen die Seiten eines Vorgängers des Boulevardblattes, das sie gerade gebracht hatte – einer jetzt fast einen vollen Tag alten Ausgabe mit einer anderen Schlagzeile.

»Hast du's?« fragte er. Seine Lippen bewegten sich kaum, wenn er sprach. Man sagt, daß die Leute das im Gefängnis lernen.

»Es steht drin«, antwortete sie. Ihre Stimme bebte. Und jetzt, da sie in der Wohnung und im Licht stand, konnte man sehen, wie weiß sie war – fast leichenblaß vor Furcht. »Diesmal hat's geschnappt. Doch noch geschnappt. Ich wußte, es würde nicht mehr lange verborgen bleiben.«

Er nahm ihr das Blatt ab, blickte darauf. »Woher weißt du's so genau? Auf der Straße stehngeblieben und nachgesehn?«

»Nein, hab' mich nicht getraut. Ich braucht's auch gar nicht. Fiel mir sofort ins Auge, als ich das Blatt vom Stapel nahm.« Sie begann sichtbar zu zittern.

Er schien es zu sehen, obwohl seine Augen auf die Zeitung geheftet waren.

»Reiß dich zusammen«, sagte er.

»Ich versuch's ja, Al«, erwiderte sie. »Ich kann's nicht ändern.«

»Trink einen Schluck.«

»Es ist das erste Mal, daß ich selbst davor Angst hab'«, winselte sie. »Ich hab' Angst davor, wie's auf mich wirken könnte.«

Er setzte beide Gläser und die Flasche auf denBoden, um genug Platz auf dem Tisch zum Lesen zu gewinnen. Er öffnete die Zeitung und breitete sie aus. Ein Stuhl stand neben ihm, aber er setzte sich nicht, sondern beugte sich nur vor und stützte die Hände flach auf die Tischplatte.

Sie legte sich mehrmals, wie geistesabwesend, den Handrücken gegen die Stirn. Schließlich trat sie neben ihn und versuchte, über seinen Arm hinweg zu lesen.

»Hör auf, mit dem Tisch zu rütteln«, sagte er.

Sie nahm ihre Hand weg. »Mir wird schon besser«, meinte sie. Sie versuchte, sich eine Zigarette anzuzünden, aber die Zigarette zitterte so sehr in ihrem Mund, daß die Streichholzflamme daneben ging.

»So hab' ich dich noch nie gesehen«, sagte er.

»Wie jetzt ist mir auch noch nie gewesen.«

»Beatrice Barrett«, las er vor.

»Hat sie so geheißen?« fragte sie ihn.

»Ihren Namen hab' ich nie gekannt«, erwiderte er. »Wir hatten uns ja erst eine Stunde vorher kennengelernt.«

Mit echt weiblichem Interesse suchte sie eine Angabe heraus. »Achtundzwanzig«, las sie. Ein höhnischer Laut, wie ein Schluckauf, drang aus ihrer Kehle.

»Was für'n Zufall! Ha, ich bin ja auch achtundzwanzig.«

»Halt den Mund«, sagte er, aber ohne Feindseligkeit. Er wollte sich ganz auf den Lesestoff vor ihm konzentrieren.

»Irgendwas über – –?«

Er schien zu wissen, was sie damit meinte.

»Noch nicht. Sie würden's nicht laut werden lassen, selbst wenn sie's wüßten. Erst packen sie zu.«

»O Gott!« winselte sie.

»Du wirst uns noch beide in die Tinte reiten«, sagte er. »So kann ich dich jedenfalls nicht mit auf die Straße nehmen.«

»Ich versuch's ja«, sagte sie.» Ich bin ja schon ruhig.«

»Ist wohl das erste Mal, daß jemand sowas zustößt, wie?« wollte er geringschätzig wissen.

»Für mich schon«, erwiderte sie.

Er fluchte erbittert. Nicht über sie, sondern über den Inhalt der Zeitung. Wütend schlug er mit der flachen Hand darauf. »Verdammte Hunde! Sie können nicht schnell genug damit rausrücken.«

»Du hast doch nicht geglaubt, daß sie's geheimhalten würden, oder?«

Er gab keine Antwort.

»Was machen wir jetzt?«

Er drehte sich zu ihr um – fast wie ein Kreisel, so rasch. »Verdammt nochmal, wir kratzen schleunigst die Kurve, solange wir's noch können!« sagte er mit Nachdruck.

Und wie auf ein Signal stürzten die beiden sich in hastige, fieberhafte Tätigkeit. Er warf sich in einen Sessel und begann seine Füße in die Schuhe zu zwängen, die er während ihrer Abwesenheit ausgezogen hatte. Sie zog einen kleinen Koffer unter dem Bett hervor und warf Sachen hinein.

Einmal stöhnte sie auf: »Und gerade hab' ich gedacht, wir könnten mal ein paar Tage ruhig an einem Fleck sitzenbleiben.«

»Man kann nicht stillsitzen, wenn sie hinter einem her sind«, sagte er.

»Wohin geh'n wir?«

»Wohin spielt keine Rolle. Wir dürfen uns nur nirgends festsetzen.«

»Wir werden's nie schaffen.«

»Manchmal schafft man's grad dann am ehesten, wenn man's nicht glaubt.«

Er zog sich einen Hut tief ins Gesicht.

»Du trägst den Koffer«, sagte er. »Ich brauche vielleicht beide Arme frei.«

Sie wurde fast noch weißer.

»Laß auf keinen Fall etwas liegen«, warnte er sie. »Das wäre genau das, wonach sie suchen.«

Er ging zur Tür und preßte das Ohr dagegen. Einen Augenblick verhielt er sich ganz still. Dann hob er den Riegel zurück und ließ die Kette fallen.

Er öffnete die Tür und trat als erster hinaus; mit flach nach unten gestreckter Hand winkte er ihr verstohlen zu folgen.

Sie blickte noch einmal zurück, um sich zu vergewissern, daß nichts vergessen war – nichts, das sie verraten konnte.

Sie sah die Zeitung weit geöffnet, mit dem verdächtigen Bericht nach oben, auf dem Tisch liegen. Sie faßte sie an den Außenkanten, um sie zu schließen.

Doch dann blieb sie einen Moment stehen, die

Zeitung zwischen den weit gespreizten Armen haltend.

»Sssst«, zischte er mahnend durch die offene Tür, um sie zur Eile zu treiben.

Sie wandte sich um und rannte ihm aus der Tür nach, als erinnere sie sich gerade, daß er auf sie warte. Aber sie ließ den Koffer im Zimmer stehen.

Er stand am Kopfende der Treppe, wollte gerade hinuntergehen. Er warf ihr einen finsteren Blick zu.

»Wart einen Moment, Al!« flüsterte sie eindringlich und rannte die ganze Strecke bis zu ihm hin, damit sie leise reden konnte.

»Wart einen Moment! Es ist nicht dieselbe!«

»Was soll das heißen, nicht dieselbe?«

»East, nicht West.« Sie zischte wie ein Teekessel bei ihrem angestrengten Flüstern. »Die gleiche Straße – aber *East*, nicht West.«

»Das ist ein Druckfehler«, flüsterte er zurück. »Die Zeitungen sind voll davon – wir können kein Risiko eingehen.«

»Nein, es ist keiner. Komm wieder rein, ich zeig's dir.«

Er folgte ihr zurück. Sie schlossen die Tür hinter sich und beugten sich wieder über die Zeitung. Sie wies mit dem Finger auf die Stelle.

»Da steht's. East. Und dort unten noch einmal.«

»Es ist ein Druckfehler«, sagte er. »Muß einfach einer sein. Sie haben's zu hastig gedruckt.«

Doch plötzlich erstarrte er und blickte angespannt auf eine Stelle.

»Nein«, stimmte er langsam zu. »Du hast recht. Es ist nicht dieselbe. ›Das Apartment des Opfers lag über einem vornehmen Restaurant, *Luigi und Manfredo*.‹ Und – –« Er drehte sich um und sah sie an. Sie starrten einander in die Augen. »Und wo ich war – wo ich war, befand sich eine chemische Reinigung im Erdgeschoß.«

Sie schob den Riegel wieder vor und hängte die Kette ein. »Spendier mir einen«, sagte sie, die Situation genießend. »Und voll bis zum Rand.«

Als sie das Glas bis zur Hälfte geleert hatte, hielt sie es hoch gegen das Licht und blickte nachdenklich durch die schimmernde Flüssigkeit.

»In einem Roman könnte sowas nie passieren, weißt du. Zwei Blonde, beide in derselben Nacht, beide in der gleichen Straße. Nur die eine East und die andere West. Sowas kann eben nur im wirklichen Leben passieren.«

Um 21.29 Uhr fuhr der Lieferwagen vor.

Der Zeitungsballen knallte auf den Boden.

»Vierundzwanzig Remittenden«, sagte Muttchen zu dem Fahrer.

Ihr Neffe rannte hinten aus der Tür und trennte die Verschnürung durch. In mehreren Teilen hob er den Ballen Stück für Stück auf den Ladentisch. Muttchen verstaute das meiste darunter und ließ den Rest zum Verkauf oben liegen. Sie drehte den Docht der Petroleumlampe zurück, da die Flamme ein wenig zu flackern begonnen hatte. Sie stützte die Ellbogen auf. Muttchen war bereit, ihre Kunden zu bedienen.

Ein junger Bursche und ein Mädchen kamen heran, dünn wie Stecknadeln – –

Das Zimmer war leer und dunkel, bis der Junge und das Mädchen eintraten. Sie musterte es, nachdem er das Licht angeschaltet hatte.

»He, wie hast du dieses Loch gefunden?«

Ihre Stimme tönte schrill, zerspringend. Aber nicht von Natur aus, sondern gewollt, als riefe sie ihm über die Straße zu.

»Dusty hat mir davon erzählt. Er ist neulich abends mit Marge hiergewesen.«

»Ho, was ich da von Marge gehört habe!« gurgelte sie hohltönend. Ihre hingeworfenen Bemerkungen hatten einen heiseren Klang. Sie schien ihre Stimme nicht dämpfen zu können. Sie schien es nicht einmal zu versuchen.

Sie waren beide ungefähr im gleichen Alter, er vielleicht ein oder zwei Jahre voraus – auf jener so rasch überschrittenen Schwelle zwischen dem Ende der Jugendzeit und beginnender Reife. Unwiderruflicher Ausklang der Kindheit.

Sie waren auch gleich gekleidet. Er trug ein grellrotes Buschhemd, sie ein stahlblaues. Seine Hosen waren hauteng, und ihre Hosen ebenfalls. Beide hatten sie langes Haar. Der einzige Unterschied war nur, daß ihres zu einem Pferdeschwanz gebunden vom Kopfe abstand, während seine Mähne am Nacken klebte und ihm bis in den Kragen hing. Und beide waren sie dünn wie umgekehrte Ausrufezeichen.

»Stimmt was nicht mit Marge?« entgegnete er auf ihre letzte Bemerkung. »Hältst du sie etwa für ne Niete?«

»Das ist sie bestimmt nicht«, pflichtete seine Gefährtin mit bereitwilliger Banden-Loyalität bei.

Er begann Bierdosen aus einer braunen Tüte zu schütteln, die sie mitgebracht hatten.

»*Du* bist ne Niete«, sagte er zu ihr.

»Ich bin doch hier, oder nicht?« kreischte sie protestierend. »Was willst du also mehr?«

Er hieb mit einem Büchsenöffner auf den Deckel einer Bierdose; sie fiel um, rollte über den Tisch und fiel klappernd auf den Fußboden. Er gebrauchte einen unflätigen Ausruf, aber sie war weder erstaunt noch verletzt.

Aus der zweiten Tüte holte er eine Anzahl weicher, langer Brötchen, die in der Mitte aufgeschnitten und mit Hackfleisch belegt waren.

»Was hast du getan, den ganzen Laden leergekauft?« schrie sie in schneidend hohem Ton.

»Wir wer'n ja wohl ne ganze Weile hierbleiben, oder?«

Ihr ausbleibender Kommentar deutete völlige Zustimmung an.

»Was würde deine alte Dame wohl sagen?« höhnte er. Der Hohn war auf die alte Dame gemünzt, nicht auf sie.

Eine tropfende Bierdose in der Hand, ein krümelndes Hackfleischbrötchen in der andern, warf er sich längelang auf das weißgestrichene Metallbett und legte die Beine über Kreuz auf das Geländer am Fußende.

»Ah, die schnüffelt dauernd hinter mir her«, krähte das Mädchen unwillig.

»Das tun sie alle. Meine war auch so, bis ich zu groß für sie wurde. Jetzt sagt sie keinen Piep mehr. Ich würd's ihr auch nicht raten!«

Sie war noch mit ihren eigenen kindlichen Sorgen beschäftigt und achtete nicht auf seine Worte. »Sie denkt bereits, ich hätte das hier schon getan.«

»Wie kommst du darauf?« fragte er rasch.

»Sie warnt mich dauernd davor.« Sie führte eine ausgelassene Parodie vor, indem sie die Hände vors Gesicht schlug, augenrollend zur Decke blickte und schmerzlich die Mundwinkel hängen ließ: »Oh, ich hoffe nur, daß meine Warnungen nicht zu spät kommen«, jammerte sie, »ich hoffe nur, daß es nicht schon zu spät ist.«

»Nach heut nacht hängst du dir am besten ein Schild um den Hals ›Es ist zu spät‹. Dann braucht sie sich deinetwegen keine Sorgen mehr zu machen.«

Sie stimmten beide ein schallendes Gelächter an, klirrend, als ob leere Konservendosen über Steinpflaster hüpften.

Als ihr Gewieher schließlich aufhörte, ließ er die letzten Tropfen aus der Bierdose in seinen Mund fallen und warf sie dann von sich. Klappernd rollte sie durch das Zimmer.

Sie hatte sich inzwischen mit dem Rücken zu ihm auf die Bettkante gesetzt und beugte den Kopf über die Zeitung, die er mitgebracht hatte.

»Du willst doch wohl nicht die ganze Nacht so sitzenbleiben und Zeitung lesen?« Er langte täppisch nach ihrer Schulter, so daß sie von dem Stoß beinahe umgefallen wäre; doch wie ein Stehaufmännchen richtete sie sich wieder hoch und schlug mit dem Arm nach hinten, um ihn abzuwehren. Es war mehr eine Reflexhandlung als ein absichtlicher Schlag.

»Komm doch, Baby«, flüsterte er.

»Laß mich erst die Geschichte von dieser Blonden zuende lesen.«

»Warum? Was geht's dich an? Sie ist tot, oder? Was gibt's da also noch zu lesen?«

Sie war so vertieft, daß sie nicht antwortete.

»Ach, die war auch nur so'n beßres Flittchen«, sagte er wegwerfend.

»Aber sie war's nicht, bevor sie anfing«, wandte sie ein.

»Sie war's doch nicht schon immer. Jede, auch eine von denen, muß doch irgendwann den ersten Schritt tun.«

Sie las ein Stückchen weiter.

»Ich möcht' gern wissen, wie sie damals war. Bei dem ersten Schritt, mein ich.«

»Vielleicht wie du jetzt«, sagte er achselzuckend.

Sie stand plötzlich von der Bettkante auf, ging zu dem trüben Spiegel hinüber und blickte hinein, die Zeitung in der Hand behaltend.

»Was guckst du so an?« fragte er träge, ohne zu ihr hinzusehen, und blies Rauch gegen die Decke.

»Mich, wie ich jetzt aussehe«, antwortete das Mädchen und beugte sich noch weiter zum Spiegel vor. Dann drehte sie den Kopf zur Seite und blickte genauso aufmerksam auf das Photo in der Zeitung herab.

»Na, weißt du immer noch nicht, wie du aussiehst?« neckte er sie, blickte aber immer noch nicht hinüber.

»Ich weiß, wie ich jetzt aussehe«, erwiderte sie nachdenklich; »aber wie werde ich wohl aussehen, wenn – –« Sie vollendete den Satz nicht, und ihre Blicke wanderten wieder zur Zeitung zurück.

Langsam kam sie auf ihn zu, die Augen noch immer wie gebannt auf das Bild in der Zeitung geheftet.

Plötzlich ließ sie die Zeitung fallen; die Seiten segelten auseinander.

»Ich gehe nach Hause, Frankie.« Sie schrie die Worte nicht. Zum ersten Mal an diesem Abend – vielleicht im ganzen letzten und dem vorhergegangenen Jahr – sprach sie ruhig.

»Du – *was?*« Er schoß bolzengerade im Bett hoch.

»Ich möchte es nicht tun«, sagte sie, fast unhörbar. »Ich – ich habe Angst.«

»Was ist dir bloß in den Kopf gefahren!« schrie er. »Wir beide haben unser ganzes Leben lang in derselben Straße gewohnt.«

Ihre Gedanken schienen an einem anderen Ort zu sein.

»Das ist immer so. Immer. Der erste wohnt immer in derselben Straße. Und etwas später wohnen sie nicht mehr in derselben Straße. Und noch etwas später finden sie dich tot. Wie sie.«

Und dann, ohne noch ein Wort zu sagen, riß sie die Tür auf und rannte hinaus.

Er sprang vom Bett und setzte ihr nach. Sein Fuß fiel breit auf das Gesicht der Frau in der weggeworfenen Zeitung, als er darüberhin zur Tür flog.

Das Zimmer lag im obersten Stockwerk des Gebäudes. Er beugte sich über das Treppengeländer und blickte hinab. Unter ihm klapperten ihre Füße im Kreise herum, tiefer und tiefer.

»Hey, Ginny, komm zurück!« schrie er ins Treppenhaus hinunter. »Willst du wohl zurückkommen!«

Doch an der Art, wie sie rannte, von Angst gepackt, sah er deutlich, daß sie nicht zurückkommen würde. Und noch etwas wurde ihm klar: sie rannte nicht so, weil sie Angst hatte, daß er sie verfolgte – sie rannte so, weil ihr vor der Zukunft graute.

Der Lieferwagen fuhr vor und parkte genau um 21.29 Uhr neben dem Zeitungsstand.

»Vierundzwanzig Remittenden«, sagte Muttchen.

Die Schlagzeile lautete: *BLONDE SCHÖNHEIT ERMORDET!*

Muttchen setzte sich auf ihren Hocker, stützte die Ellbogen auf und wartete.

Die Luxuslimousine mußte gerade auf das grüne Licht warten. Der Mann auf dem Rücksitz beugte sich vor und sagte etwas zu seinem Chauffeur. Der junge Farbige, schmuck anzusehen in seiner Uniform, stieg rasch aus, überquerte die Straße und trat an den Zeitungsstand.

»*Times?*« fragte er.

»Noch nicht da«, antwortete Muttchen.

»Und *Herald-Tribune?*«

»Auch noch nicht«, erwiderte Muttchen. »Die kommen nicht vor halb zwölf.«

Er blickte etwas verwirrt. Er sah sogar über die Schulter zum Wagen zurück, als überlege er, ob er zurückgehen und fragen solle.

Aber das Licht hatte inzwischen gewechselt, und die Fahrer in der Wagenschlange hinter seiner Limousine begannen zu hupen. »In Ordnung, ich nehme eins von diesen da«, sagte er schnell.

Er ergriff ein Blatt, drehte sich um und drängte sich durch den Verkehr zum Wagen zurück. Er zog die Tür hinter sich zu, fuhr an und händigte dann erst dem Mann im Rücksitz die Zeitung aus.

Der Mann knipste das Licht an. Als er den Namen des Blattes las, blickte er fragend hoch. »Was bedeutet das, Bruce?«

»Etwas Besseres konnte ich nicht bekommen. Mr. Elliot«, erklärte der junge Chauffeur. »Die *Times* ist noch nicht erschienen.«

Sein Arbeitgeber steckte das Blatt ungeöffnet in die Manteltasche. »Na schön«, sagte er breit und gutmütig, »dann werde ich also heute abend ohne zu lesen auskommen müssen.«

Bruce grinste ein wenig.

Mr. Elliot zündete sich eine Zigarre an und sah aus dem Fenster.

Am nächsten Morgen fand er June, seine Frau, wie immer bereits am Frühstückstisch sitzen, als er ins Zimmer trat. Er mochte das gern. Mit der Zubereitung des Frühstücks hatte sie zwar nichts zu tun – das war die Aufgabe der Köchin; aber er fand, daß sie schon durch ihre Gegenwart den Tisch verschönte. In der gelben Jersey-Jacke und mit ihrem kurzen, lockeren Mädchenhaarschnitt konnte man sie gut für einen Teenager durchgehen lassen.

Er gab ihr einen Gutenmorgenkuß – und dann noch einen richtigen langen.

»Ist das nicht wunderschön?« fragte sie und deutete auf die Aussicht hinter dem bis zum Boden reichenden Terrassenfenster.

»An jedem Morgen schöner als am vorhergehenden. Leute, die in der Stadt leben, sind solche Narren.«

Seine *Times* war jetzt da und wartete auf ihn. Natürlich kam sie jeden Morgen. Er hatte gestern abend lediglich etwas zum Lesen haben wollen, um die Zeit auf der Heimfahrt totzuschlagen. Er blätterte bis zum Finanzteil um. Es waren die einzigen Seiten, die er stets sorgfältig las. Doch noch bevor er ganz damit fertig war, ergab sich ein Problem. Beileibe kein sehr großes, aber ein Problem, das mit Dickie zu tun hatte, und Dickies Problemen widmeten beide stets ungeteilte Aufmerksamkeit. Sie waren eben solche Eltern.

Amy brachte ihn herein. Amy war seine Gouvernante (sie hatte einen Hochschulkursus in Kinderpflege und -erziehung absolviert) und Bruces Frau.

»Dies ist eine Sache, die ich leider an Sie weiterleiten muß«, sagte sie, nachdem alle einander guten Morgen gewünscht hatten. »In solchen Dingen bin ich keine Expertin.«

Dickie wartete keine weitere Einleitung ab. »Daddy, können Kanarienvögel wirklich *ffft* machen? Tommy Holden hat zu Hause einen, und ich habe nie etwas anderes als Piepsen von ihm gehört.«

»Wo hast du das denn her?« Elliot sah einen Augenblick lang völlig verblüfft aus. June unterdrückte mühsam ein lautes Lachen.

»In der Zeitung steht, daß ein Kanarienvogel *ffft* auf jemand losging.«

»Hier«, sagte Amy streng und hielt das Blatt hoch. »Ich halte ihn immer dazu an, so viel wie möglich für sich allein zu lesen, und erkläre ihm dann die schwierigen Worte. Ich sah, daß er mit etwas nicht fertig wurde, und erst, als ich die Zeile gelesen hatte, erkannte ich, *worin* ich las.«

Elliot schlug sich bestürzt gegen die Stirn und legte die Hand gegen die Wange. »Guter Gott, eine Klatschspalte!« sagte er leise und mit einem kläglichen Blick zu seiner Frau. »Was machen wir damit?«

»Das ist deine Aufgabe, mein Lieber«, antwortete June munter.

»So machst du's also mit den heißen Kastanien«, sagte er aus dem Mundwinkel heraus.

»Ich bin gespannt, wie er sich da herausredet«, flüsterte June zu Amy. »Das kann gut werden.«

Einen Augenblick lang sah er zur Decke hoch, als suche er dort eine Inspiration.

»Katzen sind eigentlich die einzigen Tiere, die *ffft* machen, wenn sie auf jemand losgehen«, begann er.

»Du hast das *ffft* nicht richtig herausgekriegt, Liebling«, sagte June schadenfroh. Sie hatte die Ellbogen auf den Tisch und ihr Kinn in die Hände gestützt und versuchte, ihn durch ernsthaftes Anstarren aus der Fassung zu bringen.

»Bitte«, sagte er kläglich. »Die Sache ist schon schwierig genug, ohne daß du mich damit aufziehst.«

Er wandte sich wieder seiner Aufgabe zu. »Also, richtige Kanarienvögel machen nicht *ffft* – –«

»Diesmal hast du das *ffft* schon besser geschafft«, sagte June.

Er ignorierte sie. »Sängerinnen werden manchmal Kanarienvögel genannt, weil sie so hübsch singen«, fuhr er angestrengt fort. »Und wenn sie auf jemand wütend werden, machen sie manchmal *ffft.*«

Dickie wandte sich gekränkt an seine Mutter. »Ich habe nicht ein Wort von dem verstanden, was Daddy mir erzählt hat«, klagte er.

June drehte den Kopf rasch nach der einen Seite, Amy ihren nach der andern. Die einzigen beiden Leute im Zimmer, die sich nicht vor Lachen krümmten, waren die zwei Männer, der kleine und der große.

June streichelte dem Jungen den Kopf. »Und du bist nicht der einzige, mein Liebling«, flüsterte sie tröstend – aber so, daß Elliot es gerade noch verstehen konnte.

» Zeig uns doch mal, ob du's besser kannst «, flüsterte er in ihrer Richtung.

» Ich kenne jemand, der von mir etwas zu hören bekommen wird, daß er diesen Fetzen ins Haus zu bringen gewagt hat «, verkündete Amy finster. » Das ist etwas, womit ich nicht zurande komme, so ein Boulevardblatt. Ich kenne den einschlägigen Slang nicht. «

» Bruce? « fragte Elliot. » Machen Sie nur nicht den armen Bruce dafür verantwortlich. Der hat überhaupt keine Schuld. Ich bat ihn, mir rasch eine *Times* vom Stand zu holen, und da sie noch nicht erschienen war, brachte er statt ihrer dies hier mit. «

» Ich stelle nur fest, daß er nicht *Reader's Digest* oder *Atlantic Monthly* mitbrachte «, lautete Amys beißender Kommentar, während sie Dickie aus dem Zimmer führte.

June stand auf und brachte ihren Mann zur Haustür, wie sie es jeden Morgen tat. Dickie schloß sich an, indem er mit vorgestrecktem Kopf gegen seinen Vater rannte und ihm zum Abschied seine kleinen Arme um die Hüfte schlang; höher konnte er noch nicht reichen.

» Bis heute abend, Daddy, ja?« zirpte er. » Bis heute abend. «

June zwinkerte Elliot über dem Kopf des kleinen Burschen zu.

Als Dickie zum zweitenmal fortgeführt war und Elliot ihr den Abschiedskuß gab, machte sie ihm eines ihrer seltenen Komplimente – selten, aber von Herzen kommend: » Du bist ein guter Vater, Doug «, sagte sie zärtlich. » Der beste. Du hast Sinn für Humor – und einfach alles! «

» Und als Ehemann bekomme ich keine Zensur? « wollte er wissen.

Als Antwort schloß sie nur verträumt die Augen.

Einen Augenblick lang wurde er sonderbar ernst, beinahe tiefsinnig. »Ihr seid alles, was ich besitze«, sagte er nachdenklich. »Du und er. Meine Familie. Das ist alles, worum ich mich sorge – *wirklich* sorge. Ich würde nie dulden, daß etwas – oder jemand – euch zu nahe tritt. Ich würde nie dulden, daß etwas – oder jemand – euer Glück bedroht.« Seine Augen blickten dabei in die Ferne, als käme ihm gerade in den Sinn, wie er diese Worte schon einmal gesagt hatte – irgendwo, irgendwann, zu irgend jemand.

Dann küßte er sie noch einmal und eilte den langen, sonnenüberglänzten Weg hinunter, an dessen Ende Bruce im Wagen auf ihn wartete.

»Es ist eine Schande, an einem Tag wie heute in die Stadt zu müssen«, sagte er und nahm mit einem langen Blick die Landschaft von Westchester in sich auf, bevor er einstieg und die Tür zuzog.

»Ich kann Ihnen kaum sagen, wie sehr ich mit Ihnen fühle, Sir«, entgegnete Bruce mit einem leichten Anflug von Sarkasmus; einer wohlmeinenden Art von Sarkasmus jedoch, etwa mit der Bedeutung: Sie brauchen ja nicht in die Stadt zu fahren, wenn Sie nicht wollen, und das wissen Sie auch – aber trotzdem mögen Sie's gern, wenn ich Sie bemitleide.

»Was Sie betrifft, junger Mann«, warnte Elliot ihn scherzhaft, »Sie haben bei Amy ins Fettnäpfchen getreten. Sie glaubt, Sie seien für jenes Boulevardblatt verantwortlich.«

»Größere Gunst widerfährt keinem Manne«, zitierte Bruce leise, »denn dem, der die Prügel für seinen Herrn einstecken darf.«

»Wer steckt hier für wen die Prügel ein?« unterbrach Elliot rasch jeden weiteren Gedankengang von Bruce in dieser Richtung. »Das habe ich bereits ausgebügelt. Ich habe Amy gesagt, daß es meine Schuld war.«

»Sie wird mir trotzdem als dem Wolf im Schafspelz das Fell über die Ohren ziehen«, bemerkte Bruce, während sie dahinrasten. »Amys Ansprüche an Lesestoff sind so hoch, daß ich ihr da nicht das Wasser reichen kann. Alles unter Proust ist Schund.«

»Was lesen Sie denn am liebsten, Bruce?« fragte Elliot. »Ich wollte Sie schon lange danach fragen.«

»Meistens Kriminalromane. Ich fahre einen schnellen Wagen und mag es gern, wenn die Dinge sich rasch abwickeln. Allerdings müssen sie gut geschrieben sein.«

»Eigentlich sollte das gar nicht so schwierig sein. Ich lese selbst recht häufig Kriminalromane. Wenn einer nicht gut geschrieben ist, liegt das nicht daran, daß es ein Kriminalroman ist, sondern an der Nachlässigkeit des Schriftstellers.«

Den Rest der Fahrt in die Stadt verbrachten sie damit, über Bücher im allgemeinen zu reden, über Kriminalromane, andere Romane und das Leben überhaupt, das größte aller Bücher. Elliot fand, daß er sich großartig amüsierte. Sein Fahrer hatte die Universität absolviert, was er natürlich wußte; aber außerdem besaß er eine scharfe Intelligenz, eine rasche Auffassungsgabe und gesunden Ehrgeiz, was nicht immer die Folge eines Universitätsstudiums zu sein braucht. Bestimmt würde er seinen Weg machen, sobald sich ihm die Gelegenheit dazu bot. Diese Stellung als Chauffeur war nur ein Übergang.

Elliot lernte seine Mitmenschen gern besser kennen, weil er sie gern hatte.

»Ich danke Ihnen, Sir«, sagte Bruce, als sie das Büro erreicht hatten.

»Wofür?« fragte Elliot.

»Wenigstens haben Sie nicht gesagt, daß ich meiner Rasse zur Ehre gereiche.«

»Welcher Rasse?« fragte Elliot verständnislos. »Ich

weiß nicht, was Sie meinen.« Und er wußte es wirklich nicht.

»Ich hole Sie ab wie immer, Sir«, sagte Bruce und fuhr ab.

Elliot stieg zu seinem Büro hinauf, das er gelegentlich gern ›die Tretmühle‹ nannte. Wenn es eine ›Tretmühle‹ war (und offensichtlich mußte es ja irgendeinen Namen haben) war es die angenehmste, bestgeölte und luxuriöseste Tretmühle, die man sich denken konnte. Er brauchte nicht einmal seine Briefe selbst zu öffnen; der eine von fünf, der bis auf seinen Schreibtisch gelangte, verdiente bestimmt seine Aufmerksamkeit.

Ein kleines Diktat – in eine Maschine. Ein wenig telefonieren – mal mit diesem, mal mit jenem. Meist aber rief man ihn an. Oft ging es um Tausende von Dollar – einem Unbeteiligten wäre das nie aufgefallen. Geld wurde überhaupt nicht erwähnt. Die Gespräche schienen sich meist um Golfspiel zu drehen, vergangene und kommende gesellschaftliche Ereignisse sowie um Evelyns und Junes Befinden. Dann verabredete man sich zum Essen, und nach dem Essen würde er um zwanzig-, vierzig-, sechzigtausend oder mehr reicher sein. Und das auf niemandes Kosten. Gewiß nicht auf Kosten eines Klienten. Im gleichen Maße verdienten auch sie zwanzig, vierzig, sechzig. Die Börse erlitt ebenfalls keine Einbuße; denn für jeden, der verkaufen wollte, fand sich auch ein Käufer. Das war die ›alte Tretmühle‹. Mysteriös.

Inzwischen würde es elf oder halb zwölf geworden sein, und Rico und Dotty hätten sich eingestellt – Rico zum Haareschneiden, Dotty zur Maniküre. Selbstverständlich nicht jeden Tag, aber einmal die Woche. Zweimal, wenn er und June etwas Besonderes vorhatten. Es wäre ihm gar nicht in den Sinn gekommen, zu einem Friseur zu *gehen* – der Friseur kam zu ihm. Alles lief wie am Schnürchen. Ohne viel Gerede – das wäre albern; doch auch nicht zu wortkarg – das wäre steif und unfreundlich. Danach würden sie dankend abziehen; und wenn er ihnen, wie er es bisweilen tat, ein reichlicheres Trinkgeld als üblich gegeben hatte, pflegte er seine Instruktionen zu wiederholen, damit sie ihn auf keinen Fall mißverständen.

»Und denken Sie daran, kaufen Sie bei zwanzig, wie ich es Ihnen gesagt habe. Geben Sie sofort Auftrag, damit Sie gleich einsteigen können, wenn die Börse morgens öffnet. *Aber legen Sie sich nicht fest.* Lassen Sie bei fünfundzwanzig verkaufen, und Sie werden einen netten kleinen Profit machen. Und denken Sie daran, dieser Tip ist nur für Sie beide bestimmt. Wenn Sie nur ein Wörtchen verlauten lassen, jemand davon erzählen, habe ich Ihnen zum letztenmal – –«

»Ich würde es nicht mal meinem Mann erzählen«, pflegte Dotty zu schwören.

»Gut«, sagte er dann würdevoll. »Ehemänner haben nämlich ein loses Mundwerk. Zufällig bin ich selbst einer, daher weiß ich es.«

Und mittlerweile würde es Zeit für die übliche Verabredung zum Essen sein.

Heute zum Beispiel traf er sich mit Don Warren. Don Warren und Doug Elliot waren schon lang befreundet, bevor sie Klient und Makler wurden. Sie hatten zusammen dasselbe College besucht.

Don erwartete ihn am gewohnten Tisch in ihrem Restaurant.

Nachdem er ihn begrüßt und sich gesetzt hatte, legte Elliot einen Fingernagel an die Lippen, feuchtete ihn an und kühlte ihn mit seinem Atem. »Dotty versteht ihr Handwerk, aber dieser Riß geht bis zum Nagelbett. Dagegen konnte auch sie nichts tun.«

»Wobei hast du dir denn das geholt?«

Mit entwaffnendem Lächeln blickte Elliot zu ihm auf. »Beim Erwürgen von Blondinen«, antwortete er mit gewinnender Offenheit.

Warren lächelte höflich, wie es sich unter Freunden geziemt – aber nicht mehr. Dann sah er ihn tadelnd an. »Du hast schon immer einen merkwürdigen Humor gehabt«, beklagte er sich.

Elliot zuckte betreten mit den Schultern. »Ich wollte gar keinen Witz machen«, murmelte er; damit entfaltete er die große Speisekarte und konzentrierte sich darauf wie ein Mann, dessen Bemühungen, unterhaltsam zu sein, kein uneingeschränkter Erfolg beschieden ist und der sich deshalb resigniert etwas anderem zuwendet...

HENRY SLESAR

Das tödliche Telephon

Mrs. Parch klebte gerade im Eßzimmer Schilder auf ihre Einmachgläser, als das Telephon läutete. Sie unterbrach ihre Arbeit, um die Klingelzeichen zu zählen. *Eins*, Mrs. Nubbin, *zwei*, Mrs. Giles, *drei*, Mrs. Kalkbrenner, *vier* ... damit war sie gemeint, und mit einem fast enttäuschten Seufzer wischte Mrs. Parch sich die klebrigen Finger an ihrer faltenreichen Schürze ab und ging ins Wohnzimmer hinüber. Die Entfernung betrug nur dreißig Schritte, aber als sie den Hörer abnahm, keuchte sie. Mrs. Parch war dick, und in dem formlosen grauen Kleid, das sie stets wochentags trug, hatte sie eine Figur wie eine Glocke.

»Hallo?« rief sie laut in die Muschel.

»Spricht dort Mrs. Helen Parch?« Es war eine Männerstimme, die sie nicht kannte. Ihre Antwort klang fast übelnehmerisch.

»Ja, hier ist Mrs. Parch. Wer spricht dort?«

»Meine Name ist Atkins, Mrs. Parch, vom Büro des Distrikts-Sheriffs. Ich hätte gern gewußt, ob es Ihnen recht ist, wenn ich Ihnen heute nachmittag einen kurzen Besuch abstatte? Ich habe etwas sehr Wichtiges mit Ihnen zu besprechen.«

»Wichtiges? Sind Sie auch sicher, daß man Sie richtig verbunden hat?«

»Ganz sicher, Mrs. Parch. Es wird nicht sehr lange dauern. Ich bin im Augenblick in Milford und kann in fünf Minuten mit dem Wagen bei Ihnen sein.«

»Nun, ich weiß nicht recht.« Sie war offensichtlich verwirrt. Selbst Bekannte besuchten sie sehr selten hier draußen auf dem Lande, und der Gedanke an einen Fremden ... »Können Sie's mir nicht am Telephon sagen, Mr. Atkins? Ich bin heute ziemlich beschäftigt.«

»Ich fürchte, nein, Mrs. Parch. Es tut mir leid ...«

»Also gut dann. Wenn Sie schon kommen müssen, ist's mir jetzt genau so recht wie ein andermal. Ich warte also auf Sie.«

»Ich danke Ihnen«, sagte Mr. Atkins würdevoll und wartete höflich, daß seine Gesprächspartnerin den Hörer aufhängte. Sie tat es, blieb aber da und blickte neugierig auf den stummen Apparat. Es hatte keinen Zweck, zu ihren Einmachgläsern zurückzugehen, denn Mrs. Parch wußte, daß das Telephon in ein paar Minuten wieder läuten würde – sobald ihre Lauscher meinten, die Anstandspause habe jetzt lange genug gedauert. Natürlich behielt sie recht: acht Minuten später klingelte es viermal kurz, und sie hörte die weiche, nasale Stimme von Mrs. Giles.

»Helen? Wie geht's dir? Mir fiel eben ein, daß ich dich mal anrufen und fragen könnte, wie's bei dir steht.«

»So la-la«, meinte Mrs. Parch wissend, aber ohne Zynismus. Seit fast fünfzehn Jahren teilte sie mit den anderen diesen Gemeinschaftsanschluß, und alle wußten, daß jeder an jedem Gespräch teilnahm. Eine offene Beschuldigung würde sie alle schockiert haben, aber nichtsdestoweniger war es wahr. »Was macht Jacob?« fragte Mrs. Parch beiläufig, die Regeln der Etikette befolgend. »Soviel ich weiß, zieht er doch seit ein paar Tagen eine neue Wand für seine Scheune hoch?«

»Ja, er hat so seine Arbeit«, erwiderte Mrs. Giles

vage. »Doch was gibt's bei dir Neues, Helen? Ist irgendwas Interessantes passiert?«

Mrs. Parch fühlte unvermutet Trotz in sich aufsteigen und warf die Lippen auf. Sie wußte, daß Mrs. Giles vor Neugier brannte, etwas über Mr. Atkins zu erfahren; aber sie wollte ihr nicht die Genugtuung geben, von seinem Anruf zu sprechen. »Nein, nichts Neues«, entgegnete sie glatt. »Ich bin nur gerade dabei, meine Einmachgläser zu beschriften. Das hasse ich am meisten an der ganzen Einkocherei. Mit meiner Arthritis kann ich ja kaum einen Bleistift halten.«

»Ist das bestimmt alles?« fragte Mrs. Giles. »Vor einem Augenblick hörte ich dein Telephon klingeln ...«

»Das war nur Mr. Hastings«, sagte die Frau kalt. »Er rief wegen meines Rasenmähers an, den er neulich zum Schärfen mitgenommen hat.«

»Oh«, meinte Mrs. Giles, und Mrs. Parch unterdrückte ein Gluckern, während ihr gewaltiger Busen vor Vergnügen hüpfte. Sie wußte, daß Mrs. Giles die Lüge erkannt hatte, aber sie wußte auch, daß man sie nie dieser Lüge beschuldigen konnte. Mrs. Giles schnüffelte in den Hörer, sagte noch ein paar unverbindliche Worte, um dem Gespräch den Anschein des Normalen zu geben, und hängte auf.

Als Mrs. Parch ins Eßzimmer zurückging, grinste sie breit vor Genugtuung. Fünf Minuten später läutete es dreimal, und sie schurrte auf ihren kleinen Füßen über den Boden, nahm geräuschlos den Hörer ab und bedeckte die Sprechmuschel mit der Hand. Natürlich war es Mrs. Giles, die Mrs. Kalkbrenner von dem fremden Mann erzählte, der Mrs. Parch noch an diesem Nachmittag aufsuchen wollte. Sie stellten allerlei Betrachtungen über die Bedeutung dieses Besuchs an, doch keine von beiden konnte ihre Neugier befriedigen.

Mrs. Parch hängte vor ihnen auf und ging ins Schlafzimmer, um sich für ihren angekündigten Besucher etwas herzurichten. Ein paar Minuten später kam er, ein hagerer Mann, dessen knochige Rippen sich unter dem durchgeschwitzten Hemd abzeichneten. Er trug seine Jacke über dem Arm und betupfte sich die hohe, in einen langsam kahl werdenden Kopf übergehende Stirn mit einem zusammengeknüllten Taschentuch.

»Mrs. Parch?« fragte er. »Ich bin Daryl Atkins aus dem Büro des Distriktsanwalts.«

»Treten Sie ein, Mr. Atkins. Na, Sie haben sich wirklich sehr beeilt.«

»Kam, so schnell ich nur konnte. In dieser Angelegenheit können – vielleicht – schon ein paar Minuten eine Rolle spielen.« Er sah sich in dem kleinen, gemütlichen Wohnzimmer um, dessen Jalousien wegen der Sonne heruntergelassen waren. »Hier drin ist es bestimmt wesentlich kühler«, sagte er. »Auf der Straße müssen's zweiunddreißig Grad sein.«

»Mögen Sie vielleicht etwas Kaltes trinken?«

»Gern, Ma'am; aber nicht, bevor wir uns unterhalten haben.«

Er setzte sich vorsichtig auf die Sofakante, um nicht mit seinem feuchten Hemd gegen den Schonbezug der Rückenlehne zu kommen. Mrs. Parch nahm im Schaukelstuhl Platz, faltete ihre plumpen Hände im Schoß und wartete geduldig.

»Mrs. Parch«, begann er, »erinnern Sie sich an einen Mann namens Heyward Miller?«

»Miller?« Sie legte ihr Gesicht nachdenklich in Falten. »Nein, der Name sagt mir nichts. Natürlich ist da die Mrs. Miller im Postamt; aber mit der hat das wohl nichts zu tun.«

»Nein, nichts.« Er runzelte die Stirn und blickte auf die mit Troddeln eingefaßte Brücke zu seinen Füßen. »Heyward Miller und seine Frau lebten hier draußen auf dem ehemaligen Grundstück der Yunkers, vielleicht vor acht, neun Jahren. Sie waren erst sechs Monate dort, als seine Frau starb, und er verkaufte den Besitz an die Kalkbrenners. Hilft das Ihrer Erinnerung etwas nach, Mrs. Parch?«

Sie kratzte sich leicht die Wange. »*Irgend etwas* will mir in diesem Zusammenhang einfallen. Ja, jetzt erinnere ich mich.« Ihr Atem wurde kürzer, und sie legte eine Hand auf ihren Busen. »Oh ja, Miller. Dieser gräßliche Mann! Wie konnte ich *das* nur vergessen?«

»Ich dachte, daß Sie sich erinnern würden, Mrs. Parch; ich meine, nach diesen Dingen, die er über Sie gesagt hat. Der Bursche war mächtig durcheinander, soweit ich die Geschichte kenne. Natürlich kenne ich nicht die volle Wahrheit; daher steht es mir auch nicht zu, irgendeine Meinung zu vertreten ...«

Mrs. Parch richtete sich steif auf. »Der Mann war ein Narr«, sagte sie schroff. »Fragen Sie nach ihm, wen Sie wollen. Er *gehörte* einfach nicht hierher.«

»Schon gut, Mrs. Parch; aber könnten wir beide uns nicht einmal darüber unterhalten, was damals eigentlich passierte? Nur, damit ich auch unterrichtet bin?«

»Ich habe nichts darüber zu sagen.«

Atkins seufzte. »Nach dem, wie man mir die Geschichte erzählte, waren dieser Miller und seine Frau ein Jahr verheiratet, als sie das Grundstück der Yunkers kauften. Sie sollte in etwa sechs Monaten ein Kind bekommen. Doch eines Nachts geschah etwas; sie wurde krank, sehr krank, und er versuchte, einen Anruf zum Arzt durchzubekommen ...«

Mrs. Parch schloß die Augen und ballte ihre Fäuste im Schoß.

»Nun, ich war damals nicht in diesem Distrikt, verstehen Sie; daher kann ich nichts anderes berichten, als was man mir erzählt hat. Aber soweit ich es verstanden habe, ging Miller ans Telephon, und Sie und eine andere Dame unterhielten sich. Sie tauschten Rezepte aus, oder sowas Ähnliches.«

»Das war Mrs. Anderson«, sagte die Frau ruhig. »Ich sprach mit Mrs. Anderson.«

»Wohnt sie noch in der Nachbarschaft?«

»Nein. Vor fünf Jahren ging sie mit ihrem Mann nach Kalifornien, wo sie starb.«

»Wie dem auch sei«, fuhr Mr. Atkins fort und tupfte sich den Schweiß aus dem Gesicht, »dieser Miller bat Sie damals jedenfalls, die Leitung freizugeben, damit er den Arzt für seine Frau anrufen konnte. Und wie man mir erzählte, haben Sie sich beide geweigert.«

»Er war frech«, sagte Mrs. Parch. »Er hat uns regelrecht beleidigt.«

»Ja. Jedenfalls wollten Sie die Verbindung nicht freigeben, und Miller konnte nicht anrufen. Er behauptet sogar, daß Sie böswillig weitersprachen, damit er nicht anrufen konnte.«

»Das ist eine Lüge!« rief Mrs. Parch leidenschaftlich erregt. »Wir redeten nur, solange wir mußten, und keine Minute länger.«

»Aber er konnte den Arzt nicht mehr rechtzeitig erreichen, darum drehte es sich doch, nicht wahr? Und seine Frau starb.«

»Nun hören Sie mal her, Mr. Atkins –«

Der dünne Mann hob eine knochige Hand. »Bitte, Mrs. Parch; ich bin nicht zu Ihnen hinausgekommen, um die Vergangenheit noch einmal durchzukauen. Was geschehen ist, ist Ihre Sache und nicht meine. Nur ist heute früh etwas passiert, das die Angelegenheit *vielleicht* auch zur Sache des Distrikts-Sheriffs werden läßt.«

»Was meinen Sie damit?«

»Nun, ich nehme an, Sie wissen nicht, was mit Miller geschah, nachdem er sein Grundstück an die Kalkbrenners verkaufte. Der Verlust seiner Frau und die ganzen Begleitumstände hatten ihn völlig gebrochen, und er zog nach New York. Sechs Monate später faßte man ihn, als er in ein Eisenwarengeschäft einbrach. Außer ein paar Schachteln mit Nägeln und ähnlichem Kleinzeug hatte er nichts gestohlen, und man schickte ihn für etwa sechs Monate ins Gefängnis. Dort kam man zu dem Schluß, daß er geistig unzurechnungsfähig war, und er wurde in eine geschlossene Heilanstalt überwiesen. Seitdem ist er ununterbrochen dort gewesen, fast acht Jahre lang. Erst kürzlich ist er freigekommen, Mrs. Parch, und das ist der Grund, weshalb wir ein wenig besorgt sind.«

»Freigekommen?« Die Frau knüllte den Rand ihrer Schürze mit den Händen zusammen. »Was meinen Sie damit, freigekommen?«

»Ausgebrochen. Wir erhielten die Nachricht gestern am späten Abend, aber es ist schon eine ganze Woche her. Jemand in der Anstalt fiel es ein, uns zu benachrichtigen, weil Miller eine Menge gefaselt hat über ... nun, über das, was passiert ist. Hat uns ein wenig beunruhigt, Mrs. Parch. Ich nehme an, Sie werden das verstehen. Wir wissen zwar nicht *bestimmt*, ob er etwas gegen Sie im Schilde führt, aber es schien uns nicht richtig, die Sache dem Zufall zu überlassen. Verstehen Sie, was ich meine?«

Mrs. Parch stand auf, ihre glockenförmige Hülle schwankte ein wenig. Ihre Stimme zitterte, als sie sagte: »Wollen Sie damit sagen, daß dieser Miller Ihrer Meinung nach hinter *mir* her ist? Wegen dem, was vor acht Jahren passierte?«

»Dem Manne ist nicht zu trauen«, erwiderte Atkins ruhig. »Das ist alles. Die Anstalt ist ungefähr dreihundert Kilometer von hier entfernt, aber wenn er wirklich auf – nennen wir es mal Rache, aus ist, spielt diese Entfernung keine große Rolle. Ich wollte Sie nur vor der Möglichkeit warnen, das ist alles.«

Sie schlug die Hände vors Gesicht. »Aber ich bin ganz allein hier draußen!« rief sie. »Er könnte mich glatt im Schlaf ermorden!«

»Wir wissen *wirklich* nichts Bestimmtes. Mrs. Parch Sie dürfen sich das auf keinen Fall einbilden. Aber wenn vielleicht einer Ihrer Nachbarn für ein paar Tage zu Ihnen ziehen könnte oder Sie einen Verwandten besuchen wollten, so wäre das möglicherweise eine gute Idee.«

»Kann der Sheriff mich nicht beschützen?« Sie unterdrückte ein Schluchzen.

»Es tut mir leid, aber das ist im Augenblick noch nicht möglich, Mrs. Parch. Nicht, solange wir keine sichere Information besitzen, daß Miller sich in der Nähe befindet. So, wie die Dinge im Augenblick liegen, ist es weiter nichts als eine ganz unbestimmte Vermutung. Verstehen Sie?«

»Ja, ja«, antwortete sie wie betäubt. »Vielleicht könnte ich zu meiner Schwester fahren. Nach Cedar Falls ...«

»Das wäre eine gute Idee.«

»Ich habe sie seit zehn Jahren nicht mehr gesehen. Wir haben uns nie verstanden, meine Schwester und ich.«

Mr. Atkins lächelte. »Für eine Versöhnung sollte man keine Gelegenheit ungenützt verstreichen lassen, was, Mrs. Parch?« Er stand auf. »Hören Sie, ich bin nicht bloß hergekommen, um Sie zu erschrecken. Wir wissen nichts Endgültiges über diese Angelegenheit, überhaupt nichts. Wenn wir etwas Neues erfahren, werden wir Sie sofort anrufen. Und wenn Sie es für notwendig halten, sich mit uns in Verbindung zu setzen, verlangen Sie einfach das Büro des Distrikts-Sheriffs. Meinen Namen wissen Sie noch?«

»Atkins«, flüsterte Mrs. Parch.

»Daryl Atkins«, sagte der Mann. Dann lächelte er breit. »Und jetzt hätte ich nichts gegen einen kühlen Schluck einzuwenden, Mrs. Parch.«

Atkins' Wagen war noch keine fünf Minuten aus ihrer Auffahrt, als das Telephon bei Mrs. Parch viermal rasselte. Sie nahm den Hörer ab und hörte Mrs. Giles fragen: »Helen? Habe ich nicht ein Auto bei dir halten sehen?«

»Nein«, antwortete sie krächzend. »Du hast keinen Wagen gesehen.«

»Aber ich meinte doch ganz *sicher*, ich –«

»Kümmere dich um deine eigenen Angelegenheiten!« sagte die Frau wütend. »Wann werdet ihr alle endlich lernen, eure Nasen nicht in andrer Leute Dinge zu stecken!«

»Bitte!« erwiderte Mrs. Giles. Sie hängte auf, und Mrs. Parch verwünschte die Tatsache, daß sie ihr nicht zuvorgekommen war. Ein paar Minuten später klingelte das Telephon dreimal, aber sie ignorierte es. Statt dessen stieg sie so schnell nach oben, wie ihr Gewicht und ihr knapper Atem gestatteten, und begann die Schreibtischschublade nach der Telephonnummer ihrer Schwester in Cedar Falls durchzuwühlen. Schließlich fand sie den Papierfetzen mit der Nummer in einem Album vergilbter Familienphotos und ging damit wieder nach unten. Ohne jede Vorsicht und Heimlichtuerei nahm sie den Hörer ab, doch Mrs. Giles und Mrs. Kalkbrenner hatten bereits ihr Gespräch über die schlechten Manieren ihrer Nachbarin beendet. Sie wählte die Nummer des Fernamts und mußte fast zehn Minuten warten, ehe sie mit Cedar Falls verbunden werden konnte. Doch selbst dann nützte es ihr nichts, denn die Telephonistin in Cedar Falls berichtete, daß der Apparat ihrer Schwester für den Sommer abgemeldet sei. Das sah Margaret ähnlich; wahrscheinlich war sie in ihr Strandhaus übergesiedelt und hatte das Telephon stillegen lassen, um ein paar Dollar zu sparen. Sie grunzte empört, als sie diese Nachricht hörte, und die unfreundlichen Gedanken über ihre Schwester vertrieben eine Zeitlang all ihre Furcht vor Miller. Sie fühlte sich sogar genügend erholt, um das Etikettieren ihrer Einmachgläser zu beenden, und sie verbrachte einen geschäftigen Nachmittag damit, alle in den Keller zu bringen. Sie war so bei der Sache, daß sie trotz ihrer angeborenen Neugier gar nicht daran dachte mitzuhören, als das Telephon fünfmal läutete (das war für Mrs. Ammons, eine neue Nachbarin). Als der Abend hereinbrach, hatte sie zwar Atkins' Warnung nicht vergessen, aber ihre Nerven waren doch beträchtlich ruhiger geworden.

Der Tag war lang gewesen. Die Sonne hatte hoch und heiß am Himmel gestanden, und die Zeiger der Uhr wiesen fast auf halb neun, als sie schließlich hinter den braunen Hügeln versank und von der kühlen Nachtluft abgelöst wurde. Mrs. Parch bereitete sich ein einfaches Abendessen von den Resten des Vortages, nähte noch ein wenig und nahm sich dann einen Roman aus der Leihbibliothek vor, um mit Lesen den Abend zu beschließen. Das Telephon läutete zweimal, aber sie kümmerte sich nicht darum. Einen Augenblick später hörte sie einen Hund in der Nähe des Hauses bellen. Es war Giles' Hund, ein alter Collie, der nicht zu unbegründeten Temperamentsausbrüchen neigte. Leicht verwundert legte sie das Buch nieder. Als das Bellen andauerte, nahm sie ihre Brille ab, stand auf und trat ans Fenster. Bei der plötzlichen Erinnerung an die ihr möglicherweise drohende Gefahr fuhr ihr schlagartig wieder die Furcht in die Glieder. Sie ging zur Vordertür, schloß auf und blickte in eine

Dunkelheit, die nichts preisgab. Sie schloß die Tür wieder, schob den Riegel vor und ging ins Wohnzimmer zurück, um eine weitere Lampe anzumachen. Der Hund von Giles hörte auf zu bellen und begann zu heulen, bis ihm jemand mit einer zusammengerollten Zeitung auf sein Hinterteil klatschte. Unten, in ihrem Keller, gab es ein plumpsendes Geräusch, als ob etwas auf den Steinboden gefallen sei, und sie wußte, daß sie nicht mehr der einzige Bewohner des Hauses war.

Auf dem Weg zum Telephon wäre sie fast gefallen. Als sie den Hörer von der Gabel riß und Mrs. Giles' nasale Stimme hörte, keuchte sie: »Bitte! Geh vom Apparat!«

»Wer ist da?« fragte Mrs. Giles.

»Helen«, rief Mrs. Parch. »Helen! Um Gottes willen, Emma, leg den Hörer auf! Ich muß die Polizei anrufen –«

»Die Polizei? Warum?«

»Ich hab' keine Zeit zu erklären! Ich muß das Büro des Sheriffs anrufen! Geh aus der Leitung! Geh aus der Leitung, oder ich werde ermordet!«

Mrs. Kalkbrenner lachte. »Aber Helen, wer wird dich schon umbringen wollen? Du hast wohl einen Albtraum.«

»Ich meine, daß du gesagt hast, du wolltest Einmachgläser beschriften«, kicherte Mrs. Giles. »Bist du auch sicher, daß es nicht Apfelwein war, Helen?«

»Um Himmels willen!« kreischte Mrs. Parch. »Geht aus der Leitung!«

»Siehst du«, sagte Mrs. Giles bedeutungsvoll zu Mrs. Kalkbrenner. »Verstehst du jetzt, was ich dir erzählt habe?«

»Hm-hm«, machte Mrs. Kalkbrenner. »Jetzt weiß ich Bescheid.«

»Manche Leute wissen eben nicht, was Höflichkeit ist«, sagte Mrs. Giles. »Es ist doch gut, wenn man seine Nachbarn einmal *richtig* kennenlernt, nicht wahr, June?«

»Bestimmt ist es das, Emma.«

»Bitte, bitte«, schluchzte Mrs. Parch. »Ich *muß* die Verbindung haben. Ich *muß* telephonieren –«

Sie ließ den Hörer fallen, als sie die Kellertreppen knarren hörte. Sie rannte in die Küche und schlug die Kellertür zu. Das Schnappschloß faßte nicht, daher schob sie einen Stuhl vor die Tür und rannte zu dem baumelnden Hörer zurück. Die Stimme von Mrs. Giles tönte ihr entgegen und, von Haß und Grauen geschüttelt, schrie Mrs. Parch sie an. Sie schrie immer noch, als die Hand ihr den Hörer wegnahm und auf die Gabel legte. Es war eine schwere, behaarte und entsetzlich starke Hand.

HENRY SLESAR

Der Tag der Hinrichtung

Als der Obmann der Geschworenen aufstand und den Urteilsspruch verlas, lauschte Staatsanwalt Warren Selvey der Schuldverkündung, als seien die Worte eine Bestätigung seines persönlichen Verdienstes. Er hörte aus der ernsten Rede des Obmanns nicht eine Verdammung des Angeklagten heraus, der sich auf seiner Bank krümmte wie ein verbranntes Streichholz, sondern einen Tribut für seine, Selveys, brillante Leistung. ›*Schuldig im Sinne der Anklage*...‹ Nein, dachte Warren Selvey triumphierend, schuldig, wie ich es bewiesen habe ....

Einen Moment lang fiel der melancholische Blick des Richters auf Selvey, und der alte Mann war sichtlich betroffen, als er den Siegesjubel in dessen Augen sah. Aber Selvey konnte sein überströmendes Glücksgefühl nicht verbergen, seine Befriedigung über seine Leistung und über seine erste gelungene bedeutende Überführung.

Er raffte rasch seine Unterlagen zusammen und zwang sich, entsprechend dem Anlaß ernst und gefaßt zu erscheinen, obwohl der Mund in seinem mageren braunen Gesicht fast schmerzhaft danach strebte, sich zu einem breiten Lächeln zu verziehen. Er schob die Aktenmappe unter den Arm und drehte sich um, den murmelnden Zuschauern entgegen. »Entschuldigen Sie«, sagte er nüchtern und drängte sich zum Ausgang durch; seine Gedanken waren jetzt nur noch bei Doreen.

Er versuchte, sich ihr Gesicht vorzustellen, ihren roten Mund, dessen Lippen hart oder schmelzend weich sein konnten, je nach dem, welche ihrer vielen Stimmungen gerade vorherrschte. Er versuchte sich vorzustellen, wie sie beim Vernehmen dieser guten Nachricht aussehen, wie ihr warmer Körper sich anfühlen, wie ihre Arme ihn umschlingen würden.

Aber dieser eingebildete Vorgeschmack von Doreens Gunstbezeugungen wurde unterbrochen. Die Augen der Menschen suchten die seinen, und ihre Hände streckten sich ihm entgegen, um ihm zu gratulieren. Garson, der Oberstaatsanwalt, lächelte gewichtig und nickte anerkennend mit seinem Löwenhaupt zu der Aufführung seines jüngsten Zöglings. Vance, Garsons Stellvertreter, grinste etwas säuerlich, nicht gerade sehr erbaut darüber, seinen Junior im Rampenlicht zu sehen. Reporter und Photographen baten um seine Stellungnahme, verlangten verschiedene Aufnahmeposen.

Früher wäre all dies genug für Warren Selvey gewesen: dieser Augenblick und diese bewundernden Menschen. Aber jetzt gab es noch Doreen, und der Gedanke an sie trieb ihn, den Schauplatz seines Sieges gegen eine stillere, süßere Belohnung einzutauschen.

Doch sein Abgang gelang nicht so. Garson erwischte seinen Arm und steuerte ihn in den grauen Wagen, der am Bordstein wartete.

»Na, wie fühlen Sie sich?« fragte Garson grinsend und schlug Selvey aufs Knie, als sie losfuhren.

»Nicht übel«, meinte Selvey zurückhaltend und versuchte, bescheiden auszusehen. »Aber zum Teufel auch, Gar, ich kann nicht den ganzen Ruhm für mich beanspruchen. Ihre Leute haben das Urteil erst ermöglicht.«

»Das wollen Sie doch nicht im Ernst behaupten.« Garson zwinkerte mit den Augen. »Ich habe Sie während der Verhandlung beobachtet, Warren. Sie schmeckten Blut. Sie waren das rächende Schwert. Sie haben ihn auf die Warteliste für den elektrischen Stuhl gesetzt, nicht ich.«

»Sagen Sie das nicht!« erwiderte Selvey scharf. »Sie wissen genau, daß er schuldig ist wie die Sünde selbst. Die Beweise lagen völlig klar. Die Geschworenen konnten gar nicht anders handeln.«

»Das stimmt. So, wie Sie die Sache angepackt haben, konnten sie nicht anders handeln. Doch wir wollen die Sache richtig sehen, Warren. Bei einem anderen Anklagevertreter hätten sie vielleicht etwas anderes beschlossen. Ehre, wem Ehre gebührt, Warren.«

Selvey konnte das Lächeln nicht länger zurückhalten. Es erleuchtete sein langes, spitzes Gesicht, und er fühlte mit Erleichterung, wie sich seine Züge entspannten. Er lehnte sich gegen die dicken Polster des Wagens zurück.

»Mag sein«, sagte er. »Ich hielt ihn jedenfalls für schuldig und versuchte, auch alle anderen davon zu überzeugen. Nicht Beweise, die man an den Fingern herzählen kann, fallen ins Gewicht, Gar. Das ist Schulweisheit, wie Sie selbst wissen. Manchmal *fühlt* man einfach....«

»Sicher.« Garson blickte aus dem Fenster. »Wie geht's der jungen Frau, Warren?«

»Oh, Doreen geht's ausgezeichnet.«

»Freut mich zu hören. Prächtige Frau, Doreen.«

Sie lag auf der Couch, als er das Apartment betrat. Diese Einzelheit seiner triumphierenden Heimkehr hatte er sich nicht ausgemalt.

Er ging zu ihr und setzte sich auf den Couchrand, damit sie ihn umarmen konnte.

»Hast du's gehört, Doreen?« fragte er. »Hast du gehört, was geschehen ist?«

»Ich hab's übers Radio gehört.«

»Und? Verstehst du, was das heißt? Ich habe meinen ersten Schuldspruch erreicht. Meinen ersten Schuldspruch, und zwar einen bedeutenden. Ich bin kein Junior mehr, Doreen.«

»Was werden sie mit dem Mann machen?«

Er sah sie mit zusammengekniffenen Augen an und versuchte, ihre Stimmung zu sondieren. »Ich habe die Todesstrafe gefordert«, antwortete er. »Er hat seine Frau kaltblütig ermordet. Warum sollte man mit ihm anders verfahren?«

»Ich habe nur gefragt, Warren.« Sie lehnte ihre Wange an seine Schulter.

»Der Tod gehört zu meinem Job«, sagte er. »Du weißt das genau so gut wie ich, Doreen. Du machst mir doch daraus keinen Vorwurf?«

Sie schob ihn einen Augenblick von sich und schien mit der Entscheidung zu kämpfen, ob sie zornig sein sollte oder nicht. Doch dann zog sie ihn heftig an sich, und er fühlte ihren Atem heiß und rasch in seinem Ohr.

Sie feierten eine ganze Woche lang. Still und ruhig, in intimen Nachtklubrestaurants und nur mit sehr nahestehenden Bekannten. Es hätte Selvey nicht angestanden, unter diesen Umständen in der Öffentlichkeit fröhlich aufzutreten.

Am Abend des Tages, an dem der schuldig gesprochene Murray Rodman zum Tode verurteilt wurde, blieben sie zu Hause und tranken handgewärmten Cognac aus großen Schwenkern. Doreen betrank sich und wurde leidenschaftlich verspielt, und Selvey glaubte, nie glücklicher sein zu können. Aus einer mittelmäßigen Hochschulleistung und einer drittklassigen Anstellung in der Bezirksanwaltschaft hatte er sich zu einer wichtigen und geachteten Position hochgearbeitet, und das einzig durch seinen Scharfsinn und seine Redegewandtheit. Er hatte eine bildschöne, verwöhnte Frau geheiratet, die er in seinen Armen zum Schmelzen bringen konnte. Er war stolz auf sich. Er war Murray Rodman dankbar für die Gelegenheit, die er ihm gegeben hatte.

Es war der Tag, an dem Rodman hingerichtet werden sollte, als der gebeugte, grauhaarige Mann mit dem fettfleckigen Hut sich an Selvey heranmachte.

Er trat aus dem Eingang eines Drugstores, die Hände in die Taschen seines schmutzigen Tweedmantels geschoben und den Hut tief über die Augen gezogen. Weiße Bartstoppeln standen auf seinem Gesicht.

»Bitte«, sagte er, »kann ich Sie einen Moment sprechen?«

Selvey musterte ihn und steckte die Hand suchend in die Tasche.

»Nein«, sagte der Mann rasch. »Ich will kein Zehrgeld. Ich möchte nur mit Ihnen sprechen, Mr. Selvey.«

»Sie wissen, wer ich bin?«

»Yeah, sicher, Mr. Selvey. Ich habe genug über Sie gelesen.«

Selveys harter Blick wurde weicher. »Schön, aber ich bin grad jetzt ziemlich in Eile. Hab' eine Verabredung.«

»Es ist sehr wichtig, Mr. Selvey. Ich schwör's bei Gott. Können wir nicht irgendwo hingehen? Vielleicht einen Kaffee trinken? Nur fünf Minuten.«

»Warum schreiben Sie mir nicht oder kommen zu mir ins Büro? Es ist in der Chambers Street –«

»Es ist wegen des Mannes, Mr. Selvey. Der heute nacht hingerichtet werden soll.«

Der Staatsanwalt blickte dem Mann prüfend in die

Augen. Er sah, wie gespannt und durchdringend sie auf ihn gerichtet waren.

»Also gut«, sagte er. »Etwas weiter die Straße hinunter ist ein Café. Aber denken Sie dran, nur fünf Minuten.«

Die Uhr wies fast auf halb drei; der Mittagsandrang im Café war vorüber. Sie fanden eine Nische im Hintergrund und saßen schweigend, während der Kellner die Reste eines hastigen Mahls forträumte.

Schließlich beugte der alte Mann sich über den Tisch und sagte: »Ich heiße Arlington, Phil Arlington. Ich war außerhalb, in Florida, sonst hätte ich es nicht so weit kommen lassen. Ich hab' keine Zeitung gelesen, kein Radio gehört, nichts dergleichen.«

»Ich verstehe Sie nicht ganz, Mr. Arlington. Sprechen Sie von der Verhandlung gegen Rodman?«

»Yeah, die Rodman-Sache. Als ich zurückkam und hörte, was geschehen war, wußte ich nicht, was ich tun sollte. Sie können das sicher verstehen, nicht wahr? Es tat mir weh, tat mir schrecklich weh, zu lesen, was mit dem armen Mann angestellt wurde. Aber ich hatte Angst. Sie werden das verstehen. Ich hatte Angst.«

»Angst wovor?«

Der Mann redete zu seinem Kaffee. »Ich habe eine schlimme Zeit durchgemacht, war unentschlossen, was ich tun sollte. Doch schließlich sagte ich mir – Teufel nochmal, dieser Rodman ist ein junger Kerl. Wie alt ist er, achtunddreißig? Ich bin vierundsechzig, Mr. Selvey. Was ist besser?«

»Besser für was?« Selvey wurde ungeduldig; er warf einen Blick auf seine Uhr. »Reden Sie verständlich, Mr. Arlington. Ich bin ein vielbeschäftigter Mann.«

»Ich beschloß, um Ihren Rat zu bitten.« Der grauhaarige Mann fuhr sich mit der Zunge über die Lippen. »Ich hatte Angst, glattweg zur Polizei damit zu gehen; ich meinte, ich sollte Sie erst fragen. Soll ich der Polizei melden, was ich getan habe, Mr. Selvey? Soll ich ihr sagen, daß ich die Frau getötet habe? Sagen Sie's mir. Soll ich?«

Die Welt drehte sich plötzlich vor Warren Selveys Augen. Seine Hände, die er um die Kaffeetasse gelegt hatte, wurden kalt. Er starrte den Mann gegenüber an.

»Wovon reden Sie überhaupt?« fragte er. »Rodman hat seine Frau ermordet. Wir haben es bewiesen.«

»Nein, nein, das ist es ja eben. Ich trampte nach Osten. Jemand nahm mich mit dem Wagen nach Wilford mit. Ich streifte durch die Stadt und überlegte krampfhaft, wo ich etwas zu essen, einen Job, irgendwas bekommen könnte. Ich klopfte an eine Tür, und jene nette junge Frau öffnete. Sie hatte keinen Job für mich, aber sie gab mir ein Sandwich. Es war ein Schinkensandwich.«

»Welches Haus? Woher wissen Sie, daß es Mrs. Rodmans Haus war?«

»Ich weiß es. Ich habe ihr Bild in den Zeitungen gesehen. Sie war eine so nette Dame. Wäre sie nachher nicht aus der Küche gegangen, wäre überhaupt nichts passiert.«

»Was, was?« fuhr Selvey ihn an.

»Ich hätte es nicht tun sollen. Ich meine, nachdem sie wirklich so nett zu mir war. Aber ich war so pleite. Ich sah in den Töpfen im Küchenschrank nach. Sie wissen, wie Frauen sind; sie verstecken immer Zaster in Tassen und Töpfen, ihr Taschengeld nennen sie es. Sie erwischte mich dabei und wurde wütend. Sie schrie nicht und machte keinen Lärm, aber ich konnte sehen, daß sie mich in Schwierigkeiten bringen wollte. Und da hab ich's getan, Mr. Selvey. Ich verlor den Kopf.«

»Ich glaube Ihnen nicht«, sagte Selvey. »Keiner – kein Unbekannter wurde in der Nachbarschaft gesehen. Rodman und seine Frau lebten dauernd im Streit –«

Der grauhaarige Mann zuckte mit den Schultern. »Davon weiß ich nichts, Mr. Selvey. Ich weiß überhaupt nichts über diese Leute. Aber so ist's geschehen, und darum brauche ich Ihren Rat.« Er rieb sich die Stirn. »Ich meine, wenn ich jetzt gestehe, was würde man mit mir machen?«

»Sie auf den elektrischen Stuhl setzen«, sagte Selvey kalt. »Sie an Stelle von Rodman verbrennen. Wollen Sie das?«

Arlington wurde weiß. »Nein. Gefängnis, in Ordnung. Aber das nicht.«

»Dann vergessen Sie es. Haben Sie mich verstanden, Mr. Arlington? Ich glaube, Sie haben die ganze Geschichte nur geträumt, nicht wahr? Betrachten Sie's von der Seite. Ein böser Traum. Und jetzt gehen Sie wieder auf die Straße und vergessen es.«

»Aber dieser Mann. Heute nacht werden sie ihn töten –«

»Weil er schuldig ist!« Selveys Faust fiel auf den Tisch. »Ich habe seine Schuld *bewiesen!* Verstanden?«

Die Lippen des Mannes zitterten.

»Ja, Sir«, sagte er.

Selvey stand auf und warf fünf Dollar auf den Tisch.

»Zahlen Sie die Rechnung«, sagte er scharf. »Behalten Sie den Rest.«

An jenem Abend fragte Doreen ihn bereits zum vierten Mal nach der Uhrzeit.

»Elf«, antwortete er mürrisch.

»Noch eine Stunde.« Sie drückte sich tief in die Sofakissen. »Ich möchte wissen, was er in diesem Augenblick empfindet ...«

»Hör auf damit!«

»Du meine Güte, wie nervös wir heute abend sind.«

»Ich habe nichts mehr damit zu tun, Doreen. Das habe ich dir wieder und wieder erzählt. Jetzt tut der Staat seine Pflicht.«

Nachdenklich schob sie ihre rosa Zungenspitze zwischen die Zähne. »Aber du hast ihn dorthin gebracht, Warren. Das kannst du nicht leugnen.«

»Die Geschworenen haben ihn dorthin gebracht!«

»Du brauchst *mich* nicht anzuschreien, Staatsanwalt.«

»Oh, Doreen ...« Er beugte sich zu ihr hinüber, um eine entschuldigende Geste zu machen, als das Telephon klingelte.

Ärgerlich nahm er den Hörer ab.

»Mr. Selvey? Hier ist Arlington.«

Selvey fühlte, wie sein Pulsschlag sich über seinen ganzen Körper ausbreitete.

»Was wollen Sie?«

»Ich habe darüber nachgedacht, Mr. Selvey. Was Sie mir heute gesagt haben. Ich meine allerdings, daß es nicht recht wäre, einfach alles zu vergessen. Ich meine –«

»Arlington, hören Sie zu. Ich möchte Sie gern in meiner Wohnung sprechen. Ich möchte Sie gern sofort sprechen.«

Vom Sofa her rief Doreen: »He!«

»Haben Sie mich verstanden, Arlington? Bevor Sie überstürzt handeln, möchte ich mit Ihnen reden, Ihnen Ihre rechtliche Lage klarmachen. Ich glaube, daß Sie sich das selbst schuldig sind.«

Am anderen Ende der Leitung entstand eine Pause.

»Wahrscheinlich haben Sie recht, Mr. Selvey. Nur befinde ich mich jetzt in der Innenstadt, und bis ich bei Ihnen bin –«

»Sie können es noch rechtzeitig schaffen. Nehmen Sie die IRT-Untergrundbahn, damit geht's am schnellsten. Bei der 86. Straße steigen Sie aus.«

Als er den Hörer auflegte, war Doreen aufgestanden.

»Doreen, warte. Es tut mir leid, aber dieser Mann ist – ein wichtiger Zeuge in einem Fall, den ich bearbeite. Der einzige Zeitpunkt, zu dem ich ihn sprechen kann, ist jetzt.«

»Viel Spaß«, sagte sie schnippisch und ging ins Schlafzimmer.

»Doreen –«

Die Tür schloß sich hinter ihr. Einen Augenblick lang war alles ruhig. Dann hörte er, wie sich der Schlüssel im Schloß drehte.

Selvey verfluchte im stillen die Launen seiner Frau und ging zur Hausbar hinüber.

Als Arlington an der Tür läutete, war der Spiegel in Selveys Whiskyflasche um fünfzehn Zentimeter gesunken.

Arlingtons fettiger Hut und schmutziger Mantel nahmen sich in Selveys Luxusapartment schäbiger denn je aus. Er legte sie ab und blickte schüchtern um sich.

»Wir haben nur noch eine Dreiviertelstunde«, sagte er. »Ich muß einfach etwas unternehmen, Mr. Selvey.«

»Ich weiß, was Sie als erstes tun müssen«, lächelte der Staatsanwalt. »Sie müssen einen Schluck trinken und die Sache mit mir durchsprechen.«

»Ich glaube, ich sollte lieber nicht –« Doch die Augen des Mannes ruhten bereits begehrlich auf der Flasche in Selveys Hand. Das Lächeln des Anwalts wurde breiter.

Gegen elf Uhr dreißig war Arlingtons Stimme schwerfällig und verschwommen, seine Augen nicht mehr so fordernd, seine Sorge um Rodman nicht mehr so drängend.

Selvey hielt das Glas seines Besuchers stets gefüllt.

Der alte Mann begann vor sich hin zu murmeln:

von seiner Kindheit, von lang vergangenem Ansehen, und er endete schließlich mit Schmähungen über eine Reihe unbekannter Leute, die ihm übel mitgespielt hätten. Nach einer Weile begann sein Kopf auf den Schultern hin- und herzurollen, und die schweren Lider sanken ihm über die Augen.

Der helle Glockenton der Uhr auf dem Kaminsims riß ihn aus seinem Dahindösen.

»Was war das?«

»Nur die Uhr.« Selvey grinste.

»Uhr? Wie spät? Wie spät?«

»Zwölf, Mr. Arlington. Ihre Sorgen sind vorbei. Mr. Rodman hat bereits für sein Verbrechen bezahlt.«

»Nein!« Der alte Mann war aufgesprungen und lief wie wild im Kreis herum. »Nein! Das ist nicht wahr. Ich habe die Frau getötet. Nicht er! Man darf ihn nicht für etwas umbringen, das er –«

»Beruhigen Sie sich, Mr. Arlington. Sie können jetzt nichts mehr daran ändern.«

»Doch, doch! Ich muß es melden – der Polizei –«

»Aber warum? Rodman ist hingerichtet. Als diese Uhr hier ausgeschlagen hatte, war er tot. Was können Sie jetzt noch für ihn tun?«

»Ich muß!« schluchzte der alte Mann. »Verstehn Sie denn nicht? Ich könnte so nicht weiterleben, Mr. Selvey. Bitte –«

Er stolperte zum Telephon hinüber. Rasch legte der Staatsanwalt seine Hand auf den Hörer.

»Lassen Sie das«, sagte er.

Ihre Hände kämpften um den Apparat, und der jüngere Mann gewann leicht die Oberhand.

»Sie können mich nicht aufhalten, Mr. Selvey. Ich gehe selbst hin. Ich werde ihnen alles erzählen. Und über Sie werde ich ihnen erzählen –«

Er stolperte auf die Tür zu. Selveys Arm schoß vor und riß ihn herum.

»Sie verrückter alter Tramp! Wollen Sie sich unbedingt ins Unglück stürzen? Rodman ist tot –«

»Das ist mir egal!«

Selvey holte aus, und seine Hand knallte über das eingefallene, weißstoppelige Gesicht. Der alte Mann schluchzte auf bei dem Schlag, versuchte aber weiterhin, die Tür zu erreichen. Selveys Wut wuchs, und er schlug nochmals zu, und wie von selbst rutschten seine Hände nach dem Schlag um den hageren Hals des alten Mannes. Der nächste Einfall kam ganz natürlich. Unter der verwitterten Haut pulste nicht mehr viel Leben. Etwas mehr Druck, und Selvey konnte den keuchenden Atem stoppen, die rauhe, knarrende Stimme, die ihn verdammenden Worte ...

Selvey drückte fest und fester.

Dann ließen seine Hände ihn los. Der alte Mann schwankte und glitt an Selveys Körper herunter zu Boden.

In der Tür, aufrecht, mit eiskalten Augen: Doreen.

»Doreen, hör zu –«

»Du hast ihn erwürgt«, sagte sie.

»Notwehr!« schrie Selvey. »Er brach ein und versuchte, die Wohnung auszurauben!«

Sie schlug die Tür hinter sich zu, drehte den Schlüssel im Schloß. Selvey rannte über den Teppich und schlug verzweifelt gegen die Tür. Er rüttelte am Türknopf und rief ihren Namen, aber es kam keine Antwort. Dann hörte er, wie sich die Wählscheibe des Telephons drehte.

Auch ohne Vance unter den Leuten, die sich in seinem Apartment drängten, wäre es schlimm genug gewesen. Vance, der stellvertretende Oberstaatsanwalt, der ihn sowieso nicht ausstehen konnte. Vance, der gerissen genug war, ohne jede Mühe seine Einbrechergeschichte zu widerlegen, der erfahren hatte, daß Selveys Besucher erwartet wurde. Vance, der über seine fatale Lage frohlocken würde.

Aber Vance schien nicht zu frohlocken. Er sah völlig verblüfft aus. Er starrte auf den Toten am Boden von Selveys Apartment und sagte nur: »Ich versteh' das nicht, Warren. Ich versteh's einfach nicht. Warum mußten Sie einen harmlosen alten Burschen wie den da töten?«

»Harmlos? *Harmlos?*«

»Gewiß. Harmlos. Das ist doch der alte Arlington. Bin ihm schon überall begegnet.«

»Sie kennen ihn?« Selvey war wie betäubt.

»Gewiß. Ich traf ihn zum erstenmal, als ich draußen in Bellaire County arbeitete, 'verrückter alter Knabe, der überall herumlief und Morde eingestand, die er nicht begangen hatte. Aber warum ihn töten, Warren? Warum?«

LORD DUNSANY

Zwei Flaschen Würze

Mein Name ist Smetters. Ich bin, was man ›ein kleiner Mann‹ zu nennen pflegt, und auch meine Geschäfte betreibe ich nur im kleinen. Ich reise für *Numnumo*, eine Würze für Fleisch und Vorspeisen: die weltberühmte Würze, kann man wohl sagen. Sie ist wirklich ganz gut, denn sie enthält keine schädlichen Säuren und greift auch nicht das Herz an; sie ist also sehr einfach anzupreisen. Wenn es nicht so wäre, hätte ich den Posten nicht bekommen. Doch hoffe ich, eines Tages etwas zu bekommen, das schwieriger anzupreisen ist, denn je schwieriger die Artikel anzupreisen sind, desto mehr Gehalt bekommt man. Augenblicklich komme ich gerade eben aus und kann mir nichts auf die Seite legen, aber ich lebe auch in einer sehr teuren Wohnung. Es kam ganz zufällig dazu, und das bringt mich auf meine Geschichte. Und es ist keine Geschichte, die man von einem kleinen Manne wie mir erwarten würde. Aber wer sollte sie denn sonst erzählen? Alle, die außer mir etwas darüber wissen, wollen die Sache vertuschen.

Ich suchte mir also ein Zimmer, in dem ich wohnen wollte, als ich meinen Posten in London erhielt. Es mußte in London sein, denn ich brauchte etwas, das zentral gelegen war, und ich ging zu einem Häuserblock, sehr düster sah er aus, und sah den Mann, der die Wohnungen verwaltete, und fragte ihn nach dem, was ich brauchte: sie nannten es dort ›Apartments‹ – bloß ein Schlafzimmer und eine Kabuse. Er führte gerade einen Mann herum, der ein Herr war, ein richtiger Gentleman, daher beachtete er mich weiter nicht, ich meine, der Mann, der die Apartments verwaltete. Ich ging also einfach ein Weilchen hinter ihnen her und sah alle Sorten von Zimmern und wartete, bis er mir die Sorte zeigen würde, die ich brauchte. Wir kamen zu einem sehr hübschen Apartment, einem Wohnzimmer mit Schlafzimmer und Badezimmer und noch einem kleinen Raum, den er Halle nannte. Und auf diese Art lernte ich Linley kennen. Er war nämlich der Herr, der herumgeführt wurde.

»Bißchen teuer«, sagte er.

Und der Mann, der die Apartments verwaltete, trat ans Fenster und stocherte sich in den Zähnen. Es ist komisch, wieviel sich durch eine so einfache Geste ausdrücken läßt. Was er damit sagen wollte, war: daß er Hunderte von diesen Apartments hätte, die von Tausenden von Leuten gesucht würden, und ihm sei's vollkommen egal, wer sie nähme oder ob man weiter suche. Irgendwie stand das ganz einwandfrei fest. Und doch sagte er kein Wörtchen, sondern blickte nur aus dem Fenster und stocherte sich in den Zähnen. Und daraufhin wagte ich es, Mr. Linley anzureden, und ich sagte:

»Wie wär's, Sir, wenn ich die Hälfte zahlte, und wir mieten es gemeinsam? Ich wäre Ihnen nicht im Wege, denn ich bin den ganzen Tag nicht zu Hause, und ich bin mit allem einverstanden, was Sie sagen, und ich wäre Ihnen wirklich nicht mehr im Wege als eine Katze.«

Vielleicht wundert ihr euch, daß ich sowas gemacht habe. Und vielleicht wundert ihr euch noch viel mehr drüber, daß er's angenommen hat – wenigstens würdet ihr's tun, wenn ihr mich kenntet, bloß einen kleinen Mann, der seine Geschäfte nur im kleinen betreibt. Und doch konnte ich sofort sehen, daß er mehr für mich als für den Mann am Fenster übrig hatte.

»Aber es ist nur ein Schlafzimmer da«, sagte er.

»Ich könnte mein Lager leicht in dem kleinen Raum hier aufschlagen«, sagte ich.

»In der Halle!« sagte der Mann am Fenster, ohne den Zahnstocher aus dem Mund zu nehmen.

»Und tagsüber könnt' ich das Bett aus dem Weg räumen und in der Kabuse unterbringen«, sagte ich.

Er sah nachdenklich aus, und der Mann am Fenster sah sich London an, ohne den Zahnstocher aus dem Mund zu nehmen. Und stellt euch bloß mal vor, er war schließlich einverstanden!

»Ein Freund von Ihnen?« fragte der Mann am Fenster.

»Ja«, sagte Mr. Linley.

Das war nun wirklich sehr nett von ihm.

Jetzt will ich euch mal erzählen warum ich's tat. Ob ich's mir leisten konnte? Natürlich nicht. Aber ich hatte gehört, wie der Mann erzählt hatte, er sei gerade von Oxford gekommen, von der Universität, und wollte nun erst mal ein paar Monate in London bleiben. Es schien, daß er einfach eine Weile behaglich leben und nichts tun wollte, während er sich etwas umsah und sich einen Posten suchte, oder wahrscheinlich so lange, wie er sich's leisten konnte. Und da sagte ich mir nun: was ist Oxford-Bildung im Geschäftsleben wert – vor allem bei einem Posten wie meinem? Einfach und schlechthin alles! Wenn ich dem Mr. Linley auch nur einen Viertel von seiner Oxford-Bildung absehen könnte, dann könnte ich meine Verkäufe verdoppeln, und das würde bedeuten, daß ich bald einen Artikel bekäme, der viel schwieriger als Numnumo anzupreisen ist und mir vielleicht das Dreifache einbringt. Wirklich, es lohnt sich mächtig! Und ein Viertel von solcher Bildung kann man, wenn man hübsch behutsam damit umgeht, noch gewaltig strecken, ums Doppelte mindestens. Ich meine, man braucht nicht gleich das ganze *Inferno* vorzudeklamieren, wenn man zeigen will, daß man Milton gelesen hat – man braucht nur eine Zeile zu zitieren.

Ja, und nun die Geschichte, die ich euch erzählen will. Ihr glaubt mir sicher nicht, daß ein kleiner Mann wie ich es fertig bringt, daß euch das kalte Grauen ankommt. Als wir uns nämlich in unserm feinen Apartment eingerichtet hatten, da vergaß ich bald meinen Plan mit der Oxford-Bildung. Ich vergaß ihn vor lauter purem Staunen über den Mann selber. Er hatte einen Verstand wie einen Athleten-Körper, wie einen Vogel-Körper! Ich wollte keine Bildung mehr. Man dachte bei ihm gar nicht mehr dran, ob er Bildung hatte oder nicht. Die Ideen sprangen nur so hoch in ihm – Einfälle, an die man selber nie gedacht hätte. Und nicht bloß das, sondern, wenn irgendwo Ideen in der Luft hingen, dann fing er sie auf. Unzählige Male hab' ich gemerkt, daß er wußte, was ich gerade sagen wollte! Kein Gedankenlesen, sondern was man so ›Intuition‹ nennt. Ich hab' mir immer ein bißchen Schach beibringen wollen, bloß, um abends, wenn ich alles hinter mir hatte, nicht mehr an Numnumo zu denken. Doch richtige Schachprobleme konnt' ich nie lösen. Aber er – kam einfach an und betrachtet mein Problem und sagt:

»Wahrscheinlich wollen Sie jetzt die Figur ziehen?«

Und ich sagte: »Aber wohin?«

Und er sagte: »Oh, auf eins von den drei Feldern.«

Und ich sagte: »Aber auf allen dreien verlier' ich sie.« Es ging nämlich immer um die Königin. Und dann sagte er:

»Ja, wahrscheinlich sollen Sie sie verlieren.«

Und was glaubt ihr wohl? Er hatte recht!

Versteht ihr? Er hatte sich ausgedacht, was der Partner gedacht hatte. So hatte er's gemacht.

Ja, und da passierte nun eines Tages der gräßliche Mord, der Mord in Unge – ich weiß nicht, ob ihr euch noch dran erinnert. Der Steeger hatte sich ein Landhäuschen gemietet, bei Otherthorpe war's, und wollte dort mit einem jungen Mädchen wohnen. Das war das erste Mal, daß wir von ihm hörten.

Das Mädchen hatte Geld, zweihundert Pfund Sterling, und das ganze Geld bekam er – und sie verschwand vollkommen von der Bildfläche. Und Scotland Yard konnte sie nicht finden.

Nun hatte ich zufällig gelesen, daß Steeger sich zwei Flaschen Numnumo gekauft hatte; denn die Polizei in Otherthorpe hatte nämlich alles über ihn herausbekommen, bloß nicht, was er mit dem Mädchen gemacht hatte, und da wurde ich natürlich aufmerksam, sonst hätte ich vielleicht nie mehr über den Fall nachgedacht oder auch nur ein Wort zu Linley erwähnt. Numnumo lag mir eben dauernd im Kopf, da ich jeden Tag damit zubrachte, es anzupreisen, und so konnte ich auch den Mord nicht vergessen. Und deshalb sagte ich eines Tages zu Linley:

»Wo Sie doch so gescheit sind und jedes Schachproblem im Nu lösen können, wundert's mich sehr, daß Sie sich nicht an dem Geheimnis von Otherthorpe versuchen wollen. Schließlich ist es auch eine Art Schach-Problem!«

»Zehn Mordfälle zusammengenommen sind nicht so schwer zu lösen wie ein Schachproblem«, sagte er.

»Aber nicht mal Scotland Yard kann's lösen«, sagte ich.

»Tatsächlich?« sagte er.

»'s hat sie rein vor den Kopf geschlagen«, sagte ich.

»Soweit hätt's nicht kommen dürfen«, sagte er »Erzählen Sie mir die Tatsachen.«

Wir saßen beide beim Abendbrot, und ich erzählte ihm die Tatsachen, genau, wie ich sie in den Zeitungen gelesen hatte. Sie war eine hübsche Blondine, sie war klein, sie hieß Nancy Elth, sie besaß zweihundert Pfund, sie wohnte fünf Tage in dem Landhäuschen. Danach blieb er noch zwei Wochen länger, aber von ihr hat kein Mensch mehr was gesehen. Steeger sagte, sie sei nach Südamerika gereist, aber später sagte er, er hätte niemals Südamerika gesagt, sondern Südafrika. Von ihrem Geld war nichts mehr auf der Bank, wo sie es aufbewahrt hatte, und Steeger konnte nachgewiesen werden, daß er genau um die Zeit mindestens hundertfünfzig Pfund bekommen hatte. Dann kam's raus, daß Steeger Vegetarier war und all seine Lebensmittel vom Gemüsemann bekam, und das machte den Wachtmeister im Dörfchen Unge stutzig, denn er hatte noch nie von einem Vegetarier gehört. Von da an beobachtete er den Steeger, und das war auch gut so, denn später konnte er alle Fragen beantworten, die Scotland Yard von ihm wissen wollte – ausgenommen natürlich die eine. Und er hatte auch die Polizei in Otherthorpe benachrichtigt, das etwa fünf, sechs Meilen entfernt ist, und sie kamen und kümmerten sich auch drum. Und sie konnten feststellen, daß er nie sein Häuschen und den schmucken Garten verlassen hat, seit sie verschwunden ist. Je mehr sie ihn nämlich beobachteten, um so mißtrauischer wurden sie, was ja ganz natürlich ist, wenn man jemand beobachtet. Und sehr bald beobachteten sie also jede Bewegung, die er machte, aber wenn's nicht wegen der Tatsache gewesen wäre, daß er Vegetarier ist, dann wären sie nie mißtrauisch geworden und dann hätte es sogar für Linley nicht genug Tatsachen gegeben. Zwar fanden sie nicht viel heraus, was gegen ihn sprach, ausgenommen, daß er die hundertfünfzig Pfund von irgendwoher bekam. Und das fand Scotland

Yard heraus, nicht die Polizei von Otherthorpe. Und was der Wachtmeister von Unge herausfand, das war die Sache mit den Lärchen, und da war Scotland Yard wie vor den Kopf geschlagen, und Linley auch, bis zur letzten Minute, und ich natürlich auch. In dem Gärtchen standen nämlich zehn Lärchen, und er hatte mit dem Besitzer vereinbart, daß er mit den Lärchen machen könnte, was er wollte. Und dann, ungefähr von dem Tage an, als die kleine Nancy Elth gestorben sein muß, hackte er jeden Baum um. Dreimal täglich machte er sich an die Arbeit, fast eine Woche lang, und als er sie alle umgehackt hatte, da zerhackte er sie alle in Kloben, die etwa einen halben Meter lang waren, und schichtete sie schön ordentlich auf Haufen. Solche ordentliche Arbeit habt ihr noch nie gesehen! Und warum? Um eine Entschuldigung für die Axt zu haben, war die eine Theorie. Aber die Entschuldigung war größer als die Axt: er brauchte dafür vierzehn Tage, und jeder Tag war schwere Arbeit. Und so ein kleines Ding wie die Nancy Elth, die hätte er auch ohne Axt totschlagen können und sie auch ohne Axt in Stücke hacken können. Eine andere Theorie hieß, er wollte Feuerholz haben, damit er die Leiche verbrennen könnte. Aber er benutzte das Holz gar nicht. Rührte es nicht mehr an, sondern ließ alles schön aufgeschichtet draußen stehen. Da war wohl jeder wie vor den Kopf geschlagen!

Und das waren die Tatsachen, die ich Linley erzählte. Ach so, ja, er hatte sich auch noch ein großes Metzgermesser gekauft. Komisch, das machen sie alle. Und doch ist es eigentlich nicht so komisch: wenn man eine Frau zersäbeln muß, dann muß man sie eben zersäbeln, und ohne ein Messer kann man das nicht. Dann gab's auch noch ein paar Sachen, die er *nicht* gemacht hatte. Er hatte sie nicht verbrannt. Hatte nur hin und wieder im Herd Feuer gemacht, um sich was zu kochen. Das haben sie ganz gescheit herausgefunden, der Wachtmeister von Unge nämlich und auch die Männer aus Otherthorpe, die ihm halfen. Ringsherum wachsen kleine Wäldchen, ›Holm‹ heißen sie bei den Bauern dortzulande, und sie waren praktisch und kletterten auf die Bäume und konnten fast aus jeder Richtung den Rauch riechen. Sie machten es hin und wieder, aber nie roch es nach verbranntem Fleisch, immer bloß nach gewöhnlicher Kocherei. Das war natürlich sehr gescheit von der Otherthorper Polizei, obwohl es ihnen nicht half, den Steeger an den Galgen zu bringen. Später kamen dann die Leute von Scotland Yard und fanden noch etwas heraus, auch wieder Sachen, die er *nicht* gemacht hatte. Nämlich, daß der Kalkboden unter dem Häuschen und in dem kleinen Garten nicht umgegraben worden war. Und nie war er außerhalb gewesen, seit Nancy verschwunden war. Ach ja, und außer dem Messer hatte er noch eine große Feile. Aber sie fanden keine Spuren von zersägten Knochen an der Feile, auch kein Blut am Messer. Hatte er natürlich abgewaschen. All diese Tatsachen hab' ich Linley erzählt.

Jetzt sollte ich euch warnen, ehe ich weitererzähle, denn ich bin bloß ein kleiner Mann, und ihr seid nicht auf was Gräßliches von mir gefaßt. Aber ich muß euch warnen: der Mann war tatsächlich ein Mörder, oder jedenfalls war jemand ein Mörder, denn das Mädchen war umgebracht worden, eine nette Kleine war's gewesen, und der Mann, der das getan hatte, schreckte wahrscheinlich auch vor solchen Dingen nicht zurück, wo ihr's erwartet hättet. Wer sowas gemacht hat und sieht die ganze Zeit wie einen langen dünnen Schatten den Strick vom Galgen baumeln, der ihn vorantreibt, so einer schreckt vor nichts zurück. Mordgeschichten lesen sich ja manchmal ganz schön, wenn eine Dame am Kaminfeuer sitzt, aber ein Mord ist nichts Schönes, und wenn ein Mörder verzweifelt ist und jede Spur verwischen will, dann schreckt er vor nichts zurück. Ich bitte euch bloß, daß ihr euch vor Augen haltet ... daß ich euch nämlich gewarnt habe.

Ich sagte also zu Linley: »Was halten Sie davon?«

»Der Abfluß?« sagte Linley.

»Nein«, sagte ich, »leider nicht. Da hat schon Scotland Yard dran gedacht. Und vor ihnen die Leute aus Otherthorpe. Sie haben den Abfluß untersucht, so wie er ist, ein kleines Ding, das gleich hinterm Garten in die Senkgrube mündet, und da ist nichts runtergeflossen, ich meine, nichts Verbotenes.«

Er hatte noch ein oder zwei andere Ideen, aber da war ihm Scotland Yard auch schon zuvorgekommen. Das ist nämlich der Witz an der Geschichte. Man hofft von einem Mann, der sich als Detektiv betätigen soll, daß er sein Vergrößerungsglas nimmt und an den Tatort fährt. Vor allen andern Leuten an den Tatort fährt. Und daß er dann die Fußspuren mißt und nach Anhaltspunkten sucht und das Messer findet, das die Polizei übersehen hat. Aber Linley ist nie hingefahren, und Scotland Yard war jedesmal vor ihm da.

Sie hatten sogar mehr Anhaltspunkte gefunden, als ihnen lieb war. Jeder Anhaltspunkt wies darauf hin, daß er das Mädchen ermordet hatte, jeder Anhaltspunkt wies darauf hin, daß er die Leiche auf die Seite geschafft hatte, und doch war die Leiche nicht zu finden. Sie war nicht in Südamerika, und wahrscheinlich war sie auch nicht in Südafrika. Und die ganze Zeit lag der Riesenhaufen kleingehacktes Lärchenholz da, der allen in die Augen sprang und zu nichts führte. Nein, wir wollten gar nicht noch mehr Anhaltspunkte, und Linley fuhr nie hin. Wir mußten die Anhaltspunkte deuten, die wir schon hatten. Ich war vollkommen verdutzt; Scotland Yard ebenfalls. Und auch Linley kam nicht voran, und die ganze Zeit plagte mich das Rätsel.

Ich meine, wenn es nicht wegen der Kleinigkeit gewesen wäre, an die ich immer wieder erinnert wurde, und wenn es nicht wegen der zufälligen Bemerkung zu Linley gewesen wäre, dann wäre das Rätsel genau wie alle andern Rätsel, die von den Menschen nicht gelöst werden, ins Aschgraue der Menschheitsgeschichte versunken.

Linley interessierte sich zuerst nicht sehr dafür, aber ich war so überzeugt, daß er's lösen könnte, und deshalb erinnerte ich ihn dauernd dran. »Sie können Schachprobleme lösen«, sagte ich zu ihm.

»Die sind zehnmal schwieriger«, sagte er immer noch.

»Warum lösen Sie dann das Rätsel hier nicht?« fragte ich.

»Fahren Sie für mich hin und werfen Sie mal einen Blick aufs Schachbrett!« sagte er.

Das war nämlich seine Art, sich auszudrücken. Wir wohnten seit etwa vierzehn Tagen zusammen, und ich hatte mich dran gewöhnt. Er meinte, ich sollte zu dem Landhäuschen in Unge fahren. Jetzt werdet ihr wohl denken, weshalb ist er denn nicht selbst hingefahren, aber es ist eben so: wenn er selbst auf dem Land herumgewandert wäre, dann hätte er nicht nachdenken können, wenn er aber in unserm Apartment in seinem Sessel vor dem Feuer saß, dann konnte er ganz andre Strecken zurücklegen, wenn ihr versteht, was ich meine. Ich fuhr also am nächsten Tag hin und stieg am Bahnhof in Unge aus. Und dahinter fingen schon die Berge an.

»Da oben ist es, was?« sagte ich zum Gepäckträger.

»Stimmt«, sagte er. »Da oben den Feldweg hoch. Und vergessen Sie nicht, bei der alten Eibe müssen Sie rechts abbiegen, eine sehr große Eibe ist es, Sie können sie gar nicht übersehen, und dann ...«, und so beschrieb er mir den Weg genau, und ich konnte mich nicht verlaufen. Alle waren sie so, sehr gefällig und hilfsbereit. Denn das war jetzt Unges großer Tag: inzwischen hatte jeder Mensch von Unge gehört. Man konnte jetzt jederzeit Briefe hinschicken, ohne den Postbezirk und die Grafschaft dazuzuschreiben. Und dementsprechend mußte sich Unge ja nun benehmen. Wenn ihr Unge jetzt... na, einerlei, jedenfalls brachten sie ihr Schäfchen ins trockene.

Und da war nun die Anhöhe, hübsch der Sonne entgegen, hübsch in die Lüfte hinauf. Ihr wollt nichts von Frühlingsstimmung und Maienjubel hören, mit all den Farben und den vielen Vögeln: ich dachte bloß, was für ein schönes Fleckchen, wenn man hier mit seiner Liebsten wohnen will. Und dann dachte ich, daß er sie da ermordet hatte und daß ich nur ein kleiner Mann bin, aber als ich mir so vorstellte, wie sie da gelebt hat, und die Vögel sangen um sie her, da sagte ich mir: wär's nicht seltsam, wenn ich den Mann an den Galgen bringen würde – falls er sie ermordet hat? Ich fand also bald den richtigen Weg zum Häuschen hinauf und begann herumzuschnüffeln und schaute über die Hecke in den Garten. Und ich entdeckte nicht viel, denn ich fand nicht viel, was nicht schon die Polizei entdeckt hatte, aber da waren die Riesenhaufen Lärchenholz und sprangen mir ins Gesicht und sahen sehr unheimlich aus.

Ich habe gewaltig nachgedacht und mich dabei auf die Hecke gelehnt und den Maiduft eingeatmet und zu den Lärchenkloben geschaut und zu dem schmucken kleinen Häuschen auf der andern Seite. Über eine Menge Theorien habe ich nachgedacht, bis mir der allerbeste Gedanke kam: wenn ich nämlich Linley mit seiner Oxford-Bildung das ganze Denken überlassen würde und ihm nur die Tatsachen brächte, wie er es mir gesagt hatte, dann würde ich auf meine Art mehr leisten, als wenn ich mich in zuviel Nachdenken versteigen würde. In Unge waren sie, wie ich schon sagte, mächtig hilfsbereit. Der Wachtmeister ließ mich eintreten, ich durfte bloß nichts anrühren, und auch den Garten durfte ich mir von nahem besehen. Und ich sah die Stümpfe von den zehn Lärchen, und mir fiel etwas auf, und Linley sagte, da sei ich sehr aufmerksam gewesen; zwar hat es nichts weiter genutzt, aber jedenfalls hatte ich mich bemüht: ich hatte gesehen, daß die Stümpfe einfach recht und schlecht abgehackt worden waren, und daraus schloß ich, daß der Mann nicht viel vom Bäumefällen verstanden hat. Der Wachtmeister sagte, das sei eine Schlußfolgerung. Da sagte ich, die Axt sei stumpf gewesen, die er benutzt hatte, und das machte den Wachtmeister nun doch nachdenklich, obwohl er nicht sagte, ich hätte diesmal recht gehabt.

Habe ich schon erzählt, daß Steeger nie ausging, nur in den kleinen Garten, um Holz zu hacken, nicht ein einziges Mal, seit Nancy verschwunden war? Es stimmte tatsächlich. Sie hatten ihn Tag und Nacht beobachtet, der Wachtmeister von Unge hat's mir selber erzählt. Aber es ärgerte mich, daß Linley es nicht herausgefunden hatte, sondern bloß die gewöhnlichen Polizisten, denn ich wußte, er hätt's auch gekonnt. Und sie hätten's ja sowieso nie bemerkt, wenn es sich nicht herumgesprochen hätte, daß der Mann ein Vegetarier war und nur beim Gemüsemann kaufte. Vielleicht war es überhaupt erst dadurch in Gang gekommen, daß der Metzger neidisch war. Es ist gruselig, was für kleine Nebensächlichkeiten einen Mann zu Fall bringen können. Aber ich sollte nicht von meiner Geschichte abschweifen – so gern ich's tun würde, so gern ich sie vergessen würde. Aber das kann ich nicht.

Ich sammelte also allerhand Neues, Anhaltspunkte sollte man es ja wohl nennen, obwohl keiner irgendwohin führte. Ich fand zum Beispiel alles raus, was er im Dorf gekauft hatte, sogar, was für 'ne Sorte Salz er kaufte, ganz gewöhnliches, ohne Phosphat, wie sie's manchmal reintun. Und bei den Fischhändlern hat er sich Eis gekauft, und viel Gemüse, wie ich schon sagte, vom Gemüsemann Mr. Mergins. Und über alles hab' ich ein bißchen mit dem Wachtmeister gesprochen. Slugger hieß er. Ich fragte ihn, weshalb er nicht sofort alles durchsucht hätte, als das Mädchen fort war. »Oh, sowas darf man nicht tun«, sagte er. »Wir hatten ja keinen Verdacht, wenigstens nicht wegen des Mädchens. Wir hatten bloß einen Verdacht, weil er Vegetarier war, daß da was nicht stimmen könnte. Er blieb noch gut vierzehn Tage, nachdem man sie zuletzt gesehen hatte. Und dann stießen wir zu. Aber es hatte sich eben keiner nach ihr erkundigt, nicht wahr, also lag auch kein Haftbefehl vor.«

»Und was fanden Sie«, fragte ich Slugger, »als Sie ins Haus eindrangen?«

»Bloß die große Feile«, sagte er, »und das Messer und die Axt, die er sich besorgt haben muß, um sie zu zerhacken.«

»Aber die Axt brauchte er doch, um die Bäume umzuhacken«, sagte ich.

»Hm, ja«, gab er unwillig zu.

»Und weshalb hat er sie umgehackt?« fragte ich.

»Ja, da haben wohl meine Vorgesetzten ihre eigenen Theorien, die sie nicht jedem erzählen!« sagte er.

Mit den Holzkloben konnten sie eben nicht fertigwerden.

»Hat er sie denn überhaupt zerhackt?« fragte ich.

»Er hat ja gesagt, sie sei nach Südamerika gegangen«, antwortete er. Und das war wirklich eine gerechte Antwort.

Ich erinnere mich nicht mehr dran, ob er mir sonst noch viel erzählt hat. Außer, daß Steeger alle Teller und Schüsseln sehr sauber gespült zurückgelassen hat.

Ich brachte Linley also meine Neuigkeiten – hatte den Abendzug genommen, der gegen Sonnenuntergang abfuhr. Ich würde euch gern von dem Frühlingsabend erzählen, der so still über dem grausigen Häuschen hing, aber ihr wollt sicher lieber von der Mordgeschichte hören. Ich berichtete Linley also alles, wenn mir auch vieles als nicht der Rede wert vorkam. Das Dumme war nur: kaum wollte ich was auslassen, da merkte er es schon, und ich mußte es auch berichten. »Sie können nicht beurteilen, was wichtig ist«, sagte er. »Eine von einem Zimmermädchen weggefegte Reißzwecke kann genügen, um einen Mann an den Galgen zu bringen.«

Gut und schön, aber man muß auch bei der Stange bleiben, selbst wenn man alle Oxford-Bildung der Welt hat. Denn immer, wenn ich Numnumo erwähnte – was schließlich der Anfang von der ganzen Geschichte war, denn ohne mich hätte er nie davon gehört, und daß sich Steeger zwei Flaschen gekauft hatte – dann sagte er jedesmal, solche Sachen wären nebensächlich, und ich sollte mich an die Hauptsache halten. Es war ja begreiflich, daß ich von Numnumo sprach, denn an dem Tag in Unge hatte ich beinahe fünfzig Flaschen verkauft. Ein Mord scheint den Appetit der Leute anzuregen, und Steegers zwei Flaschen gaben mir einen Anfang und eine gute Gelegenheit, die nur ein Dummkopf sich hätte entgehen lassen. Aber Linley interessierte sich natürlich nicht die Spur dafür.

Die Gedanken eines Menschen kann man nicht sehen, und in seinen Kopf kann man nicht hineinschauen, und daher können die allerinteressantesten Sachen von der Welt auch nie erzählt werden. Doch glaube ich, daß ich weiß, was an dem Abend in Linley vorging, während ich ihm vor dem Essen berichtete, und dann beim Essen, und auch noch, als er hinterher am

Feuer saß und rauchte: seine Gedanken hatten sich nämlich vor einem Hindernis festgerannt, über das er nicht hinweg konnte. Denn die Schwierigkeit war nicht, herauszufinden, wie Steeger die Leiche beiseite geschafft haben könnte, sondern die Unmöglichkeit, herauszufinden, weshalb er vierzehn Tage lang tagtäglich solche Unmassen Holz gehackt und, wie ich noch entdeckte, seinem Vermieter fünfundzwanzig Pfund dafür bezahlt hatte. Das war Linleys Hindernis. Ich hatte solchen Gefallen an Linley gefunden, und ich brauchte gar nicht gebildet zu sein, um zu sehen, daß in solchem Verstand wie seinem allerhand vorging, und ich glaubte bestimmt, daß er's hätte lösen können. Mir tat's leid.

»Ist manchmal jemand zu dem Haus gegangen?« fragte er. »Hat jemand was weggenommen?« Aber so kamen wir auch nicht dahinter. Dann kam mir vielleicht eine Idee, die nichts taugte, oder ich erzählte vielleicht wieder von Numnumo, und er unterbrach mich ziemlich scharf.

»Aber was würden *Sie* tun, Smetters?« sagte er. »Was hätten Sie selbst getan?«

»... wenn ich die arme Nancy Elth ermordet hätte?« fragte ich.

»Ja«, sagte er.

»Ich kann mir überhaupt nicht vorstellen, daß ich jemals sowas tun würde«, sagte ich.

Er seufzte, als ob das gegen mich spräche.

»Ich glaube, ich würde nie Detektiv sein«, sagte ich, und er schüttelte bloß den Kopf.

Dann starrte er grübelnd ins Feuer, vielleicht eine ganze Stunde lang. Und dann schüttelte er wieder den Kopf. Danach gingen wir beide zu Bett.

An den nächsten Tag werd' ich mein ganzes Leben denken müssen. Ich war, wie immer, tagsüber unterwegs und pries Numnumo an. Und um neun setzten wir uns zum Abendbrot. Man konnte sich in den Apartments nichts kochen, also aßen wir Kaltes. Und Linley fing mit einem Salat an. Ich seh' ihn noch vor mir, jedes bißchen. Und ich war immer noch ganz begeistert von dem, was ich in Unge gemacht hatte, als ich dort Numnumo verkaufte. Nur ein Dummkopf hätte es dort nicht verkaufen können, das weiß ich schon, aber ich hatte viel verkauft, beinah fünfzig Flaschen, achtundvierzig, um es genau zu sagen, und das ist viel für ein kleines Dorf, einerlei, wie günstig die Gelegenheit ist. Daher sprach ich ein bißchen darüber, und dann fiel's mir ein, daß es ja Linley überhaupt nicht interessierte, und ich riß mich schnell zusammen. Es war wirklich sehr lieb von ihm, denn könnt ihr euch wohl denken, was er gemacht hat? Er muß sofort gewußt haben, weshalb ich zu sprechen aufhörte, und da streckte er einfach die Hand aus und bat mich:

»Könnten Sie mir ein wenig von Ihrem Numnumo für meinen Salat geben?«

Ich war so gerührt, daß ich's ihm beinah gegeben hätte. Aber natürlich nimmt man Numnumo nicht zum Salat. Nur für Fleisch und Vorspeisen. Wie es auf der Flasche steht.

Deshalb sagte ich nichts als: »Nur für Fleisch und Vorspeisen!« Obwohl ich nicht weiß, was Vorspeisen sind. Hab' noch nie welche gegessen.

Noch nie hab' ich gesehen, daß sich ein Gesicht so verändern konnte.

Eine volle Minute war er wohl stumm, und nichts sprach an ihm, als einzig das Gesicht. Der Ausdruck! Als ob einer einen Geist gesehen hätte, würde man gern sagen, nur daß es nicht stimmt, ganz und gar nicht. Sondern als ob einer was sieht, was noch nie ein Mensch gesehen hat, was er nicht für möglich gehalten hat.

Und dann sagte er mit einer Stimme, die ganz verändert klang, leiser und sanfter und ein bißchen seltsam ruhig: »Nicht für Gemüse, was?«

»Unmöglich für Gemüse«, antwortete ich.

Da stieß er einen Laut aus – wie ein Glucksen in seiner Kehle. Ich hätte nicht geglaubt, daß er so lebhaft fühlen könnte. Natürlich wußt' ich nicht, um was es sich handelte. Aber ich hatte gedacht, all solche Gefühle hätten sie ihm längst in Oxford ausgetrieben, als er dort ein gebildeter Mensch wurde. Es standen ihm nicht gerade Tränen in den Augen, aber irgend etwas muß ihn schrecklich erschüttert haben.

Und dann sprach er – mit langen Pausen zwischen den einzelnen Wörtern: »Jemand könnte sich aber mal täuschen – und doch Numnumo für Gemüse benutzen!«

»Einmal und nicht wieder«, sagte ich.

Und er sprach's mir nach, als ob ich das Ende der Welt verkündet hätte, und betonte meine Worte so grauslich, bis sie von irgendeiner schrecklichen Nebenbedeutung eiskalt klangen, und dazu schüttelte er den Kopf.

Dann verstummte er.

»Was ist denn?« fragte ich.

»Smetters«, sagte er.

»Ja?« sagte ich.

»Smetters«, sagte er wieder.

Und ich sagte: »Bitte?«

»Hören Sie, Smetters«, sagte er, »Sie müssen den Gemüsehändler in Unge anrufen und ihn etwas fragen.«

»Gut«, sagte ich.

»Fragen Sie ihn, ob Steeger die beiden Flaschen am gleichen Tage gekauft hatte, was ich annehme, und nicht in einem Abstand von mehreren Tagen. Das *kann* er nicht getan haben.«

Ich wartete ab, da ich dachte, es käme noch etwas, und dann ging ich und telefonierte. Ich brauchte einige Zeit dafür, da es schon nach neun Uhr war, und auch nur mit Hilfe der Polizei. In einem Abstand von sechs Tagen, antworteten sie; und ich erzählte es Linley. Er hatte mich hoffnungsvoll angesehen, als ich eintrat, doch an seinem Blick merkte ich, daß ich ihm die falsche Antwort gebracht hatte.

Wenn man sich etwas so zu Herzen nimmt, muß man krank werden, und als er nicht sprach, sagte ich daher zu ihm: »Was Sie brauchen, ist ein tüchtiger Kognak, und dann müssen Sie früh zu Bett gehen!«

Und er antwortete: »Nein. Ich muß jemand von Scotland Yard sprechen. Rufen Sie mal an. Sagen Sie ihnen: sofort hier bei mir!«

»Aber«, sagte ich, »um diese Zeit wird uns kein Inspektor von Scotland Yard aufsuchen wollen.«

Seine Augen funkelten.

»Dann sagen Sie ihnen«, rief er, »daß sie Nancy Elth niemals finden werden. Einer soll herkommen, dann werd' ich ihm erzählen, weshalb nicht!« Und nach einer kleinen Pause setzte er – vielleicht bloß für mich – hinzu: »Sie müssen auf Steeger aufpassen, bis sie ihn eines Tages bei einer andern Sache schnappen!«

Und stellt euch vor, er kam wirklich! Inspektor Ulton, meine ich, ganz persönlich!

Während wir warteten, wollte ich gern mit Linley sprechen. Zum Teil aus Neugierde, ich geb's zu. Doch ich wollte ihn nicht seinen Grübeleien überlassen, wie er da einsam am Feuer saß. Ich fragte ihn, um was es sich denn handelte. Aber er wollte es mir nicht sagen. »Mord ist etwas Entsetzliches«, war alles, was er sagte. »Und wenn ein Mörder seine Spur verwischen will, wird es noch schlimmer.«

Er wollte es mir nicht sagen. »Es gibt Geschichten«, sagte er, »die keiner hören will.«

Und das stimmt auch. Ich wünschte, ich hätte diese hier nie gehört. Hab's eigentlich auch nicht. Hab's nur aus Linleys letzten Worten erraten, die er zu Inspektor Ulton sagte, die einzigen, die ich von deren Unterhaltung hörte. Und vielleicht ist das hier die Stelle, wo ihr aufhören solltet, die Geschichte weiterzulesen, ehe ihr sie auch erratet, selbst wenn ihr denkt, ihr lest Mordgeschichten gerne. Denn sicher wollt ihr lieber eine Detektivgeschichte mit einem romantischen Schluß lesen und nicht eine, die von grausigem, schändlichem Mord handelt? Na, wie ihr wollt, ich habe euch gewarnt.

Inspektor Ulton kam, und Linley schüttelte ihm stumm die Hand und führte ihn in sein Schlafzimmer. Sie schlossen die Tür und sprachen mit leiser Stimme, und ich hörte kein Wort.

Als sie ins Schlafzimmer traten, sah der Inspektor recht beherzt und mutig aus.

Als sie wieder herauskamen, gingen sie stumm durchs Wohnzimmer, und dann betraten sie die kleine Halle, und an der Tür überhörte ich die wenigen Worte, die sie dort zusammen wechselten. Es war der Inspektor, der das Schweigen brach.

»Aber weshalb«, sagte er, »hat er die Bäume umgehackt?«

»Nur«, sagte Linley, »um sich Appetit zu machen.«

HINWEIS

Die Herausgeberin und der Verlag dieses Buches sind den Autoren sowie folgenden Verlegern und Agenturen für die Erteilung der Rechte zu besonderem Dank verpflichtet: A. P. Watt & Son, London, für die Erzählungen von *Margery Allingham* (aus ›Mr. Campion and Others‹) und *Cyril Hare;* Richard Steele & Son, London, für die Erzählung von *H. C. Bailey;* Mohrbooks AG, Zürich, für die Erzählung von *Agatha Christie;* Harper & Brothers, New York, für die Erzählung von *R. H. Davis;* Hans H. Hagedorn, Hamburg, und Curtis Brown Ltd., London, für die Erzählungen von *Lord Dunsany* und *Mary Roberts Rinehart;* Mohrbooks AG, Zürich, und A. P. Watt & Son, London, für die Erzählung von *R. A. Freeman;* Mohrbooks AG, Zürich, und dem Paul Zsolnay Verlag, Wien, für die Erzählung von *Graham Greene* (aus ›Spiel im Dunkeln‹); Chatto and Windus Ltd., London, Insel-Verlag, Frankfurt am Main, und Herberth E. Herlitschka für die Erzählung von *Aldous Huxley* (aus dem Insel-Band 417 ›Das Lächeln der Gioconda‹); Mohrbooks AG, Zürich, für die Erzählung von *W. Somerset Maugham* (aus ›Gesammelte Erzählungen‹ im Diogenes Verlag); A. P. Watt & Son und Mr. J. M. Orczy-Barstow, London, für die Erzählung von Baroness Orczy (aus ›The Old Man in the Corner‹); Frau Dr. Ruth Liepman, Zürich, und Ann Elmo Agency Inc., New York, für die zwei Erzählungen von *Henry Slesar* (aus ›Gesammelte Kriminal-Geschichten‹ im Diogenes Verlag); Barry Way, Esq., South Africa, für die Erzählung von *Arthur Williams*, und *Cornell Woolrich* für seine Erzählung ›Blonde Schönheit ermordet!‹